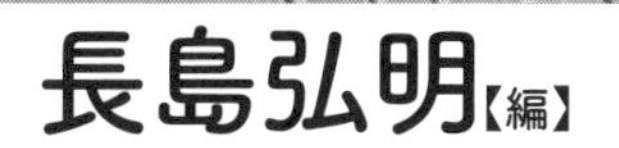
長島弘明【編】

〈奇〉と〈妙〉の江戸文学事典

EDO BUNGAKU JITEN

NAGASHIMA, Hiroaki

図書出版 文学通信

編者

長島弘明

執筆者（五十音順）

一戸 渉　位田絵美　大屋多詠子
柏崎順子　加藤敦子　神谷勝広
金 慧珍　金 美眞　黄 智暉
合山林太郎　高 永爛　小林ふみ子
佐藤かつら　佐藤知乃　佐藤至子
杉下元明　杉田昌彦　杉本和寛
全 怡炡　高野奈未　高松亮太
崔 泰和　千野浩一　冨田康之
丹羽謙治　早川由美　韓 京子
日置貴之　片 龍雨　深沢了子
洪 晟準　牧 藍子　水谷隆之
光延真哉　宮木慧太　矢内賢二
山之内英明　梁 誠允　吉丸雄哉

はじめに

江戸文学を読むたびに感じるのは、江戸文学の作品には喜怒哀楽のすべてが生の形で出ているということです。至ってきまじめにシリアスな作品から、笑いを通り越して涙が出てきそうなほど馬鹿馬鹿しい作品まで、何でもあります。そういう江戸文学の豊かさは、一般の方々にはまだまだ十分に伝わっていません。

何でもありの江戸文学こそが人を幸せにする、それが言い過ぎなら、江戸文学を読むと必ず心豊かになる。それを伝えたいためにこの本を編みました。

江戸文学の本質は、〈奇〉と〈妙〉ということばで表すことができます。〈奇〉も〈妙〉も、それを合わせた〈奇妙〉も、不思議な物、珍しい物、普通ではない物、変な物を言うことばです。と同時に、〈奇〉も〈妙〉も〈奇妙〉も、けた外れに素晴らしい物、とんでもなく面白い物、極上の美味い物を指すことばでもあります。

そういう〈奇〉と〈妙〉に溢れた作品を有名無名とりまぜて選び、読める事典として編集しました。各項目は、いわゆる辞書的な記述ではなく、内容がわかるように、また面白さが分かるように書いてありますので、やがてその作品を丸ごと全部読んでみたくなるはずです。

この本を通じて、明るく、雄々しく、気高く、やさしく、優雅な、そして、時には卑屈で、脳天気で、意地悪で、怠け者で、しみったれた江戸人たちの息づかいを、どうぞ存分に肌で感じていただきたいと思います。

長島弘明

使い方ガイド

❶事典項目を読む

まず**【あらすじ】**または**【概要】**を読んで、作品の内容を大まかにつかんでください。**【見どころ】**は、〈奇〉と〈妙〉という切り口から作品のおもしろさを解説したものです。**【もっと深く】**では、少し専門的な知識もまじえて、作品の背景や特色について掘り下げました。**【テキスト・読書案内】**では、作品の活字翻刻・注釈書・解説書、映像資料、研究論文などを紹介しています。それぞれの作品についてもっと知りたいと思われた方は、この案内を手がかりにしてください。

❷9つの区分を知る

本書は9つの区分から構成されています。従来の文学史的な理解にとらわれず、〈奇〉と〈妙〉という切り口から江戸文学の魅力を浮かび上がらせることを意図したものです。各区分の扉の頁には、その区分の要点を簡潔に記した文章を掲げています。

❸キャッチコピーから項目を読む

各項目には、その項目で解説されている作品の魅力を伝えるキャッチコピーを付けています。コピーを見て気になった項目から読んでいくのも、この事典の楽しみ方のひとつです。

❹ジャンルを知る

各項目のタイトルの下に、（　）を付してジャンル名を掲げています。「ジャンル別項目一覧」（左16頁）もあわせてご覧ください。

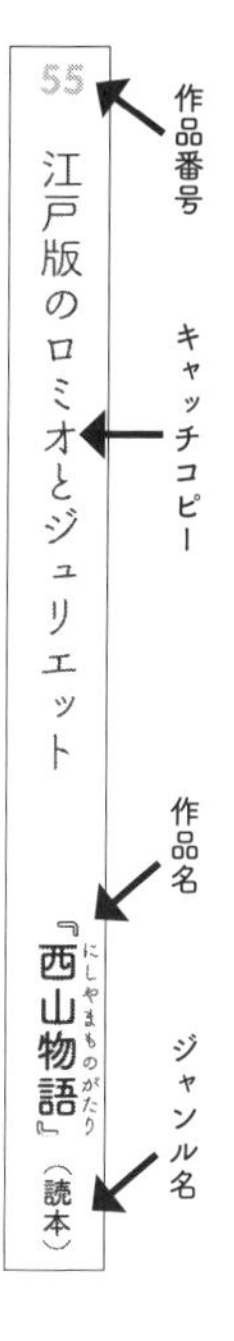

❺専門用語を知る

「江戸文学を楽しむための用語集」(502頁)に、江戸文学に関する専門的な用語をまとめています。

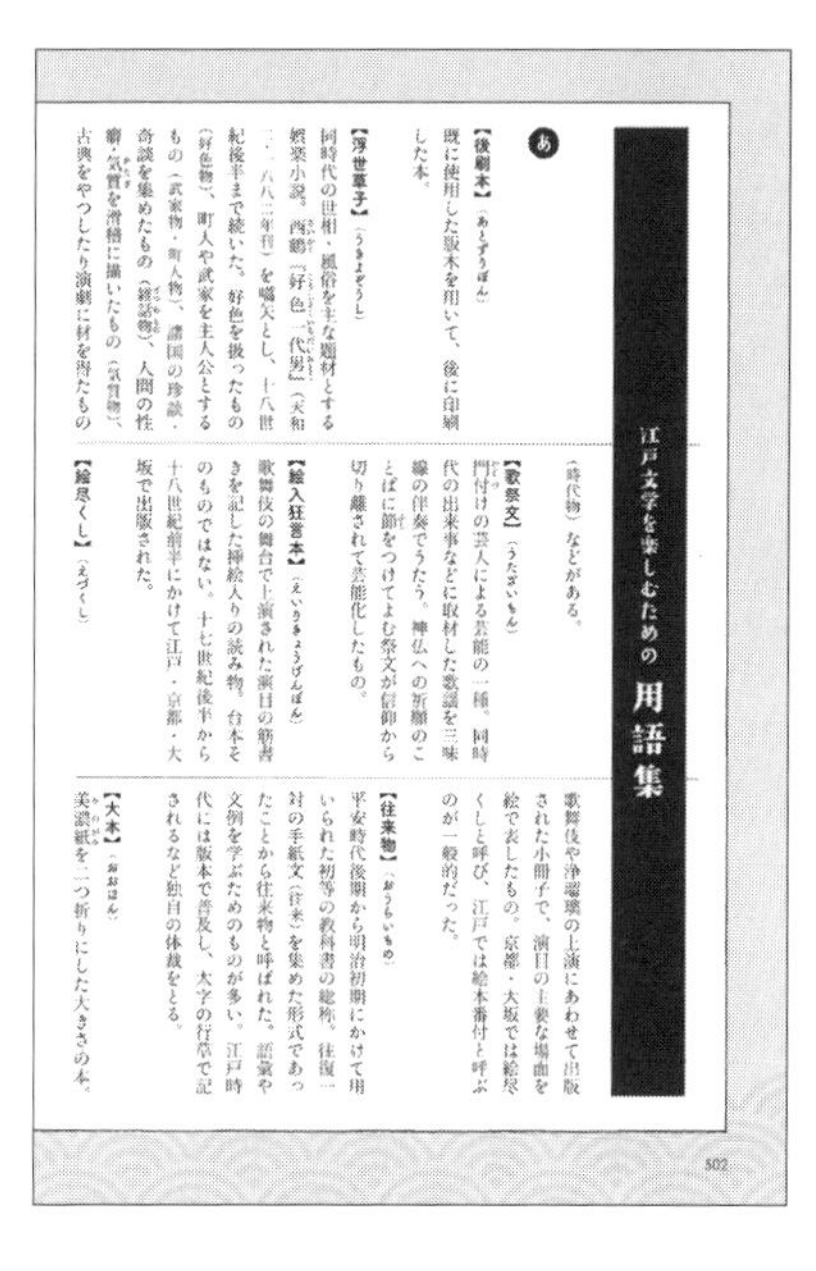

江戸文学を楽しむための **用語集**

あ

【後刷本】(あとずりぼん)
既に使用した版木を用いて、後に印刷した本。

【浮世草子】(うきよぞうし)
同時代の世相・風俗を主な題材とする娯楽小説。西鶴『好色一代男』(天和二・一六八二年刊)を嚆矢とし、十八世紀後半まで続いた。好色を扱ったもの(好色物)、町人や武家を主人公とするもの(武家物・町人物)、諸国の珍談・奇談を集めたもの(雑話物)、人間の性癖・気質を滑稽に描いたもの(気質物)、古典をやつしたり演劇に材を得たもの(時代物)などがある。

【歌祭文】(うたざいもん)
門付けの芸人による芸能の一種。同時代の出来事などに取材した歌謡を三味線の伴奏でうたう。神仏への祈願のことばに節をつけてよむ祭文が信仰から切り離されて芸能化したもの。

【絵入狂言本】(えいりきょうげんぼん)
歌舞伎の舞台で上演された演目の筋書きを記した挿絵入りの読み物。台本そのものではない。十七世紀後半から十八世紀前半にかけて江戸・京都・大坂で出版された。

【絵尽くし】(えづくし)
歌舞伎や浄瑠璃の上演にあわせて出版された小冊子で、演目の主要な場面を絵で表したもの。京都・大坂では絵尽くしと呼び、江戸では絵本番付と呼ぶのが一般的だった。

【往来物】(おうらいもの)
平安時代後期から明治初期にかけて用いられた初等の教科書の総称。往復一対の手紙文(往来)を集めた形式であったことから往来物と呼ばれた。語彙や文例を学ぶためのものが多い。江戸時代には版本で普及し、大字の行草で記されるなど独自の体裁をとる。

【大本】(おおほん)
美濃紙を二つ折りにした大きさの本。

502

❻作品を時代順にたどる

「奇と妙の江戸文学年表」(509頁)を参照してください。各項目で解説されている作品はもちろんのこと、江戸文学の主要作品や関連する江戸時代の出来事についても掲載しています。

奇と妙の江戸文学年表

西暦	和暦	作品番号・作品名	作者・編者など
1621〜	元和七年(〜寛永九年)頃成・刊	42『竹斎』	富山道冶作
1633	寛永十年刊	『犬子集』	松江重頼編
1642	寛永十九年ごろ成	『可笑記』	如儡子作
1643〜	寛永末・正保頃刊	9『醒睡笑』	安楽庵策伝作
1644	寛永末年頃刊	1『仁勢物語』	作者未詳
1644	寛永二十一年以降刊	44『楽国旅すゞり』	不明
1652	慶安五年(承応元年)六月	【若衆歌舞伎の禁止】	
1657	明暦三年一月	【明暦の大火】	
1659	万治二年刊	22『身のかがみ』	江島為信作
1666	寛文六年刊	23『伽婢子』	浅井了意作
1673	寛文十三年刊	53『一心二河白道』	伊藤出羽掾正本
1682	天和二年刊	50『好色一代男』	井原西鶴作
1685	貞享二年刊	24『西鶴諸国はなし』	井原西鶴作
1685	貞享二年初演	『出世景清』	近松門左衛門作
1687	貞享四年刊	51『男色大鑑』	井原西鶴作
1692	元禄五年刊	『世間胸算用』	井原西鶴作
1693	元禄六年頃成	43『奥の細道』	芭蕉作
1703	元禄十六年初演	『曽根崎心中』	近松門左衛門作
1705	宝永二年序・刊	13『粘飯篦新集』	不角編
1705〜	宝永二〜三年初演	37『松風村雨束帯鑑』	近松門左衛門作
1706	宝永三年初演	54『卯月紅葉』	近松門左衛門作

奇と妙の江戸文学年表

509

❼索引を活用する

「主要事項索引」(左1頁)では、各項目に取り上げられている作品名や、〈奇〉と〈妙〉に関連するキーワードの掲載頁を調べることができます。

「主要人名索引」(左10頁)では、各項目の主要人物や、作品に深くかかわった人物の掲載頁を調べることができます。

「掲載図版索引」(左14頁)では、本書で使用した図版の掲載頁を調べることができます。

もくじ

I まじめにふざける

II 見る・観る・視る

III 怖い？かわいい？

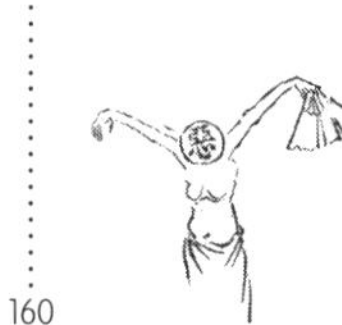

Ⅳ 善人か？ 悪人か？

Ⅴ 古代を幻想する

Ⅷ ことばを磨く

Ⅸ 物語を織る

凡例

・原文の引用に際しては、原文を損なわない範囲で表記を変更し、振り仮名および句読点を加除し、清濁を整えた場合がある。

・執筆にあたって参照した文献は、各項目の【テキスト・読書案内】に掲げた。

I　まじめにふざける

ばかばかしいおもしろさの背後にある、
豊かな知識と周到な技巧。
有名な古典を使って遊ぶ。
格調高い形式に卑俗な内容を盛る。
人間そのものの滑稽さをみつめる。
江戸文学の〈奇〉と〈妙〉、まずはここから。

01

古典をもじり浮世をえがく

『仁勢物語』『吉原徒然草』（古典のパロディー）

出版技術の発達と読者層の拡大によって、近世文芸には、従来にないさまざまなジャンルがうまれた。まずなされたのは古典の復興であり、それに伴い数々のパロディー作が出現する。ここではその古体をあらわす『仁勢物語』と、俳諧や浮世草子の流行を経て創作された『吉原徒然草』をとりあげ、近世初期文芸の展開のさまを紹介する。

『仁勢物語』

【概要】

作者未詳。二巻二冊。寛永十六年（一六三九）頃成、寛永末年（一六四四）頃刊。『伊勢物語』全章段を逐語的にもじって卑俗化、滑稽化した仮名草子で、ほかの『伊勢物語』整版本に同じく、嵯峨本『伊勢物語』の影響をうけて創作された作品である。

読者層としては、『伊勢物語』を熟知する、あるいは『伊勢物語』本文を手元に楽しむ知的な人々が想定される。「むかし男ありけり」（『伊勢物語』）を「をかし男ありけり」（『仁勢物語』）とするように、『伊勢物語』本文を忠実にもじりつつ、俗に落とし込んで戯画化するのであるが、本文の内容自体にはたいした面白みはない。むしろ確かな物語理解に支えられた作者の滑稽化の過程を追い、その工夫の跡を読み取るのが本書の楽しみ方である。

【見どころ】

古典作品の内容を卑俗な食べ物や金銭、猥雑な性愛や劣情に切り替えて雅俗の落差を楽しむ点は当時の仮名草子と共通するものの、原作を熟知した作者によるもじりの妙に本作ならではの面白みがある。現代においてもよく知られる代表的な章段を例にとってみよう。

『伊勢物語』第六段「芥河」では、男がようやく手に入れた女を、雷が鳴るなか蔵のなかに隠して朝を待つが、女を鬼に食われて男は嘆く。『仁勢物語』はこれを、以下のように「鬼子」を産んだ女がそれに食われるという内容に改変する。

鬼ある所ともしらで、神（雷）さへいといみじう鳴り、雨もいたう降りければ　（『伊勢物語』）

鬼子ともしらで、髪さへいといみじう黒く、頭もいたう振りまわりければ　（『仁勢物語』）

傍線部のとおり、本文の改変を最小限にとどめている。鬼子は歯や髪が生えて生まれてくる子であることから、「神」を「髪」、「降り」を「振り」の同音異義語に切り替え、破綻なく内容を切り替えている。

以下は本話の中核をなす、男が詠んだ歌である。

白玉かなにぞと人のとひしとき露とこたへて消えなましものを　（『伊勢物語』）

おの子かなにぞと人のとひしとき鬼とこたへてきりなましものを　（『仁勢物語』）

『伊勢物語』の女は男に、草の上に置いた露を「白玉かなにぞ」と問うたのであったが、『仁勢物語』の女の問いは産まれ子が「男か女子か」であった。また、『伊勢物語』の和歌の中心は女を失った男の後悔にあったが、『仁勢物語』は鬼子は親が速やかに打ち殺すものとされたことから、「消えなまし」を「斬りなまし」に切り替え、妻を失った男の後悔を残しつつパロディー化している。逐語的なもじりに徹しつつも、話の勘所を外さないところに、『伊勢物語』の内容や和歌の心を熟知した作者の秀逸な機転が看取されるのである。

『吉原徒然草』

【概要】

宝永六年（一七〇九）頃成立。作者は其角門の俳人、来示。来示は江戸吉原江戸町一丁目の妓楼、結城屋又四郎である。本書は『徒然草』全章段を吉原の廓話に置き換え、遊郭における風俗や慣習、遊女や遊客の生態、好色の教訓や心得を記す。遊女の逸話や遊女評も織り交ぜられており、遊女評判記の性質をもあわせもつ。話題は吉原遊郭ばかりでなく、私娼や男色等好色全般におよび、さらには元禄・宝永頃の風俗・流行をも記しており、それを知る資料としても価値が高い。

『仁勢物語』のような古典を摂取したパロディーの背景には、雅文芸を当代の卑俗に落として笑いをうむ俳諧の流行があり、さらに俳諧で見いだされたさまざまな工夫や技法は、西鶴の『好色一代男』をはじめとする浮世草子を産んだ。『吉原徒然草』の作者来示は其角門の俳人であり、また本書には西鶴およびその浮世草子の名が散見するように、俳諧や浮世草子の影響を多分に受けて創作された書である。したがって、前掲の『仁勢物語』とは異なり、浮世草子で培われたより高度なパロディーの手法が取り入れられている。

【見どころ】

さらに、人の世を多方面から観察した『徒然草』の広さ、深さは、好色人のそれを記すに格好の素材であったと見え、好色をさまざまな角度から描き出すことに成功し、ときに鋭く核心をついている。一例として百九段「高名の木登り」をあげておこう。

『徒然草』

高名の木登りといひしをのこ、人をおきてて、高き木に登せて梢を切らせしに、いと危見えしほどは言ふ事もなくて、おるるときに軒長ばかりになりて、「あやまちすな。心しておりよ」と言葉をかけ侍りしを、「かばかりになりては、飛びおるるともおりなん。如何にかく言ふぞ」と申し侍りしかば、「その事に候。目くるめき、枝危きほどは、おのれが恐れ侍れば申さず。あやまちは、やすき所になりて、必ず仕る事に候」といふ。あやしき下臈なれども、聖人の戒めにかなへり。

『吉原徒然草』

高崎の旅人、念頃なる成人に異見しける。前、揚屋に行て太夫に逢ける時は、いふ事もなくて、今さん茶へ逢けるに、「いき過すな、心してあへよ」と異見し侍りしを、「以前金つかふ時はさもなく、今かばかり物も入らぬにかくいふぞ」と申侍りしかば、「其事に候。物むつかしき太夫に逢ふ時はおのれが恐れ侍りし仕過しは、やすき所になりて必ず仕る事に候」といふ。あやしき田舎人なれども、すいのいましめに叶へり。

『吉原徒然草』にいう「太夫」は廓の最高位の遊女、「散茶」は下位の遊女である。つまり『徒然草』における木登りの高低を遊女の格の高低に切り替え、金のかかる太夫遊びでは支出に気をつけるが、金のかからぬ散茶遊びでは心に油断がうまれ、かえって浪費をするという遊郭遊びの内実を教訓として記して笑ったのである。

【もっと深く――もじりと古典理解】

『伊勢物語』と『徒然草』の近世における受容の差異や、創作時期によるパロディーの方法の違いにも注目したい。

『伊勢物語』は古く鎌倉時代から研究され注釈書が綿々と書き継がれており、『仁勢物語』にもその成果による本文理解に基づいたパロディー化の跡が見て取られる。たとえば二十四段「梓弓（あずさゆみ）」。『伊勢物語』の男は宮仕えのため女のもとを離れ上京する。女は男の帰りを待ちわびていたが、三年が過ぎ、その間熱心に求婚し続けてきた別の男に「今宵あはむ」と約束し、そこにもとの男が戻る。二人は歌を詠み交わし、男は、

　　あづさ弓ま弓つき弓年を経てわがせしがごとうるはしみせよ

との歌を残して去る。女は男を追うが追いつけないで、清水のあるところに倒れ臥し、「むなしく」なってしまった。

一方の『仁勢物語』。片田舎の男が都へ行き、三ヶ月間留守にする。糸仕事をする人に女が「餅くはせん」と約束したところに男が戻り戸を叩くが、女は餅つきの手を止められないとの歌を詠み、以下のやりとりがなされる。

　　あづきもちこもちあはもちどしつくとわがぜになくはうるもゑつかじ

といひて、いなむとしけれは、女、

　　あづきもちつけどつかねどそとよりもくろゝはあとへあきにしものを

と云けれど、おとこはらたてけり。

『仁勢』の男は「わが銭なくば粳（うる）もゑつかじ」、すなわち「自分の稼ぎがなければ、その粳餅すら搗けないだろうに」との皮肉な歌を返し、「はらたて」るのである。

現在では、『伊勢』の男の歌は「わがせしがごとうるわしみせよ」、すなわち「長年自分があなたにしたように、これからは新しい夫を大切にしてほしい」との意に解されているが、当時までの『伊勢物語』注釈書では「わがせしがごと」ではなく、「わがせしかごと（神言）」と読むのが通例であった。ここにいう「かごと（神言）」とは「約束」「誓い」の意である。すなわち当時の解釈では、別の男と逢おうとする女に対し、そんなことをすれば夫

婦の「誓い破り」になるといってたしなめた歌と解されていたのである。つまり『仁勢』は、『伊勢』を単にもじるのではなく、その本文に男の「憤慨」を見て取ってそれを残したうえで、その憤慨の理由を食べ物や金銭へと俗化し、笑いに変えたのであった。素朴ではあるが確かな物語理解に支えられた本書のパロディーの妙にも注目したい。なお本書は本文ばかりでなく、挿絵にも趣向が凝らされている。第二十四段の『仁勢物語』挿絵［図2］は、嵯峨本『伊勢物語』［図1］の構図をそのままに踏襲しながら、尻からげをした旅姿の男、上半身をはだけて餅つきをする女を描いて笑いを誘ったものである。

さて一方、『伊勢物語』とは異なり『徒然草』の享受は遅く、注釈書の刊行も『徒然草寿命院抄』（秦宗巴著、慶長九・一六〇四年刊）を待つことになる。しかしながらその後、近世期には『徒然草』本文およびその注釈書が続々と刊行されて広く親しまれ、俗文芸である俳諧や浮世草子にも多く用いられて好評を博した。『吉原徒然草』もそうした流行を承けた創作であり、逐語的なもじりのなかに俗なる好色を笑いや誇張を交えて伝える点に面白みがある。たとえば『徒然草』第六段が「わが身のやんごとなからんにも、まして数ならざらんにも、子といふ物なくてありなん」といい、以下に子孫の没落を哀惜したのに対し、『吉原徒然草』は、

> 遊び好きのおのこ、野郎に深く逢はんにも、まして女郎にこよなふまじはらんにも、子といふものなくてありなん。大和尚、世之助・椀久も、皆、子なからん事をねがへり。「新造出さんにも、顔見せの世話せんにも、ひだてる息子のおもわく、気の毒とおもふほどわろき事なし」となり。ふるき物語にいへる、悪性なるおやぢを、息子の勘当したりしもありけるとかや。

と記す。『徒然草』の文章を、息子の手前をはばかるがゆえ好き勝手に遊蕩できず、それなら子がないほうがよいとの意にすりかえて、親父の度を越した色遊びの愚かさを笑うのである。さらにここに引かれた「世之介」「椀久（椀屋久右衛門）」は西鶴の好色物浮世草子（『好色一代男』、『椀久一世の物語』）の主人公であり、息子が悪所通いに耽る親父をあべこべに勘当する話も『西鶴置土産』巻三の二「子が親の勘当逆川をおよぐ」に見える。すなわち本段は、当代の浮世草子が描く誇張された好色を背景にして『徒然草』をもじった一章なのである。

また、『吉原徒然草』におけるパロディーは、遊郭や

図1 『嵯峨本伊勢物語』
(『和泉書院影印叢刊27』和泉書院、1981年より)

図2 『仁勢物語』
(『近世文学資料類従 仮名草子編26』勉誠社、1977年より)

好色の道を熟知した作者によるためか、笑いのみにはとどまらない。たとえば第二十二段、

夜鷹の能は、月夜に出る物なれ。ある人の「月夜ばかり夜鷹のかなしき事はあらじ」と言ひしに、「闇こそ哀れなる」なんどあらそひしこそおかしけれ。折にふれば何かは哀れならざらむ。月、闇、さらなり。風のみぞ哀れさはまされり。辻番の影にたたずめば、しかりて立たせず。橋の上にやすらへば、番人、時をもわかず廻り、「夜のふしどにおさな子の、母や尋てさぞやなくらむ、不便や」と、信田づまの浄瑠璃をおもひ出せしもまた哀れなりし。化粧は鼠壁をあらそひて、燈灯を見れば心悲しく店下へ隠れ、人遠く行けばまた出て、所々にまどひ歩きたるばかり、心のかなしき、この外はあらじ。

『徒然草』が記した月の「あはれ」を、夜鷹の「哀れ」に置き換えた一章である。夜鷹は夜間に街へ出て客を引く低級の私娼。明るい月夜ではその顔立ちがはっきり見えてしまい気の毒であるが、とはいえ闇夜では客引きがままならぬと言って、いかにしても世を渡りがたい夜鷹の哀れな境遇を書き綴るのである。本書に先立つ浮世草子は、好色の享楽ばかりでなく、「小娘は親のため、又は我が男を引連れ、我が子を母親にだかせ、姉は妹を先に立て、伯父姪姨のわかちもなく、死なれぬ命の難面くて、さりとは悲しくあさましき事ども、聞くになほ不便なる世や。（中略）夜発（夜鷹）の輩一日ぐらし、月雪のふる事も、盆も正月もしらず」（『好色一代男』巻三）とあるように、色の道に生きる人々の悲喜こもごもを描き出していた。『徒然草』本文に即しつつ、浮世草子に同じく色の道に生きる人々に寄り添い、その諸相を見事にうつしとった本書の妙を味わいたい。

【テキスト・読書案内】

『仁勢物語』は『近世文学資料類従　仮名草子編26』（勉誠社、一九七七年）に複製、『仮名草子集』（日本古典文学大系90、岩波書店、一九六五年）などに翻刻が備わる。

『吉原徒然草』は、『近世文芸叢書』七巻（第一書房、一九七六年）、岩波文庫、『江戸吉原叢刊』四巻（八木書店、二〇一一年）に翻刻がある。

『伊勢物語』や『徒然草』の近世における受容については、鈴木健一『伊勢物語の江戸』（森話社、二〇〇一年）、川平敏文『徒然草の十七世紀　近世文芸思潮の形成』（岩波書店、二〇一五年）を参照されたい。

（水谷隆之）

02

唐詩選のパロディー三部作

『通詩選笑知』『通詩選』『通詩選諺解』（狂詩）

張継「楓橋夜泊」という、『唐詩選』などにとられ人口に膾炙した名作がある。天・眠・船で韻を踏む。

月落烏啼霜満天　月落ち烏啼いて　霜　天に満つ
江楓漁火対愁眠　江楓漁火　愁眠に対す
姑蘇城外寒山寺　姑蘇城外の寒山寺
夜半鐘声到客船　夜半の鐘声　客船に到る

大田南畝が編んだ『通詩選諺解』（天明七・一七八七年）という書物に、これをもじった狂詩がある。題して「永久夜泊」。韻は身・緡・人。

鼻落声鳴篷掩身　鼻落ち声鳴って　篷　身を掩ふ
饅頭下戸抜銭緡　饅頭下戸　銭緡を抜く
味噌田楽寒冷酒　味噌田楽の寒冷酒
夜半小船酔客人　夜半の小船　客人を酔はしむ

注があり、「永久橋は崩橋の北にあり」、また「船饅頭は食類にあらず船中の遊女をいふ」云々という。すなわち、江戸の隅田川にかかっていた永久橋に出没する遊女を詠んだ詩である。起句「月落ち烏鳴いて」が、「鼻落ち声鳴いて」（梅毒のために鼻が落ちた遊女である）となるパロディーも強烈であるが、「こそじょうがいのかんざんじ」ならぬ「みそでんがくのかんざまし」という振り仮名も、何ともばかばかしい。

南畝には、このように『唐詩選』をもじった一連の狂詩集がある。すなわち『通詩選笑知』（天明三・一七八三年）、『通詩選』（天明四・一七八四年）、それに『通詩選諺解』の三部作である。

【概要】

『唐詩選』は唐代の詩のアンソロジーであり、わが国では享保九年（一七二四）に校訂本が刊行されて以来、長く愛読された。巻一に五言古詩（三十二首）、巻二に七

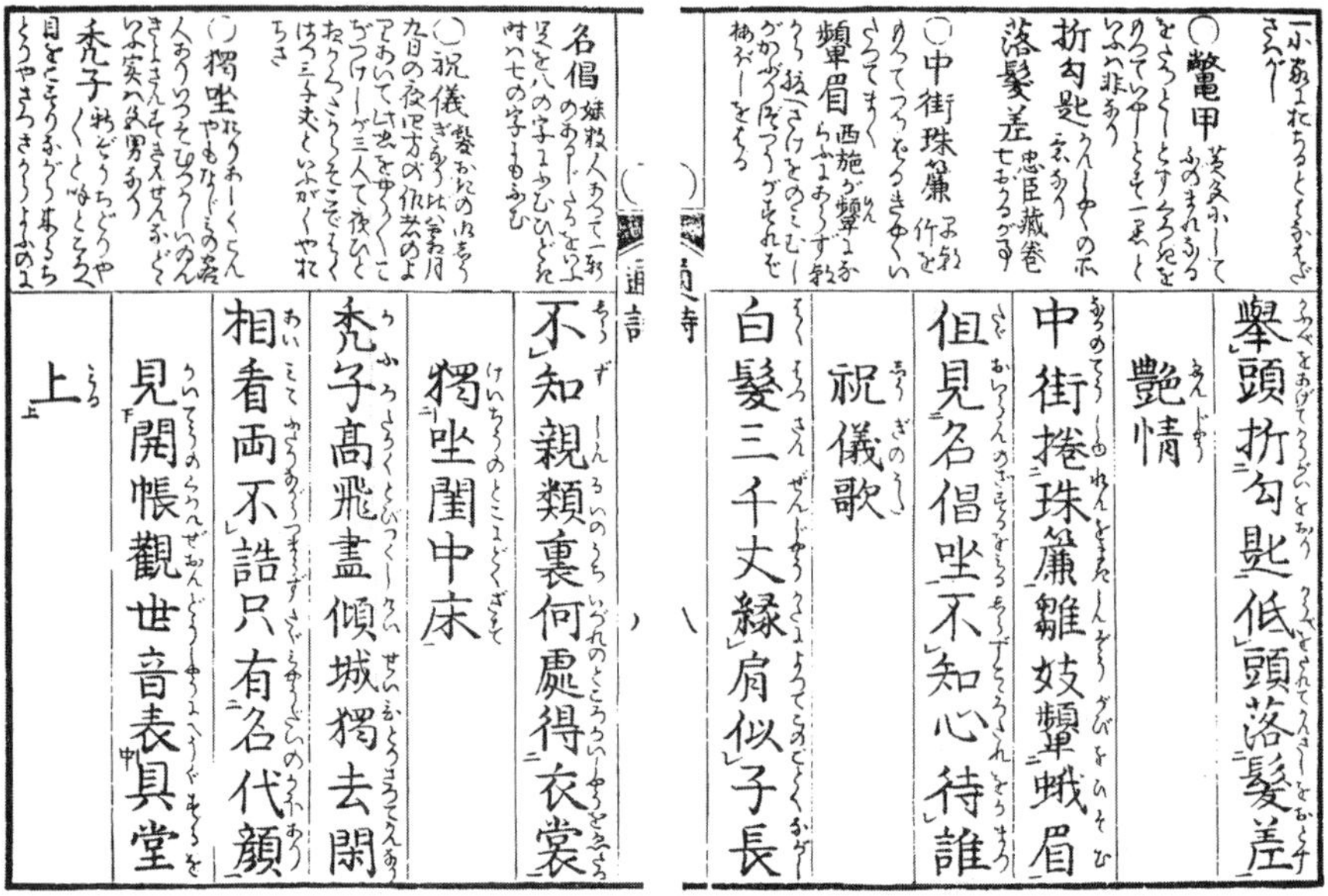

擧頭折勾匙低頭落髪差

艶情

中街捲珠簾雛妓顰蛾眉
但見名倡坐不知心待誰

祝儀歌

白髪三千丈緑肩似子長
不知親類裏何處得衣裳

獨坐閨中床

禿子高飛書傾城獨去閑
相看両不語只有名代顔
見開帳観世音表具堂

上

図１　『通詩選笑知』「祝儀歌」（『改訂増補版／通詩選三部作』太平書屋、2010 年より）

言古詩（六十七首）、巻三に五言律詩（六十七首）、巻四に五言排律（四十首）、巻五に七言律詩（七十三首）、巻六に五言絶句（七十四首）、巻七に七言絶句（百六十五首）を収録する。

『通詩選笑知』は、『唐詩選』の五言絶句七十四首のうち、七十二首のパロディーを収録する。書名は、千葉芸閣による注釈書『唐詩選掌故』（明和元・一七六四年）をもじったもの。なお詳しくは【見どころ】で述べるが、詩には注が附されている。とはいっても詩の読解に役だつものは少なく、戯注というべきものであるけれども。

図１は、『通詩選笑知』におさめる「祝儀歌」である。韻は長・裳。原詩は、「白髪三千丈／愁に縁りて箇の似く長し／知らず明鏡の裏／何れの処か秋霜を得たる」（韻は長・霜）とうたう李白「秋浦歌」である。

白髪三千丈　　白髪三千丈
縁肩似子長　　肩に縁って子の似く長し
不知親類裏　　知らず親類の裏
何処得衣裳　　何れの処か衣裳を得たる

上欄に注があり、「〇祝儀　髪おきの御しうぎなり。比は霜月九日の夜、四方の作者のよりあいて此書をやうやうこぢつけしが、三人で夜ひと夜かゝつたから、そこで

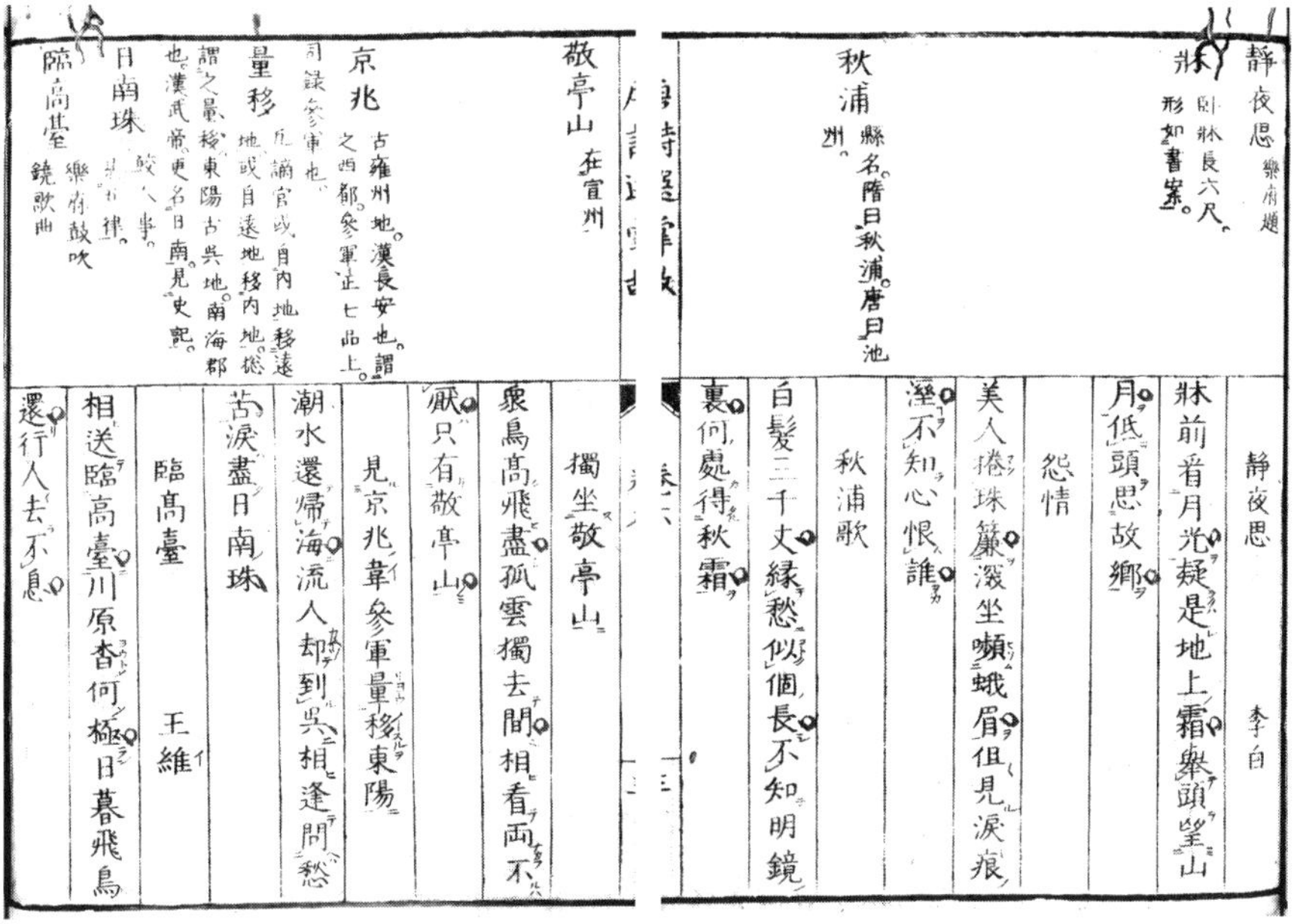

静夜思 楽府題
牀 臥牀長六尺。形如書案。
秋浦 縣名。隋曰秋浦。唐曰池州。

静夜思　李白
牀前看月光　疑是地上霜　擧頭望山月　低頭思故郷
怨情
美人捲珠簾　深坐嚬蛾眉　但見涙痕湿　不知心恨誰
秋浦歌
白髪三千丈　縁愁似個長　不知明鏡裏　何處得秋霜

敬亭山 在宣州
京兆 古雍州地。漢長安也。謂之西都。参軍正七品上。司録参軍也。
量移 凡謫官或自内地移遠地或自遠地移内地。総謂之量移。東陽古呉地。南海郡也。漢武帝更名日南。見史記。
日南珠 較入事。出古律。
臨高臺 楽府鼓吹鐃歌曲

独坐敬亭山
衆鳥高飛尽　孤雲独去閑　相看両不厭　只有敬亭山
見京兆韋参軍量移東陽
潮水還帰海　流人却到呉　相逢問愁苦　涙尽日南珠
臨高臺　王維
相送臨高臺　川原杳何極　日暮飛鳥還　行人去不息

図2 『唐詩選掌故』(早稲田大学図書館蔵)

はくはつ三千丈といふがくやおちさ」という。すなわち天明二年の十一月九日に、南畝の長男の三歳の髪置という行事があり、祝儀のために南畝の家に集まった仲間たちが「此書(この)」すなわち『通詩選笑知』を作り上げたという事情が知られる。

これに続く『通詩選』は、『唐詩選』の七言古詩三十二首のうち十八首のパロディーを試みる(詩のみで、注は附さない)。『通詩選諺解』は、『唐詩選』の七言絶句百六十五首のうち五十首のパロディーを試みたもの。「永久夜泊」のところで触れたように、戯注を附す。

なお、『通詩選笑知』と『通詩選諺解』は南畝とその友人たちの合作であり、『通詩選』は南畝単独の狂詩集である。

【見どころ】

『通詩選笑知』の元になった『唐詩選掌故』という書物があることは、前述した。図2を見ればわかるように、上欄に語の出典などを注記するという形式がとられており、版面の形式までも『通詩選笑知』はそっくりにまねていたのである。三部作の中でも『通詩選笑知』は、表紙見返しや「通詩選序」、さらに「戯言」(これは服部南

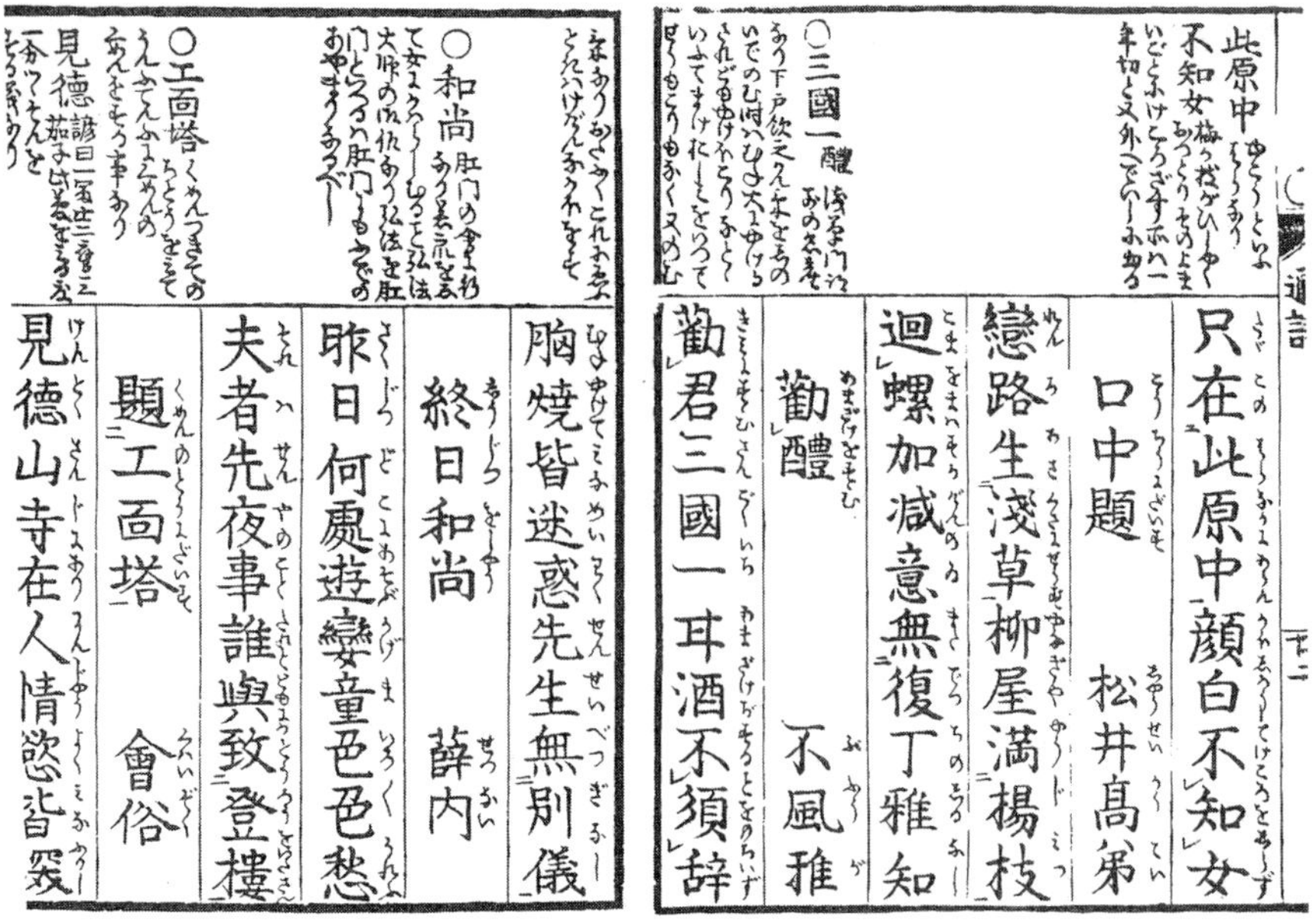

通詩　十二

只在此原中　顔白不知女

口中題　松井髙帋

戀路生淺草柳屋滿楊枝

迴螺加減意無復丁雅知

勸醴　不風雅

勸君三國一　耳酒不須辭

胸燒皆迷惑先生無別儀

終日和尚　薛内

昨日何處遊孌童色色愁

夫者先夜事誰與致登樓

題工面塔　會俗

見徳山寺在人情慾皆裂

図3　『通詩選笑知』「祝儀歌」（『改訂増補版／通詩選三部作』太平書屋、2010年より）

郭による「附言」のもじり）にいたるまで、版本『唐詩選』の忠実なパロディーになっている。

もう一例あげよう。次にあげるのは、『通詩選笑知』におさめる「勧醴」である［図3］。作者は「不風雅」（酒ではなく甘酒をすすめるところが風雅でないからであろう）。辞・儀で韻を踏む。

勧君三国一　　君に勧む　三国一

甘酒不須辞　　甘酒　辞することを須いず

胸焼皆迷惑　　胸焼けて皆迷惑

先生無別儀　　先生　別儀無し

原詩は于武陵「勧酒」。訓読のみをあげれば「君に勧む金屈卮／満酌　辞することを須いず／花発いて風雨多し／人生　別離足る」（韻は辞・離）。井伏鱒二による訳「コノサカヅキヲ受ケテクレ／ドウゾナミナミツガシテオクレ／ハナニアラシノタトヘモアルゾ／『サヨナラ』ダケガ人生ダ」（『厄除け詩集』）によっても知られていよう。

「勧醴」でいえば、「〇三国一　醴　浅草門跡前の名産なり　下戸飲之　かん気をしのいでのむ時はむね大にやける　されどもやけほこりなど丶いふてまけおしみをいってせうもこりもなく又のむ気なり　おたふくこれにゑふときはけげんなかほをす」という注がある。浅草本願寺前には三河屋・大坂屋・伊勢屋という甘酒屋があり、いずれも「三国一」（日本と唐土とインド。すなわち世界一の意）という看板を掲げていたという。

『通詩選』からも一首、「親孝行」を掲出する（爺・茶で韻を踏む）。作者は「野父」。

翻手按摩覆手爬　手を翻せば按摩　手を覆へば爬
紛紛軽薄婆与爺　紛紛たる軽薄　婆と爺と
君不見勘当帳面子　君見ずや　勘当帳面の子
此道一向棄如茶　此の道　一向　棄てて茶の如し

原詩は杜甫「貧交行」。訓読のみをあげよう。「手を翻せば雲と作り　手を覆せば雨／紛紛たる軽薄　何ぞ数ふるを須ひん／君見ずや　管鮑貧時の交はり／此の道今人棄てて土の如し」。目加田誠の訳（『新釈漢文大系19』）は次の通り。

　てのひらを、ちょっと上に向ければ雲となり、ちょっと下に向ければ雨となる。今の世の人情は、まことに測り難く、忽ちにして変りやすい。世間にいっぱいいる軽薄な奴らは、一々数え立てる要もない。君は見ないか、あの昔、管と鮑叔の、貧乏時代の交わりを。ああした美しい交友の道を、今の人は土のようにうち棄てて、顧みようともしないのだ。

かくのごとく格調高い友情の詩を、按摩をしたりかゆいところをかいたりして孝行を尽くす若者と、親不孝のため勘当帳に名を載せられた若者を対比した狂詩にもじる。トホならぬヤボという作者の名前も笑わせる。

【もっと深く――『唐詩選』と江戸時代】

いうまでもなくパロディーが成立するためには、もとになる作品が知られていなければならない。本項目では、「楓橋夜泊」「秋浦歌」「勧酒」「貧交行」などの著名な詩をもとにした狂詩を取り上げたが、これほどまでに有名でない作も含めて百数十首のパロディーが作られ、享受された（江戸時代を通じて『通詩選』三部作はロングセラーとして版を重ねている）のである。近世人がいかに『唐詩選』を自家薬籠中のものとしていたかがうかがわれる。

江戸時代、一冊すべてを『唐詩選』のパロディーについやすという試みは、『通詩選』三部作が初めてであり、その後も例がない。とはいえ、先行する試みがなかったわけではない。

『通詩選笑知・通詩選・通詩選諺解』（一九八二年、太平書屋。のち『〈改訂増補版〉通詩選三部作』と題して二〇一〇年に刊行）の解題において日野龍夫は、『蕩子筌枉解』に影響されて『通詩選笑知』が作られたと推測した。『蕩子筌枉解』は、やはり『唐詩選』五言絶句の原詩を順次掲げ、吉原などにこじつけてでたらめな解釈を施した戯作である。

ちなみに『唐詩選』五言絶句は、賀知章の「題袁氏別業」と題する次の詩を冒頭におさめる。

主人不相識　主人相識らず
偶坐為林泉　偶坐　林泉の為なり
莫謾愁沽酒　謾に酒を沽ふを愁ふること莫かれ
嚢中自有銭　嚢中自づから銭有り

「この別荘の御主人を、もとより存じているわけではないが、突然おしかけて来て、御主人と対坐しているのは、このお庭を拝見したいからだ。私が来たからといって、まあそんなに、酒を買わねばならぬなどと、とやかく御心配なされるな。これでも財布の中には、ちゃんと銭を持っておりますわい」（目加田誠訳）という意味であるが、これを『蕩子筌枉解』（『洒落本大成5』）は次のようにこじつける。

題袁氏別業
遠山といふ女郎に淫り身上蕩となりつゐにこのむところのみちなれば中の町へ茶やを出すその名をしきに遠山屋といふ　別業は下やしきの事なれどもちゃ屋とみるへし
主人不相識
ていしゅにはじめてあふ
偶坐為林泉
此くるわのふうけいを見　女郎がもとめ申たい
莫謾愁酤酒
ちさうをいたしそんのよふにおもひめさるな
嚢中自有銭
こんれ〳〵もつねに此とほりておんしゃると右大弁切のはながみぶくろをふって見せる新五左とみゆる　いやみ甚し

「袁氏別業」とは、唐代の、袁という人の別荘であるけれども、それが「遠山」という遊女にちなむ茶屋であるとでたらめを述べる。なお「こんれこんれ」や「おんしゃる」は、田舎侍の口ぶりを揶揄したもの。「新五左」も、田舎侍をあざ笑ったいいかたである。

唐詩の受容といえば、『厄除け詩集』のもとになった口語訳が江戸時代に成立していたことも、よく知られていよう。一例をあげれば、先述した賀知章「題袁氏別業」を、写本『唐詩五絶臼挽歌』は次のように訳している（表記は寺横武夫「井伏鱒二と『臼挽歌』」〈『国文学　解釈と鑑賞』一九九四年六月〉によった）。

あるじは誰と名はしらねども
庭が見たさにふと腰かけた
酒を沽とて御世話は無用
わしが財布に銭がある

さらにこれは明治二年（一八六九）の刊行だが、『唐詩作加那』のような都々逸が出版された例もある。例えば

〽うたれながらもその手にすがり
　白髪三千丈
　縁愁似個長

とあるのは、「秋浦歌」の起句・承句を織りこんで、（愁が絶えないために白髪になってしまったが）邪険に扱うのもたいがいにしてほしいと男の手にすがる女の様子をうたったもの。

〽たとへのんでも亦呑いでも
　莫謾愁沽酒
　嚢中自有銭
〽つとむる所は勤めます

とあるのは、「題袁氏別業」の転句・結句を、『仮名手本忠臣蔵』の高師直のせりふに織りこんでいる。

『唐詩選』が江戸時代を通じて有数のロングセラーとなった書物であり、いろいろな形で近世文化に影響をおよぼしたということを、これらの享受史からうかがうことができるのである。

【テキスト・読書案内】

『通詩選』三部作は『大田南畝全集1』（岩波書店）にも収録するが、【見どころ】にあげたような見た目の面白さも味わうためには影印で読みたいところ。【もっと深く――『唐詩選』と江戸時代】でも名の出た改訂増補版『通詩選三部作』（太平文庫64、太平書屋、二〇一〇年）をすすめたい。なお三部作の中で『通詩選笑知』（新日本古典文学大系84、岩波書店、一九九三年）は日野龍夫による注釈が備わる。

なお、『唐詩選』のわが国での享受については、大庭卓也「和刻『唐詩選』出版の盛況」（堀川貴司・浅見洋二編『蒼海に交わされる詩文』汲古書院、二〇一二年）、有木大輔『唐詩選版本研究』（好文出版、二〇一三年）などの研究もある。

（杉下元明）

03

俳諧師は水滸伝の豪傑?!

『俳諧水滸伝』(俳諧逸話)

江戸時代の作者は、ある作品を元にして新しい作品を作ることが非常にうまい。作品自体の面白さに、原作の面白さが加わって二重に面白くなる。そうした創作のネタ本の中でも中国小説である『水滸伝』は、正徳三年(一七一三)以前に日本に伝わって以来、読本や浮世絵などに多大な影響を与えている。

『俳諧水滸伝』は、遅月庵空阿(一七五〇〜一八一二)という真言宗の僧侶で、和歌や俳諧、戯文も書いた人物の著作である。寛政元年(一七八九)頃、東北行脚に出掛けたときに書いたという。現在、伝わっているものはすべて写本であるが、空阿と夏目成美の両吟集『一夜流行』(天明八・一七八八年跋)の裏見返しにある書肆山崎金兵衛の広告には、「俳諧水滸伝　全部百廿回　遅月上人著述」とあり、刊行も計画されていたのかもしれない。

そこではこの本が、俳諧の始まりから古風談林諸流の興廃を描き、芭蕉翁と門弟たちの事跡など三百年にわたる俳諧の故事を集めて、多くの句の出所を明らかにするものであると説明している。百二十回とは『水滸伝』百二十回本による表記であるが、現存する写本は四十三回で終わっており、実際の戦いはまだ始まらない。

俳諧の歴史を書くのに、『水滸伝』を利用するという発想自体がすでに奇妙であると思われるが、どうして『水滸伝』を用いたのかを「凡例」において理由を二つあげて説明している。一つは「寓言」であり、文体やそのほかを『通俗忠義水滸伝』に倣っていること。二つめには、芭蕉の墓が近江粟津にあり、そこが琵琶湖の南汀であることから、「水のほとり」すなわち「水滸」伝としたとする。

先行書に書かれた事実を踏まえながら自由に脚色された作品で、作者の俳諧や『水滸伝』に対する知識の深さ

図１『俳諧水滸伝』口絵俳諧師肖像（袖珍名著文庫、富山房、1903年より）

を感じながら、作者の遊び心を楽しむことができよう。

【あらすじ】

和歌から連歌、俳諧が生まれた歴史を述べる。伊勢の神官荒木田守武が太宰府天満宮に参詣して俳諧連歌の大成を祈ったところ、夢に白き直衣の老人が現れて幣を振ると、散った梅花が星のように飛び散って雲間に隠れた。老人は、これらが俳星として一流派を立てるであろうこと、今から百五十年後に風羅俳星が山陰の土地に出て俳風を正すであろうと未来を予言した。

その後、慶長十七年後水尾帝の御代になり、長頭丸貞徳とその門下七俳仙によって長頭丸風の俳諧が世に広まっていた。その頃、連歌の師匠を辞めて洛西に隠れ棲む西因という隠士がいた。そこに立圃と重頼という道士が訪れ、俳諧の天下統一のために山崎宗鑑の一夜庵を訪ね、老僧に会う。西因は、老僧から払子を授けられ「宗鑑」の一字を継いで「宗因」と名乗るように言われる。浪花で俳諧の一派を立てることを決めた宗因は、雪柴や雪川などと門弟を増やしつつ向かうが、船中において梅童子が桃童子に文台を奪われる夢を見、未来を予感する。浪花の地、宗因の元には矢数を吐く西鶴、その知己由平ら六俳頭が馳せ参じ、北に栴檀閣を構えて、六十余りの俳星が集まる。その後も次々と俳士が集まってくるが、来山や鬼貫など招けども辞する者もいた。

その頃、伊賀上野藤堂家の一族蝉吟に仕える松尾甚七郎宗房という人がいた。遠出のできない主君に代わり京の季吟の教えを学び、和歌から当代の談林風まで自在に詠みこなせるようになった。二十九歳の時、藩を飛び出し江戸へ向かい禅を学んで、やがて泊船堂桃青と名乗る。

山居を望む桃青を杉風がとどめ、深川泊船堂には二十人の俳士が集い、『江戸二十歌仙』を刊行して、その名を広く知らしめた。

当時、諸国に俳士が蜂起して、天下はいつ静まるとも見えない状況となった中で、宗因が亡くなる。桃青の元には其角・嵐雪を始め多くの門弟が集まり、新風の俳諧を開こうとする。桃青は芭蕉の句が高名で「芭蕉の翁」と呼ばれるようになった。芭蕉は行脚で美濃の木因を訪ね、さらに尾張の俳星荷兮に出会い、尾張五歌仙を巻き「冬の日」の俳諧を完成させる。

【見どころ】

広告にそれぞれの句の出所を表したとあるが、紹介されている句とその逸話は創作されたものが多い。

例えば、芭蕉が其角と嵐雪を詠んだ「両の手に桃と桜や草の餅」（元禄五・一六九二年の作、『桃の実』所収）という句がある。この作品では、其角はがさつで酒好き・女好きの人物、嵐雪は親思いで生まじめな人物として描かれている。第二十九回では、嵐雪が風流な上巳の宴を催したところへ、半酔いの其角が童子に桜の枝を持たせて遅刻して来て、飲めない嵐雪をからかう。すると上戸下戸の双方に門人たちが別れて、酒と餅の優劣を競い合う。仲裁を求められた芭蕉は、

孤生はからずも杉風のとどめに逢て、庵をかりそめに此深川のほとりに結び、俳諧を以て諸君に交り、昼夜に新風の俳諧をひらかんことを思ふと云へども、当地に松意あり、京に常矩あり、大阪に西鶴、由平等を初め、諸国の檀林党をかため社を結んで、時々に変風の集をつくり、月々に画賛の摺り物を出せば、其勢ひ中々急には折きがたし。然れば此陣の衆将は、帷幕に趣向の謀を秘し、句案の矢の根するどく磨き、語勢の弓強くはりて、錬磨のてには的を違へず、邪風を攻め、正風を起こし、文徳を修めて以て来すの時を待つべきに、わずかに酒餅の小論よ

り我他彼此の褒貶に及ぶ

新風を開こうにも檀林（談林）が手ごわくて倒せないことを述べて、俳諧の腕を磨いて時期を待つべきなのに、上戸下戸で喧嘩するとは情けないといって、この句を詠む。俳諧で心すべきことを、『水滸伝』を意識して、「幕の内に趣向を隠し、矢のようにするどく句を案じ、弓を張るように言葉の勢い強く、てにをはを的確に使って、邪風を攻撃しなくてはならない」と、戦いを比喩に用いた文章で俳諧新風開拓の戦いに備える様子を書く。

第三十一回に「花あやめ一夜に枯れし求馬哉」（貞享五・一六八八年の句『蕉翁句集』所収）という句にまつわる話がある。この句は、京都で歌舞伎見物をした芭蕉が詠んだものであるが、本作では江戸での出来事とされている。磐城平藩主内藤露沾公が、歌舞伎若衆吉岡求馬に執心のあまり近習としようとするので、家臣たちは俳諧師沾徳にいさめるよう依頼する。沾徳の言葉によって、露沾公は「温石もあかるる夜半や初桜」（元禄十一・一六九八年刊『続猿蓑』所収）の句を求馬に送って、二度と訪ねなかった。寵愛衰えたことを嘆いた求馬が、ある夜芭蕉の夢に現れ「子規鳴や五尺のあやめ草」（元禄五年の作『葛の松原』ほか所収）という句で救われる。翌朝、芭蕉は求馬が入水自殺をしたことを知り、追善として「花あやめ」の句を手向けたとする。このように別々の時期に詠まれ、別の集に入っている句を並べて物語を作り出す。

蕉風が他派を圧倒するまでの文学史上の出来事を『水滸伝』風の文体を用いて書くところと、芭蕉の句の詠まれた背景を創作しているところなど、『水滸伝』に詳しい読者、芭蕉の句に詳しい読者それぞれに、作者の発想に感心したり、利用の仕方を楽しんだりできると思われる。

【もっと深く――『水滸伝』風に俳諧師を書いてみる】

本作には多くの俳諧師が登場するが、それぞれが『水滸伝』風に描写されている。

まずは、桃青（芭蕉）の容姿である。素堂と信徳が見た芭蕉は、

瘦容枯面、頭は雲間の士峯の如く、眼は春宵の細月に似て、気韻の清々たること、俗を離れて高からず、飄々として物に滞らはずの姿。（二十七回）

これは、現在の教科書などに採用されている小川破笠作の芭蕉肖像画のやせ枯れて細い目でひょうひょうとした面影そのものである。

江戸に出た芭蕉は、季吟から俳諧を正すことを託される。季吟の弟子であった「白面長耳にして、誠に一箇の秀才子と見え」る杉風と、旧友で元武士の「方面細眼朱唇緑眉」の嵐蘭という二人と盃を交わして共に真正の風を起こす決意を語り合う。

ここで語り合われる内容とは、俳諧の歴史と今後の戦略である。俳諧とは連歌の余興の言い捨てから始まり、笑いを元にして謎字やもじり、滑稽を主としていた。宗鑑は不満を持ちつつもどうしようもできず、貞徳は理屈を持って正そうとしてできなかった。宗因が理屈を排した言いかけで古風を一蹴したが、一時的なものである。ここで漢詩文調の聞きがたい句を作ることで俗俳に衝撃を与えようというのである。蕉風の虚栗調の時代についての説明が戦略として書かれている。

それに対する談林派の人々のうち、西鶴は、

長面鳳眼にして年若なるが、頭に丹色の献寿巾をいただき、身に白鳥の千歳袍を着て、上位に座し、執筆に吟を促さしめて、句を吐くこと続々として誦するが如し。此二萬堂井原栖鶴なり。（第十二回）

とされ、「鳳眼」というくっきりとした目は、芳賀一晶が描く西鶴像の目を連想させる。前川由平は「円顔短眉」、池西言水は「濃眉白面」の「風狂子」、この二人を招いて茶を振る舞う捨女の姿は、

嬋娟たる雲鬢蘭風を含んで緑光鮮かに、桜花の顔に遠山の黛薄く引きたる（十九回）

というまったく中国風の美女として描写されている。芭蕉が登場する前の巻五の二十回までは、談林の人々の逸話が語られており、それぞれの力を伸ばしている。

蕉風の変遷を戦術として規定したり、『水滸伝』風に酒宴の場を設けたりして創作し、人物の描写についても実際の姿を想像させつつも、『水滸伝』風に書くことを忘れない作者の徹底した遊び心に感心させられる。

出版予告は『水滸伝』に倣った百二十回であるが、実際には四十三回で終わっている。最終回は、蕉風発祥といわれる『冬の日』歌仙の完成であり、主な門弟たちが集まり、これから本格的な戦いが始まる前で終わる。談林派と正風派が戦う場面は書かれていないし、芭蕉の最期も書かれない。実際に談林の人々が悪人というわけでもないので、適当なまとめ方ということも言えるし、梁山泊に英雄たちが集合したところで終わる七十回本と同じということもあろうか。

学力知識がある読み手が背景を知りつつ読むのも一興

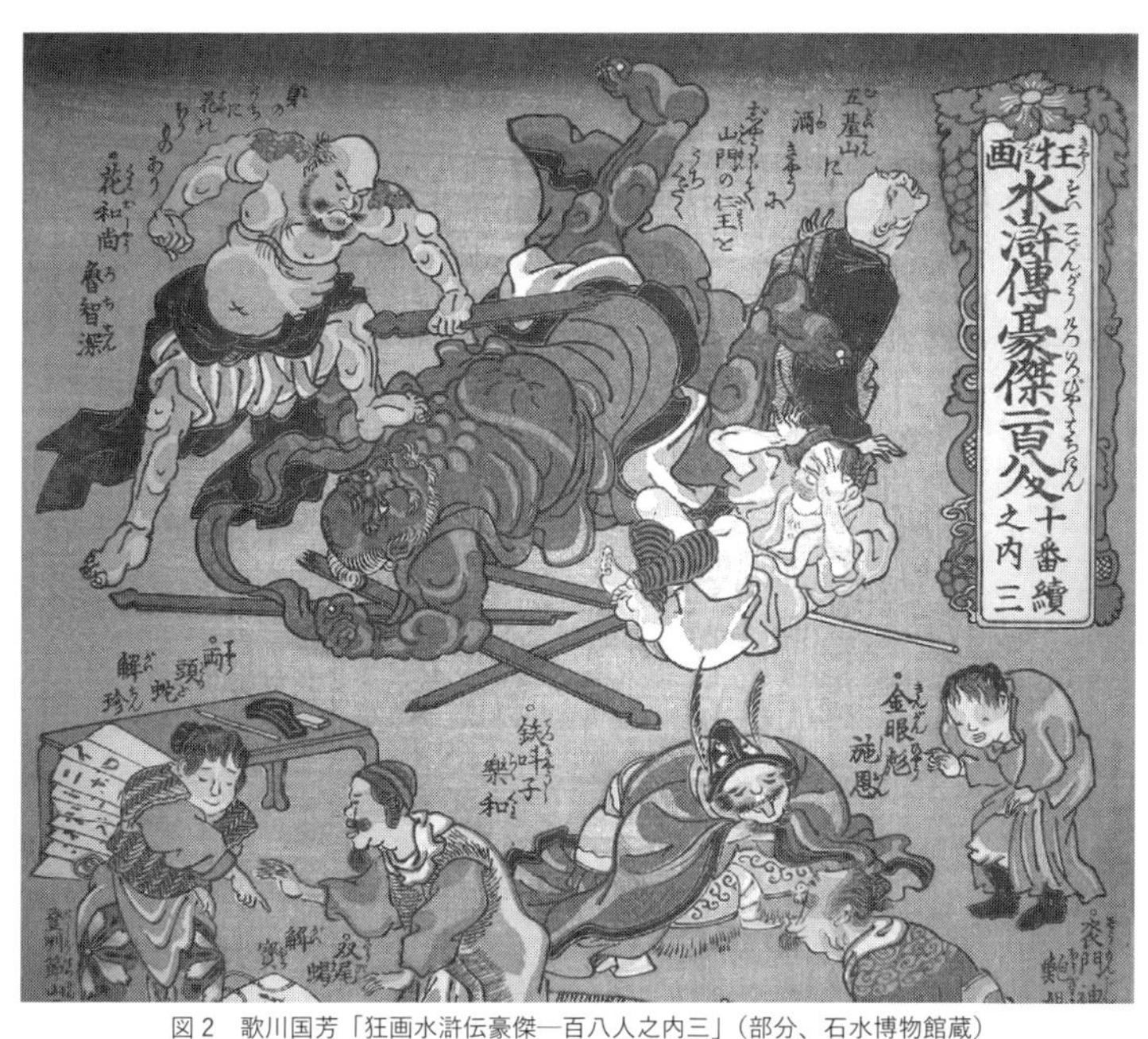

図2　歌川国芳「狂画水滸伝豪傑一百八人之内三」（部分、石水博物館蔵）

であろうが、それを知らずに読んでみても発想の面白さを楽しむことができる。江戸時代の俳人、知識人、文化人といった人々が、まじめに遊ぶとこうした作品になるのかと思わされる。

【テキスト・読書案内】

活字本は『俳諧水滸伝』（遅月庵空阿著・藤岡作太郎校訂、袖珍名著文庫11、富山房、一九〇三年）。国立国会図書館のデジタルコレクションで公開されているほか、原本を所蔵している図書館がある。

写本は何種類かあり、国文学研究資料館の電子資料館や早稲田大学の古典籍総合データベースで画像を見ることができる。

俳諧の歴史や芭蕉の伝記については、江戸時代から近年に至るまでいくつもの資料がある。近年のものとして佐藤勝明編『21世紀日本文学ガイドブック5　松尾芭蕉』（ひつじ書房、二〇一一年）など。『水滸伝』に関する資料も非常に多い。近年のものとして稲田篤信編『【アジア遊学131】水滸伝の衝撃』（勉誠出版、二〇一〇年）、絵画資料が豊富な岡崎市美術博物館編『歌川国芳　水滸伝の世界』（岡崎市美術博物館、二〇一七年）など。

（早川由美）

04

大人向けの昔話

『桃太郎後日噺』『親敵討腹鞁』（黄表紙）

むかしむかしで始まり、めでたしめでたしで終わる昔話。しかし、その後どうなった？　とか登場人物についてもっと知りたいと思うことはないだろうか。そういった思いにかられて、前日譚あるいは後日譚を作ってしまった人たちが江戸時代にいた。猿蟹合戦、桃太郎、かちかち山、猿の生き肝、舌切り雀、浦島太郎、花咲爺、金太郎、一寸法師、分福茶釜などいろいろな昔話の前日譚・後日譚が、特に十八世紀後半の黄表紙という絵入り小説で展開された。既存の昔話を下地にして、あらたな創作物を作るのだから、現代の見地からこれらは昔話の二次創作といえるだろう。これら二次創作が創作者にとってよいところは、登場者の性格あるいは世界設定が読者によく知られている点である。それと同時にもともとの性格とは異なるキャラクターに設定することで、そのギャップを楽しませるという手法もよく用いられた。

この昔話の二次創作は黄表紙の初期の代表的作者である朋誠堂喜三二が『桃太郎後日噺』『親敵討腹鞁』（共に安永六・一七七七年刊）で始めた手法である。両作ともに、絵師は恋川春町である。大人向けの笑いのある絵本という黄表紙という分野自体が、安永四年（一七七五）の恋川春町作・画『金々先生栄花夢』から始まっており、春町とともに初期黄表紙で名を成した喜三二であるが、『桃太郎後日噺』『親敵討腹鞁』は喜三二が初めて書いた黄表紙であった。なお、恋川春町は駿河小島藩江戸留守居役で、本書の別項で紹介している『化物大江山』の作者・画工であり、秋田藩江戸留守居役であった朋誠堂喜三二の親友であった。

『桃太郎後日噺』

【あらすじ】

鬼退治を終えた桃太郎一行は宝物とともに赤鬼の息子白鬼（鬼七）を連れて帰る［図1。桃太郎と猿雉犬。爺と婆に白鬼（中央下）とおふく（右下）］。白鬼は見かけと違って心優しいので桃太郎の両親や下女おふくに好かれる。桃太郎は戦利品の打ち出の小槌から小判を振りだし、雉は小判をもらって帰る。桃太郎は十六歳になり元服する。鬼も角を落として元服して鬼七と名乗る。それをうらやんだ猿も元服させてもらい猿六と名乗る。格好をつけるが顔は猿で知恵も足りないのでおふくには嫌われる。おふくは鬼七に恋文を送り、鬼七も受け入れるがそれを猿六は奪い取って不義の密告をする。桃太郎は鬼七とおふくを打ち出の小槌で十ずつ打って二十両を渡し、猿六は一回打って二百文渡す。その金を元手に鬼七・おふく夫婦はたばこ屋を開く。白鬼の許嫁であった鬼女姫が訪ねてきて、おふくと争いになり、鬼女姫は角を切り落とし、おふくは角を生やす。おふくに鬼七は追われて鐘に隠れ、蛇になって鐘に取りつこうとするおふくを鬼女姫は止めようとし猿六はそれを妨害する。鬼女姫は自害しておふくを止めようとし、桃太郎がおふくを殺す。桃太郎に供に来た犬が猿六を殺す。

【見どころ】

図2右面は、猿六がおふくと鬼七を困らせている場面。おふくが鬼七の男ぶりにほれ込んで、恋文をこっそり送ると、鬼七ももともと鬼なのであさましく、おふくを好ましく思って、ひそかに逢い引きしたところ、猿六がその現場を見付け、恋文を奪い取って、二人を罵る。猿六は「こいつは、こいつは、こいつは、とほうもない、あつかましい、いまいましい。きゃっとも言ってみろ」と言って興奮ぎみ。鬼七は「もとの白鬼がましじゃもの。島ならこうした憂き目はせまい」と泣き言。おふくは「了簡してくだんせ（おおめにみてください）」と猿六に頼んでいる。

図2左面は猿六が桃太郎の父の山右衛門と母のお川に鬼七とおふくの密通を告げ口する場面。「鬼七めとおふくめ、不義をはたらきましたをきっと見とどけました。両人ともにお暇をくだされずば、御政道がたちますまい（奉公人にしめしがつかないでしょう）。」とおふくの手紙をみせる。山右衛門は「その訴えはおのれが猿利口というものなれど、証拠があれば打捨ててもおかれまい。はて、気の毒な」と述べる。鬼七に好意的な山右衛門にとって

図１　『桃太郎後日噺』（国立国会図書館蔵）

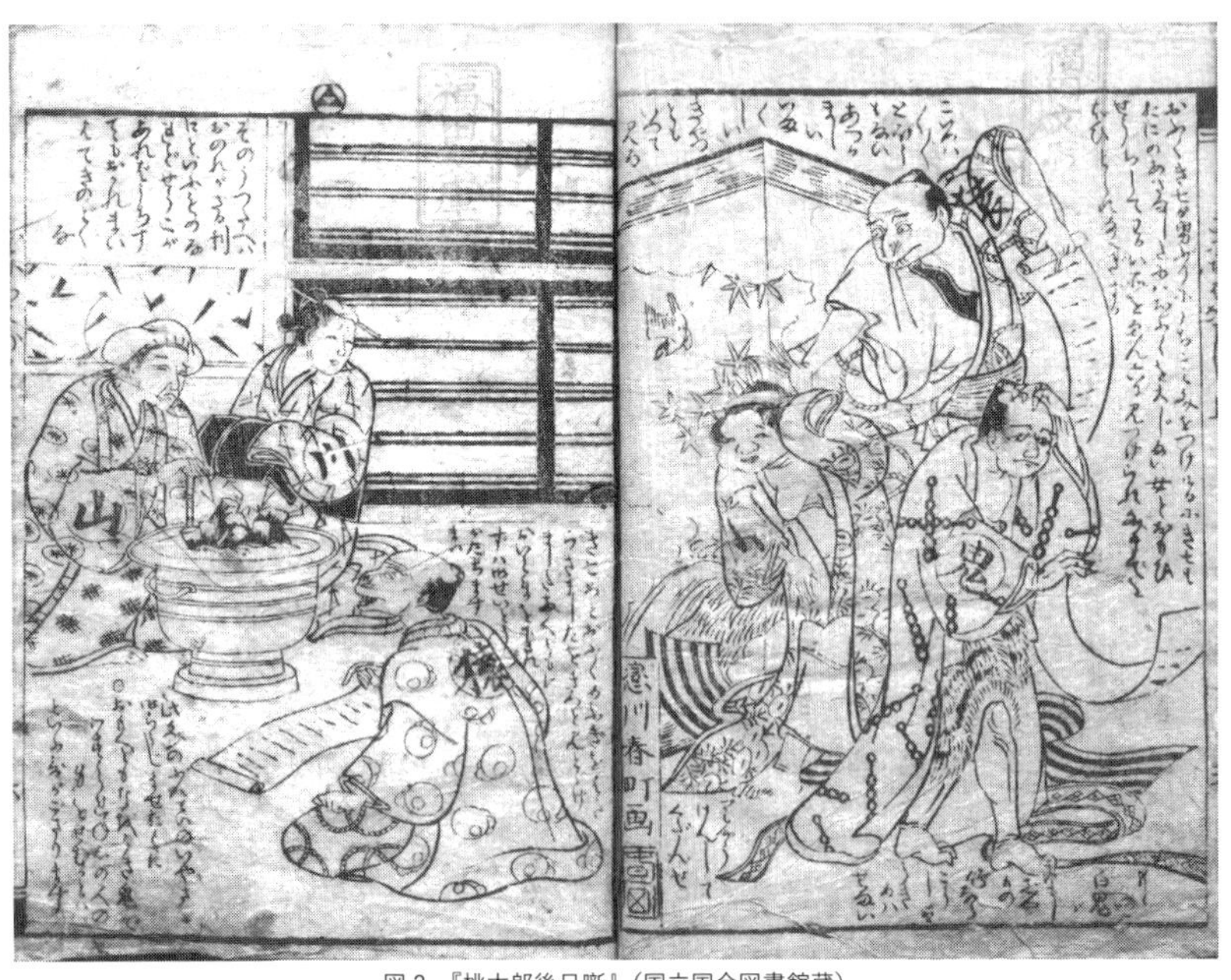

図２　『桃太郎後日噺』（国立国会図書館蔵）

猿六の訴えはこざかしいことだったが、証拠の手紙をつきつけられた以上、何かの罰を下さねばならず、困っている。猿の悪役ぶりの際立つところである。

【もっと深く――人間に毛が三筋足りぬ猿】

『桃太郎後日噺』は桃太郎の後日譚なので、鬼に桃太郎とその部下の猿・犬・雉や爺・婆など桃太郎の世界におなじみの登場人物がでてくる。これに、鬼とその妻になる下女おふくと許嫁鬼女姫という独自の登場人物が加わり、三角関係をなすなど原話にない面白さがある。この作品で注目すべきは白鬼（鬼七）と猿だろう。原話とは正反対の性格造形になっているからである。原話では鬼は悪の存在であり討伐の対象であったが、白鬼は善良で愛され、角をおとして人間の仲間入りする。猿の嫌がらせやおふくと鬼女姫との三角関係にも苦しみ、本作の主人公といって差し支えない。一方、白鬼（鬼七）を苦しめるのが猿である。猿はもともと桃太郎の家来として鬼を討伐したのだから、善側の存在である、にもかかわらず、猿としての本性をむき出しにした醜い存在として描かれる。『桃太郎後日噺』は、善良な鬼と猿の悪役ぶりが目立ち、原話からの価値観の転倒している点に妙味がある。猿は桃太郎のほか、猿蟹合戦や猿の生き肝などの昔話にも登場する。江戸時代には「猿は人間に毛が三筋足らぬ」と、猿は人間に似ていても毛が三本足りないので人間には結局及ばない、ということわざがある。猿の出てくるそれらの二次創作にあたる黄表紙ではかならず悪役となってひどいめにあわされるのは少し気の毒である。

『親敵討腹鞁』

【あらすじ】

昔話かちかち山の後日譚。日蔭山（ひかげやま）の兎は婆の敵の狸を殺して大手柄をなした。狸の子は成人して親の敵を討とうと思いたち、まず種子島村（たねがしまむら）の宇津兵衛（うつべえ）という猟師に協力させる。狸の導きで宇津兵衛はかちかち山の奥にいる白狐らを襲い、老狐三匹を撃ちとるが白狐は逃（のが）す。兎は命を狙われていることを知り、江戸に出て観音の加護を祈るが無礼なので効果がない。爺婆の勘当された息子である足軽芦野軽右衛門（あしのかるえもん）は若君の疱瘡（ほうそう）薬のため頭の黒い兎を探して回る。狸と狩人に追われた兎は川魚料理の中田屋に守ってもらう。頭の黒い兎を探す軽右衛門のために兎は切腹する。瀕死の兎を狸が切ると上は黒い鵜となり下は白い鷺となり、兎の名前の由来となった［図3］。狸と狩人が金を巡って争うところを狐の子らが共に倒す。中田屋は困ったときに兎から生じた鵜と鷺に助けてもらう。軽右衛門は若君の病を治して立身出世し爺を引き取り栄えて暮らす。

【見どころ】

『仮名手本忠臣蔵』（天川屋）や『ひらかな盛衰記』（梅が枝の手水鉢）などよく知られた芝居の趣向をもじって取り入れているのも読者の笑いを誘う。図4は夏に大日照りとなって、うなぎ、どじょうが品薄になったので、川魚料理店の中田屋も商売できず大困りの場面。ここでの本文は次のとおり。「妻のお花三両の金につまり、手水鉢に向い、ほまち無間をつきしに、不思議や鵜と鷺と来り。三両ほどのうなぎ、どじょうをはらり〳〵と吐きいだす。ここに三升、かしこにどじょう。（お花）『これは夢かやうさぎかや』」。これは当時よく知られていた人形浄瑠璃『ひらかな盛衰記』四段目で恋人梶原源太に軍資金を用意するため遊女に身を落とした恋人の梅が枝が廓の庭の手水鉢を無間の金になぞらえて柄杓で打とうとすると二階の客（実は源太の母延寿）が三百両を投げ落とす場面の改変。原文では『その金ここに』と三百両。ばらり〳〵と投げ出す」「ここに三両。かしこに五両。（梅が枝）『これは夢か現かや』」。「三両」「五両」は川魚屋に関係のある「三升」「どじょう」となり、「現かや」は、鵜と鷺の分離前の姿の「うさぎ」に変えている。この「うさぎ」は狸と狩人から守ってくれた中田屋への恩返しでうなぎとどじょうを吐き出したのだった。「へど前大蒲焼」として売り出したものの、不潔な感じなので「江戸前大蒲焼」と名を改めて繁昌したとする。

【もっと深く――翻案の愉しみ】

『親敵討腹鞁』も原作との登場人物の性格づけが異なる価値観の転倒が面白い。また、江戸時代の創作でよく使われた敵討ちの趣向がよく利いている。かちかち山の狸は悪獣だったが、江戸時代の論理でいえばその子には兎に対して敵を討つだけの理由がある。兎は原話では婆の敵を討つ善側の存在だが、『親敵討腹鞁』では長谷寺観音にお参りしても不敬あって加護がもらえないなどさえない。それでも、恩義のある軽右衛門のため、わが身を犠牲にするなど思い切った行動をする。もともとのど

図 3 『親敵討腹鞁』（国立国会図書館蔵）

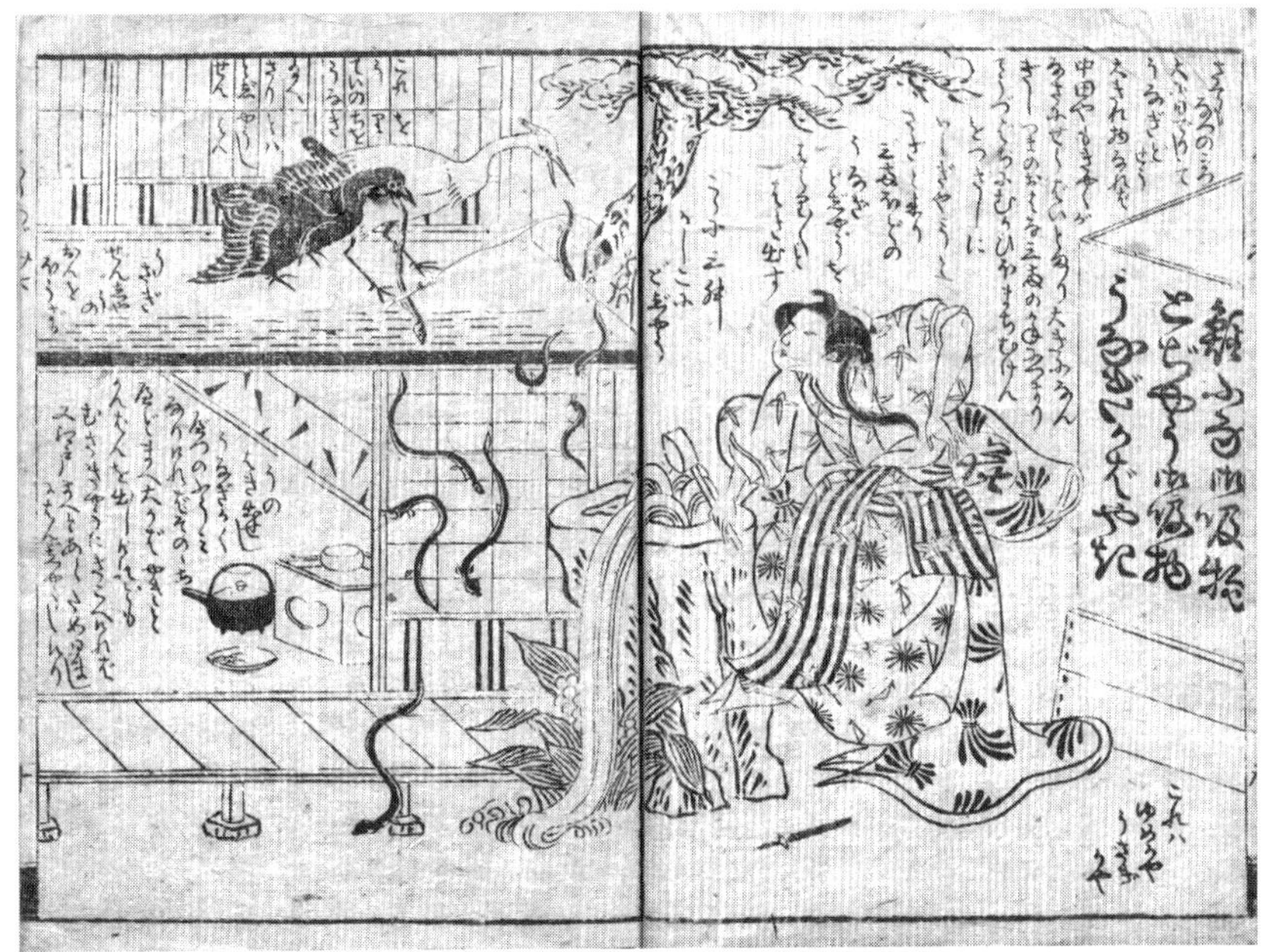

図 4 『親敵討腹鞁』（国立国会図書館蔵）

かな動物たちが人間ばりの義理にしばられているのがおかしい。また、昔話の世界を下敷きにしつつ、江戸の同時代風俗が入ってくるのも目を引く。川魚料理の中田屋は実在し〔図5左面〕、作中で描かれるかば焼き〔図6左面〕は当時流行の食べ物だった。また、本作で「うさぎ（兎）」が切られて「う（鵜）」と「さぎ（鷺）」に別れたのは、兎を一羽、二羽と数える語源の説明にもなっており、またこういったばかばかしいほどの言葉遊びを大まじめに取り入れてしまうのも大人の絵本、黄表紙の魅力だった。

【テキスト・読書案内】

『桃太郎後日噺』は公共機関での現存は三冊で、国立国会図書館一点、都立中央図書館が二点を所蔵している。国立国会図書館蔵本は国立国会図書館デジタルコレクションで公開されており、詳細なカラー画像で内容が確認できる。活字翻刻は『江戸の戯作絵本　第一巻　初期黄表紙集』（一九八〇年）に収録される（中山右尚校注）ほか、『黄表紙・川柳・狂歌』（新編日本古典文学全集79、小学館、一九九九）にも収録される（棚橋正博校注）。

『親敵討腹鞁』は公共機関での現存は五点で、国立国会図書館や都立中央図書館や早稲田大学図書館など。国立国会図書館デジタルコレクションと早稲田大学古典籍ライブラリーでカラーで閲覧可能。活字翻刻は『黄表紙・川柳・狂歌』（日本古典文学全集46、小学館、一九七一年）、『江戸の戯作絵本　続巻一』（教養文庫、一九八四年）に収録されている。

（吉丸雄哉）

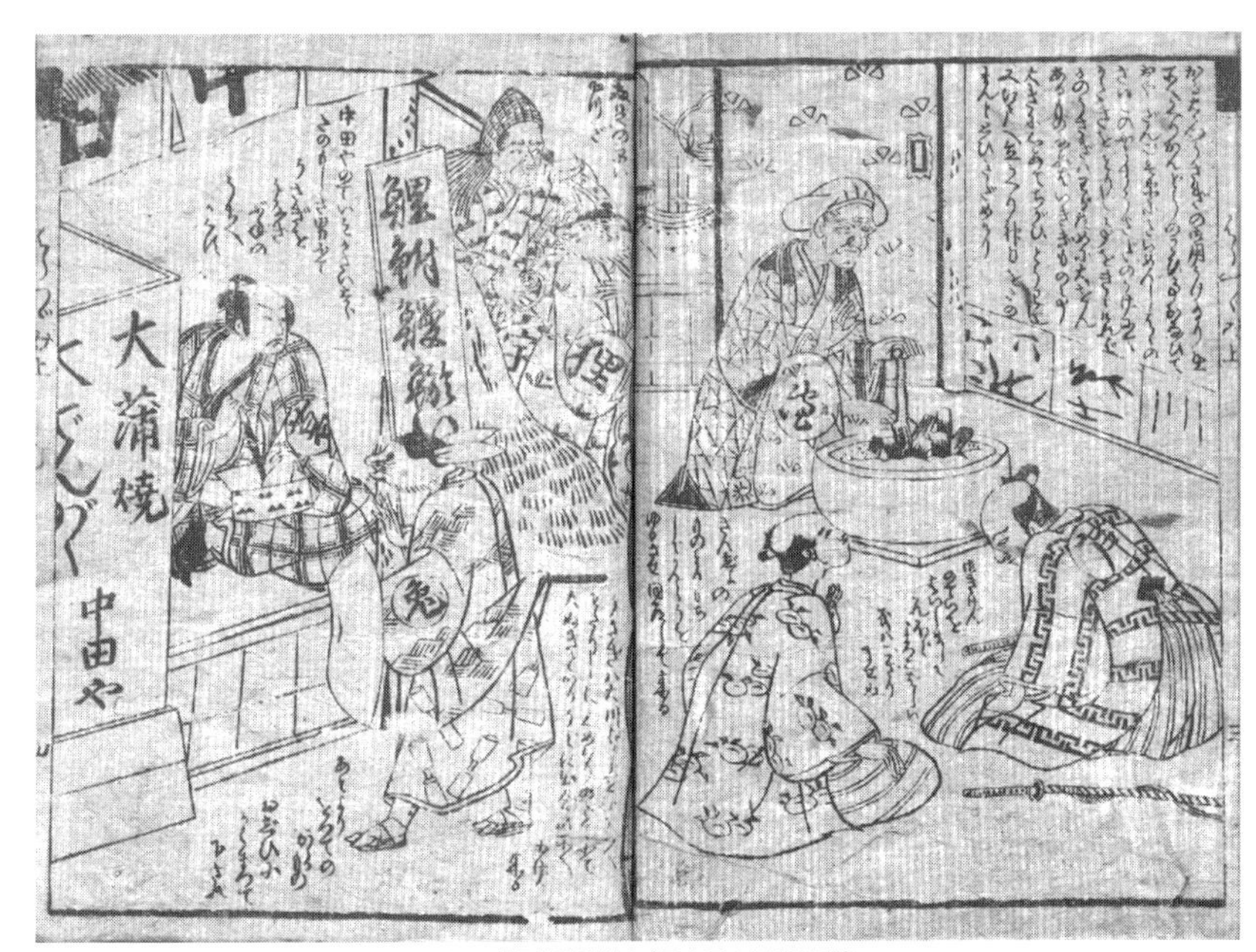

図５ 『親敵討腹鞁』（国立国会図書館蔵）

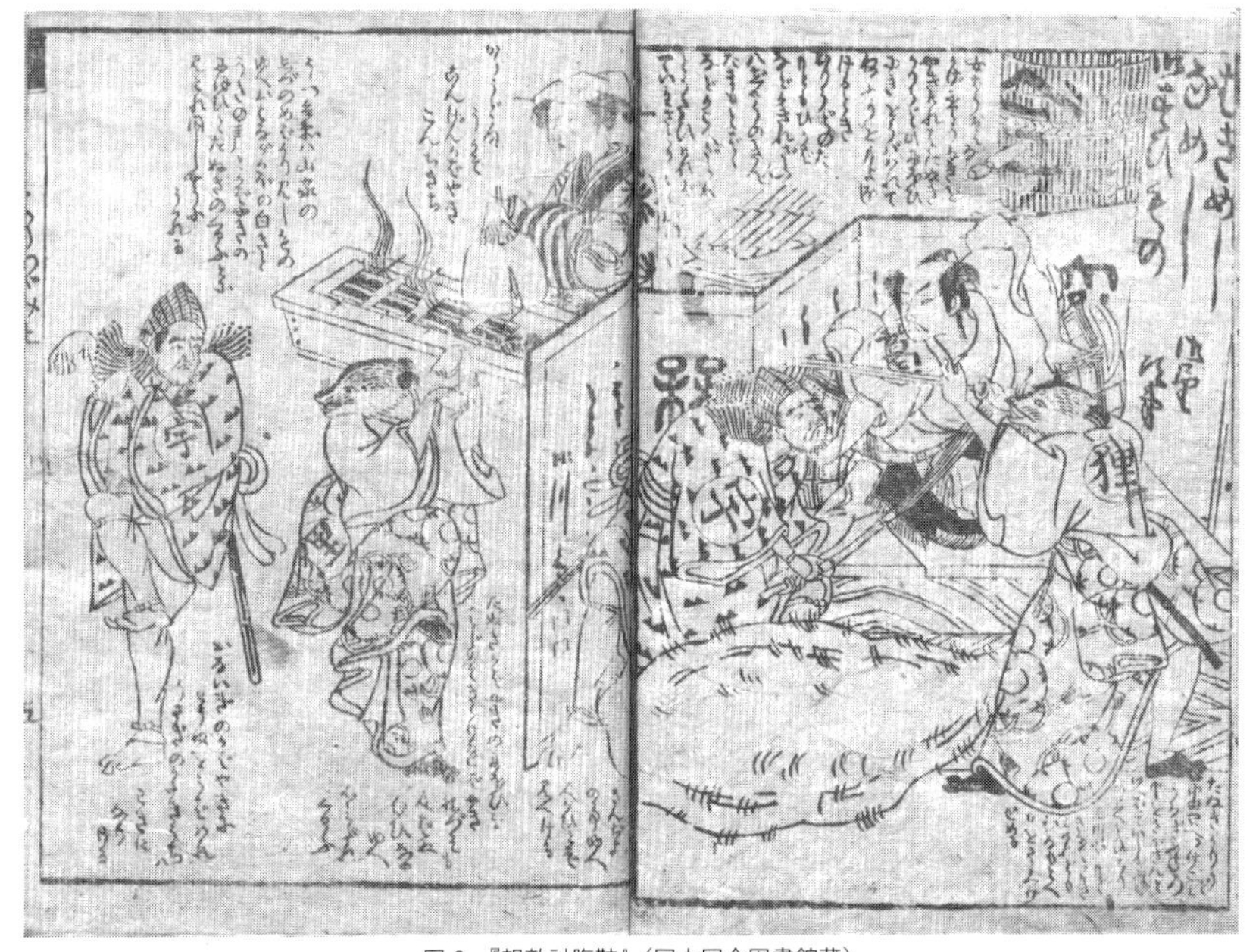

図６ 『親敵討腹鞁』（国立国会図書館蔵）

05

千手観音の「手」のゆくえ

『大悲千禄本（だいひのせんろくほん）』（黄表紙）

イエスとブッダが休暇を得て下界に降り立ち、現代の東京のアパートで二人暮らしをする。そんな奇想天外な設定のマンガ『聖☆（セイント）おにいさん』が人気を集めている（中村光、講談社）。作中に登場するイエスとブッダはTシャツとジーンズを身に着け、一見すると普通の青年のようだが、ブッダの頭は螺髪（らほつ）、イエスにいたっては長髪に荊（いばら）の冠をつけており、カジュアルな服装と髪型のちぐはぐさが笑いを誘う。もとよりこのマンガの面白さはそうした外見的なことばかりではない。イエスとブッダというわゆる「聖なるもの」が人間同様に振る舞おうとしながら、その言動におのずと「聖なるもの」としての本質がにじみ出てしまう、その滑稽さがとことん表現されるところにこのマンガの真骨頂がある。

このように「聖なるもの」が卑俗な世界にあそぶ情景をおもしろく描くという発想は、すでに江戸時代の戯（げ）作（さく）に見られるものであった。例えば天明元年（一七八一）に出版された『当世大通仏開帳（とうせいだいつうぶつかいちょう）』（芝全交（しばぜんこう）作、北尾重政（きたおしげまさ）画）は、地蔵菩薩・蛸薬師・寝釈迦が品川の遊郭で遊ぶ様子をえがいた黄表紙である。孔子・老子・釈迦の廓遊びをえがいた宝暦七年（一七五七）刊行の洒落本『聖遊廓（ひじりのゆうかく）』（作者未詳）も、これに通じるものと言えよう。

「滑稽神仏もの」とでも呼ぶべきこうした戯作の中で、指折りの秀作と言ってよいのが天明五年（一七八五）刊行の黄表紙『大悲千禄本』（芝全交作、北尾政演（まさのぶ）画）である。書名は「大根の千六本」（大根の千切り）の洒落であり、「大悲」は衆生を苦しみから救う仏や菩薩の慈悲のことである。一体どんな内容なのか、まずはそのあらすじを紹介しよう。

【あらすじ】

図1　『大悲千禄本』（『黄表紙　洒落本集』日本古典文学大系59、岩波書店、1958年より）

千手観音も不景気には勝てず、千本ある自らの手を損料貸し（有料で品物を貸し出す商売）に供することにする。面の皮屋千兵衛という山師（投機的な商売をする者）がこれを請け負い、手一本を一両として、千両と引き換えに観音の手を切り離す［図1］。料金を定めて貸し出しを始めると、薩摩守忠度（平忠度、一の谷の戦で右腕を切られた武将）、茨木童子（渡辺綱に羅生門で片腕を切られた鬼神）、人形芝居の捕り手の人形（両手がない）、手管（客をだます技術）のない遊女、無筆（字の書けない人）など、いろいろな意味で「手」のない人々が店につめかける［図2］。

人々はそれぞれ手を借りていくが、なかなか思うようにはいかない。毛のない腕は使えないと、茨木童子は借りてきた手に毛をつけてもらう。薩摩守忠度はうっかり左手を借りてしまい、得意の和歌を書いても文字が反転してしまう。手管のない遊女は借りた手で客をだますが、時間を区切った損料借りのため、客の相手をしている途中で手の返却を求められる。無筆は借りてきた手で手紙や証文を書くが、千手観音の手ゆえ書ける字が梵字ばかりで役に立たず、このまま返すのも損だと爪に火をともしたりする。

　そうした中、千手観音のもとに田村丸（坂上田村麻呂）がやってくる。鈴鹿山の鬼神を退治せよとの勅命を受けたため、千手観音の手を借りたいという。千手観音は千兵衛と相談し、貸し出した手を集めるが、戻って来た手はどれも様子がおかしい。遊女に貸した手は客への心中立てで切ったのか小指がなく、塩屋に貸した手は塩からくなり、紺屋に貸した手は青くなっている。下女に貸した手はぬかみそ臭くなり、飴屋に貸した手はねばねばしている［図3］。

　ともあれ千手観音は集めた手を田村丸に貸し出す。田村丸は大望成就の暁には損料をつけて千本の手をお返しすると約束し、鬼神退治に向かう。

【見どころ】

前述の通り、書名の「大悲千禄本」は「大根の千六本」（大根の千切り）の洒落である。大根を千六本に切るように、千手観音の千本の手は切られてばらばらになり、「手」を求める人々に貸し出された。無料で貸し出されたのであれば、観音の手はまさに人々を救う慈悲（大悲）の象徴となっただろう。しかし作中では、手は損料貸しの商品として扱われている。このように「聖なるもの」であるはずの千手観音が損料貸しという人間くさい商売に加担するという設定が、この作品のおもしろさの核心をなしている。

「手」ということばが持つ多様な意味を浮き彫りにする筋立ても秀逸である。「手」は肩から先の部分を意味するばかりでなく、労働力、腕前、筆跡といった意味もある。作中では千手観音の手を借りに来る人々の目的や手の用途が個々に描かれ、「手」の多義性が実感できるようになっている。

また、手を借りに来る人々が実にさまざまで、千手観音が手を貸し出すという非現実的な情景にさらに荒唐無稽な味わいを加えている点も笑いを誘う。図2を見るとわかるように、店に集まった人々は遊女や無筆といった江戸の市井の人々だけではなく、人形芝居の捕り手の人形、茨木童子、平安時代末期の武将である薩摩守忠度など、人間でないものや時代違いの人物もまじっている。それらが一つの座敷に顔を並べているのが何ともおかしい。ちなみに薩摩守忠度（平忠度）は『平家物語』の「忠度都落」の話で知られる平家の武将であり、歌人としても有名だった。借りてきた手で和歌を書くという作中の場面は、こうした薩摩守忠度のイメージに基づいているのである。

さて、黄表紙はほぼすべての紙面に挿絵がある。『大悲千禄本』の挿絵は描写の細かさが見どころで、北尾政演（戯作者としての名は山東京伝）の画力がいかんなく発揮されている。図1は面の皮屋千兵衛が千手観音の後ろに立って観音の手を切り落とす様子を描いたものだが、煙管をくわえたまま作業をしている千兵衛は何となくいい加減な感じで、山師らしい雰囲気を漂わせている（手前で木づちを持っているのは手代のてれめんてい兵衛）。

図2は店の前に並んだ履物に注目してほしい。きちんとそろえてある草履もあれば、片方がひっくり返ってい

図2 『大悲千禄本』(『黄表紙　洒落本集』日本古典文学大系59、岩波書店、1958年より)

る草履もある。下駄もあれば沓（くつ）もある。どの履物がどの客の持ち物なのか、想像するのも楽しい。

図3は手を失った千手観音の傍らで田村丸が煙管をふかし、その手前で面の皮屋千兵衛とてれめんてい兵衛が戻って来た手をあらためている場面である。手をもたない千手観音の見た目はもはや「千手」観音ではなく、白衣観音のように見える。平安時代の人物である田村丸が煙草をふかすのも、時代違いのおかしさがある。ちなみに田村丸が「手」の大口の借り手として登場するのは、坂上田村麻呂が千手観音の加護を受けて鈴鹿山の敵を滅ぼ

図3 『大悲千禄本』(『黄表紙　洒落本集』日本古典文学大系59、岩波書店、1958年より)

したという、謡曲「田村」を通じて知られていた説話を踏まえているからである。

【もっと深く――「手」の物語】

千手観音の千本の手は、「手」を求める人間たちによってさまざまな目的のために使われた後、再び千手観音のもとに戻り、最後はまとめて田村丸に貸し出される。『大悲千禄本』の真の主人公は「手」であるということもできよう。

幕切れでは、田村丸が観音から借りた千本の手を自らの背中に負い、観音に別れを告げる［図4］。

(観音)「そんならナニ田村丸どの、鬼神を首尾よく退治めされたなら、損料をつけて千本の手を、九ツの鐘を合図に待つているよ。」
田「ゆふにやおよぶ。大望成就してうへで、両に八本の損料をもつて、手を千本お返し申さん」
クハン(観音)「なに、それまでは田村どの」
田「観音様」
両人「さらばア」
手手てん〱〱〱
てゝてゝてゝ手手手手手手手手手手手手手手手手手
ててててててててててててててててててててて
ててててててててててててててててててててて
ててててててててててて
「ハテ此ての字がめの字だと、薬師どのへ進ぜたい」
(丸カッコは引用者による補足)

この幕切れの場面は、全体に芝居がかった書き方になっている。千手観音と田村丸の掛け合いのせりふは歌舞伎のせりふ回しを思わせ、「手手てん〱〱〱」という箇所は歌舞伎や浄瑠璃で使われる三味線の音を連想させる。何より強烈な印象を残すのは「ててて……」と続く「て」の字である。千手観音の「手」の物語は、文字通り「て」尽くしで終わるのであった。

『大悲千禄本』は、現代のページの数え方で言えばわずか十ページしかない、きわめて短い物語である。そのなかに「手」をめぐるたくさんのエピソードが詰め込まれている。それらは読んでいるうちに肩の力が抜けるような、独特ののんびりした雰囲気をもっている。

なかでも茨木童子・薩摩守忠度・田村丸は、既存の物語におけるかれらのイメージを滑稽にくつがえす形で造形されていると言えよう。茨木童子は鬼の姿をしてはいるが、その容貌には愛嬌すら感じられる。忠度には悲壮感のかけらもない。田村丸は大まじめだが、観音との会話の話題が主に損料のこと、という落差が笑いを誘う。

物語を背負った有名なキャラクターを別の新たな物語に登場させることで、驚きや笑い、感動を生み出す。『大悲千禄本』には、パロディーや二次創作の本質を見ることができよう。

【テキスト・読書案内】

『大悲千禄本』は『黄表紙　洒落本集』（日本古典文学大系59、岩波書店、一九五八年）と『江戸の戯作絵本（二）全盛期黄表紙集』（教養文庫、社会思想社、一九八一年）に注釈付きの影印・翻刻が収録されている。「滑稽神仏もの」として例示した『聖遊廓』は『洒落本大成』第二巻（中央公論社、一九七八年）に、『当世大通仏買帳』は『江戸の戯作絵本　続巻二』（教養文庫、社会思想社、一九八四年）に収録されている。

（佐藤至子）

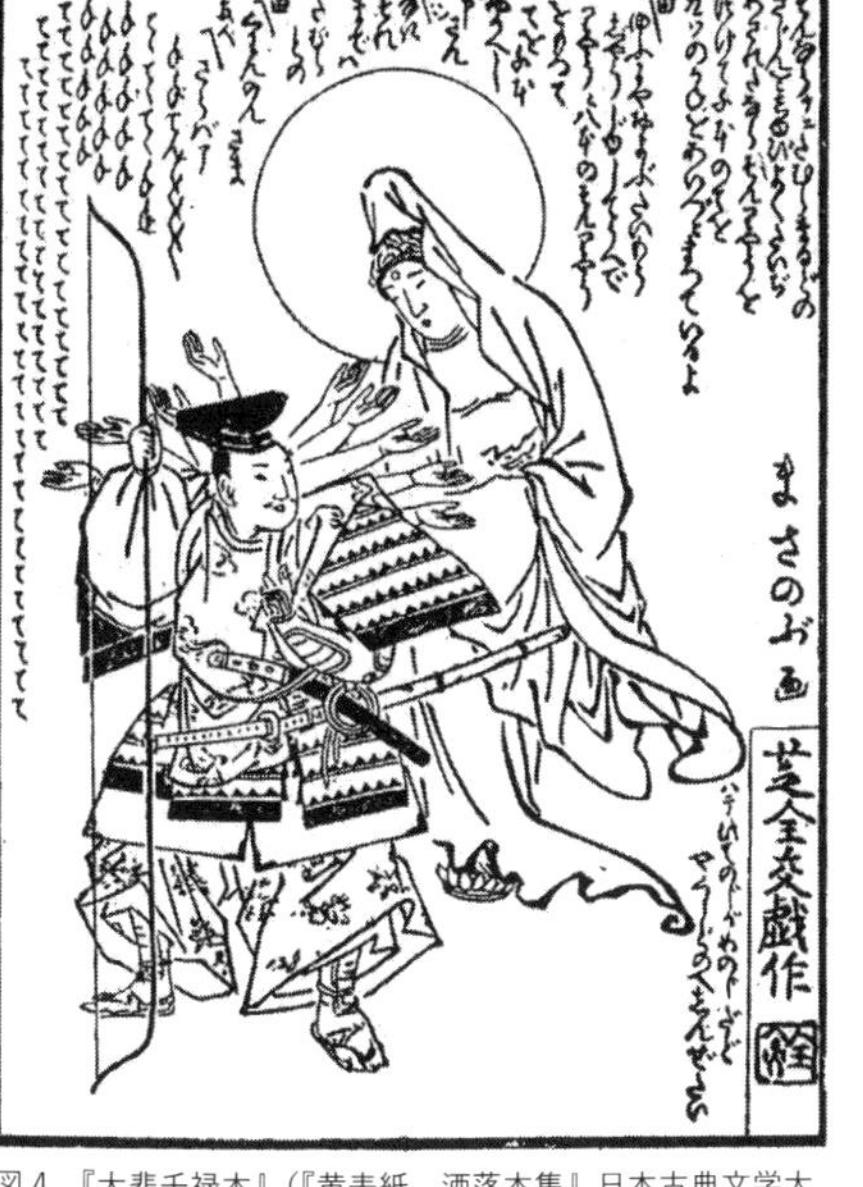

図4『大悲千禄本』（『黄表紙　洒落本集』日本古典文学大系59、岩波書店、1958年より）

06

自称「家宝」の自慢合戦

『たから合の記』『狂文宝合記』（狂文）

視聴者のもちよった自慢の宝を鑑定する民放のテレビ番組が長寿を誇っているように、宝物というのはそれだけで人の興味をそそるものらしい。

そんな好奇心に乗じた遊びが「宝合わせ」であった。「宝」と称して、日用のなんでもない器物などをさも貴重そうに装って持参し、それがいかに由緒ある宝物であるかを記したこじつけの文章を披露しあう会である。モノは芋でも笊でも熊手でもなんでも、できるだけとるにたりないものがよく、そこにどれほど巧みに素晴らしい由緒をこじつけられるかが腕の見せどころだった。二度開催されたうち、最初の会の記録『たから合の記』（安永年間・一七七二〜八一刊）からその次第を紹介しよう。

会場は牛込原町の恵光寺（都営大江戸線牛込柳町駅近く。現在の瑞光寺）。その堂上に壇を作り、緋毛氈をかけての開始で、迎える主人も賓客も、礼服を着用して臨んだと述べる導入に続き、以下のようにそのさまが語られる。

賓、階に上りて拝す。主人、答拝す。賓、箱のふたをひらき、包袱を解き、壇上に置、かざり畢て退。尤ふくさ箱等、美をつくせり。各坐につく。上座より一人ヅヽ進て、名目并伝、詞書を披講す。

一人ずつ壇上に昇っては主人にあいさつし、飾り立てた箱や袱紗を開いて宝を置いて降りる。その後、また順にその名や伝来などを披露する、という。なんともうやうやしい。この後「一献の盃をすゝむ。二献に箸をたつ。三献に郢曲あり」。郢曲とは俗謡を意味する雅語で、要するに飲めや歌えやの宴会になる、ということである。

このように形式はあくまで格調高く、内容はばかげ、その落差を楽しむ遊びであった。紙上にとどまらず実際に挙行するのだから、おかしさ百倍であったろう。末尾の法然ならぬ「方便上人一枚起請文」には、こう記す。

もろ人わが党のばかもの達の沙汰し申さるゝ宝合は、古物目利の為にもあらず、又文章かきならふ種にもならず、たゞ一生戯言の一助となすべし。

わがばか者仲間が挙行するこの会は、骨董鑑定や文章の力を養うためでもなんでもない、一生涯、たわ言を言い続けるためなのだ、と。続けて「品はかろくとも思ひ付を専一に」せよ、「腹をかゝへさするより外のしさゐ」（笑わせる以外の意図）はないと宣言するあたり、実に頼もしい。公然と真顔で行ったようで「長持に宝物といふ札をはりて恵光寺にはこびしかば、皆人まことの宝物と思ひてうやうやしく拝」したが、ふたを開けてみるとくだらないものばかりで、怪しんで帰った者もいたと、出品者の一人、大田南畝はおかしげに記している（随筆『奴凧』）。

【概要】

まず、はじめの「宝合わせ」のさまを探ってみよう。南畝が当時を振り返った随筆によって、主催者は筆頭に文章が収められた酒上熟寝（坂上宿禰のもじりか）こと、市ヶ谷左内坂の名主島田左内とわかる。その成果集『たから合の記』からすると、前掲の次第を書いた文屋安雄こと版元富田屋新兵衛、また若き日の南畝を狂歌の道に導いた先達として敬われた大根太木こと飯田町中坂の町人松本雁奴が、中心人物であろう。青年期の塙保己一の参加も特筆される。全二十八品を十七ないし（匿名の「貴家」が実在であれば）十八人が出品している。

この会には南畝や唐衣橘洲が参加し、後年の第二回の開催を告げるチラシでも「赤良のうしがおこなひたるためしにならひて」（赤良は南畝の狂名）とされたから、天明狂歌壇の初期の行事として考えられてきた。が、『たから合の記』は彼らを一参加者という以上には待遇していない。また太木や熟寝が早くに没したこともあり、狂歌壇とのつながりも、南畝と橘洲を除いて確認できない。そしてその太木や熟寝こそ、南畝が狂歌の先人としてさまざまな文章で敬愛を示した人々であった。ここに、天明狂歌の母胎とされる歌人内山賀邸の家塾とは別に、若い南畝らを育んだ、市ヶ谷や飯田町近隣を拠点とする、噺本や俳諧を愛好した滑稽志向の強い町人連中という、もう一つの揺籃があったと考えられる。

本書は小さめの中本（ほぼB６判）の書型で出され、奥付はない。先ほどの「方便上人」の文章は太木の執筆で「天保元年」付けだが、文字通り天保年間のものととってはいけない。でまかせを意味する「てんぽ」に当て字をしただけのもので、のちにまさか現実に年号となるとは想像もしていなかったことであろう。それで開催も成果の刊行も年次が明らかでないが、南畝は随筆など複数の記録で、安永二年（一七七三）とも三年とも書いている。ときは二月四日であったことが本書にみえる。

第二回は、この催しを慕った狂歌師たちが挙行した。その成果は、狂歌集の標準となる半紙本（A５よりひとまわり大きいくらい）大で『狂文宝合記』二冊（天明三・一七八三年刊）として刊行される。この頃、戯作者、浮世絵師や版元、歌舞伎役者ら、時代の花形が次々にこの世界に参入。のちに出版が大評判となってその選に漏れたことを悔やむ声もあがったとされる『万載狂歌集』など多くの狂歌集がこの年に刊行され、狂歌壇がただならぬ熱気に包まれていた。この催しが行われた四月の前月には狂名酒上不埒を名乗った恋川春町が日暮里で「大会」を開催。そこで「拾った」と、版元にして狂歌師の普栗釣方が付記する狂歌師名簿『狂歌知足振』には、三百二十六名があげられる。実際の「大会」への出席の有無はともかく、この頃の狂歌壇の拡大を物語る。同じ月、南畝の母の六十の賀宴を記念した狂歌狂文集『老莱子』（天明四年刊）にも、狂歌師百余名が参加していた。

この第二回の「宝合わせ」の主催は、天明狂歌の草創期からの中心人物の一人、元木網門下で、万象亭森島中良を頭領に担いだ数寄屋連とよばれる町人連中であった。その主導者は、本書上冊の開催者側の最後尾で出品する鹿都部真顔であろう。その連の顔ぶれには、青年期の山東京伝も含まれる。『狂文宝合記』で凡例を執筆し、木網と智恵内子夫妻に続いて三番めに配列される天明狂歌壇の長老格平秩東作も、重要な役割を担ったのであろう。

主催者連中の出品が五十二品、客分の出品が五十八品。ほぼ一人一品の出品で、狂名なしで「貴家」とする一品を勘案すると百十名弱の参加となる。跋文に当日の欠席を記す南畝も朱楽菅江と共同で出品したことを考えると、実際の出席者数は割り引いて考えるべきであろうが、いずれにせよ大規模な催しであったことは間違いない。

【見どころ】

これらの「宝合わせ」のおかしみは、由来のこじつけの妙にある。『たから合の記』では巻頭に引用書目三十二点をあげる。『論語』『本草綱目』といった漢籍、『日本書紀』『徒然草』などの日本の古典から、「神田御祭礼番付」『兎手柄ばなし』（かちかち山のこと）といった通俗的出版物まで、幅広い分野の書名が含まれる。『狂文宝合記』でも、東作の凡例に「飾ルニ経史子集ノ語ヲ雑ヘ。紫清諸媛ノ詞ヲ摭フ」という。経史子集とは漢籍独特の分類法で、「紫清」には左にもふりがなして「ゲンジマクラ」というから、和漢の典籍を縦横に引用して宝の由来を飾り立てているという意味である。

さて、この両書から実際に出品された「宝」を紹介しよう。第一回の『たから合の記』からは、せんべい焼きの道具を強力の女武者巴御前のかんざしと称する宝も捨てがたいが、大根太木出品の「桃太郎系図」をあげよう［図1・2］。骨子のみ紹介すると、桃太郎の父「正直爺」と「花咲爺」、今でいうかちかち山の「狸汁爺」、「慳貪爺」（花咲爺などに出てくるケチな隣の爺）を四兄弟と設定する。しかも「正直爺」は「笑々天皇虚言八百代後胤」、「わいわい天王」という当時の路上の芸能者を古代の天皇に擬えて、その子孫と称する。もちろん文字通り嘘八百である。その子は「桃太郎」で、「母、せんだく屋娘」。ほぼ事実だが、婆が川で洗濯していたのを親譲りの職業だったとするところにさりげない細工がある。

「花咲爺」の子はなんと「舌切雀爺」、その子どもに、当時、継子いじめの話としてよく知られていた紅皿欠皿義姉妹がいる、とこじつける。妻が意地悪だからか。「狸汁爺」の子に「伊奴」「加仁」「宇佐伎」。もはや人間でないのも笑いどころだが、「伊奴」は桃太郎と鬼が島から戻って花咲爺に金のありかを教えたと二話を綯い交ぜにする。「慳貪爺」の子も、桃太郎随行の後、竜宮へ行き（「猿の生肝」である）、さらに蟹と合戦した「佐留」と、かちかち山で兎に討たれた「多奴伎」、そしてにわかに人間で「女」（娘）が一人。この人は舌切雀の爺の後妻になったとする（いじわるな婆に愛想を尽かしたかして再婚という設定か）。そして最後に桃太郎の子として「打出の小槌」、ついに生き物ですらなくなった。鬼が島で得てきた宝の一つを養子にでもしたというつもりか。

このようにあらゆる昔話の登場人物を一つの家系図にまとめあげるおかしみを狙った一品であった。おなじみの昔話をちゃかして遊ぶのは、本書別項の朋誠堂喜三二の黄表紙にも似るが、それらより三、四年早い。でたらめな系図の遊びは、山東京伝が百人一首注釈書の体裁でこじつけの解釈を施した『初衣抄』（天明七・一七八七年刊）にみえる歌人の系図にうけつがれていく。

第二回からも例をあげる。趣向の凝りぶりではいずれ

家の紋流水に桃[illegible]幕の紋黍團子

笑々天皇塵言八百代後胤
羽梨國抱守郡姥口村

正直爺 — 桃太郎 母[illegible]娘

二男 花咲爺
桃太郎[illegible]爺也 伊奴[illegible]の悪爺この大[illegible]松を切りて臼と[illegible]の[illegible]詳也

舌切雀爺
山[illegible]舌を切る
欠皿 紅皿

三男 狸汁爺
[illegible]

伊奴 桃太郎[illegible]金を[illegible]

四男 慳貪爺
[illegible]手柄[illegible]出[illegible]

佐留 桃太郎[illegible]その後[illegible]
加仁
宇佐伎
多奴伎 [illegible]
女 舌切雀の[illegible]後妻
打出小槌

○舌切雀舌 葛籠 八幡狐麿家蔵
僕[illegible]時乳母の添乳[illegible]飯[illegible]
山へ[illegible]桃太郎の[illegible]
[illegible]目で皿[illegible]貫
[illegible]宝の[illegible]年月を[illegible]

図1『たから合の記』（東京都立中央図書館加賀文庫蔵）

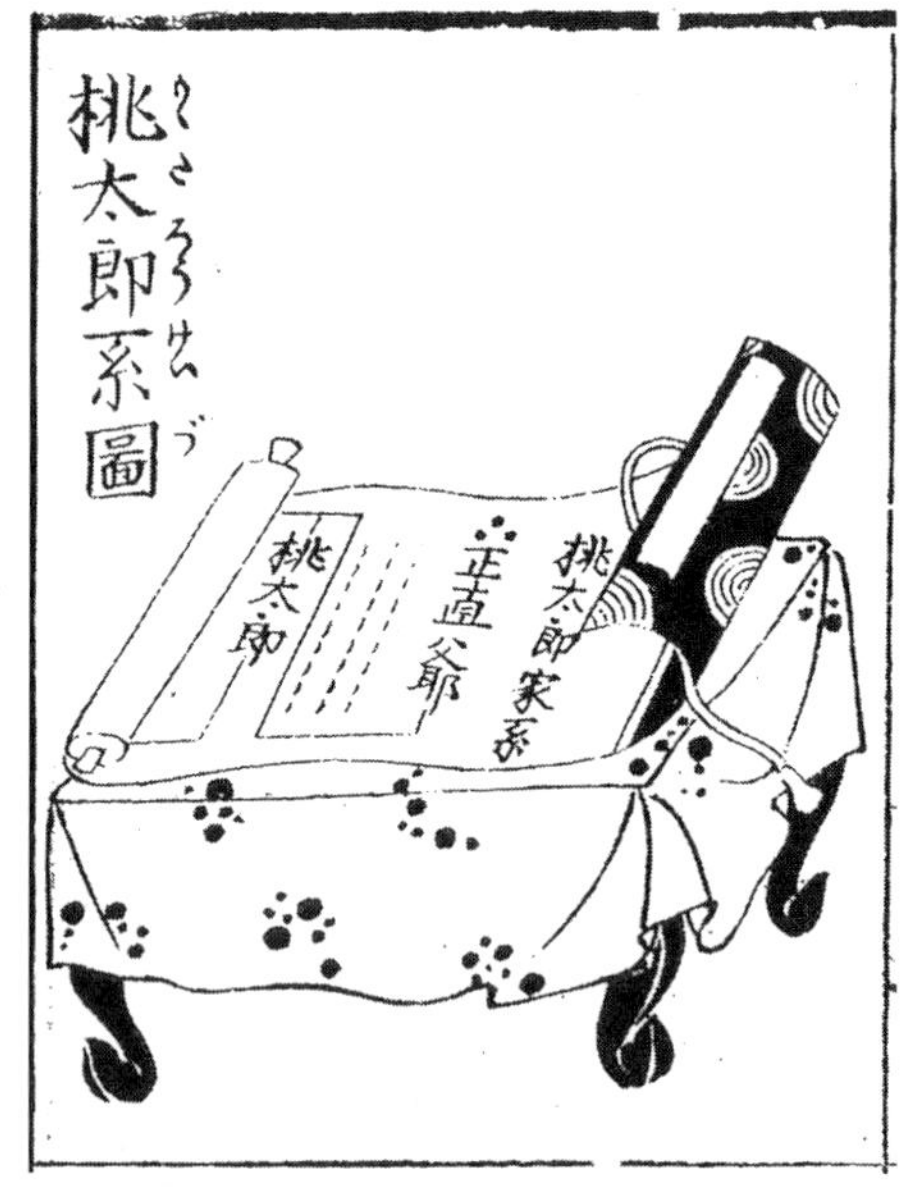

図2『たから合の記』（東京都立中央図書館加賀文庫蔵）

劣らず選びがたいなか、御大小竹光という狂歌師出品の「算段の枕」は簡潔でわかりやすい。栄耀栄華の夢をみてそのむなしさを知ったという「邯鄲の枕」（中国唐代伝奇に由来して謡曲で知られる）をもじってむしろ金銭に執着する意で、品はそろばんである。また諺「隣の宝を数える」による絵師北尾政美（のちの鍬形蕙斎）出品の「隣の宝の記」は、わが家宝ではなく隣の長者の宝の目録。真顔面長出品の「南畬体」は、歌舞伎などでも知られた天下の名香蘭奢待をもじる［図3］。品物は焦げた下駄で、形は似てもまったく違う物をいう喩え「下駄と焼

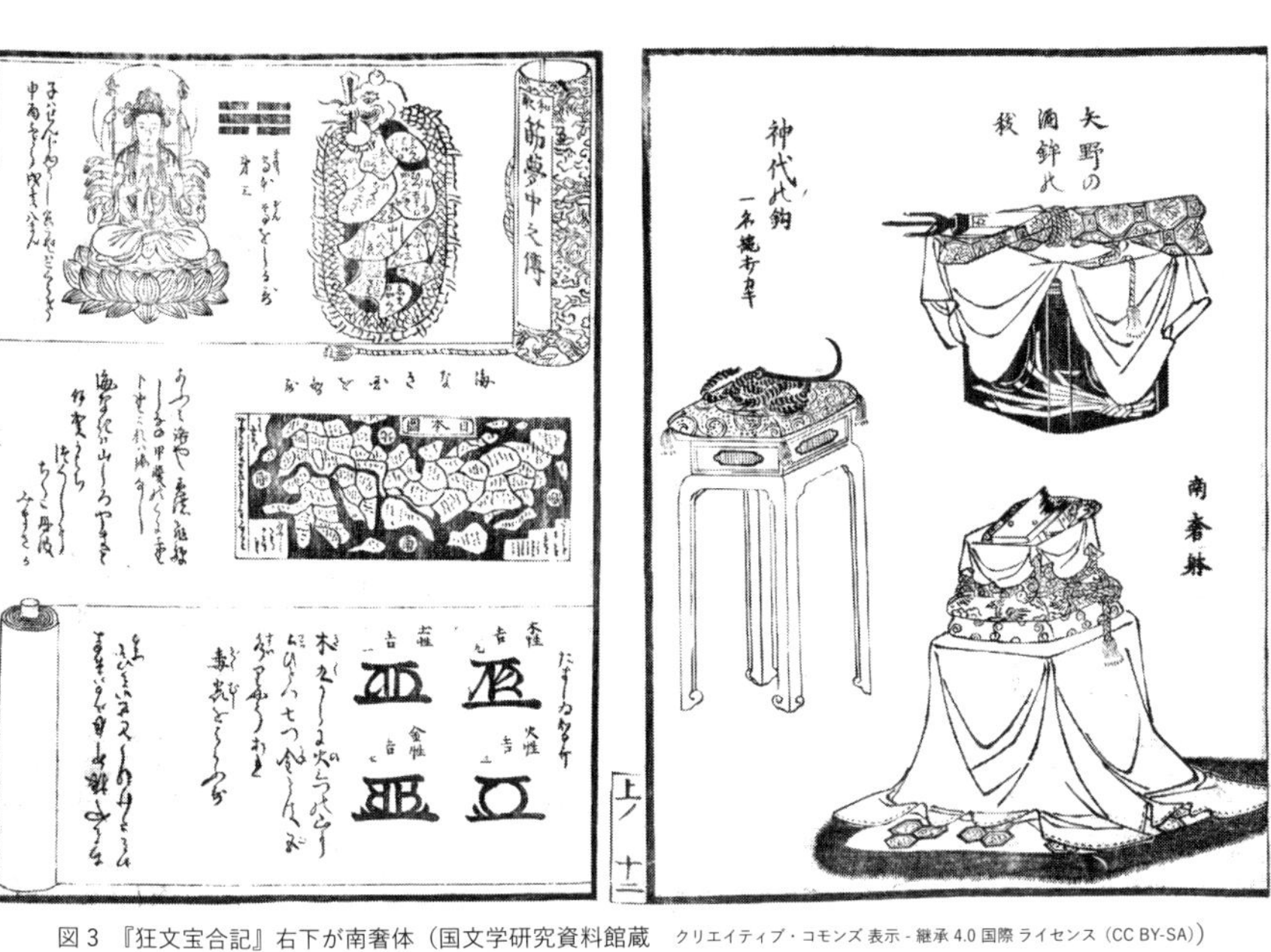

図3 『狂文宝合記』右下が南奢体（国文学研究資料館蔵　クリエイティブ・コモンズ 表示 - 継承 4.0 国際 ライセンス（CC BY-SA））

味噌」を踏まえ、昔、京都の南禅寺門前の豆腐屋が「下駄と焼味噌を取違へて火鉢の中へくべ」たとする。そこで、

> ゑならぬ薫り四方にくんず。ア、ラいぶかしやと向ふ三軒両隣、なんじや〱と馳集れど、体もあらざる体たらく、それより此木の焼さしをなんじやたいとは申なり。

何ともいえない匂いというか、臭い香りが漂って人々がなんじゃ、と集まって見ると「体」もないことからこの名を付けられた焼け残りが、なにかの腐れ縁でわが家に伝来したと称する。

以上、手短で趣向も簡明な例ばかりをあげたが、宝物とはかけ離れたものにぎょうぎょうしくもくだらない由来をこじつけるこの遊びの核心は伝わるであろう。

【もっと深く――「宝合わせ」まで】

こういう催しは突然出てきたものではない。本草学者田村藍水や平賀源内らが主催して漢方薬の材料などを集めて展示した物産会が宝暦年間（一七五一～六四）に五度、しかも一度は第一回の「宝合わせ」会の近隣、市ヶ谷で開催された。『たから合の記』で「麒麟角　和名さつまいも」「やつとせい　和名穿山甲」（おっとせいを、松坂踊りのかけ声でもじる）のように「和名」を記すのはあきらかにそれを意識して本草学の様式を借りている。その本草学をちゃかすかのように源内みずから書いた「天狗髑髏鑑定縁起」は、『風来六部集』項にも記したように数年くだって安永五年（一七七六）の刊だが、鑑定一件そのものは明和七年（一七七〇）のこととされる。同書所収の「萎陰隠逸伝」に「東夷の謀叛魔羅を、日本武尊の剣に悉く薙散し玉ひしより、此剣魔羅臭ければとて、臭薙の宝剣と号て末世のむだまらの戒とす」と、記紀の草薙の剣の逸話に荒唐無稽な由来をこじつけるのも、ここまでにみたエセ宝物の伝来書きとよく似た調子である。これは明和五年（一七六八）のことで、いずれも「宝合わせ」に先立つこと数年の出来事であった。

　また、魚などの生臭物で仏像を作って評判となった「とんだ霊宝」の見世物は最初の「宝合わせ」より数年くだった安永六年（一七七七）のことだが、それ以前からあやしげな霊宝が寺院の開帳で展示されたこともあったらしいとの推測もある（濱田義一郎論考）。他方、生け花の本の体裁でことばと絵の遊びを盛り込んで種々出されていた見立絵本の類は、実際に制作すれば「宝合わせ」同様の展示会になるとの指摘もある（岩田秀行所論）。そんな流れのなかにあって、徹底的に戯れをつくしたのが、この「宝合わせ」であった。

【テキスト・読書案内】

　翻刻・注釈・解説はそれぞれ、松田高行・山本陽史・和田博通「略註『たから合の記』」（延広真治編『江戸の文事』ぺりかん社、二〇〇〇年）、小林ふみ子・鹿倉秀典・延広真治・広部俊也・松田高行・山本陽史・和田博通『『狂文宝合記』の研究』（汲古書院、二〇〇〇年）に備わる。前者は古い復刻版を新装した『新編稀書複製会叢書』第三十八巻（臨川書店、一九九一年）に影印がある。

　論考に濱田義一郎「宝合――安永・天明文学の一断面――」（『江戸文芸攷』岩波書店、一九八八年、初出一九五八年）、岩田秀行「機知の文学」（『岩波講座日本文学史　一八世紀の文学』岩波書店、一九九六年）がある。新宿歴史博物館『「蜀山人」大田南畝と江戸のまち』展（二〇一一年）では第一回の出品物を再現、図録に掲載している。同図録に載せた小林ふみ子「狂歌の先達大根太木が示唆すること」また同著『大田南畝　江戸に狂歌の花咲かす』（岩波書店、二〇一四年）でその会の位置づけを論じた。（小林ふみ子）

07

実用書の顔をした戯作

『小野篁譃字尽』（滑稽本）

一般に広く用いられた書物のかたちをとって、そこに似つかわしくない卑近な内容を盛り込んで遊ぶ作品を、江戸時代の読者たちは大いに歓迎した。それらの書籍の権威や格式に比して落差のある、くだらない中身が載っているという矛盾によって笑いを生むその方法は、現代でいえばパロディーであるが、それを文字や文章だけではなく、本の形態や挿絵でおこなったものもあった。

本書でも紹介されている『仁勢物語』が、『伊勢物語』本文のもじりに加え、当時流布していた版本そのものをパロディー化したのはその早い例である。遊女評判記でも古くよりおこなわれ、寺子屋の教科書であった往来物形態の『吉原用文書』（寛文年間・一六六一～七三年頃刊）、占い本のかたちを冒頭に取り入れた『吉原大雑書』（延宝三・一六七五年刊）などがある。当時、世間に流布した百科事典、中村惕斎『訓蒙図彙』（寛文六・一六六六年刊）の形式に好色風俗を入れ込んで図解した絵師吉田半兵衛画作の『好色訓蒙図彙』（貞享三・一六八六年刊）もこれに類する遊びだったといえる。

洒落本でも、宝暦（一七五一～六四）前後から、本草書や地理書などさまざまな書物の形態をとって遊ぶ作が数多く出され、同じ頃、歌舞伎の役者評判記の形態をとって分野ごとに事物を論評する名物評判記も盛んになる。俳諧師亀成による『絵本見立百化鳥』（宝暦五・一七五五年刊）には狩野派の花鳥絵本のパロディーとしての一面があって、その後、一連の見立絵本と呼ばれるたぐいの作品群が生みだされる契機となる。▼1 狂詩でも大田南畝が著名な漢詩人の「～先生文集」をまねて『寝惚先生文集』（明和四・一七六七年刊）を出し、これも本書で立項されている『通詩選』など『唐詩選』模擬の狂詩集につながっていく。のちに黄表紙の祖とされる恋川春町が『金々先生栄花夢』（安永四・一七七五年刊）を刊行したときも、子ども向けを標榜した簡易な草双紙の形態で遊ぶというという意識が強かったことだろう。この時期、大坂で活躍した絵師月岡雪鼎がさかんに女訓書のかたちを利用して春本を刊行したことも知られている。このような既存のよく知られた書物の形態に載せて、画文それぞれで遊ぶという方法で作られた作品は、これ以後も数々出される。とりわけ十八世紀後半は、江戸・上方を問わず、ジャンルを超えてこうした書物が人気を博する時代であった。

文化三年（一八〇六）に出された式亭三馬（一七七六〜一八二二）作『小野篤謔字尽』は、それらの集大成として位置づけられる。それは、この作品が漠然とそれまでの作品よりも巧みだというような意味ではなく、先行する多くのこの種の書物の発想や手法のおもしろいところを少しずつ取り入れてまとめあげているからである。

【概要】

この作品は、黄表紙と同じくB6程度の大きさの中本一冊で、全三十八丁（七十六ページ）。題は、漢字学習のために江戸時代を通じて多くの版が作られてさかんに用いられた往来物『小野篁歌字尽』のもじりで、これを版面ごとパロディー化したものである。版面を数行に区切り、それぞれ同じ部首の漢字を四、五字並べてその読みを五七五七七の歌のかたちで左横に付す原書の形態に倣って、三馬は実在しない漢字らしき文字を並べ、もっともらしい読みを付けてみせた。

例えば拳と昔話を素材とした十八丁表［図1］。一行めは、皿を九つ重ねて（〻はくり返しの意味）かのお菊さんで知られる「さらやしき」、頭の上に皿で「かつぱ」、眼に皿で「ももんぢい」というのは、幼児をおどしてこの名で呼ぶ化け物は、いるのかいないのか目を皿のよう

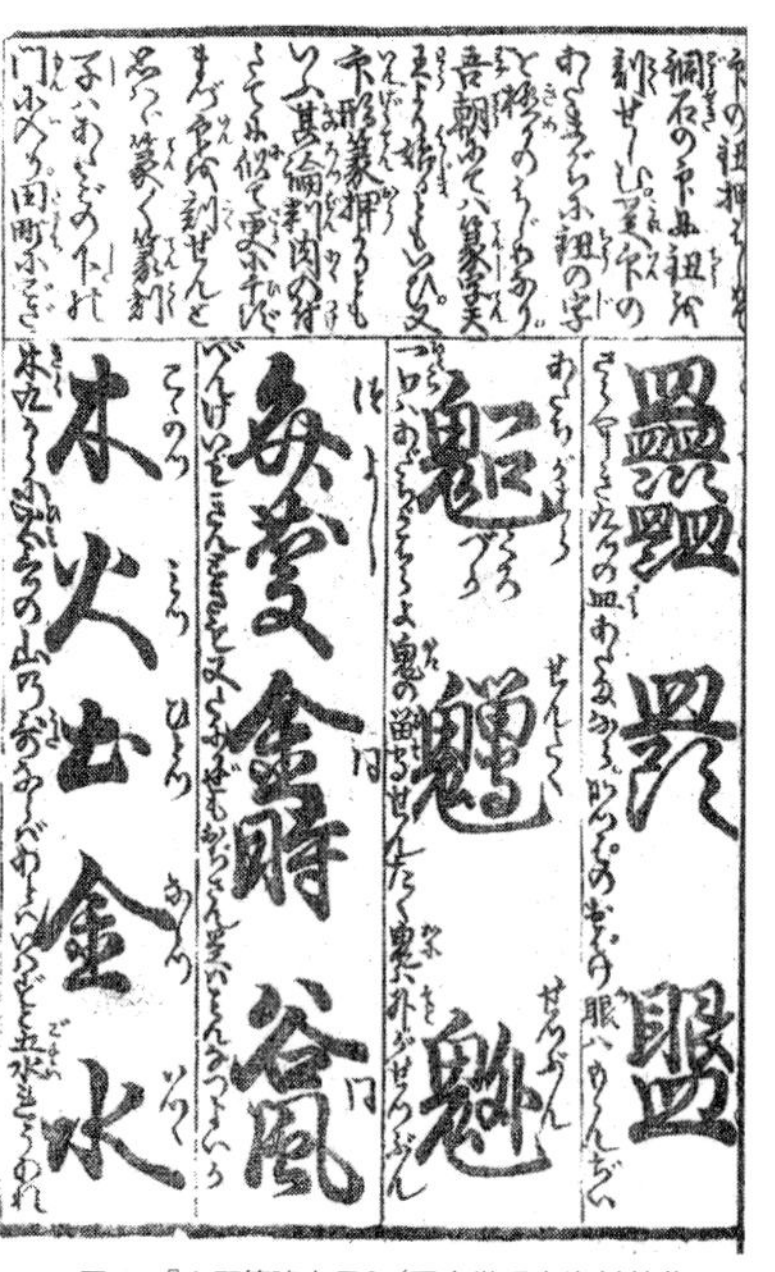

図1『小野篤謔字尽』（国文学研究資料館蔵

にして見るものだというのであろう。二行めは鬼繞に「一口」で、人食いの鬼女伝説で知られる「あだちがはら」、同じく鬼繞に「留守」は、諺から「せんたく」。鬼に「外」で、「せつぶん」。三行めは「弁慶」「金時」、そして「谷風」（当時の相撲取りの名）で、すべて「つよし」と読ませる。四行めは、古代中国に由来し、当時、実用の占い本で知られていたいわゆる五行説による。「木火土金水」の五行の性はそれぞれ魂の数が異なるとされ、それを学ぶ歌が流布していたが、その数を読みとしたもの。こんな要領で、当時の常識によって五十七行を連ねている。

しかしそれだけでは済ませないのが三馬であった。この図には上欄があるが、これは前の丁（ページ）から続く印判尽くしの趣向の説明である。『小野篁歌字尽』には、往来物の常として、時代がくだるにつれてほかの実用的な知識を付録として、巻頭や巻末、また本文上欄に載せるものが出てくるが、三馬はその形式を生かして多方面に戯れをみせる。そのパロディーの原拠は見いだされていないが、おそらく特定の本に基づいたものではない。

『小野篁歌字尽』の諸本研究によれば、その付録は、版によってさまざまだが、一点につき多くても五、六種程度という。それに対して三馬の本作では、数え方にもよるが四十項あまりにのぼる。もともと、『歌字尽』はいずれも全十丁から二十丁に満たないくらいの小冊であるのに対し、『小野篡譃字尽』はその二倍はある。むしろ、『歌字尽』が単独で出されるだけでなく、占いや作法礼法など、さまざまな実用的な知識を盛り込んだ大部な節用集に取り込まれることもあったことから、そちらの体裁で遊び尽くしたものと考えられている。

【見どころ】

その遊びのいくつかを紹介しよう。巻頭には小笠原流礼法などの「諸礼躾方」ならぬ「無礼不躾方」。また四季折々の手紙文例の代わりに「年中通用文章」。手相見に擬えた「手の筋早見」「人相図論」「どういふもんだ痕紋図説」。連綿体のかなで書かれた遊女のせりふを横に倒して、オランダならぬ「おいらんだ文字」など、節用集類にみえる内容の形式で戯れてみせている。

詳しくみてみよう。付録の一つは、算術書の定番『塵劫記』を取りいれた体裁の「胸算用早割の法」と「利勘の事」（図2、四丁表）。上段の前者はそろばんに擬えて炭火焼きの器具に芋、輪切りの茄子のしぎ焼、団子三本、田楽二本が並ぶ。その下の▲、「芋が五引」は「一五が五引」のもじり。続いてこれも九九めかして「四ぎ八き」と当て字。「二ほんが八もん」は一本四文の団子二本のこと。「団子が五ひいてくしのこる」は、一本に五つ挿してある団子を抜くと串だけが残ること（ここは図も団子を五つ挿しにする）。最後の▲は「三五でんがくの二は絵からしても「山椒田楽」（木の芽田楽）の二（本）のもじりであろうか。その右隣の欄には団子と茄子のしぎ焼きと田楽を絡めたこじつけ話を、下段の絵の上の「利勘の事」には勘定の胸算用のせりふを、いずれも数字をちりばめてそれらしく記しているが、実はまったく計算になっていないのが笑いどころである。

図２　『小野篁謔字尽』（国文学研究資料館蔵

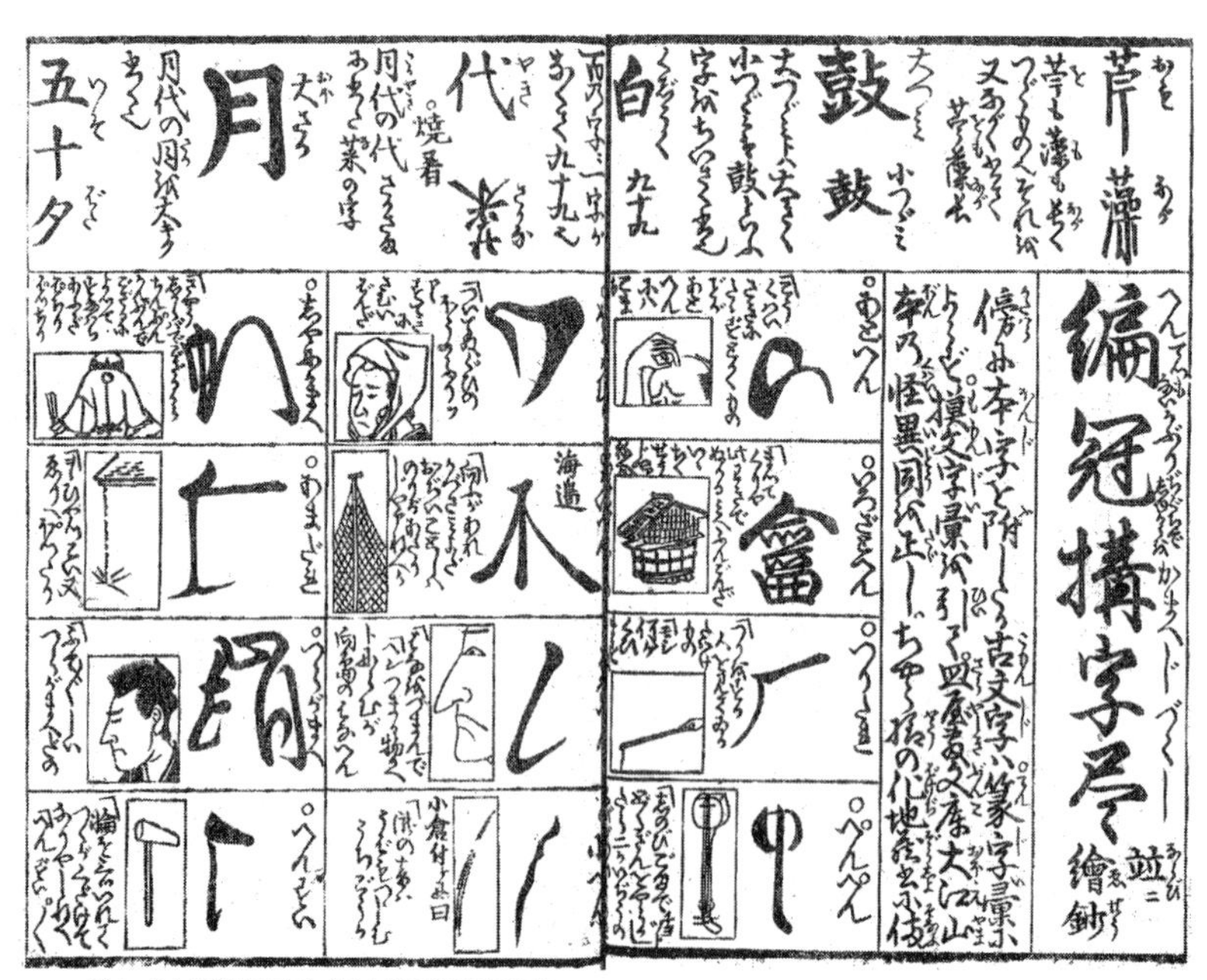

図３　『小野篁謔字尽』（国文学研究資料館蔵　

また、本文の「譃字尽」に続いて、辞書「節用集」の類から部首の説明の形式をもってきた、図3の「偏冠構（へんてつもないかぶりでしゆかうをかまへ）字尽」は、部首らしい形で遊ぶ。右から縦に説明していくと、最初は「あとへん」、本来は足偏の当時の言い方。これを照れるように頭に手をやる姿で後悔の意味に変える。その下は吉原の防火用の天水桶に似せて「いろざとへん」。「つりだれ」は見ての通り釣りざお。三味線で「ぺんぺん」。次の行は手拭いをかぶったかたちで「ほうかむり」。当時、海辺に見られた四つ手網をかたどって「かいへん」。見ての通りの「はなへん」「小べん」。しもがかるのも厭わず、自在に発想する。

ほかにも、ことばに聡い三馬らしく「流行とぐり言葉」「平生ソレよくいふ言語」など、隠語、流行語などを一覧にした項目もある。

このようにふざけ尽くした本書は長く読み継がれた。初版の上総屋忠助版ののち、和泉屋市兵衛・紙屋利助・英文蔵と版木が受け継がれて刷り続けられ、明治十六年（一八八三）には『皆化節用　儒者の肝つぶし』と改題して出される。さらにこれのうち嘘字部分のみ剽窃した一枚摺、また安政版の改ざん剽窃本があることも知られている。

【もっと深く――先行作品の利用】

『小野篁歌字尽』のパロディーの趣向が、恋川春町画・作『廓篤費字尽』（天明三・一七八三年刊）に想を得ていることはよく知られている。また馬琴が漢字を絵文字に置きかえた自作の黄表紙『无筆節用似字尽』（寛政九・一七九七年刊）の剽窃だと非難していること（『近世物之本江戸作者部類』）についても指摘がある。確かに三馬は、馬琴作の絵文字を篆刻風に仕立て直して「大篆小篆　似字尽」と題して自作に取り込んだだけでなく、「文」の字でかんざしと訓ませる発想をもそのまま取り入れている。また節用集や往来物の版面の形式を模擬したのは十返舎一九の『諸用附会案文』（享和三・一八〇三年刊）に由来することもすでに論じられている通りであり、毎月の異名や扁尽くしで遊ぶ発想もここから得ている。

先行作の利用はこれらにとどまらない。実際、先に触れた嘘字の一つ、頭の上に皿で河童というのは、本書別項でも紹介される京伝の『怪談摸摸夢字彙』（享和三年刊）巻頭の、漢籍の字典『字彙』に擬えた嘘字尽くしのなかにみえていた。また同書で目が三つで「三ツ目入道」としているのを、本書では「ばけもの」と読ませている。

くずし字のかなを横に倒して欧文に似せる「おいらんだ文字」の発想は、これも本書で扱っている京伝の『小紋裁』（天明四・一七八四年刊）のうち「うしのよだれ」を「おらんだ文字だ」と評するくだりに似ている。実際、三馬は「おらんだは牛のよだれを見て文字を製するよし」などと書いているから、『小紋裁』（またはその増補版『小紋雅話』）を参照していることはほぼ確実であろう。かなのくずしを横にして蘭字めかす趣向は、浮世絵の世界でも、「くだんうしがふち」など北斎の横中判洋風風景版画シリーズ（文化初年・一八〇四頃刊）で行われている。

さらに実用書をもじるという面では、実にさまざまな書物をいかしている。先に紹介したような「塵劫記」形式の遊びには、すでに素人連中による噺の会を主催して落語の発展に力が合ったことで知られる烏亭焉馬による『甚孝記』（安永九・一七八〇年刊）や同年の『大通人好記』があり、山東京伝も黄表紙『通気智之銭光記』（享和二・一八〇二年刊）で取り上げていた趣向だった。

手相や人相見の趣向も、京伝作、北尾重政画『裡家算見通坐敷』（享和三年刊）にあり、そこからとくに「金があり相」「吝相」をそのままもってきている。その前に喜多川歌麿の大判錦絵「婦人相学十躰」シリーズ（寛政四〜五・一七九二〜九三年頃刊）の「面白キ相」「浮気之相」などがあるのも視野に入っていたであろうか。

小謡本の形式をまねて詞章をもじり、また人物を能面めかして遊ぶのは岸田杜芳作、北尾政美画の『通流小謡万八百番』（天明三・一七八一年刊）に先例がある。主人や女房以下、一家の人々などを将棋の駒に擬える発想と図は、京伝洒落本『娼妓絹籭』（寛政三年刊）、あるいはその先蹤ともいわれる一枚摺「通娼妓」（天明五年刊）に倣ったものであろう。木火土金水の五行ごとの「書判」をそれぞれに縁のあるものに似せた文字らしきものにしていることや、先の「偏冠構字尽」などは、京伝による文字絵集『奇妙図彙』（享和三年刊）にもよく似た発想といえる。

さらに、子どものはやしことば「嘘つき弥次郎、藪の中で屁をひった」にかこつけて嘘字のはじめを小野篁が竹林で屁を放つ童子に会ったことにあるとし、それを少年が這いつくばって尻を高く揚げて放屁するかたちで図にするのは［図4］、恋川春町画・作『芋太郎屁日記咄』（安永七年刊）や京伝作『諺下司話説』（寛政八年刊）、十返舎一九画・作『河童尻子玉』（寛政十年刊）など、屁を

図4 『小野篡譃字尽』（国文学研究資料館蔵 クリエイティブ・コモンズ 表示 - 継承 4.0 国際 ライセンス（CC BY-SA））

主題とする黄表紙挿絵の系譜に連なるものといえる。

また言語資料という点でも、比較的下層の人々の用いた卑俗な言い回しを集めた「かまど詞大概」も、節用集類に収められた「諸人片言なをし」を参照している可能性について考察されている。

このように先行するさまざまな戯作のさわりを生かして仕上げられたのが本作で、それだけに多くの読者に愛され、長く読み継がれた作品であった。

【テキスト・読書案内】

諸本は少なくなく、国文学研究資料館の日本古典籍総合目録データベースや早稲田大学図書館古典籍総合データベースで閲覧できる。翻刻に太平主人編『小野篡譃字尽』（太平文庫23、太平書屋、一九九三年）があり、解説も詳しい。『日本庶民文化史料集成 九 遊び』（三一書房、一九七四年）の影印に付された鈴木真喜男解説は、項目ごとに節用集類の付録に出典を求めた労作である。研究としては棚橋正博『式亭三馬』（ぺりかん社、一九九四年）に記述があるほか、語学的見地から長崎靖子「「かまど詞大概」の語彙——「諸人片言なをし」等との比較を通して」（『川村学園女子大学研究紀要』二十三巻一号、二〇一二年）、同「式亭三馬の片言描写——「かまど詞大概」を資料として」（『近代語研究』十六号、二〇一二年）がある。

【注】

▼1 これら既存の書籍の形態を模擬する作品のうち、絵を中心にしたものだけをとりたてて見立絵本の一角として扱うことがあるが、ここでは絵本といえるか否かで線引きをするその称については論じない（小林ふみ子「書籍を模擬する遊び」『京都語文』二十六号、二〇一八年参照）。

（小林ふみ子）

08

みやびやかに語る卑俗な笑話

『しみのすみか物語』（噺本）

現代日本の古典文学教育は読解をもっぱらとするが、江戸時代に王朝時代の古典語に親しんだ人々は、身に付けた語彙や語法を自身の執筆に生かした。いってみれば古文作文である。それはもちろん、本書でも紹介されるように国学や和歌にかんする著作だったり、擬古物語や読本だったりするが、正統な古典語でつづることが本来想定されていない内容に、いわば目的外使用されることもあった。

国学を学び、俳諧や読本などの叙述を手がけた建部綾足（一七一九〜七四）に『古今物わすれ』（明和九・一七七二年刊）がある。当時行われた記憶術の書物を揶揄したといわれる作品で、物忘れの逸話をそろえて当時「雅文」「和文」などと呼ばれた擬古文でつづったものである。著者の自序にいわく「いつのとしにかありけむ。たゞ日のながきころ」、友人が序文を頼むといって草稿をもち来たった。

> かゝむとおもひて、そのまゝにわすれ置きつる、またいくたの月日ぞや。ことしはす十まり三日、煤たれたる芦屋かきはらふとて、物の底より出たるに、又も忘れやせむと、とみにかいしるして彼主人にみせければ、主人みていはく「是誰がつくれる書ぞや」。

序文の執筆を頼まれてそのまま忘れていた原稿を見付けて、また忘れてはいけないと急いで書いてみせると、なんと原稿そのものを書いた当人が忘れていた、と記す。この序文からして物忘れ尽くしの、笑話のような仕立てになっている。

本作には「冬は夏を忘れ夏は冬をわする」のようなありがちな人情をうがつものあり、「得ては師を忘れ、癒ては医を忘る」のような警句もあり、数々の悪行で名高い古代の武烈天皇について「民はみな御子也といふ事をよく忘れさせ給ひける」と毒づいてみたりもする。また笑話風の作も少なくない。

茗荷(みやうが)といふ物を多く食へば、物忘れするといふ。或旅籠(あるはたご)やの亭主(あるじ)、旅人に是なん多くくはせけるに、朝とくゆくをみれば、よく我物(わがもの)をうち荷(にな)ひていにけり。後におもへば、宿銭(かりで)は忘れていにけるなり。
評曰(ひょうにいわく)、此亭主も多くくひつらむにこそ。

茗荷が物忘れを引き起こすという俗信を悪用しようとした宿屋の亭主が、かえって客に支払いを忘れられてしまうという筋で、たしかにこれは笑話として成立している。時に江戸で笑話集大流行の火付け役となった木室卯雲(きむろぼううん)『鹿子餅(かのこもち)』と同年同月の刊であった。

本項で紹介する、狂歌師にして和学者であった石川雅望(いしかわまさもち)（一七五三～一八三〇）の『しみのすみか物語』（文化二・一八〇五年刊）は、この綾足の試みを知ってか知らずか執筆された、いっそう本格的な雅文体笑話集である。

【概要】

『しみのすみか物語』は、全五十四話を擬古文でつづる。本書に寄せられた漢文序に「将(まさ)に芳躅(ほうちょく)を宇治亜相(うじあしょう)より継ぐべし」といい、また「文体は宇治拾遺物語の雅文によりて」とする巻末広告をもつ本があるように、中世の説話集『宇治拾遺物語』の文体を意識し、各話の設定も王朝時代におく。時に歴史上の人名をも交える。挿絵も、無款(むかん)ながら古拙な大和絵風を意識した筆致になっている［図1］。

作者雅望は、青年期に狂歌師宿屋飯盛(やどやのめしもり)として名をなしたが、四十歳を目前にした寛政三年（一七九一）、家業をめぐって罪を被って以後、十余年にわたって逼塞(ひっそく)し、古典の研究とそれを生かした擬古文による読本などの創作に励んだ。この時代の成果の一つが本作で、享和二年

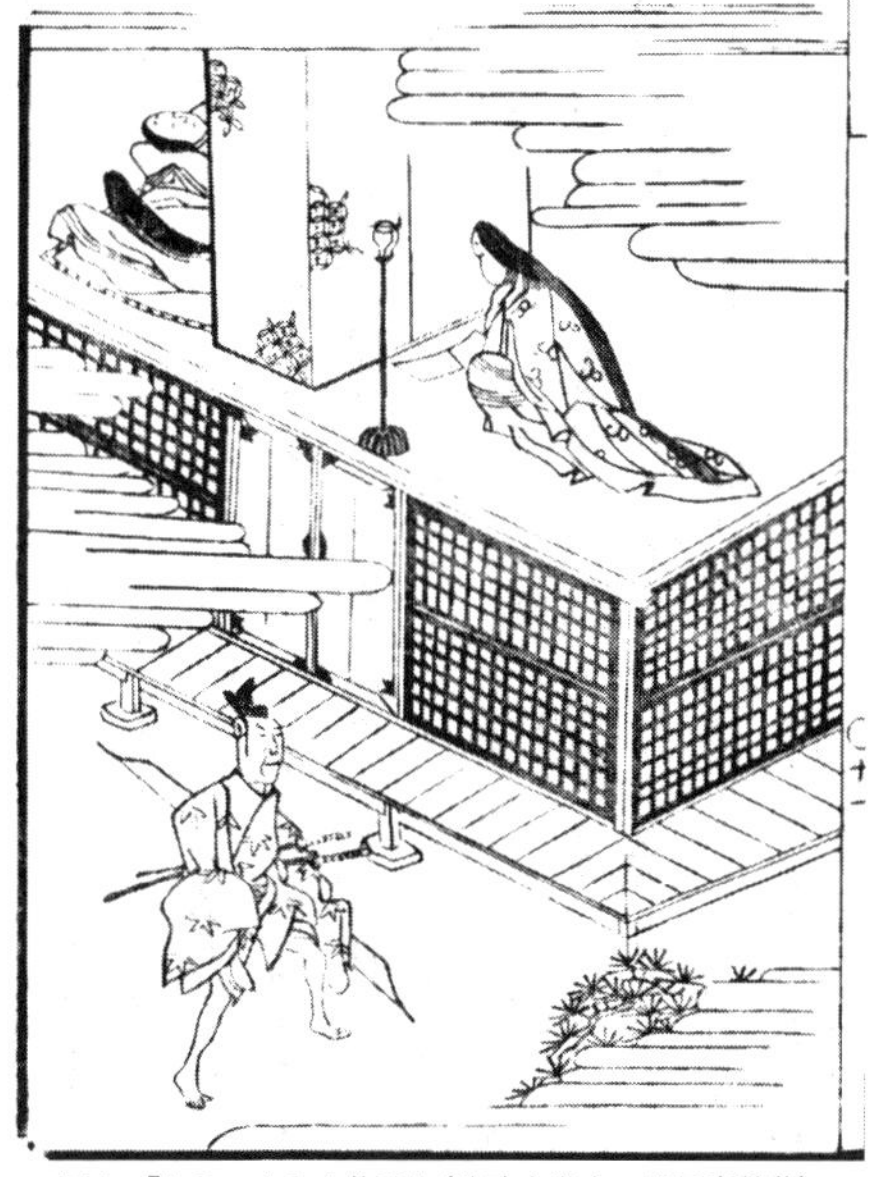

図1 『しみのすみか物語』（法政大学市ヶ谷図書館蔵）

（一八〇二）の序文があることから、その頃には草稿が成っていたと考えられている。寛政十一年（一七九九）には、師の大田南畝が幕府より文書編纂を命じられたことを機に文章力のいっそうの研鑽を志して月例の「和文の会」を開くようになり、雅望も参加している。その成果を生かして江戸の各所のさまを擬古文で描出した『都のてぶり』も、本作と前後して文化六年（一八〇九）に上梓している。

本書は、その雅望がいまだ文芸界に完全に復帰しおおせていない時期に出版されたようで、やや複雑な事情をうかがわせる。巻末に付された尾張の朝田保清という人物による、刊行前年にあたる文化元年（一八〇四）付けの跋文には、自身がかつて江戸に遊学した際に原本を借りえて写し、地元名古屋の永楽屋東四郎に頼んで出版してもらったという。奥付は大坂・江戸の版元との共同名義だが、永楽屋の広告がある本の存在からしても、その刊であろう。雅望の狂歌界への本格的な復帰は文化三年（一八〇六）頃であったことが明らかにされており、（牧野悟資論文）それ以前に時局をはばかるかたちで、名古屋において出版されたのではなかったか。

その『しみのすみか物語』は、先に引用した巻末広告で、続けて「初学作文の助となる」といい、笑いよりも文体の妙に力点があることをうかがわせる。しかも『都の手ぶり』と同じく、近世の読み物でもっとも一般的な大きさであった半紙本上下二冊で出されている。当時、噺本と呼ばれる笑話集は、多く現代の文庫本大にあたる小本の体裁で出されたことを考えると、その点でも本作は笑話集というよりも、笑話を素材とした雅文集という性格が色濃い。先述の『古今物わすれ』も半紙本の大きさ一冊で出されており、その点では共通している。

こうした擬古文を利用した遊びは、笑話以外に、艶本の分野でも発達していた。本作の前に、和漢雅俗にわたるさまざまな著作を残した山岡浚明（一七二六～一七八〇）の編んだ『逸著聞集』（成立不明、写）は、『宇治拾遺物語』を含む説話集から艶笑譚を抜粋し、さらに独自に当時の笑話を加えて擬古文に改めたもので、『しみのすみか物語』の直接の先祖といってよいものであろう。出版はされていないが、南畝が敬愛した人物の作で、その蔵書書目に登録があることから、雅望が目にしている可能性も十二分に考えられる。とくに『しみのすみか物語』で、巻頭話をはじめとして、二話にみられる平安時代の伝説の強盗「袴垂」が、この『逸著聞集』でも取り上げられていることは、影響関係を想像させる。
本作の後、雅文体笑話集は、阿波の人で狂歌師としては飯盛の流れに連なり、和学者でもあった六々園遠藤春足（一七八二〜一八三四）による『白痴物語』（文政十一・一八二八年刊）によって、また同じ手法の艶本は国学者黒沢翁麿（一七九五〜一八五九）『藐姑射秘言』（安政六・一八五九年跋、刊）によって展開されるが、ここでは書名をあげるのみにとどめておく。

【見どころ】

本作所収の笑話はほとんど先行する笑話集に原話があることが明らかにされているもので、近世の笑話をいかに中世の説話集めかしてつづるかに主眼があった。例えば次の話も、王朝時代の話のような人物設定で語られる。

常陸介の北方は、なほくしきさしすぎ人にぞありける。ひと日まらうどの来りける時、主、常のりがきたる人麿の絵とうでて見せゐたりける。まらうど、ものめでする人にて、「いみじくもかきて候かな。常則なンなり」といへば、北方奥なく木丁のうちより、「いな常のりには侍らず。人麿にて侍りとぞいらへける。いとあさましかりき。

常陸の介といえば『源氏物語』にも登場する古代の役名。妻を北の方といい、わざわざその発話を「木丁（几帳）のうちより」などとするのも王朝風である。常則とは、『源氏物語』絵合の巻などにその名が見える古代の伝説的絵師、飛鳥部常則のこと。「奥なし」とは浅はかなこと。客人が眼前の絵の画技の高さから絵師は「常則」だろうと推測したのにその意図がわからず、描かれたのは柿本人麿だという無知さを笑いものにする。
この話、江戸の笑話集『一のもり』（安永四・一七七五年刊）に収められた「達磨」の一話が原話として指摘されている。吉原で客が遊女に向かって品川遊里で見た床の間の達磨の絵の話をする場面である。

画がらが至極能かつたから、そばへ寄て見れば、紛れもない目覚の印。是は探幽じやないといふたれば、女郎がいふには「何さ。だるまでござる」と云ふた。

名画の印章を読んで絵師は狩野探幽だろうといったのに、達磨だと画題を答えられるという構成は『しみのすみか物語』と同じくだが、雅望はこれを古典語に改めるだけでなく、遊女を常陸介の北の方に、絵師を探幽から常則に、置きかえることで古典的な気分を高めたのがわかる（なお「達磨」では続く遊女のせりふでさらに落とすが、ここでは省略する）。

『しみのすみか物語』では、初めに掲げた『古今物わすれ』の茗荷の話も変奏されている。実はこの話は、すでに『御伽咄かす市頓作』（宝永五・一七〇八年刊）にみえていた古いものであった。岡白駒による漢文体笑話集『開口新語』（寛延四・一七五一年刊）では漢字でつづられ、また『古今物わすれ』の翌年には、小松百亀『聞上手』二篇（安永二・一七七三年刊）にも収められる。各話の文章表現を比べてみよう。明朝、旅人が何も遺さずに出立した後から、それぞれ引用する。

宿屋めうとあきれて「さて〳〵これほどみやうが（茗荷）をくはせても、さいふをわすれぬは。人のいふもうそじや」といひければ、女ばういふやう「いや、みやうがのきどくがみえて、はたご代をわすれて、はらはずにいんだ」といふた。（『御伽咄かす市頓作』）

主人楼に登り、其の遺留する所を索むれども之無し。妻、之を譲む。主人の曰く、忘るは則ち忘る。唯行李を忘れずして反つて酒飯の銭を還すを忘る。

（『開口新語』〈原漢文〉）

おふかたおとしていつたろうと跡をみれども、何もなし。「扨々めうがもきかなんだ」といへば、てい主「イヤ〳〵、きいた〳〵」「ソリヤ何を」「ヲ、サ。はたごをわすれて、はらわずにいにおつた」

（『聞上手』二篇）

妻はたび人のわすれたるものみむと、ねたるところにいりて見れば、つや〳〵ものひとつなし。「くはせつるみやうがは、しるしなかりけり」といへば、あるじ「いな、茗荷こそしるし有けれ。いみじき物わすれて行ぬ」といふ。妻「なにをかわすれたる」ととへば、「われにあたふべきかりてのぜにわすれていにけり」といへば、つま「げに〳〵」といひていよくはらたちけり。人をはかりてものとらむとて、かへりておのれ損をしたりける、はらぐろなるこゝろはつかふまじき物にぞありける。

（『しみのすみか物語』、傍線は引用者）

前期上方の『御伽咄かす市頓作』では比較的饒舌に、夫婦二人に茗荷に効果が無かったことを嘆かせ、ただ一つ宿代の支払いにだけ効いたと気付くのは、女房だった。『開口新語』では、漢文であることも手伝って表現は簡潔に、宿代を忘れていったことに気付くのは亭主の役割になっている。前々ページに引用した『古今物わすれ』では、ことばを絞りこんで女房が登場しない代わりに、亭主も茗荷をたくさん食べたかという評語を加えていた。『聞上手』は、茗荷に効果がなかったと嘆く女房、あったという亭主、理由を問う女房、宿代をと答える亭主と、簡明ながらテンポよく会話を展開する。

これらに対して、『しみのすみか物語』では、妻が旅人が泊まった部屋に入ったところから、この会話がそのまま古典語におき換えられている。その後の妻の立腹を語り、さらに傍線部のようなまとめと教訓的言辞を加えることで、中世の説話らしい雰囲気を加えたのであった。

とはいえ、この話、著者も無意識にしたのか、旅人が「ゐなかわたらひして絹あきなふあき人」という、地方の経済力が高まって地方と都市の商業的な往来の増した近世後期らしい設定になっている。

【もっと深く――稿本と校正本】

本書には自筆の稿本が残り（国立公文書館内閣文庫蔵）、原稿から版本への変更の跡をみることができる。例えば先に掲げた人麿像の「常陸介の北方」は、稿本で「常陸(ひたちの)守(かみ)」となっているものを朱で「介」に直し、版本にも反映されている。これは、本来、親王が名目上、国司の最上官である「守」を務めることとなっていた常陸国では、それに次ぐ「介」が実質的に最上位となったことによって当時から混同があることの影響であろう。注釈書『源氏物語湖月抄』（延宝三・一六七五年刊）でも空蝉(うつせみ)の夫を「常陸守」と称する例がある。雅望が当初「守」とした誤りに気付いて、「介」に改めたことになる。

本書にはさらに、ほぼ最終段階とみられる校正本も現存する［図2］。字句程度の細かな修正に限られ、雅望の筆か校訂者安田保清の筆か判別がつかないうえ、貼り紙によってほぼ元の字が読めないところもあるため、わかることは多くないが、五十二カ所にわたって濁点を加

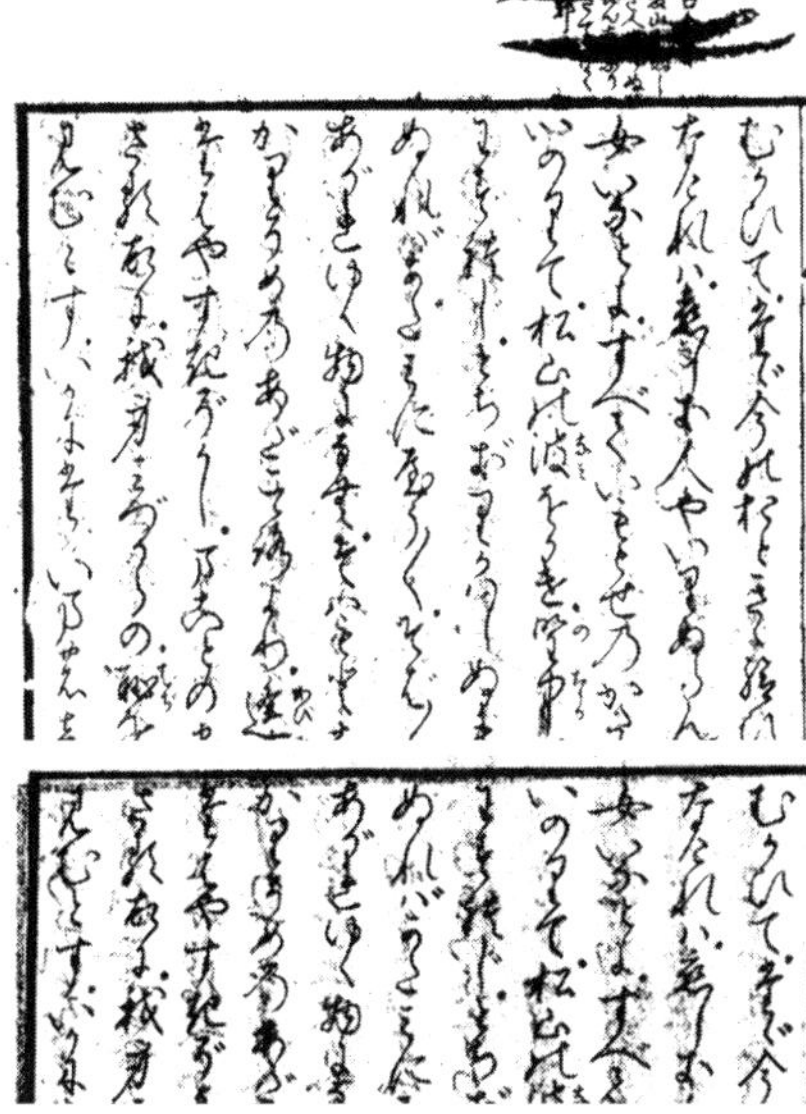

図2 『しみのすみか物語』校正本（上）と版本（下）
（いずれも法政大学市ヶ谷図書館蔵）

えており、この時代の音の清濁への意識の高まりを反映したものとみられる。

また注の削除の跡が二カ所見られる。稿本に貼り紙で出典を記したところが四カ所あるが、上冊の二カ所のうち、一カ所は図のように完全に文字にしたものを校正本で削除の指示をしている。もう一カ所は版木を四角く彫らずにおいて文字の後入れの余地を残していた箇所の削除である。前者は、放屁したことをごまかそうとする遊女に「恋しき人や入りぬらんなど」和歌を引いて男が言い紛らわす場面につけられた、『古今集』巻三の古歌を引くもの。いわく「夏山に恋しき人やいりぬらん声ふりたてゝなく郭公（ほととぎす）」だが、当該歌は当時流布した版本でも第三句「いりにけん」である。この引用の誤りをはばかったか、あるいはほかの箇所に注釈がないことから体裁をそろえたか。

挿絵も上冊全六図中二図が、下冊全五図すべてが空白で、古い大和絵風を模した署名のないこの挿絵が、ほぼ本文の彫刻が完成した段階で加えられたこともわかる。

【テキスト・読書案内】

翻刻は『噺本大系』第十九巻（東京堂出版、一九七九年）が最も信頼できるもので、武藤禎夫解説には前述の自筆稿本との異同もまとめられている。諸本は少なくなく、本文画像は国文学研究資料館や早稲田大学のデータベースで閲覧できる。

本項で挙げたような本作の先例に触れつつ、所収各話の近世笑話集や中世の説話などの出典をもっとも詳しく調査したのは武藤禎夫「雅文笑話と江戸小咄――『しみのすみか物語』の典拠――」（『共立女子短期大学（文科）紀要』二十六号、一九八三年）であった。ほかに、使用の語句や表現を指摘しながら後期における噺本の多様化の流れのなかに本作を置く鈴木久美「雅文笑話集の位置づけ」（『近世噺本の研究』笠間書院、二〇〇九年、初出二〇〇五年）、さらに『宇治拾遺物語』からの表現を分析する長谷川奈央「『宇治拾遺物語』と『白痴物語』」（『立教大学日本文学』百十一号、二〇一四年）がある。なお、作者雅望の狂歌壇の復帰の年について通説を訂正したのは、牧野悟資「『狂歌波津加蛭子』考――石川雅望の狂歌活動再開を巡って――」（『近世文芸』八十号、二〇〇四年）であった。

（小林ふみ子）

09

笑いで処世訓を学ぶ──落語の源流

『醒睡笑』（笑話集）

動物心理学などの知見によれば、笑うことができるのはヒトやサルなど霊長類だけなのだという。ただ私たち人間は単に脇腹をくすぐられたりなどして笑い声を上げるばかりではなく、言語を用いて笑いを創り出し、記録し、そしてそれを娯楽として生きてきた。笑いと文学とはそれゆえ、密接で不可分な関係にある。

本邦の文学史をひもとくと、韻文では古くは『万葉集』巻十六に収められる戯笑歌・嗤笑歌や『古今和歌集』巻十九の誹諧歌、また『新撰犬筑波集』をはじめとする中世期に流行した誹諧連歌があり、散文でも王朝物語や日記文学には滑稽な場面や言葉遊びの類いがまま見られる。とりわけ『日本霊異記』『今昔物語集』『古今著聞集』『沙石集』といった仏教説話集には多くの笑話が収録されているが、『今昔物語集』第二十八巻に比叡山西塔の教円座主について、「物可笑く云て人咲はする説教教化をなむしける」とあるように、仏の教えを大衆に向けてわかりやすく説く説教唱導の手段として、笑いはさかんに用いられた。

近世期に入ると、笑話集として独立した書物が編纂されるようになる。『寒川入道筆記』は作者未詳ながら里村紹巴・細川幽斎周辺の人物が慶長十八年（一六一三）に著した雑記で、その内容は歌学やなぞなぞなど多岐にわたるが、「愚痴文盲者口状之事」「落書附誹諧之事」と題された部分にはまとまった笑話が収められており、笑話集の萌芽として位置づけられている。元和年間（一六一五〜二四）頃に古活字版で刊行された『戯言養気集』は、ほぼ同時期に同じく古活字版として刊行された『きのふはけふの物語』（元和・寛永初頃刊）とともに本邦の笑話集の嚆矢ということができる。

こうした笑話集の成立の背景には、先述した説教僧に加えて、中世末期から近世初期にかけての御伽衆（貴人に侍従し話をすることを職掌とする役職）の活動も想定されており、彼らの間で語り継がれていた話材をもとに編纂されたものと考えられる。いずれにせよ近世出版文化の開花期に、書物のいちジャンルとしての笑話集が成立したわけだが、それら近世初期の笑話集のうちでも、そのボリュームと後代への影響という観点からいって最も注目すべき作品が、浄土宗の僧侶安楽庵策伝（一五五四〜一六四二）が執筆した『醒睡笑』［図1］である。

【概要】

策伝の自序によれば、この『醒睡笑』は自身が小僧の頃から長年書きためてきた笑話の数々が「おのづから睡をさましてわらふ」ものであることから、元和九年（一六二三）、それらを一括して「醒睡笑」と名付け八巻にまとめたものだという。また奥書によれば、同書は当時京都所司代であった板倉重宗の求めに応じて策伝が浄書し、寛永五年（一六二八）三月十七日に献上されている。この『醒睡笑』には千三十余話を収録する広本系と、その抜粋本で三百十一話を収録する略本系とがあるが、刊本はすべて略本系に基づく。広本系はすべて板倉重宗への献上本を源流とする系統であり、巻末に刊本にはない寛永五年の策伝奥書と板倉重宗識語を有する［図2］。ただし、重宗への献上本の原本自体は現存未詳であり、現存する広本系はすべて近世後期以降の転写本に限られている。刊本は大別すると寛永末・正保頃無刊記板と慶安元年（一六四八）板の二種があり、後者の版木は刊記部分がその都度改められ、近世後期まで印行されたようである。また『楽斎物語』『古今はなし揃』との改題本の存在も指摘されている。

本書は各種の笑話を「無智の僧」「貴人の行跡」「聞えた批判」「いやな批判」「人はそだち」「恋のみち」「かすり」など四十二の項目を立てて分類している。こうした分類は『戯言養気集』や『きのふはけふの物語』には見られないが、ただしこれは厳密な分類や体系化というよりは、むしろ浄土僧であった作者が談義説法の場において当意即妙な話題を提供するために便宜的に付した一種のインデックスのようなものかとも思われる。

作者策伝が各地で見聞した説話や伝承、宗門の内情、戦国武将や公家、連歌師といった著名人の逸話や、謡・舞・連歌俳諧・和歌・書画などの芸能・文芸に関する話題のほか、先行する書物に取材したものも多く、とりわ

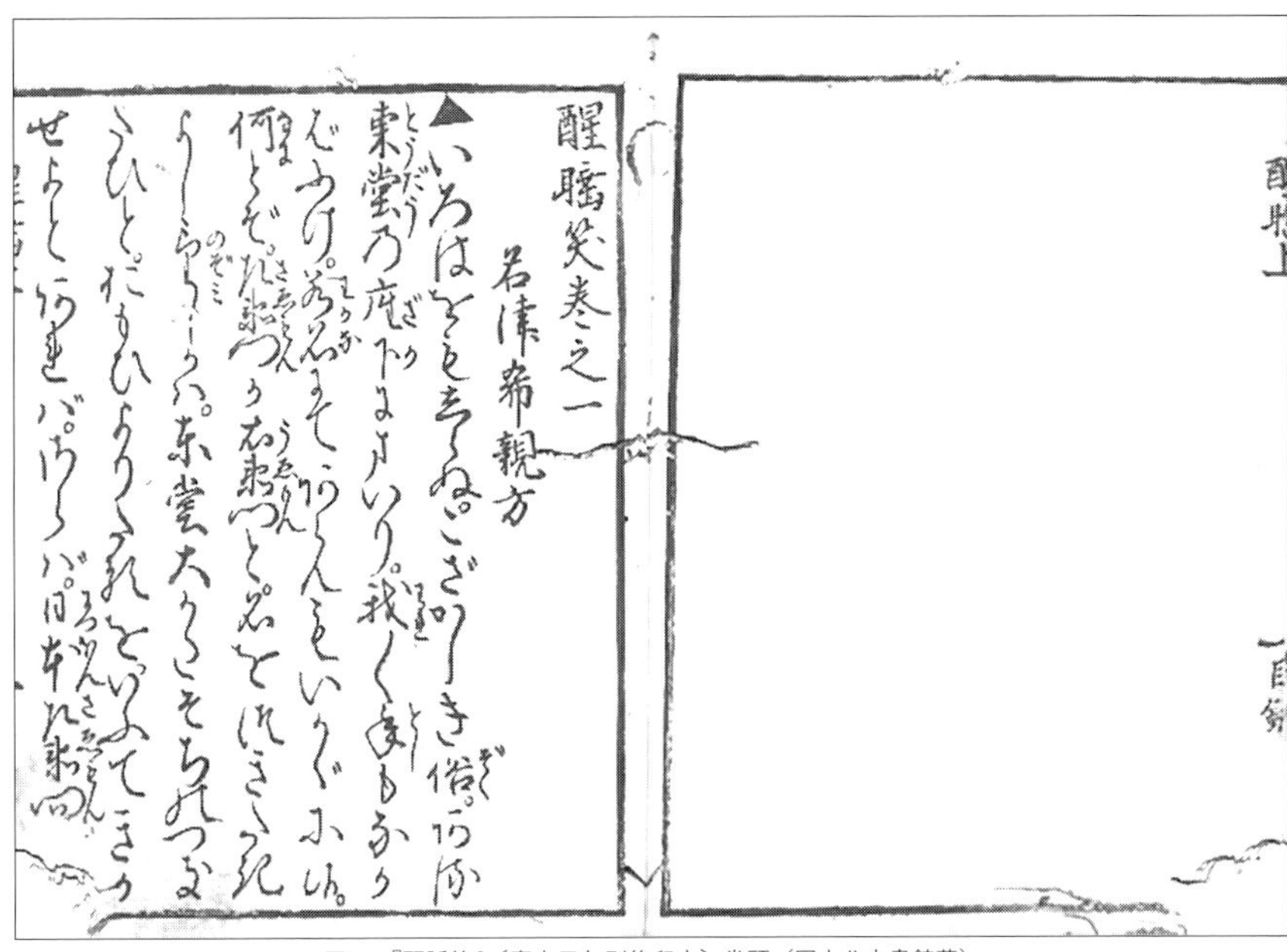

図１『醒睡笑』〔慶安元年刊後印本〕巻頭（国立公文書館蔵）

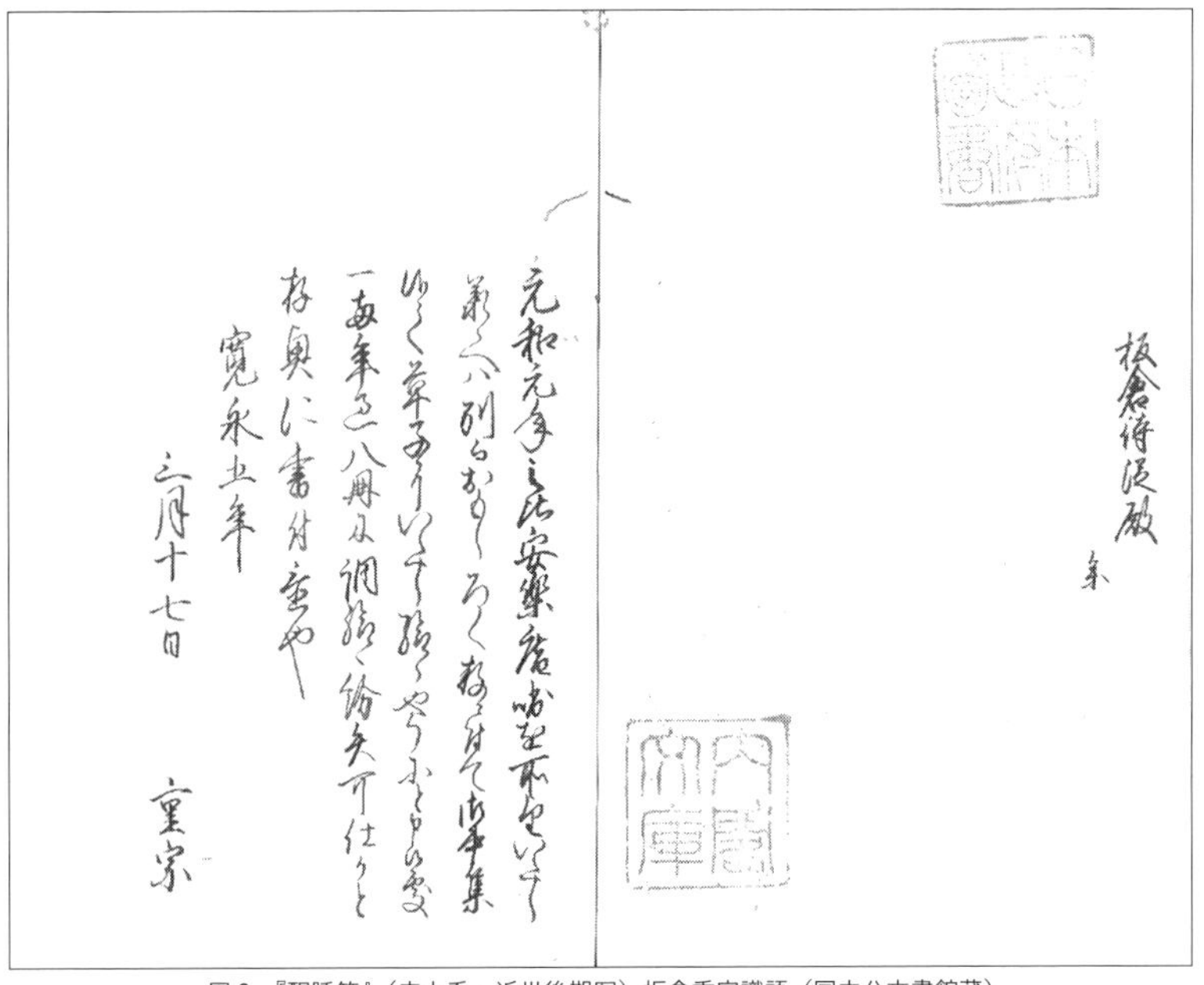

図２『醒睡笑』（広本系・近世後期写）板倉重宗識語（国立公文書館蔵）

け『宇治拾遺物語』『沙石集』といった説話集からはそれぞれ複数の話が引用されており、また『寒川入道筆記』所収のものと一致する笑話も多い。収録される話数も先行する『戯言養気集』が七十五話、『きのふはけふの物語』が百四十話であるのに比して圧倒的に規模も大きく、さながらそれ以前の笑話の集大成といった趣がある。また「子ほめ」「かぼちゃ屋」「てれすこ」「平林」「雁風呂」「ん回し」のような現代でもしばしば高座にかかる演目の原型と目される笑話が多数収録されており、後代への影響はきわめて大きい。

　本書の存在ゆえに後世、策伝は「落語の祖」とたたえられるようになるが、彼は生涯を浄土宗の僧侶として終えた人であり、文芸上の活動が確認できるのも七十代以降の晩年に限られる。烏丸光広、木下長嘯子、近衛信尋、小堀遠州、松花堂昭乗、伊達政宗、松永貞徳といった当代一流の人物との交流があった。著作に、当時流行であった椿についての諸知識をまとめた『百椿集』（寛永七・一六三〇年成）、策伝と諸家との和歌、俳諧を寛永八年から同十二年にかけてまとめた『策伝和尚送答控』がある。

【見どころ】

　まず落語ファンならば、現行の演目の原話探しの楽しみがあるだろう。

　文の上書に平林とあり。通る出家に読ませたれば、「平林か平林か、平林か平林か、一八十に木々。それにてなくは、平林か」と。これほどこまかに読みてあれども、平林といふ名字はよみあたらず。とかく推にはなにもならぬものぢや。（巻六）

手紙の宛名「平林」の読み方が皆目わからず妙なことになってしまう、落語「平林」の原型だが、末尾の「推測は役に立たないものだ」との教訓的評語は、現行の落語にはない。ちなみにほぼ同趣向の笑話は『きのふはけふの物語』にも収められており、そちらでは最後に間違った読み方を全部つなげて囃子のように歌いながら手紙の宛先を探し回るなど、現行の落語に近い。このように複数の笑話集を比較してみるのも一興だろう。

　短文の切れ味鋭い笑話も多い。例えば「あつぱれ、まるい水かな。すみきつたの。」（巻八）は「澄み切った」と「隅切った」とのしゃれ、「静かにあゆみて額を打つてすよ。はしらでうつてすよ。」（巻八）は、「てす」は「て候」の意、「走らで」と「柱で」をかけたしゃれである。

また狂歌や連歌俳諧を用いてクスリと笑わせる話が多い点も読みどころである。

信長公堺の津へ御座なされし時、蠣とつめたと海鼠腸と三色を進上せし。その座敷に三条殿御入りありて、かきくれてふる白雪の冷さをこの綿にてぞ寒さ忘るる　（巻八）

「つめた」は貝の名、「三条殿」は三条西実枝。「かきくれて……」は織田信長に進上した品の名を詠み込んだ物名歌である。

このように笑話集とはいえ卑俗に堕すことなく温雅な味わいがある点が本書の特色だが、この時期に広がりを見せていた古典の大衆化すらも笑いの素材となっている。

ちと仮名をもよむ人のいひけるは、「この程、つれづれ草を再々見てあそぶが、おもしろふ候よ」とありしかば、その座にゐたる者のさしいで、「かまへて口あたりよしと思うて、おほく御まゐるな。つれづれ草のあへ物も、過ぐれば毒じゃと聞いたに」　（巻三）

兼好の『徒然草』がどういうわけか食用の草となり、

ある者のむすこ、百人一首を、本にむかひ滔々とよみければ、親にて候ふ人申されたる。「やれ、静かによめ。それやうなる物は、反点のならひがむづかしいに」。　（巻三）

『百人一首』に漢文のような返点があるわけもなく、知ったかぶりから生じた勘違いがおかしみを生んでいる。ただこれらの話を笑うには、これらの古典の中身をある程度理解していなくてはならない。その意味で『醒睡笑』は、近世初頭における出版文化の隆盛と古典復興という時代性が色濃く反映された書物ということができる。

【もっと深く——処世訓としての笑話】

今も昔も笑いはコミュニケーションの潤滑油であり、機知に富んだ対応によってその場を和ませ、無用な対立や軋轢が生じる前にあらかじめその芽を摘み取ることもできる。戦国時代から近世初頭にかけて御伽衆が活躍したのも、彼らのそうした能力が権力者に買われたのだろうし、臣下の君主に対する心遣いのありようもそうしたものが善しとされた。

かたち殊に痩せくろみてわたらせ給ふお大名ありしが、近習の侍にむかはせたまひ、「予が顔が猿に似たと、人みないふと聞いたが、まことか、うそか」。臣うけたまはりて、「これは勿体なき御諚に候。たれやの人さやうの事をば申上げけるぞ。世上にはただ猿が顔が、殿様に似たとこそ申し候へ」。大名聞き給ひて、「ゆゆしくも申したり。さこそは侍らんず」とて、いささかも憤り無かりしは、下劣の申しならはす、「大名は大耳」なれや。（巻二）

自身の顔が猿に似ているとの噂に触れた主君に対して、「猿が殿に似ているのです」と返答することで主君の怒りを鎮めるというこの話は、後に秀吉とその御伽衆曾呂利新左衛門の間の逸話として語られるようになる（大田南畝『半日閑話』など）。

右大臣信長公、ある年の元日暁、雑煮のお膳すわりけるを御覧ずれば、箸かたかたあり。「これは何者のしわざぞ」とて、大いに御気色かはれり。大相国いまだ木下藤吉郎殿にて御座の時、「御機嫌あしきはさる事ながら、当年より諸国をかたはしどりになさるべき瑞相なり」とありければ、これにて御腹立やみぬ。案のごとく、その年より国々を従へ給ひきとかや。（巻八）

箸が片方しかないことに立腹した信長に対し、秀吉はこれは「かたはしどり」、すなわち片っ端から諸国をお取りになる縁起担ぎだと述べてその場を収めたという。

『醒睡笑』にはこの手の君臣の間での機知に富んだやりとりをめぐる話が一定数収められているが、臣下として主君を支え、また時として起こる失敗をうまく取り繕うための方途の一つとして機知や笑いがあったことがうかがえる。『醒睡笑』にはそうした一種の処世訓を学ぶための書物という側面もあったように思われる。

【テキスト・読書案内】

広本系の写本である東京大学総合図書館南葵文庫本は『仮名草子集成』第四十三巻に、寛永末・正保頃無刊記板の刊本が『仮名草子集成』第五十七・五十八巻にそれぞれ翻刻がある。

注釈付きのテキストには、鈴木棠三校注の岩波文庫版（広本系写本に基づく校本）、宮尾與男校注の講談社学術文庫版（底本は慶安元年版・現代語訳付き）がある。

また東洋文庫版は広本系から七百余話を抜粋し現代語訳したもの（鈴木棠三訳）。著者安楽庵策伝の伝記研究に関山和夫『安楽庵策伝——咄の系譜——』（青蛙房、一九六一年）、鈴木棠三『安楽庵策伝ノート』（東京堂、一九七三年）がある。なお本稿での引用は岩波文庫版による。

（一戸渉）

10 『世間子息気質』『世間娘気質』『浮世親仁形気』（浮世草子）

どこかにいそうな変人たち

京都の裕福な大仏餅屋の跡取りで、俳諧や演劇にも通じていたことからやがて文筆活動に打ち込むようになった江島其磧（一六六六〜一七三五）。元禄十二年（一六九九）には京都の本屋八文字屋八左衛門方から歌舞伎役者の評判記『役者口三味線』を世に送り出し、その後の定型を作り上げた。散文作品では、西鶴の好色物を刷新するかたちの浮世草子『けいせい色三味線』（元禄十四年刊）や、大坂の豪商淀屋の没落を扱った『風流曲三味線』（宝永三・一七〇六年刊）、赤穂浪士討ち入りを描く『けいせい伝受紙子』（宝永七年刊）、あるいは『傾城禁短気』（宝永八年刊）などの好色物作品を次々執筆するが、当初はいわば旦那芸としてとらえていたためか、無署名あるいは出版者である八文字自笑の名前で刊行されていた。

ところが、家業が傾き始めたあたりから署名問題や利益配分で八文字屋と抗争状態になり、宝永の末には息子に江島屋という本屋を開かせて自作を刊行するようになる。『世間子息気質』などの「気質物」は、まさにこの抗争期に、八文字屋への対抗心やヒット商品を生み出すための工夫から得られた、其磧の試行錯誤の賜物であった。

【概要】

最初の「気質物」作品『世間子息気質』は、正徳五年（一七一五）に江島屋から刊行された。序文に、世間の息子たちが家業をかえりみず遊郭遊びや芸事にうつつを抜かし、一方で親を無粋とばかにするのは、子どもを甘やかした親に問題のあることを指摘する。その具体例を集めたとする本文では、町人の家に生まれながら、色遊び、武芸、医者、僧侶、相撲、和歌、占いなどさまざまな世界に没頭する息子たちが、周囲を振り回しつつある者は没落し、ある者は成功していく様を描いている。

この『子息気質』の好評により「子息気質追加」（続編）として刊行されたのが『世間娘気質』（享保二・一七一七年刊）である。当時の女性の社会的立場を反映して、嫁入りの話や結婚後の姿を描くものが多いが、反対の性格を持つ登場人物を組み合わせることや、誇張の度合いを強めることで筋書きに幅を持たせている。さらに八文字屋との和解後には『浮世親仁形気』（享保五年刊）が出版される。ここでは前二作に比べて主人公の行動の荒唐無稽さが抑えられ、その分親仁の姿に現実感が伴うことで高い評価を得ている。

これら以外にも其磧は「気質」「形気」を題名に持つ作品を書いているが、まずはこの三作が「気質物」の代表作といえるだろう。上流・中流商人の息子・娘・親仁といった一定の立場や身分の者の話を集め、極端な誇張や登場人物の対照を用い、京、江戸、大坂などの都会を舞台にした風俗小説、それが其磧の「気質物」である。

【見どころ】

『世間子息気質』

それではまず『世間子息気質』巻二の一「異見はきかぬ薬心をなをさぬ医者形気」［図1］から見てゆくことにする。ここに登場する息子は儒学に入れ込み、牢人の儒者のところに通い始める。なまじ学問をかじると周囲を見下すようになるのはよくある話で、父親の読経を聞くと、世間の儒者が仏教を譏る（そし）ることをまねて、「売僧（まいす）のいへる虚言（そらごと）」と罵るかと思えば、出入の者の世辞を「巧言令色」として退け、以後この家への出入を禁じるなど、儒者かぶれで周囲に軋轢を生じさせていく。

それで済めばまだしも、儒学の師匠から医道も学ぶことを勧められると、高価な道具や薬を買い調えて、修業もなしに奉公人や借屋に住む人々を相手に素人療治を試みるようになる。結果、腹を下す者や寝返りも打てなくなる者が続出し、揚げ句の果てには、

かし（借）屋の嬶（かか）がなみだ片手に、「いかに借屋（かしや）風情の子じやとて、どうよくな一服で、目を白くろしてゐるやうに、あたる薬をのまさしやるものか。貧乏人の子は殺しても大事ないか。物もいはずになんぼ大家殿でも、あの子が死ぬればのがしはしませぬ。相手でござる」

図１ 『世間子息気質』巻二の一（早稲田大学図書館蔵）
２つの場面が１図に集約されている（異時同図法）。図の奥では、諸芸をやめて学問を始める息子が、三味線などの楽器を壊し、息子の右側では父親が算盤を勉強するように意見している。下は店先で素人治療をする息子。借家に住む人々が薬をもらいにやって来る。女性の懐には赤ん坊がいる。この後、息子の見立て違いで殺されかける子どもか。

と、借屋住まいの女房が涙を流しながら怒鳴り込んでくる始末である。根拠のない薬を与えられて、死線をさまよう我が子を目の当たりにした母親の怒りと、それを他人事のように朝寝をしている当の息子。結局この馬鹿息子は勘当されることになるのであるが、誇張を伴いつつも、いかにもどこかにいそうな金持ちの息子の姿が垣間見えるように描かれている。

　こうした話は親の側からすると「不孝話」ということになってくるが、実は其磧の「気質物」は西鶴の浮世草子『本朝二十不孝』（貞享三・一六八六年刊）からさまざまなヒントを得ている。『本朝二十不孝』は五代将軍綱吉治世下の孝道奨励という風潮を利用しながら、それを逆手にとり二十の不孝話を集めた作品である。其磧はその「不孝」ぶりを大きく誇張しつつ、西鶴の作品に見える因果応報的な要素を不孝から生じるドタバタとした笑話に転じ、その一方でいかにもありそうな息子や娘像をも描き出しているのである。

　次は、そうした『本朝二十不孝』の利用がはっきりとわかる話を『世間娘気質』から見てみよう。

『世間娘気質』

ここでは巻五の一「嫁入小袖妻を重ぬる山雀娘」を取り上げる。あらすじは以下のとおりである。

江戸柳原の米屋の娘おゆきは、嫁入りをする度に夫に早死にされ、しかも腹にその子どもを宿して実家に戻されることを繰り返す。どの婚家でもおゆきの身の上に同情し、金百両、銀五貫目など、大金を与えて実家に帰すが、やがておゆきと母親はこのことのうまみに気づき、早死にしそうな富裕な結婚相手を見付け、再婚・懐妊・死別・出戻り・出産を計二十七回繰り返し、二十七人の子をもうけたのであった。

そもそもおゆきは夫の死後「当座に（すぐに）自害をもする程の悲しみ」を示すほどの貞女であり、再婚先でも「一門中の賢女の鑑」と仰がれるほどであった。それが実家に戻される度に多額の手切れ金（金百両で現在の一千万円程）を与えられる中で、面の皮も厚くなって世間の目も怖くなくなり、あっけらかんとした変貌を遂げていく。

> かかさま、大儀ながら子共が世話をやいて下され。今四五軒嫁入して帰りなば、をよそ都合百貫目（現在の二億円程）近うはとらふと思ひますれば、今度嫁入の口きいてくだされうなら、随分病者なわろか、さては六十過てちと腰のかがんだ、あの世へ片足ふんごんでゐるやうな年寄男望み

と、余命の短そうな病人や老人（しかも金持であることが前提）との結婚を母親に頼む様子は、立派な「後妻業」ともいえるだろうが、そこには後ろめたさも薄暗さも見られない。

それに対して、この話の元になった『本朝二十不孝』巻一の三「跡の剥げたる嫁入長持」は次のような話である。

金沢の絹問屋の娘小吟は、器量もよく求婚者も後を絶たない。母親もそうした娘自慢から嫁ぎ先をえり好みし嫁入りさせるが、小吟は男選びが激しく、嫁いでも難癖をつけて実家に戻り、また再婚することを繰り返す。結局十四歳から二十五歳まで十八回結婚を繰り返し、その間に四人の子をもうけるがいずれも他界する。世間の悪評も甚だしく、家は零落し、両親も弟も亡くなり、小吟自身も野垂れ死ぬことになる。

器量よしの娘が繰り返し結婚するという大筋はそのままに、その人間性を対照的に設定し（小吟の男選びと、おゆきの貞女ぶり）、しかも「賢女の鑑」たるおゆきが母親

とともに変貌していく様子は、読者にとって驚きの展開であろう。しかも『二十不孝』では、小吟の四人の子どもたちが医者にも嫌われながら死んでいくのに対し、おゆきの二十七人の子どもたちは一枚の大きな布団に皆で寝、まだまだ幼児もいれば酒を飲もうという年の息子たちもいて、毎日大騒ぎで過ごす。お盆にはどの戒名が誰の父親か大混乱するなど、そのばかばかしさが際限なく描かれる。不孝話を典拠にしながら、途中から実に親孝行な話への転換ぶりは、西鶴に依拠しながらその世界を笑い飛ばすかのようである。

『浮世親仁形気』

最後に『浮世親仁形気』から二章続きの話、巻五の一「独り楽しむ偏屈親父」［図2］と巻五の二「経を楽しむ信心親父」を取り上げる。

色遊びから勘当された大坂の古着屋の息子太郎助(たろすけ)は、江戸に下って日本橋本町(ほんちょう)の絹屋に奉公し、独立して絹布屋を開きますます繁盛する。もともとの法花宗(ほっけしゅう)を主人の絹屋に合わせて浄土宗に改宗する。その後大坂から父親の太郎右衛門を呼び寄せるが、太郎右衛門は筋金入りの法花信者で、太郎助と対立する。さらに、太郎助の使いで金を借りに行った先の両替商が浄土宗信者であることからこれを改宗させようとして喧嘩になり、金を借りずに戻る。（五の一）

金詰まりの太郎助は、何とか父親を説得して両替屋に行かせようとするが言うことを聞かない。自身で行こうとすると父親が引き留めるので、せっかく話をつけた金を借りに行けず、閉口するしかなかった。（五の二）

自らの信じる宗派に凝り固まる話は、仏書レベルはもちろんのこと、噺本などの笑話でもおなじみの素材であり、法花宗（太郎右衛門）と浄土宗（両替商）の信者のやりとりも、この当時おきまりの宗派間の非難・誹謗(ひぼう)である。しかし、当座の金を用意しなければ商売が回らない太郎助にとって、「此の金が調はずして身代(しんだい)がつぶれたら、それこそ宗旨ゆゑの滅亡、本望の至り也」と言ってのける父親の姿は迷惑以外の何物でもなく、しかし実の父親ゆえに追い出すわけにもいかず、苦悩する。

御年よられたれば、宗旨を大事に思召すはことわりながら、こなたをやしなひまする私がつぶれる事ぢや。ひとへに子をすくふと思うて、何事も堪忍なされて、どうぞ金子(きんす)を請取つて来てくだされ。さなけ

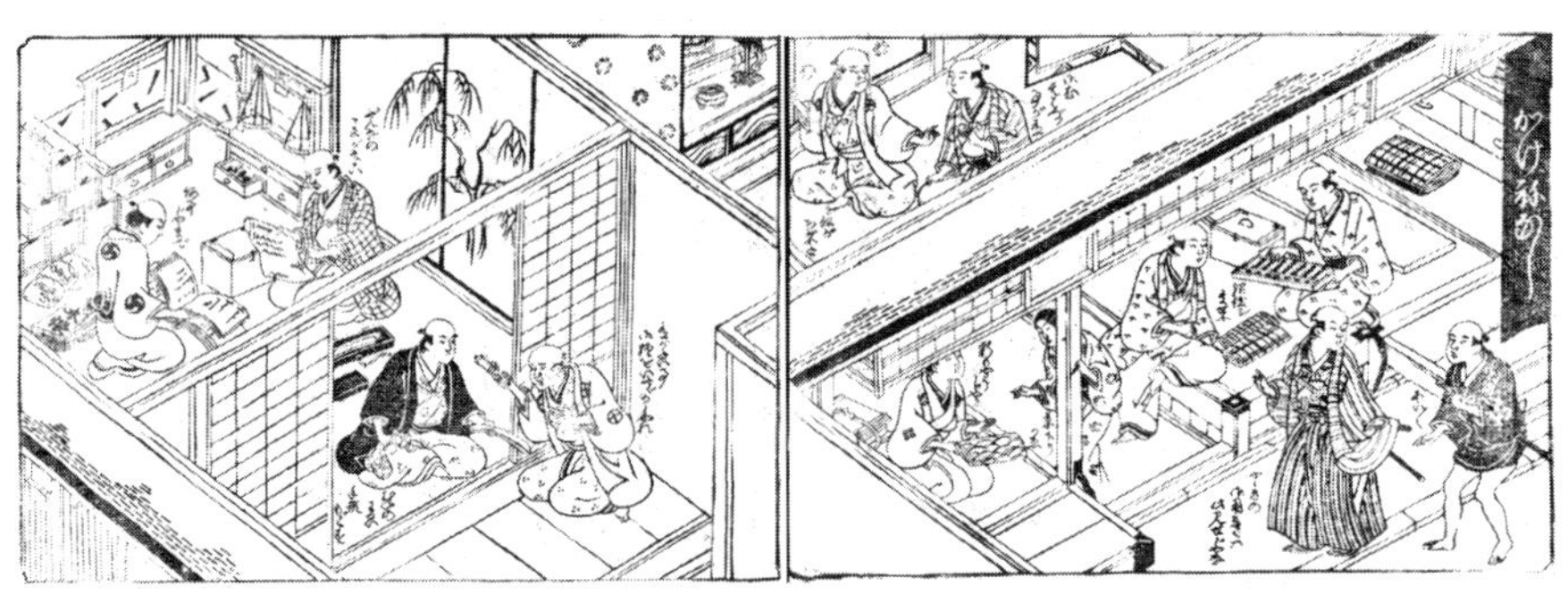

図２　『浮世親仁形気』巻五の一（国立国会図書館蔵）
３つの異なる場面が見開きの１図に集約されている（異時同図法）。中央奥図が、息子太郎助に仏壇の宗旨違いを咎める父親太郎右衛門、右下図が駿河町の呉服屋越後屋の店先（右端に「かけねなし」の文言が見え、越後屋をイメージさせる）、左図が駿河町の両替商で、太郎右衛門が両替屋の亭主に法花経を勧めて口論となり、その奥では手代たちが金勘定しながら口論を気にしている。

れば真実明日から家業がつとまりませぬ

と、言葉を尽くして再度両替屋に行くよう懇願するも、

両替で金からうよりは、又もとの法花宗に改宗して、万事をすてて首題（妙法蓮華経）をとなへなば、たちまち空より七字（南無妙法蓮華経）の題目の刻印の打つた新小判が、千両でも一万両でも、望み次第にふつて来る事ぢや。身代を苦にせずと珠数を切つて、ひらに親の宗旨になれ

と、現実離れしたことを言い出して、息子に改宗を求める始末である。『世間子息気質』では迷惑な息子を父親が勘当できたが、親仁が迷惑な場合は何ともし難いのが息子の立場であり、多少の誇張を取り除いていけば、世の息子たちの共感を呼ぶ親仁像が浮かび上がってきそうである。

【もっと深く――「気質物」のその後】

其磧は西鶴を強く意識し、そのプロットを利用したばかりではなく、西鶴の文章を切り刻んでモザイクのように自分の文章に埋め込むという剽窃をおこなった。それが読者にとってどれほど効果的な表現方法であったのかは明らかではないが、その西鶴の『好色五人女』が、『浮

世親仁形気』出版と同じ享保五年（一七二〇）に、『当世女容気』と改題されて出版されるほど「気質物」の人気は大きくなっていた。其磧の数作の後、いったんは気質題の作品は下火になるが、宝暦頃（一七五一〜）から、後期浮世草子の作者たちによって再び多くの作品が生み出されるようになる。多田南嶺の『世間母親容気』（宝暦二・一七五二年刊）、永井堂亀友の『風俗誹人気質』（宝暦十三年刊）、和訳太郎（上田秋成）の『世間妾形気』（明和四・一七六七年刊）をはじめ、枚挙にいとまがない。その影響は近代にもおよび、坪内逍遙の『当世書生気質』（明治十八・一八八五年刊）や饗庭篁村の『当世商人気質』などに気質題の流行と息の長さを見て取ることができる。

「気質物」に見られる其磧の荒唐無稽な話の展開は、近代的な文学観からはややもすると大仰過ぎて色眼鏡で見られてしまい、ネガティブな「奇」のイメージを与えかねない。しかし同時代的には大いに歓迎され、その追随作や影響は近代にまで連なることになった。特定の人間関係や職業・階層にテーマを絞りつつ、演劇作品に見られるような類型的人物造形とは異なった創作手法は、まさに「妙」だったのである。そしてそれを支えたのは其磧の練達な文章表現力であり、しばしば引用される柳沢淇園『ひとりね』の「すべて、其磧が文章には妙成所有と知べし」という評価とも結び付いてくるのである。

【テキスト・読書案内】

三つの作品はすべて『八文字屋本全集』（汲古書院）に翻刻が収められている。『世間子息気質』と『世間娘気質』が第六巻、『浮世親仁形気』が第七巻（ともに一九九四年）。

また、『世間子息気質』は野田寿雄・篠原進編『要註世間子息気質』（武蔵野書院、一九七九年）で、『世間娘気質』は長谷川強校注『けいせい色三味線・けいせい伝受紙子・世間娘気質』（新日本古典文学大系78、岩波書店、一九八九年）で、『浮世親仁形気』は同校注『浮世草子集』（新編日本古典文学全集65、小学館、二〇〇〇年）で、注釈あるいは現代語訳付きで読むことができる。

それらの活字本の解説で浮世草子や「気質物」、江島其磧についての概略を知ることができるが、さらに詳しくは、長谷川強『浮世草子の研究』（桜楓社、平成三年再版）、佐伯孝弘『江島其磧と気質物』（若草書房、二〇〇四年）、長谷川強監修『浮世草子大事典』（笠間書院、二〇一七年）などを御覧いただきたい。

（杉本和寛）

11

愛すべき奇人たち

『近世畸人伝』（伝記）

『近世畸人伝』の編著者である伴蒿蹊は、滋賀県の近江八幡を本拠とする商人伴家の一族として、享保十八年（一七三三）京都三条高倉西入ル町に生まれた。名は資芳という。八歳で本家の養子となり、養父没後は家業にいそしんで、江戸日本橋の出店や大坂淡路町の新店なども盛んにしたという。そうした商人としての半生の後、三十六歳で隠居薙髪し、京都において文事を中心とした生活を送ることになる。在世中、歌人としては同門の小澤蘆庵・僧澄月、大愚（僧慈延）らとともに、平安の「和歌四天王」と呼ばれるなど高く位置づけられた。さらに和文（江戸時代の国学者たちによる、平安時代などの古典を規範とした擬古文）の確立に熱心に取り組んだ文章家としても知られ、『国文世々の跡』（安永六・一七七七年刊）や『訳文童喩』（寛政六・一七九四年刊）などの著作を世に送り出し、親交のあった建部綾足や上田秋成同様高い評価を受けている。

しかしながら、伴蒿蹊の代表作ということになると、やはりここで取り上げる『近世畸人伝』ということになるであろう。刊行当時から好評をもって迎えられ、その続編ともども長く版を重ねたことは、その後の伝記記事への引用の多さや、多くの版本が今も各地の大学・図書館、あるいは愛書家に所蔵されていることからうかがい知ることができる。二十一世紀の現在でも、古書店のサイトやインターネットのオークションにしばしば出品されては購入されており、その人気ぶりは驚異的であると言えるだろう。

【概要】

『近世畸人伝』は、寛政二年（一七九〇）伴蒿蹊五十八歳の時に、京都の鷦鷯惣四郎等六書肆の相版により五巻五冊で刊行された伝記集である。挿絵を担当した三熊花顚と蒿蹊のアイデアをもとに、俳人蝶夢や本書の序者である天台僧六如ら、蒿蹊の周辺にいた親しい友人・知人たちの助言を得て、世に隠れた、あるいは伝記の明らかでない賢人たちを集めて一書にまとめられた（実際には広く知られた人物も多く収められているが）。その収録範囲は近世初頭から執筆時には既に故人となっている者までで、人数は百十名を超えている。顔触れも、中江藤樹・貝原益軒・売茶翁・契沖・小西来山・柳沢淇園・池大雅・戸田茂睡・内藤丈草・安藤為章などなど、江戸時代を代表する著名人や文化人が並んでいるかと思えば、無名の武士・農民・職人・商人から、僧侶・神職者、学者、人相見、奉公人、遊女まで、実に多くの階層や職業から選ばれている。

ところで、本書の題名を見て誰もが必ず思うのは、「畸人とはいったい何だろう」ということではないだろうか。「キジン」という音から「奇人」を連想する人も少なくあるまい。事実、この『近世畸人伝』に登場する人物たちのある部分は「奇人」的であることも否定できない。しかしながら、歴史的には偉人に分類される人々や、徳行の人々、孝子孝女など、「奇人」とは思えない者も多く含まれる。中野三敏氏の『近世畸人伝』解説では、中国の古典『荘子』大宗師篇に見える孔子の言葉、「畸人は、人に畸にして天に侔し」から、「畸人というのは俗人の眼から見ればまるでピント外れで奇人・変人としか見えないが、天という自然の理法とは極めてぴったりと合った理想的な人間をいうのだ」と説明している。

もちろん、ここに登場する人物たちすべてを理想的と言い切るのはやや躊躇せざるを得ないような風狂の人々も多く見られるのだが、本書を読み進めていくと、どの人物も何か一つのことにこだわりや執着を持ち、社会的な名聞や栄達・蓄財には特に関心がなく、その分社会性という点では問題もあるが、その人としての徳や生き様が、周囲からは尊敬の念や温情をもって受け容れられている人々であることに気付かされる。それらが、現代に生きる我々の価値観に何を訴えかけ、揺さぶってくれるのか、我々の思い込んでいるステレオタイプの江戸時代とはひと味違った世界を覗くことのできるのが本書の魅力であろう。

【見どころ】

○『近世畸人伝』と近江

まず本書巻一冒頭に置かれているのは、「近江聖人」と呼ばれた中江藤樹である。慶長十三年（一六〇八）近江国（滋賀県）高島郡に生まれた藤樹は、祖父の養子となって伊予国（愛媛県）大洲に移り住み、藩主加藤貞泰に仕えていた。故郷に住む実母が他国に移ることを拒んだため、勤めを辞して故郷に帰ろうとするが認められず、脱藩をして母の許に帰り、以後他の諸侯に仕えることなく学者としての道を歩んだ。後に日本の陽明学の祖となり、熊沢蕃山ら多くの弟子を育てたことで知られている。

一方、職を辞してまで母への孝を貫いた藤樹であるが、けっして母親に盲従していたわけではない。三十歳にして初めて妻を迎えたところ、「其女、容貌醜ければ、母氏憂て出さん」とした。母親が嫁の容貌を理由に離縁させようとしたのである。藤樹は母の指示を断固拒否し、また、その妻も聡明な性質をもって藤樹に仕えたという。

ある種の一途さや義理堅さは他にも見られ、『翁問答』をある本屋が勝手に出版した際には、刊行された本を意に染まないものとして廃棄させたものの、その本屋が損失を嘆いていると、補填のために『鑑草』を与え出版を許したという。筋の通らないことは許さないが、不正をおこなった者であっても情をもって助力するのである。

また、大野了佐という愚鈍な医学生に対する教育者としての藤樹の姿勢は感動的ですらある。まずそこの文章を見てみよう。

『医筌』は大野了佐といふ愚魯の人のために著す所也。此人、士たるにたへざれば、その父賤業を営しめんとするを憂へ、医とならんことを先生（藤樹）にこふ。先生其志をあはれみ、『大成論』（『医方大成論』。中国の医学書。）をよましむるに、纔に二三句を教ること二百遍斗、食頃忽遺亡す（食事をする程のわずかな時間に、習ったことをすっかり忘れてしまう）。又来りよむこと百遍余にして、始て記得す。かくのごとく久をへて後、終に医を以て数口を養ふに至る。教て不レ倦の実を見つべし。先生人に語て曰、「吾、了佐においてほとんど根気を尽せり。然れども彼レつとめずば不レ能、彼レ愚昧といへども励勉〈はげむ〉の力は絶奇〈はなはだし〉也。況や了佐ならざるものは、其勉の験を知べし」と。

生来の愚鈍さゆえ、武士をあきらめ医者としての道を志し、藤樹に弟子入りする大野了佐。そして、物覚えの悪い弟子を一人前にする苦労に、藤樹は「ほとんど根気を尽せり」と吐露しつつも、了佐の刻苦勉励ぶりを、「絶奇〈はなはだし〉」と評価する［図1］。そのような藤樹の姿に、「教えて倦まざるの実」と見てとる蒿蹊の視線に、「畸人」の基準をうかがうこともできよう。また、藤樹の命を切り刻むような指導に、愚直なまでに応える弟子の了佐の「絶奇」さも、「畸人」に通じる一途さを示しているのである。

本書では、中江藤樹のような歴史的に有名な人物のみならず、世に知られざる近江の人が諸所に登場する。藤樹を巻頭に据えていることといい、やはり伴一族の本拠地が近江にあることへの意識や、そこからさまざまな情報を得ていることのあらわれなのであろう。

図1　『近世畸人伝』巻一（個人蔵）
弟子に講義をする中江藤樹。目の前で苦しみつつ学んでいるのは大野了佐か。三熊花顛の挿絵からは、子弟の温かな雰囲気が伝わってくる。

たとえば巻一に登場する近江の新六は、蒿蹊に仕える下僕の兄である。九十歳になる父親への親孝行ぶりが表彰されると、近江八幡の蒿蹊の許に自ら知らせにやって来る。そこで蒿蹊が新六に孝行の内容を問うと、

いとふしぎに侍り。いまだ孝といふものゝすべきやうをだにしり侍らず。唯とし老たる人なれば、心に逆はぬやうにと思ひ侍らふばかりなるに、かく賞し給はるはこゝろ得ずながら、何にもあれうれしさに、たのむ所の御寺とこの御もとへは、とりあへず告参らするにて侍ふ。

と答える。自らの行動を孝行とはまったく意識せず当たり前のこととして父親に尽くし、世間への体裁や賞賛を意識せず孝行に励む姿こそが、まさに「畸人」なのである。とはいえ表彰されたことは嬉しく、日頃世話になっている蒿蹊のところに「とりあへず」報告に来る、その律儀さや可愛げがまた微笑ましい。

○和文家としての視線と自負

冒頭に触れたように、蒿蹊の業績の一つとして和文への取り組みがある。そのことと深く関わるのが巻三巻頭

から続く国学者たちの伝である。下河辺長流、契沖（附として門人の今井似閑・海北若冲・野田忠粛）、荷田春満（附として甥〔養嗣〕の荷田在満、門人の賀茂真淵）が取り上げられており、十七世紀半ばから十八世紀半ばにかけての国学の展開を、その中心人物たちの伝記を連ねることでみごとに描き出している。

ただし、その取り上げ方にも濃淡・軽重はあり、蒿蹊自身が私淑していた契沖については、安藤為章の『年山打聞』や『年山紀聞』などに大きく拠りながらも、かなりの分量を割いている。蒿蹊は、写本でのみ流通していた契沖の歌枕研究書『勝地吐懐篇』に補注をほどこし、寛政四年に公刊したことや（『近世畸人伝』には「予校合、且補を頭に記して書林に附す。近刻すべし」とある）、『万葉代匠記』の顕彰につとめたことが知られており、また、契沖の過ごした大坂の圓珠庵もわざわざ訪れたようで、その地を「高津といへども甚僻地にして、ゑさし町と号て、いまも畠など多ところなり。予ことさらに往てしれり」と評している。

そして、もっとも注目すべきは賀茂真淵の取り上げ方であろう。その文章については、「（万葉ぶりの詠歌とともに）文章もまた古言をもてつゞり、一家を成し、世の耳目をおどろかす。従ひ学ぶもの多し」「また国文は、此叟一躰をはじむ。例の古言をとりまじへて、一言も字音をまじへず。『記』のかなよみ、又祝詞をよむがごとくして、しかも自在なるもの也」としている。古言を自在に扱う和文創作の画期をなす人物であると評価し、弟子も多く、その文章に独特のもの（「一躰」）を見出している。

しかしながら、賀茂真淵としての立項はなく、あくまでも春満の「附」でありつつ、一方でその情報量は春満や在満の四〜五倍の分量があてがわれており、蒿蹊の真淵に対する複雑な心情が垣間見える。こうした扱いの理由として風間誠史氏は、真淵の漢意批判（特に儒学者たちの中国文化への心酔と自国卑下への批判）のあまりの偏狭さを指摘している。和文創作には漢文にも学ぶことが必要だと考える蒿蹊にとって、真淵の功績は認めつつも、その思想は完全には同意しがたいものだったのである。『近世畸人伝』では、江戸中期の代表的な儒学者・詩人の服部南郭を相手に漢文学の素養を見せつけた真淵のエピソードに続けて、

されども何につけても大成を任とせるゆゑに、疑を闕ず、強解もまたまゝ見ゆるにや。又からくにのことを仇のごといひて、孔子をさへ議することあり。

是は近世の儒士、みづから夷と称し、此国の非をかぞへて、かしこにうまれぬをうらむるごときをいきどほれるなるべし。是もとよりその罪いふべからず。皇神の御ゝ恵にもれたる国の蠹なり。されどもまた真淵も甚しといふべし。たとへば病を薬せんに、是になきものはかしこに求んに何のいむことかあらん。唯病のたひらぐをぜとすべきのみ。

と評している。やや強引な解釈への疑問にはじまり、儒者たちの中国信奉と自国卑下もひどいが、真淵の漢意批判も度を超しているとする。最後は和文の練達を「病の平癒」に、それを成し遂げる手段を「薬」に喩え、和文創作完成のため、「是(日本)」にないものは「かしこ(漢意)」に学ぶことも必要であることを説いている。本書刊行当時、蒿蹊ともつながっていた国学界の主流が真淵の弟子たちであったことを考えると、和文に関わることについては譲ろうとしない蒿蹊の姿勢もまた、ある種の「畸人」ぶりを示しているといえるだろう。

なお、こうした国学者たちの記事をはじめ、登場人物たちの詠歌が多く見られるのも本書の特色となっている。当時の代表的な歌人であった蒿蹊が、どのような視点から選歌しているのかをさぐるのも、また一つの楽しみではないだろうか。

○有名人たちのエピソード

巻四に登場する柳沢淇園(柳里恭)は、大和郡山藩(奈良県)の重臣であり、画・書・儒学・篆刻・音曲などなど多芸多才で知られた、江戸中期を代表する文人である。客人好きの淇園は南画の大家である池大雅とも親交が深かった。

ある時、大雅大和へ行しに、路費尽たれば、仮初に(淇園の許に)立よりて是を借るに、例の如くとゞめ、門を閉て還さず。家臣又いふこと有、「幸にとゞまりて、内を好まるゝの病を諫給はれ。多慾のために身を亡し給んを憂」といふ。こゝに大雅諫て、其よしを説て曰、「もし諫に従ひ給はゞ止らん。聞給はずば速に還ん」と。あるじ(淇園)首をふりて、「諫にも従はじ。還しもせじ」と。ます〳〵門を堅くして守らしむ。大雅、終に裏の垣をこえて帰りしと也。

旅費を借りようと淇園の所に立ち寄った池大雅に、淇園の家臣たちはこれ幸いと、病的な女性好き(「内を好まるゝの病」)の淇園への意見を頼む。金を借りた手前、「女性遊びを控えないと、ここから立ち去りますよ」と諫言する大雅だが、さすがは大身の育ち、「そんな諫言、聞く耳など持たず、お前（大雅）も解放しない」と一蹴されてしまう。結局大雅は、裏の垣根を越えて這々の体で逃げ出すことになったという話である。両者の関係や、淇園の嗜好・性格がにじみ出ており、読む者をニヤリとさせる。ちなみに、淇園の著作として名高い随筆『ひとりね』には、遊女や遊客に関する記事が多く見られ、淇園の「内を好まるゝの病」もけっして無駄ではなかったことがわかる。

さて、この話では犠牲者ともいふべき池大雅だが、淇園の次に立項されており、「畸人」ぶりを示すエピソードが並べられている。ここではその中の一つを見ておこう。

> 又ある豪富者、画を托せしに、月日を経て果さず。使至るごとに近日とのみいふ。一日童僕例のごとく来るに、尚画ざれば、門を出るより独罵りて、「這死画師、人を労することいくたびぞ。自負歟、惰歟、人をあなどるか」といへるを聞て、急に走て引とゞめ、「君がいふ所甚理也。吾過〳〵」とて、直に筆を染て与へたり。

金持ちからの絵の製作の依頼をなかなか果たさない大雅に対して、いつも絵を取りに来ては手ぶらで帰らざるを得ない童僕の辛辣な一言は、胸にグサリと突き刺さる。「死画師」は「死に損ないの画師め！」くらいだろうか。「自負（傲慢）」「惰（怠惰）」「あなどり」という言葉も厳しく、大雅ならずとも走り出しそうである。

『近世畸人伝』にはこうしたエピソードが多く詰め込まれており、「畸人」とは何かなどということを考えずとも充分に楽しめる内容となっている。それもまた長く続く人気の理由なのであろう。

【もっと深く――見え隠れする蒿蹊】

本書を編むにあたって、蒿蹊はさまざまな先行書を下敷きとしている。本人がその典拠を文中に明らかにしているものもあれば、表には示さないまま中身を丸取りしているものも少なくない。しかしながら、漢文体のものを和文体に直したり、あるいは登場人物によって文体を変えるなどの工夫を凝らしながら（巻二「遊女大橋」、巻三「文展狂女」など）、和文創作に精力を費やした蒿蹊によって、それらはすべて「蒿蹊の文章」として読者を惹き付ける。まさにこの「蒿蹊の文章」こそが、「畸」や「奇」を引き立たせる「妙」となっているのである。

また、文章のみならず蒿蹊の息づかいや実像が見え隠れするところも本書の特色である。淡々と「伝」を並べているかのように見せながら、賀茂真淵に突きつけた和文家としての自負心、奉公人の家族に対して見せる温情(先掲「近江の新六」)、伴本家の跡を継ぐ前、実の父親も登場する京都での幼少期の挿話など(巻三「加嶋宗叔」)、随所に書き込まれている評文とはまた別の、人としての蒿蹊の姿や人生が垣間見られ、それがまた大きな魅力となっている。

概要で触れたように、歌舞伎・遊女・浮世絵、あるいは固定された士農工商のイメージなど、我々が持つステレオタイプな江戸時代観を揺さぶる何かが本書には見られる。多様な階層・職業が柔軟に交錯し、それぞれの生き方が尊重される世界。もちろんすべての人々がそれを許されているわけではなく、当時としても特異性があるからこそこうした書物が編まれたのであろうが、今日盛んに喧伝される「ダイバーシティ」の感覚は、既に二百年余り前に先取りされていたのである。

【テキスト・読書案内】

現在入手しやすいテキストとしては、中野三敏校注『〈中公クラシックス一二五〉近世畸人伝』(中央公論新社、二〇〇五年五月)がある。同シリーズでは三熊花顛編著・伴蒿蹊補となる続編の校注付き活字も刊行されており(同校注『〈中公クラシックス一二八〉続近世畸人伝』中央公論新社、二〇〇六年三月)、本阿弥光悦、角倉了以、横井也有、雨森芳洲、英一蝶などの伝も収められている。併せて読んでいただきたい。

他には、宗政五十緒校注『〈東洋文庫二〇二〉近世畸人伝/続近世畸人伝』(平凡社、一九七二年一月)や、森銑三校注の岩波文庫『近世畸人伝』(岩波書店、一九四〇年一月 ※リクエスト復刊による新刊あり)なども あり、各々解説が参考になる。

また、宗政五十緒『日本近世文苑の研究』(未来社、一九七七年十一月)に収められた「『近世畸人伝』の成立」や、風間誠史『近世和文の世界 蒿蹊・綾足・秋成』(森話社、一九九八年六月)は、『近世畸人伝』を読む際にも大いに参考となる。

(杉本和寛)

II 見る・観る・視る

江戸文学は、みる楽しみに満ちている。
挿絵を読み解く。文字を見る。
装丁を楽しむ。舞台に目を奪われる。
資料をみつめる。造本様式に目をこらす。
みるほどに魅せられる〈奇〉と〈妙〉の世界。

12

響き合う絵と句

『安永三年蕪村春興帖』（俳諧）

小説などの文字媒体の中に、主に読者の理解を助けるために絵が挿入されることがあるが、これは江戸時代の書籍においても同様である。あるいは、画賛として絵の余白に文章（詩や和歌・俳句等の短詩形文学が多い）が記されることもあって、場合によっては絵が主で文章が従ということもある。このような絵の多くは、文章の内容から直ちに何の絵であるのかがわかるのが常であり、また、なぜこの文章に対してこの絵が描かれているのかといった疑問が浮かぶこともほとんどない。ところが『安永三年蕪村春興帖』に描かれている絵は少し事情が異なる。ここに掲載される絵のうちのいくつかは、何が描かれているのか、あるいはなぜここにこの絵が描かれているのかがすぐにはわからないものがある。

絵と文章との関係がわかりにくい、あるいは、その関係があえて隠された形で読者に提示されるものといえば、〝見立て〟や〝やつし〟の方法による絵が思い浮かぶ。例えば享保十九年（一七三四）に刊行された高木貞武画『絵本和歌浦』には、藤原敏行の歌「秋来ぬと目にはさやかに見えねども風の音にぞおどろかれぬる（秋が来たと目で見ただけでははっきりとはわからないが、風の音によって秋の訪れに気づかされることだ）」に対し、はっきりと見えないために眼鏡を掛けた老女が縫い物をしている図、また、その縁側には、「風の音」を当世化した形で手拭いが秋風に靡く図が配されている。この類いの、いわば頓知をきかせたものと『安永三年蕪村春興帖』における蕪村の絵は、もちろん似たところもあるが、しかし根本においてまったく異なるものと見るべきである。

本書において蕪村は、門人の詠んだ句をもとに自ら草画（俳画）、すなわち略筆の絵を描いて、門人の句と自分の絵が一体となった作品を残している。一例として、門人我則(がそく)の句「扇にて梅花(ばいくわ)をまねく夕哉(ゆふべかな)」に対して蕪村が描いた絵［図1］について見てみよう。この絵を見てまず不審に思うのは、この句の季語である梅花が描かれていないことである。またこの句は、夕刻、散りゆく梅を惜しみ（平清盛(たいらのきよもり)が一旦沈んだ太陽を扇で招き返したように）再び咲いてほしいと扇で招き返すしぐさをしている人物が詠まれていると解釈されるが、絵として描かれているのは鎧を身に付けた武者であり、句からイメージされる人物像としていささか奇異の感を抱く。しかもその武者は、扇を持つ右腕を高く掲げており、とても「梅花をまねく」しぐさには見えない。そのほか、この武者はなぜ口を開けているのか、武者の背中に描かれている丸いものは何であるのか（実はこれは母衣(ほろ)である）、といった疑問を抱く。こうした点を手がかりに絵を読み解くと、この鎧武者が『平家物語』に登場する熊谷次郎直実(くまがいじろうなおざね)で、一(いち)の谷(たに)の戦いで敗走する平敦盛(あつもり)を直実が招き返す場面を描いたものであることが判明する。『平家物語』に、「（沖の舟へと逃れようとする敦盛に対し）熊谷、『あはれ大将軍とこそ見まゐらせ候へ。正(まさ)なうも敵(かたき)に後ろを見せさせたまふものかな。返させたまへ。』と、扇を上げて招きければ、招かれて取つて返す。」と描かれる場面である。

図1　②熊谷直実図（雲英末雄編『安永三年蕪村春興帖』太平書屋、1996年より）

　それでは、なぜここに熊谷直実が描かれているのか。その理由に、蕪村の俳画の妙が見いだされるのであるが、これについては【見どころ】の項で詳しく見てゆくことにする。

【概要】

　本書は、安永三年（一七七四）の蕪村一門の春興帖で、蕪村自身が編んだもの。ちなみに「春興帖」とは、俳諧一門の指導者である宗匠(そうしょう)が、新年にあたり門人・知友の歳旦・歳暮・春興句などを集めて版行したものである。大きさは、縦約十六センチ×横約十一センチ。半紙を四つ折りにしたサイズで、全二十九丁（五八ページ）。巻頭に「安永甲午歳旦(きのえうま)」とあり、刊記は「安永甲午春発行／

花洛書肆（しょし）　橘仙堂」となっている。原本が表紙部分を改装されたものであるため、もともとの書名はわかっておらず、『安永三年蕪村春興帖』は仮の書名である（雲英末雄（きらすえお）氏が『文学』〈六巻一号、一九九五年一月〉において本書をはじめて紹介した際に用いた仮題が今も用いられている）。なお、『蕪村全集』第七巻「編者・追善」（講談社、一九九五年）は、書名を『安永三年春帖』としている。巻頭に蕪村・雪店（せってん）・宰町（さいちょう）（蕪村の別号）による発句（ほっく）・脇・第三の三つ物を掲げ、以下諸家の歳旦・歳暮・春興句百八十三句を収める。特筆すべきは、蕪村自筆の俳画を十六点収めている点である。蕪村が門人几董（きとう）に宛てた安永五年（一七七六）八月十一日付書簡の中で、自身の俳画について「はいかい物の草画、凡そ（およ）海内（かいだい）に並ぶ者覚え無之候（これなくさうらふ）。」とかなりの自信を見せており、そうした俳画がこれほどまとまって収められている本書は資料的にも極めて重要である。

雲英末雄氏は収録俳画十六点について、次のような仮の名称を付けているので、引用しておく。①竹箒図（たけぼうき）、②熊谷直実図、③撃甕（げきよう）小児図、④鳶（とび）図、⑤渡辺綱（わたなべのつな）図、⑥公卿詠歌図、⑦蛙図、⑧行脚俳人図、⑨提灯図、⑩傘図、⑪牛車人夫図、⑫田圃柳図、⑬源頼朝（みなもとのよりとも）図、⑭陶淵明（とうえんめい）図、⑮船頭図、⑯眠猫図。言うまでもなく、原本にはこうした題は付されていないため、読み手は、右の絵のうちのいくつかについては、何が描かれているかを自ら読み解き、さらに句と絵とがどのような関係にあるのかを考えなければならない。当時の読者は、そのようにしてこれらの句と俳画を味わったのであろう。

【見どころ】

先に紹介した②熊谷直実図［図1］に加え、③撃甕小児図［図2］と⑤渡辺綱図［図3］の三点を取り上げて、本書に特徴的な句と俳画の関係について考えてゆくことにする。なお、何が描かれているかについては、【概要】に掲げた各絵の仮の名称がその答えを示しているわけだが、初めてこの絵を見る者の立場で、③・⑤の句と絵を見てゆくこととする。

③の句は、月渓（げっけい）の作「筧（かけひ）から流（ながれ）て出（で）たるつばき（椿）哉」。筧とは、水を引く樋（とい）のことで、竹の節や木の中心部分をくりぬいてつくった筒状の道具。そこから水とともに椿が流れ出るという句である。しかし、これに配された絵にも、筧はおろか、季語である椿すら描かれていない。描かれているのは、大きな甕（かめ）とおぼしき器の下部に穴が

開いており、そこから水が流れ出るとともに唐子（中国風の髪型をした子ども）が這い出している図である。これは、中国北宋の政治家・学者として著名な司馬温公が幼少の頃の、次のようなエピソードを表したものである。『事文類聚』「撃甕小児」の一節を書き下し文で示す。

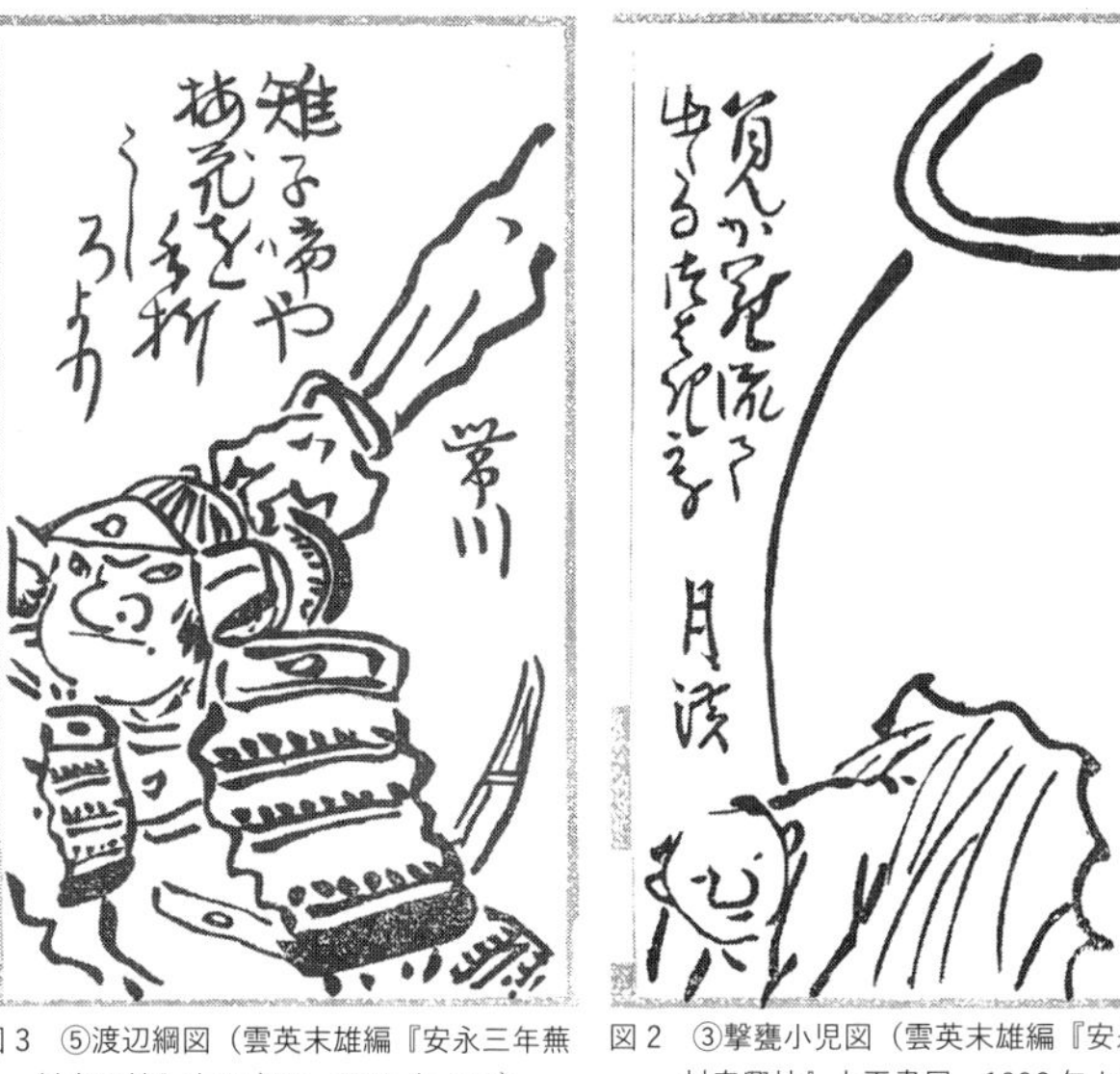

図2 ③撃甕小児図（雲英末雄編『安永三年蕪村春興帖』太平書屋、1996年より）

図3 ⑤渡辺綱図（雲英末雄編『安永三年蕪村春興帖』太平書屋、1996年より）

司馬温公、童稚なりし時、群児と庭に戯る。庭に大甕有り。一児之に登り、足躓いて水中に没す。群児棄て去る。公石を以て甕を撃つ。水穴に因て迸りて、児死せざるを得たり。

温公が割った甕の穴から水が迸るように流れ出て、甕の中に落ちた子どもの命が助かった場面が、③に描かれている絵であるとわかる。『絵本宝鑑』（橘宗重編、長谷川等雲画、貞享五・一六八八年刊）巻第三・四十二「撃甕図」にもこの話が載っており、蕪村のものとよく似た絵が示されているが、甕の傍らには石を持った幼時の温公がいて、ほかに慌てて甕にしがみつく子や危急を知らせに親を呼びに行こうとする子が描かれている。それを蕪村は、画面一杯の大甕と、穴から這い出る一人の唐子以外を省略し、最小限の素材のみで大胆に描いている。②の熊谷直実図もまた、敦盛そのほかを描くことなく、扇と母衣と武者の動作に絞って「敦盛最期」の場面を描こうとしており、蕪村の省筆への姿勢は実に徹底している。

⑤の句は、帯川の作「雉子啼や梅花を手折うしろより」。句意は、梅花を手で折ろうとしていたところ、背後の草むらに隠れていた雉子が突然鋭く鳴いた、といったところであろうか。②・③と同様、絵には、句の素材

である雉子も梅花も描かれていない。⑤の絵は、鎧を着た武者の背後から腕が伸びて兜の錣の辺りをつかんでいる図である。この絵を詳細に見ると、鎧武者は②の人物よりもがっしりとしており、表情は険しい。背後から伸びる腕はごつごつとしており、腕輪をしている。この腕輪が鬼の腕であることを示唆しており、それが兜の錣をつかむという構図から、謡曲「羅生門」における渡辺綱と鬼神を描いたものであると判明する。謡曲「羅生門」とは次のような話である。春雨の降る夜、源頼光のもとに、藤原保昌と頼光四天王とされる渡辺綱（ワキ）、坂田公時、碓井貞光、卜部季武が集い世間話に興じるうちに、羅生門に鬼神（シテ）が出没するとの噂に話題が及ぶ。綱がその真偽を確かめようと、羅生門に出掛けてゆく。

（渡辺綱が）羅生門の石段にあがり、しるしの札を取り出だし、壇上に立ておき帰らんとするに、後ろより兜の、錣をつかんで引き留めければ、すはや鬼神と太刀抜き持つて、斬らんとする（下略）

（謡曲「羅生門」『謡曲二百五十番集』）

⑤はこの場面を描いたものであるが、徹底した略筆の姿勢は②・③と同様である。例えば、蕪村も参照したと思われる林守篤編『画筌』（享保六・一七二一年刊）においても、鬼の腕は腕輪をはめた筋張ったものとして描かれるが、その腕のみで鬼神を巧みに表現している。

　さて、絵が何を表しているかを確認した上で、次に、句と絵とがどのような関係にあるのかを考えることになる。②から順に見ていこう。まず、「扇にて〜招く」という表現・構図の一致により『平家物語』「敦盛最期」の場面が結び付けられたことは間違いない。しかし、共通するのは表現や構図だけではない。熊谷直実が、「（敦盛が）我が子の小次郎が齢ほどにて、容顔まことに美麗なりければ、いづくに刀を立つべしとも覚え」（『平家物語』）なかった、若く美しい敦盛の命を愛惜する気持ちにこそ、散りゆく梅花を惜しみ、扇で招き返そうとする心情との共通性を見いだすべきである。

　③は、穴から水とともに何かが流れ出るという構図が一致しているが、それだけではただのこじつけにしかならない。ここは、筧から流れ出た花が椿であったことが鍵となる。椿はもとの花の形を残したまま落ちるように散ることが多く、この句における椿も同様の状態と解するのが妥当であろう。その椿が筧から勢いよく流れ出るさまを、温公のエピソードに重ねたのである。明和七年（一七七〇）に蕪村が詠んだ二句「探題　水音二句（前書）

／温公の岩越す音や落し水／風呂捨る温公の宿や秋の声」（『落日菴句集』）にも明らかなように、「岩越す」ような水の勢いが二句の眼目で、そうした水流の躍動するイメージと穴から這い出してくる児の生命力とが響き合い、さらに筧から流れ出る活き活きとした、まだ美しさを残す椿と重なるからこそ、この句に温公の絵が取り合わせられたのである。

⑤は、梅花を手折っている人物の背後から雉子が鋭く鳴く、その一瞬の驚愕を、「しるしの札」を無事置くことができた直後、後ろから鬼神に兜の錣をつかまれた渡辺綱の緊迫した心情に重ねた、ということになる。

【もっと深く――「にほひ付」的関係にある句と画】

以上の三点に共通するのは、句に対して、表現や構図の一致（③ならば「何かが穴から流れ出る」という構図）によってある場面（絵）が取り合わせられるが、単なる構図の一致に留まらず、その場面の人物の心情や、場の雰囲気・印象（③ならば「生命力・躍動感・勢い」）といったものと句とが響き合って、句と絵とが二重三重に結びつけられているということであろう。こうしたありようについて、雲英末雄氏は、「発句と絵とが単なる説明を補いあう関係ではなく、まったく別種のものを取り合わせ」たものであり、「連句用語でいえば、『べた付』ではなく『にほひ付』的な趣向が見てとれよう」（『文学』一九九六年一月）と評している。「にほひ付」とは、連句において前句に句を付ける際、前句から直接的に連想される事物を詠むのではなく、そこから感じられる余情や風趣を捉えて、それに調和し、前句・付句が互いに映り合うように付ける方法のことである。

一方で、蕪村の俳画全体について言えば、岡田利兵衛氏が（句と絵の関係について）「まれに象徴的なつながりもあるが、多くは芭蕉など古来の伝統による『べた付』すなわち説明的である」（『日本美術工芸』第302号、日本美術工藝社、一九六三年）と指摘するように、句と絵が近い関係にある作が多いとの見方がある。実際のところを、『蕪村全集』絵画・遺墨編「俳画」の部に掲出される作品（百二十四点中、句のないものや「奥の細道画巻」等を除く）、および同「版本挿図」の部所収の絵について概ねの傾向を確認してみると、絵に描かれている事物と、句に詠まれている事物とが一見では一致しない作品は、せいぜい一割程度である。しかもその一割には、句の作者の姿を描いた作品（「三俳人」画賛、「八俳仙」画賛、「十一俳仙」

画賛等）や、句に直接は詠まれていないものの、前書や前文（俳文）に言及のある事物が絵に描かれている作品（「小鼎煎茶」画賛、「女倶して」自画賛、「渡月橋」自画賛、「我帰る」自画賛、「歳旦説」自画賛等）といった、純粋に「にほひ付」的とは言いにくいものが大半である。つまり、蕪村俳画全体の傾向について「べた付」とする岡田氏の指摘のとおりであると確認される。

　以上のことを踏まえると、『安永三年蕪村春興帖』の俳画のいくつか、特に②熊谷直実図、③撃甕小児図、⑤渡辺綱図が、蕪村の俳画全体の中でかなり特異なものであることが分かる。しかしその特異さは、たとえば本書④鳶図、⑩傘図、⑮船頭図のような「べた付」的な作も含めた本書所収俳画全体として検討されるべきである。

　先に、前書や前文（俳文）に言及のある事物が絵に描かれている作品があると述べたが、その中の「小鼎煎茶」画賛や「渡月橋」自画賛などは、本書の俳画にいくぶん近いように思われる。「小鼎煎茶」画賛には、『聯珠詩格』所収の韋応物（実は李商隠の作）の七言絶句「即日」が掲げられ、絵には茶を煮る人とその道具（小鼎か）を挟んで向かい合う二人の人物（一人は白鬢の道士か）が描かれている。句は其角の「君と我爐に手をかへすしかなかれ」、芭蕉の「君火たけ能もの見せう雪丸げ」、嵐雪の「君見よや我手いるるぞくきの桶」、および蕪村句「鈍汁の君と我等よ子期伯牙」（危険なふぐ汁をともに食する君と私は、「知音」の故事で知られる鍾子期と伯牙のような互いを深く理解する間柄だ、といった句意）が掲げられる。さて、この画賛において、仮に李商隠の詩や先人の句を見ずに、蕪村句と絵の関係を考えたとき、両者はちょうど本書俳画とよく似た「にほひ付」的関係になるだろう。蕪村の句の主題はいわば「交友」であるが、そこに隠逸の士のおもかげを読み取り、煎茶を煮る白鬢の道士（李商隠の詩のイメージと結びつけるというあり方は、句の言外の余情を捉えて古典のエピソードに繋げてゆく、本書俳画の手法と通底するところがある。

　このような「にほひ付」的発想のしかたについて、蕪村自身は次のように述べている。蕪村の句「老なりし鵜飼ことしは見えぬかな」に対し門人月渓が大きな魚籠と魚の絵を描いたことがあり、この絵について蕪村が、「すべて賛の絵を描くこと、画者の心得有るべきことなり。右の句にこの画は取り合はず候。この画にて右の句のあはれを失ひ、むげのことにて候。か様の句には只篝などを焚き捨てたる光景しかるべく候。」（画賛の絵には心がけるべきことがある。「老なりし」の句に魚籠の絵を配したのでは句のしみじみとした情感が損なわれてしまい、あまりにひどい。このような句にはただ火の消えた篝が捨てられているような景がふさわしい）と、句の余情を活かすように絵を描くべきことを説いている（安永三年〈推定〉乙総（おとふさ）宛蕪村書簡）。こうした理解においては、たとえ句と絵が表面上「べた付」的関係であっても、作品に対する蕪村の覚悟として常に余情は意識されていたのであり、句と絵の関係の親疎は結果的にそうなったというにすぎないのであろう。

蕪村自身はそのような意識であったにせよ、本書俳画②・③・⑤は従来であれば前書などで補足される要素がほぼ全て省略され、「にほひ付」的趣向が際立っている点で、蕪村俳画の中で異例な作品となった。句だけであればただ漠然と感じるしかなかった言外の余情が、画者によって咀嚼され捉え直された上で、俳画という形で新たな文脈の中に置かれることで、句だけの場合より鮮明に、強い説得力を伴って読み手に提示される仕掛けになっているのである。

【テキスト・読書案内】

『安永三年蕪村春興帖』は早稲田大学図書館の古典籍総合データベース（http://www.wul.waseda.ac.jp/kotenseki/index.html）でデジタル資料を見ることができる。このデータベースにおける本書の書名は「安永甲午歳旦」（蕪村編）となっている。また、翻刻には以下の資料がある。

①「資料紹介『安永三年蕪村春興帖』（仮題）」『文学』第六巻一号（岩波書店、一九九五年）

②『蕪村全集』第七巻「編者・追善」（講談社、一九九五年）、同六巻「絵画・遺墨」（講談社、一九九八年）

③雲英末雄編『安永三年蕪村春興帖』（太平書屋、太平文庫38、一九九六年）

③は影印本でもあり、原本の趣をよく残している。①・③は、翻刻だけでなく、原本の書誌、入集俳人や入集句の概略、本書の春興帖としての位置づけについての論考も含む。

また、雲英末雄「蕪村の俳画を考える――『安永三年蕪村春興帖』の挿絵をめぐって――」（『文学』七巻一号、岩波書店、一九九六年）において、【概要】に記した収録俳画十六点それぞれについての解説がなされている。この論文は、『俳書の世界』（青裳堂書店、日本書誌学大系84、一九九九年）にも収録されている。

（千野浩一）

13

絵文字・異訓・当て字・奇字

『粘飯篦前集』（俳諧）

俳諧は、五七五の長句と七七の短句を交互に連ねる連句形式を基本とする文芸であるが、江戸時代初期の貞門俳諧の時代には、前句付と呼ばれる形式の俳諧が盛んに行われた。

前句付とは、題として提示された前句に付句を付けて点数を競うものである。俳諧初心者には百韻形式の俳諧に一座するための修練として、またある程度俳諧の素養を身に付けた人々には主として娯楽的な意味合いをもって楽しまれていた。また前句付は、宗匠が対面して直接指導することのできない遠隔地に住む人々にも俳諧の門戸を開き、俳諧人口を大幅に拡大した。

芭蕉一派が台頭してくる延宝末年から天和・貞享にかけて、江戸俳壇において最大の勢力を誇っていたのは調和という貞門俳諧師であった。調和は元禄以降、それ以前の発句を主とした選集に代わり、前句付興行（前句題と締切日を示して句を募ったもの）における高点句を集めた前句付高点句集を次々と編んでいく。そして、本項で取り上げる『粘飯篦前集』の編者不角は、元禄期に調和の後を追うようにして江戸で前句付点者として活躍した人物である。江戸前句付派と呼ばれる彼らは、点取を嫌った芭蕉とは接点を持たないため、研究史の上でもあまり注目されてこなかった。しかし、全国的に見れば前句付俳諧に遊んだ人口は非常に多く、当時の俳諧の在り方を考えるにあたり、彼らの俳諧活動を無視することはできない。

【概要】

『粘飯篦前集』（五巻五冊）は、主として不角が門人たちと巻いた連句を収めた非常に大部の俳諧選集で、庸角の筆になる宝永二年（一七〇五）九月の序が付されている。

庸角は同年四月、本書の跋文を記す錦角とともに不角版下の『誹諧一河流』を刊行している会津の門人と推定される。不角は俳諧師として活動する傍ら書肆も営んでおり、編著の多くは無刊記の自家版で、本書もそのうちの一作である。内容は歌仙（三十六句）二十巻、半歌仙八巻、百韻五巻、五十韻二巻、源氏行（六十句）四巻、世吉（四十四句）二巻、七十二候（七十二句）一巻、首尾吟（十六句）一巻、漢和俳諧の独吟歌仙一巻、巻末に加えられた門人らの発句五十余句からなる。不角がこれだけの量の連句をまとめて刊行した例は、これ以前にはない。なお、翌年には本集に漏れた作を収めた続編『糊飯篦後集』（五巻五冊）が編まれている。

【見どころ】

本項目では『粘飯篦前集』に収められた連句作品のうち、唯一不角独吟で巻かれた漢和俳諧に焦点を当てるが、漢和俳諧について論じるにあたり、まず和漢聯句について確認しておきたい。

和漢聯句とは、中国唐代に盛行した聯句（複数の作者が韻を踏みつつ漢句を連ねる詩の形式）と日本の連歌とが折衷された文芸様式で、一巻の中に和句と漢句をともに詠み連ねていくものである。この和漢聯句の余戯として生まれたのが和漢俳諧で、そのうち第一句が漢句、第二句が和句のものを特に漢和俳諧と呼ぶ。貞門俳人である徳元・立圃らの寛永期の作品が、近世俳諧における先駆けである。

図1は、『粘飯篦前集』所収の漢和俳諧の終わりに近い部分で、二十四句目・二十五句目にあたる句中に絵が用いられている。

ノ頬ハ不覗デ持ツ
｜入｜道ガ立レリ質ニ

の頬は覗えぬで持つ 
入道が質に立てり

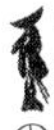

二十五句目の僧侶の横顔にはルビがなく、読み方が確定しないが、音読符の「｜」が付されていることから、音読みで読みたいところである。これに続く二十六句は「〆殺したる縄蛇」である。これを前句の入道は実は殺されて成仏できずに迷っている幽霊であるとみての付けであると解すれば、僧侶の顔の絵をどう読むかはさておき、意味としては単に青入道などとみておくのがよいかもしれない。そのように解釈した場合、若衆というものは、笠を目深にかぶって顔が見えないところにこそよさがあるのだという意の前句に、剃ったばかりの青々とした坊主頭の人物が目の前にぼうっと現れた、というぞくっと

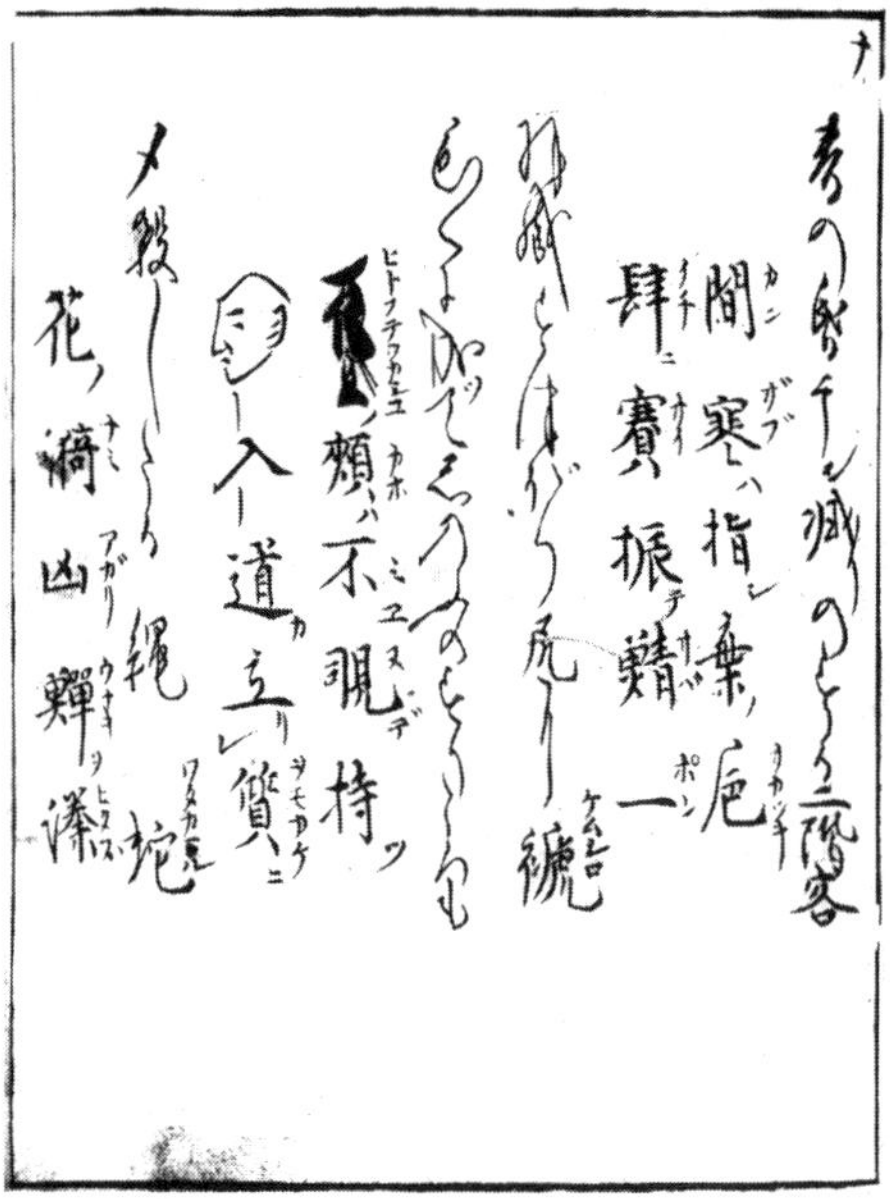

するような薄気味悪い場面を付けた句となる。若衆に執心した僧侶であろうか。連句全体の模様としては、景色を詠んだいわゆる景気の句と比べ、若衆や幽霊といった題材を詠み込んだ句は目を引くものであるが、さらに句中に絵を用いることによって視覚的にも強烈なインパクトを与えるものとなっている。

　ここで一言断っておくと、こうした〈絵文字〉ともいうべきものの使用は不角の俳諧に特有の趣向ではあるが、奇抜すぎる技巧とみなされたのか、決して多用されたわけではない。しかし、そうかといって『粘飯篦前集』でたまたま使用された一回的な技巧というわけでもまたない。絵にルビを付すという観点からすると、不角の〈絵文字〉は不角の俳諧に頻出する異訓と密接な関係が認められるのである。

図１『誹諧粘飯篦（粘飯篦前集）』巻五　二十三丁表
（国立国会図書館蔵）

　不角の俳風はその奇抜さから「化鳥風」と呼ばれ批判されたが、〈絵文字〉や異訓の使用は殊に非難の的になっている。次に引用するのは、蟠竜・不礫著『俳諧とんと』（享保五・一七二〇年刊か）における化鳥風批判の文章である。

　角が常にたしなむ俳諧、皆化物にして、初心若俳の性根をうばひ、魔道へ引入るゝ方便の句に、みん〳〵みといふ作あり。何事ぞやと書たるを見れば、蝉といふ字にみん〳〵の仮名を付たり。雪に長点が飛といふを見れば鷺の足、太夫にマツ、三味線にナリモノ、又は絵で見せ、はんじ物を書て、若俳未練の臆病ものを迷す。爰を化鳥とは呼也。

文中の「角」は不角のことである。その作風を、初心の作者を迷わす化鳥、つまり化け物のような異風であるとし、その特徴を具体的にあげる。最後にあげられた「絵で見せ、はんじ物を書て」というのが、前述の〈絵文字〉の技巧にあたると考えられる。

図2 『百人一句』上　十九丁表
（天理大学附属天理図書館綿屋文庫蔵）

図3 『百人一句』下　二十二丁表
（天理大学附属天理図書館綿屋文庫蔵）

図2は、不角編の絵俳書『百人一句』（正徳二・一七一二年刊か）に収められた聞水（ぶんすい）という作者の「月明（あき）ら夢にや昼の蝉声（ミンく〳〵ミ）」という発句である。『俳諧とんと』で「蝉といふ字にみん〳〵の仮名を付たり」とあるのはこれを指す。月が明るいので、寝ぼけた蝉が昼間と勘違いしたのか、夢うつつにミンミンと鳴いているという句意である。「月」の字がゆがんだ書体で書かれているのは、三日月の形に擬したものであろう。

図3は同じく『百人一句』に載る不皂（ふそう）という作者の「〳〵（スミナガ）がそらを飛也雪の鷺」という発句である。「雪に長点が飛といふを見れば鷺の足」と指摘されたのはこの句で、長点（点者が句の右肩に付した、二本かぎの評価のしるし）に「スミナガ」（墨で記した長点の意）というルビが付される。雪に紛れて飛ぶ白鷺の黒い二本の足に注目し、まるで長点が空を飛んでいるようだと興じた句である。「蝉声」に「ミン〳〵ミ」とルビを付したのと同じく視覚的効果を狙った句であるが、ルビの対象が記号的なものとなっている点で、より判じ物の句に近い。以上のように見てくると、不角の判じ物の句は、異訓の延長線上にあって、より思い切った視覚的効果を狙ったものであるといえる。

こうした異訓や判じ物の句の源は、実は元禄頃に俳諧作者たちの間で再流行していた和漢俳諧にあると考えられる。この当時、和漢聯句・和漢俳諧を作るための参考書が種々刊行されていたが、そこには不角俳書に多出する「蘇生（ヨミガヘル）」「光沢（ツヤ）」「西風東風（アチコチ）」といった俗字訓や当て字が数多く収録されているのである。またこの時期の和漢俳諧においては、例えば「●」と書いて「クロ」と読ませるような「奇字」も多用され、調和や不角の撰集にも「霽（しぐれ）の後の西に◟●（ツキホシ）」（調和編『ひとつ星』）「⅃（サカツブリ）なる猿の鈴生（ナリ）」（不角編『蘆分船（あしわけぶね）』）といった例が見える。

注意しなければならないのは、これらの俗字訓や当て字、奇字は、調和やそのほか貞門俳人たちの俳書においては、和漢俳諧の漢句を中心に、ある程度固定化された組み合わせで用いられるという点である。不角はそれをよりくだけた独自の異訓や判じ物にまで発展させて、俳諧の趣向として活かしたのである。

【もっと深く――前句付の雑俳化と化鳥風】

『粘飯篦前集』の刊行は不角の俳諧への強い意欲を示すものといえるが、その少し前の元禄中頃から、江戸の前句付界は大きな変容の時期を迎えていた。もともと娯楽的な側面を持っていた前句付俳諧であるが、前句題の性質や興行形態といったもろもろの面でいっそう遊戯的な性格を強め、より手軽に楽しめる冠付（かむりづけ）（五文字の題に七五を付ける雑俳種目）が同時に興行されるなど、本格的に雑俳化していったのである。元禄期に調和の地盤を引き継ぐ形で前句付点者として勢力を伸ばしてきた不角であったが、前句付の雑俳化を前に前句付興行から手を引き、以降は付合高点句集やそのほかの俳諧撰集の刊行に力を注ぐようになる。『粘飯篦前集』は、まさにこの時期の不角の俳壇経営における方針転換を示す書であった。

一方、不角の前句付になじんだ常連作者たちの中には、元禄中期以降に独立して点業を行い、雑俳化した前句付界において新点者として活躍する者もいた。不角の異訓や判じ物の句にも多分に雑俳に通じる性格が認められる。実際、不角の俳諧に遊んだ前句付作者たちの多くは、俳諧に対して深い文芸性よりも娯楽性を求める人々であり、不角の化鳥風の一目してわかる単純な新奇さは、彼らの嗜好によく応えるものであった。『粘飯篦前集』という転換期の俳書において判じ物の趣向が用いられていることは、不角の俳諧のありようを考える上で非常に興味深い。

【テキスト・読書案内】

『粘飯篦前集』は、管見の限り国立国会図書館に所蔵が確認されるのみで、複製・翻刻などは出されていない。なお、早稲田大学古典籍データベース（http://www.wul.waseda.ac.jp/kotenseki/）には、点取帖や歳旦帖を含む不角関係の資料が公開されており、独特の書体で書かれた不角俳書のイメージをつかむことができる。

不角の俳諧に関する論考に牧藍子『元禄江戸俳壇の研究』（ぺりかん社、二〇一五年）の第三章、および「不角の異訓――化鳥風に関する一考察」（『国語と国文学』九十三巻三号、二〇一六年三月）がある。和漢俳諧については深沢眞二『「和漢」の世界――和漢聯句の基礎的研究――』（清文堂、二〇一〇年）が詳しい。

（牧藍子）

14

紙上に咲き匂う花々

『花見次郎』と風状歳旦帖（俳諧）

江戸時代の本は、大量生産やお手軽に読める簡易なものばかりではない。手間暇かけて趣向を凝らす本も多数作られた。実用書というより趣味の本である俳書には、そのような洒落た本が数多く存在する。一つのテーマで句集を作るにしても、有名な芭蕉の「古池や蛙飛こむ水のおと」句を巻頭に、蛙の句だけを集めて左右の組に分け、句の良し悪しを競った『蛙合』（仙化編、貞享三・一六八六年）や、ひたすら扇の句ばかり集めた『あふぎ朗詠』（信雅編、享保十五・一七三〇）など、奇抜な発想のものがあるかと思えば、『夜半楽』（安永六・一七七七年）や『花鳥篇』（天明二・一七八二年）といった蕪村の本は、単なる作品集ではなく、「楽曲」や「臥遊」（山水画を見て、その土地にいるつもりになって楽しむこと）といった明確なテーマの元に構想されている。

そうしたテーマの代表的なものの一つに、「花」がある。

俳諧の世界で春の「花」は秋の「月」と並んで殊更大切にされた季語で、華やかなものの総称であり、具体的には桜の花をイメージしていた。「花」を意識した俳書で、しかも趣向に凝った本を二種類紹介したい。

『花見次郎』

【概要】

本書は花の句を中心とした集で、寛政十二年（一八〇〇）に成立した。大きさは縦約二十三センチ×横十六センチ。半紙を二つ折りにしたサイズで、全部で三十丁（六十ページ）に満たない小冊である。表紙は深い緑色に斜線でアクセントが付けられ、下の方に白く桜の花が描かれている。花はもしかしたら元は桜色だったのかもしれない。上品で美しい装丁である。

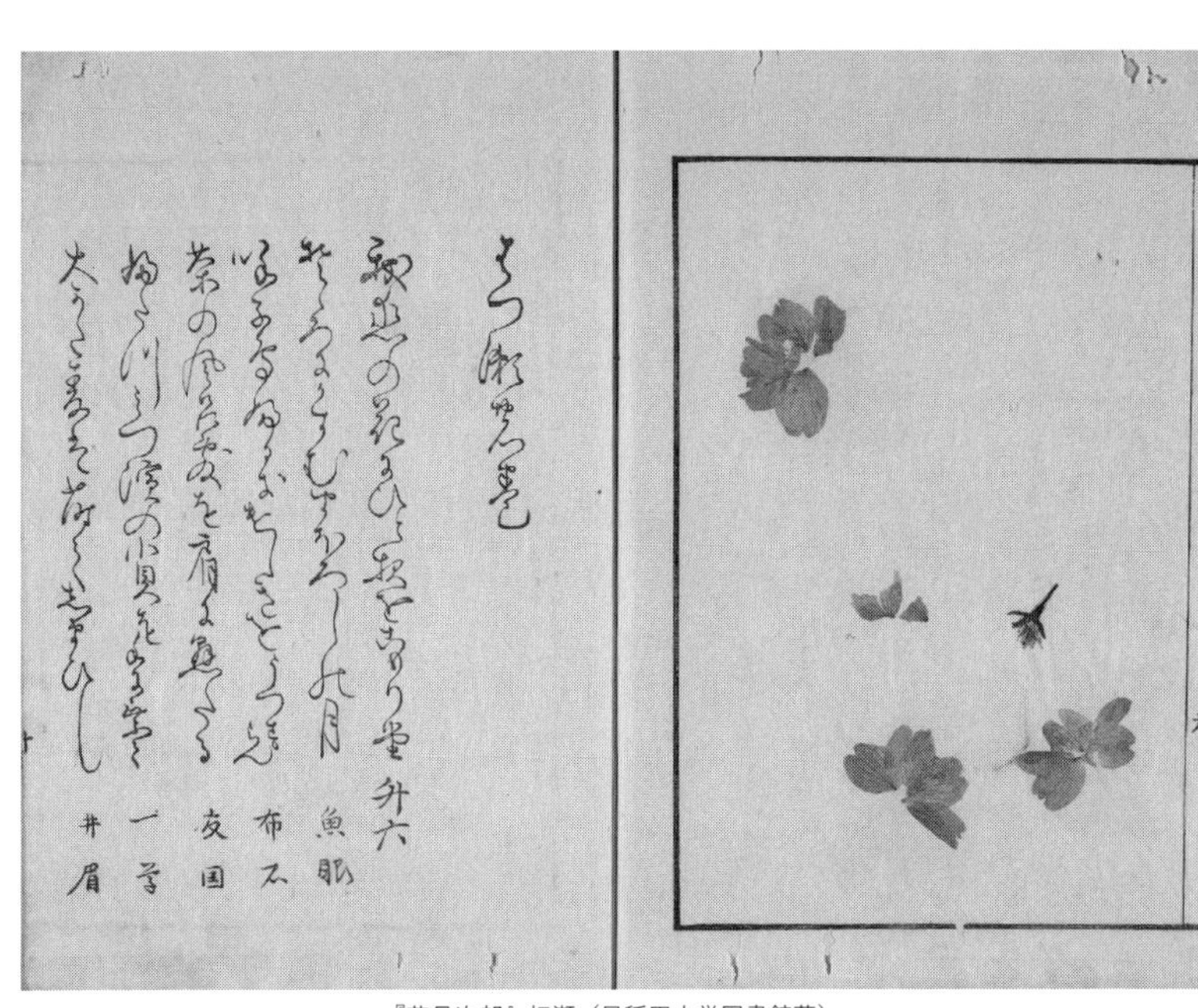

『花見次郎』初瀬（早稲田大学図書館蔵）

内容は、吉野山・初瀬・嵐山という桜の名所の三部から成る。最初にそれぞれの土地にちなんだ短い俳文を掲げ、花の発句の連句や季題ごとにまとめた諸家の春の句を並べる。

【見どころ】

例えば、吉野山の俳文は、次のようなもの。

よき人のよしとよく見てよしといひし吉野よく見よゝき人よく見つ

それ、此山の花のひかりは、龍が岡の法師のむかし書ける賦に、うちまかせ侍るなり。さればこの僧も、よしといひしよき人なればなりけり。

友国

友国の俳文は、冒頭に天武天皇が吉野離宮で詠んだ歌を引く。「昔の良い人が良いとよくみて良しといったこの吉野をよく見なさいよ、今の良い人よく見なさい」という吉野を誉めた歌で、言葉遊び的な面白さもある。「龍が岡の法師」は芭蕉の門人丈草を指す。丈草は、吉野にちなむ故事やその風景の美しさ、そして桜の見事さを「吉野ノ賦」という俳文に記した。「むかし書ける賦」とは、『本朝文選』（許六編、宝永三・一七〇六年）に収められるこの文章を指している。「賦」とは事実や風景、感じたことをありのままに書いた文章のこと。友国は自ら吉野を褒めたたえることはせず、吉野の素晴らしさについては丈草に任せましょう、彼も天武天皇のいう、吉野を良しといった「よき人」ですからね、とユーモアたっぷりに文を結んだ。

句はどうだろう。初瀬の巻の連句は、編者の升六が発句を詠んでいる。

我恋の花にひと夜をこもり堂　升六

初瀬には長谷寺があり、本尊の観音に現世利益を求める参籠者でにぎわった。文芸の世界でも、この土地を舞台に数多くの物語が作られている。特に『源氏物語』で、母である夕顔と離れて成長した玉鬘が参籠し、夕顔の女房右近と再会したことは有名。芭蕉も初瀬で「春の夜や籠り人ゆかし堂の隅」（『笈の小文』）という句を詠んでいる。升六はこの芭蕉句を意識しつつ、自分の恋する花に囲まれて一晩こもり堂で祈る、と詠んだ。花への憧れを吐露しつつ、一夜を御堂にこもって祈るという初瀬の文学的伝統にのっとった句である。

嵐山の部の発句も見てみよう。

花の山水の音より夜明たり　升六

和歌の伝統では嵐山は紅葉の名所で、積極的に花を詠むようになったのは江戸時代に入ってからだった。ただし、紅葉を詠むにも、花を詠むにも、嵐山の裾を流れる大堰川と取り合わされることが多い。紅葉や花が川に映り、また落ちて流れる景が愛でられたのである。升六の句の「水の音」も、大堰川を指している。真っ暗な夜に次第に水の音が聞こえ、花盛りの嵐山の夜が明け始める。花も水も夜明けの光にうっすらと白く輝き始める美しい景色である。

このように、本書は三カ所の名所の土地柄をよく表出しているが、升六の工夫はそれだけではない。それぞれの名所の部に五～六つずつ、桜の花の実物を貼り付けたのである。読者は俳文を読み、桜の花そのものを眺め、連句を楽しみながら三名所の桜を堪能できる仕組みになっていた。何ともぜいたくな本である。残念ながら花は落ちるのが定め。現存する本では花の多くは剥落してしまっているが、辛うじて残ったわずかな花びらから、二百年以上前の花盛りを想像するのは楽しい。

【もっと深く――編者】

編者の升六は大坂の俳人。芭蕉没後その顕彰に功績のあった二柳の門人で、升六も芭蕉を慕い、芭蕉堂三世を名乗った。交友関係も広く、本書には江戸の巣兆、成美、一茶や、京都の月居、尾張の士朗、秋田の五明など、各地の名だたる俳人も入集する。巻末には、

花あるかぎり風狂を尽して
行春に捨る反古ぞなかりけり

と自らの句を置く。「捨る反古」とはこの春に作られた花の句の数々を指している。一つも捨てるものはない、すべてこの集に収めた、というのである。前書には、花の咲いている限り風狂を尽くした、と満足感も込められるが、誠に「風狂」、風雅に狂った集であった。

【テキスト・読書案内】

『花見次郎』は早稲田大学図書館の古典籍総合データベース（http://www.wul.waseda.ac.jp/kotenseki/）でデジタル資料を見ることができる。また、翻刻には以下の資料がある。

①日本俳書大系『近世俳諧名家集』（日本俳書大系刊行会、一九二六〜二八年）。
②俳諧文庫『俳諧珍本集』（博文館、一八九七〜一九〇一年）。

風状歳旦帖

俳諧宗匠は、毎年初めに、一門の作品を集めた本を出版した。これを歳旦帖という。「歳旦」とは、元日に作った詩や和歌、発句のことで、「歳旦帖」は新年の句（歳旦）や年末の句（歳暮）、春の句（春興）、またそれらの連句が中心となっている。宗匠にとっては、自分の門人や交友関係を世間に示し、新しい俳風をアピールする大事な集だった。毎年恒例のものではあるが、入集者の数にこだわるものあり、内容に工夫を凝らすものあり、宗匠の個性が反映されて面白い。

江戸中期の京都の俳人風状は、とりわけ歳旦帖の趣向に凝る人だった。宝暦年間（一七五一〜六三）に作られた歳旦帖のうち、その一部を見てみよう。

【概要】

風状の歳旦帖は、おおむね縦約十五センチ×横約二十二センチという横長の本（横本）で、歳旦帖としては当時の一般的な形である。丁数（ページ数）は六十〜百五十丁（百二十〜三百ページ）と一定しないが、これも標準的な数字である。けれども丁（ページ）をめくれば、

挿絵や色刷りをふんだんに施し、時には色替り紙を用いるなど、数ある歳旦帖の中でも、群を抜いて華やかな本に仕立てられている。特に本の中の一部、島原遊郭の遊女たちの句が載る丁は特別仕立てであった。

【見どころ】

宝暦三年（一七五三）の歳旦帖の場合、金銀の横線を印刷した紙に、鼠の絵文字がやはり金銀で色刷りにされている。丁の最初に「洛西不夜城」と島原関係者であることが記され、文車、瓜生野、長哥、賎織ら遊女の句が記される。宝暦四年には源氏香[1]の模様の色刷り、五年には薄黄や縹色の紙を用い、所々を梅の花形に切り抜いて、白い紙を間に挟み、花が白く浮かぶようにした。六年には遊女の句を一つずつ白地に金銀の砂子を散らした短冊様の細長い紙に印刷し、それを薄紅の用紙に貼り付けている。七年には柳の枝を緑で刷り込んだ紙に、遊女の句を朱刷にする。八年には、浅葱色の紙に、桜の花型に切り抜いた白い紙を貼付するという具合である。いずれもお正月らしくおめでたい図柄か、女性らしい優美なデザインといえる。

肝心の遊女たちの句にはテーマがあったりなかったりと一定しないが、例えば宝暦八年の歳旦帖で桜をアレンジした紙を用いたときは、全員が花を詠み込んだ句を作っている。

枕かせこころの花の陰に寝ん　瓜生野

盃の黒きもおかし花むしろ　長哥

瓜生野の句は、花を愛でるあまり花の陰に宿る、という和歌の伝統的な読み方に基づいている。ただしここでは現実の花ではない。「こころの花」とは風雅を解する心をいう成語だが、心の中に花を思い浮かべて、その陰に眠るというのだろう。「枕かせ……寝ん」というあたり、何となく艶めいた句でもある。長哥の句は素直に花見の座を詠んだものだが、「花むしろ」は花の散り敷いたさまの比喩としても用いられるので、黒い地味な盃も桜色の花びらの中で趣き深く見えるのだろうか。常に客と盃のやりとりをする遊女らしい題材といえるだろう。ともあれ、青空を思わせる用紙に白い花を散らし、花にも喩うべき遊女たちの、艶麗な花の句を集めてみせる……花尽くしの華やかな趣向である。

【もっと深く——作者】

瓜生野も長哥も島原上の町の格子女郎屋（置屋）、桔

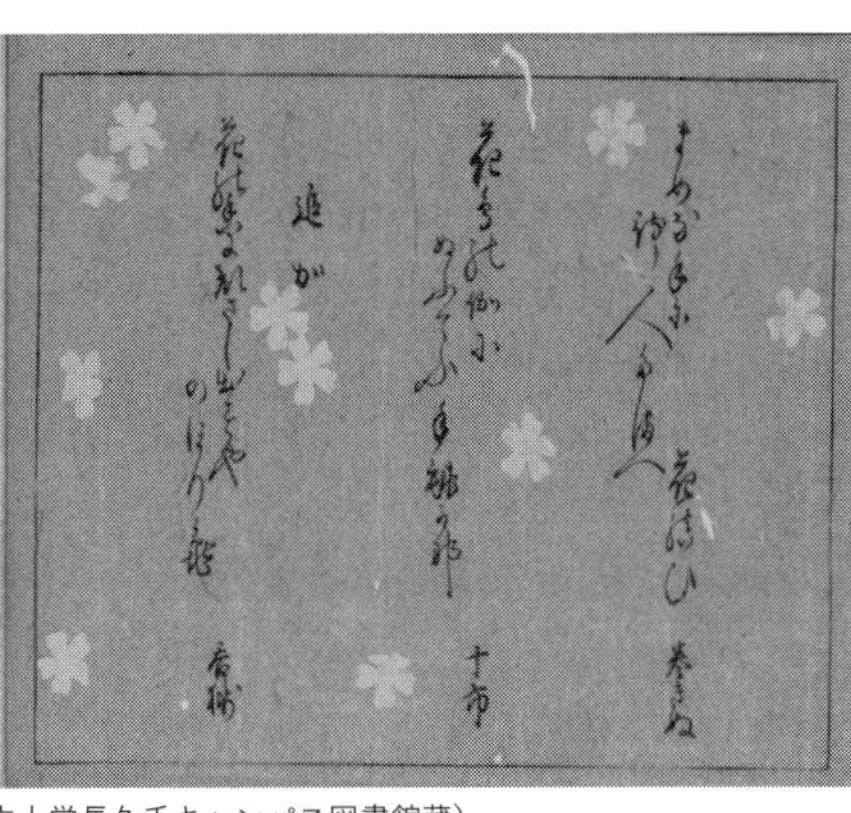
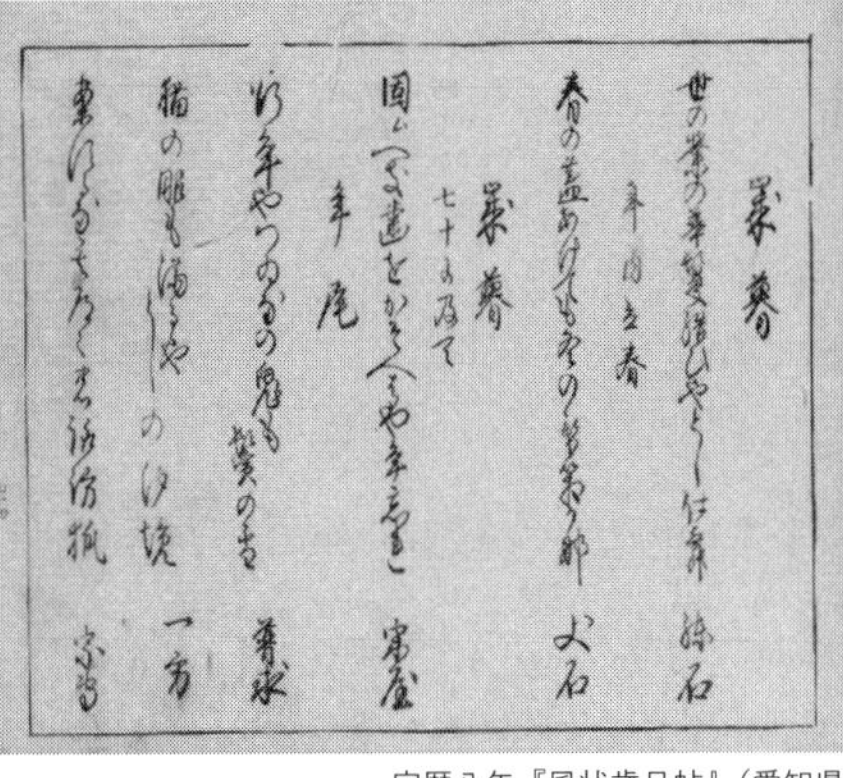

宝暦八年『風状歳旦帖』（愛知県立大学長久手キャンパス図書館蔵）

梗屋治介抱えの遊女である。桔梗屋治介は俳号を呑獅といい、島原俳壇の中心人物であった。風状と親しく、毎年その歳旦帖には遊女たちと句を寄せている。当時の島原には蕪村の友人でもある俳人太祇が不夜庵を結び、遊女たちの手習いの師匠を勤めつつ、島原俳壇を指導した。その太祇を島原に呼び寄せたのも呑獅である。俳諧は、江戸時代、社交の道具として欠かせないものだった。島原遊郭の置屋や揚屋の主人たちは、商売柄俳諧に通じておく必要があったし、遊女たちにとっても身に付けておくべきスキルの一つだったのである。とはいえ、呑獅はその活動を見る限り、商売上やむを得ずではなく、心から俳諧を楽しんだと思われる。風状歳旦帖の島原の部は、呑獅と風状が相談して毎年の趣向を決めていたのではないか。ぜいたくで艶冶な島原文化の雰囲気を垣間見させてくれる本である。

【テキスト・読書案内】

風状の歳旦帖は、天理大学・柿衛文庫（伊丹市）・角屋保存会（京都市）などに所蔵されており、閲覧するには許可が必要。宝暦八年の歳旦帖は、愛知県立大学図書館の貴重書コレクション（http://opac1.aichi-pu.ac.jp/kicho/

kohaisyo/index.html　書名「宝暦八年除元集」で見ることができる。

また、風状については、以下の参考資料があり、宝暦五年、七年版の概要は①②③を参照した。

①大谷篤蔵編『島原角屋俳諧資料』（角屋、一九八六年）。

②大谷篤蔵解題「不夜庵歳旦」（『天明俳書集八』臨川書店、一九九一年）。

③藤田真一「風状「除元集」瞥見――蕪村と呑獅――」（早稲田大学資料影印叢書41『享保宝暦俳諧集』月報四十七、一九九一年）。

④深沢了子「羅人一派の俳諧二――羅人一派と島原俳壇――」（『聖心女子大学論叢』百十六号、二〇一一年）。

【注】

▼1　香道には組香（くみこう）という遊びがある。このうち、五種類の香を五包ずつ作り、香元（こうもと）（主催者）がそれら二十五包から任意に五包とって焚き、参加者がその異同を五本線の図で解答するものを源氏香という。五十二種類の図は『源氏物語』五十四帖から桐壺（きりつぼ）と夢浮橋（ゆめのうきはし）を除いた巻名が付けられ、模様としても広く使われた。（深沢了子）

15

和歌で傘、和歌ですごろく

『六帖詠草』（和歌）

　韻文を重んじる前近代の文学観においては、和歌を収めた「歌集」は書物のなかでも高い地位にあった。歌集とは、基本的に詞書や題が添えられた一首一行の和歌が整然と並ぶものであって、そうした形式の踏襲にも、ある種の伝統を見ることができる。ところが、近世中期に出版された小澤蘆庵（一七二三〜一八〇一）の私家集『六帖詠草』には、そうした典型的歌集には見ることのできない、和歌で傘の形を模したり、たすき掛けのように配置したり、双六盤を形成したりといった、視覚的表現を利用した作品群が収められている。ここでは、発想の「奇」に基づく「妙」なる表現をもつ歌集の例として、『六帖詠草』を紹介する。

【概要】

　作者である小澤蘆庵は上方地下歌人。「ただごと歌」を推奨したことで知られる。大坂の武士の家に生まれるが、四十歳過ぎからは歌道に専念。はじめ冷泉為村に師事するも破門され、独自の歌論である「ただごと歌」を提唱するようになる。上田秋成・本居宣長・橘千蔭らと交わり、妙法院宮真仁法親王をはじめとして多くの門人がいた。

　『六帖詠草』は小澤蘆庵の私家集。文化元年（一八〇四）序、文化八年（一八一一）刊。蘆庵門人でもある書肆吉田四郎右衛門のもとで出版された。四季・恋・雑の部立を有し、大本七巻七冊（以下、『六帖詠草』の概要および出版事情は鈴木淳校注『六帖詠草』〈和歌文学大系70〉の解説による）。

　生前から蘆庵が家集編纂を企図し、選歌を行い、蘆庵没後に門人がそれを校訂・板行したとされる。近世中期まで基本的に家集は没後に門人によって編まれるものであり、自身が家集編纂を手がけることは、批判的に受け止められもしたという。その状況にあって、蔵版形式で出された自撰私家集が『鈴屋集』であった（鈴木淳「鈴屋集の開板」『国学院大学日本文化研究所紀要』五十七号、一九八六年）。『六帖詠草』はこの『鈴屋集』に続くものとしての新しさがあり、一方で没後の出版となった点では、結果的に当時の家集編纂の伝統にのっとったものと言えるだろう。なお、本歌集の新しさとして、京都にあっていち早く契沖仮名遣による表記を取り入れていることもあげられる。

蘆庵自身が手がけたと言えるこの版本『六帖詠草』は、選歌資料と考えられる自筆本と比較すると、版本において詞書が整理されたり、排列が入れ替えられたりするなど、蘆庵自身の編集意識が見て取られるという（蘆庵文庫研究会編『小沢蘆庵自筆六帖詠草　本文と研究』和泉書院、二〇一七年）。したがって、本稿で取り上げる傘連判様の歌・沓冠の歌・双六盤様の歌についても、図版に掲げた版本のものが蘆庵にとっての「完成形」であったのであり、「視覚的表現」が和歌作品を構成する一つの方法となっていたことがわかる。

【見どころ】

本歌集の見どころの一つとして、視覚的表現を利用した和歌三種をあげる。

一つめは傘連判様の歌である［図1］。「あみだぶつ」の五文字を折句とした三十二首の歌の頭の「あ」字を突き合わせ、そこから三百六十度放射状に歌を記し、傘型の連判に配す。詞書によれば、天明八年一月末日に起こった大火で京の町中の家を失った蘆庵が、太秦の十輪院に逃れて三年間を過ごすうちに、十輪院の仏たちに後世を頼みたいと願うようになり、詠んだ歌であるという。詞書には「さるべき契にやありけむ」との心も述べられ、蘆庵にとっては偶然が重なったすえの、宿命的詠歌なのであった。

この歌について浅田徹は、三十二首の折句の字を結ぶと中心の「あ」字から「み」「た」「ふ」「つ」と同心円をなしていること、中心を取り囲む同心円とそこから放射状に広がる直線は仏像の光背のデザインを想起させること、三十二という数は如来の三十二の相に由来することを指摘した（浅田徹「書くことの呪術」『和歌をひらく二　和歌が書かれるとき』岩波書店、二〇〇五年）。さらに、「阿」の字は密教においてすべての源として重んじられる字で

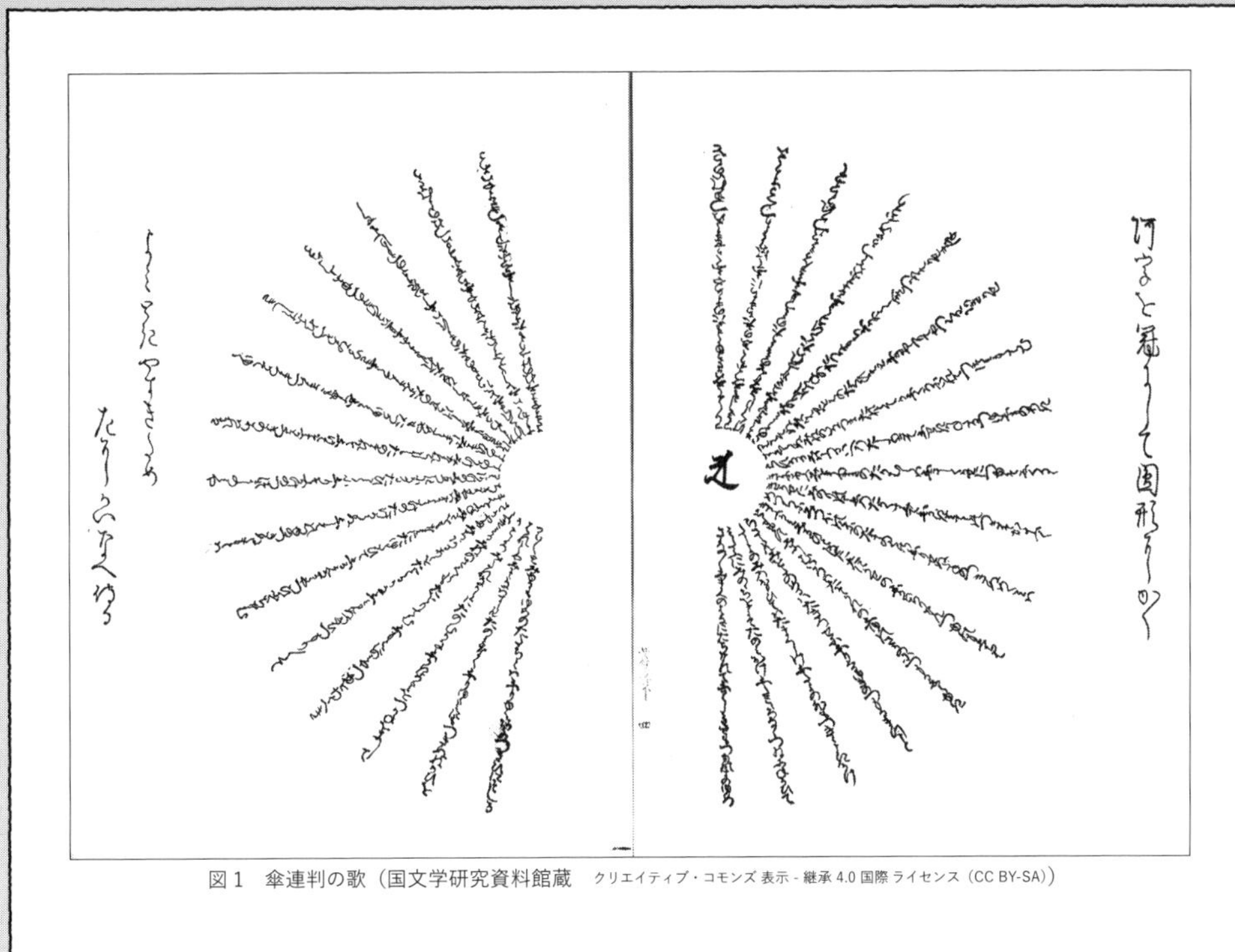

図1　傘連判の歌（国文学研究資料館蔵　クリエイティブ・コモンズ 表示 - 継承 4.0 国際 ライセンス（CC BY-SA））

あり、本作品は万物が「阿」から生じることの視覚的表現となっていると述べる。すなわち本作品は、歌の内容、視覚的構造、数の象徴性、折句の文字の選択といった、複数の方法でもって、蘆庵の阿弥陀如来への帰依を表現している。

ここではさらに、排列に注目して三十二首の歌の内容を見てみたい。『六帖詠草』は図版の傘連判の歌を、通常の詠歌と同様の形式で再掲出しており、傘連判は時計で六時の位置から時計回りに並べたものだとわかる。その一首目は、

阿さなあさな弥まへのはなに陀ちなれて不りしみとせも都ゆのまのゆめ

として、大火以来、毎朝この太秦で阿弥陀仏を祈ってきた三年間を振り返り、詠歌状況を端的に説明したもので、冒頭の一首にふさわしい。続いて、五・十二・二十二・二十九首目をあげる。

阿ふぎみる弥ねのさくらも陀をりてむ不もとにのみや都ゆをわくべき

阿つきひも弥なみのかぜの陀えまなく不きいるむろぞ都ねにすずしき

阿りはてぬ弥はばせをばの陀ぐひぞと不きやぶりて

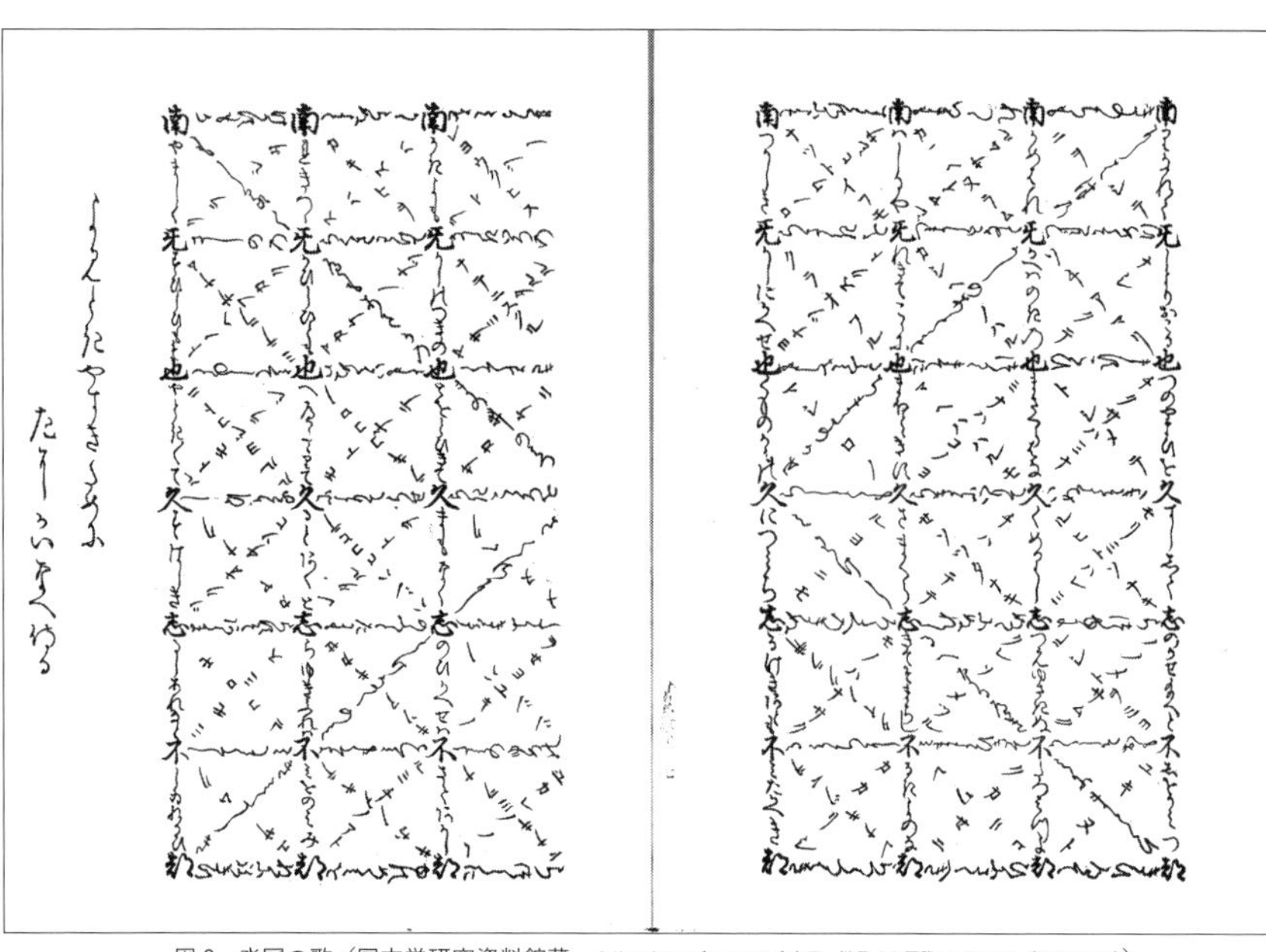

図2　沓冠の歌（国文学研究資料館蔵　クリエイティブ・コモンズ 表示 - 継承 4.0 国際 ライセンス（CC BY-SA））

や都ぐるあきかぜ

阿ともみず弥にしむいろは陀そかれの不ゆのさがの
　に都もるしらゆき

それぞれ山での隠遁（いんとん）を詠むにあたって、傍線のように春の桜、夏の暑さ、秋の風、冬の雪を題材としている。これが季節順に並べられ、円環をなし、次の三十二首目で一巡りする。

阿弥陀仏に弥ののちをこそ陀のみおけ不た心なく都
　ねに願ひて

三十二首のうち、折句で繰り返されてきた「阿弥陀仏」の語がそのまま詠み込まれる唯一の歌である。阿弥陀仏に後世を頼み、常に帰依し続ける決意を、飾らずありのままに詠み出だしている。この傘連判の歌は、形状と歌材でもって循環し続ける時間をも表現し、それが繰り返される永遠において阿弥陀仏を祈り続ける、その強い思いを詠もうとしたものなのである。さらに景物に託して詠んだ和歌を四季の順に配列するのは、古今集以来の和歌における伝統的価値観にのっとっており、本作はそうした伝統のうえに新たな表現を模索したものと言えるだろう。

二つめの見どころは、沓冠歌である［図2］。薬師如（やくしにょ）

来に奉る歌として詠まれた本作は、縦横に七つの点を配し、そこに上から下に順に点を読むと「南无也久志不都」（南無薬師仏）となるように文字を置く。縦横の辺および外枠の四点を互いに斜めに結んだ線、計十六本には、「南」「无」「也」「久」「志」「不」「都」の点がおのおの七つずつ含まれている。その点を各句頭と六句末にあてた旋頭歌がこの十六本を為している。さらに各点を斜めに結ぶ折句の短歌十二首が詠まれ、これらは春夏秋冬各三首ずつの景物を織り込んだ四季の歌となっている。歌を縦横斜めに配置し、それぞれの歌の接点の文字が何らかの単語となるこの形式は、和歌史において木綿襷と呼ばれており、京極為兼、後水尾院などに作例がある（伊藤達氏「小沢蘆庵の釈教歌について」『駒澤大学仏教文学研究』十四・十五号、二〇一二年）。本論文は蘆庵の木綿襷歌を分析し、和歌史における木綿襷歌の作例も明らかにする）。そのなかで蘆庵の本作の特徴としては、襷掛けの斜めに配した短歌については、「四季」の歌と詞書に明示して主題を限定し、図版に示すとおり片仮名で表記することにより、形式・主題・表記と複数の方法で、薬師如来への祈りを詠む旋頭歌とは区別したことがあげられる。

三つめとして、双六盤様の歌がある［図3］。これは平安歌人の源順の双六盤歌に倣ったもので、歌を双六盤状に配置し、各歌の接点の文字ですごろくを詠んだ和歌「すぐろくのいちばにたてるひとづまのあはでやみなんものにやはあらぬ」（『拾遺集』）を示す作品である。これはすごろく和歌三十一文字を決まった位置に詠む必要があるため、和歌ではなかなか詠まれない語を詠まざるを得ないという難しさがある。なかでも和語では珍しい「ろ」で始まる言葉を詠むのはとりわけ困難であるが、蘆庵は次のように詠んだ（伊藤達氏「小沢蘆庵の双六歌について」『駒沢国文』五十号、二〇一三年）は、本作について特に蘆庵の書写活動に注目して論じる。「ろうこくの」歌についても、本稿と同様、詠出にあたっての困難を指摘する。また、双六盤様の歌が四季歌によって構成されることについて、小林陽子「源順集の双六盤歌をめぐって」『国文』七十八号、一九九三年）の順の双六盤歌の分析によりつつ言及している）。

　　呂うこくのほどもなくのみ漏りて夜は手枕のまに明
　　くる夏の以

「ろうこく」、漏刻すなわち水時計の水はすぐに落ち、手枕でうたた寝している間に夜があけて、夏の眠りは短いという。この歌では初句頭の「ろ」に加え、五句末が「い」で終わる必要があり、蘆庵は「漏刻」と「寝」を充てた

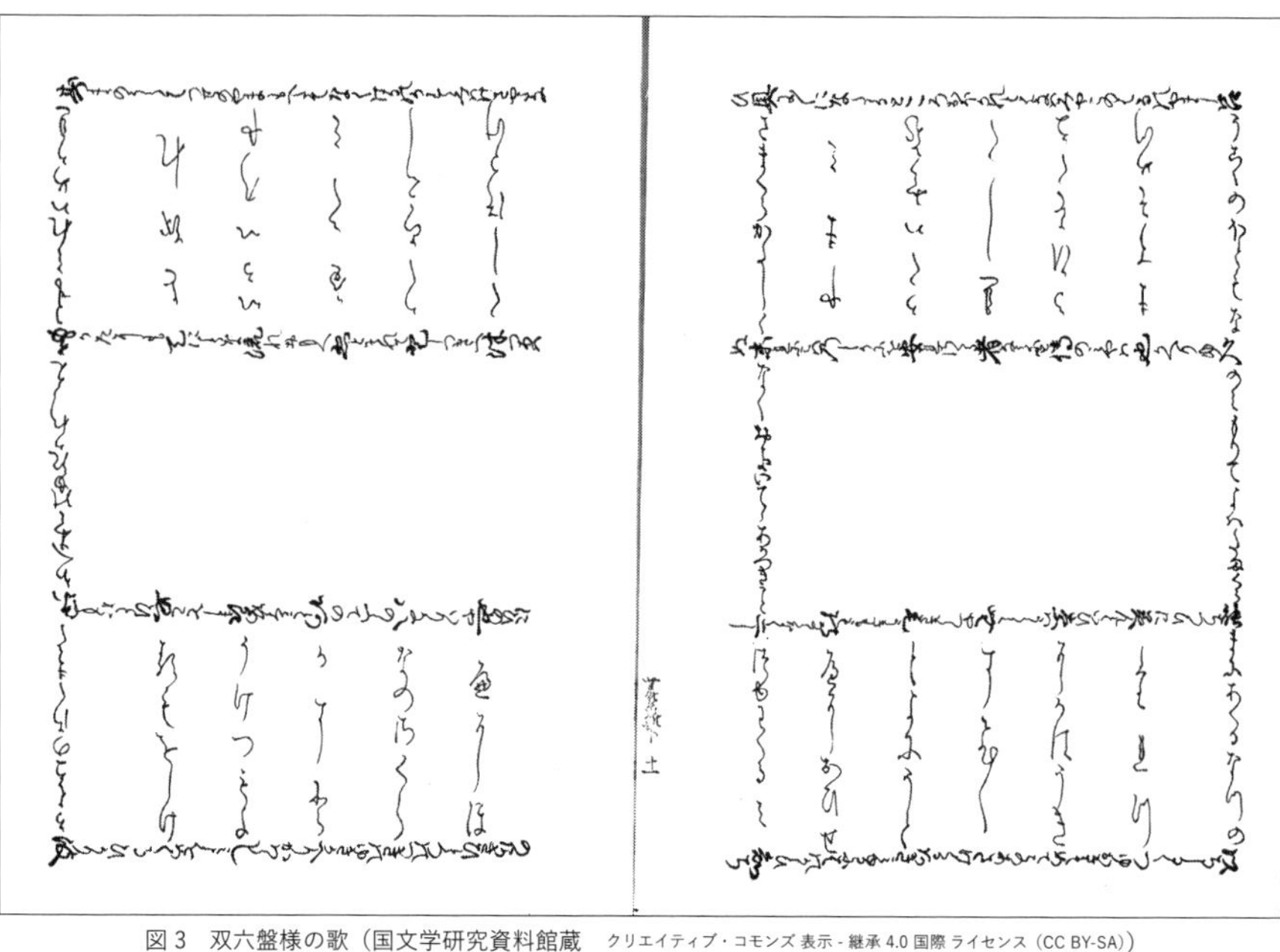

図３　双六盤様の歌（国文学研究資料館蔵　クリエイティブ・コモンズ 表示 - 継承 4.0 国際 ライセンス（CC BY-SA））

のであるが、「漏刻」はそのもの自体が、「寝」は単独での用法が、いずれも和歌ではまず見られない。そのように一見奇妙な言葉を用いながらも、この語で構成される歌全体では、短夜といういわば夏の本意にかなった内容を詠み出すことができている。

　また双六盤様の歌も傘連判歌・沓冠歌と同様に、四季それぞれの歌を含んでいる。双六盤様の歌は、そもそも源順の双六盤歌において外枠を構成する六首が春春夏秋秋冬の歌となっており、蘆庵はこれを踏襲している。本稿で取り上げてきた、複数の和歌から成る視覚的表現を用いた作品三種は、おのおのが勅撰集部立にのっとっており、すなわち古今集以来の和歌における伝統的美意識に照らして完全体たり得ている。

【もっと深く――歌の掲載方法】

　そしてこれら三種の作品の掲載方法にも特徴がある。源順は双六盤歌と木綿襷歌を詠んでおり、順の家集のうち群書類従本には双六盤歌と木綿襷歌二つが載る。それに対して、『六帖詠草』は傘連判様の歌、沓冠の木綿襷歌、双六盤様の歌と三図が続き、さらに歌自体を別に掲出している。歌を掲出することにより、傘連判様の歌の折句「あみたふつ」の五字がそろう歌の列挙は圧巻であるし、沓冠歌では、ほかの歌が一首一行で書かれるのに対して、一首二行書きとし、「なむやくしふつ」の七字が強調されている。すなわち、図様に歌を組み合わせるという面白さにとどまらず、一見普通に載せているような歌だけにも視覚的な遊びが見て取られる。一首一行の歌が延々と続く歌集が多い近世の家集にあって、『六帖詠草』は読者の目にいかにも異端に映ったと思われる。

【テキスト・読書案内】

『六帖詠草』の概要および出版事情は鈴木淳校注『六帖詠草』（和歌文学大系70、明治書院、二〇一三年）の解説に詳しい。また、『六帖詠草』自筆本については、蘆庵文庫研究会編『小沢蘆庵自筆六帖詠草　本文と研究』（和泉書院、二〇一七年）が詳説している。

ここで扱った歌の意義および詳細な読解については、浅田徹「書くことの呪術」（『和歌をひらく二　和歌が書かれるとき』岩波書店、二〇〇五年）、伊藤達氏「小沢蘆庵の双六歌について」（『駒沢国文』五十号、二〇一三年）を参照されたい。

（高野奈未）

16

文様で遊び尽くす

『小紋新法』『小紋雅話』（滑稽本）

江戸時代には和服の普段着である小袖を中心にさまざまな意匠の文様が流行した。前期には華美で多彩な文様がつかわれ、後期にはより落ち着いた縞模様や小紋が好まれるようになった。型紙をつかって星やあられといった小さな文様を一面に染めた小紋は、最初は武士の礼服である裃につかわれ、のちに町人の男女のしゃれ着にもよく用いられるようになった。着物に用いられるこれらの文様をいじって遊んでみようと考えたのが山東京伝（一七六一～一八一六）である。

変わった着物の柄を百三十三種集めた絵本である『小紋裁』（天明四・一七八四年刊）、百六十五種を収めた『小紋新法』（天明六・一七八六年刊）、そして『小紋裁』に二十四図を増補した『小紋雅話』（寛政二・一七九〇年刊）を山東京伝は残した。

【あらすじ】

『小紋新法』と『小紋雅話』とでは、妓楼扇屋の知識が必要など『小紋新法』のほうが『小紋雅話』にくらべ、内輪向けの内容になっているが、大枠はさまざまな架空の文様を楽しむ点で共通している。題名は『小紋新法』は中国の古詩文集『古文真宝』のもじりで、『小紋雅話』は「ももんがあ」という化け物の名からとっている。「小紋」が題名に入るが、扱う文様は小紋に限らない。あられ、鹿の子、しぼり、かすり、つなぎ、縞、染め、金襴、緞子、更紗など幅広く染織物を扱っている。本文の様式は小紋の見本帳に似せた。『小紋新法』は『小紋雅話』よりも、設定が細かい。それぞれの文様を用途・配置・技法に関連付け、「ゆかた模様」「手拭模様」「染模様」「すそ模様」「織模様」「縫模様」の区分とその合い印を冒頭に示し、本文のそれぞれの例に印を付して分類づける。

『小紋新法』は部立を「天文地理部」「人物部」「食物部」「気形部（鳥魚獣虫）」「草花木竹部」「器財部」「文字部」「部外」と当時の辞書や事典に似せた。実際に『小紋新法』『小紋雅話』が取り入れていた題材は「当時の名物や流行風俗」「江戸の風景」「遊里」「芸能関係」「見世物」「遊びや玩具」「身辺の日用品」「神仏」などである。文様の様式としては「市松」「青海波」「網代」「鱗形」「菱形」「亀甲つなぎ」「七宝つなぎ」などを取り入れている。

【見どころ】

『小紋雅話』『小紋新法』の実例［図1『小紋雅話』・図2『小紋新法』］より解説する。例えば図1『小紋雅話』の左下「かげうさぎ」は指で作った影絵遊びの兎を名物切の花兎金襴［図3］に見立てる。『小紋新法』の右上「隅田川」は当時売られていた「隅田川諸白」という銘酒の樽を、有栖川切れという名物裂に擬えた。

舶来の更紗あるいはそれを模した和更紗染めは当時通人の下着や小物に流行していたため、『小紋新法』にはそれらに関連した文様が十一点と多い。図2右下は「くわしさらさ（菓子更紗）」で早蕨や松葉の型押しした落雁を更紗の模様に見立てた。

その右上は「黒こま小もん（黒ごま小紋）」でこれはまだありそうな小紋。その左下の「しのはすきれ（不忍切）」は蓮根形で蓮の名所不忍池からの命名。『小紋雅話』にも「忍はず形」という蓮根形がのる。

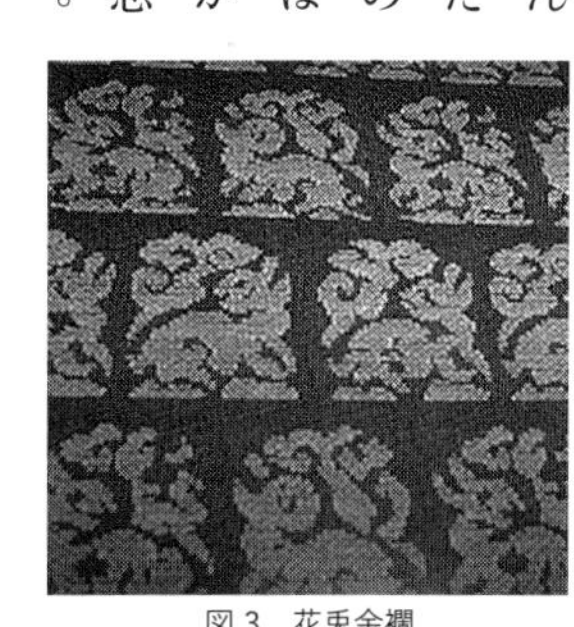
図3　花兎金襴

「気形部」は生き物を題材にする。図2の左面「一ふてからす（一筆からす）」は墨つぎしないでさっと描いたからす。その左上「魚たてわき」は魚柄。「小田原町之揃染出たり」とある。小田原町は当時知られた魚河岸で、「揃」は初売りのさいに客に渡す手拭で、合い印は「手拭模様」になっている。左下「すかい」はリュウテンサザエ科の巻き貝「酢貝」と、夫婦をさす「すがい（番）」がかけてある。

『小紋雅話』右上の「からはな（唐鼻）」で、唐天竺なら獅子や象もあろうと、平たい獅子鼻と象鼻が図案化された。となりの「がんせんしぼり」は「一名、雁首銭」とあるので煙管の雁首をつぶして一文銭のように作った贋金であろうが皮膚病の「頑癬」もかかっているか。

右下「ねこの目」は解説に「此もんからにて十二時

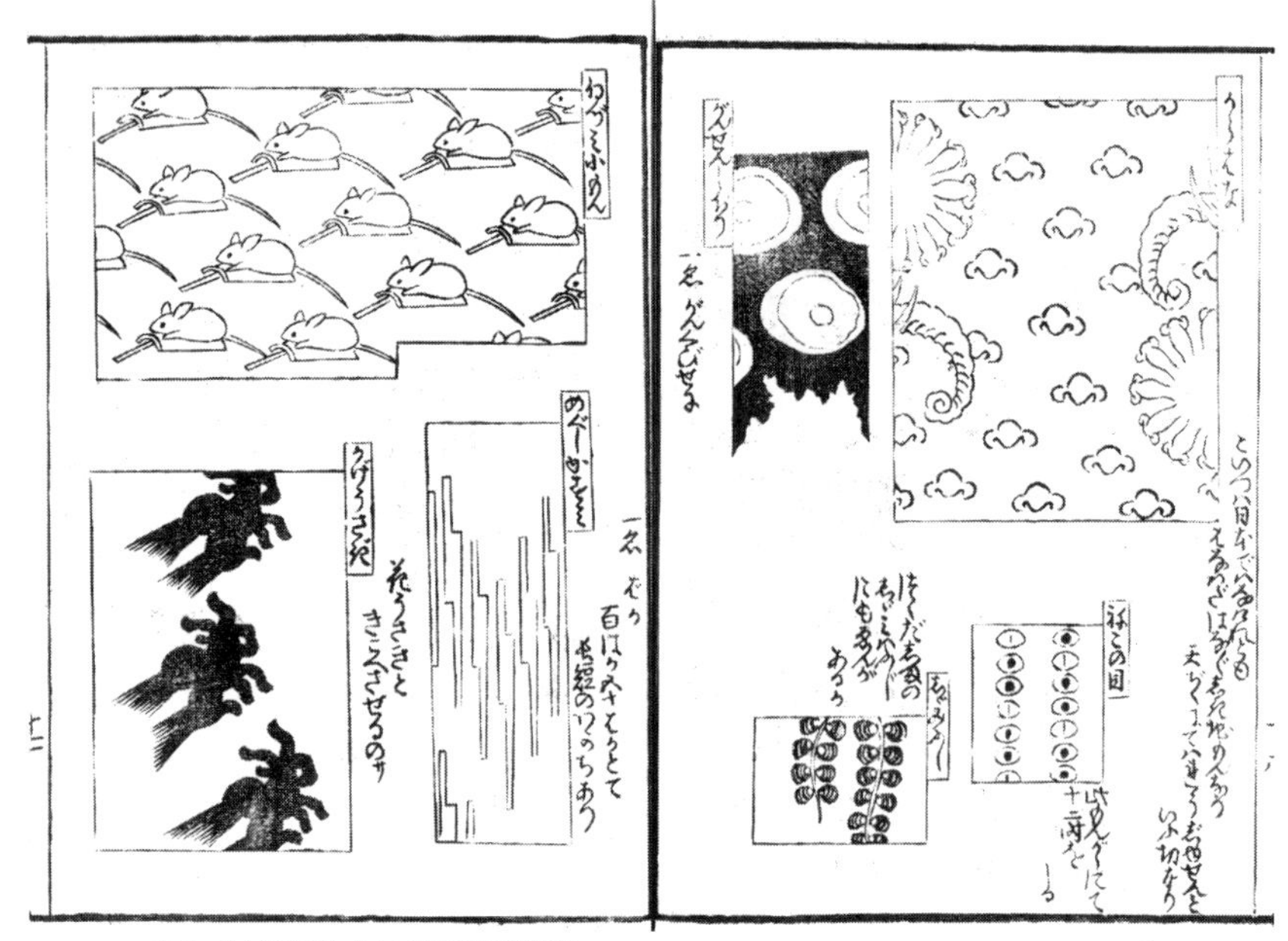

図１　『小紋雅話』（国文学研究資料館蔵　）

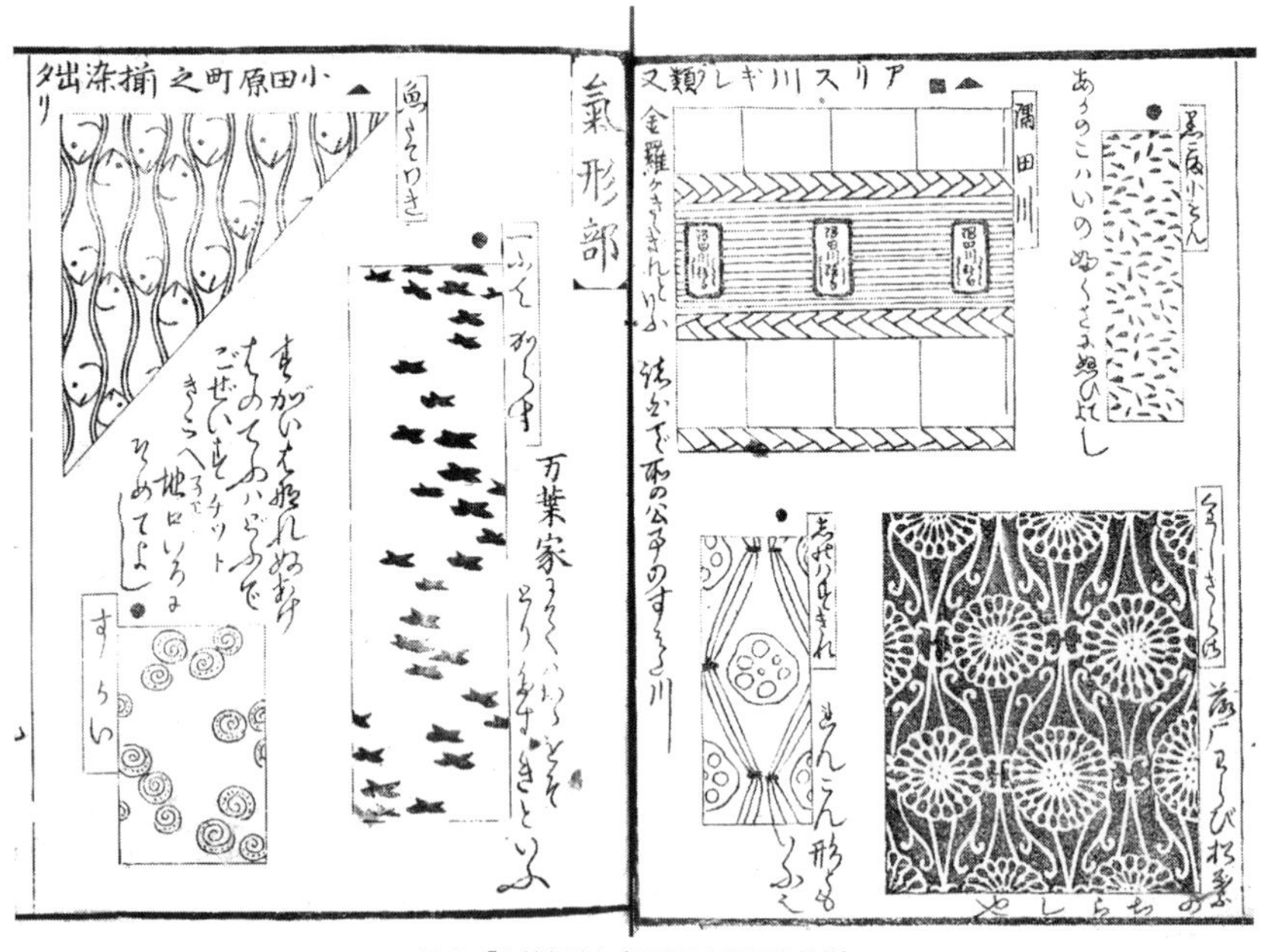

図２　『小紋新法』（早稲田大学図書館蔵）

をしる」とあるが猫の目をみて時刻がわかることをいう。忍術書『万川集海』巻十七に「猫眼歌に六つは丸く、五つはたまご、四つ七つは柿の実にて九つは針」と猫の目から時刻を知る術が書いてある。そのとなりは一見すると普通の藤のようにみえるが「しじみふじ（蜆藤）」という蜆を藤の花びら様に並べて藤に見せかけた模様。左面上の「ねづみ小もん（鼠小紋）」は鼠を青海波文様に並べた意匠だが、下に仕掛けのある「跳ね鼠」という玩具。初代尾上松助が寛政六年十一月に演じた湯浅孫六入道の役者絵〔図4〕を東洲斎写楽が残している。その中で松助は「跳ね鼠」の青海波文様の丹前を羽織っている。時系列からすれば『小紋雅話』をまねて染めたか。

左面右下は「めぐしかすみ（目串霞）」。「目串」は途中が屈折した金属棒で短い方で五十文、長い方で百文の銭をさした。数えずにはかれるので百馬鹿、五十馬鹿と呼ばれたため、「一名　ばか」と書いてある。

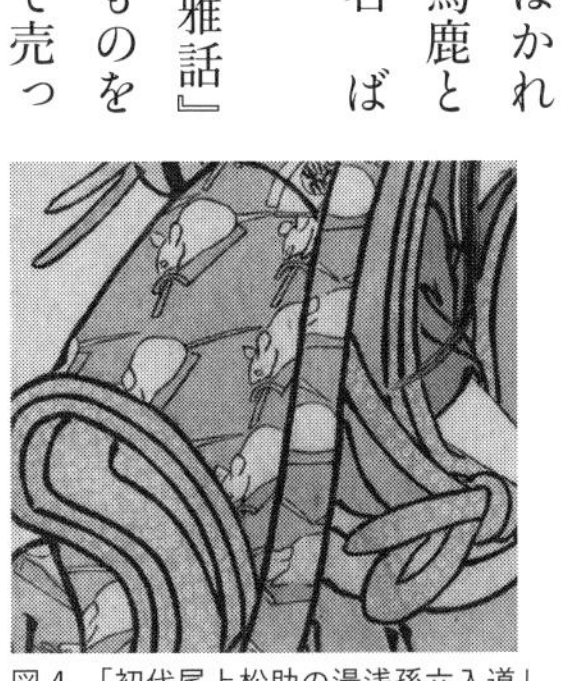
図4　「初代尾上松助の湯浅孫六入道」（部分、ボストン美術館蔵）

『小紋新法』『小紋雅話』に現代で似た感覚のものを探すなら、原宿などで売ってあるブランドTシャツのロゴを変えた偽Tシャツや変わった柄を使った面白Tシャツだろうか。文様に関する興味は過去も現在も変わることがないようだ。

【もっと深く――見立て小紋ものの系譜】

我々は文様に囲まれて生きている。縄文土器からわかるように日本人は古くから文様を追い求めてきた。現代人も言わずもがな。LとVやGとGをつかった文様の入った鞄がお好きな方も多い様子。我々の服や持ち物に、文様は溢れんばかりである。着物や工芸品にも文様がよく取り入れられている。江戸時代にうまれたさまざまな縞や格子模様は現代まで生き残っている。例えば、江戸時代に生まれた市松模様はルイ・ヴィトンのダミエや二〇二〇年夏季オリンピック東京大会のエンブレムに使われている。

『小紋裁』と『小紋雅話』は宝暦五年（一七五五）の漕川小舟（山本亀成）作・画『絵本見立百化鳥』にはじまる見立絵本というジャンルの作品である。『絵本見立百化鳥』は木を鳥に見立てたこじつけを全部百点収めた。翌年には続編の古面堂（山本亀成か）作・画『見立百化鳥続編』が登場し、中野三敏「見立て絵本の系譜」によれば、以後幕末までに花、星、貝、仙人、化け物などを題材に少なくとも三十五点の見立絵本が存在するという。

山東京伝が小紋以外に意匠の見立てをつかった遊びの絵本もそれに含まれる。手ぬぐいの意匠を扱った『手拭合』（天明四・一七八四刊）や廓の諸物を扱った『新造図彙』（寛政元・一七八九刊）、無関係な二つのものに視覚的な共通点を見いだす『絵兄弟』（寛政六年刊）、文字絵をのせた『奇妙図彙』（享和三・一八〇三年刊）があげられる。

山東京伝は江戸後期の戯作者として屈指の人物であるが、もともと北尾重政に学んだ浮世絵師北尾政演であった。十返舎一九や式亭三馬など戯作者は絵が上手な者が多いが、浮世絵師だった山東京伝は戯作者のなかでも飛び抜けた画力を持っており、絵師としての感性がそれらの見立絵本に結実している。

【テキスト・読書案内】

『小紋新法』は天明六年版と天保六年版がある。『小紋雅話』の原本は早稲田大学や慶應義塾大学などに六点ほど残っている。『小紋新法』天明六年版と『小紋雅話』は早稲田大学古典籍総合データベースで閲覧が可能。

『小紋雅話』のもととなった『小紋裁』は東京国立博物館と大東急記念文庫の二カ所しか現存せず、『大東急記念文庫善本叢刊3』に影印が収録されている。なお、『小紋裁』の改題本に『京伝工夫小紋形』（寛政八・一七九六年刊）がある。また、『小紋雅話』から京伝の名を外し上方の素材を増補し内容も改変した『狂文帳』（寛政四刊）が存在する。

『小紋新法』は延広真治が『江戸文学』（ぺりかん社）に連載した「『小紋裁後編小紋新法』――影印と註釈（一）～（最終回）」（一九九〇～一九九四年）において大変精緻な注釈をつけている。見立絵本に注釈をつけるとはどういうことかを学べる詳注である。

『小紋雅話』は谷峯蔵『遊びのデザイン――山東京傳「小紋雅話」――』（岩崎美術社、一九八四年）に翻刻と解説が載る。

研究論文に中野三敏「見立て絵本の系譜」（『戯作研究』、中央公論社、一九八一年）。文学以外に美術・デザインの視点から書かれたものも多い。大久保尚子「山東京伝作『小紋裁』『小紋雅話』『小紋新法』の検討――見立染織意匠としての特質」（『江戸の服飾意匠』中央公論美術出版、二〇一五年）は参考になる。

（吉丸雄哉）

17

めくる楽しみ―仕掛け本

『本朝酔菩提全伝』『早替胸機関』（読本・滑稽本）

読書の楽しみは、その作品世界を味わうだけではない。今でも本のカバーや装丁にはデザインが凝らされるが、江戸時代の造本においても、意匠に作者や画師が意を尽くすことがあり、本というモノそのものだけでも楽しむことができる。特に江戸読本では表紙の意匠が美しいことが多い。例えば、曲亭馬琴の『南総里見八犬伝』は九輯九十八巻百六冊に及ぶ大著であるが、内容にちなんで表紙には丸々とした子犬の絵柄が配され、輯ごとに色やデザインの変化があってかわいらしい。表紙や口絵は多色刷や、空押し・極出し（どちらもエンボス加工のようなもの）、雲英摺り（雲母でキラキラ光る）など、浮世絵に使われる手法が施されるものもある。挿絵は浮世絵師が描くので、葛飾北斎や歌川豊国など著名な絵師によるものも多い。挿絵だけぱらぱら眺めても鑑賞に堪えうる。読んでも見ても楽しめるのが江戸の本である。また黄表紙・合巻というジャンルは、全てのページに絵がある。まさに絵本であり、今の漫画（ただし大人向け）に近い。基本的に見開き一丁（左右の二ページ）で一図が構成され、絵の周囲にくずし字の本文がこまごまと小さな文字で書き込まれる。当時の読者は本文を後回しで、全丁絵だけをまず通してめくって内容を想像してから読み始めたという話も伝わる。

このように江戸の本の魅力は絵やデザインの力に支えられる面が見逃せないが、中でもさらなる仕掛けが施された本があった。現代の子供向けの飛び出す絵本とまではいかないが、その先駆けに位置づけられるようなものといえるだろう。

『本朝酔菩提全伝』

【あらすじ】

『本朝酔菩提全伝』（文化六・一八〇九年刊）は山東京伝作・歌川国豊画の読本で、同じく京伝の読本『昔話稲妻表紙』の後編である。

前編の「不破・名古屋」の歌舞伎の世界を引き継ぎつつ、前編の登場人物の子供の世代に時代を移している。前編で滅んだ佐々木家の蜘手の方や悪臣不破道犬親子ら、敵役の怨念を背景に、不破の妾とその子の悪行が、善人側の佐々木家の主従、特に忠臣名古屋小三山や、軍師梅津嘉門の子供達を苦しめる。そこに『妹背山婦女庭訓』や「宗玄・折琴姫」（清玄・桜姫物の翻案）などの世界と、新たな登場人物らが絡み合って、複雑な展開を見せる。善悪おのおのの登場人物達は、一体和尚とその弟子野晒悟助（梅津嘉門の息子）に救済されることで、一見ばらばらにも見える複数の筋がより合わされていく。さらに続編が予告されつつも未完に終わっている。

【見どころ】

作中の一場面を紹介しよう。一休和尚は、堺の花街で「地獄」という名の遊女（梅津嘉門の娘）に会う。その遊女の姿は、緑の黒髪を今風に束ね、べっ甲の髪飾りをつけ、白い小袖を重ねた上に紅の鹿の子模様の上着、さらに上に羽織った着物には刺しゅうを施してあるが、なんと地獄変相の図の模様であるという。その袿衣の模様は挿絵二葉に示されているが「恋慕の地獄」「嫉妬の地獄」「抜舌地獄」「畜生道」「死出の山」「餓鬼道」などが細かに描かれたもの。裾から見える脛の白さは「八寒地獄の雪」のよう、紅の下着は「焦熱地獄」の炎を踏むかと思われ、服にたき込めた香りは人々の魂を奪うようだという。年は十九歳、絶世の美女で、柳のようにたおやかな姿、肌は玉のように美しく、天津乙女か、龍宮の乙姫が人間世界にいるかのようだと描写される。

遊女という身の上をざんげして自ら「地獄」と名乗る彼女は、障子にたくさんの骸骨の影を見た。障子を少し開けてのぞくと、部屋の中では一休が遊女たちと戯れていたが、一休のみ生者の姿、遊女たちはみな骸骨に見えて驚く。酔いつぶれた一休を夜通し介抱した地獄は、翌朝目覚めた一休に教えを乞うた。一休は次のように応える。

> 目あれば可も不可もあり。無目而見ときは汝が如き美人も、唯臭皮袋につつみたる一具の骸骨なり。男女の淫楽は臭骸を抱とは是なり。いづれの時か夢の

裏にあらざる。いづれの人か骸骨にあらざる。臭皮につゝみて持あつかふほどこそ、男女の別もあれ、息絶身の皮破れぬれば其別もなし。美醜もへだてず、唯今かしづきもて遊ぶ皮の下に、箇々骸骨をつゝみて持なり。臭皮一重に迷ふは愚ならずやと示し給ふ。

目があることは良いことでもあり悪いことでもある。見えなければ、美人もただの臭い皮袋に包まれた骸骨に過ぎない。「九相詩」の序に、男女の淫楽は臭い骸骨を抱くようなものというのはこのことである。それが現実である。骸骨でない人などいない。臭い皮に包まれているうちは男女の区別もあるけれど、死んで皮が破れればその区別もない。美醜も関係なく、今かぶっている皮の下はみな骸骨なのである。臭い皮一枚に惑わされるのは愚かなことではないか、というのである。

その後、病に倒れた地獄は、臨終に次の歌を残し亡くなる。「我死ば焼な埋な野にすてゝ痩たる犬の腹をこやせよ」。一休はその遺言通り、地獄の屍を野ざらしにすることで回向する。

その美麗な姿は七日ごとに変化し、蘭麝の香りの黒髪は乱れ、金襴を着た肌は青く腫れ上がり、お化粧をした花のような顔は腐って臭気を出し、紅を塗った唇はただれて血を流す。やせた犬がその乳房を食い破り、飢えた烏はあでやかな目をついばんで、恐ろしい姿となる。肉も切れ腹も破れて、五臓六腑が辺りに乱れる。……そうして風雨にさらされ虫に食われ、四十九日には男女の別もなく、ただ帷子と白骨だけ残った。彼女を恋い慕っていた少年たちは供養しようとここへ来て、その姿を見て驚き悟り、執着の心を翻し、色欲の念を断った者が多かったという。

【もっと深く――仕掛け絵「臭皮袋図」】

この一休と地獄の場面を象徴するものとして、本書の口絵には「臭皮袋図」という仕掛け絵がある［図1］。

口絵中央の枠内には美女の絵が貼られていて、一休の漢詩と「骨かくす皮にはたれも迷ひけり美人といふも皮のわざなり」という歌を添える。これをめくると現れるのが骸骨で「皮にこそをとこをんなのへだてあれ骨にはかはる人かたもなし」との歌がある［図2］。

枠外に記される説明には「九相詩の序に男女の淫楽は臭骸を抱くといへり」と先の一休の教えと同じ文言が見える。「九相詩」とは亡骸が腐敗し、白骨化していく過程を九つに分けて、絵と、漢詩や和歌で示したもので

図1 『本朝酔菩提全伝』美人図（東京大学国文学研究室蔵）

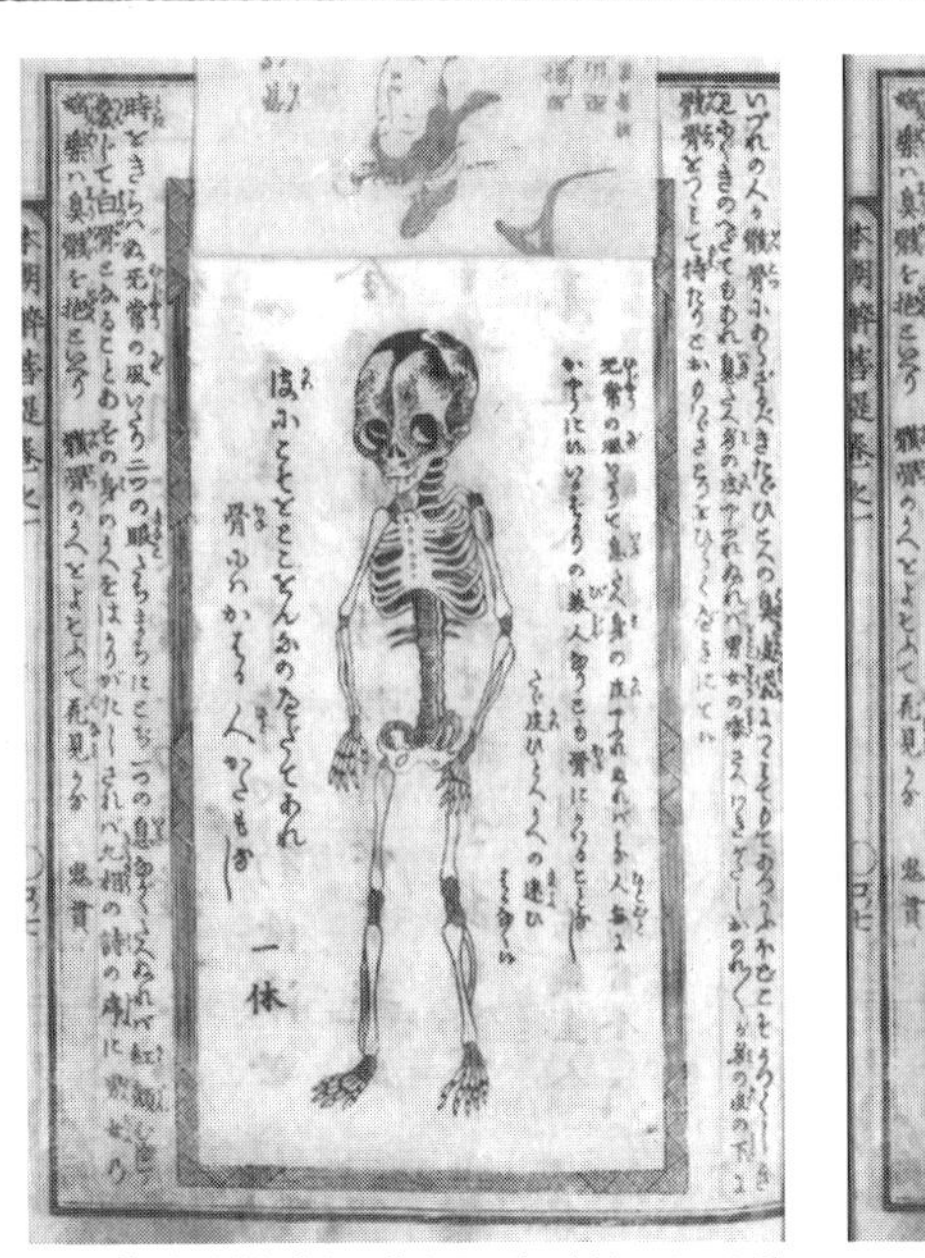

図2 『本朝酔菩提全伝』美人図の貼り紙をめくると骸骨が現れる（東京大学国文学研究室蔵）

ある。「九相詩の序」というのは蘇東坡によるとされる漢文の序の冒頭の一節で、先の地獄の、野ざらしの回向の場面は「九相詩」を踏まえている。「九相詩」の序は、京伝が本作以外にもしばしば洒落本や黄表紙の作中で引用することが指摘されている。また文化元年（一八〇四）刊の読本『優曇華物語』でも、殺された妊婦の死体の描写に「九相詩」が踏まえられているというように、京伝は「九相詩」に強い関心を持っていたことが知られる。

また、地獄が遊女の骸骨の影を見るというのは、もともとは京伝が、寛政十年（一七九八）に黄表紙『児訓影絵喩』で用いた方法である。この黄表紙は行動を陽、心を陰として影絵にするという趣向であるが、その中に「美人のかげゑたちまちがいこつにうつる」という場面がある。また『本朝酔菩提全伝』前後帙は文化六年（一八〇九）九月・十二月の刊行であるが、その正月に刊行された読本『浮牡丹全伝』巻二第三回にも同様の絵がある。「瑶島礒之丞幽霊の人に会す」「其二」と挿絵見開き二丁が続き、まずは礒之丞と美しい姫の密会の様子、一枚めくると下僕から見た様子が同じ構図ながら、姫の姿は骸骨に描かれている。この場面は『剪燈新話』「牡丹灯記」や『伽婢子』「牡丹の燈籠」を典拠としているが、「九相詩」とこの「牡丹灯記」ののぞき見の趣向から、この仕掛けは生まれたのである。

なお、この美人図の下に描かれた骸骨、美人図に対して少々頭でっかちに見える。それについては、慶応四年（明治元・一八六八年）の『新増補浮世絵類考』に答えがある。「豊国酔菩提の口絵に遊女を画き、一枚の紙を上れば骸骨と成る図を画り、此図杉田氏の解体新書を見て画しは尤なれど誤て小児の骨を写す、笑ふべし」。杉田玄白の『解体新書』の銅版の図を見て描いた、つまり当時としてはかなり精密な絵であったわけだが、小児の骨（正確には「胎児篇図」の骨）を写してしまったのである。

『早替胸機関』

【あらすじ】

式亭三馬の滑稽本『早替胸機関』（文化七・一八一〇年刊）の内容は、「胸のからくり」、心の移り変わり、建前と本音といった心の裏表、善にも悪にも転じる可能性を秘めた心を、「早替り」という手法で見せようとしたものである。「早替り」とはそもそも歌舞伎などで一人の役者が同じ場面で素早くほかの人物に姿を替えることである。その自序は「田鼠化して鶉となり」と、七十二候の陰暦三月の二番目の兆候を示す言葉から始まる。七十二候は季節の推移を細かく示したものだが、「もぐらがウズラになる」という表現は、芝居の早替りのようなものだというわけである。本書の目次はこの形式を踏まえて、次のような具合である。第一「小二変為主管」（丁稚が番頭になる）、第二「麒麟変為駑馬」（才智ある若者が年老いて鈍る）、第三「田婢変為令室」（田舎風の下女が奥さんになる）、第四「仏顔変為鬼面」（仏の女房も夫次第では鬼になる）、第五「新婦変為姑婆」（姑になると若い頃を忘れて嫁いびりをする）、第六「虚弱変剛強」（弱虫も酒が入って強気になる）、第七「褒美変為批謗」（お世辞と本音）。そして最後に、「以上火速扮七伎」と締めくくる。本書はさまざまな立場の人のせりふを、口語体で写実的に描き出してみせる。四季の移ろいさながら、人が年を経て、あるいは何かのきっかけで、いかに変わるか、また心の裏表を類型的に切り取ってみせた作品である。

【見どころ】

本書は子供のおもちゃ絵や歌舞伎の早替りに発想を得ているが、それは見返（表紙の裏）に「切抜絵本浮世七役早替胸機関」

と角書（題の上に小さく二行書きにする副題）があることからもわかる。

まず「切抜絵本」とあるが、三馬が幼い頃に、子供のおもちゃで「早替り衣着」という錦絵があったという。今も子供が遊ぶ紙で出来た着せ替え人形のことである。紙から切り抜いた人形に同じく切り抜いた衣裳を重ねて着替えさせて遊ぶ。これは本書冒頭の口絵に「新版早替絵づくし」（目次には「早変錦絵全図」）としてあげられている。衣裳を早替りするおもちゃということである。また「替り絵」（畳み方で人物の顔や姿が変わるおもちゃ絵）についても言及がある。

> 扨子供衆が何をお慰みになさるぞといふに、まづ七役の替り絵を残らず替らせた上では、忠臣蔵ならば、おかるの姿へ定九郎の形をかぶせ、定九郎の体へかほよ御前をかぶせ、男女入れ混ぜていろ〱替はらせて見給ふ故、猶々お笑ひが深くてます〱流行することなり。

また角書の「浮世七役」は目次末尾の「火速扮七伎」と同じであるが、これは序に「團蔵以来俳優の七役」とあり、享和元年（一八〇一）二月中村座の「仮名手本忠臣蔵」上演に際し、四代目市川団蔵が早替りの七役（高師直、与市兵衛、定九郎、おかる母、義平、本蔵、由良之助）を勤めたことを指す。この後、文化元年（一八〇四）七月河原崎座「天竺徳兵衛韓噺」で尾上松助が水中早替り、同年八月中村座「義経千本桜」の三代目坂東三津五郎は六役を兼ねている。文化五年（一八〇八）七月市村座「皿屋敷」では、再び水中早替りを松助親子が演じているが、この松助親子の水中早替りについて三馬の序には「水機巧、三朝父子の大的中」（三朝は松助親子の俳名）とある。このように当時、歌舞伎の早替りが流行していたわけであるが、この舞台の早替りを、本の仕掛け絵で再現しようとしたのが本書である。

本書の仕掛けは三カ所ある。まず口絵のうちに「美人変じて髑髏となる図」がある。これは先述の前年刊『本朝酔菩提全伝』の口絵に倣ったことは明らかであろう。半丁（一ページ）の真ん中に、下半分を覆う紙片を貼り付け、真ん中から紙片を下から上へとめくれるようになっている。最初は、上部は遊女と客が遊ぶ様子の図、下部は紙片の表側で説明文。紙片を上へめくり上げると紙片の裏には先ほどと同じ構図ながら遊女と客が全員骸骨の姿で遊ぶ図、紙片に隠されていた下部にはその骸骨図の説明文がある、という具合である。

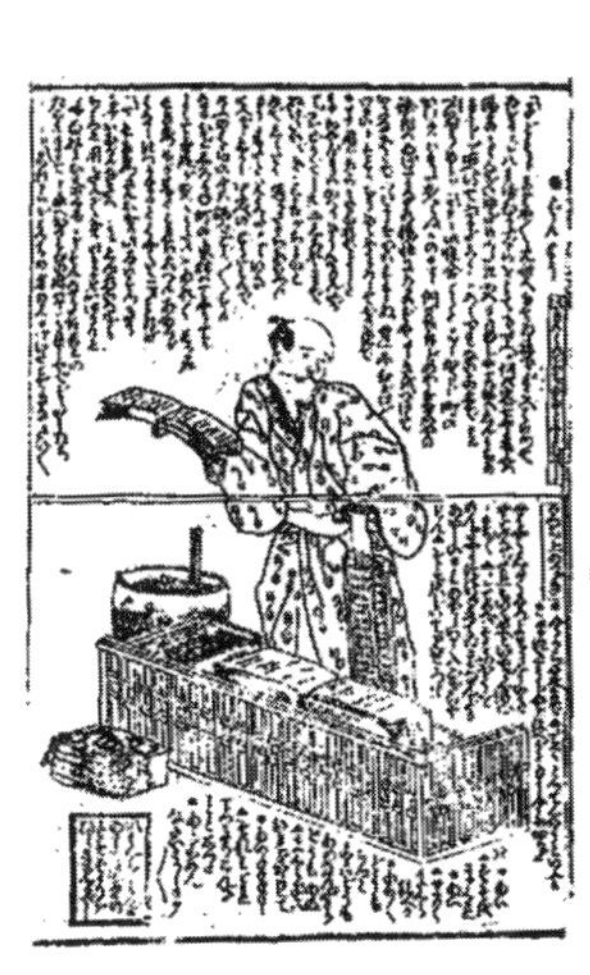
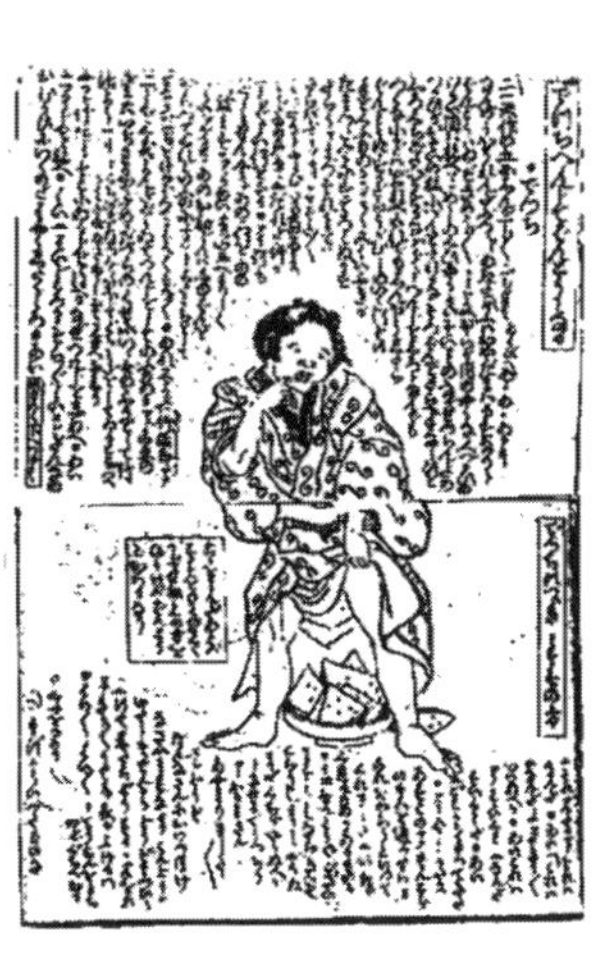
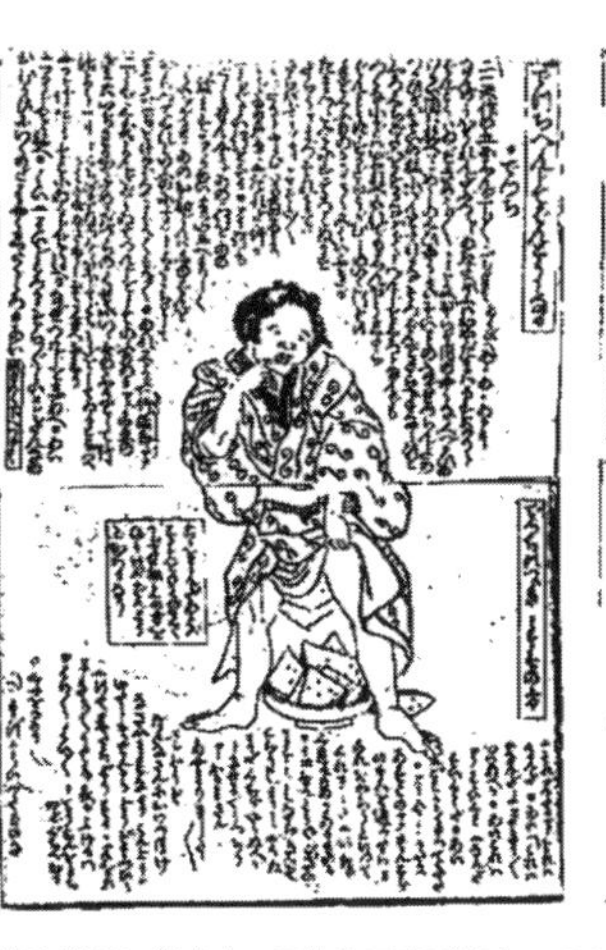

図3 『早替胸機関』(『式亭三馬集』国書刊行会、1992年より)

第二の仕掛けは本文中「丁稚変じて番頭となる」場面。こちらはさらに作りが凝っている。半丁の上下端にそれぞれ上半分、下半分を覆う貼り紙がのり付けされ、中央の切れ目から上へ一枚、下へ一枚の貼り紙を開くような(ちょうど観音開きの扉を縦にしたような)作りである。まず上下とも貼り紙の表を読むと丁稚の姿、下半分だけ下にめくると丁稚が裾の中に西瓜(すいか)を隠している足元が現れる。次に下の貼り紙を戻して、上の貼り紙を上にめくり上げると番頭の上半身が現れる仕掛けである(着物の裾は丁稚も番頭も共通の絵)[図3]。

この二枚の貼り紙は両面印刷になっていて、上から下から三百六十度回転させて、次の半丁に同じようにかぶせると、今度は「麒麟(きりん)変じて駑馬(どば)となる」で若者が年寄りに早替りする。

最後の仕掛けは「褒め言葉変じて悪口となる」場面で、客が亭主の掛け軸を拝見してべた褒めにするが、この掛け軸の部分が貼り紙となっている。貼り紙をめくると、あっかんべをした客が本音の悪口を言っているというもの。

実に手の込んだ仕掛け本で、大当たりであったと伝わる(『式亭雑記(しきていざつき)』)が、現在その仕掛けがきれいに残っているものは少ない。

三馬は、三次元の芝居の早替りの発想を、おもちゃ絵の仕掛けで二次元の『早替胸機関』に持ち込んだ。手本は『本朝酔菩提全伝』にあったのであり、それは同趣向の口絵にも現れていた。だが、京伝が「九相詩」にこだわったのに対し、三馬はあくまでも芝居の早替りを貫こうとしたのではなかったろうか。

【もっと深く――仕掛け絵のあれこれ】

三馬はその後、仕掛け本を作ることはなかったとされる。没後刊行の文政七年（一八二四）刊『坂東太郎強盗譚』初編の表紙に仕掛けが指摘されるが、没後のものであるから、三馬自身の指示によるものかは不明である。

三馬の発案ではなかろうが、三馬の仕掛け本が影響を与えたと考えられる本がある。文化十一年（一八一四）刊の絵入根本『絵本いろは国字忠臣蔵』である。絵入根本とは歌舞伎の脚本を上方で刊行したもので、役者似顔の挿絵がある点に特徴がある。本書には、三馬の序があり、画師の狂画堂蘆国を「画工と作者の火速扮」と紹介する。絵入根本の中でも工夫された作品の一つで、珍しく頭注があり、これまで「忠臣蔵」を演じた役者の善し悪しや演出などを批評する。三馬は「昔の巧者の今の流。一派〳〵の伎芸を見究め、古今の工夫善悪の風味を食自慢の鑑定し、標注にちょっと摘んで、鬼をしてやる加減の妙。細注ならずおもからず、あっさりとした正本仕立」と説明する。誰もがよく知る忠臣蔵であるから、ただ脚本だけではつまらない、ということで評を付したのであろう。

本書には評注に加えて、さらに仕掛けがある。四段目の切「城明け渡しの場」、塩冶判官が切腹し、城門が閉ざされる場面。表門前に集まった諸士を由良之助と力弥が説得し、退去させた後、由良之助一人が、主君が切腹に用いた短刀を取り出して敵討ちを誓うというところ。歌舞伎や人形浄瑠璃では由良之助が一人になったところで「煽り」という舞台転換が行われる。板に描かれた表門の上半分をぱたんと下に返すと遠景の門に変わるというものである。これをそのまま挿絵に持ち込み、『早替胸機関』の「美人変じて髑髏となる図」の要領で、表門前の諸士と由良之助親子の図［図4］であるのを、上半分に重なっている貼り紙を下に返すと、表門を遠景にして由良之助が一人、短刀を手に物思いにふけるという図に切り替わる［図5］。

図4 『絵本いろは国字忠臣蔵』「城明け渡しの場」（東京大学国語研究室蔵・大惣本）

図5 『絵本いろは国字忠臣蔵』貼り紙を真ん中から下に返すと表門を遠景とした場面に変わる
（東京大学国語研究室蔵・大惣本）

この仕掛け本に式亭三馬の序を本屋が乞うたのは、序に「火速扮（はやがはり）」の言葉が見えるように、『早替胸機関』が評判であったからであろう。『早替胸機関』の仕掛けは歌舞伎・人形浄瑠璃の舞台装置にも通ずるものであった。「早替り」の名の通り、三馬にとっては、本来、演劇由来の仕掛けなのであろう。

【テキスト・読書案内】

『本朝酔菩提全伝』は『山東京傳全集』第十七巻（ぺりかん社、二〇〇三年）で読むことができる。日本名著全集の「読本集」にも収められ、これは古書でしか手に入らないが、状態の良いものであれば、本文は活字でありながら、口絵は原本通り「臭皮袋図」の仕掛けが貼り紙付きで再現されている。京伝の著作における「九相詩」の引用については佐藤至子「京伝と九相詩」（『文学』平成二十八年七月号）に詳しい。

『早替胸機関』は、『式亭三馬集』（棚橋正博校訂、叢書江戸文庫20、国書刊行会、一九九二年）に翻刻と仕掛けについての丁寧な解説がある。棚橋正博『式亭三馬　江戸の戯作者』（ぺりかん社、一九九四年）も参照するとよい。

『読本事典』（笠間書院、二〇〇八年）には『本朝酔菩提全伝』の仕掛け図が載るほか、カラー口絵では、本項目では言及できなかったが、読本『絵本太閤記』『松染情史秋七草』の折り込みの仕掛け絵などを見ることができる。合巻の仕掛けについては佐藤至子『江戸の絵入小説合巻の世界』（ぺりかん社、二〇〇一年）にさまざま紹介がある。

『仮名手本忠臣蔵』ＤＶＤＢＯＸ（人形浄瑠璃文楽名演集　通し狂言、ＮＨＫ・国立劇場、二〇一〇年）の四段目の切では人形浄瑠璃の例ではあるが、三段階に表門が遠景になっていく「煽り」の仕掛けがわかる。

（大屋多詠子）

18

薄墨が物語を深くする

『邯鄲諸国物語』『南総里見八犬伝』『児雷也豪傑譚』（合巻・読本）

江戸後期の大衆向けの小説である合巻と読本は、ストーリーの面白さだけでなく、技巧を凝らした美しい口絵や挿絵も見どころである。文化元年（一八〇四）の出版統制により華麗な多色刷が禁止された後は、薄墨（ねずみ色）を用いたさまざまな表現が工夫されるようになった。ここではその具体例を柳亭種彦ほか作の合巻『邯鄲諸国物語』・曲亭馬琴作の読本『南総里見八犬伝』・柳下亭種員ほか作の合巻『児雷也豪傑譚』から一例ずつ取り上げ、薄墨によって生み出された表現効果について見てみよう。

『邯鄲諸国物語』

『邯鄲諸国物語』は、天保五年（一八三四）〜安政三年（一八五六）刊行の長編合巻である。全二十編のうち、初〜八編は柳亭種彦が、九〜二十編は彼の弟子である笠亭仙果が執筆した。画工は歌川国貞・歌川貞秀である。江戸初期の井原西鶴や江島其磧らの浮世草子に基づく内容で、近江の巻（初編・二編）、大和の巻（三編〜五編）、播磨の巻（六編〜八編）、伊勢の巻（九編・十編）、遠江の巻（十一編〜十三編）、摂津の巻（十四編〜二十編）の題を付し、国ごとに独立した話が繰り広げられる。

【あらすじ】

「播磨の巻」の【あらすじ】は次のようなものである。

播州赤穂郡白旗山の城主浮島大江之介には、青淵帯左衛門原記、浅香逸之進宗味という家臣がいた。帯左衛門は主君に対する反逆をたくらむが、忠臣逸之進に気付かれ失敗する。逸之進は敵討ちをするための策略で、室の津の遊女三笠となじむ。結局、篠野権三の協力を得て主君の敵討ちに成功する。大江之介は逸之進と権三を誉め、逸之進には三笠（「おさゐ」に改名）を後妻にすることを提案する。しばらく時間が経過し、大江之介は一年間京へ行くことになり、逸之進もそれに同行する。権三は不仲の川面伴作の妹深雪と恋仲になったが、おさゐの計略で逸之進の前妻との娘小菊と婚約をする。それに対して恨みを抱いていた伴作は、京から帰ってきた逸之進に、権三とおさゐの密通を言い立てる。結局おさゐは自害し、伴作も逸之進の子に殺される。小菊は大江之介の側女となり、権三と深雪は婚姻して幸せに過ごす。

【見どころ】

主君の敵討ちを果たした逸之進は、帰路大雨に遭い、雨宿りをするために赴いた西方寺で見知らぬ曲者に遭遇する。その場面を表した六編の口絵を見てみよう。

図1は、韓国のソウル大学図書館古文献資料室所蔵の初刷本で、薄墨によって激しい雨脚を巧みに表現している。さらに、三笠が強盗提灯で照らしている部分を白抜にし、提灯の光がまるでスポットライトのように逸之進を照らし出す様子を表している。逸之進は駕籠の中にいたため、曲者の顔をよく見られないまま、主君大江之介のところに戻った。大江之介は自分の敵を討ってきた逸之進を誉め、ある女性との婚姻を提案する。その女性は三笠であり、逸之進が西方寺で遭遇したのは彼女であったことを、次のように説明する。

> 大江之介、につこと打ち笑み、「（中略）警護の者とも大雨に行き悩みて西方寺に宿りし夜半ばかりの頃、忍び込みたる曲者あり。姿も闇の黒小袖、雨にも消さぬ強盗提灯、振り廻らして打ち頷き、網乗物に近寄る有様。警護の侍ふつと見咎め、素破並〳〵の者ならずと囁きあふて追取り囲み捕へて見れば、思ひもかけぬ女にて候と、（中略）様子を尋ね問ひしかば、少しも包み隠さずして、『三笠と申す室の津の遊女して候』と汝に初めて会ひそめし事よりして詳しく語り、客を誑して金銀を使はするのが遊女の世渡り。されば身上傾くほど、吾身のために財宝を擲ちたりとて聊かもそれを恩とは思はねど、仮にも色に泥み給はず、夫のために身を売りしを憐れと思ぼし根引きして、『行きたい所があるなら行け』と、『世に有難き御仁心。此御恩を何卒して返す程な御奉公しやうもやうも有らうか』と思ふ折節、出口の騒動、男どもに跡をつけさせ、かの古寺へ泊られし」

（『邯鄲諸国物語』八編「播磨の巻」下編、一丁裏・二丁表）

大江之介によって身請けされた三笠は、彼の奉公人になろうと浮島家に赴く途中、西方寺に着いたのである。そこで三笠は、大雨の中逸之進一行に遭い、強盗提灯で逸之進が乗っていた駕籠を照らしたのである。図1の口絵は、右の引用文の前半部分を反映したもので、大雨や強盗提灯の光を適切に表現するため、薄墨が用いられている。しかし、後刷本になると、これらの薄墨は、図2の早稲田大学図書館所蔵本のように省略されてしまう。雨や闇を照らす光は失われ、単に二人の人物を描いた平板な印象の絵になってしまっている。

『南総里見八犬伝』

曲亭馬琴作の読本『南総里見八犬伝』（以下、『八犬伝』）は、文化十一年（一八一四）〜天保十三年（一八四二）に刊行された。全九輯（百八十回）、九十八巻百六冊からなる長編小説である。版元は、第五輯までは山青堂、第六・七輯は涌泉堂、第八輯以後は文溪堂である。文溪堂は、肇輯から第七輯までに新たに手を入れ、口絵や挿絵がより美麗になった後刷本を刊行する。挿絵を担った画工は、柳川重信・渓斎英泉・二代柳川重信・歌川貞秀である。

【あらすじ】

室町時代の末、安房国（千葉県南部）の里見家の姫伏姫と忠犬八房は、富山の奥深いところにこもる。伏姫は八房に犯されていないという潔白を証すため、自身の腹を裂く。すると、その傷口から白い煙が立ち、八つの珠が飛び散る。それから十数年後、名字に「犬」の字を含む八犬士——犬江親兵衛仁・犬川荘助義任・犬村大角礼儀・犬坂毛野胤智・犬山道節忠与・犬飼現八信道・犬塚信乃戌孝・犬田小文吾悌順——がそれぞれの国で生い立つ。彼らは体のどこかに牡丹のあざがあること、そしてそれぞれ仁・義・礼・智・忠・信・孝・悌の珠を持っていることによって、自分たちが義兄弟であることを察する。八犬士は順次、里見家に集結し、家臣となって家の危難を救う。

【見どころ】

『八犬伝』には、見せ場や登場人物を描く口絵および本文の主要場面を描く挿絵に薄墨がしばしば用いられている。ここでは、『八犬伝』第二輯巻之二第十三回、金

図 1　『邯鄲諸国物語』六編二丁裏・三丁表の口絵（ソウル大学図書館古文献資料室蔵　請求番号：3210.833）

図 2　『邯鄲諸国物語』六編二丁裏・三丁表の口絵（早稲田大学図書館蔵）

碗大輔孝徳が八房を撃ち殺しに行く途中、川の霧を晴らすため、神変大菩薩に祈願する場面の挿絵を見てみよう。

図3は、馬琴の書入れが確認できる国立国会図書館所蔵の初刷本で、図4は、ソウル大学図書館古文献資料室所蔵の後刷本である。両図には、「妙経の功徳煩悩の雲霧を披」という詞書とともに、金碗大輔と神変大菩薩、そして玉梓の怨霊が描かれている。だが、薄墨が用いられた部分においては、初刷本と後刷本の間に三つの相違点が確認できる。それは、（一）玉梓の怨霊の位置と大きさ、（二）画面中央よりやや左に描かれている神変大菩薩の後光の有無、（三）空の模様である。図3の初刷本においては、玉梓の怨霊が神変大菩薩の右にやや小さく描かれ、神変大菩薩には後光がさしており、薄暗い霧が空の全面を覆っている。それに対し、図4の後刷本においては、玉梓の怨霊が初刷本より大きく描かれ、神変大菩薩の後光はほとんどなくなり、玉梓の足元に二本の光のみが残されている。また空の一部分が白抜きになっており、霧がかかっていた空が晴れてきたことを表現している。

ところで、作者の馬琴は第二輯巻之二の末尾に、この挿絵に関して「この巻の出像の中、金碗大輔孝徳が、川を渉す図のごときは、文外の画、画中の文なり。この出像によらざれば、忽然として雲霧の晴るゝゆゑを知るよしなし」という言辞を添えている。この挿絵は文章に表していないことを表現するものであり、挿絵を見ることによってのみ知りうることがある、という意味である。当該の挿絵では、金碗大輔には見えない玉梓を、薄墨を用いて読者に見せている。金碗大輔が八房を撃ち殺し、伏姫をも死に至らせる背景には、玉梓のたたりが働いていることを薄墨を通して読者に示しているのである。それは次の引用文からも明らかである。

> かくてかの玉梓が、うらみはこゝに慊らず、八房の犬と生かはりて、伏姫を将て、深山辺に、隠れて親に物をおもはせ、伏姫は、又思ひかけなき、八郎が子に撃れり。（中略）彼玉梓は悪霊なり。伏姫が死は祟なり。大輔さへに脱れず、不憶罪を得たり。
>
> （『八犬伝』第二輯巻之二第十三回、十三丁裏・十四丁表）

文中の「八郎が子」は金碗大輔のことである。一見、神変大菩薩の加護によって霧が晴れたように見えるが、実は玉梓のたたりの影響で晴れたのだということを、挿絵を通して読者に先に伝え、後に配置される本文を通じて具体的に説明しているのである。後刷本では玉梓の怨霊

図 3 『南総里見八犬伝』第二輯、六丁裏・七丁表（国立国会図書館蔵）

図 4 『南総里見八犬伝』第二輯、六丁裏・七丁表（ソウル大学図書館古文献資料室蔵　請求番号 :3210.946）

を大きく描くことで、玉梓の怨念を強調すると同時に、雲霧の晴れる様子をより明確に表している。

『児雷也豪傑譚』

『児雷也豪傑譚』（以下、『児雷也』）は、天保十年（一八三九）～慶応四年（一八六八）に刊行された長編合巻である。全四十三編のうち、初～五編は美図垣笑顔が、六～十一編は一筆庵主人（渓斎英泉）が、十二～三十九編は柳下亭種員が、四十～四十三編は柳水亭種清が執筆した。画工は歌川国貞（三代歌川豊国）・歌川国輝・歌川国盛・二代歌川国貞・歌川国芳・歌川芳幾・歌川芳房である。

【あらすじ】

肥後国の皇族の遺児尾形周馬弘行（寛行）は、家が滅亡したため、信濃国の家臣の家に逃れ、育てられる。幼い時は太郎と呼ばれたが、雷獣を捕らえたことから雷太郎という異名をとる。ある日、山中で仙素道人から蝦蟇を操る妖術を授かり、児雷也と名乗ることになる。児雷也は、尾形家の再興を志し、諸国を尋ね、悪人を懲らしめる。蛞蝓仙人から妖術の使いを習得した怪力の美女綱手の協力を得て、蛇に守られた悪賊大蛇丸との対決する。その後、児雷也（蝦蟇）・大蛇丸（蛇）・綱手（蛞蝓）の三すくみ（蝦蟇は蛇に弱く、蛇は蛞蝓に弱く、蛞蝓は蝦蟇に弱いという俗信）の戦いが展開される。

【見どころ】

『児雷也』の口絵や見返しには、薄墨が巧みに用いられている。ここでは、『児雷也』第四編下巻の、熊手屋の遊女菖蒲の生霊が薄墨で表現されている場面を見てみよう。

図5はソウル大学図書館古文献資料室所蔵の初刷本で、図6は早稲田大学図書館所蔵の後刷本である。初刷本の見返しには、薄墨が施され、ついたての後ろに女性がうっすらと描かれているが、後刷本にはない。この両図は、遊女菖蒲が熊手屋の娘多金をねたみ、蛇に化けたのを描いたもので、当該場面の本文は次のようなものである。

> 菖蒲が日頃の妬み、さぞ辛からん、さりながら日ならず御身の落ち着くやう、別に思案をめぐらすべし。暫しの程じや、辛抱しや」と語らふ折から、かたへの柱にかねて掛けおく薬玉の、風もなきに下がれる

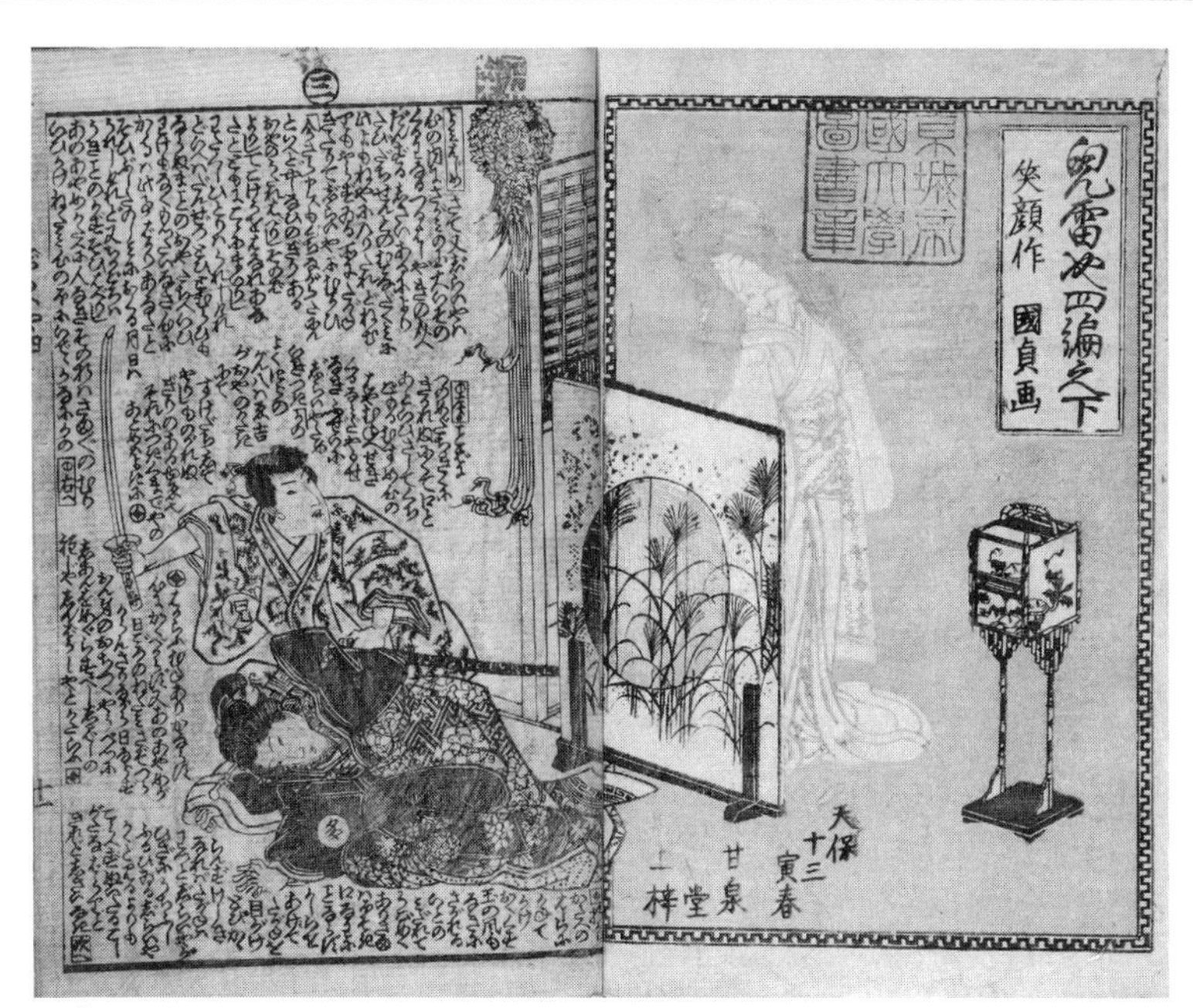

図 5 『児雷也豪傑譚』第四編下巻見返し・十一丁表（ソウル大学図書館古文献資料室蔵　請求番号 :3210.873）

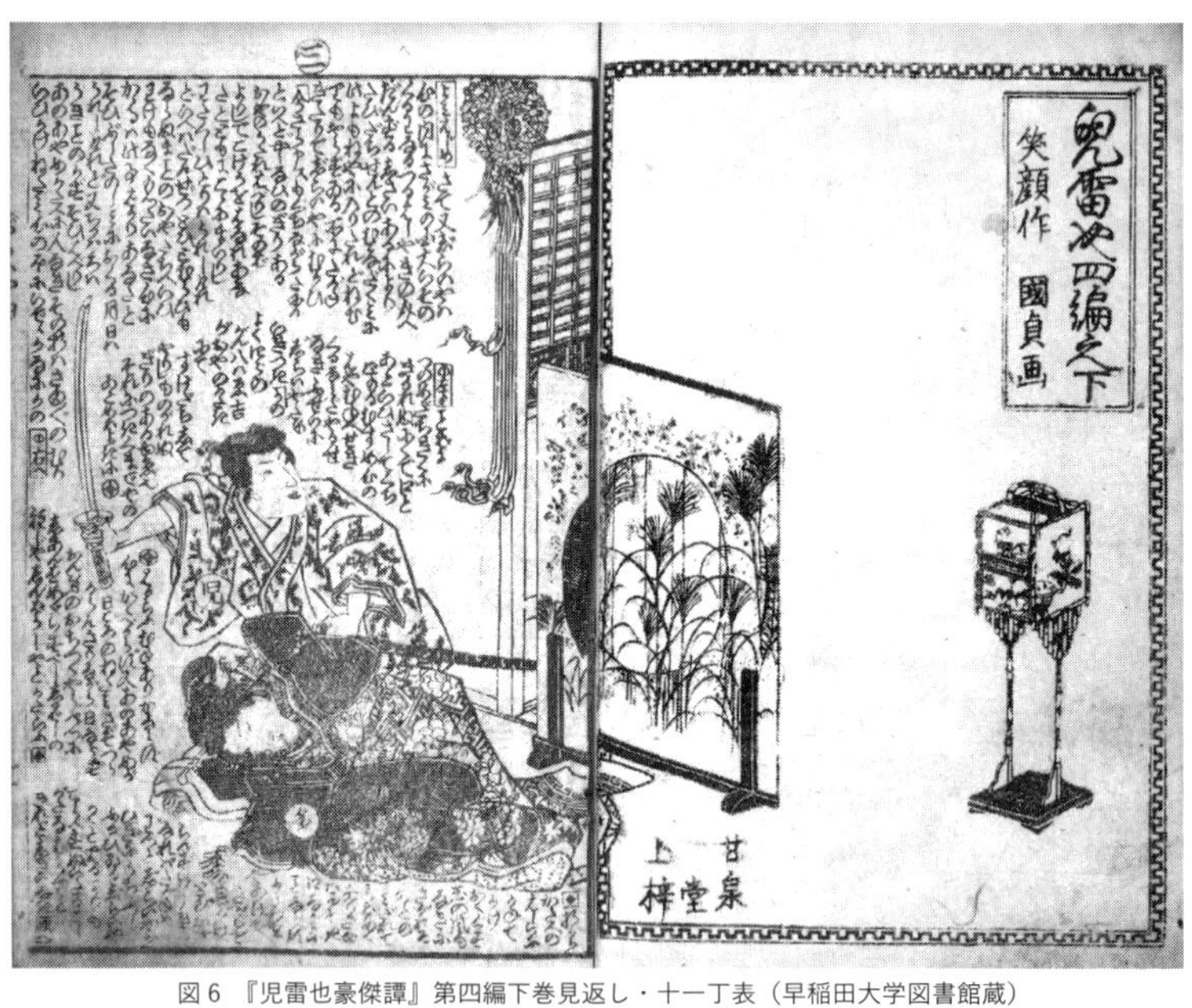

図 6 『児雷也豪傑譚』第四編下巻見返し・十一丁表（早稲田大学図書館蔵）

糸の乱れてうごめく有様は細き口蛇に異ならず。頭を上げて多金を目がけ、飛びかゝらんず気色なれば、多金はわつと児雷也が膝にうち伏し震ひゐる。

(『児雷也』第四編下巻、十一丁表)

蛇に化けた菖蒲は、くす玉の下に乱れた糸のようにぶら下がっており、驚いた多金は児雷也の膝の上に伏して震えている。この蛇が菖蒲の化け物であるのは、「菖蒲が嫉妬の一念、蛇となりて出でたるなり」(同編上巻、十丁裏)からわかる。また、児雷也は、菖蒲の嫉妬を『源氏物語』の「葵の上に六条の御息所の生霊かゝりて苦しめたりと言ふ、それにも似たる菖蒲が嫉妬」(同編上巻、十丁表)と六条御息所の生霊に似ていると述べている。図5の初刷本の見返しの薄墨で表現されている女性は菖蒲の生霊で、十一丁表のついたての向こうにいる児雷也と多金を見つめている。薄墨による菖蒲の生霊は、かすんではっきり見えず、これはむしろ怖さを増す効果をもたらしている。両図の当該本文には、菖蒲の生霊についての記述がなく、見返しにのみ薄墨を通して表現している。これは蛇の出現の背景には菖蒲がいる、ということを読者に示すための作者の工夫なのである。さらに、菖蒲の生霊により、見返しと十一丁表を連続した図様として鑑賞することが可能である。だが、図6の後刷本には薄墨が省かれ、ついたての後ろに余白が生じ、見返しと十一丁表の図様としての連続性が乏しくなっている。

【もっと深く――薄墨の利用】

薄墨は、合巻と読本の口絵や見返し、挿絵において、さまざまな効果を発揮している。『邯鄲諸国物語』のように大雨や強盗提灯の光の描写に利用されることもあれば、『南総里見八犬伝』の玉梓と『児雷也豪傑譚』の菖蒲のように怨霊や生霊を描くためにも使われている。同作品であっても初刷本と後刷本では薄墨の利用に差が生じている。後刷本になると、薄墨が省かれることが多く、図様が平板な印象になったり、話の展開に関わる人物が消えてしまうこともある。このように、薄墨は図様を豊かにし、物語の情景を的確に描くための重要な表現手段であると言える。

【テキスト・読書案内】

『邯鄲諸国物語』『南総里見八犬伝』『児雷也豪傑譚』のそれぞれの原本の所蔵先と請求記号は、本文中に明記した。両作品の翻刻と研究書は次の通りである。

①柳亭種彦作『邯鄲諸国物語』（続帝国文庫23、博文館、一九〇〇年）
②鈴木重三『改訂増補絵本と浮世絵』（ぺりかん社、二〇一七年）
③曲亭馬琴作・小池藤五郎校訂『南総里見八犬伝』一～十（岩波書店、二〇〇六年）
④板坂則子『曲亭馬琴の世界――戯作とその周縁――』（笠間書院、二〇一〇年）
⑤高田衛監修、服部仁・佐藤至子編校訂『児雷也豪傑譚』上・下（国書刊行会、二〇一五年）

（金美眞）

19

紙上でみせる架空の歌舞伎

『正本製』（合巻）

歌舞伎を楽しむには劇場に足を運んで生の舞台を見るのが一番だが、間接的に芝居の気分を味わえる媒体もいろいろある。映像を記録する媒体がなかった江戸時代には、上演に伴ってさまざまな出版物が作られていた。演目や出演する役者の名などを記した芝居番付、舞台上の役者の姿を描いた浮世絵、上演内容を紙上に再現した正本写合巻などである。

正本写合巻の「正本」は歌舞伎の脚本のことである。合巻はほぼすべての紙面に挿絵のある小説で、上演された舞台の様子を表現するには格好の媒体だった。

ところで、実際には上演されていない歌舞伎を紙上に表した合巻もある。文化十二年（一八一五）から天保二年（一八三一）まで全十二編が出版された『正本製』がそれで、挿絵と文章を巧みに用い、物語があたかも舞台の上で演じられているかのように表現されている。作者はのちに『源氏物語』を翻案した長編合巻『偐紫田舎源氏』がベストセラーとなる柳亭種彦である。

正本写合巻が現実の舞台を写し取っているのに対して、『正本製』は現実の舞台ではなく、架空の舞台、つまり架空の物語を架空の配役で紙上に表した作品である。挿絵（歌川国貞画）には登場人物が役者の似顔で描かれているだけでなく、回り舞台や花道といった舞台機構や、芝居を支える裏方の人々の姿も描きこまれている。

全十二編はひと続きの物語ではなく、一編ないし数編で完結する、いくつかの物語からなる。ここに紹介する四編（文政三・一八二〇年刊）は芸者お菊と恋人の幸介をめぐる物語である。作中には劇中劇や早替りなど、凝った趣向や演出が見られる。まずはストーリーをかいつまんで説明しよう。

【あらすじ】

本国屋の後家おみつは芝居小屋で近松門左衛門作の歌舞伎『昔模様女百合若』を見物する。おみつの息子の金五郎は勘当され、恋人の芸者小三にそれを嘆く。芸者お菊に恋慕する其木手間蔵は眼七と謀り、お菊の恋人の幸介を陥れようとする。手間蔵と眼七の悪計は近松門左衛門に見破られて失敗するが、手間蔵はかつて盗んだ水差しを売って金にしようと相談する。

古手屋の妙貞の葬儀が営まれ、墓地の暗闇の中、八郎兵衛（妙貞の息子）が骨つぼと財布を落とす。女乞食がそれらを拾う。手間蔵は贋金と水差しを落とす。眼七は贋金を拾い、八郎兵衛は骨つぼと間違えて水差しを拾う。女乞食は手間蔵を刺し殺す。

市松屋の桂作は音川家出入りの町人だったが、重宝の水差しを紛失したために国を追われていた。本国屋のおみつは桂作の元妻で、金五郎とお菊は桂作とおみつの子であった。桂作はお菊を呼んで事情を話し、幸介は本国屋の実子ゆえ、お菊と幸介が夫婦になればおみつと桂作が本国屋を横領したと世間に思われて義理が立たないため、幸介と縁を切ってほしいと頼む。おみつも幸介を呼び、お菊が自分の子であると明かした上で、お菊と別れて本国屋を継いでほしいと頼む。

かつて桂作に仕えていた妙貞の遺言で、八郎兵衛はお菊を身請けする。奥女中風の女が古手屋を訪れ、墓地で骨つぼと水差しを取り違えたので水差しを返してほしいと求めるが、女乞食おわげによるかたりであることが露見する。妙貞の弟の雑八は家督相続の証文を証拠に、自分が古手屋の相続人であると主張する。そこに妙貞が現れ、雑八の悪計を明らかにするために偽りの弔いを仕組んだと明かす。雑八は偽証文を見破られて改心する。

お菊と幸介は自害をほのめかす書き置きを残して出奔する。雑八・長松らは二人を探しに出る。お菊と幸介は堤（土手）へ行く。眼七はおわげを川に蹴落とし、金を奪うが、幸介は眼七を殺して金を取り返し、自害しようとする。近松門左衛門は幸介を止め、紛失した水差しは八郎兵衛の手元にあるので桂作がこれを音川家に献上すれば出入りが許され、幸介が桂作の養子婿になればおみつの義理も立ち、金五郎が本国屋を継げば丸く収まると述べる。お菊も雑八に自害を止められる。

【見どころ】

義理のために別れを迫られて死を決意したお菊と幸介

は、紛失した水差しが見つかるという出来事のおかげで窮地を脱する。人間関係と筋立ては一見複雑だが、全体としては勧善懲悪の論理にのっとったメロドラマである。登場人物が暗闇の中で探り合う「だんまり」や道行など、歌舞伎らしさを感じさせる場面も随所にある。

悲恋の主人公としてのお菊・幸介の名前は富本節「名酒盛色仲汲」（寛政五・一七九三年二月、江戸・市村座上演『貢曽我富士着綿』二番目の浄瑠璃所作事）などによったと思われるが、人物設定はかなり異なっている。「名酒盛色仲汲」は菊酒屋の娘お菊と店の手代の幸助（幸介ではなく幸助）がひそかに言い交わしているという設定だが、『正本製』四編ではお菊は芸者、幸介は商家の跡継ぎであり、身分違いの恋という要素はない。お菊が芸者という設定に着目すれば、遊女と客の心中を描いた近松門左衛門の浄瑠璃などにむしろ近いのかもしれない。

お菊と幸助の道行は浄瑠璃にのせて演じる所作事（歌舞伎舞踊）として描かれている。これも近松の心中物などを思わせる。なお、作中では、この場面が所作事として演じられることを作中人物が読者に向けて事前に説明している。いわば、作中の出来事が舞台上のフィクションであることを作中人物が自ら言及する構造になっているのである。その部分の原文を抜粋しよう。

「おきくやあイ」「おきくさんやあイ」「もし〳〵何か落ちてをります」と長松が取り上げて差し出だすを、雑八取り上げ「はアこりや、さつき門左衛門どのが懐に入れてゐられた、芝居で要る書き物を落としてゆかれたものであろう。どれ〳〵」と押し開き
○「浄瑠璃名題。野渡しを招く扇や蝶一つ。両面堤夕映。あい勤めまする役人、化粧坂の芸者お菊、道化面売りの里の子、小間物屋幸介。浄瑠璃太夫、残らず似顔に描き表し御覧に入れます。此ところ浄瑠璃の段、はじまり左様に御読み下されませう」
「おきくやあイ」「おきくさんやあイ」
浄瑠璃「野渡人なうして船おのづから横たふ、堅いことばは川水に流れて岸の船の内、人目忍ぶの青簾、空は晴れても晴れやらぬ、胸の煙が瓦釜、風になびいて雨には濡れて、柳に似たる立ち姿、知死期くる手にとる褄は、ひま行く駒か駒下駄も、わが名を人のきくかとて、足音忍び見上ぐれば

雑八と長松は、出奔したお菊を探す途中で書付を拾う。雑八はそれを近松門左衛門の落とし物と察して読み上げる。書付の内容は、そのままお菊と幸介の登場する「浄

瑠璃の段」つまり道行の場の幕開きを告げるものになっている。そして雑八と長松がお菊を呼ぶせりふに続けて浄瑠璃が始まる。

この場面の挿絵［図1］を見ると、書付を読む雑八の傍らに長松がしゃがんでおり、二人の背後には水鳥の浮かぶ川を描いた幕がある。足元は板張りの床で、そこが舞台であることは一目瞭然である。これに続く挿絵［図2］には、鳥居、浄瑠璃を語る太夫と三味線方、葦と水面、そして船に乗ったお菊の姿が描かれている。「浄瑠璃太夫、残らず似顔に描き表し御覧に入れます」とあることから、この挿絵に描かれた太夫と三味線方は実在する太夫と三味線方の似顔であると推察される。ちなみにお菊の顔は『正本製』四編出版当時の人気役者、五代目岩井(いわい)半四郎(はんしろう)の似顔で描かれている。つまりこの挿絵は、浄瑠璃の流れる舞台に五代目半四郎演じるお菊が登場したところを表したものと見なせる。

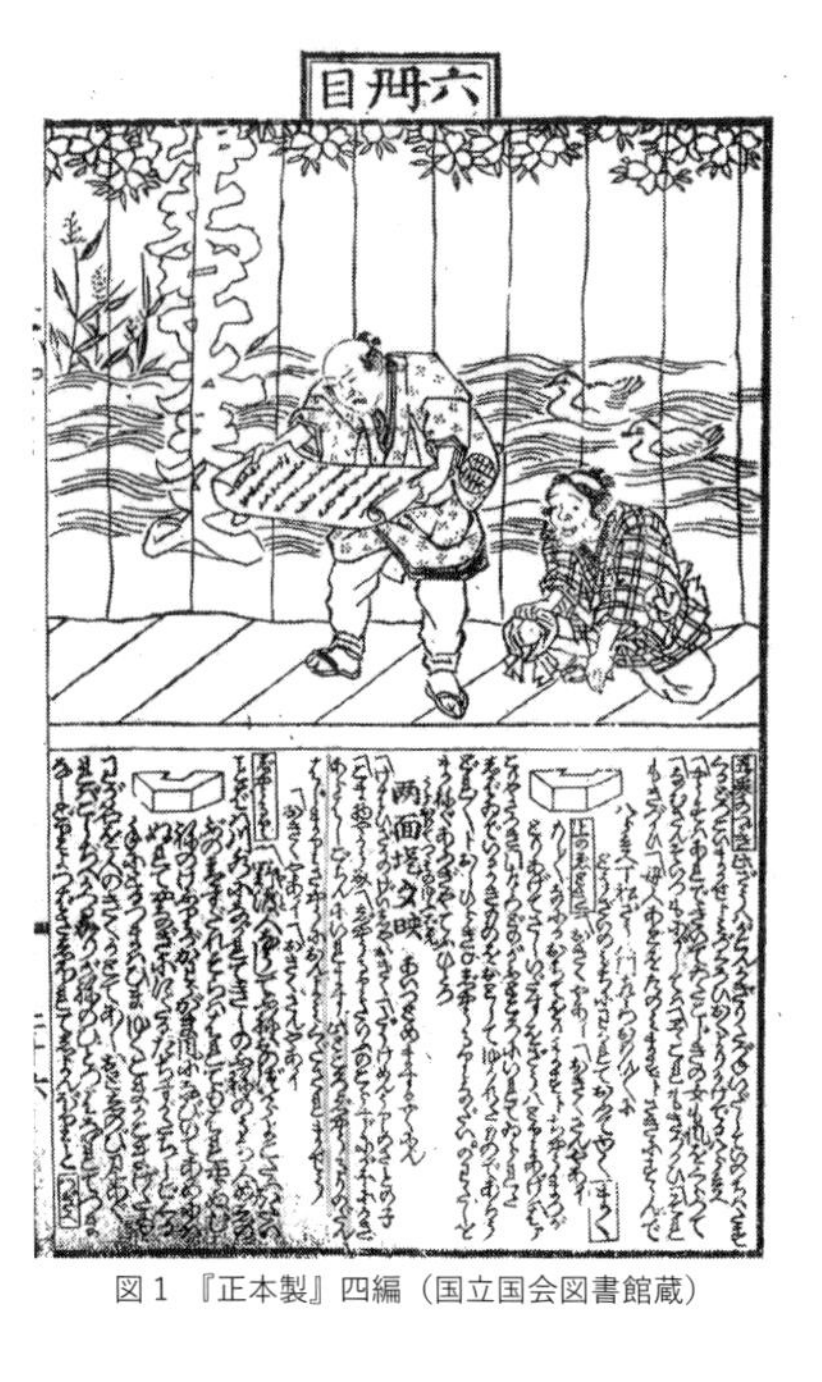

図1　『正本製』四編（国立国会図書館蔵）

【もっと深く――当代の役者が演じる元禄時代のドラマ】

さらに次の挿絵［図3］には、お菊と幸介が所作事を演じている様子が描かれている。注目したいのは、ここでは幸介の顔が五代目半四郎の似顔になっており、お菊は後ろ姿で顔を見せていないことである。これはお菊と幸介を五代目半四郎が一人で演じている（お菊は替え玉の役者を使っている）ことを意味する。ここには一人の役者が同じ場面で複数の人物を演じ分ける、歌舞伎の早替りの演出が取り入れられている。

実は、作中ではお菊・幸介だけでなく、おみつ・水木辰之助(みずきたつのすけ)・おわげ・妙貞・面売(めんう)りの里の子（お菊と幸介の道行の場面に登場する）なども五代目半四郎の似顔で描かれている。つまり五代目半四郎が一人で七役を演じているのだが、これは現実に五代目半四郎が『お染久松色読販(そめひさまつうきなのよみうり)』（文化十・一八一三年三月、江戸・森田座。の

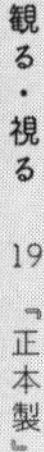

図 2 『正本製』四編（国立国会図書館蔵）

図 3 『正本製』四編（国立国会図書館蔵）

ち文政二・一八一九年三月、江戸・玉川座で再演）でお染・久松・竹川・土手のお六・お作・お光・貞昌の七役を演じ、当たりを取ったことを踏まえたものである。『正本製』はストーリー自体はオリジナルだが、演出や配役には同時代に上演された舞台や役者の当たり役が意識されていることがわかる。

なお、これ以外の作中人物も、近松門左衛門は三代目坂東三津五郎、眼七は五代目松本幸四郎、手間蔵は三代目浅尾為十郎というように、文化・文政期に活躍した役者の似顔で描かれている。劇中劇の『昔模様女百合若』は架空の演目だが、内容から近松門左衛門の浄瑠璃『百合若大臣野守鏡（ゆりわかだいじんのもりのかがみ）』（宝永七・一七一〇年正月上演、大坂・竹本座か）に基づいていると推察される。百合姫を演じている水木辰之助も実在の役者で、近松門左衛門と同じ元禄時代に活躍した女方だった。要するに『正本製』四編は、元禄時代を舞台にしたドラマを五代目半四郎ら当代の人気役者たちが演じるという趣向の作品なのである。

文化・文政期の合巻には、作中人物の顔を歌舞伎役者に似せて描いている作品が少なくない。歌舞伎に親しんでいる読者であれば、役者の似顔を見て、その役者がよく演じる役柄を連想することができる。つまり役者の似顔は、登場人物の性格や作中での立場を示す、記号的な役割をはたしていると言える。だが、『正本製』における役者似顔の利用はその上を行くものである。挿絵に舞台機構や舞台を支える人々の姿が描かれ、物語全体が舞台上の出来事として表現されるとき、役者の似顔で描かれた人物はただの作中人物ではなく、〈その役者によって演じられている人物〉になるからである。

【テキスト・読書案内】

『正本製』の活字翻刻には『種彦傑作集』（帝国文庫、博文館、一八九四年）、『柳亭種彦集』（近代日本文学大系19、国民図書、一九二六年）などがあるが、挿絵を完備していない。江戸時代に出版された原本は、国立国会図書館・早稲田大学図書館などに所蔵されている。

『正本製』に関する研究論文に、佐藤悟「『正本製』における劇場照明——劇場を流れる二つの時間」（『実践国文学』六十五号、二〇〇四年三月）、佐藤悟「『正本製』三編をめぐって」（『国語と国文学』八十三巻五号、二〇〇六年五月）、佐藤至子「昔の芝居を今見るごとし——柳亭種彦の合巻における歌舞伎の再現」（『西鶴と浮世草子研究』五号、二〇一一年六月）などがある。

（佐藤至子）

20

明治東京の空を飛ぶ風船乗り

『風船乗評判高閣』（歌舞伎）

ちまたで話題の出来事や流行を、時宜に即して題材として取り入れた創作物を「際物」という。分野を問わず、際物はもっぱら一時的な興味を狙ったものであり、芸術性・文学性に乏しいとして軽視されることが多い。しかし際物は、その時代を生きる人々の嗜好や感覚を時に鋭く映し出し、特に芸能・演劇においては近代に至っても重要な創作の動機・方法であり続けた。歌舞伎の所作事（舞踊劇）である本作は、一流の役者が実在の西洋人に扮して舞台で風船乗りの曲芸を再現してみせるという奇抜な内容をもつとともに、当時の東京で人々の耳目を集めた事物を巧みに取り合わせた際物である。

【概要】

歌舞伎の浄瑠璃所作事、風俗舞踊。一幕二場。河竹黙阿弥作。明治二十四年（一八九一）一月八日より東京歌舞伎座で初演。通称「スペンサーの風船乗り」。配役は、五代目尾上菊五郎（一八四四〜一九〇三、風船乗スペンサー・大人形・三遊亭円朝）、四代目尾上松助（百姓畑右衛門）、四代目中村芝翫（福富万右衛門）、二代目尾上菊之助（三遊亭梅朝）ほか。浄瑠璃は常磐津小文字太夫、清元延寿太夫ほか。ほかに民間の洋楽演奏団体の草分けとして知られる東京市中音楽隊が出演。

「上の巻　上野博物館前の場」では、前年十一月二四日にイギリス人パーシバル・スペンサー（Percival Spencer、一八六四〜一九一三）が行った気球飛行を舞台上で再現する。まず紙人形にガスを注入して踊らせるが、紙に穴があいてガスが漏れると人形はしぼんで倒れ込んでしまう。続いて「むら立つ雲も晴れ渡り、小春日和の麗に、そよ吹く風も中空へやがてぞ昇る軽気球」の浄瑠璃にのせてスペンサーが気球で上空に昇り、やがてパラシュー

図1　右：「三遊亭円朝　尾上菊五郎」左：「風船乗スペンサー　尾上菊五郎」（国立国会図書館蔵）

トを使って降下するが、風に吹き流されて姿を消す。改めて人力車に乗って登場したスペンサーは、英語で演説をして「時事新報の広告や、平尾の歯磨の広告」をばらまく。

「下の巻　浅草公園奥山の場」では、酉の市のにぎわいの中、落語家の三遊亭円朝をはじめ、浅草十二階（凌雲閣）から風船乗りを見物していた人々がその評判に興じ、踊りを披露しあう。

スペンサーの上野での飛行は、横浜での興行、皇居前での天覧飛行に続く、東京での初の興行として注目を集めた。これに最新のランドマーク・浅草十二階を組み合わせて一幕に構成したもの。

【見どころ】

スペンサーが風船乗りを披露した明治二十三年（一八九〇）は、近代文化史において重要な年であった。

まず本作の錦絵［図1］や舞台背景の書割にも描かれる浅草十二階が開業したのは同年十一月のこと。江戸川乱歩「押絵と旅する男」でも重要な舞台となる十二階は、東京という都市にそびえる画期的な高層建築として、従来にない〈見上げる／見下ろす〉という上下軸のダイナミックな視線と空間認識を開拓した。その視線の運動は風船乗りを見物する人々の視線と見事に同期しており、両者を組み合わせた本作の作意は、単に時機の一致をとらえたというだけでなく、新奇な視覚的・空間的イメージの融合として成功している。

一方日本初のパノラマ館が上野公園内に開業したのもこの年の五月である。パノラマは遠近法を利用して円形の会場に展開されるジオラマのような見世物で、観客はその中心点から外国や戦地の風景を再現した絵画・作り物を見物し、その空間を疑似的に体験する。これはいわば水平軸に沿って拡張していこうとする視線を誘発する仕掛けであり、十二階とはまた異なる非日常的な視界を人々に提供した。明治二十三年は、こうして人々の〈眼の欲望〉が上下・水平の双方向へと急激に延伸していった時期を象徴する年であった。

またこの年は彰義隊の二十三回忌に当たり、大規模な法要が営まれたほか、歌舞伎では上野戦争を劇化した竹柴其水（たけしばきすい）作『皐月晴上野朝風（さつきばれうえののあさかぜ）』が上演されるなど、江戸の終焉を象徴する上野戦争の記憶が多くの人々によって反すうされた年であった。しかもその上野では、欧米の後を追う新興国家として近代化をアピールする第三回内国勧業博覧会が開催された。こうした新旧の対照的かつ重層的な記憶が堆積する上野という場所を舞台にとって、本作の前半は帝国博物館の上空を軽やかに飛び行く異人のイメージを鮮烈に示した。

下の巻が浅草の酉の市のにぎわいを背景にしているのは、スペンサーの興行が実際に二の酉に当たり、一帯が大層な人出であったのを写している。近世江戸随一の猥雑な盛り場であった浅草奥山は、都市計画に基づいて整備された「浅草公園」として登場する。しかし会話を間に挟んで芸者、金満家、円朝らの登場人物が代わる代わるに中央へ出て踊るのは、風俗舞踊に典型的な「仕抜き」という形式であり、この場面の常套的な詞章や様式、また互いにじゃれ合うかのような楽屋落ちは、上の巻のハイカラさとは対照的に、消え去った江戸への郷愁を漂わせる。

このように、本作には、このタイミングで爆発的に出現した多様な視聴覚的表象と、その深層で人々に共有されていたはずの記憶とがぎっしりと詰め込まれている。『風船乗評判高閣』は、単に目新しい風俗の一面を切り取って示したというにとどまらず、それらの表象と記憶とを浄瑠璃所作事という近世以来の伝統的様式を用いて凝縮してみせたイメージのるつぼのような作品であるといえよう。

外国人による見世物から憲法発布、戦争などの国家的事件まで、話題の出来事を歌舞伎に仕立てることはたびたび行われたが、いずれもすぐれて劇的かつ斬新なストーリーをもっているわけではない。しかしこれらの、現代人の目からはいささか奇異に思われる際物の数々が同時代の観客から一定の支持を受け続けた理由は、現実に起きた出来事が、それをよく知る者には「真新しい記憶の再現」として、知らない者には「未知の出来事の報道」として、舞台上に鮮やかに立ち現れることへの感嘆にあった。当時の歌舞伎における際物の意味を考えるには、「本物そっくり」であり「真に迫っている」ことを限りない称賛の対象とする彼らの視聴覚的欲望への認識が不可欠であろう。しかし書いた黙阿弥にも演じた菊五郎にもそのような複雑な意識や自覚はなかったに違いない。当事者の思惑をはるかに越えて時代の感性をうっかりさらけ出してしまうのが際物の価値であり魅力なのである。

【もっと深く――上演にまつわるエピソード】

主演の菊五郎は、九代目市川団十郎とともに「団菊」と並び称される幕末・明治期の名優で、世話物の粋な役柄を本領としつつ極めて広い芸域を誇った。彼の考案した精密な型（演技の手順）の数々は今日でも重要な規範とされており、近代の歌舞伎の基礎を築いた一人である。

一方で彼は、高橋お伝による殺人事件を脚色した『綴合於伝仮名書』（明治十二年五月）、西洋人のサーカスを再現する『鳴響茶利音曲馬』（明治十九年十一月）など、新奇な題材を扱う際物を積極的に上演した。その役作りは写実を旨とし、綿密な調査・取材に基づいて実際の人物や出来事を忠実に再現することに努め、その着眼の細かさや迫真性が人気を集めた。本作でも、スペンサーの興行を実地に見物して舞台化を思い立った菊五郎は、築地の居留地からフランス人を招いてダンスの教えを乞うなどして西洋風の所作を研究し、ヌッと姿を現して客席にお辞儀をするところなど、スペンサーの姿態をリアルに写した演技が評判をとった［図2］。

遠ざかって小さく見える人物を子役によって表現する歌舞伎の手法を「遠見」というが、本作では上空に昇ったスペンサーを菊五郎の子で当時五歳の尾上幸三が演じた。この幸三が後に大正・昭和初期を代表する名優六代目菊五郎となる。

下の巻で菊五郎が演じた三遊亭円朝（一八三九〜一九〇〇）は、自作の怪談噺・人情噺で不朽の名を残す近代の名人。本作は円朝も実際にスペンサーの風船乗りを見物していたことを当て込んでおり、菊五郎は背を丸めて歩いたりうつむいて笑ったりする円朝の癖を巧みにまねて喝采を博した［図3］。また菊五郎の養子で一時離縁されていた二代目尾上菊之助（村松梢風『残菊物語』のモデル）が許されて円朝の息子梅朝の役で復帰し、劇中で口上が述べられた。作者の黙阿弥は円朝と幕末以来の長い親交があり、菊五郎は『怪談牡丹燈籠』『塩原多助一代記』など円朝の噺の舞台化を黙阿弥の門弟の作により数多く成功させていて、当時の芸界を代表する三者には密な関係があった。

本作を少年時代に見物した小山内薫（一八八一〜一九二八）は、菊五郎のスペンサーが広告を客席にまいた際の興奮や、菊五郎扮する紙人形が膨らんだりしぼんだりする演技への感嘆の記憶を書き残している（「劇場茶話」『新演芸』大正九年三月号）。また英語の演説の原稿は福沢諭吉が書き与えたものであったことなど（今泉秀太郎述・福井順作記『一瓢雑話』誠之堂、一九〇一年）、本作上演の周辺には興味深いエピソードが多く残る。

【テキスト・読書案内】

第一によりどころとすべきは原道生・神山彰・渡辺喜之校注『河竹黙阿弥集』（新日本古典文学大系明治編8、岩波書店、二〇〇一年）。『黙阿弥全集』第二十巻（春陽堂、一九二六年）を底本とする本文と主な番付・錦絵を収める。そのほかの活字本に吉村新七『演劇脚本』（吉村いと、一八九五年）、『黙阿弥脚本集　第二十五巻　所作事・浄瑠璃の巻』（春陽堂、一九二三年）、『日本戯曲全集第三十一巻　河竹黙阿弥集　下』（春陽堂、一九三〇年）、『明治文学全集　河竹黙阿弥集』（筑摩書房、一九六六年）があり、『歌舞伎新報』一二〇六号〜一二一一号（一八九一年一月十日〜二十五日）には筋書（脚本形式の抄録）が載る。安部豊編『五世尾上菊五郎』（五世尾上菊五郎刊行会、一九三五年）、前出『一瓢雑話』は菊五郎の扮装写真を掲載。関連書に矢内賢二『明治キワモノ歌舞伎　空飛ぶ五代目菊五郎』（白水社、二〇〇九年）。

（矢内賢二）

図２　菊五郎のスペンサー
（安部豊編『五世尾上菊五郎』五世尾上菊五郎刊行会 1935 年より）

図３　菊五郎の三遊亭円朝（同上）

21

復元される男伊達の物語

「梅の由兵衛」もの（歌舞伎）

近世演劇に登場する有名な男伊達（侠客）の一人に、梅の由兵衛がいる。大川端の梅堀に住まいし、錣頭巾で登場する。頭巾につけた錠前はかつての主のいさめを忘れぬしるし。その旧恩に報いようと金百両の調達に奔走し、女房小梅の弟長吉を殺めてしまう。もっともよく知られるのは、並木五瓶作、寛政八年（一七九六）正月江戸桐座初演の歌舞伎『隅田春妓女容性』（以下『隅田春』）だろう。現行台本も、五瓶そのままではないがこの系統である。

モデルは大坂聚楽町の梅渋吉兵衛。小者長吉を女房小梅と共謀して殺害。百両を奪い、死体を野井戸に投げ捨て、元禄二年（一六八九）に仕置となった（『新著聞集』ほか）。翌年大坂で歌舞伎化され、実説にたがわぬ悪漢であったらしい（『岩井半四郎さいご物語』）。立役化ないしすくなくとも単純な敵役からの脱化は、人形浄瑠璃に確認される（元文三・一七三八年十月大坂豊竹座初演『茜染野中の隠井』〈以下『茜染』〉等）。

江戸では享保四年（一七一九）春には市村座『福寿海近江源氏』（以下『福寿海』）に初代大谷広治（広次）が「男立風」で見せ、同二十一年春中村座『遊君鎧曽我』（以下『鎧曽我』）では初代沢村宗十郎が評判をとった。『花江都歌舞妓年代記』に「鷺と烏を縫し、紺繻子白繻子の。片身替りの衣裳　紫の錣頭巾へ錠をおろし（中略）。此節の頭巾のかたち。今に宗十郎の名を残す」と伝え、家伝『沢村家賀見』もおおかた同じ。総じて梅の由兵衛は『鎧曽我』から沢村家の芸となり、それを継承したのが三代目宗十郎に書きおろされた『隅田春』だと理解されている。だが二作のあいだにはいくつもの由兵衛登場作品が存在する。

諸作のうち、宝暦三年（一七五三）春中村座『男伊達初買曽我』（以下『初買曽我』）から、宝暦期の由兵衛像をうかがってみよう。これは揃った江戸台帳が残る最古の例でもある。なお『初買曽我』の立作者藤本斗文は『鎧曽我』の作者でもあったという。参考までに、曽我といえば日本三大敵討の一つ。建久四年（一一九三）の源頼朝の富士巻狩において、曽我十郎・五郎の兄弟が実父の敵工藤祐経を討ち果たした（『曽我物語』）。関東武士の物語であるから、江戸ではことに曽我狂言を好んだ。

【あらすじ】

台帳（台本）はもとは六場面に対応した六冊仕立であり、ここではもとの分冊にしたがった。

②工藤祐経は、義経の遺児経若をとり逃がしたため切腹を命じられる。敵討を望む曽我十郎は工藤の命乞をする。百日のうちに経若を探すべしとの上意が伝られ、十郎の郎党鬼王は梅の由兵衛、工藤の家来八幡三郎は姥の源兵衛と身をやつし、探索にかかる。五郎と朝比奈の「草摺引」。源氏の名剣友切丸の紛失（台帳の一、箱根権現の場）。

③由兵衛と源兵衛はそれぞれ髪結床の亭主として登場。源兵衛と乳母お万の口説。由兵衛女房小梅は傾城奥州となり、里子にだしたわが子をおもう。見世先を酒屋の丁稚長吉が通る。源兵衛は狩場の絵図と友切丸を入手する（台帳の二、両国橋髪結床の場）。

④奥州の本身は義経の家臣佐藤継信・忠信兄弟の妹であり、葛籠に経若をかくまっていた。経若を逃す金策に三百両を源兵衛に無心し、小指を切られる。間夫があると由兵衛に打擲され、源兵衛も刀で葛籠を突くが、なかにいたのはお万。お万は佐藤兄弟の傅の娘と実名をあかし、源兵衛は能登守教経（平家随一の武将）の家来童の菊王であり、源氏の敵と夫婦になった申しわけに死のうとしたと告白する（台帳の三、吉原揚屋の場）。

⑤由兵衛と源兵衛は本名を名のって勝負。鬼王は友切丸を奪い返し、菊王は落命する（「助六」の趣向）（台帳の四、吉原仲の町の場）。

⑦由兵衛小梅夫婦は隅田川辺で植木屋を営む。平家や義経の残党詮議のため、佐々木盛綱が宮戸川（隅田川の旧名）畔に移る。軽子人足八兵衛は工藤方に抱えられる。経若は八兵衛の母で奥州藤原氏の縁者おかうとともにある（台帳の五、業平橋橋詰の場）。

⑨十郎が質入した赤木の刺刀（小刀）を請けだそう

と、由兵衛は長吉を殺して百両を奪う。捕縛されるとき、水船から七草四郎の軍用金が見つかる。眼病の癒えた十郎は、友切丸を入手した五郎とともに富士の裾野にむかう（台帳の六、亀戸社地の場）。

場名は明記されているわけではなく、適宜抽出した（以下同じ）。狂言作者は、周知の時代劇である曽我狂言のなかへ、当代人物梅の由兵衛をスムーズに導き入れた。曽我の郎党鬼王が由兵衛と、そして工藤の家来八幡が源兵衛と身をやつすことになった経緯は、〔台帳の一＝②〕にあきらかである。②は時代物、③から世話すなわち江戸時代の当世劇に転じ、④は時代と世話をめまぐるしく行き来する。あらかたの世話の人物は、実ハ（広義の）曽我の世界の誰かである。

③以降は由兵衛と源兵衛の争いにボリュームがおかれる。二人は男伊達の意気地をアピールし合い、威勢よく正月の廓にくり込み（初買）、奥州をはさんで対峙する。とくに④は、奥州、お万の件りとも劇的に緊密である。登場人物の本身が次々と顕れ、由兵衛と源兵衛も時代に戻っていく。その対決が本質的な決着をみる⑤まで、テンポよく進行する。

これに対し、〔四＝⑤〕と〔五＝⑦〕のあいだには欠落が感じられる。奥州はいつのまに小梅に戻ったのか。由兵衛はいつ植木屋に転身したのか。軽子の八兵衛とは何者か。由兵衛の広治と源兵衛の中村助五郎はよいコンビ役者であり、八兵衛は助五郎の再登場である。その役まわりは源兵衛に匹敵するはずで、しかも曽我の世界に足場をもっていなければならない。〔六＝⑨〕への連携も不分明である。台帳は完全ではない。右のあらすじを②から始めたのは、じつは〔一＝②〕より前も同様だからである。

【見どころ】

台帳以外にも狂言について知る手段はある。定期刊行された役者評判記は、江戸時代にあっては劇評にも類する。元禄十二年三月八文字屋刊『役者口三味線』がその定型を示す。宝暦三年三月刊『役者色番匠』江戸之巻から中村座所属役者の評を拾っていくと、②に先行する部分が判明する。

①舞楽御覧に静御前と微妙姉妹は大礒虎・化粧坂少将を名のって参じ、初音の鼓を得る。箱王（五郎の幼名）は「今様熊坂」で工藤に対面。梶原・富樫が経若を殺そうとするが、朝比奈三郎が万歳の稽古

にまぎらしてこれを救う（評判記より、舞楽の場）。また筋書の前身としての芝居番付がある。その年度のその座の座組を示す霜月の顔見世番付のほか、興行ごとに刊行される役割、辻、絵本（絵尽）に分類される。役割番付によれば『初買曽我』とは大名題で、四つの小名題をもつ（四番続）。第一「初音鼓」、第二「友切丸」、第三「蛇還笛」、第四「赤木柄」である。「初音鼓」は静御前にちなみ（①）、②に対応し、「友切丸」は源家の重宝（髭切の太刀）で、③④⑤に対応し、「蛇還笛」のみこのときの創案とおもわれるが、「赤木柄」（後述）まで、ほぼこの世界に固有の小道具である。

江戸時代の芝居は、見物の入りがあればひき延ばし、なければさっさと仕舞った。さらに江戸の興行では随時新しい幕を追加し、不人気の幕は抜いた。享保期（一七一六〜三六）ともなると、三、四番目は形骸化していることも多い。『初買曽我』が⑨の討入、すなわち四番目の曽我の大団円まで到達したということは、上演内容を相当に変化させながら長期興行を維持したということである。

第三「蛇還笛」には、「来ル廿六日より」「初買曽我第三ばんめに仕候」とする所作事（舞踊）「京鹿子娘道成寺」の辻番付がある。辻は一枚摺で舞台面を描く。伴奏音楽の詞章を収録板行した正本（薄物）も残る。娘の名は花子ではなく横笛である。第二、第三の役人付には「滝口小太郎」「まなご村庄司左衛門」「娘横笛」の役名があり、横笛滝口の悲恋がおもい起こされる（『平家物語』巻十「横笛」）。真砂の庄司とは安珍清姫伝説の清姫の父。この横笛の恋もやはり破れ、その恨みから道成寺への道行にかかるのだろう。安永六年（一七七七）中村座『稚児硯青柳曽我』では、横笛は尾形三郎の妹とされた。緒方（尾形）の家には蛇聟入譚があるという（『平家物語』巻八「緒環」）。蛇体と化す道成寺の娘の兄にふさわしい。

ほか三番目の音曲正本には「花の縁」もあり、絵表紙に浅草の一つ家伝説を描く。旅人殺しを重ねる老婆を観世音が憐れみ、笛を吹きつつ現じたところ、老婆の娘が心惹かれて添い伏したが、老婆はあやまってわが娘の頭を石で砕き、悲しみのあまり池に沈んで大蛇となったというものである（『増補江戸咄』等）。大蛇と笛の共通するモチーフによって、「花の縁」も「京鹿子」も小名題「蛇還笛」に帰結する。第三には「長きち」「梅のよし兵へ」の役名も見えるが、主調は伝奇的だったようだ。

第四「赤木柄」——赤木の柄ないし刺刀といえば通例、「対面」のおりに工藤が五郎に与える品である（狩場の切手とするケースもある）。小名題にともなう小書はすべて、駿河国（静岡県）清見の古関を通過した兄弟が、小雨の降る五月二十八日の夜、富士山麓の工藤の仮屋、井手の館にしのび入り、十八年以前に伊豆の赤沢山で命を落とした実父河津の敵をついに討つという原典のクライマックスを語る。⑨で兄弟は質入されていた刺刀をとり戻すが、引替えに殺されるのが長吉である。

⑦と⑨が連続していなかったが、そのあたりをうめるのが四番目の辻番付「来ル五日より」「追善師恩轡」となろう。「古大谷広治七回忌追福」と添える。由兵衛を演じたのは初代宗十郎だけではない。『福寿海』でまず江戸の由兵衛を勤めたのは初代広治であり、『初買曽我』は二代目広治による継承である。開始は五月の五日（宝暦四年正月刊『役者懐相性』江戸之巻）。もとの第四までが上演にいたると同時に、由兵衛の物語も追加名題「師恩轡」として完結した。もとの小名題が追加名題に置き換えられることもあるが、この場合は二つが並立したようだ。辻の絵組の右半は長吉殺し、左半は佐々木盛綱と「うきすのいわ」と八兵衛ら。浮洲の岩は盛綱の藤戸先陣のキーワードだが（『平家物語』巻十「藤戸」、謡曲「藤戸」）、近世演劇では近江源氏佐々木氏秘蔵の品となることから、場面は宮戸川の佐々木館と推定する。

『懐相性』広治の条は「梅の由兵衛にて長吉殺の狂言　女房の役は仙魚（瀬川菊次郎）致され　愁嘆の仕内」とする。また宝暦七年刊の役者絵本『役者名物略姿』の広治の項に「（故）古十町（初代広治）追善の三番目に梅の由兵衛に而　植木売の大でけ　愁嘆うつります」、子役瀬川吉次に「長吉の役にて　十町仙魚（菊次郎）の愁嘆狂言とは見へず」とする。『色番匠』菊次郎の条に「思はずも我子長吉にめぐり逢」とあるように、夫婦が里子にだしたという子（③）が長吉なのであり、そうと知らぬまま、主のためと手にかけてしまったことが由兵衛の悲劇、忠臣鬼王の苦難となったのであった。

【もっと深く――視覚資料】

諸資料による肉付けが台帳の記述に豊かなふくらみをもたらす。テキストから舞台面がいきいきと立ちあがってくるとき、台帳のおもしろさを実感する。それは芝居を観るときのおもしろさと同等のものであるようにおもわれる。

⑥一つ家の娘と横笛の物語が曽我の拡大ヴァリアントとして展開し、だき合せに世話の長吉殺しも進行

（第三「蛇還笛」「京鹿子娘道成寺」）。
⑧男伊達の物語が収束、大願成就の道がひらかれる
（第四「赤木柄」「追善師恩讐」）。
これで①から⑨まで、判明するかぎりのあらすじが通しとなった。第三、第四のあとに「七草四郎の軍用金」構想（⑨）があったことにおどろかされる。曽我狂言の幕を開け、二番目に梅の由兵衛を、三番目に娘道成寺を配し、目論見どおり上演できたなら満足してよい。さらに四番目夜討までを舞台にあげたのだから大成功である。実質的な主人公である由兵衛の犠牲によって大趣向の幕が引かれ（中小の趣向のつじつまも合わせ）、『初買曽我』はようやく曽我の世界へ還ってきた。そこへなおも新奇の趣向を投入する用意があったとは。あくなきロングランへの欲求……。それは狂言作者の欲とはいえず、演者のものともいいにくい。興行側の欲かもしれないが、江戸歌舞伎そのものの旺盛な生命力とみるほうが正確なのではないだろうか。

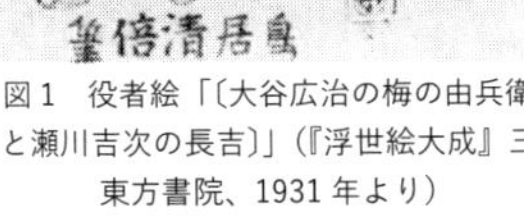

図1　役者絵「〔大谷広治の梅の由兵衛と瀬川吉次の長吉〕」（『浮世絵大成』三東方書院、1931年より）

さいごに視覚資料についてふれよう。「師恩讐」では役者絵本に拠ることができた。コンスタントに利用しうる画証には、役者絵（劇場外で出板された浮世絵）がある。『初買曽我』には八点が確認される。団扇絵の下絵も一点、薄物の絵表紙や番付類の絵も情報的には同類。ここには初期鳥居派を代表する二代目清倍（きよます）の筆になる、両国橋のたもとの髪結床の前に気負って立つ由兵衛（広治）と、酒樽を手に通りかかる前掛の丁稚長吉（吉次）の役者絵を一点掲げる［図1］。資料のなかにビビッドによみがえる役者たちの舞台姿である。この絵でもほかのどの絵でも、由兵衛は頭巾をかぶっていない。

にもかかわらず、『歌舞妓年代記』の『初買曽我』記事挿絵の広治は頭巾姿である。初代宗十郎の『鎧曽我』当時の資料は確認できないが、沢村家の由兵衛は頭巾に錠をおろしていたらしい（寛延四・一七五一年三月『役者（やくしゃ）翁叟鏡（おきなかがみ）』江戸之巻・沢村宗十郎の条）。だが由兵衛の扮装（ふんそう）はまた固定しておらず、実際には多様であり、『初買曽我』にもその一例であった。扮装が「白と紺の繻子片身替りに

鷺と烏の縫、紫の錣頭巾に錠」（『沢村家賀見』）という型に集約されたのは、おそらくは『隅田春』以降。『年代記』刊行時（一八一一〜一五）には、錣頭巾はもう定番化しており、そのためにそれがフィードバックされて、『年代記』の広治の由兵衛にも頭巾がかけられたものと推断する。

江戸の由兵衛は『福寿海』から立役であり、『鎧曽我』がそのキャラクターを印象づけた。衣裳がどのようであれ、『初買曽我』もその人物像を継承した。それでは長吉は？『福寿海』や『鎧曽我』では見あたらないものの、実説も上方の歌舞伎化もあり、江戸でも『初買曽我』に初登場したわけではなさそうである。浄瑠璃『茜染』の影響も排除できない。しかし『茜染』では女房の弟と知っていて殺すところ、『初買曽我』では殺してのちわが子と知るのであり、後者のほうが悲劇性は格段に高まる。『茜染』には正本が、『初買曽我』には台帳が存在するがゆえに詳細が判明するという事情は考慮しなければならないが、江戸歌舞伎においては、この悲劇の男伊達を規定する長吉殺しのドラマトゥルギーは、『隅田春』に数十年先だって、『初買曽我』によって形成された可能性がある。

以上、梅の由兵衛について、とりわけ宝暦期の様相について詳しく説明した。本書の「奇」と「妙」というテーマと関連させて付け加えるならば、『初買曽我』を諸資料を使って読み解き、復元していくプロセスにこそ妙味があるのであり、由兵衛のプロファイルはその一つの産物である。

【テキスト・読書案内】

初演時台帳の写しは東京大学文学部国語研究室所蔵。貸本屋大野屋惣八の旧蔵書。早く守随憲治によって日本名著全集『歌舞伎脚本集』（日本名著全集刊行会、一九二八年）に翻刻され、ついで歌舞伎台帳集成研究会編『歌舞伎台帳集成』八（勉誠社、一九八五年）に収録（林公子解題）。一九七三年一月の国立劇場歌舞伎公演『男伊達初例曽我』はこの狂言の改作で、筋書（国立劇場事業部）および上演資料集（国立劇場芸能調査室）に諸氏の解説がある。また拙稿「歌舞伎台帳『男伊達初買曽我』とその周辺」（『浮世絵芸術』一四八、二〇〇四年）参照。

歌舞伎関係資料全般については、赤間亮『図説江戸の演劇書　歌舞伎篇』（八木書店　二〇〇三年）、武藤純子『初期浮世絵と歌舞伎――役者絵に注目して――』（笠間書院、二〇〇五年）。

（佐藤知乃）

22

造本様式が語る出版界の動向

『身のかがみ』（仮名草子）

江戸初期、出版が開始された際、当初は仏書や漢籍、古典文学などが多く出版された。これらの本に需要のあったことも確かだが、それらが既成のテキスト（本文）としてすでに存在していたことも広く行われた理由の一つであった。戦乱の世がようやく過ぎさったばかりのその時期に、いまだ次々と文章を作成する人間が登場するような社会状況には至っていなかったからである。そのような時期を経て、次に登場してきた出版が仮名草子といわれる新たなジャンルの一群の書物であった。このジャンルの中に娯楽的な読み物としての本が登場する。出版が娯楽の世界を開く一つのツールとして機能し始めたのがこの時期である。それらの中でも万治・寛文期（一六五八～七二頃）に出版された仮名草子の中に興味深い現象が起こっている。内容に関することではない。造本様式の問題をめぐっての出版界の動きである。

【概要】

仮名草子というジャンル名は、多く仮名で読みやすいように書かれていることに由来する名称であり、いわば文章の表現様式の観点から成立しているカテゴリーという側面も指摘できるジャンルである。そのため内容は多岐に渡り、娯楽的な物語や教訓的な説話・随筆、名所記のような記録的なもの、批評的なものなどがあるが、『身のかがみ』（万治二・一六五九年刊）は典型的な教訓物といえる。作者は江島為信。飫肥藩士の息子であったが郷里を出奔し、各地を転々とした人物である。後に今治藩に仕えることになるが、『身のかがみ』はその浪人時代に、軍学書などとともに著した作品のなかの一つである。いくつか目次の項目をあげてみると、「好色のあしき事」「分別づらする人の事」「富貴のおごりの事」「身の程をしらざる事」「へつらふ人の事」など、武士の出らしい作者の気骨ある批判精神のもとに、人としてのあるべき姿を説いている。

こうした仮名草子は、まず京都で生まれ、多くが出版された。古来都であった京都には、印刷の技術をはじめ、新たな娯楽商品を開発する際の材料となる絵草紙や、伝説のテキストなど、そしてそれをもとに新たなテキストを作成することのできる為信のような人材が存在、ないしは集まる場所だったからである。これに対し、徳川将軍のお膝元として発展途上にあった江戸には、この京都にそろっていた娯楽的テキストを開発する諸条件がいまだそろっていなかった。そのため江戸の人々が仮名草子のような娯楽本を享受するためには、当初は江戸にもたらされた京都版の本を購入していたと考えられるが、やがて江戸でも江戸資本の本屋による娯楽本が作られるようになる。万治年間（一六五八〜）頃のことである。この中心的存在が松会（まつえ）という江戸の本屋である。松会は承応期（一六五二〜一六五四）頃から出版活動を始めていたと考えられ、当初は京都版の仏書や新今和歌集などの古典文学の本を、元版の印刷面を利用して同様の版面を作成する覆刻という手法で出版していた。しかし万治年間になると、こうした昔から存在していたテキストの覆刻をやめ、京都の本屋が出版した新たなジャンルの仮名草子を、京都版とは異なる江戸特有の造本様式によって出版するようになる。この江戸特有の造本様式で作成された本のことを狭義の意味で江戸版と呼ぶ。その特有の造本様式とは、紙質は京都版が繊維の長いやや薄い紙に対し、江戸版は何度も漉（す）き返したような灰色の厚ぼったい紙であること、題簽（だいせん）は、飾り枠の角書（つのがき）に「絵入」と摺刷されていること、半丁の行数が京都版は十行前後なのに対し、江戸版は十五行前後であること、本文の字風が異なること、挿絵は江戸の絵師、菱川師宣（ひしかわもろのぶ）風のものに変化していることなどである。

以上の様式で作成された江戸版は、万治・寛文期に次々と出版されたが、延宝期（一六七三〜）になると突然行われなくなる。この独自の様式の本はわずか二十年足らずの間だけ作成された本なのである。

【見どころ】

つまり江戸版は京都版のテキストを利用しながら、見た目はまったく異なる様式で作成された本である。この江戸版を出版する本屋は、実は松会だけではない。ほかに山本九左衛門、本問屋がこの様式で出版している。しかも京都版を元版とするテキストはこれら江戸の三つの本屋が共有する場合が多い。例えば寛文六年（一六六六）京都山本九兵衛刊『うすゆき物語』を、寛文四年（一六六四）に江戸の山本九左衛門が、また寛文五年（一六六五）に同じく江戸の松会が江戸様式で出版している例がある。また江戸版の元版である京都の本屋もある程度特定の本屋である傾向が指摘できる。水田甚左衛門、高橋清兵衛、林甚右衛門、山田市郎兵衛らである。

以上のようなことを考え合わせると、こうした出版界の現象が、それぞれの本屋の個別の活動の結果生じているとは考えにくい。京都と江戸の一部の本屋の間に組織的なつながりがあることを示唆するものといえよう。ということは、この京都版のテキストを利用した江戸版の作成は、無断でテキストを利用した、いわゆる海賊版ではなく、何らかの協定のもとにテキストが利用されている可能性が高いといえる。そうであるとすれば、万治・寛文期、江戸で本格的に出版が始まった時点から、少なくとも出版界のある分野においては京都と江戸で営業上のつながりがあり、協力し合う体制が生じていたとみなすことができよう。

この出版活動の中心的な存在が江戸の本屋松会と考えられる。江戸の上記三軒の本屋が、京都が元版（もとはん）のテキストを共有する際、その中に必ず松会版を見いだすことができるのである。上記の水田甚左衛門や林甚右衛門らのテキストを用いて作成された江戸版も必ず松会が関与している。また京都の山田市郎兵衛が明暦四年（万治元・一六五八）に出版した『さるげんじ』『ふじの人穴』や『天狗のだいり』『三人ほうし』『二人びくに』などの一連のテキストのほとんどを松会が江戸版にしている。江戸の三軒の本屋の中で最も京都と緊密な関係しているのが松会なのである。おそらくは江戸版を作成する際の窓口となっていると考えられる。

その際、京都版から江戸版になる際は必ず上記の造本様式の変化が見られるのである。ただしいったん江戸版になった後はほかの江戸の本屋がそのテキストを共有する場合、覆刻である場合も、行数や挿絵が変化した異なる体裁になる場合もある。このことはテキストが江戸で利用される段階で、京都とは異なる様式になっていることが重要であったことを示唆している。

【もっと深く――造本様式の違いからわかること】

ところで、江戸の本屋による京都版のテキストの利用が、勝手に利用したのではなかったとすれば、何も江戸版特有の造本様式に替える手間をかける必要はなかったのではないかという疑問が生ずる。京都版と行数が異なることからも明らかなように、江戸版はテキストを新たに筆耕に清書させ、さらに挿絵も新たな絵師に描かせているのであり、コストのかかる手間をあえてかけている。しかもこの様式の改変は例外なく行われている。おおそらくは京都の元版を所有する本屋が江戸の本屋にテキストを利用させる条件として、見た目に異なるものになっていることを必須の条件としていたのではないかと考えられるのである。このことは何を意味するのであろうか。出版された本というものは、テキストという有形的には存在しないものをのせた商品として初めて日本の社会に登場したものである。そうした新たな認識を要するようなものに、私たちが現在ごく自然に抱く所有意識と同一のものが果たして当初から存在したかは検討の余地があろう。当時の所有意識の基幹にある感覚がいまだ有形のものによって醸成されていた段階であったとすれば、本そのものが奪われたわけではない、その中身のテキストだけ奪われたという感覚は明確なかたちでは存在しなかったのではないかと考えられる。しかしさすがに覆刻によって、まったく同一の本をほかの本屋が売り出すことには抵抗があったのであろう。そこで江戸でテキストを利用させる場合、見た目が異なる、つまり書籍としての外見が明らかに異なるものになっていることが、テキストの使用を許認する必須の条件になっていたのではないかと考えられるのである。このような感覚が存在していることは、例えば寛延三年（一七五〇）に江戸でおこった出版に関する訴訟についての原告被告両者のやりとりの文書に、大本を小本に仕立て直したり、挿絵のない本に挿絵をいれた本は類板、すなわち類似の版として扱うという文面があるが、これは現在の感覚でいえば、テキストは両本とも同一なのであるから、いわゆる海賊版に該当する例であり、今日とは異なる認識を示唆する例といえよう。

ちなみに『身のかがみ』は京都版から江戸版になった際、挿絵について注目すべき点がある。万治二年（一六五九）に京都の芳野屋から出版された『身のかがみ』は、寛文八年（一六六八）に江戸で松会と本問屋が江戸版様式で出版している。一般的な江戸版は挿絵が全面的に江戸の絵師によって書き換えられるのであるが、『身のかがみ』の場合、松会版と本問屋版の挿絵は、京都版の一画面のある一部だけが異なる絵に描き替えられた仕上がりとなっている〔挿絵参照〕。松会版と本問屋版は同様の画面であることから、どちらかがどちらかを覆刻した関係にあることがわかる。おそらくはこの例も、とにかく一本を全体で一個の商品と見た際、部分的にでも異なるものになっていることが重要なのであり、江戸版様に改変されたものみなされたのではなかろうか。加えて江戸版様式に仕立て直すことは、行数の多い分、丁数が減少すること、料紙が京都版に比して粗悪であることなど、本の品質面でも京都版との差別化が図られているわけである。おそらくは江戸版は安価な簡易本、京都版は高価なブランド本として商品の差別化が生じていたと考えられる。この点においても江戸版はテキストを江戸で使用させる際に京都の本屋側が出した条件として生じた様式ではないかと考えられる。

ある時期に限定して行われていた独特の造本様式という物としての観点から書物をみることで、当時の出版界の動向や所有意識の在り方が見えてくることもある。書物は内容と形態をあわせ持つ商品である点において、さまざまなことを私たちに語りかけてくるのである。

【テキスト・読書案内】

『身のかがみ』万治二年京都芳野屋版は『近世文学資料類従　仮名草子編㉕』(勉誠社、一九七七年)に影印本がある。

江戸松会版は国立国会図書館そのほかに、江戸刊年不明本問屋版は国立国会図書館に所蔵されている。

江戸版については、以下のような参考資料がある。

①市古夏生「二都板・三都板の発生とその意味——西鶴本に即して」(『国文』七十七号、一九九三年初出。後に『近世初期文学と出版文化』若草書房、一九九八年に収録。)
②柏崎順子『松会版書目』(『日本書誌学大系』九十六、青裳堂書店、二〇〇九年)
③柏崎順子「江戸版考　其三」(一橋大学紀要『人文・自然研究』四号、二〇一〇年)
④柏崎順子「江戸版からみる十七世紀日本」(鈴木俊幸編『書籍の宇宙——広がりと大系』〈シリーズ本の文化史2〉、平凡社、二〇一五年)

(柏崎順子)

京都芳野版『身のかがみ』（国立国会図書館蔵）

江戸本問屋版『身のかがみ』（国立国会図書館蔵）

Ⅲ　怖い？　かわいい？

非日常の世界は恐ろしくも魅惑的である。
いや、恐ろしいからこそ魅惑的である。
不思議な話、怖い話。幽霊、妖怪、妖術使い。
江戸時代に花開いた、めくるめく〈奇〉の物語。

23

身体にやどる別の人格

『伽婢子』「人面瘡」（仮名草子）

　浅井了意の『伽婢子』（寛文六・一六六六年刊）は、六十八話からなる短編集である。その多くは伝奇的な怪異小説で、中国小説をもとにした翻案作が多い。
　六十八話の中には奇病をめぐる話がいくつかある。そのうち巻九の四「人面瘡」は、人の顔のような瘡が股にできる病気とその治療法を語る、いわゆる人面瘡譚である［図1］。作中に登場する人面瘡は、飲食したり、喜怒哀楽を表したりする。本話の原話は『五朝小説』諾皐記「許卑山人云々」であり、人面瘡という病と貝母という薬草による治療について語る大枠を忠実に利用している。
　この話の面白さはどこにあるのだろうか。以下、具体的にみていきたい。

【あらすじ】

　山城国小椋に住む農夫が病にかかった。その症状は、悪寒や熱を伴い、通風のように身体の節々が痛むものであった。半年がたつと、左の股に瘡ができたが、目と口があるその形は、まるで人の顔のようである。その瘡の口に酒を入れると赤くなったり、食物を入れれば、食べているかのように口を動かす。口に何かを入れてやるとその間は痛みが治まったが、そうでなければ痛みだす。
　ある日、農夫のところに道人（仏道を心得た人）が訪ねてきて、この人面瘡はとても珍しい病気であり、ひどければ死にいたることもあるといった。ただし、これを治す方法が一つだけあるといって、貝母という草を粉状にして、瘡の口に入れた。すると、七日の内に癒えたという。

【見どころ】

　見どころの一つは、人面瘡の様態についての描写である。

左の股の上に瘡出来て、そのかたち、人の皃のごとく、目口ありて、鼻耳はなし。これより、余のなやみはなくなりて、たゞその瘡のいたむ事いふばかりなし。

これは、原話の「左ノ髆ノ上ニ瘡有リ。人面ノ如クニシテ、亦他ノ苦シミ無シ。」に対応する箇所であるが、瘡が人の顔のようであり、それに伴う痛みが甚だしいという。瘡のできた位置を、原話の左の肩から、左の足の股に変えており、目と口があって鼻と耳はない、という具体的な描写を加えている。これらの描写は了意独自のものではなく、すでに漢籍の人面瘡譚において見られるものである。

図1　『伽婢子』巻九の四「人面瘡」の挿絵
（国立国会図書館蔵）

次は、瘡の動きである。瘡の口に酒を入れると飲んで赤くなり、食物を入れれば人のように口を動かして食べる様子が描かれている。

まづこゝろみに、瘡の口に酒をいるれば、そのまゝ瘡のおもてあかくなれり。餅・飯を口にいるれば、人のくふごとく、口をうごかしのみおさむる。食をあたふれば、そのあひだはいたみとゞまりて心やすく、食せさせざればまたはなはだいたむ。

これは、原話の「商人戯レニ酒ヲ口中ニ滴ケバ、其ノ面亦赤ミ、物ヲ以テ之ニ食ハスレバ、凡ノ物必ズ食ヒ、食フコト多ケレバ髆内ノ肉張起スルヲ覚エテ、胃ノ其ノ中ニ在ルカト疑ハルル也。或ヒハ之ニ食ハセズンバ、則チ一臂痺レタリ。」を利用した箇所であるが、注目すべき点は、病気の痛みに効く薬ではなく、飲食物を与えている間に痛みが治まった、という部分である。話の中の瘡は、病ではなく、別の生きもののように描かれている。

では、この瘡はどのように治っていくのだろうか。次に、治療について書かれている箇所を掲げる。

道人もろ〳〵の薬種を買あつめ、金・石・土をはじめて、草木にいたりて、一種づゝ瘡の口にいるれば、みなうけて、これをのみけり。貝母といふものをさしよせしに、そのかさすなはち、まゆをしゞめ、口をふさぎて、くらはず。やがて貝母を粉にして、瘡の口をしひらき、葦の筒をもつて、ふきいるゝに、一七日のうちに、そのかさすなはち痂づくりて愈たり。世にいふ人面瘡とは此事なり。

「そのかさすなはち、まゆをしゞめ、口をふさぎて」と、まるで人が拒否反応を起こしているような描写に注目したい。これは、原話の「金石草木悉ク之ニ与ヘ貝母ニ至リテ、其ノ瘡乃シ眉ヲ聚セ口ヲ閉ヅ。」に対応する箇所であるが、瘡が薬を飲むことを拒んでいるという、まるで瘡に意志があるような描写になっている。

このように、人面瘡が病人とは別の人格を持っているかのように描かれている点が、本話の怪奇的な面白さであるといえる。

【もっと深く――祟りとしての人面瘡】

『伽婢子』の著者浅井了意は、仏書『真宗勧化要義後集』(元禄十四・一七〇一年刊)巻八ノ三「釈知玄ノ左ノ足ニ生レ人面瘡定業不レ遁故実ノ弁」においても、人面瘡にまつわる話を書いている。それは次のようなものである。

僖宗皇帝ノ中和年中ニ知玄ノ左ノ足ニ人面瘡ヲ生ス。苦痛カギリナシ。夫ヨリ先ニ一リノ道人アリ。知玄ト友タリ。別テ去ル時キニイハルヽハ、師若シ急難アラバ其ノ洞ノ前ヘ泉ノ下ニ来レト。スナハチ此ノ瘡ノ苦痛タヘガタキユヘ、彼ノ泉ノ下ヘイタル。道人泉ヲ酌デ洗シム。スデニ水ヲ掬スル時キ、人面瘡言ヤウハ、汝ヂ知玄ハ漢書ヲ読ヤ、袁盎已ニ晁錯ヲ殺セシ事ヲ識ヤト。知玄答テ云フヤウ、漢書ヲ読テ是レヲ知ルト。人面瘡ガイハク、汝ヂハ袁盎ナリ、吾ハ晁錯ナリ。汝ヂ其ノ時キ吾ヲ殺ス。其ノ恨ヲ如何セン。夫ヨリ以来汝ハ、十生ヲ受テ生々出家シテ道行精進ナル。故ニ、吾ガ怨ヲ報ズルコト能ズ。今マスデニ天子ノ寵ニ由テ名利ノ心ロ起リ、吾レ是レヲ便トシテ怨ヲ報ズ。道人ノ三昧甘露ノ水ニ由テ我ガ寃ヲ解スト云。コレニ由テコレヲ洗ニ其ノ痛ミ心肝ニ徹シテ悶絶シ、亦タ蘇ガヘリ瘡ヤウヤク枯。

内容をまとめておく。中国の僖宗帝の時代に、知玄という者の左足に人面瘡ができた。あまりに痛むので、知玄の友人である道人が泉の水をくんで洗おうとすると、人面瘡が漢書に書かれている袁盎が晁錯を殺した話について語り始めた。それによれば、知玄はその袁盎であり、人面瘡は殺された晁錯であるという。晁錯は袁盎に恨みを抱き、報復しようとしてきたが、袁盎が生まれ変わるたびに出家し修行するので、叶わなかった。だが袁盎は今まさしく皇帝の寵愛を受け名利の心が起こったので、晁錯はこれに乗じて恨みを報いた。道人のくんだ霊水はその恨みを消すという。泉の水で人面瘡を洗うと知玄は痛みで悶絶したが、のちによみがえり、ようやく瘡は治った。

この話では、人面瘡自身が瘡のできた経緯について語り、知玄の前世の罪を告発している。人面瘡の怪異は悪事の報いであり、たたりとして現れたものということになる。知玄は単に奇病に苦しんでいたのではなく、人面瘡という別の人格によって苦しめられていたのである。

ちなみに『伽婢子』には、奇病と治療についての話として、巻九の四「人面瘡」のほかに、巻十三の六「蝨瘤」、巻十三の三「蛇瘻の中より出」などの話もある。

巻十三の六「蝨瘤」は、商人の背中に瘤ができて痒みに悩まされ、やせ衰えるに至ったので、名医を呼んで診てもらうと、皮肉のあいだに無数の虱が湧きでて痒みが生じるまれな病だといわれ、「黄竜水」という霊薬を塗るとその苦痛から脱することができたという話である[図2]。

また、巻十三の三「蛇瘻の中より出」（以下、「蛇瘻」）は、農民のねたみ深い妻の項に瘻ができるが、そこから蛇がでてきたので、神子を招きその訳を尋ねると、この蛇は妻にねたまれて首元をかみ殺された召し使いの少女の恨みが化したものであることがわかるという話である[図3]。この病を治すためには、「胡桐涙」という霊薬を塗るだけでなく、死者の菩提を弔うべきだとするが、体内に生きものが生じる病であるという点で、「蝨瘤」の話に類似する。

虫による苦痛を伴う「蝨瘤」の話、怨恨の塊である蛇によって苦痛を受ける「蛇瘻」の話と対照してみると、「人面瘡」の話は、体内に別の人格が生じて人を苦しめる話といえる。

「人面瘡」では、農夫に人面瘡ができた原因については何も書かれていない。だが、『真宗勧化要義後集』巻八ノ三の話を参考にすれば、前世の悪報が人面瘡の形で現れ、たたるという因果応報の考え方が人面瘡をめぐる物語の枠組みとなっている。『伽婢子』の「人面瘡」も、単なる奇病の話としてではなく、農夫にまつわる因果応報の物語を想像させる話として読まれていた可能性があ

図２　『伽婢子』巻十三の六「蝨瘤」の挿絵
（国立国会図書館蔵）

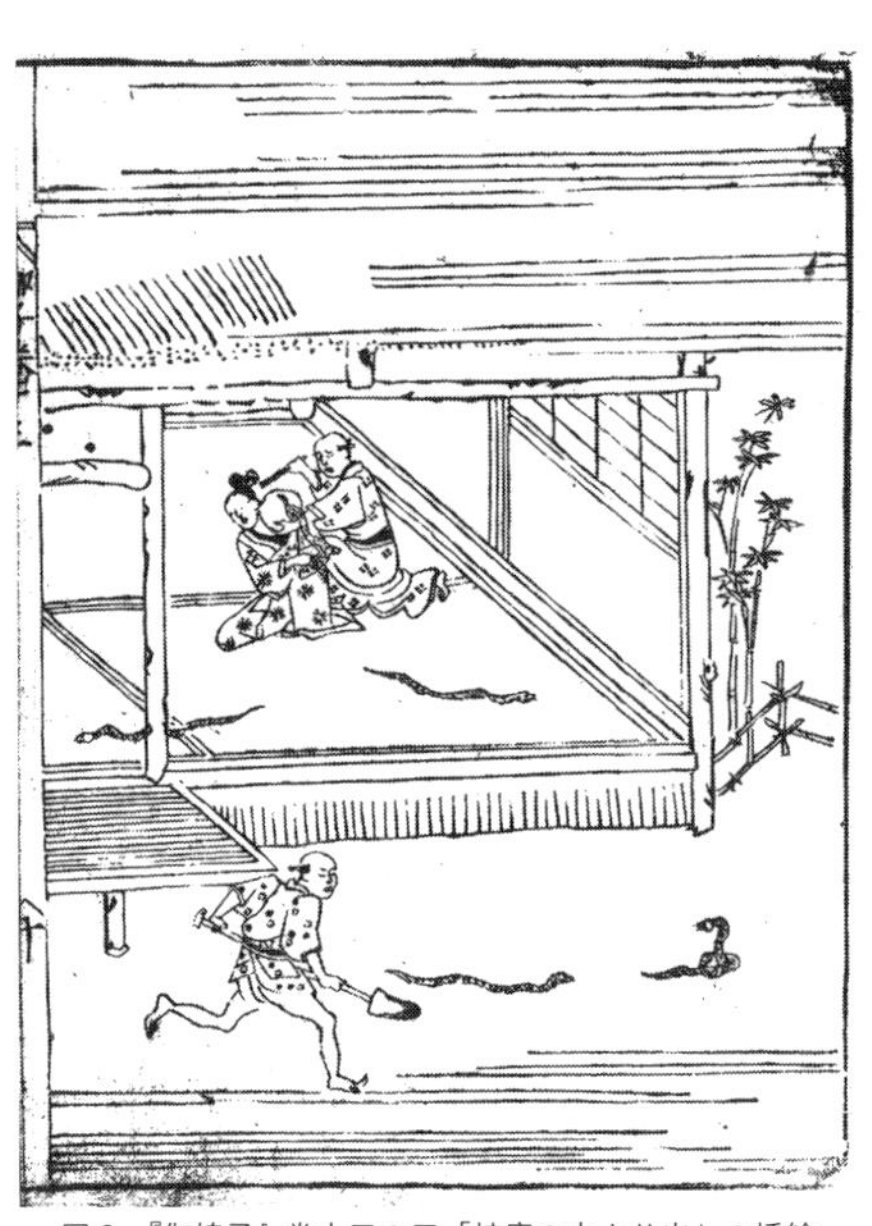
図３　『伽婢子』巻十三の三「蛇癭の中より出」の挿絵
（国立国会図書館蔵）

るのではなかろうか。

『真宗勧化要義後集』巻八ノ三の話では、人面瘡は道人の霊水で治るという結末になっており、道人の持つ不思議な力に焦点があてられている印象がある。これに対し、『伽婢子』「人面瘡」では人面瘡は貝母によって治る結末になっている。病気とその治療法を語る実用的な話に仕立て上げることで、読者にとって親しみやすい内容にしたのではないかと思われる。

【テキスト・読書案内】

『伽婢子』の活字翻刻として、松田修・渡辺守邦・花田富二夫校注『伽婢子』（新日本古典文学大系75、岩波書店、二〇〇一年）がある。巻九の四「人面瘡」に関する研究論文としては、江本裕「了意怪異談の素材と方法」（『近世文芸研究と評論』第二号、一九七二年五月）、湯浅佳子「人面瘡考——江戸時代の文芸作品を中心に」（『東京学芸大学紀要（人文科学）』第五十三集、二〇〇二年二月）がある。

『五朝小説』諸皐記「許卑山人云々」の本文は、渡辺守邦「『五朝小説』と『伽婢子』（三）」（『実践国文学』第七二巻、二〇〇七年十月）による。

（金慧珍）

24

駕籠に乗った謎の美女

『西鶴諸国はなし』「姿の飛乗物」（浮世草子）

西鶴が「人はばけもの、世にない物はなし」との感慨を込め、諸国の奇談を三十五話収めたのが、貞享二年（一六八五）正月刊行の『西鶴諸国はなし』である。説話文学の系譜を継ぐ、西鶴の雑話物の第一作である。その巻二之一「姿の飛乗物」は、駕籠に乗った謎の美女をめぐる話である。

【あらすじ】

寛永二年（一六二五）の冬の初めの事である。摂津国の呉服の宮山に、新しい女性用の駕籠が出現した。しば刈りの子供がそれを見付け、町の人に知らせたので、大勢集まってこの駕籠の引き戸を開けてみると、二十二、三歳と見える都風の上品な美女が乗っている。人々がいろいろ尋ねてみても、女は返事をせず、ただうつむいているだけで、目つきも何となく怖い。人々は我先にと家に逃げ帰ったが、女の身の上が心配になり、再び山にのぼってみると、担ぐ人もいないのに、駕籠はそこから一里（約四キロメートル）も離れた瀬川という宿場に移っていた。日も暮れ、往来の人も絶えた頃、四、五人の馬方どもがこの女のところへ忍び、無理やりに手ごめしようとすると、女の体から左右に蛇が頭を出して男どもに喰いつき、苦しめた。のちに、この駕籠は芥川や丹波などの所々に飛び行き、居場所は定まらなかった。女は美しい童女や八十歳余の翁になったり、あるいは顔が二つになったり、目鼻のない老婆になったりし、人々は恐れをなした。これを知らない旅人が夜道を行くと、この駕籠の棒がいきなり肩に付いて離れず、しかし重くはなく、一町（約百九メートル）ほど行って急に足が立たなくなるという難儀な目にあった。これは「久我縄手の飛び乗物」と言い伝えられ、慶安年中まではあったが、いつとなく姿を消して、その後は橋本や狐川の渡し場に見なれぬ火の玉が出たと、村人が話していた。

【見どころ】

「久我縄手の飛乗物」は、摂津と京都を結ぶ山崎街道筋（西国街道）を舞台に出没する。寛永頃の山崎街道は、諸大名の宿舎の本陣をはじめ、庶民たちの旅籠屋など、街道の宿場が再整備されるが、どうしてこの地域に、突然、優雅な美女をのせた駕籠が登場するのだろうか。またこの妖怪は、飛行する駕籠という素材自体も特異ながら、その正体が最後までしかと定まらない点で、実に独特な化け物と言える。

『西鶴諸国はなし』（国立国会図書館蔵）

初めに、駕籠の戸をあけたとき、人々が目にしたのは次のようなものだった。

都めきたる女良の、廿二、三なるが、美人といふは是なるべし。黒髪をみだして、すゑを金のひらもと結をかけ、肌着はしろく、うへには、菊桐の地無の小袖をかさね、帯は小鶴の唐織に、練の薄物を被ぎ、前に時代蒔絵の硯箱の蓋に、秋の野をうつせしが、此中に御所落雁、煎榧、さま〴〵の菓子つみて、剃刀かたし見へける。

金箔を置いた平元結、絹の錦入れの着物、唐織の帯など女の豪華な衣裳から、蒔絵の漆器に盛られたとりどりのお菓子、さらに一挺のかみそりまで、駕籠の内部の様子が細かく描写されている。しかし、定まった担ぎ手もなく、ぽつりと捨てられた駕籠の中の一人の女となれば、これは、あまりにも心細く、かつ怪しい存在となる。

この駕籠の中の美女という、謎めいた魅力をもつ題材については、『義残後覚』（写本・文禄年間成立、七巻七冊）巻七の十「女房、手の出世に京へ上る事」という先行作がある。この話は、都にのぼろうとする結構なる駕籠が、近江草津の宿にいきなり出現する場面から始まる。駕籠の隙間から見えた女は「世に美しき上臈女房」で、日本一の名筆だと言い、宿場の主人はその高貴さに惹かれ、一筆を所望し頂戴するが、飼い犬は駕籠の美女に対し、夜もすがらほえ続ける。女は犬を退けてくれと頼み、ついに行方知れずになる。のちに人々は「もし狐などにてはなきかや。そうじて狐は犬をことの外に恐るるものなるが」と女の正体を疑った。改めて女の筆跡をみると、鼠の糞を並べ置いたような何の形もない墨ばかりで、女は実は狸の化け物であった。

西鶴の「姿の飛乗物」では、女の正体をしかと書いてはいないが、挿絵を見ると、女の乗った駕籠の下から狐に似た頭をもつ二匹の蛇が頭を出している。ここでは駕籠の中の女は狐のイメージと結び付けられていると言えよう。

ところで、作中に出てくる山崎街道の芥川近辺には、往来の人をおびやかす「小女郎火（こじょろうび）」の伝説があった。『摂陽奇観（せつようきかん）』（天保四・一八三三年成）巻の二から引用する。

芥川の辺に八町縄手（はっちゃうなはて）とて長き松原あり。いにしへより雨の夜にはかならず火出る。これを小女郎火といふ。むかし小女郎といひし婦女、此処にて害にあひて死けるに、その妄念なりといひ伝ふ。雨のそぼふる夜にはかならず出て往来の傘のうへ、或は荷物の上にとまる。是を恐れて念仏題目などを唱れば、いよ〱しりぞかず、是を構はず小唄、浄瑠璃の類ひを高声に罵れば、彼火たちまち外に飛行となん。

摂津国の八丁縄手という松原で、小女郎という女が殺され、その妄執が怪火として現れて通行人の傘や荷物の上に載ったという。西鶴の「姿の飛乗物」では、駕籠の女の見た目が変化したり、旅人の肩に駕籠の棒が不意に付いたり、のちには駕籠は消えて火の玉が現れたりするが、この奇想は、駕籠に乗った美女という素材に、小女郎火の伝説、すなわち女の一人旅における横死を原因とする怪談が結び付いたものであると考えられる。

そして、本話におけるもう一つの注目すべき点は、この駕籠に対するさまざまな人々の振る舞いが描かれていることである。町の人々は女を恐ろしく思いながらも、「今宵のまま置きなば、狼が憂き目を見すべし。里におろして、一夜は番をして、朝は御代官へ御断りを申すべき」（今夜このままにすれば狼の餌食にもなるだろう、村まで駕籠を降ろして一晩見守り、明日はお代官へお届けしよう）との優しき心も見せている。だが、もう一方には、美女に乱暴しようとする荒くれ男たちも登場する。突然出現した駕籠の美女に対する人々それぞれの反応を、西鶴は力を注いで表現している。

以上のように、「姿の飛乗物」では、既存の奇談や伝説を取り入れながら、謎めいた美女をめぐる人間たちのドラマを作り上げているのである。

【もっと深く――西鶴の狐怪談】

『本朝食鑑』（元禄九・一六九七年刊）や『和漢三才図会』（正徳二・一七一二年成）には、狐を天皇に献上された神獣とし、性もよく死に際を全うし、恩恵を感謝する動物、あるいは村々に稲荷と称して狐神として祀られ、災をはらってくれる動物とする記述も見られる。そして、狐に惑わされるのは、その人が「昏愚、気臆」な者であるからであり、狐つきも強気の者にはつかないという説明も見える。

一方で、近世の文芸では、人と仲良き関係にはならない異類として、人に化けたり、憑依したりして、人に害をなす狐の話の方が主流をなしていた。さらに西鶴より時代がくだると、咄本『当世露休置土産』（宝永四・一七〇七年刊）「狐も化さるゝ世界」、浮世草子『本朝諸士百家記』（宝永六・一七〇九年刊）「藤崎里右衛門狐をばかす事」などのように、本来は人を欺く動物である狐が逆に人にだまされる話や、咄本『御伽草』（安永二・一七七三年刊）「狐に付た和尚」などのように、人の思いが狐につくような、いわば狐に対する人間の逆襲というべき話もある。

「姿の飛乗物」では、女の正体が狐であるとするはっきりした記述はなく、挿絵においてほのめかされるにとどまっている。西鶴には、『西鶴諸国はなし』巻一の七「狐四天王」と巻三の四「紫女」のように、紛れもない妖狐の話もある。だが、いずれにせよ、典型的な妖狐の話とは筆致が違う場合が多い。例えば「狐四天王」と「紫女」は、それぞれ、従来よく見られる狐報復譚や狐が女に化けて男の身を滅ぼすという単純な奇談にはなっていない。

「狐四天王」は、米屋の門兵衛という町人が何心なく小石を投げて姫狐を殺したことから、狐側からの仕返しが相次ぐ話であるが、門兵衛夫婦は犯人を隠したという無実の罪を被り、息子の嫁には思わぬ密通の容疑がかけられ、さらに両親には門兵衛が死んだと偽りの悲報が伝わって、真昼の葬式に参加させられる羽目になる。人の心を早く察知し人をだます狐たちが、姫狐の仇討ちのためにとった方法も心にくいが、あくまでも話の焦点は、冤罪・密通・親不孝という出来事による門兵衛一族の当惑した心情を描くことにある。

「紫女」の場合は、男が淫婦に化けた狐に誑かされる話だが、男を一方的な被害者としてはいない。話の冒頭で、男は三十歳になっても妻を持たず、仏道に帰依し、和歌に造詣深く高尚な人物として描かれる。だが、はすっぱな女に簡単に誘惑され、過度の性交によって衰弱してからは、女の正体を不審がる医者に勧められて、直ちに女を斬り殺そうとする。その時、紫女が男に恨めしい心を吐露し、その妄執は国中の僧侶たちが集まって供養しなければ解けないほどだったという設定もおかしいが、女との関わりを通じて、男の心の脆さと薄情さが巧みにえぐりだされる展開の巧みさも見逃してはならないだろう。

さらに、人間に対して友好的な狐が登場する特殊な狐の怪談として、『西鶴名残の友』巻三之三「人にすぐれての早道」があげられる。本話は、御前能が行われる直前、役者が能面を家に置き忘れてしまう事件から始まるが、侍に化けた狐が早足ぶりで能面を持ってきて危機的状況を解決する。この話は、飛脚となって主人のために活躍する、狐の忠義譚・褒賞譚としての狐飛脚伝承が典拠となっているのだが、作中にはその忠義を認めず侍の狐を見放してしまう主君と朋輩の反応が描かれ、伝承の本意がひっくり返されている。狐の忠義譚は、ここでは武家社会における報われない忠義譚に転じられているのである。

このように、狐が登場する西鶴の奇談では、怪異の事実性を強調してその恐怖を語るというよりも、奇異な事件によって引き起こされる人間の心理に焦点をあて、ドラマを作り上げるという発想が見られるのである。

【テキスト・読書案内】

『西鶴諸国はなし』の本文と現代語訳を収録するテキストとしては、麻生磯次・冨士昭雄校注『決定版 対訳西鶴全集五 西鶴諸国はなし 懐硯』（明治書院、一九九二年）、『井原西鶴集2』（新編日本古典文学全集67、小学館、二〇〇〇年）がある。また西鶴奇談のアンソロジーとして、西鶴研究会編『西鶴が語る江戸のミステリ——怪談・奇談集』（ぺりかん社、二〇〇四年）がある。長谷川強監修『浮世草子大事典』（笠間書院、二〇一七年）では、先学の成果を踏まえて、西鶴をはじめ、多くの浮世草子作品が紹介されている。

（梁誠允）

25

鹿児島生まれの怪談

『大石兵六夢物語』（実録）

和歌や俳諧はさておき、小説を初めとする江戸時代の散文は、京都、江戸、大坂といった大都会で作られたものがほとんどと言ってよいが、地方にもまれに独特の開花を見せることがあった。その好例が、薩摩藩士毛利正直（一七五三～一八〇三）の『大石兵六夢物語』（写本、一冊）である。

本作品は毛利正直のオリジナル作品ではなく、先行する類似の作品に手を加えてリメイクしたものである。詳しい成立事情はわかっていないが、天明四年（一七八四）の正直のものと思われる序文によれば、本書はもと師の川上先生の手になる古雅で易しく潔いものであったが、今は跡形も残っておらず、一方で、物語があちこちで作られるが、煩雑であったり、そのまた一方で簡潔に過ぎたりと満足のいくものはなかった。最近の中神怡顔斎の作ったものは「重からず軽からず平直」で優れているが、公務で訪れた鹿屋（大隅半島の中部）で見た兵六物語がひどい代物だったので、自ら筆を執り絵を加えて執筆した、という。

【あらすじ】

時は略応元年（西暦一三三八）の八月下旬のこと、筑紫（九州）の果てで、大石兵六をはじめとして、「あぶれ者」たちが集まって話をしていた［図1］。そのうちの一人が、この頃、白銀坂あたりに狐が出没し、人を化かしてその頭を剃るという噂をする。大石は「吉野の原を一手に請け、思ふところのたはけ物、ただ一討ちに討ち倒し、疱瘡人の眠りを覚まさん」と、言葉だけは威勢よく、「落ちぶれても錆鑓一本、やせたれども膝栗毛、ちぎれたれども渋帷子」という和製のドンキホーテというていでたちで、親に内緒で狐退治に向かう。

迎えうつ狐たちは、評議を重ね、兵六を誑かす準備を入念に行っている。兵六は勇んで吉野原へ向かうが、狐が化けた妖怪のために幾度も散々な目に合わされる。その妖怪とは、茨木童子の幽霊、重富の一眼房、二人の茶屋女の抜け首、三つ目の旧猿坊［図2］、鞍馬小坊主、ぬつぺつ坊、牛わく丸（ガマの化け物）、山辺赤蟹、山姥。

その後、やっと狐を取り押さえたところに、兵六の父の兵衛左衛門が現れ、兵六の日ごろの行動に訓戒を垂れるので、兵六が手を離すと、狐は父もろともに行方知れずになる。

不審な女の二人連れに会い、取り伏せると、今度は所の庄屋たちが現れ、兵六が女に狼藉をはたらいているとされ、殺されそうになる。そこに心岳寺の和尚が袈裟を掛け、出家させることを条件として兵六を助ける。寺に連れて行かれ、小僧たちの手で頭を丸められる。「剃った、剃った」の声で我に返ると、すべてが狐の仕業であることがわかる。

その後、路傍に立つ二体の石地蔵を不審に思い、押し倒すと果たしてそれは二匹の狐であった。これを刺し止め引っ提げて、兵六は悠々と朋輩のもとへ帰参する。

【見どころ】

大石兵六は、『夢物語』の中では、元禄十五年（一七〇二）十二月十四日の赤穂浪士の討ち入り事件を主導した大石内蔵助義雄の子孫という設定になっている。そのため、赤穂事件の芝居で最も著名な『仮名手本忠臣蔵』を種々利用し、登場人物の言葉に忍び込ませている（後述）。時代設定が「略応元年」と南北朝時代のものになっているのも、『忠臣蔵』の大序の年号を利用し、その影響下にあることを示しており、季節を春から秋に転換し、狐を狩るのにふさわしい季節としている。

この物語の読者は、鹿児島にいる武士（兵児）たちであり、鹿児島周辺の地名や方言がふんだんにちりばめられているのも特色の一つである。

その一方で、兵六が相手にする幽霊や化け物は、南九州独自のものがどれほどあるか。例えば、当時江戸で流行していた鳥山石燕の『画図百鬼夜行』（安永五・一七七六年刊）などと比較してみると、「三つ目の旧猿坊」「抜け首」「ぬらりひょん」「ぬつぺつ坊」「山姥」は石燕の本にも登場するものであり、江戸系の妖怪・化け物を物語に取り入れた可能性は高いといえるだろう。毛利正

図１ 『大石兵六夢物語』（是枝勇一編『薩摩奇書 兵六夢物語』吉田書房、1914 年より）

図２ 『大石兵六夢物語』（同上）

直は先行する兵六物語に登場する妖怪と入れ替えを行っていることも指摘をしておこう。

さて、次に『夢物語』の文章や表現について具体的に紹介することにしたい。妖怪のうち最後の「山姥」と出会う場面を次に引用する。

　おぢやれ　話さん　小松の下に　松の葉のごと
　こまやかに

と、割れ半胴の自慢声、響きわたりて恐ろしや。

「こはまた何者やらん」と振り返り見れば、二目とならぬ大女房。顔には白粉をいろどり、唇には紅花をゑがき、誰が方よりか貰ひけん、弓の鬢張り、矢の根のかんざし、桂の眉墨青うして、とべらの匂ひふんぷんと、鹿の子の小袖、雪の帯、だてをこきたる口元にて、につこと笑うて言ふやうは、「これ、お二才衆、御名は誰とは白波の、立田山にはあらねども、夜半には君がただ一人、この山道をいづかたに、御知り人のましまして、野辺の篠原しのびたまふぞ。これより先は、なほ物騒。よしやわたしと草の根の、結ぶ枕のふはふはと、不破の関にはあらねども、結句よし野の関屋の谷、谷の鶯人馴れぬ声も恥づかし、さりながら、四つの袖でも一ふし申して、千世を一夜に語り明かさん。しばらくここに起きてなりと寝てなりとも、待ちたまへ。秋も夜寒になるままに、薪をくべて当て参らせ、粟の湯飯でも調へて、御肌を温め参らせん」と優にやさしきつくね髪（中略）しかる所に、大石の家の氏神、告げて曰く、

「粟のどろどろ御粥が鳴らば、兵六、はよ逃げ、
　山姥ぢや」

と宣ふ声に驚きて、あたりをつくづく見廻せば、人の心をみちのくの安達が原にあらねども、かばねは積んでおびただや。見るに身の毛も立ち上がり、取る物も取りあへず、これはならぬと、逃げんとすれば、山の上より遥かに見つけ、今までやさしき有様も、いつその程に引き替へて、頭には棕櫚の皮をいただき、額には枯木の角を植ゑ、悪念妄想の塵積もり、たちまち山姥となる神の崩れかかるがごとくにて、「あら、口惜しや、取り逃がせし」と撞木振り上げ、追ひ来たる。

大女房（山姥）の言葉は「これ、お二才衆……」で始まる。「二才」とは南九州で「青年男子」を表す方言である。山姥の言葉は、一読、有名な古典文学を下敷きにして、掛詞や引歌（和歌の一部引用）を駆使していることが

見て取れる。「お名は誰とか白波の、立田山……」の箇所には「お名前を誰と知らない」の意と「白波」とが掛けられ、「白波」が「立つ」を掛けて「立田山」と続け、ここまでくれは、『伊勢物語』二十三段の「風吹けば沖つ白波立田山夜半には君がひとり越ゆらむ」を利用していることは誰でもすぐにわかる。『伊勢物語』では夫のことを心配する妻を描くが、ここでは、夜更けに山道を行くのはどこかに「お知り人」（異性を匂わせる）がいて忍んで通っているのかと、からかっている。それに続く「これより先は、なほ物騒」は『忠臣蔵』五段目で、早野勘平が偶然に千崎弥五郎と山崎街道の暗闇の中で出会い、亡君の石碑（墓）の建立を名目として敵討ちの同志を集めていることを教えられた後、別れる時に勘平が発する言葉である。

　大女房は今夜一緒に契りを交わそうと誘い、親切にもてなそうとする。もてなす物は、薪と粟の湯飯（写本によっては「湯」がない場合もある）、この二つでもてなそうとするのは、謡曲の「鉢木」を下敷きにしたからであろう。「鉢木」では、佐野源左衛門常世が宿を提供した旅僧（北条時頼）に向かって「御宿をば参らせて候へども、何にても参らせうずる物もなく候。をりふしこれに粟の飯のあるよし申し候。苦しからずは聞し召され候へ」という。その後で、日ごろ大切にしている鉢木を火にくべて暖を取らせるのである。

　大女房のやさしいもてなしの言葉に対して、大石家の氏神が危険を知らせる。その唄は「粟のどろどろ御粥が鳴らば、兵六、はよ逃げ、山姥ぢや」。これは橘南谿『西遊記』に収録されている、当時、桜島の噴火――安永八年（一七七九）九月に大噴火した――について謡われた唄「島のお嶽がどろどろ鳴るぞ　村丈はよ逃げ山汐が来る」をもじったもの。「どろどろ」という擬態語を介して、山姥のせりふの中の古典文学の世界と、噴火と山津波の危険を知らせる当時の俗謡とが接続されている。見事な着想と筆の冴えといえるだろう。

【もっと深く――痛烈な古学批判】

　和漢の古典――日本のものばかりを取り上げたが四書五経を初めとする中国の古典の利用も数多い――を用い修辞技巧を凝らした表現は、『夢物語』に独特のリズムを生みだしている。それは、音読や朗誦を基本とし、また薩摩琵琶や天吹（竹製の小型の笛）を愛でる文化が背後にあったことに由来することを見逃すべきではない。近世の薩摩の若者たちが愛誦した説話の一つに、文禄の役（壬申倭乱）における虎狩の物語がある。豊臣秀吉の命令で朝鮮に渡った島津義弘が、現地で虎狩を行い、二頭の虎を仕留めさせ、これを塩漬けにして秀吉に贈ったという、筋立てとしては単純な物語だが、その勇猛果敢、猪突猛進ぶりを薩摩人はこよなく愛し、地域の子弟が集団で心身を鍛え、結束を固くする、いわゆる「郷中教育」の中にも取り入れられた。

一方、朱子学の観念性を否定する古文辞学の流れは、十八世紀に入ると薩摩にも流入してきたが、兵六のように、だまされても化かされても何度も立ち上がり、へこたれそうになりながらも最後まで信念あるいは目標を貫徹しようとする態度をよしとする薩摩の武士（兵児）には、古文辞学派は言葉をこねくり回し、手管を弄するものと映った。『夢物語』の中でも、古文辞学派やその頭領たる荻生徂徠（一六六六〜一七二八）は徹底的に批判され葬られることになる。次に引くのは、兵六が狐を退治した直後に述べられる文章——。

大木一本倒るれば小木千本の悩みにて、それより狐のともがらは、虎の威勢をおのづから失ひ、己と肝を冷やして遠く退き、程朱（朱子学）の源ますます深く、徂徠が流れいよいよ浅くなりて、飛鳥川濁る淵瀬も変はれば清く、武士の道、中高くなり、町家の溝次第にふさがり、牛山の木も日を追うて栄え、民のかまども月々に、喜びの煙ゆたかに見え、三年の飢饉もここにおいて取り返し、桜島の煙はじめて消ゆることを得、人みな安堵の思ひをなせり。ひとへに兵六が功績なり。

飢饉や火山噴火といった人の手ではいかんともしがたい天災も、古文辞学の跳梁跋扈と関連があるかのように書かれているところに、党派抗争の激しさが垣間見える。

【テキスト・読書案内】

江戸時代の写本は、鹿児島県立図書館に五種残されている。活字本としては、明治時代から種々出版されているが、いずれもテキストとして問題がある。伊牟田經久『『大石兵六夢物語』のすべて』（南方新社、二〇〇七年）は、そうしたテキストの問題点の指摘はもとより、幕末から明治にかけて流布したテキストの復元とともに、諸本の異同を含めた詳細な注釈、現代語訳を収録しており、先行する研究書の第一にあげられる労作である。

（丹羽謙治）

26

ゆるキャラの源流

『化物大江山』『心学早染草』（黄表紙）

ゆるキャラという言葉はみうらじゅんによる造語で、二〇一九年現在でまだ二十年ほどしかたっていない新しい言葉だが、知らない人はほとんどいないのではないか。「ゆるいキャラクター」の略であり、地域おこし、イベントや名産品の宣伝のためなどに作られたマスコットキャラクターである。ゆるキャラグランプリの二〇一七年度大会では一一五七体のエントリーがあったという。大リーグの各球団にマスコットキャラクターがいるように、シンボル化されたキャラクターが日本だけのものではないのはもちろんだが、ここ二十年ほど何でもキャラクター化してしまう傾向は驚くばかりである。このような風潮をさかのぼれば、琴、琵琶、笙、沓、扇、鍋、釜、五徳などの器物や調度が化け物となって練り歩く室町後期（十六世紀）の百鬼夜行絵巻まで行き着くが、それより手前の江戸時代にいまと同じようなゆるキャラが大活躍していた。十八世紀後半に江戸で流行した黄表紙という絵入り小説では、数々の奇抜で滑稽な話が作られ、ゆるキャラばりのさまざまなキャラクターが登場している。本項目では、その中から恋川春町作・画『うどんそば化物大江山』（安永五・一七七六年刊）と山東京伝作・北尾政美（鍬形蕙斎）画『善玉悪玉心学早染草』（寛政二・一七九〇年刊）を紹介しよう。

『化物大江山』

【あらすじ】

丹波の大江山に住んでいた盗賊酒呑童子が源頼光と四天王（渡辺綱・碓井貞光・卜部季武・坂田公時）によって退治されたという大江山鬼退治伝説に、当時江戸でうどんに代わってそばが主流になっていった出来事を当て込み、そば一党がうどんの一党を成敗するさまを描いた異類物の小説。酒呑童子はうどん童子に、そば粉は源頼光に、四天王は薬味に配役され、渡辺綱は陳皮（ちんぴ）、碓井貞光は大根おろし、卜部季武はかつお節、坂田公時は唐辛子に擬人化された。そのほか、擬人化されたそば切り、そうめん、ひもかわ（平たいうどん）らも登場する。四天王の武器は包丁・打板・すりこ木・わさびおろしといったそば切道具。老翁からもらう必殺の武器は浅草の市で売ってあった樫の麺棒で、それを使ってうどん童子をたたき延ばすという麺尽くしの趣向。絵もそれぞれ、キャラクターに合わせた姿にデフォルメされている。

【見どころ】

図1は本作の冒頭で源のそばこと四天王の勢ぞろいの図。それぞれに衣裳に○で名前が書いてあるのは黄表紙の登場人物のつね。画面右上が源のそばこで、時計回りに、碓井の大根、渡辺のちんぴ（みかんの皮を干したもの）、坂田のとうがらし、卜部のかつおぶし。顔がそれぞれの特徴を反映したものになっている（そばこはそば粉の袋）。夜な夜な往来の者の銭を奪う化け物退治に渡辺のちんぴが名乗りをあげて、そば切包丁を拝領した場面である。

渡辺のちんぴはこの後、うどん童子の手下のよそば童子（非合法のそば屋）を退治するが、渡辺綱の茨木童子（いばらきどうじ）退治をもじった展開になっている。

図2は五人にだまされ酔いつぶれたうどん童子が退治される本作のクライマックス。うどん童子は本文中で「背の高さ、三十六文（もん）、盛り位もありて、色白く、力たくましく、中々一通りにて延びがたし」とある剛の者。「三十六文」は最高級の小田巻蒸し（茶わん蒸しとうどんが合体した料理）の値段（現在なら千百円ほど）からきており、平皿でなく、けんどん箱という箱に入れて供されていた。うどん童子の顔になっているけんどん箱には「山や（山屋）」という家号（やごう）が書いてある。「山や」は詳細不明で大江山からとったのかもしれない。うどん童子の袖は当時のうどんの呼び名の「温飩（うんどん）」である。

【もっと深く――あなたはうどん派？それともそば派？】

あなたはうどんとそば、どちらがお好き？　もちろん個人のお好み次第だが、地域差があるようで、筆者が現在住んでいる三重県ではうどん屋が多く、うどんとそばと両方売っている店もたいてい「うどん屋」を名乗っている。地元には独特の伊勢うどんという柔らかいうどん

図１　『化物大江山』（東京都立中央図書館加賀文庫蔵）

図２　『化物大江山』（東京都立中央図書館加賀文庫蔵）

がある。三重だけでなく関西圏はうどん食文化圏であるのに対し、東京はそば食文化圏でそば屋の名店が数々ある。だが、もともと江戸（東京）はそば食文化圏ではなかった。江戸初期に関西にうどん屋が登場し、江戸でもうどん屋が営業されるようになったが、それに比べてそばは格下の食べ物と思われていた。それが十八世紀後半からそばの品質が向上やさまざまな薬味が使われるようになって江戸ではそばを好む人が増えた。『化物大江山』のその社会現象を当て込んで、そば、薬味、うどんをキャラ化した絵本なのである。現代のゆるキャラに、うどんが脳みそになった「うどん脳」、顔型の「うどんの妖精♪さぬどん」、シリアスタイプの観光課係長「うどん健」、妖怪の「どんじぃとうどん粉ちゃん」があるが、それらに勝るとも劣らぬできばえである。

　作者で画工の恋川春町は駿河小島藩（静岡県清水区小島地区）という小藩の江戸留守居役。知的で軽妙洒脱な作風と高い画力の挿絵で高く評価されている。そば賛美の作品にみえるが強敵うどん童子の魅力も捨てがたいこの作品。うどん食文化圏の紀州（和歌山）藩士を実父にするが、執筆時に江戸住まいの恋川春町。果たしてうどん派だったかそば派だったか。

『心学早染草』

【あらすじ】

善玉と悪玉。今でも使う言葉だが語源を考えたことがあるだろうか。これらはきちんと起源がわかることばである。人間の心に善悪の二つがあるという心学という当時はやった実践道徳の教義からきている。この善玉と悪玉を擬人化し、黄表紙に仕立てあげたのが『心学早染草』である。心などのように形象化できるのか。その答えは図3である。悪の字、善の字を○で囲んだシンプルなもの。『心学早染草』の内容は次の通りである。

　当時流行していた心学という道徳教義をもとに、人間の魂を善魂（玉）と悪魂（玉）に分け、その働きによって人間の行動が変わることを道徳を交えつつ滑稽に描いた。裕福な町人目前屋裡兵衛の一子理太郎は生まれてより善魂に守られてまじめで利発な青年として成長する。十八歳のあるときうたた寝の隙をついて悪魂が善魂を追い出す。悪魂に操られて理太郎は吉原の遊女遊びにうつつをぬかすようになる。善魂と悪魂は理太郎の体をとりあい、悪魂が善魂を殺して妻子を追放する。理太郎は遊

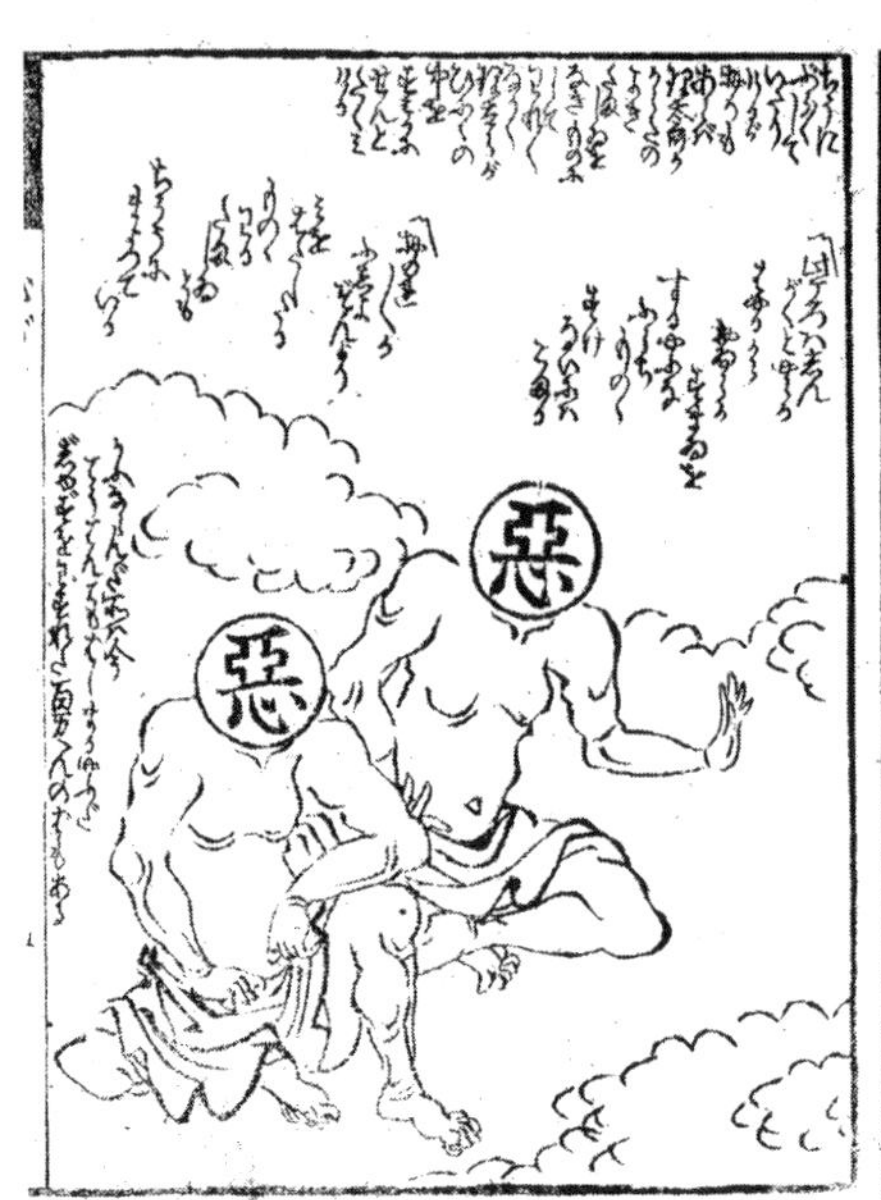

図 3 『心学早染草』(東京都立中央図書館加賀文庫蔵)

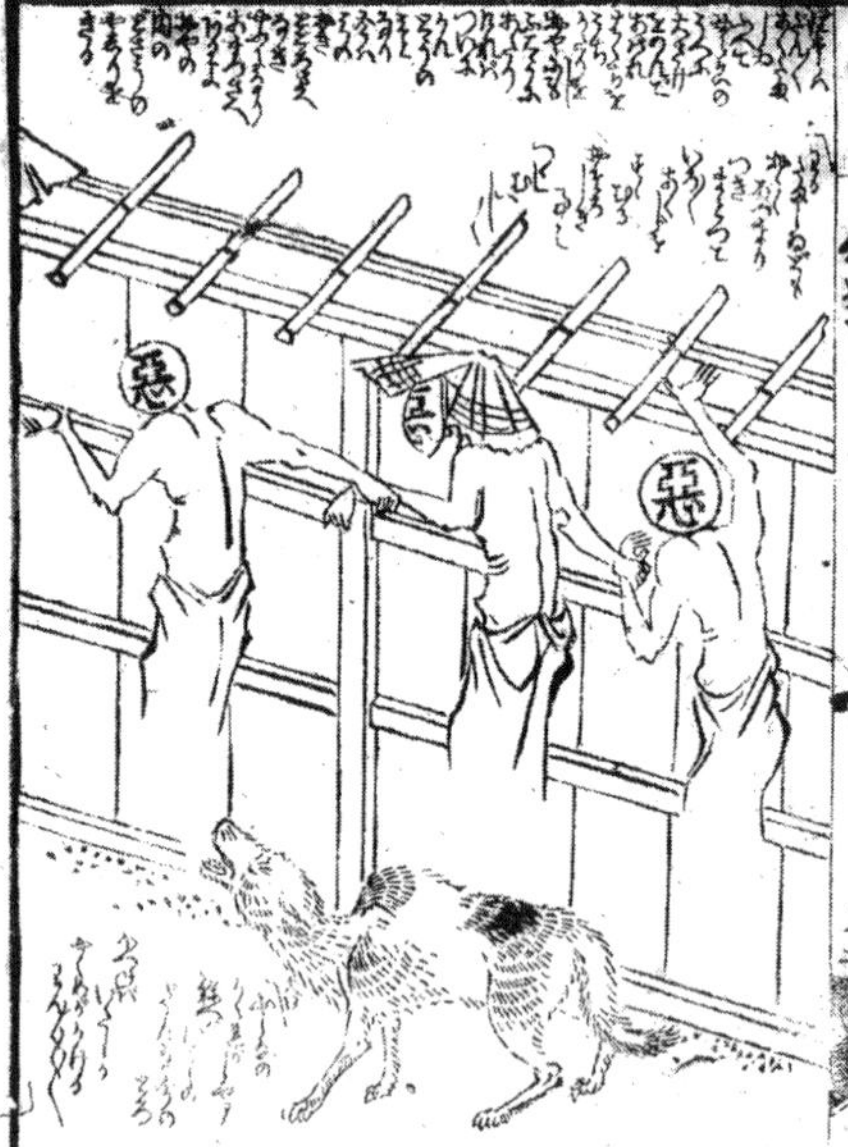

図 4 『心学早染草』(東京都立中央図書館加賀文庫蔵)

びがすぎて勘当され盗賊にまで身を落とすが、当時江戸で評判の中沢道二先生に擬した人物である道理先生に懲らしめられ教訓により本心に立ち返る。善魂の妻子は悪魂への敵討ちをはたし、ほかの悪魂は理太郎の体から追放する。善人になった理太郎は勘当をとかれ、家は富み栄える。善魂らがかたく守ったので魂が据わって、その後ゆらぐことがなかった。

【見どころ】

『心学早染草』は勧善懲悪のストーリーとはいえ、悪魂たちのコミカルな動きが見どころである。図4は、心のなかに悪魂が増えに増えた理太郎が、女郎買いのうえに大酒を飲んで暴れ、ばくちを打ったり、かたりをしたりし、親不孝が重なったため感動の身となり、そのうえ実家の土蔵の壁を突き崩して盗みに入る場面。手拭いでほおかぶりをした理太郎は土蔵やぶりの道具もそろえて用意周到である。番犬がもとの飼い主である理太郎にほえかかる。悪魂たちは多く集まって、いろいろな悪事を行うようにはやし立てる。理太郎の左肩には「理」の字が入って、理太郎であることを示す。

全編を通して人間の心のうちを反映して善魂よりも悪魂のほうが多く登場するが、この場面は悪魂が特に多く、生き生きと描かれている。踊る悪魂たちの手はそれぞれ違った形をとっており、いずれも躍動感のある動きをしている。

【もっと深く――善玉悪玉ものの展開】

悪が滅びて善が勝つ。勧善懲悪めでたしめでたし。心学人気とあいまって好評を博したため、山東京伝は『人間一生胸算用』（寛政三・一七九一年刊）、『堪忍袋緒〆善玉』（寛政五・一七九三年刊）を書き、あの曲亭馬琴も『四遍摺心学草紙』（北尾重政画、寛政八・一七九六年刊）という心学物の黄表紙を著している。だが、心学物黄表紙の人気に火がついた理由はデフォルメのきいた悪玉キャラの人気だった。特に文化八年（一八一一）に三代目坂東三津五郎が七変化舞踊の願人坊主で「悪」と大書した丸いお面をかぶって「悪玉踊り」を踊ると悪玉人気は過熱。文化十三年には独習本『踊ひとり稽古』という教本まで出ている。歌舞伎舞踊『三社祭』では善玉と悪玉が入り込んだ漁師二人による「悪玉踊り」が堪能できる［図5］。文化デジタルライブラリー「歌舞伎舞踊の作品と表現」で映像が公開されており、インターネットで見る

図5　歌舞伎三社祭（国立劇場蔵）

ことができるが（二〇一八年十一月現在）、よく上演される演目なので実際に観る機会も得やすいだろう。

　ゆるキャラでは二〇一三年にゆるキャラグランプリ第二位に輝いた「オカザえもん」に「悪玉」との類似性を感じる。顔が「岡」、胸に「崎」だが、白黒のシンプルな構成は悪玉を連想させる。作者の現代美術作家・斉と公平太さんによれば古いパプアニューギニアのお面を意識したそうで（『朝日新聞』愛知版、二〇一三年八月十三日）、悪玉との関係はなさそうだが、そこは人の心に忍び込む悪玉。知らず知らずのうちに何か影響を及ぼしていないと言い切れようか。

【テキスト・読書案内】

『化物大江山』の原本は希少で、東京都立中央図書館、東洋文庫ミュージアム、天理大学附属図書館、無窮会図書館の四カ所のみが所蔵。活字翻刻は水野稔編『黄表紙集1』（古典文庫、一九六九年）と小池正胤ほか編『江戸の戯作絵本　第一巻　初期黄表紙集』（現代教養文庫、一九八〇年）がある。鈴木健一『風流江戸の蕎麦』（中公新書、二〇一〇年）に詳しい読み解きがある。

　『心学早染草』は国立国会図書館や東洋文庫ミュージアムなど十カ所が所蔵。現在、早稲田大学図書館の古典籍総合データベースでカラー画像が閲覧できる。活字翻刻は多く、『黄表紙洒落本集』（日本古典文学大系59、岩波書店、一九五八年）、『江戸の戯作絵本　第三巻　変革期黄表紙集』（一九八二年）、『黄表紙・川柳・狂歌』（新編日本古典文学全集79、小学館、一九九九年）がある。そのほかに都立中央図書館の写本を底本とした鈴木雅子『山東京伝　善玉／悪玉　心学早染草　本文と総索引』（港の人、二〇一六年）がある。

（吉丸雄哉）

27

絵本からやってきた妖怪たち

『怪談摸摸夢字彙』（黄表紙）

江戸時代、妖怪は単純な生理的恐怖の対象ではなく、文化的に楽しむ対象にもなっている。言いかえれば、妖怪と人間が、文化的に程よい距離感を保ちつつ、共存している。

このような文化的共存が、妖怪に関する多様な文芸的表現を生み出したのではないか。歌舞伎『東海道四谷怪談』のおどろおどろしい特殊メイクの「お岩さん」から、黄表紙に登場するかわいくて仕方がない妖怪キャラクター「豆腐小僧」まで、実に幅広い。妖怪に関する多様な文芸的表現を楽しまずして、江戸の文芸を味わったということなかれ。

ここでは、享和三年（一八〇三）刊の山東京伝の黄表紙『怪談摸摸夢字彙』を取り上げて、少しでも多くの方と楽しみを共有したい。

【概要】

書名の最初に「怪談」と配するが、単純に妖怪を集めているのではない。妖怪「ももんじい」と百科事典『訓蒙図彙』をだぶらせながら、漢字の類別解説書『字彙』も組み込む。冒頭部「化物虚字之部」の形式も、『字彙』のパロディーといってよい。

具体的内容は、二十五の章――「見越入湯」「悋気の角」「古銭場の火」「能楽息子」「蒟蒻の幽霊」「十面の親爺」「壁に耳」「船幽霊」「大面」「岡目八目」「邪魔嵐」など――すべてで、妖怪を〈娯楽〉へ変容させ、笑いを誘う。

【見どころ】

ぺりかん社『山東京傳全集』第五巻解題は、わずかに、

……本文における「古銭場の火」は、鳥山石燕の『画図百鬼夜行』（安永五・一七七六年刊）での「古戦場火」

のパロディーになる。

と指摘する。実は、それだけではない。本作の最も重要な特色は、石燕の四つの妖怪絵本、

安永五年（一七七六）『画図百鬼夜行』
八年（一七七九）『今昔画図続百鬼』
十年（一七八一）『今昔百鬼拾遺』
天明四年（一七八四）『百器徒然袋』

から多くの妖怪を取り込み、巧みに変容させ、ユーモラスさを醸し出しているところにある。

「見越入湯」　『画図百鬼夜行』「見越」
「古銭場の火」　『今昔画図続百鬼』「古戦場火」
「蒟蒻の幽霊」　『今昔画図続百鬼』「震々」
「船幽霊」　『今昔画図続百鬼』「舟幽霊」
「大面」　『今昔画図続百鬼』「大首」
「岡目八目」　『今昔百鬼拾遺』「目目連」
「邪魔嵐」　『今昔画図続百鬼』「邪魅」・
　　　　　『百器徒然袋』「山颪」
「番頭空屋敷」　『今昔画図続百鬼』「皿かぞえ」
「質の亡魂」　『百器徒然袋』「暮露々々団」
「戯鳥」　『今昔画図続百鬼』「鵺」・「以津真天」
「金玉」　『今昔画図続百鬼』「金霊」
「節鬼」　『今昔画図続百鬼』「日の出」

ここでは、具体例を二つ示す。まず石燕の妖怪絵本『今昔画図続百鬼』「震々」［図1］は、次のようなものだった。傍線は神谷が付したものである。

ぶる〳〵、又ぞゞ神とも臆病神ともいふ。人おそるゝ事あれば、身戦慄してぞつとする事あり。これ此神のゑりもとにつきし也。

これを京伝『怪談摸摸夢字彙』「蒟蒻の幽霊」［図2］では、次のように改変する。

図1　『今昔画図続百鬼』「震々」
（『鳥山石燕画図百鬼夜行』国書刊行会、1992年より）

蒟蒻の幽霊は、よく人の言ふ事なれど、たゞぶる〳〵するばかりにて、何の恨みによりて迷ひ出たるか、未だ詳かならず。和漢の化物本にも、かつてなき新型仕出しの幽霊なり。
ある人の曰、「蒟蒻の幽霊は身に竹の串を刺され、鍋の蓋の上で叩かれ、唐辛子味噌を塗られたる恨みなり。それだから蒟蒻は、水へ入れても浮かまず」と言ふ。然るや否やを知らず。
いくら親爺の法要にあがつても、やつぱり蒟蒻屋の蒟蒻で、「今に石灰の中に白くなつて迷ふてゐるわいナア」。糸の様な声で恨みを言ふ。これ糸蒟蒻のはじめなり。……

「ぶるぶる」震える動きから、滑稽な「蒟蒻の幽霊」を「新型仕出し」として創作している。画にも、「水桶」「おでん屋」なども描き込み、さらに幽霊の手付きも、ちょっと変化が見い出せる。本来の幽霊らしい恨めしそうな両手を付き出すものではなく、軽く右手を口元へ添え、穏やかで優しげですらある。

二つ目の事例に移る。『怪談摸摸夢字彙』「戯鳥」〔図3〕に関して、『山東京傳全集』第五巻解題は、「「戯鳥」などは、山本亀成作の『絵本見立百化鳥』（宝暦五・一七五五年刊）から得た発想と見做して誤るまい。」とする。「戯鳥」を見ると、確かに、奇妙な鳥が飛んでいく。これを『絵本見立百化鳥』からの影響と考えることはできる。しかしそれだけでない。「戯鳥」の文章は、こうなっている。

万八太平記に曰、「昔、鳥羽の絵の御時、お台所の棚の上に、夜な〳〵戯鳥出て、いつまで〳〵と鳴き、くわら〳〵〳〵と響くによりて、一名を雷木鳥と名付く。お台の預かり久三広有といふ兵、旦那の命を被り、提灯の弓に蝋燭の矢を番へ、鍋弦の如く引保つて、ヒヤウと放す矢、つひに戯鳥を射止めたり。火を灯し、よく見れば、頭は山椒の木の如く、羽は切匙に似たり。その御褒美として菖蒲団子を沢山下されし」とかや。これは平家物語と太平記をよごしにした様な事なり……

ここで、『今昔画図続百鬼』「以津真天」（巻之下の二丁表）、

広有、「いつまで〳〵」と鳴し怪鳥を射し事、太平記に委し。

と同書「鵼」（巻之下の一丁表）を見てみよう。

鵼は深山にすめる化鳥なり。源三位頼政、頭は猿、足手を虎、尾はくちなはのごとき異物を射おとせし

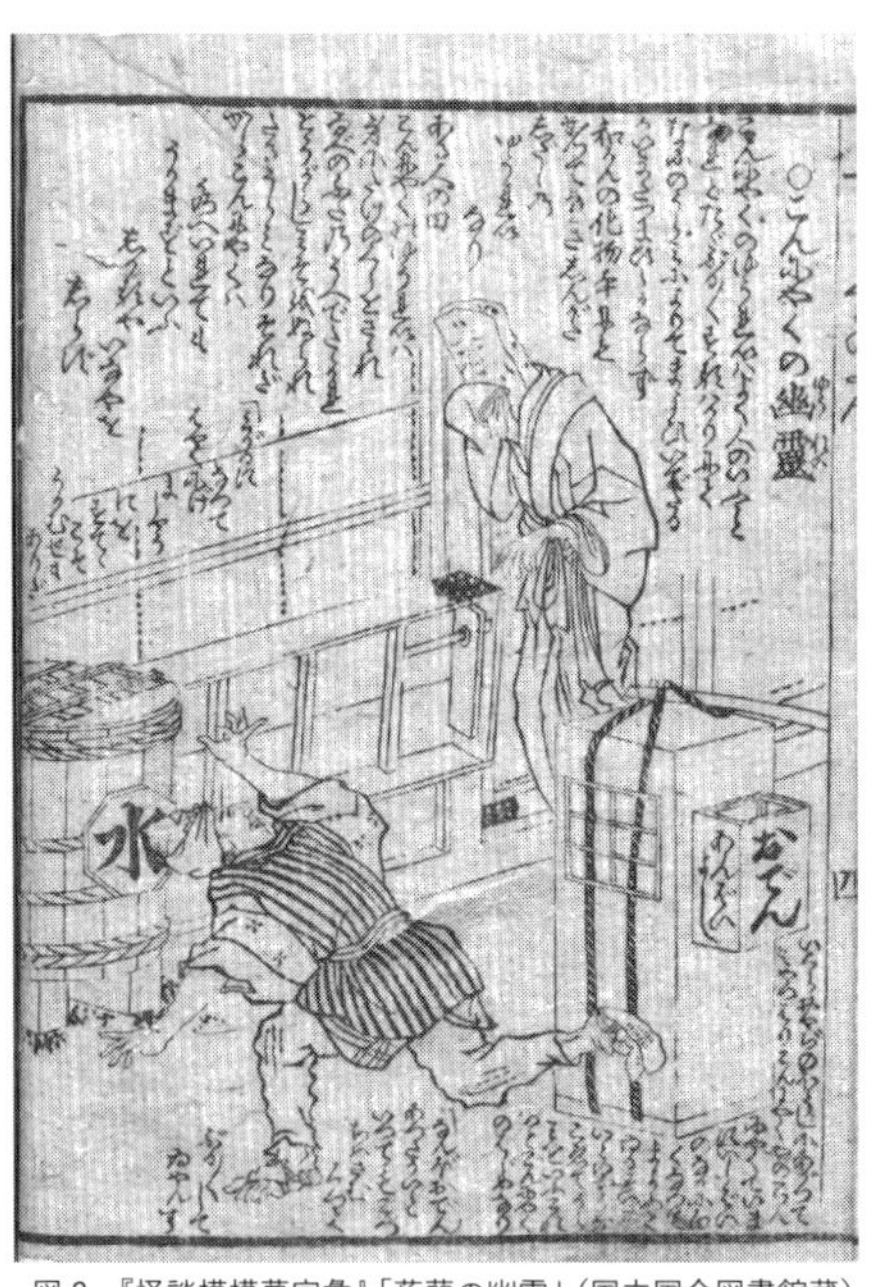

図２　『怪談摸摸夢字彙』「蒟蒻の幽霊」（国立国会図書館蔵）

図３　『怪談摸摸夢字彙』「戯鳥」（国立国会図書館蔵）

に、なく声の鵺に似たればとて、ぬえと名づけしならん。

『今昔画図続百鬼』の二章も参照されたことは疑いえない。むしろ、『今昔画図続百鬼』巻之下で見開きになっている一丁裏・二丁表の二章を元にして、『絵本見立百化鳥』からの要素も加味したと思われる。

【もっと深く――京伝と石燕妖怪絵本】

さて、京伝は、いつから石燕の妖怪絵本に興味を持っていたのか。

天明五年（一七八五）十月に本屋の蔦屋重三郎が、ちょっと変わった趣向の狂歌会を開催した。そして、その内容は、同年冬に『狂歌百鬼夜狂』の書名で世に出る。その序文に、

……土佐が百鬼夜行の図、または近比、鳥山叟などがかきたるばけものの名……

とあるように、すべて化け物などにちなんだ狂歌でそろえられ、石燕の妖怪絵本も利用されたのであった。京伝もいくつかの狂歌を掲載している。例えば、

うしろ髪

うつくしき顔にみだせしうしろ髪

ながきためしにひかれてぞ行

は、石燕『今昔百鬼拾遺』「後神」を意識したものであろう。また、

　むじな
うしみつに吹くる風の音づれは
ねいりむじなの目やさますらん

は、『今昔画図続百鬼』「貉」を、

　古戦場
いせ武者のおもひか宇治の古戦場
血烟たちてみゆるひをどし

は、『今昔画図続百鬼』「古戦場火」を、

　青鷺
色かへぬ松にたぐへん青鷺の
さもものすごく塀をみこすは

も、『今昔画図続百鬼』「青鷺」を踏まえている。

天明五年といえば、京伝が『江戸生艶気樺焼』で大好評を博し、戯作界のスターとなっていく年である。つまり、京伝は戯作者として駆け出しの頃から石燕の妖怪絵本に親しんでいたことになる。

『狂歌百鬼夜狂』に関わった著名な文芸関係者たち——平秩東作・紀定麿・唐来参和・四方赤良（大田南畝）・宿屋飯盛・つむり光・鹿都部真顔・蔦唐丸（蔦屋重三郎）・唐衣橘洲など——もまた、石燕の妖怪絵本に興味を持っていた。京伝の黄表紙『怪談摸摸夢字彙』による妖怪を利用した〈娯楽〉は、現代の我々が想像する以上に当時面白く受け入れられていたのではないか。

【テキスト・読書案内】

京伝の黄表紙『怪談摸摸夢字彙』は、『山東京傳全集』第五巻（ぺりかん社、二〇〇九年）に図版と翻刻があり、解題も付されている。

また今回取り上げた京伝の狂歌は、江戸狂歌研究会編『化物で楽しむ江戸狂歌～『狂歌百鬼夜狂』をよむ～』（笠間書院、二〇一四年）に詳しい解説付きで掲載されている。

なお、石燕の妖怪絵本は、高田衛監修・稲田篤信・田中直日編『鳥山石燕画図百鬼夜行』（国書刊行会、一九九二年）、『鳥山石燕画図百鬼全画集』（角川ソフィア文庫、二〇〇五年）で容易に見ることができる。

（神谷勝広）

28

妖婦になった金毛九尾の狐

『絵本玉藻譚』（読本）

江戸時代には人間に化ける狐の話がさまざま存在する。その中でもよく知られるのは次の三種であろう。浄瑠璃『義経千本桜』（延享四・一七四七年初演）の忠信狐、同じく浄瑠璃『蘆屋道満大内鑑』（享保十九・一七三四年初演）の葛の葉狐。そして最後に九尾金毛の玉藻前であろう。忠信狐は、静御前の初音鼓に張られた親狐の皮を慕って義経の臣、佐藤忠信に化ける。葛の葉狐は安倍保名への報恩のためにその妻に化け、二人の間に晴明を授かる。正体がばれ、泣く泣く幼い晴明と別れる「子別れ」の場面が有名である。このように前二者が親子の情に厚い、人間味ある狐であるのに対し、中国・天竺・日本の三国にまたがって王の心を虜にし、思うままに操った悪狐を扱ったのが岡田玉山作画の文化二年（一八〇五）刊『絵本玉藻譚』である（跋文からは玉山作と推察されるが『京摂戯作者考』では武田確斎作と伝えている）。

【あらすじ】

中国の殷の時代に、紂王の心をとらかし、国政を乱した妲己には、実は金毛九尾の狐が取りついていた。酒池肉林の宴を手始めに、宮女を百もの毒虫を集めた穴に突き落として殺したり、孕んだ女性の腹を裂かせたり、その非道には目を覆うばかりである。西伯侯（後の周の文公）は辛くも都を脱出し、太公望を見いだす。その子武王は、太公望の知略と道士雲中子の助けを得て都を攻め、とうとう紂王は火中に身を投じ、妲己は処刑される。切り裂かれた妲己の身からは白煙が昇り、金毛九尾の狐が西を指して飛び去る。次に、南天竺の天羅国では班足大子が山中に美しい花陽夫人を得た。仏僧たちを獅子に喰わせるよう仕向けるなどの悪行が続くが、花陽夫人は、仏法を重んじる浄波離国の普明王の眼光を受け、病に伏せる。花陽夫人は病の治療薬に百人の王の首を班足王に願う。百人の王が集められ、まさに首がはねられようという時、弥陀の三尊が西天より現れ、班足王は目を覚ます。花陽夫人は正体を現し、東方へ飛び去る。最後に日本に渡った狐は、第七十四代の鳥羽院の時代、玉藻前として寵愛を受けていた。天皇の病が妖異によるものと見抜いた安倍康成の祈祷の前に、玉藻前は姿を消す。その後、狐は那須野に逃げるが、三浦介・上総介に射止められ、その屍は大海に流される。その後、狐の執念は殺生石となって、それに近づく鳥獣や人は命を落としたが、玄翁和尚が遣わされ、その魂は成仏する。

【見どころ】

海外の情報が少ない江戸時代において、中国・天竺を舞台とする本書は、異国に対する興味をかき立てるものであったはずである。特に本書は題に「絵本」と冠するように読本の中でも「絵本物」と呼ばれる作品群のうちの一つであるが、その名の通り普通の読本に比べて挿絵が多いのが特徴である。本文が見開きで一丁（二ページ）続けば、見開き一丁（二ページ）の挿絵が入るのが普通である。昔の読者は絵を見て、海の向こうの異国を思い描いたことであろう。今の我々も、絵を見るだけでも楽しめる。特に、巻頭の口絵は豪華な多色摺りで、西洋の影響を受けた銅版画かと思わせる色彩の細密画を用いたことはより効果的であった。殷の妲己［図1］と、天竺の花陽夫人、鳥羽院の時世の玉藻前［図2］の衣裳風俗を描き分けている。画師の岡田玉山は、享和二年（一八〇二）刊の中国の地誌『唐土名勝図会』を描いた人物でもあり、異国の風俗を描くのに長けていた。

絵の魅力はもちろんであるが、内容もまたしかり。本書の主人公は金毛九尾の悪狐［図3］である。だが人々を本当に苦しめたのは、その狐に誑かされた王であった。王の悪政に苦しみつつ、家臣は王に手を掛けることはない。紂王は誅されるわけでもなく自死に至る。班足王も仏法を信じる家臣と仏の示現の前に目を覚ます。鳥羽帝もまた后や陰陽師の助けを得て、玉藻前の正体を知る。鳥羽帝も蒙昧な王に悩まされつつも、王を操る悪狐に立ち向かう知者・道士・仏道者・陰陽師・武将・名僧といった異能を持った人間の知謀と奮闘こそが見どころであろう。悪狐の悪行が凄惨であるからこそ、それにあらがう人間たちのありさまに、読者は気をもみ、手に汗握って読み進むのである。

図３ 『絵本玉藻譚』（国文学研究資料館蔵

図１ 『絵本玉藻譚』（国文学研究資料館蔵

図２ 『絵本玉藻譚』（国文学研究資料館蔵

日本に飛来して玉藻前となった狐はもはや三度、異国に逃れることはできなかった。その理由は次のように明かされる。

> 通力自在心のまゝにふるまへば、飛で異邦に渡らんとすれど、あら〳〵恐ろしや此国は神国にて天上地下四方八隅八百万神守護し給ひ、彼方へ飛ば蹴落され、此方へ走れば追倒され、天地広しといへども、今は隠るべき所もなく遁るべき国もなし
>
> （巻五・老狐落命）

三国のうち東端にある最も小国である日本に至った悪狐は、日本が神国であるゆえに脱出することができなかった。それゆえに日本の武将に射殺され、その魂は名僧によって解脱する。ここには辺境の小国という劣等感の裏返しともいえる自国優位の考え方が見て取れるという指摘もある。異国趣味の作品ながら、外国と海に隔てられた小国の神国としての自負が込められた作でもあった。

『絵本玉藻譚』は文化二年（一八〇五）に上方の書肆から刊行されたが、実は、これより早く江戸でも同素材の『絵本三国妖婦伝』（高井蘭山作）が享和三年（一八〇三）から文化二年（一八〇五）にかけて江戸の書肆から刊行されている。『絵本玉藻譚』の玉山の跋文によれば、すでに『絵本玉藻譚』の草稿は、寛政九年（一七九七）に完成していたが、校正の前に『唐土名勝図会』に着手し、文化二年（一八〇五）に至ってようやく本書の校正に取りかかった時には、すでに『絵本三国妖婦伝』が江戸で刊行されていたという。

『絵本三国妖婦伝』はほぼ『絵本玉藻譚』と同じ筋であるが、こちらは殷の妲妃、天竺の花陽夫人の後、さらに再度中国、周の褒姒となり、ようやく日本に渡って玉藻前となる。本筋からすると余計な（なおかつ、よく知られた）挿話（安倍仲麻呂・吉備真備や小野小町など）も多い。その分全五巻の『絵本玉藻譚』に対し、『絵本三国妖婦伝』は三編十五巻と長い。その上、挿絵に関しては、『絵本玉藻譚』が手が込んでいるのにに比して、中国と天竺の描き分けが十分でないと概して評判が悪い。遅れを取ったとはいえ、『絵本玉藻譚』は豪華な口絵、玉山の画力で挽回したといえるだろう。

【もっと深く――玉藻前の変遷】

玉藻前は、三国を股に掛ける悪狐とされるが、実は時代によって多少違いがある。

玉藻前の正体が三国伝来の九尾の狐とされることにつ

いて江戸時代後期を代表する作家、曲亭馬琴は文化七年（一八一〇）刊の読本『昔語質屋庫』の中で次のように考証している。

　されば当初、三国の怪を并いふとき、周の褒姒にしたりけるが、唐山演義の書に、殷の紂王の寵妾蘇妲妃は、九尾の狐の化たるよし作れるを見て、後にはこゝにも、褒姒を妲妃とし、白狐に九尾の二字を被て、これを三国伝来の悪狐とはいふなり。

九尾の狐の「三国の怪」は、周の褒姒、天竺の塚の神、日本の玉藻前であったのが、途中から、殷の妲妃、天竺の花陽夫人、日本の玉藻前と変化していること、特に、褒姒が妲妃と入れ替わったことに着目し、その変化が「唐土演義」の影響であることを指摘する（後述の『通俗武王軍談』）。また馬琴は当初は「九尾」の文字がないことにも言及する。

　具体的に確認してみると、鳥羽院の時代の玉藻前が狐であったことは、古くは『神明鏡』『下学集』に伝えられ、『源平盛衰記』巻六「幽王褒姒烽火事」には、褒姒を狐とする説が載る。室町物語の『たまものさうし』や謡曲「殺生石」では、玉藻前が日本に渡る以前は、天竺の班足太子の「塚の神」、周の褒姒であったとする。なお『たまものさうし』では「たけ七ひろ。尾二つ有、狐」とし、『殺生石』ではただ単に「野干」とするのみで、色や九尾についての記述はない。江戸時代に入って寛延四年（一七五一）初演の浄瑠璃『玉藻前曦袂』では、「狐」が塚の神、褒姒、玉藻前になった。

　妲己が登場するのは、明和三年（一七六六）の『勧化白狐通』であった。安倍康成が玉藻前の来歴を語るなかで、妲己・花陽夫人について物語り、その正体を「三千年の老狐にて一千年を経て、金毛となり三尾を生ず。二千年を経て六尾となり、三千年を経て九尾となる、三国化生の白狐なり」（巻二）とする。『勧化白狐通』には同じ筋で「悪狐三国伝」という写本も伝わり、妲己に関しては『通俗武王軍談』（狐は「九尾の狐金毛粉面」＊粉面は白い顔の意）の利用が指摘される。この『勧化白狐通』と「悪狐三国伝」を受けて登場するのが、この先述の、享和三年～文化二年刊『絵本三国妖婦伝』と文化二年刊『絵本玉藻譚』である。『絵本三国妖婦伝』では「金毛白面九尾の狐」が、殷の妲妃・花陽夫人・周の褒姒の後、玉藻前となる。『絵本玉藻譚』では褒姒がなく、「金毛粉面九尾」の狐が妲己・花陽夫人・玉藻前となるのは右に確認した通りである。翌文化三年（一八〇六）初演の浄瑠璃『増補絵本玉藻前曦袂』（近松梅枝軒・佐川藤太添削）では順番が少々異なって、「九尾の狐」が、天竺の花陽夫人から、妲妃、玉藻前となる。

当初の「二尾」の狐が次第に「九尾」に増え、また褒姒、塚の神、玉藻前であったのが、次第に妲己、花陽夫人、玉藻前に変化するというような変遷をたどりながら、玉藻譚は何度も何度も繰り返されてきた。それほどこの悪狐の物語は読者に愛されてきたのである。

なお、『絵本玉藻譚』刊行と同年の文化二年（一八〇五）には、当時作家として駆け出しの曲亭馬琴が初めて半紙本型の読本『月氷奇縁』を大坂の書肆から刊行しているが、この作にも狐の報恩譚が絡んでいる。また翌年文化三年（一八〇六）刊『阿也可之譚』も『絵本玉藻譚』の岡田玉山作画の読本であるが、これは葛の葉狐の物語である。この二冊はどちらも良い狐である。どうやらこの時期、大坂では悪狐と良狐と、狐ブームであったらしい。つくづく日本人は狐の話が好きなようである。

【テキスト・読書案内】

『絵本玉藻譚』『絵本三国妖婦伝』『通俗白狐通（『勧化白狐通』の改版）』『悪狐三国伝』に関しては、国文学研究資料館日本古典文学総合目録データベースで原本の画像が公開されている。また『絵本玉藻譚』『絵本三国妖婦伝』は国立国会図書館デジタルコレクションで活字本の画像が公開されている。『通俗武王軍談』については『通俗十二朝軍談・武王軍談・明清軍談』（帝国文庫28、一八九四年、博文館）、『通俗二十一史』第一巻（一九一一年、早稲田大学出版部）に翻刻がある。

『絵本三国妖婦伝』『絵本玉藻譚』の出版事情については「後期読本の推移」（『中村幸彦著述集』第四巻）、横山邦治『読本の研究』に言及がある。そのほか横山泰子「玉藻前説話にみられる自国意識と異国趣味」（『国際日本学』八号、二〇一〇年、法政大学国際日本学研究所）が玉藻説話の自国優位意識について論じる。なお、「玉藻譚の変遷」の項は、多くを大屋多詠子「『八犬伝』の政木狐と馬琴の稲荷信仰」（『馬琴と演劇』花鳥社、二〇一九年二月）によった（また、本論は馬琴読本における狐の説話についても紹介する）。そのほかの狐に関する論文としては、佐藤かつら「『義経千本桜』川連法眼館・狐忠信」（『鳥獣虫魚の文学史』二〇一一年、三弥井書店）などがある。

（大屋多詠子）

29

妖術使いと三すくみ

『児雷也豪傑譚』（合巻）

「じらいや」という名前から、どんなキャラクターを連想するだろうか。二〇〇〇年代に子ども時代を送った人なら、岸本斉史のマンガ『NARUTO』（集英社）に登場する忍者の自来也を思い浮かべるかもしれない。

『NARUTO』は少年忍者ナルトの成長を描く長編マンガである。自来也は同世代の大蛇丸・綱手とともに「三忍」と呼ばれた伝説の忍者で、落ちこぼれのナルトにさまざまな忍術を伝授する。邪悪な心を持つ大蛇丸はナルトの同級生のサスケに呪いをかけ、怪力の美女綱手は同じくナルトの同級生のサクラに「医療忍術」を伝授する。つまり自来也・大蛇丸・綱手は、成長過程にあるナルト・サスケ・サクラを良くも悪しくも導く存在として造型されている。

自来也は巨大な蝦蟇を使役し、大蛇丸と綱手もそれぞれ巨大な蛇とナメクジをあやつる。この三種の生き物は、蝦蟇は蛇に弱く、蛇はナメクジに弱く、ナメクジは蝦蟇に弱いという三すくみの関係にある。自来也・大蛇丸・綱手の力量もまた拮抗している。三種の生き物の力関係が、そのまま三人の力関係に反映されているのである。

自来也・大蛇丸・綱手のようなキャラクターは、いかにもマンガらしい奇抜なものに見える。だが実は、これらの源流は天保十年（一八三九）から明治元年（一八六八）にかけて刊行された長編合巻『児雷也豪傑譚』（美図垣笑顔ほか作、全四十三編）の登場人物にある。『児雷也豪傑譚』の主人公は蝦蟇の妖術を使う盗賊の児雷也で、作中にはかれに敵対する悪人大蛇丸と、かれを慕う怪力の美少女綱手が登場する。大蛇丸は半人半蛇（父が人間、母が蛇）で常に蛇に守られており、綱手は蛞蝓仙人に伝授された術を使う（蛞蝓はナメクジのこと）。三人の名前や、それぞれを蝦蟇・蛇・ナメクジに関連付ける発想は、ほぼそのまま『NARUTO』に流れ込んでいると言ってよい。

といっても『児雷也豪傑譚』は忍者の物語ではない。ここでは児雷也・綱手・大蛇丸をめぐる筋立てを中心に、三人の力関係がよくわかる越後国市振の浜の場面までのあらすじを紹介する。

【あらすじ】

信濃国に育った太郎は本名を尾形周馬弘行といい、滅亡した尾形家の遺児であった。太郎は養父をなくして孤児となり、持丸長者の家に奉公し、獰猛な雷獣を倒したことから児雷也と名乗る。児雷也は尾形家の再興を志して放浪し、妙香山で仙素道人という異人から妖術を伝授される。ある時、児雷也は異人から助けを求められる夢を見、妙香山に分け入る。山中では大きな蝦蟇が大蛇に苦しめられていたが、その蝦蟇こそ仙素道人の正体であった。児雷也は大蛇を撃ち殺すが、仙素道人は力尽きて死ぬ。

児雷也は蝦蟇の妖術を使い、月影家から尾形家の系図を奪う。児雷也に撃たれた大蛇の怨念は龍巻荒九郎と遊女菖蒲に憑いて、児雷也につきまとうが、蛞蝓仙人の教諭によって成仏する。尾形家の血を引く綱手は蛞蝓仙人から武芸と水練を学び、将来は豪傑の妻となるという予言を受ける。人間と大蛇の間に生まれた大蛇丸は寺の稚児として育つが悪行がやまず、寺を出奔して強盗の首領となる。

好色な大蛇丸は月影深雪之助の妻田毎に懸想する。月影家の佞臣五十嵐典膳は御家転覆の企てに大蛇丸を誘う。田毎が病気になり、魔よけのために重宝蛞蝓丸の短刀が必要となる。刀屋に預けられている蛞蝓丸を受け取るため、月影の家臣浜荻波之進が使者として派遣される。五十嵐典膳と浦富士輝景の意を受けた未塵骨平は波之進から蛞蝓丸をかたり取る。浦富士輝景に恨みを持つ鹿野笛八は布引山で未塵骨平を殺し、蛞蝓丸を奪おうとするが、笛八もまた曲者（大蛇丸）に襲われる。船頭（児雷也）と乙女（綱手）が現れ、暗闇の中で曲者と挑み合う。曲者を守る大蛇に船頭は五体がすくみ、船頭を守る蝦蟇に乙女は身がすくむ。乙女の体から現れたナメクジに近寄られ、曲者は目がくらむ。曲者は船頭の落とした巻物を拾い、船頭は笛八の落とした茶入れを拾い、乙女は骨平の落とした短刀を拾い、三人は立ち別れる。

綱手は鼻涕仙女から、初冬に北方の海辺で将来の夫が厄難に見舞われ、その折に綱手がかつて拾った一品が効力を発するとの予言を受ける。綱手は越後を目指して旅を続け、大蛇丸に殺された義助夫婦の幽霊に出会う。夫婦の幽霊は綱手がのちに児雷也と深い縁を結ぶことになると語り、大蛇丸のために児雷也は大難に遭うことになるが、その時は綱手が児雷也を救ってほしい、時節が来たら夫婦の仇も討ってほしいと頼む。

児雷也は更科家の忠臣高砂勇美之助から、大蛇丸を討伐して功名を立て尾形家を再興するよう勧められる。児雷也の山塞を狙う大蛇丸は越後国市振の浜で児雷也を討ち取ろうと企てる。市振の浜の近くで虚無僧（児雷也）・回国修行者（大蛇丸）・女巡礼（綱手）が相まみえる［図1］。三人は正体を明かさずに語り合い、互いがかつて布引山で遭遇した相手であることに気付く。女順礼が立ち去った後、児雷也と大蛇丸は名乗り合って切り結ぶが、大蛇丸は大蛇に守られているために児雷也の妖術が効かない。児雷也は窮地に陥るが、再び綱手が現れて蛞蝓丸で大蛇丸に切りかかり、大蛇は大蛇丸とともに退散する［図2］。綱手は児雷也に蛞蝓丸を渡して身の上を語るが、打ち寄せる波に二人は別れ別れとなる［図3］。

【見どころ】

市振の浜で児雷也が大蛇丸と戦い、窮地に陥ったところを女巡礼（綱手）が救う場面は、原文では次のように書かれている。

さしもに鋭き児雷也も暫したためろうその折から、穏やかなりし海の面にはかに逆波立ち上がり、水底より凄まじき大蛇の形現れて、児雷也目がけ飛びかゝる。時をひとしく岩陰にかねて忍びし大蛇丸が手下、鉄砲さし向け、児雷也をたゞ一撃ちになさんとする。これや一世の大厄難、その時遅し、此時早し。

いつの間にかは戻りけん、かの順礼は岩陰を走り出づると見えたりしが、鉄砲持つたるかの賊の首、中天に打ち落とし、血汐に染みし短刀うち振り、なほも諫める声高く、「悪賊真野の大蛇丸、わらはが言葉をよく聞けかし。宿世の縁ある児雷也殿の危急を救はんそのために、こゝに来たりしわが身こそ同じ尾形の流れにて、越中の国木の葉の里なる綱手と名を呼ぶ者ぞかし。汝がために非業に死したる義助夫婦が霊の告げにて、今ぞ彼らが恨みを返す、思ひ知れや」と言ふまゝに、蛞蝓丸の短刀をひらめかして切つてかゝる。

此名剣の威徳にや、波間の大蛇も身を引きて、児

図１　『児雷也豪傑譚』十四編（個人蔵）

図２　『児雷也豪傑譚』十四編（個人蔵）

図３『児雷也豪傑譚』十四編（個人蔵）

雷也に寄りつき得ず。

蛇の力で児雷也の妖術を無効にする大蛇丸も、蛞蝓丸を持った綱手にはあえなく退散させられてしまう。児雷也・大蛇丸・綱手の力関係が蝦蟇（蛙）・蛇・ナメクジの三すくみの関係に基づいていることがよくわかる場面である。

江戸時代には、この三種の生き物が三すくみの関係にあるという俗信が流布していた。文化元年（一八〇四）刊行の黄表紙『化物太平記』（十返舎一九作）には「かいると蛇となめくじり、三虫のあらそひ」という文言が見えるし、文政二年（一八一九）刊行の柳亭種彦の合巻『三虫拇戦』にも蛙・蛇・ナメクジの三すくみを人間が目撃する場面が出てくる。虫拳という遊びもあった。グー（石）・チョキ（はさみ）・パー（紙）を手で表現して勝負するジャンケンに似たもので、指を曲げて蛙・蛇・ナメクジの形を表して勝負する。文化六年（一八〇九）刊行の『拳会角力図会』には、それぞれの手を絵に描いた「虫拳の図」が載っている。『児雷也豪傑譚』九編（弘化五・一八五二年刊）上冊見返しにも「三虫拳」の図がある［図4］。

さかのぼって元禄十七年（一七〇四）刊行の怪談集

『金玉ねぢぶくさ』には、小さな蛙がナメクジを利用して蛇を殺す話（「蛙も蛇を取事」）が載っている。蛙が蛇に襲われるが、蛙は死なずに蛇のほうが死んだ。その様子を見て不審に思った人が観察すると、蛙は足に「蝸牛（ナメクジリ）」を挟んでいて、蛇に襲われるとそのナメクジをつかんでいる足を蛇のあぎとに差し込んだ。蛇はその毒に当たって死んだようだ、という。

蛇に追い詰められた蛙がナメクジに助けられて窮地を脱するという点で、偶然にも『児雷也豪傑譚』の市振の浜の場面と通じ合うところがあり、おもしろい。

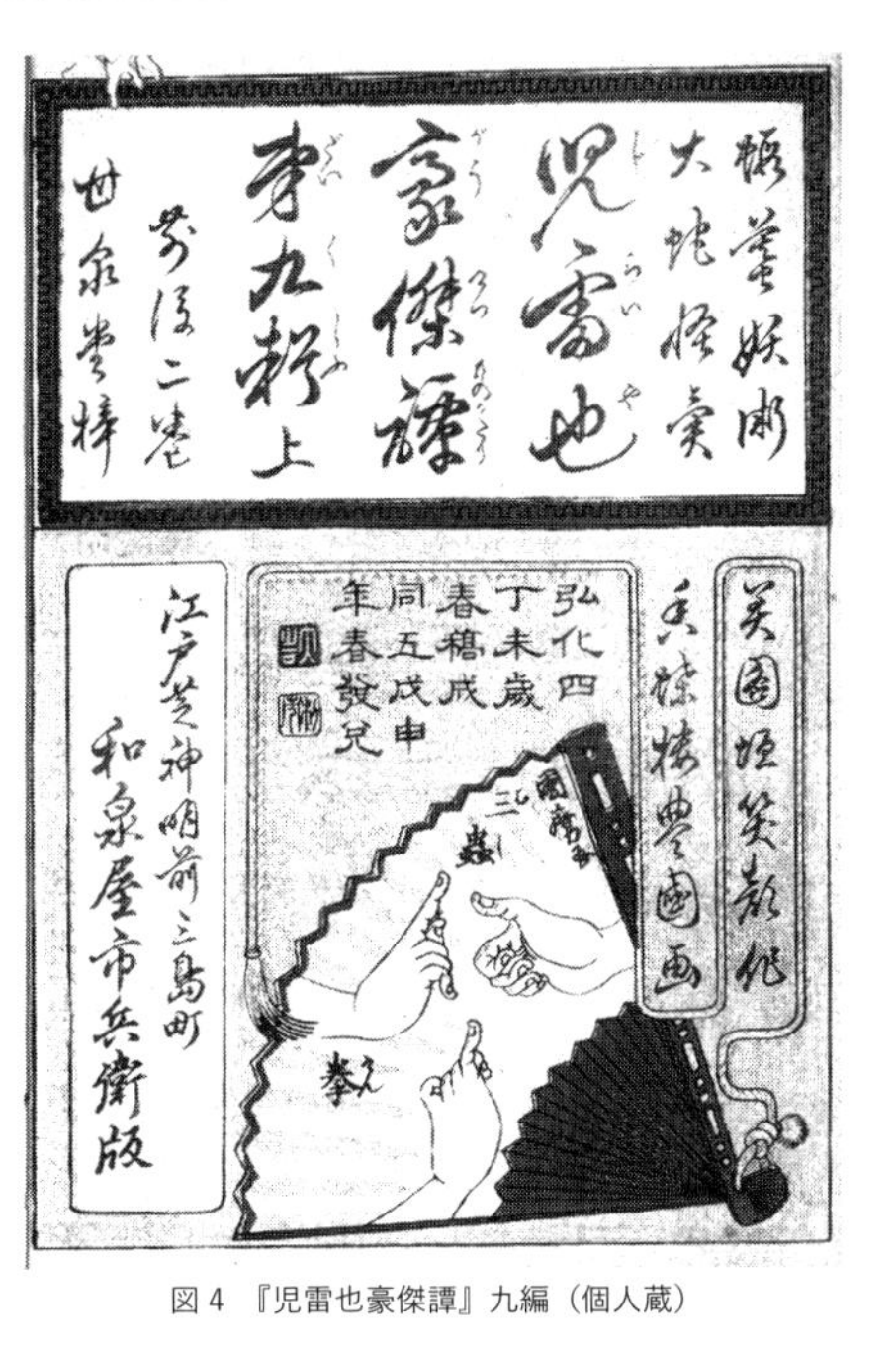

図４『児雷也豪傑譚』九編（個人蔵）

【もっと深く――物語世界を生き続ける「じらいや」】

『NARUTO』の源流が『児雷也豪傑譚』にあると述べたが、『児雷也豪傑譚』にもいわゆる元ネタがある。感和亭鬼武が書いた読本『自来也説話』（文化三〜四・一八〇六〜一八〇七年刊）である。児雷也が異人に妖術を伝授され、山中でその異人（正体は蝦蟇）を苦しめる大蛇を撃ち殺すという『児雷也豪傑譚』のエピソードは、この読本『自来也説話』に出てくる自来也のエピソードによったものである。

『自来也説話』の自来也は浪人にして盗賊である。この設定は『児雷也豪傑譚』の児雷也にも共通しているが、『児雷也豪傑譚』では児雷也が成人するまでの物語が加えられている。その中に雷獣と戦うエピソードがあり、これが「児雷也」という名の由来になっている。ちなみに『自来也説話』の「自来也」は、盗みに入った家に「自来也（みづからきたるなり）」と書いた札を貼って去ることに由来する。

大蛇丸や綱手は『自来也説話』には登場しない『児雷也豪傑譚』独自のキャラクターである。この二人が登場したことで物語はぐっと面白くなった。安政三年

（一八五六）刊行の見立て番付『東都流行合巻競』（合巻作品を力士に見立てて格付けした番付）では、『児雷也豪傑譚』が東の大関に据えられている。横綱はなく、大関が頂点である。この作品が当時いかに人気を集めていたかがわかる。

嘉永五年（一八五二）七月には、『児雷也豪傑譚』を原作とする歌舞伎『児雷也豪傑譚話』（二代目河竹新七〈のちの河竹黙阿弥〉ほか作）が江戸の河原崎座で上演された。この時に児雷也を演じたのは八代目市川団十郎である。合巻では凛々しい若武者として描かれる児雷也を、まさに当代を代表する立役の八代目団十郎が演じたのだった。安政二年（一八五五）五月には同じく河原崎座で続編にあたる『児雷也後編譚話』も上演された。歌舞伎の『児雷也豪傑譚話』はその後もたびたび舞台にかかり、近年では二〇〇五年十一月に新橋演舞場で上演されている。

滅亡した家の再興を志す英雄。英雄と悪賊の対立。英雄を慕う美少女。そして巨大な生き物が登場する奇想天外な妖術。『児雷也豪傑譚』がはらむ諸要素は現代の目から見ても色あせない。エンターテインメントの王道を行く作品と言っていいだろう。

【テキスト・読書案内】

『児雷也豪傑譚』全編の影印・翻刻は、『児雷也豪傑譚』上・下巻（国書刊行会、二〇一五年）に収められている。

『児雷也豪傑譚』の物語構造を分析し、先行文芸との関係を明らかにした論文に佐藤至子「『児雷也豪傑譚』における蛇の物語」（『日本文学』六十二巻四号、二〇一三年四月）がある。また、『NARUTO』と『児雷也豪傑譚』の関係を読み解いた論文に佐藤至子「『児雷也豪傑譚』から『NARUTO』へ」（吉丸雄哉ほか編『忍者文芸研究読本』笠間書院、二〇一四年）がある。

（佐藤至子）

30

逆立つ髪と踊る毛抜

『毛抜』（歌舞伎）

天保三年（一八三二）三月、七代目市川団十郎は代々の団十郎の得意芸、当たり役から十八種を選んで発表した。いわゆる「歌舞伎十八番」の誕生である。当時発行された摺物に掲載された形で示せば、次の通りである。

暫　七ッ面　象引　蛇柳　鳴神　矢根　助六
関羽道行　押戻　嫐　鎌髭六部　外郎（外郎売）　不動
鑷（毛抜）　不破　解脱　観（勧）進帳　景清

市川家の芸と言うと、隈取りをした主人公が豪快に活躍する「荒事」のイメージがまず連想されるかもしれない。確かに、右のうち『暫』や『矢根』、『押戻』などはそうした要素の強い演目である。しかし、その範疇のみに限定されないのが十八番の奥深さである。『助六』の花川戸助六は、和事味を付加した色気や爽快な悪態を魅力とする。『鳴神』は高僧の美女への堕落ぶりに役者の力量が問われ、『勧進帳』の弁慶は、白紙の巻物を朗々と読み上げる知謀、主人の義経を打ち据えなければならない苦悩、酔態ながらも鮮やかに披露する舞など、多様な芸で構成される。そして、ここで採り上げる『毛抜』の主人公、粂寺弾正もまた、荒事一辺倒の人物ではない。小野家を襲う数々の難題を、持ち前のユーモア精神を交えながらスマートに解決へと導いていく、「捌き役」の役どころなのである。

【あらすじ】
小野春道の館に天皇の使者がやって来て、小野家の重宝「ことわりやの短冊」を朝廷に納めるように命じる。この短冊には、小野家の先祖、小野小町が詠んだ「ことわりや日の本ならば照りもせめ　さりとてはまた天が下とは」という雨乞いの歌が記されており、その効力で日照り続きの都に雨を降らせようとしたのである。これを

三代目歌川豊国画「鑷（嘉永五年刊）」（国立国会図書館蔵）

保管していたのは家老の秦民部(はたみんぶ)であったが、小野家の横領をたくらむもう一人の家老八剣玄蕃(やつるぎげんば)によって、盗み出されてしまっていた。短冊を献上することができず、小野家は窮地に立たされる。

小野家の息女錦の前(にしきのまえ)は文屋豊秀(ぶんやのとよひで)の元に嫁ぐことになっていたが、髪が逆立つ奇病のため、婚儀が先延ばしになっていた。様子伺いのためにやって来た文屋家の家臣、粂寺弾正は、鉄でできた毛抜がひとりでに動き出すという怪現象を目撃する。

小野家の若殿の小野春風(はるかぜ)は、かつて腰元として奉公していた小磯(こいそ)を妊娠させ、体よく館から追い出していた。この小磯の兄を名乗る小原(おはら)の万兵衛(まんべえ)が館にやって来て、小磯が難産で死んだため、小磯を生かして返せと無理難題を持ちかける。実はこの万兵衛は、玄蕃の息のかかった偽者であった。それを見抜いた弾正は、自分が閻魔大王の知り合いであり、大王へ小磯を戻してくれるよう依頼状を書いてやってもいいが、ついてはその手紙を届けるためにお前が地獄へ行けと切り返し、偽万兵衛をやり込める。そして、成敗した偽万兵衛の懐(ふところ)より「ことわりやの短冊」を取り戻す。

さらに弾正は、錦の前の奇病の謎解きをする。天井裏に大きな磁石を持った忍びの者が潜んでおり、その磁石が錦の前の鉄製の髪飾りを引き付けていたために、髪が逆立っていたのである。こうして弾正は、悪臣玄蕃のたくらみをくじいて小野家の窮地を救い、悠然と帰って行くのであった。

【見どころ】

ここでは、弾正が小野家当主の春道が面会に現れるのを待つシーンを見てみたい。弾正は暇つぶしに毛抜で髭を抜いている。当時の武士は髭を伸ばさず、きれいに整えるのを身だしなみとした。作品名にもなっているこの毛抜が、【あらすじ】に示したように、本作のキーアイテムとなる。一般に歌舞伎をよく知らない人は、歌舞伎を堅苦しく、難しいものと思いがちである。そうした初心の人たちが、歌舞伎にはこんなにも卑俗な描写があるのかと驚き、多く歌舞伎への先入観を改めるきっかけになるのが、この一連の場面である。

弾正　ハテ、御返事は待ち久しいことかな。

　ト毛抜を出し、髭をぬきいると、巻絹、茶を持ち出る。

巻絹　御姫様から御口上でござりまする。弾正様、さぞ御退屈にござりませう。是は引きだめながら、上林の初むかし、御姫様の御手前で、薄ふ御立てなされた一ぷく、あがりなされませとの、御口上でござりまする。

　トさし出す。弾正、毛抜を下に置き、

弾正　是は御心のつかれた、有り難ひ仕合せでござりまする。お姫様からの御茶とは、有り難ひことでござりまする。

　ト茶わんを取りながら、巻絹の手を取り、

御姫様の御茶も嘸かしでござりませう。先づ差し当つて、その元の御茶を薄う一ぷくたべたいでゑす。

　ト引き寄せる。巻絹、はづかしがる。

巻絹　ア、是、てんごうなされまするな。ナア、御姫様からの御茶を、早う上りませい。

弾正　なんぼ有り難ひと言つても、御姫様の御茶はおとがいのしづくで、かんじんかんもんの御茶は口へいらぬ。どうぞ其元の御茶を一ぷく所望致したい。なんと、男はまだ初昔か〳〵。

巻絹　ヱヽ、たしなましやんせ。かたい顔して、わしや、そんなことは知らぬわいナ。

ト突きのけ、這入る。

弾正　てんと是で、二はいふられた。さらば一ぷく給はらふか。

ト茶を一口のむ。下に置いた毛抜、仕掛けにておどる。弾正、じつと見て、不思議そうに思入だん〳〵あつて、煙草盆のきせるを下に置き、見る。きせるはおどらぬによつて、又思案して、脇差の小柄と毛抜を見合せ、又きせるを見て、手を組み、思案する。

弾正　ハテ、合点のゆかぬ。（中略）コリヤ、化物屋敷じやないかしらぬ。

女中の巻絹は、弾正を接待するため、「御姫様」、すなわち錦の前の立てたお茶を差し出す。「上林」とは今も残る宇治の抹茶の老舗で、「初むかし（昔）」とはその銘柄のこと。ところが、弾正の関心の矛先はお茶ではなく、巻絹本人へと向かう。「其元（あなた）のお茶が飲みたい」というセクハラ発言が受け入れられるはずもなく、案の定振られる弾正であるが、そのセリフには「二はい（杯）ふられた」とある。お茶の関連で「二回」を「二杯」と洒落たわけであるが、二杯目とする以上は一杯目もあった。掲出した場面の直前では、家老秦民部の弟の秀太郎が、煙草盆を持って弾正の元にやって来るという件りがある。この秀太郎は前髪を残した未成人の美少年。ここでも弾正は、馬の稽古にことよせ、秀太郎に言い寄っていた。男色、女色の両道をたしなむのは、当時格別珍しいことではなかったのである。

弾正の好色家の一面が、古風な滑稽味とともに示されたところで状況は一変、ミステリーの色彩を帯びる。舞台では、誇張して大きめに作られた小道具の毛抜が踊る。この毛抜には「差金」という長い棒がつけられ、後見役がそれを操ってひとりでに動いているように見せる。「小柄」とは刀の付属品の小型ナイフのようなもの。【あらすじ】に示したように、天井裏には巨大な磁石が仕込まれているので、鉄製の毛抜や小柄が踊るのに対し、喫煙具の「煙管」は木製なので動かないのである。この磁石のトリックは、宝永元年（一七〇四）刊の浮世草子『金玉ねぢぶくさ』巻之六に、武田信玄の軍師山本勘助に関する逸話として出て来るものが趣向として先行し、本作のオリジナルではない。

現行では、この場面において弾正が披露する五つの見得が見どころの一つになっている。腹ばいになって頬杖を突いたり、後ろ向きになって天井を見上げたりなど、ほかの演目にはない見得が含まれる点で特徴的であるが、この見得は江戸時代から連綿と継承されてきたものではない。近代になってから二代目市川左団次という役者が、浮世絵を参考にして復元したものであった。

【もっと深く――作られたお家芸】

二代目左団次は、小山内薫との自由劇場の結成など、日本演劇の近代化を推し進めた人物である。岡本綺堂と組んで新歌舞伎の作品を多く手がけたように、歌舞伎においても大きな業績を残したが、古劇の復活もその活動の一つであった。この『毛抜』は、文化九年（一八一二）に七代目団十郎が勤めて以来上演が絶えていたのを、明治四十二年（一九〇九）九月の明治座において、岡鬼太郎の補綴でおよそ百年ぶりに復活したものである。鬼太郎は、寛保二年（一七四二）正月、大坂の大西芝居（佐渡島長五郎座）で二代目団十郎が主演した『雷神不動北山桜』の台本に基づいて補綴した。同作三段目の「小野春道館の場」が『毛抜』に該当する場面である。ちなみに、歌舞伎十八番のうち、現行の『鳴神』と『不動』も、この『雷神不動北山桜』に含まれている場面を基とし、前者が明治四十三年、後者が同四十五年に、やはり鬼太郎の脚本で復活している。

歌舞伎十八番のなかには、独立した作品ではなく、もともとは長い作品の一局面、あるいは芸の一形態であった演目がある。例えば、筋隈の顔に車鬢の頭、巨大な素袍を身にまとった異様な姿のスーパーヒーローが悪人たちを蹴散らす『暫』は、十一月の顔見世狂言において、どんなに物語の設定が変わろうと必ず設けられていた局面であった。あるいは『外郎売』は、アナウンサーの滑舌の練習でおなじみのように、早口言葉のしゃべり芸を主眼とするもので、かつては、『助六』などさまざまな作品のなかで挿入的に披露されたものであった。これらが独立した一幕物として上演されるようになったのは、近代以降のことである。『暫』の場合は、明治十一年（一八七八）十一月、新富座での所演がそれで、九代目団十郎が勤めた。その後、明治二十八年十一月の歌舞伎座で福地桜痴が整理した台本が、現行の『暫』の基になっている。『外郎売』は、大正十一年（一九二二）九月の帝国劇場において市川三升（没後に十代目団十郎を追贈）が一幕物として初演、現在では昭和五十五年（一九八〇）五月の歌舞伎座で十二代目団十郎が勤めたもの（野口達二脚本）が定本となっている。

市川三升は役者の家ではなく日本橋の商家の子として生まれ、九代目団十郎の娘婿となった人物である。明治四十三年（一九一〇）の九代目の没後、素人ながら役者業へと転じ、市川宗家の権威の維持に努めた。その一環として行われたのが、埋もれた歌舞伎十八番の作品の復活上演であった。略年譜にすると次の通りである。

昭和七年十一月、歌舞伎座『解脱』（山崎紫紅脚本）
昭和八年一月、歌舞伎座『不破』（川尻清譚脚本）
昭和八年十月、歌舞伎座『象引』（山崎紫紅脚本）
昭和十一年四月、歌舞伎座『嫐』（山崎紫紅脚本）
昭和十一年五月、歌舞伎座『七つ面』（山崎紫紅脚本）
昭和二十二年五月、東京劇場『蛇柳』（川尻清譚脚本）

そもそも十八番には、七代目団十郎がこれを制定した時点で、既に伝承が絶え、台本も残らず内容すら判然としない演目も含まれていた。七代目は、文献上で過去の団十郎が演じたと記録されているものについても、広く十八番に採用したのである。右に挙がっている演目などがそうしたもので、これらは復活というよりは、紫紅や清譚による新たな創作と言った方が実態に近い。当代海老蔵も近年十八番物の復活に力を注ぐが、それらも現代の観客の嗜好に合わせた新作である。

もっとも、十八番物のリ・クリエイトは今に始まった話ではない。「勧進帳」も、歴史をたどれば初代団十郎が元禄十五年（一七〇二）に『星合十二段』で勤めたものまでさかのぼることができる。しかし、七代目はそれを再現しようとせず、能の「安宅」に近づけた格式の高い作品を新たに創造し、それを家の芸の『勧進帳』として上演した。それが今や、十八番のみならず歌舞伎そのものを代表する人気演目となっている。

歌舞伎をよく知らない人は、歌舞伎が一言一句、あるいは一挙手一投足、何一つ昔と変えてはいけないものであると思いがちである。それは、「伝統芸能」という言葉が醸し出すイメージに引きずられた、偏見以外の何ものでもない。歌舞伎は今も昔も、変わり続ける同時代エンターテインメントなのである。

【テキスト・読書案内】

『毛抜』のテキストを収録する活字本で、今日手に取りやすいものは次の通り。

①郡司正勝校注『日本古典文学大系98　歌舞伎十八番集』（岩波書店、一九六五年）
②『名作歌舞伎全集　第18巻　家の芸集』（東京創元新社、

一九六九年）

③服部幸雄編著『歌舞伎オン・ステージ10　勧進帳』（白水社、一九八五年）

いずれも、『鳴神』の台本を合わせて収録し、①と③は注釈が付く。そのほか、

④『歌舞伎台帳集成』第四巻（勉誠社、一九八四年）には、『雷神不動北山桜』の初演時の台本の全てが収録されている。

また、映像資料としては、松竹とＮＨＫエンタープライズの共同制作によるＤＶＤ、

⑤『歌舞伎名作撰　雷神不動北山桜　毛抜・鳴神』が販売されている。『毛抜』の映像は平成十七年四月、歌舞伎座のもので、粂寺弾正を十二代目市川団十郎が勤める。『鳴神』は昭和三十七年七月、明治座の映像で、鳴神役は九代目市川海老蔵（後の十一代目団十郎）。幕切れに十七代目市村羽左衛門による「押戻」の演出がつくのが珍しい。

歌舞伎十八番については、

⑥戸板康二『歌舞伎十八番』（中央公論社、一九五五年）が古典的名著で、近くは二〇〇三年の隅田川文庫のものなど再版を繰り返している。代々の団十郎の芸と人については、

⑦服部幸雄『市川團十郎代々』（講談社、二〇〇二年）が学術的にも信頼の置ける充実の一書である。（光延真哉）

31

歌舞伎役者の幽霊と化け猫

『百猫伝』（講談）

「小はだ小平次」という名前を聞いたことがあるだろうか。奇妙な姓を持つこの人物は、享和三年（一八〇三）に出版された読本『安積沼』（山東京伝作）に登場する歌舞伎役者である。作中では、小平次は歌舞伎役者鰻鱺太郎兵衛の弟子で、師匠が名人であるのに対し小平次は芸が下手であったため、「鰶に劣る」という意味で「小鰭」と呼ばれたと説明されている。「小はだ」は、芸の味わい（うまい・へた）を魚の味わい（うまい・まずい）に例えてつけたあだ名だったというわけである。

とはいえ、小平次にも唯一得意とするものがあって、それは幽霊の役であった。『安積沼』には小平次が幽霊に扮し、間接的に人助けをするくだりがある。だが、小平次をめぐる物語の核心はそこではない。

小平次は妻に死なれ、おつかを後妻として娶るのだが、このおつかが小平次の留守中に左九郎という鼓打ちと密通する。左九郎は旅先の小平次一座に合流すると、芝居が休みの日に小平次を釣りに誘い出し、事故死と見せかけてかれを溺死させる（その現場が安積沼）。左九郎は小平次の死骸から所持金を奪い、江戸に戻っておつかと夫婦になるが、その寝所に小平次の幽霊が現れ、おつかは気がふれて病死、左九郎も金を悪僧にかたり取られたのちに狂死する。

つまり『安積沼』における小平次の物語とは、三角関係―殺人―幽霊による復讐というプロットを持つ怪談である。幽霊役を得意とする役者が本物の幽霊になってしまうのだから、笑えない冗談のような怪談というべきであろうか。

この小平次の怪談は文化五年（一八〇八）閏六月に江戸・市村座で上演された四代目鶴屋南北の歌舞伎『彩入御伽草』に取り込まれた。この歌舞伎では、小平次の怪談は播州皿屋敷の怪談と綯い交ぜになっている。小平次の妻の名はおとわ、密通相手は馬士の多九郎、小平次は百姓（もと菊地家中）で主家再興を志しているなど、役名や設定には『安積沼』と異なるところもあるが、三角関係―殺人―幽霊による復讐というプロットは踏襲されている。なお、小平次の怪談を扱った歌舞伎として、ほかに河竹黙阿弥の『怪談小幡小平次』（嘉永六・一八五三年九月、江戸・河原崎座上演）や『小幡怪異雨古沼』（安政六・一八五九年七月、江戸・市村座上演）もある。

ここに紹介する『百猫伝』（明治十八・一八八五年刊行）は、桃川如燕が口演した講談の速記であり、小平次の怪談に化け猫の物語を取り合わせたものである。明治期には速記術が普及し、落語や講談の口演速記が次々と出版された。話芸で小平次の怪談が演じられたのは当然ながらこれより古く、延広真治によれば天保三年（一八三二）二月、名古屋の清寿院で『陸奥浅香の沼小幡小平次が伝』が道具咄（道具を使って演じる落語）として演じられており、それ以前に江戸で芝居咄として行われていたと推測されている（「世話講談と人情咄」『講談　人情咄集』解説、新日本古典文学大系明治編、岩波書店、二〇〇八年）。

【あらすじ】

歌舞伎役者の杉山半六と妻お勝は悪心者で、同居する伯母から大金を取り上げて邪険に扱う。伯母は家出して行方知れずとなる。初代市川団十郎は半六の所業を知ってこれを憎み、その子の半之助にもつらく当たる。半六は団十郎を恨み、舞台上で団十郎を刺殺する。団十郎の子の九蔵は半六を討ち、父団十郎の葬儀の後に二代目団十郎を襲名する。

半六の兄弟分である小幡小平治は、子供たちにいじめられていた三毛猫を助けて家に連れ帰り、玉と名付けてかわいがっていた。半六の死後、小平治はお勝母子を家に引き取って養う。役者仲間の坊主小平らは、二代目団十郎に小平治とお勝の結婚を認めてくれるよう頼みに行くが、団十郎はこれをよく思わず、小平治を出入り禁止にする。江戸の芝居に出られなくなった小平治は妻子と弟子、愛猫を連れて旅興行をする。仙台での興行中、お勝は博徒の太九郎と密通する。大沼へ夜網を打ちに出掛けた折、二人は共謀して小平治を殺し、沼に沈める。

ある夜、小平治に面差しの似た血まみれの幽霊がお勝と太九郎の前に現れる。奥の間では半之助がのどをかみ切られて死んでおり、猫の足跡があることから、太九郎は小平治が飼っていた猫のしわざと察する。お勝は三毛猫と小平治にかみつかれる妄想に苦しめられ、自らも狂乱して太九郎にかみつく。太九郎はお勝を斬り殺すが、かまれた傷の痛みに苦しみ、小平治殺しを口走って死ぬ。

その後、江戸の坊主小平の家に小平治がやってきて泊まることになるが、小平が寝所を見ると小平治の姿はなく、大きな三毛猫が寝ている。翌日から小平は病の床につく。小平に小平治の霊がつき、二代目団十郎への口利きに失敗したことへの恨みを述べる。小平は狂乱して死に、ほかの役者たちも次々と狂死する。

二代目団十郎は小平治が仙台で横死し、多くの人々が悪霊に取り殺されたと聞いて苦々しく思う。ある夜、団十郎は血まみれの小平治の姿を見るが、小平治がたたるわけがないと頓着しない。七月の盂蘭盆会(うらぼんえ)の日、団十郎の前に再び小平治が現れるが、団十郎が「非業の最期を遂げることになったのはお勝を娶った報いであり、お勝と太九郎を取り殺したのはもっともであるにせよ、役者仲間にまでたたったのはあまりに執念深い」と諭してにらみつけると、小平治は消えうせる。九月、団十郎の楽屋に三たび小平治が現れるが、団十郎が睨んで芝居用の刀で斬り付けると、大きな三毛猫が血まみれで死んでいた。団十郎はこれが小平治の飼っていた猫であると察し、罪なき坊主小平らをたたり殺し自分にも仇をなそうとしたことは過ちだが、畜生ながら主人の恩に報いたのは感心だと、猫を手厚く葬った。

【見どころ】

三角関係―殺人―幽霊による復讐という小平次の怪談のプロットを踏襲しながら、『百猫伝』ではそこに大胆な脚色が加えられている。『安積沼』では非業の死を遂げた小平次が幽霊となって現れ、自分を殺した人間をおびやかし、死に至らしめる場面が見せ場となっていた。これは被害者自身による加害者への復讐であり、いわば死者が自ら敵を討つ話と言える。『百猫伝』ではここに化け猫の怪異をからませ、猫が主人(小平治)の敵を討つ話、すなわち猫の報恩譚に仕立てている。忠義の猫が化け猫になるというところに『百猫伝』のおもしろさがある。

幽霊の正体が猫であることは、どのような形で表現されているのだろうか。太九郎とお勝の前に小平治の幽霊が現れる場面を見てみよう。

草木も眠る丑三ツ頃、颯(さつ)と吹来る一陣の、風諸共に傍らなる、明りは滅ゑて真の暗、身にしみ〴〵と冷へ渡る、冷たき風に両人は、慄然として身の毛も弥立ち、火打箱を取出さんと、進む向ふに陰々と、立登る陰火と共に、すつくと立ちたる者あるにぞ、二人は大に驚き乍ら、眼を定めて見て有れば、乱せる髪は顔に垂て、身には数ケ所の痛手を負ひ、満身血潮に染み渡つて、其面ざしは何と無、大沼にて殺害せし、小平治に能く似たれど、カット睨むる両眼は、赫々として鏡の如く、口は飽迄左右に裂て、歯は白銀を樹たる如く、口より焔を吐き乍ら、近き寄らんとする有様に、お勝は思はずアット計りに、其侭其処に打伏たるにぞ、太九郎は大に怒り、己れは小平治が亡霊なるか、又は妖怪変化の所業か、其処一寸も立去るな、目に物見せて呉んずト、流石強気の太九郎なれば、傍への一刀抜放ち、躍り掛て斬んとする、

「カット睨むる両眼は、赫々として鏡の如く、口は飽迄左右に裂て、歯は白銀を樹たる如く」とは、いかにも化け猫を思わせる表現である。この描写はその後の半之助をめぐる惨事――半之助がのどをかみ切られて死んでおり、近くに血のついた猫の足跡が見つかる場面――と結び付いて、一連の怪異が猫のしわざであることを強く印象づける。猫の足跡を見た時点で太九郎は、先に出現した幽霊について「形は全く小平治なれ共、口元より目付の様子は、まごふ方無猫の相貌」と振り返り、「察する処小平治の、怨霊三毛猫に乗り移りて、讐を為さんと仕たれ共、己が刀を引抜て、斬付けたる勢に、畏れを為して半之助は、自分の実子に非ざる故、少しも罪なき此子迄、喰殺すと云者は、能々執念の深い奴だ」と考える。小平治の怨念が猫に乗り移ったと推察したわけだが、後に明らかになるように、これは厳密には正しくなかった。

お勝と太九郎の死後、こんどは坊主小平のところに小平治の姿をした幽霊が現れる。その幽霊はいかにも小平治の姿をしていたが、寝所から聞こえる大いびきを不審に思った坊主小平が様子をうかがうと、「小幡小平治の臥処には、当人の姿は見へず、蒲団の上には恐しく、大いなる三毛猫の、前後も知ず睡つて居たれば」というありさまであった。坊主小平は仲間の二人にこのことを話し、三人はそろって、小平治は仙台で殺されてその怨霊が猫に乗り移り、お勝と太九郎を取り殺したのだと考える。そして自分たち三人もたたられるに違いないと思い始める。この後、三人は相次いで狂死するが、たたられ

るかもしれないという不安が高じて心神を病んでいったとも読める内容になっている。

かれらとは対照的に、冷静に事態を見ていたのが二代目団十郎であった。楽屋に小平治が現れたとき、団十郎は一刀のもとにそれを切り倒す。

> 鏡の背に目を付て、眼を定て見て有ば、又も小幡小平治が、姿の陰々と顕れしに、団十郎は膝立直して、潑と睨み声を荒らげ、汝は何迚左程に執念く、又もや姿を顕せしかと、言より早く側に置し、刃引の一刀抜手も見せず、躍り掛つて斬付れば、ギヤツと一声叫びし儘、背へドウト倒れたる、其物音に送の者より、弟子迄も駈け来つて、団十郎と諸共に、鏡の背を改むれば思も寄ぬ一匹の、大三毛猫が、血潮に染て死で居たれば、皆々大に驚ましたが

幽霊の正体が猫だったことは、ここで明白となった。小平治の怨念が猫に乗り移っていたのではなく、猫が小平治の姿を借りて復讐を遂げようとしていたのだった。小平治がたたっていると考えた者たちは狂死し、たたりを信じなかった二代目団十郎は怪異に打ち勝った。

団十郎は、最初に小平治の幽霊を見たとき、「我れも心に怪しいと、思た故に小平治と、見へたる者に相違なし」と考えている。『百猫伝』の速記が出版された明治期の中頃には、幽霊を信じてしまうのは神経病によるものという考え方があった。実在の二代目団十郎は十七世紀後半から十八世紀に生きた役者だが、『百猫伝』の作中の団十郎は近代的な考え方をする人物として描かれていると言えよう。

【もっと深く――団十郎の睨み】

『百猫伝』では、三角関係―殺人―幽霊による復讐という既存の小平次の怪談のプロットを踏まえながら、怪談としての枠組みを〈死者の復讐譚〉から〈猫の報恩譚〉へと変えている。そして作品全体としては、二代目市川団十郎を主人公とする物語が小平治の怪談をすっぽりと包み込む構造になっている。物語は二代目団十郎が父を殺した悪人杉山半六を討つエピソードから始まり、半六の妻を娶った小平治とその愛猫をめぐる怪談へと展開した後、団十郎が猫を成敗することで幕切れとなる。

作中では二代目団十郎の「睨み」の威力が強調されてもいる。盂蘭盆会の日に小平治が現れたとき、団十郎が「眼光鋭く睨付くる」とその姿は消えた。また、先に引用した通り、団十郎は鏡の後ろに現れた小平治を睨み付

図１　『百猫伝』（国立国会図書館蔵）

けてから切り倒している。怪異・妖魔を退けるほどの力強い「睨み」のできる歌舞伎役者は、荒事を家の芸とする市川団十郎以外には存在しない。この講談は、小平治という役者をめぐる怪談であると同時に、強く正しい人間としての二代目団十郎の物語としても読むことができるのである［図1］。

【テキスト・読書案内】

桃川如燕『百猫伝』は『講談　人情咄集』（延広真治校注、新日本古典文学大系明治編7、岩波書店、二〇〇八年）に注釈付きの翻刻が収録されている。また、山東京伝『安積沼』は『山東京傳全集』第十五巻（ぺりかん社、一九九四年）に、四代目鶴屋南北『彩入御伽草』は『鶴屋南北全集』第一巻（三一書房、一九七一年）に収録されている。

『百猫伝』に関する研究論文として、三浦正雄「『百猫伝巻之一　俳優市川団十郎の猫』をめぐって――小幡小平次の怪談と化猫譚の融合――」（『近代文学研究』二十九号、二〇一二年四月）がある。

（佐藤至子）

Ⅳ 善人か？ 悪人か？

完全無欠の善人も、徹頭徹尾の悪人も、
この世には存在しない。
善と悪のあいだ、義と不義のあいだを揺れ動く、
複雑で陰影のある人々の物語。

32

遊女三姉妹の生きざま

『英草紙』（読本）

『英草紙』は、寛延二年（一七四九）に刊行された都賀庭鐘（一七一八～？）の小説で、読本という新しい小説形式をつくったとされる作品である。全九話のほとんどが、三言二拍（『喩世明言』『警世通言』『醒世恒言』『初刻拍案驚奇』『二刻拍案驚奇』）と呼ばれる中国の短編白話（口語体）小説集や、三言二拍を精選した『今古奇観』を種本にし、それを日本の鎌倉・室町・戦国時代等の話――すなわち『源平盛衰記』や『太平記』等の世界の話へと翻案したものである。ゆえに、『英草紙』は翻案・歴史小説であるが、内容的には種本の白話小説の伝奇性を引きついだ奇談集となっており、文体は時に白話を交えた、やや難しい和漢混淆文となっている。注意をひくのは、作中に作者の思想――歴史観や人間観――を盛り込んでいることである。例えば、第五篇「紀任重陰司に至り滞獄を断くる話」は、地獄の裁判を任された男が、『源平盛衰記』の世界の人物を、各人の生前の功罪により『太平記』の世界の人物に転生させる話だが、転生前と転生後の人物の対応に、庭鐘の歴史に対する批評や、史上の人物への評価を見ることができる。『英草紙』には、思想的、倫理的な観点からする、極めて深い人間性への洞察が見えるのである。

【あらすじ】

ここでは、第六篇「三人の妓女趣を異にして各名を成す話」を例に、『英草紙』の特色について説明する。あらすじはこうである。

いつの世か、備後尾道に三人姉妹の遊女がいた。都生まれだが、父母が零落して遊女となったのである。長女の都産は口数の少ない性格で、良家の主婦となるのが望みだった。広瀬十郎という男と相思相愛の仲になるが、

図１『英草紙』「三人の妓女趣を異にして各名を成す話」（都産の話の挿絵）（個人蔵）

別離を余儀なくされ、再会の約束も空しく病没する。しかし死後、約束通りに男の墓に葬られ、広瀬家の正式な妻として過去帳に名が記された。次女の檜垣は、遊女となったらその道に徹するべきだと、歌舞音曲にもっぱら心を砕き、着物に贅を尽くす。馴染みの男には、借金でここから鞍替させられると嘘をついて金を巻き上げ、身請けされた奥州の商人には、蘇芳の汁を酒に混ぜて喀血と偽って、自分を実家に送り返させる。その檜垣の臨終は、白衣に着替え、いつものように後輩の遊女たちと冗談を言い、琵琶を合奏しながらの悠然として見事な臨終であった。三女の鄙路は、遊女の終わりは跡を隠すべきだと考える、武芸好きで男まさりの侠気の持ち主であった。温柔な若侍である安那平四郎という恋人ができるが、男の求婚に対して鄙路は、遊女は武家の妻にはなれないと断る。鄙路に横恋慕した三上五郎太夫という男が、渡し守の勘平を語らって安那を惨殺する。鄙路は三上の仕業と見抜き、三上と勘平を斬り捨てる。それは、妻としての仇討ちではなく、義侠心からの行為であった。鄙路は、日頃の望みの通り、姿をくらました。

「三人の妓女趣を異にして各名を成す話」の主な種本は、つい近年明らかになったが、長女都産の話が明の

『緑窓女史』所収の「王幼玉記」であり、檜垣・鄙路の話は、同じく『緑窓女史』の「馬湘蘭伝」である。庭鐘は、種本の主人公馬湘蘭の性格のうち、遊女の生活を楽しむ明るい側面を檜垣に、侠気に富む側面を鄙路に振り分けたものである。

【見どころ】

同じ姉妹の遊女ながら、三者三様の性格に書き分けている所が、一話の眼目である。都産はこう思う。

つら〳〵思ふに、愧づべきこと限なし。父母を養ふことは、良家の婦となりてはならぬ事にや。良人に従ふ時は、入つては舅姑に事へ、家の祭祀を主り、出でては顧る人に誰某の婦なりと称ぜられ、死して其の家の祭を受く。是を捨て婦たるものの本意あらんや。

遊女稼業は自分の望むところではなく、恥ずべきことだ。そもそも都産が遊女になったのは、落ちぶれた両親を養うためだったが、「父母を養ふことは、良家の婦となりてはならぬ事にや」――生みの父母を養うのは、一般家庭の主婦になってはできないこととなのか、そんな事はあるまい。夫に従い、夫の家に入っては舅や姑によく仕え、先祖代々の霊をお祭りすることを主婦として采配し、家の外に出ては、振り返る人に誰それの奥様だと呼ばれ、自分が死んだらその家の子孫から祭られる。この他に、女としての本懐があろうか。都産は遊女の身の上には激しく反発しているが、一方、世間の常識、婦道という世間的な倫理にはきわめて従順である。

対照的なのが次女の檜垣で、

一たび烟花に落ちしものの、切に従良を願ふは、其の恥を顕すに似たり。遊女は貴人高位といへども、待するに其の分別をなさず。其の高きこと世に類なし。豈自ら是を賤しとせんや。

一度遊里に身を堕とした者が、ひたすら身請けされ家の主婦になるのを願うのは、恥を自ら現すようなものだ。遊女は高貴な人であっても、応対に区別することはない。だから遊女は、世にたぐいまれな高貴な身分と言える。どうして、遊女のつとめを賤しいものと思おうか。という論理である。鄙路は遊女の境涯を進んで受け入れ、プロである誇りさえ持っている。男を手玉にとり金をだまし取るのも、いわば遊女としてのプロ根性の発露に過ぎないが、もちろんこれは、世間の倫理には反する。

末の妹の鄙路は、死後に名を残した姉に対し、その終

図２ 『英草紙』「三人の妓女趣を異にして各名を成す話」（鄙路の話の挿絵）（個人蔵）

わりを隠すことを最高と考えている。三人姉妹は、三人とも凛とした性格であるが、もっとも激しい気性の持ち主は、この鄙路である。「道路に是非ふを見るときは、かならず其の弱きを助く。義によって命をかへりみず」――路上のいさかいを目にしたら必ず弱い者の味方をし、義によって死ぬことも辞さないという。

鄙路の啖呵の小気味よさといったらない。安達東蔵という男が、喧嘩の果てに命からがら逃げ込んできたのをかくまったが、その男が日頃の無沙汰の言い訳をすると、鄙路は、二度と来るなといい、

爾闘傷の場に、匹夫の雑言を忍ぶことあたはず、却つて故なき売女に身を隠されて、其の恥を想はざるはいかに。疾く疾く去るべし。

と言い放つ。お前は喧嘩の場で、くだらないやつの悪口が我慢できず、かえって私のような縁もゆかりもない遊女にかくまってもらい、恥を知らないのはどういうことだ。とっとと出て行け、というわけである。

また、恋人の安那平四郎を殺した三上五郎太夫を一刀両断にして、その死骸に向かって、

爾霊あらば能く聞け。我、一生、人に身を許したることなければ、夫の仇を報ずるにもあらず。余所

に見てもすむべきなれど、我故に命を失ひしを知りながら、外ごとにもてなさんは、我が心に恥づる所あればなり。

と吐き捨てるように言う。安那は夫ではないから、夫の仇討ちではない。そのまま見過ごしてもいいようなものだが、私のために殺されたとわかっていて、無関係とするのは、自分の心に恥じる所があるからだと鄙路は言う。鄙路は、「義」によって三上を殺したのである。また鄙路は三上に加担した勘平を詰問し、

儞船に讐人をのせて、渡る人をうかがはせ、儞が船中にして是を殺させ、夜明、夜に入れども官府にも申し出でずして、尚儞にあづかることなしと思ふや。

と言って、これも切り捨てる。自分の船の中で安那を殺させたこと、お上に訴え出なかったことは、消極的にではあるが、三上に手を貸したことになるのである。勘平は、「義」に欠けるところがあったために鄙路に殺されたのである。

鄙路は、まことに「義によって命をかへりみ」ない女性である。

【もっと深く――夫婦義合論と兄弟義合論】

この一話は、『雨月物語』の作者である上田秋成に大きな影響を与えている。この話に限ったことではない。秋成は三十代の後半、『雨月物語』刊行の直前の時期に、『英草紙』の作者都賀庭鐘に医学を学んだことがあるらしく、庭鐘のことを先生と呼んでいる。そして『雨月物語』の隅々にまで『英草紙』の影響が見て取れるのである。白話小説の翻案という小説形式、伝奇的歴史小説である点、作中に思想を書き込む点、一貫した筋と一貫した性格の登場人物、白話を交えた和漢混交の文体、全九話という構成、半紙本五巻五冊という体裁、一話に見開き一図ないしは二図の挿絵など、両者の類似を並べると枚挙にいとまがない。

この第六篇「三人の妓女趣を異にして各名を成す話」に限っていえば、長女都産の話は、『雨月物語』「浅茅が宿」に似る。相愛の男女が別離を余儀なくされ、別離の間に女は病死し、男と亡霊となった女が再会するという大ざっぱな筋立てが似ているとともに、両ヒロインの「家」への執着なども共通している。

また、次女檜垣の話は、秋成の『春雨物語』「樊噲」に似る。遊女としての生涯を肯定し、従容として死に就く檜垣の臨終の場面は、悪者としての自らの前半生を受

け入れ、「釈迦・達磨も我もひとつ心にて、曇りはなきぞ」といって死んでゆく、今は高僧となった樊噲の臨終の場面にそのまま重なってくる。檜垣も樊噲も、自分の心を欺くことなく生涯を終えた希有な人物である。

三女の鄙路の話は、『雨月物語』「菊花の約」と深いつながりがあるが、その前に、『英草紙』第四篇「黒川源太主山に入ツて道を得たる話」について触れておく。この第四篇は、黒川源太主が幻術を操って妻の深谷の不貞を暴く話であるが、その冒頭では「夫婦義合論」が展開されている。「夫婦義合論」とは、血縁関係にある親子兄弟は切っても切れない「天合」の関係であるのに対し、元々他人である夫婦は「義合」の関係であって、両者を結びつけているのは義理と信のみであり、それが無くなった場合には全くの他人であるという考え方である。この「夫婦義合論」が、物語として具象化されたのが、「三人の妓女趣を異にして各名を成す話」の鄙路の話にほかならない。鄙路と安那平四郎は形式的には夫婦ではなかった。にもかかわらず鄙路は、実の妻でも成しえない敵討ちを見事に成し遂げている。鄙路と安那平四郎との間には「義」と「信」があり、その意味では、二人は形式上の夫婦よりも夫婦らしい、「夫婦義合論」の指向する本質的な夫婦であったと言ってもよい。夫婦でない二人が、夫婦以上に「義」「信」によって固く結ばれているのである。

こうした庭鐘の「夫婦義合論」を受け継ぎ、「兄弟義合論」へと押し広げ、深めたのが秋成の「菊花の約」である。自殺をしてまで再会の約束を守ろうとした赤穴宗右衛門と、その赤穴の信義に応えて死地に赴こうとする丈部左門は、信義によって結ばれた義兄弟であるが、その左門によって、不義者として切り捨てられる赤穴丹治は、赤穴宗右衛門の実の従兄弟なのである。血縁関係の「天合」の兄弟（従兄弟）よりも、「義」と「信」を媒介にした「義合」の義兄弟の方が、強い絆で結ばれている。「兄弟義合論」である。庭鐘の「夫婦義合論」の思想を引き受け、「義合」は夫婦の関係だけに限らないのではないか、男と男、いな、人と人との関係もまた「義合」と考えるべきではないかというのが、秋成が提示した「兄弟義合論」である。庭鐘の「夫婦義合論」の思想が、秋成の「兄弟義合論」の思想へと受け渡されているのである。

【テキスト・読書案内】

『英草紙』は、中村幸彦の頭注・現代語訳を付した『英草紙　西山物語　雨月物語　春雨物語』（新編日本古典文学全集78、小学館、一九九五年）で読むことができる。第六篇「三人の妓女趣を異にして各名を成す話」の典拠が『緑窗女史』であることについては、劉斐斐（りゅうふぇいふぇい）「『英草紙』第六篇「三人の妓女趣を異にして各名を成す話」典拠考」（『近世文藝』100号、二〇一四年七月）があり、また第六篇の「夫婦義合論」と『雨月物語』「菊花の約」の「兄弟義合論」の関係について詳しく論じたものには、長島弘明「『雨月物語』『春雨物語』と『英草紙』」（『秋成研究』所収、東京大学出版会、二〇〇〇年）がある。

（長島弘明）

33

大悪人変じて大和尚となる

『春雨物語』（読本）

『春雨物語』は、上田秋成が七十五歳で書き上げた小説集である。全体の半分くらいが残っている富岡本をはじめ、数種類の自筆原稿が伝わっているが、十話を揃えた完本は、文化五年（一八〇八）三月の奥書を持つ、転写本の文化五年本である。所収十話は、文化五年本の順序で言えば、自身の側近と皇太弟を押す勢力との対立に懊悩する平城帝の姿を描く「血かたびら」、仁明帝の寵臣で帝の死後朝廷から姿を消した色好みの良峰宗貞を主人公にした「天津処女」、海賊となった文屋秋津が土佐から都に帰る貫之の船に乗り込み、様々な議論をふっかける「海賊」、土中から掘出された入定者が人々の介抱で蘇生する「二世の縁」、和歌修行に都へ上ろうとする若者が、老曾の森で一つ目の神の酒宴に出くわす「目ひとつの神」、恋仲になった五蔵と宗の結婚を五蔵の父が許さず、嫁入り支度をさせた宗の首を、兄元助が切り落とす「死首の咲顔」、主殺しの濡れ衣をきせられた捨石丸が、逃れた豊前の国で難所にトンネルを掘り通す「捨石丸」、相愛の男を殺された神崎の遊女宮木が、法然上人に念仏を授けられながら海に入水して果てる「宮木が塚」、『万葉集』の「和哥の浦に汐みちくればかたを無みあし辺をさしてたづ鳴わたる」という赤人の歌と、その類歌を論じた「歌のほまれ」、大力を持った大蔵が、父殺し兄殺しをはじめ悪事の限りを尽すが、僧から金を強奪したことをきっかけに頓悟して、後には大和尚となる「樊噲」、以上である。歴史に取材した物、伝説に取材した物、同時代の事件に取材した物など様々であり、また「歌のほまれ」のように歌論の断片めいたものから、「樊噲」のような秋成小説中の最長編のものまで、実に多岐にわたる。また、「血かたびら」「天津処女」「海賊」などの歴史を素材にした話には、秋成の国学研究における持論が生な形で取り入れられている箇所もあり、異色の小説集となっている。

【あらすじ】

ここでは、「樊噲」を通じて『春雨物語』の魅力を語りたいと思うので、まず「樊噲」のあらすじを示す。

伯耆の国大山のふもとに住む腕力自慢の大蔵は、博奕仲間での肝試しに大山の神の社に夜参りしたが、神に引っさげられて空を飛び隠岐まで運ばれた。大蔵は出雲に戻され、むち打ちの刑を受けて自宅に帰された。しばらくは酒も博奕も慎んで、山仕事に精を出していたが、そのうちにまた多額の博奕の負債ができ、家の金三十貫文を持ち出そうとして、さえぎる母や兄嫁を投げ、追ってきた兄、友人、父の三人を谷川に打ち込んだ。三人は死んでしまい、逃亡した大蔵は親・兄殺しだとしてお触れが回る。大蔵は筑紫や長崎へ行くが、長崎の丸山遊郭であばれた時に唐人がつけた「樊噲」というあだ名が気に入り、以後の自分の名とした。その後、はやり病いで足腰が立たない所を盗人の村雲に助けられ、馬に積んだ金を強奪し、人馬もろともに殺すことに加担した。舟で伊予に渡ると追っ手から逃れるために剃髪し、そこからさらに播磨に渡って村雲と別れた。人目を避けて山沿いを旅し、難波、次いで京に行くが、追っ手を恐れて北陸で年越しすることを思い立つ。越前の愛発の関で小盗人の小猿と月夜を手下とし、加賀の山中温泉では山寺の僧に笙を教わり、粟津では笙の妙音を大勢の人から賞賛された。能登の海岸から越中立山の地獄に行き、出てきた餓鬼を笙で退散させたりした。神通川を渡った後で村雲と偶然再会し、小猿・月夜と四人で城下の町へ行き、樊噲のめざましい働きで富豪の家から大金を盗み出した。金を山分けして、小猿・月夜は江戸へ、樊噲と村雲は津軽に向かうが、その途中の寺で、樊噲と村雲は、居

『春雨物語』「樊噲」冒頭（昭和女子大学図書館蔵）

合わせた老武士に盗人だと見抜かれ、また腕力でも手ひどく負けてしまった。気弱になった二人は、村雲は故郷の信濃へ、樊噲自身は江戸へと別れていった。江戸の浅草では、掏摸が露見して武士たちと斬り合いをしていた小猿と月夜を助け、さらに東をさして行く途中、下野の那須野の原で日が暮れた。殺生石の所で旅僧を脅し、あり金一分を置いて行かせたが、半時もしないうちに僧が戻ってきた。「もう一分持っていたのを渡さなかったのは、心が清くなかったので、これも渡す」と言う僧に、樊噲は心に寒さを感じ、この僧の弟子となる事を決心した。後に、陸奥の大和尚となった樊噲は、八十余歳で往生する時に、遺偈（臨終の時に残す詩句）の代わりに、自分がこれこれしかじかの悪者であったと、真実を語って死んだ。

【見どころ】

主人公の大蔵（樊噲）は、悪人を描くことが多い近世小説の中でも、屈指の大悪人である。その悪事の振る舞いは、小気味よいほどである。次は、長崎の丸山遊郭での一暴れの場面である（文化五年本の本文による）。大蔵が長崎で転がりこんだ家の末亡人は、その粗暴さに堪えかね、丸山遊郭の縫い物師になって身を隠す。女を追って丸山遊郭に行った大蔵は、唐人の酒席に乱入する。

> もろこし人おそれて、「樊噲へ。命たまへ」といふ。「いとよき名つけたり。ゆるすべし。酒くまん」とて、座につく。あるじおそれて、「もろこしの御客は大事の御客也。ゆめ〲何事しらせたまはず。酒のみて遊ばせよ。もとめたまふ物ぬひは、きのふ尼になるとて、こゝは出たり」と云。「さがしもとめんも、酒のみて後にすべし」とて、大なるあはびの盃に、二ツ三ツつゞけ呑にのむ。から人、さかなたてまつらんとて、衣をぬぎてさゝぐ。「おのれが着よごしたらめど、錦のきぬいまだ着ず」とて、肩にかけて立おどる。「まことに樊噲にておはす」と、ふして云。「よき名つきしあたひに」とて、かしら三ツ四ツつよく打て、又さかづきとり上る。から人、「かくからきめを、こよひかふむる事よ」とて、泪さめ〲となく。「おのれも男なるべし。うたれてなみだおとすか」とて、又立蹴に蹴ちらして、夜明るまて狂ひをる。

「樊噲」とは、鴻門の会の宴席に乱入して、主君の漢の劉邦を救った、例の剛勇の樊噲のことである。そう呼ばれて機嫌を良くした大蔵の行動が振るっている。女の行方を捜すことを一旦中断し、アワビの大盃で酒を二、三杯あおり、唐人が錦の着物を献上すると、それを肩に掛けて踊り出す始末。「いい名をつけてくれたお礼だ」といって唐人の頭を三、四回張ると、「こんなひどい目にあうとは」という唐人を、「男なら殴られて泣くな」とさらに足蹴にして、朝まで暴れ回るという具合である。思わず笑ってしまいそうなほど、まことに傍若無人、乱暴狼藉の振る舞いである。以後、大蔵は樊噲を名乗る。

樊噲は根っからの悪人かというと、そうではない。根は野生児、自然児なのである。だから切っ掛けさえあれば、悪心を翻し善心に進むことが可能となるのである。一話の末尾、那須野の殺生石の近くで、旅人から金品を強奪しようと樊噲は手下の小猿・月夜二人を連れて待ち構えている。

僧一人来たる。目もおとさで過るさまにくし。「法師よ、物あらばくはせよ。旅費あらばおきてゆけ。むなしくは通さじ」と云。法し立とゞまりて、「こゝに金一分あり。とらせん。くふ物はもたず」とて、はだか金を樊噲が手にわたして、かへり見もせず行。「行さきにて、若き者等二人立べし。はん噲にあひて、物おくりしといふて過よ」と云。「応」とこたへて、足しづかにあゆみたり。片時にはまたならじと思ふに、僧立かへりて、「はん噲おはすか。我発心のはじめより、いつはり云ざるに、ふと物をしくて、今一分のこしたる、心清からず。是をもあたふぞ」とて、取あたふ。手にするゑしかば、只心さむくなりて、「かく直き法師あり。我、親兄をころし、多くの人を損ひ、盗して世にある事、あさまし〳〵」と、しきりに思ひなりて、法師にむかひ、「御徳に心あらたまり、今は御弟子となり、行ひの道に入ん」と云。法師感じて、「いとよし。こよ」とて、つれだち行。小ざる・月夜出きたる。「おのれ等いづこにも去り、いかにもなれ。我はこの法しの弟子と成て、修業せん。襟もとの虱、身につくまじ。又あふまじきぞ」とて、目おこせで別れゆく。「無やくの子供等は捨よかし。懺悔行々聞ん」とて、さきに立たり。

先に樊噲に一分判金（小判一枚の四分の一の価値）をとられた僧が、わざわざ引き返してきて、「先ほどは嘘を言った。もう一分持っている」と言って樊噲に金を渡したとき、樊噲は心に寒気を覚えたのである。悪から善へ心を改める、文字通りの回心の瞬間である。この盗人に、一旦隠した金を与えた僧の逸話は、松崎観瀾の『窓のすさみ　追加』に載る臨済宗の高僧雲居禅師（一五八二〜一六五九）の話をもとにしている。樊噲が、後に東北の古寺の大和尚になったというのも、松島瑞巌寺の中興の祖であった雲居の面影を彷彿とさせる。

そしてそれに続けて、

この物がたりは、みちのくに古寺の大和尚、八十よのよはひして、けふ終らんとて、湯あみし衣あらため、倚子に坐し、目を閉て、仏名をさへとなへず。侍者・客僧等すゝみて申。「いとたふとし。遺偈一章しめしたまへ」と申。「遺偈と云は皆いつわりなり。まことの事かたりて命終らん。我ははうきの国にうまれて、しか〳〵の悪徒なりし。ふと思ひ入て今日にいたる。釈迦・達磨も、我もひとつ心にて、曇りはなきぞ」とて、死たりとぞ。「心をさむれば誰も仏心也、放てば妖魔」とは、此はん噲の事なりけり。

と記されて物語は終わる。臨終の際に詩句を残すことを拒否し、自分の悪人としての前半生を淡々と語って死ぬ。悪事を犯しながらも、「心には曇りがなかった。私の心は、釈迦や達磨大師と同じだった」と言い切って死ぬところは圧巻である。こうした静寂に満ちた臨終は、ひょっとすると、殺人や強盗という悪事をし尽くした者にしか迎えられないのではないか、そう思わせさえする。

【もっと深く――妖魔と仏心】

物語の結びに、「心をさむれば誰も仏心也、放てば妖魔」ということばがあった。心を引き締めれば、誰でも仏になれる。放恣にすれば妖魔に堕落するという意味である。この言葉は、『雨月物語』の「青頭巾」の中にも、「心放せば妖魔となり、収むれば仏果を得る」という、同種の言葉がある。元は徳の高い僧でありながら、美童に迷ったために、最後には食人鬼となってしまった堕落僧を指して言ったことばである。樊噲と「青頭巾」の鬼僧は、まったく同種の人間なのである。秋成は、直接には『通俗西遊記』に収録された、原本の序文からこの言葉を引用したらしいが、言葉の中身自体は禅宗の教えに近い。善と悪、魔と仏を正反対のものとは見ない、善悪不二、魔物一如の思想である。

一方で、金を返し来た僧の行いに樊噲が衝撃を受けた所に、「かく直き法師あり」という言葉があった。僧の「直き」心に触れて、樊噲が回心の機会を得るのである。もちろん、樊噲の中にも、目覚めるべき「直き」本質が眠っていたということであろう。この「直き」は、賀茂真淵が古代人の心性を説明する時のキーワードで（『国意考』他）、真淵の孫弟子である秋成も、『雨月物語』や『春雨物語』の中で大事にした言葉であった（『雨月物語』「浅茅が宿」「青頭巾」、『春雨物語』「血かたびら」「歌のほまれ」など）。先の、「青頭巾」では、僧が鬼になったのは、「直くたくましき性」（真っ直ぐで剛毅な本性）のためだという。「直き」本性は、人を鬼にすることもあれば、人殺しを仏道に導くこともあるのである。

禅の思想が思い描いた魔物一如の本性と、国学が古代人の心として幻想した「直き」本性を併せ持ったのが、樊噲であった。悪にも強ければ善にも強い。徹底的な悪行を犯すから、また徹底的な悟りも開ける。樊噲は、まさにそういう人間であった。

秋成晩年の『胆大小心録』一六一には、「一文不知の僧と剛毅木訥の民とには、必『無の見』成就の人あり」（一字も読み書きできぬ僧と、気が強く無骨素朴な民には、過去世も未来世も無いという境地に至る人があるものだ）という言葉もある。この言葉は、「剛毅木訥」の木こり柴刈りとして生まれ、「一文不知」の僧となった樊噲に、もっともふさわしいものではなかろうか。

【テキスト・読書案内】

『春雨物語』は、中村博保の頭注・現代語訳がある『英草紙　西山物語　雨月物語　春雨物語』（新編日本古典文学全集78、小学館、一九九五年）、中村幸彦校注『上田秋成集』（日本古典文学大系56、岩波書店、一九五九年）、井上泰至校注・訳『春雨物語』（角川ソフィア文庫、二〇一〇年）等がある。以上の本は、「樊噲」の前半の本文は富岡本を用いている。「樊噲」の全部を文化五年本で通しているのは、美山靖校注『春雨物語　書初機嫌海』（新潮日本古典集成36、一九八〇年）、三浦一朗他編『春雨物語』（三弥井書店、二〇一二年）がある。

なお、諸本により本文の異同が少なくない『春雨物語』のすべての本文を収録したものに、長島弘明解説『上田秋成全集　第八巻　小説篇二』（中央公論社、一九九三年）がある。

（長島弘明）

34

汚名を返上する男たち──義士の物語

『仮名手本忠臣蔵』（浄瑠璃）

浅野内匠頭が江戸城松之廊下で吉良上野介を斬り付けたことから起こったいわゆる赤穂事件を題材にして、数多くの浄瑠璃・歌舞伎作品が作られた。それらの先行作品を巧みに利用し、事件を『太平記』の世界に仕組んだ『仮名手本忠臣蔵』は、最も代表的な人気作品となった。初演は寛延元年（一七四八）八月、大坂の人形浄瑠璃の一座であった竹本座で興行された。同年中にすぐさま歌舞伎にも取り入れられ、以来今日に至るまで双方の舞台で人気演目となっている。その後の義士劇にも多大な影響を与え、多数の改作や新作が作られた。また浄瑠璃・歌舞伎以外の分野にも影響を与え、現代の映画やドラマなどでも再生産され続けている。

本作は「三大名作」の一つとして数えられ、芝居の「独参湯」（観客が不入りの時に本作を上演すれば、観客を呼び戻すことができる起死回生の妙薬の意）とも称されている。

作者は二代目竹田出雲・三好松洛・並木千柳（宗輔）による合作である。

【あらすじ】

鶴岡八幡宮造営成就の折、足利直義公が来臨し新田義貞の兜改めが行われる。塩冶判官妻かほよは兜の鑑定を務めた後、高師直がかほよを口説く。かほよの困惑を桃井若狭助が取りなすが師直から罵倒される（一）（（　）内は段数。以下同）。若狭助は家老加古川本蔵に師直を討つ覚悟を打ち明けると、本蔵は腰刀で松の枝を伐って同意を示すが、後に馬で駆け出していく（二）。本蔵の賄賂で機嫌を直した師直が登城。師直はかほよからの拒否の手紙に怒り塩谷判官に悪口する。判官は刃傷事件に及ぶも本蔵に制せられる。判官に同道した早野勘平は恋人お軽と密会中で大事の場に居合わせなかったため、切

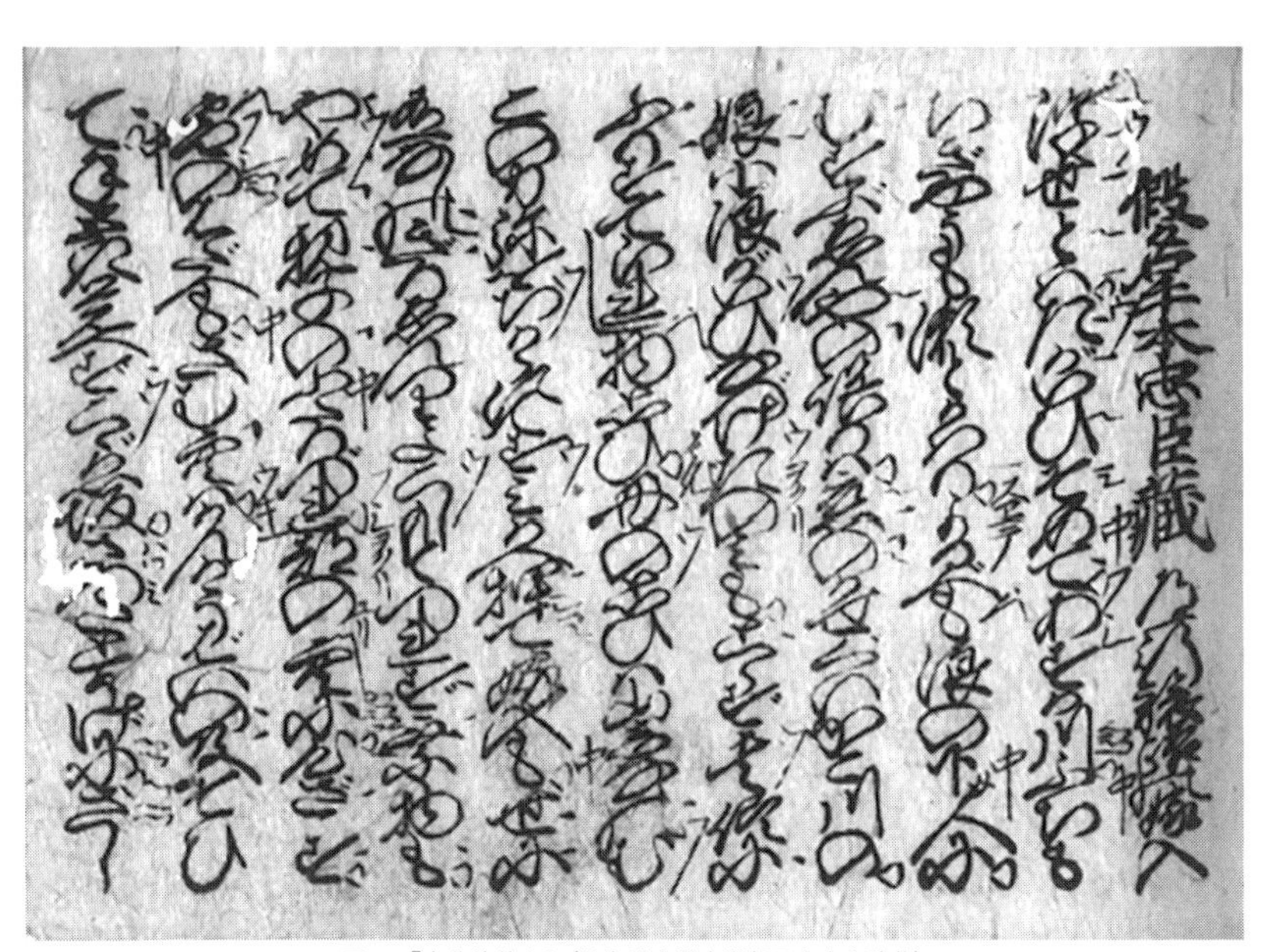

図１『音曲待兼山』（北海道大学文学部日本文化論蔵）

腹しようとするがお軽に止められて二人で落ち延びる（三）。判官は切腹となり、国家老大星由良之助が駆け付け敵討ちを決意する。同志と敵討ちの盟約をした後、城を明け渡す（四）。勘平は敵討ちに加わる機会を願っていた。舅与市兵衛はそれを察し娘お軽を身売りして金を用立てようとしたところ、斧定九郎に殺され金を奪われる。その定九郎も勘平が猪を狙って放った鉄砲玉に当たり死ぬ。駆け付けた勘平は人を撃ったと驚くが、懐の金財布に気付きそれを持ち去る（五）。お軽の身売り先の祇園町一文字屋亭主が現れる。勘平は亭主の話を聞き、与市兵衛を殺害してしまったと思い込む。与市兵衛の死骸が運びこまれ、姑とそこに訪れた原郷右衛門・千崎弥五郎にののしられ、勘平は腹を切って申し開きをする。誤解が解け許された勘平は連判状に血判を押して死ぬ（六）。祇園一力茶屋で見せかけの放蕩をしていた由良之助は、力弥持参の書状を斧九太夫とお軽にのぞき見られる。お軽兄寺岡平右衛門は由良之助の考えを察しお軽を討とうとするが、由良之助は平右衛門の帰参を許し、お軽は九太夫を突き殺す（七）。戸無瀬・小浪母娘の山科までの道行（「道行旅路の嫁入」）（八）［図1参照］。山科の由良之助宅に本蔵妻戸無瀬と娘小浪が訪れる。本蔵も現れわざと痛罵して力弥の槍にかかる。本蔵は婿への引き出物にと師直邸の絵図面を贈り、娘を託して死ぬ（九）。天河屋義平の義心に感じた由良之助は、「天河」を討入り時の合言葉とし、鎌倉へ出立する（十）。稲村が崎に上陸、勢ぞろいした由良之助らは、師直邸に討入り本懐を遂げる（十一）。

【見どころ】

歌舞伎・浄瑠璃の上演形態は、人気のある段を集めて興行する「見取り」と、全段を上演する「通し」とがある。通常、全段のうちの人気の段のみが再演されることになり、再演されない多くの段は消え去ってしまうものが多い。通しで演じられるということは、各段すべてに面白さが仕組まれていると言える。『仮名手本忠臣蔵』はその最も代表的な作品の一つであろう。

さて、当時の人形浄瑠璃は通常、五段構成であった。その中でも三段目の終わりの場面に愁嘆の趣向が仕組まれ、一番の山場となるように作られていた。『仮名手本忠臣蔵』は全十一段で作られているが、基本構成は五段にのっとって作られていると考えてよい。その場合、五段組織での三段目に当たるのは、六段目の勘平腹切りを中心とする場面とされる。ここではその愁嘆場面の面白さが、どのような仕組みによって作り上げられているのかを考えてみたい。

勘平が腹を切ることになった根本原因は、自分が舅を殺害してしまったと思い込んだことにある。そのいきさつをまず確認してみよう。舅与市兵衛は雨に濡れながら娘お軽を身売りした金を懐に夜道を帰るところ、斧定九郎に付け狙われ殺害され、金も奪われる。定九郎が奪った金を数えていると、猪が一目散に駆けて来る。その場面は、

> 逸散に来る手負ひ猪。これはならぬと身をよぎる。駆け来る猪は一文字。木の根、岩角、踏み立て蹴立て、鼻いからして泥も草木もひとまくりに飛び行けば、あはやと見送る定九郎が背骨をかけて、どつさりと肋へ抜ける二つ玉。うんともぎやつとも言ふ間なく、ふすぼりかへりて死したるは、心地よくこそ見えにけれ。

というように描かれている。この鉄砲を撃ったのは勘平であった。定九郎はあっけなく死んでしまうのである。勘平は猪を仕留めたものと確信して、次のような行動にでる。

鉄砲ひつさげこゝかしこ、探り回りてさてこそと、引つ立つれば猪にはあらず。ヤア〱こりや人ぢや。南無三宝（なむさんぼう）。仕損じたりと思へど暗き真の闇。誰人（たれびと）なるぞと問はれもせず。まだ息あらんと抱き起せば、手に当る金財布。つかんで見れば四、五十両。天の与へとおし戴き〱、猪より先へ逸散に、飛ぶがごとくに急ぎける。

結果的に見れば、勘平のしたことは定九郎と同様、殺人を犯して持っていた大金を持ち去ったことになる。これが真っ暗闇の中で起こったのである。

さて、以上の展開にはさまざまな偶然が仕組まれている。まず、この日の夜に与市兵衛が娘お軽を身売りし、その金を持って急いで帰ったことである。身売りはこの日の夜でなくても良かったはずで、日の暮れぬうちであれば殺されることもなかったであろう。また、定九郎は与市兵衛の懐に「金なら四、五十両のかさ。縞の財布にあるのをとつくりと見つけてきたのぢや」と言っており、懐の膨らみが見つからなければやはり殺されることはなかったかもしれない。帰宅後、お軽と引き換えに金を受け取れば問題なかったのである。

次の偶然は勘平の撃った弾が、猪ではなく定九郎に命中したことである。これがまた雨の夜であった。勘平は猪と思い引き起こし、それが人とわかったときは「暗き真の闇」であった。もし、月明かりでも射していれば、少なくとも舅与市兵衛かどうかは確認できたであろう。そして抱き起こすと金財布に気付き、取って急ぎ立ち去るのである。実はこの前場面で勘平は塩谷家来原郷右衛門と出会い、御用金を手掛かりに敵討ちに加わりたいと話している。この出会いがなければ「天の与へ」とは考えず、金財布を持ち帰ることもなかったかもしれない。

そしていよいよ勘平腹切りの場面へと展開する。祇園一文字屋亭主が現れ、与市兵衛に縞柄の財布を貸したことなどを話しお軽を連れて行く。勘平とお軽母が家に残っていると、猟師仲間が与市兵衛の死骸を運んでくる。母は勘平が死骸に驚かないことを不審に思う。その上、勘平が袂の財布を確認した折、母が「ちらりと見ておいた」ことから、勘平が与市兵衛を殺したと極めつける。責め立てられた勘平は「畳にくひつき天罰と思ひ知」ることになる。ここでも、勘平が懐の財布を確認することがなければ、母から与市兵衛殺しの疑いを掛けられることがなかったかもしれない。

また、この最中に原郷右衛門と千崎弥五郎が由良之助に命じられて勘平から受け取った金を返しに来る。母が勘平の悪事を二人に訴えると、勘平は非道を責められ、ついに脇差しを腹に突き立てて申し開きをすることになる。弥五郎はその話が真実かどうかを確認するために与市兵衛の傷を調べ、勘平が殺害したものではないことを明らかにした。ここでも、もし早めに傷跡を確認する機会があったなら、勘平は腹を切らずに済んだかもしれない。弥五郎が「郷右衛門殿これ見られよ。鉄砲疵に似たれども、これは刀でゑぐつた疵」と確認した後、「エ、勘平早まりし」という発言は、すべての観客の思いを代弁したものであったのではなかろうか。

以上のように見てくると、勘平の生死を分ける運命は極めて偶発的なものに左右されていたことがわかる。たった一つの展開が異なっていれば、勘平は死なずに済んだかもしれない。観客は勘平が殺したのは定九郎だとわかっている分、余計にこの展開がもどかしく感じられる。作者はこのように観客の心の揺れを連続的に作り出し、一つ一つの成り行きに観客をくぎ付けにさせる。決して興味をそらせることがないよう、実に巧妙に作られているのである。

【もっと深く――それぞれの汚名返上の物語】

一体、勘平の死はいかなる意味を持っているのであろうか。『仮名手本忠臣蔵』が敵討ちの物語とすれば、勘平は死の直前に「死なぬ〱、魂魄この土にとゞまつて、敵討ちの御供する」と言っていたことから、一応敵討ちに加わったことになっているのかもしれない。師直が十一段目で討たれることになっている限り、本作の大きな枠組みは確かに「敵討ち」であることは間違いない。しかし各段に盛り込まれる内容は、敵討ちに関わる個々人の物語なのである。勘平の物語を改めて考えてみるに、最初に勘平はお軽との密会が原因で死に値する大失態を犯した。そして腹切りの場面で勘平の疑いが晴れたところ、郷右衛門は連判状を取り出し、勘平の姓名を書き加えて血判を押すことになる。これにより「ア、かたじけなや、ありがたや。わが望み達したり」と勘平は語るのである。勘平の望みはもちろん主君の敵討ちではあるが、彼にとって最も重要なことは「連判」に加わることではなかったか。このように考えるとき、勘平の物語は一度失墜した汚名を返上することであったとも言えよう。では、『仮名手本忠臣蔵』のほかの主要な登場人物はいかがであろうか。

加古川本蔵の場合、主君若狭之助とお家のために師直に賄賂を贈って機嫌を取り、さらには師直を討とうとした塩谷判官を抱き留めてしまった。八段目に至り由良之助妻お石が、本蔵妻戸無瀬に夫の首を取ってくるように所望する。塩谷方にとってはそれほどまでに憎しみを買う人物であった。しかし本蔵は力弥にあえて槍で突かれるように仕向け、師直の屋敷の案内図を差し出すことになる。本蔵の本心が語られ、犯した失態を自らの死で償うことになった。賄賂を贈って機嫌を取るようなひきょうな行いは、命と引き換えに汚名がすすがれることになったのである。

また、汚名を着せられる仕組みと言えば大星由良之助もその一人である。六段目、一力茶屋で放蕩するところ、塩谷家来が現れ由良之助の本心を確かめようとする。由良之助は酒に酔い正体をなくした振りを続けるが、家来から「由良之助は死人も同前」と決め付けられ、「一味連判の者どもへの見せしめ」として殺害されそうになる。その後寺岡平右衛門と妹お軽の対話の中ですぐに由良之助の名誉回復がなされることになる。

以上のような構想を見れば、いったん汚名を着せられることによりその回復がより強調され、観客にいっそう強く感動を与えることになるのである。このような仕組みが『仮名手本忠臣蔵』の大きな魅力を支えているのである。

【テキスト・読書案内】

『仮名手本忠臣蔵』の注釈付き活字翻刻には、以下のものがある。

① 『浄瑠璃集　上』（日本古典文学大系51、岩波書店、一九六〇年）
② 『新潮日本古典集成　浄瑠璃集』（一九八五年、新潮社）
③ 『浄瑠璃集』（新編日本古典文学全集77、小学館、二〇〇二年）

また、研究書・研究論文としては、次のものが読みやすい。

① 特集「『仮名手本忠臣蔵』のすべて」（『国文学　解釈と鑑賞』三十二巻十三号、至文堂、一九六七年）
② 藤野義雄『仮名手本忠臣蔵解釈と研究』（上・中・下）（桜楓社、一九七四年～一九七五年）
③ 特集「忠臣蔵・日本人の証明」（『国文学　解釈と教材の研究』三十一巻十五号、學燈社、一九八六年）

（冨田康之）

35

転倒する善と悪―不義士の物語

『東海道四谷怪談』『菊宴月白浪』（歌舞伎）

歌舞伎『東海道四谷怪談』は、毒薬のため片目が腫れ上がり醜い顔となったお岩が、幽霊となって数々のたたりをなす物語である。文政八年（一八二五）七月、江戸中村座初演、四代目鶴屋南北の作である。この作品は、初演時に『仮名手本忠臣蔵』と二日がかりで交互に上演されたように、「忠臣蔵」の外伝の枠組みが採られている。お岩を虐げる夫、民谷伊右衛門は塩谷家（史実の浅野家に相当）の旧家臣と設定されているが、主君の敵討ちに加わろうとしない不義士である。

不義士は『仮名手本忠臣蔵』にも登場する。塩谷家家老の斧九太夫は、主家を裏切って敵の高師直方につき、大星由良助をスパイする（七段目）。また、その子の定九郎は山中で強盗を働くまで身を落とす（五段目）。九太夫は史実の赤穂藩家老、大野九郎兵衛をモデルにして創作された人物である。敵討ちに参加しなかったこの実在の九郎兵衛には、大石内蔵助らの計画が失敗した時に備えていたという「後詰め」説が伝わる。この「後詰め」説を元に構想が立てられ、『仮名手本忠臣蔵』で不忠者として描かれる九太夫・定九郎の父子を、一転して忠臣に設定するのが、同じく南北作の『菊宴月白浪』（文政四・一八二一年九月、江戸河原崎座初演）である。この作品では、大星ら四十七士の敵討ちが成就したあとの物語、つまり後日譚が展開する。

幽霊や悪の魅力、下層社会へのまなざしやブラックユーモア等々、化政期（一八〇四～三〇）を代表する作者、鶴屋南北の作風の特徴としていろいろなものが取り沙汰されるが、その一つに既存の価値観の転倒があげられる。忠義の武士の物語として語られてきた「忠臣蔵」は、南北の奇想によってどのように変容したのか。『東海道四谷怪談』と『菊宴月白浪』を中心に、その様相を見てみ

三代目歌川豊国画「五代目市川海老蔵の民谷伊右衛門（嘉永四年五月、河原崎座）」（国立国会図書館蔵）

たい。

『東海道四谷怪談』

【あらすじ】

民谷伊右衛門は、塩谷家の御用金を横領したことを妻お岩の父の四谷左門に糾弾され、左門を殺す。直助はお岩の妹のお袖に恋慕していたが、お袖には塩谷浪人の佐藤与茂七という許嫁がいた。直助は恋の敵の与茂七と誤って、浅草の裏田圃で主筋の奥田庄三郎を殺す。ただし暗闇であったため、直助はじめ誰もが、与茂七が死んだものと思い込んでしまう。

伊右衛門・お岩夫婦が住む雑司ヶ谷の長屋の隣には、高師直の家来の伊藤喜兵衛の屋敷がある。喜兵衛は出産後の血の道の薬と偽って、顔を醜く変貌させる毒薬をお岩に飲ませる。喜兵衛の孫娘お梅が伊右衛門に横恋慕しているため、伊右衛門がお岩に愛想を尽かして離縁するように仕向ける計略であった。伊右衛門はお梅との結婚を承諾し、真実を知ったお岩は憤死する。伊右衛門はお岩の死の原因を使用人の小仏小平になすりつけて小平を殺害、お岩と小平の死骸を戸板の表裏に打ち付けて神田川に流す。その晩、嫁入りに来たお梅および喜兵衛は、お岩・小平の祟りで死ぬ。

数日後、隠亡堀で釣りをする伊右衛門の元に件の戸板が流れ着き、お岩・小平の死霊が現れる。

与茂七は隠亡堀で紛失した、主君塩谷判官の敵討ちの連判状を取り戻すため、深川三角屋敷の直助の住まいを訪れる。お袖は直助と夫婦の関係となったが、与茂七が生きていたことを知り、貞操を破った言い訳に死を選ぶ。お袖の守り袋をきっかけに、直助とお袖が実の兄妹であったことが判明、主殺しと近親相姦の二つの大罪を犯したことを恥じた直助は、連判状を与茂七に返して自ら命を絶つ。

塩谷浪人の潮田又之丞は病のため足が不自由になっていた。かつて又之丞に仕えていた小平の幽霊は、質屋に預けられていた特効薬の「ソウキセイ」を盗み出す。それを飲んだ又之丞は本復して、敵討ちの一員に加わる。

蛇山の庵室に隠れ住む伊右衛門は、お岩の悪夢に悩まされていた。お岩の霊は伊右衛門に所縁のある人物を次々と呪い殺す。与茂七は伊右衛門を成敗し、敵討ちへと向かう。

【見どころ】

ここでは、大詰の「蛇山庵室の場」の一場面を採り上げる。「長兵」とあるのは伊右衛門の悪友の秋山長兵衛という人物。伊右衛門はこの秋山に、金銭の代わりとして高師直の書物（高家への仕官を保証する書類）を渡していた（三幕目「十万坪隠亡堀の場」）。

長兵　これ、そこにゐるのは伊右衛門殿か。

伊右　秋山殿、やれ〱こなたを尋ぬる最中。コレ、貴様に渡した書物にて、高野の家にありついた。早くあの品戻して下さい〱。

長兵　サア〱戻すよ〱。おれもこなたに無心言ひ、金の代りのあの属託、持つて帰つたその夜から、どこからうせるか多くの鼠、髪の毛、爪までかじられて、まことに難儀だ。返してしまはう〱。

伊右　スリヤこなたへも鼠が憑いたか。アヽ、これもお岩が。◯　南無阿弥陀仏〱。◯　サ、返す気ならば、あの書物。

長兵　返しは返すが、貴様の仕業で多くの人を殺したが、すでにその科こつちへかゝつた。ことに官蔵・伴助まで、皆巻き添への人殺し。コレ〱民谷、これにはおほかた訳があらうな〳〵。
伊右　サア〳〵、その訳といふは、もとおれが母が、高野の家中の娘ゆゑ、師直様へ手蔓がよさに、悴のおれが浪人の、身を苦に病んで、高野の家へ仕官の願ひ。それがこの節聞済あつて。◯
ト件の咄のうち、よき時分より、長兵衛頭の上へ、お岩の死霊、さかしまに下がり来り、長兵衛の襟にかけゐたる手拭にて、長兵衛をくびり殺す。長兵衛、声を立てるゆゑ、お岩、長兵衛の口を押へ、長兵衛、落ちいる。右の死骸を、お岩、件の手拭の先を持つて、欄間の内へ引き込む。伊右衛門、これを知らず、この時、ふっと見つけて、恟りして立ち寄らんとする。この時、天上より、血潮だら〳〵と落ちる。伊右衛門、きつと見上げて、
これもお岩が。◯
ト思ひ入れ。

伊右衛門は、高家の禄にありつくために必要な、師直の「書物」を返すよう秋山に求める。この書物は伊右衛門の母お熊が、息子の浪人生活の苦労を思い、ツテを頼って手に入れたものであった。主家の塩谷家への忠義はどこ吹く風、その禄が敵方のものであることは伊右衛門にとって問題にならない。二幕目「雑司ヶ谷四谷町の場」では伊右衛門の浪人生活が描かれる。傘張りの内職をして日銭を稼ぐものの、借金取りが押しかけてくる毎日である。そこに赤ん坊が生まれたストレスも加わり、かつて愛したはずの妻お岩に対して暴力的な振る舞いに出る。そうした日常から脱け出したいと思う心の隙間に、裕福な伊藤家の孫娘との結婚という誘惑が忍び込んで来るのである。現実社会の武士も、札差といった商人から借金をし、果ては金と引き換えに武士の身分を捨ててしまうものさえいた。忠義よりも、日々の生活が優先される当時の等身大の武士の投影が伊右衛門であった。

秋山は師直の書物を受け取った晩から、鼠による怪異に悩まされていた。「鼠」は子年生まれのお岩を象徴するモチーフである。そしてついには、天井から逆さまに現れたお岩の幽霊によって絞め殺され、欄間の中へと吸い込まれてしまう。大道具の工夫が凝らされ、天井から滴る血も生々しい。ただしこれは文政八年の初演時の演出で、現行ではこの場面に「仏壇返し」という仕掛けが用いられている。仏壇の掛け軸の中からお岩が登場し、秋山をつかんで引きずり込むという演出である。この「蛇

山庵室の場」では、ほかにもお岩が起こす怪現象が数々の仕掛けで表現され、まるでお化け屋敷のようである。なかでも、お岩が燃え上がる提灯から抜け出て来る「提灯抜け」は有名であるが、これも初演時にはなく、天保二年（一八三一）の上演からの工夫である。エンターテインメントとして進化し続ける歌舞伎のあり方の一端がうかがえる。

『菊宴月白浪』

【あらすじ】

敵討ちの事件後、改易となっていた塩谷・高の両家は、それぞれ「花筐の短刀」「菅家の正筆」を足利家に献上することで、家の再興が認められることになった。父の斧九郎兵衛から忍びの術を授けられた定九郎は、暁星五郎と名乗る盗賊の頭となる。そして、敵討ちに加わらなかった不義士四十六名を率いて、高家に肩入れする山名次郎左衛門の館に押し入り、「菅家の正筆」を奪い取る。

定九郎の妻の加古川に仕える与五郎は、自身が師直の落胤であることを知り、主人の加古川を殺害、「花筐の短刀」を奪って逃走する。仏権兵衛の妹の浮橋は、塩谷判官の弟・縫殿助の子を宿していた。かつて高家の臣であった権兵衛は、塩谷の血筋を絶やすため妹を殺し、縫殿助にも傷を負わせる。縫殿助のけがを治すには、辰の年・辰の月・辰の日・辰の刻に生まれた者の生き血が必要であり、加古川こそその人物であった。加古川の霊に導かれた定九郎は、その死骸の血を使って縫殿助を回復させる。

直助と名を変えた与五郎は、与市兵衛を殺して五十両を奪う。与市兵衛の娘のおかるは、父の敵討ちを助けてもらうため、権兵衛と仮の夫婦になっていた。そこへ、おかると一夜の契りを交わしたことのある定九郎がやって来て、権兵衛との達引きとなる。権兵衛は実は定九郎の双子の兄弟であり、主筋の塩谷家に知らずのうちに害をなしていた。権兵衛はその罪滅ぼしのため、定九郎にわざと討たれる。定九郎は直助が隠していた「花筐の短刀」を見付け出し、おかるとともに直助を討つ。

【見どころ】

ここでは、三段目「山名館の場」を見てみたい。館の当主の山名次郎左衛門は、実子の島五郎が師直の養子となって高（高野）家の跡取りになっているという関係から、高家を庇護していた。その次郎左衛門の館に、定九郎こと暁星五郎を頭に、小山田源吾・近藤源四郎・入間丑兵衛ら不義士の面々が押し入る。

次郎　ヤア、合点のゆかぬ盗人ども。金銀衣類に目をかけず、高野の重宝、菅家の正筆、あづかりゐるをぞんじたやつら。なにゆへあつてこの品に、心をかけるは心得ず。

源吾　サテこそ高野の菅家の一軸、それ奪ひ取つて。

三人　がつてんだ。

トかゝるを次郎左衛門、切り立〳〵立廻り宜しく、四人を追ちらし、上の方、柴垣の前にて、箱を持て手水鉢の水を飲み、息をする。このとき垣の内より白刃出で、次郎左衛門をつらぬく。これにて苦しみ倒るゝ。あつらへの鳴物になり、垣をおしわけ星五郎、白刃を引さげ伺い出で、箱を奪い取り、一軸をみる。このとき奥より源四郎、高野島五郎の切り首、丑兵衛、種ケ島六太夫の切り首を引さげ、黒具の人数のこらず、がんどうをもち出で来り、

源四　賊徒のわれ〳〵に刃向いし。

丑兵　山名の家来はまつこの通り。

星五　シテ、紛失せし塩谷の家の短刀は。

皆々　探しますれど、一向有家が。

星五　ハテ、残念ナ。まさしく当家と思ひの外、扨は外手へ渡りしか。さはいへ高野の菅家の一軸。

皆々　手に入りましたか。

星五　あかりをこれへ。

皆々　こゝろへました。

トがんどうを見せる。星五郎改見て、

星五　うたがいもなき菅家の正筆。

次郎　おのれ盗賊、その一巻を。

ト懸るを星五郎、見事にきりすて、

星五　主人の御無念、これで少しは。

皆々　出来ました。

星五　これ。

トおもひれ。木のかしら。星五郎につたりとして、白刃を庭さきの手拭にてぬぐふ。これをきざみにてよろしく、

ひやうし幕

『仮名手本忠臣蔵』五段目で色悪の山賊として登場する斧定九郎は、同じ「賊」ながら、本作では不義士たちを率いるリーダーとして活躍する。大星由良助の「星」を

連想させる暁星五郎の名は、文化四年（一八〇七）に処刑された実在の盗賊、暁星右衛門に由来するもの。夜中、館へ一味が押し入るさまは、『仮名手本忠臣蔵』十一段目の討ち入りの場に重ね合わされている訳であるが、英雄的行為とされた義士の討ち入りを、夜盗の襲撃と同列に結び付ける発想に、南北一流の皮肉を見るのはうがち過ぎであろうか。このように本作には『仮名手本忠臣蔵』のパロディーが随所に盛り込まれている。右の場面で、次郎左衛門を刀で刺し貫いた星五郎が柴垣のなかから悠然と現れるのも、五段目で斧定九郎が与市兵衛を殺害するシーンを踏まえたものである。

実は、定九郎を忠臣に設定する発想は南北のオリジナルではなく、先例があった。寛政二年（一七九〇）七月、中村座で初演された初代桜田治助作の『忠孝両国織』での定九郎は、不忠者の汚名を雪ぐため、師直の屋敷への出入りが自由になる「切手」を求めて奮闘する。この作での与市兵衛は敵役で、その与市兵衛の手に渡った切手を手に入れるため、『仮名手本忠臣蔵』五段目のお約束通り、定九郎が彼を殺す展開となる。

一方、南北の『菊宴月白浪』で与市兵衛を殺すのは定九郎ではなく、与五郎こと直助である。右に掲出した場面は全十一段の物語のうちのまだ序盤である。ここで、次郎左衛門と島五郎という当初の敵役が相次いで死を遂げる。敵役が死んでしまっては物語の終わりであるが、そこで彼らに取って代わって、新たに登場する悪が直助であった。【あらすじ】に示したように直助は、師直の落胤であるという自身の出自の秘密を知り、悪に目覚めるのである。

【もっと深く――両作にまたがる人物―直助と源四郎―】

『菊宴月白浪』で主人の加古川を殺す直助であるが、この名を持つ人物は『東海道四谷怪談』にも登場し、主人の奥田庄三郎を殺す。つまり直助は、主殺しの男として設定されるのが「忠臣蔵」物のお約束であった。モデルとなったのは、享保年間（一七一六～三六）に中島隆碩という医者が下男の直助に殺された事件。隆碩は実は、討ち入りの直前になって逐電した赤穂浪人、小山田庄左衛門の変名した姿であった。こうして直助は「忠臣蔵」物に登場するキャラクターとなる。ここで注目されるのが、『東海道四谷怪談』を題材にした浮世絵のうち、初代歌川国貞が五代目松本幸四郎演じる直助を描いたものに、直助の名を「小山田直助」としている一枚がある（早稲田大学演劇博物館蔵）ことである。南北作の「忠臣蔵」物の合巻（文政九年刊『女扇忠臣要』『四十七手本裏張』、文政十年刊『いろは演義』）において、直助が「小山田直助」という名の塩谷家臣として設定されている（ちなみに、右の『菊宴月白浪』の掲出箇所にも、小山田源吾という「小山田」姓の不義士が登場している）ことと合わせて考えると、『東海道四谷怪談』の初期構想では直助も不義士の一人だったのかもしれない。

不義士でもう一人採り上げたいのが、進藤源四郎である。大石内蔵助の親戚であったが、考えの相違から脱盟、不義士の汚名を被ることになった。『菊宴月白浪』で島五郎の首を持って現れる近藤源四郎はこの人物をモデルとする。現行では省略されるが、『東海道四谷怪談』の「蛇山庵室の場」にも源四郎が登場する場面がある。『四谷怪談』での源四郎は伊右衛門の養父として設定され、「あの母親（注、お熊）めが縁につれ、敵高野の館へ取り入り、奉公願ふ道知らず。さすれば親の身どもまで、不忠の汚名をとるわいやい。エヽ、見下げはてたる畜生めが」と伊右衛門を叱責する。それに対し伊右衛門は、「親父殿、敵の館へへつらふも、義士の輩手引きの為に」と、あくまでその場限りのでまかせを言うのであった。そうした源四郎も、お岩のたたりで首をくくり、敵討ちに加わることができなかった。

敵討ちに参加する人物よりも、例えば『仮名手本忠臣蔵』の早野勘平のように、何らかの理由で参加しない人物を描く方が、演劇的葛藤は作り出しやすい。不義士が採り上げられるのはそうした理由によるものと考えられるが、一方で南北には、義士を主人公に据えた「忠臣蔵」物の作品がある。文政八年九月、中村座初演の『盟三五大切』である。元文二年（一七三七）に大坂の曾根崎新地で薩摩藩士が五人を斬殺した事件を題材にした作品であるが、この作品では、殺人犯の薩摩源五兵衛の正体が塩谷浪人の不破数右衛門と設定される。史実の数右衛門は、主君内匠頭の不興を買って浪人となっていたものの、浅野家の大事を知って駆けつけ、敵討ちに参加した義士である。作中の源五兵衛は、何人もの人間を無残に殺しておきながら、時節到来となるや敵討ちの場へと勇んで行く。こうした人物が、果たして義士として称賛の対象になり得るのであろうか。善・悪という価値観が、いともたやすく転倒するものであることを、南北は示しているのかもしれない。

【テキスト・読書案内】

『東海道四谷怪談』のテキストを収録する活字本で、今日手に取りやすいものは次の通り。いずれも注釈が付く。

①河竹繁俊校訂『岩波文庫　東海道四谷怪談』(岩波書店、一九五六年)

②郡司正勝校注『新潮日本古典集成　東海道四谷怪談』(新潮社、一九八一年)

③諏訪春雄編著『歌舞伎オン・ステージ18　東海道四谷怪談』(白水社、一九九九年)

また、『菊宴月白浪』は、

④浦山政雄編『鶴屋南北全集』第九巻(三一書房、一九七四年)

に収録される。なお、両作ともに、現在、歌舞伎の映像で市販されるものはない。

作者の鶴屋南北に関する研究は数多くあるが、評伝として入門的なものに、

⑤諏訪春雄『ミネルヴァ評伝選　鶴屋南北——滑稽を好みて、人を笑わすことを業とす』(ミネルヴァ書房、二〇〇五年)

がある。

⑥古井戸秀夫『評伝 鶴屋南北　第一巻・第二巻』(白水社、二〇一八年)

は、最新の研究成果も反映され、質・量ともに充実。本稿で触れた逆さまで登場するお岩については、

⑦服部幸雄『ちくま学芸文庫　さかさまの幽霊——〈視〉の江戸文化論』(筑摩書房、二〇〇五年)

を参照されたい。また、不義士については、

⑧今尾哲也『吉良の首　忠臣蔵とイマジネーション』(平凡社、一九八七年)

に詳細な研究が備わる。

(光延真哉)

36

忍術つかい石川五右衛門

『賊禁秘誠談』（実録）

江戸時代に活躍（？）した盗賊といえば、どのような人物が挙がるだろうか。

江戸中期、東海道を股にかけて押込強盗を働いた日本左衛門（浜島庄兵衛）、火付盗賊改長谷川平蔵が逮捕したことで知られる上州の盗賊真刀徳次郎、江戸後期、大名屋敷を標的にして江戸を騒がせた鼠小僧次郎吉など。これらは実録や講談、歌舞伎に取り上げられ人気を博したが、豊臣秀吉の治政の末期、京都三条河原で「釜茹で」の刑に処せられた石川五右衛門は、右にあげたどの盗賊も及ばない存在感と後世への影響力があることを認めざるを得ないだろう［図1］。

石川五右衛門の出自はよくわからない。五右衛門に関する資料は、山科言経の日記『言経卿記』の文禄三年（一五九四）八月二十四日の条に「盗人スリ十人、子一人等、釜にて煮らる、同類十九人は付（磔のこと）にかかる、三条橋南の河原にて成敗なり、貴賤群衆すと云々」とあり、名前こそ見えないが、別の記録――例えば、スペイン人商人のアビラ・ヒロン『日本王国記』の注記や三浦浄心『慶長見聞集』――によって、これが五右衛門のことを指していることが明らかとなる。『慶長見聞集』によれば、五右衛門は当時の政治の中心地、伏見の近辺に屋敷を構え、昼は大名になりすまし、武器を持たせた手下とともに街道を往来、旅人から金品を巻き上げ、夜は京や伏見の屋敷に押し入って強奪をほしいままにしたという。

江戸時代に入ると、五右衛門は早くから浄瑠璃の主人公となり、元禄以前に「石川五右衛門」（貞享年間・一六八四～八七、松本治太夫作）、続いて「傾城吉岡染」（正徳二・一七一二年十一月、大坂竹本座、近松門左衛門作）が作られたが、これは御家騒動を背景に五右衛門を忠臣として造形したものであった。「釜淵双級巴」（元文二・一七三七年七月、大坂豊竹座、並木宗輔作）以降は盗みや騙り、ひいては殺人を行う盗賊として登場し、「石川五右衛門一代噺」（明和四・一七六七年十月、大坂竹本座、友江子・当証軒作）などが作られた。一方、散文では井原西鶴が『本朝二十不孝』で五右衛門を取り上げたが、釜茹でに耐えられず、わが子を足の下に敷いたという残忍な親として描いている。浄瑠璃や浮世草子といった通俗的な作品では、石川五右衛門の詐術やその妻子との関係を中心に、いわば〈家族の葛藤の物語〉を描いていき、結末の〈釜入り〉が見せ場となるように仕組まれている。

図1「落語講談当りくらべ」（個人蔵）

実録では、浄瑠璃や浮世草子が描く、家族＝内証の物語とは異なり、盗賊稼業の表の世界――大名などの権力者を手玉にとり政治の世界と対峙する――に軸を置いていることにその特徴がある。

『賊禁秘誠談』［図2］など五右衛門を主人公とする実録は、江戸時代後期の歌舞伎や講談などに大きな影響を与えていくことになる。

【あらすじ】

近衛院の平安末期、石川五右衛門の祖先、石川左衛門秀門は帝を悩ます化鳥を退治するよう命じられるが、「もし仕損じ候へば家の瑕瑾」として辞退する。そのため、左衛門は北面の武士の職を止められ追放される。代わりに任命されたのが和歌とともに武名の高い源頼政であった。頼政は見事に化鳥を退治し、御剣とあやめの前という美女を賜る。一方、左衛門は伊賀国に引きこもる。

左衛門は伊賀国で人々の崇敬を集め、住居のある村は石川村と呼ばれた。子孫は代々郷士として暮らした。時は流れて豊臣秀吉の時代、石川五郎太夫の一子、文吾は藤堂和泉守高虎に児小姓として仕えるが、短慮で喧嘩早い性格が災いし、追い出される。所の郷士百池三太夫は

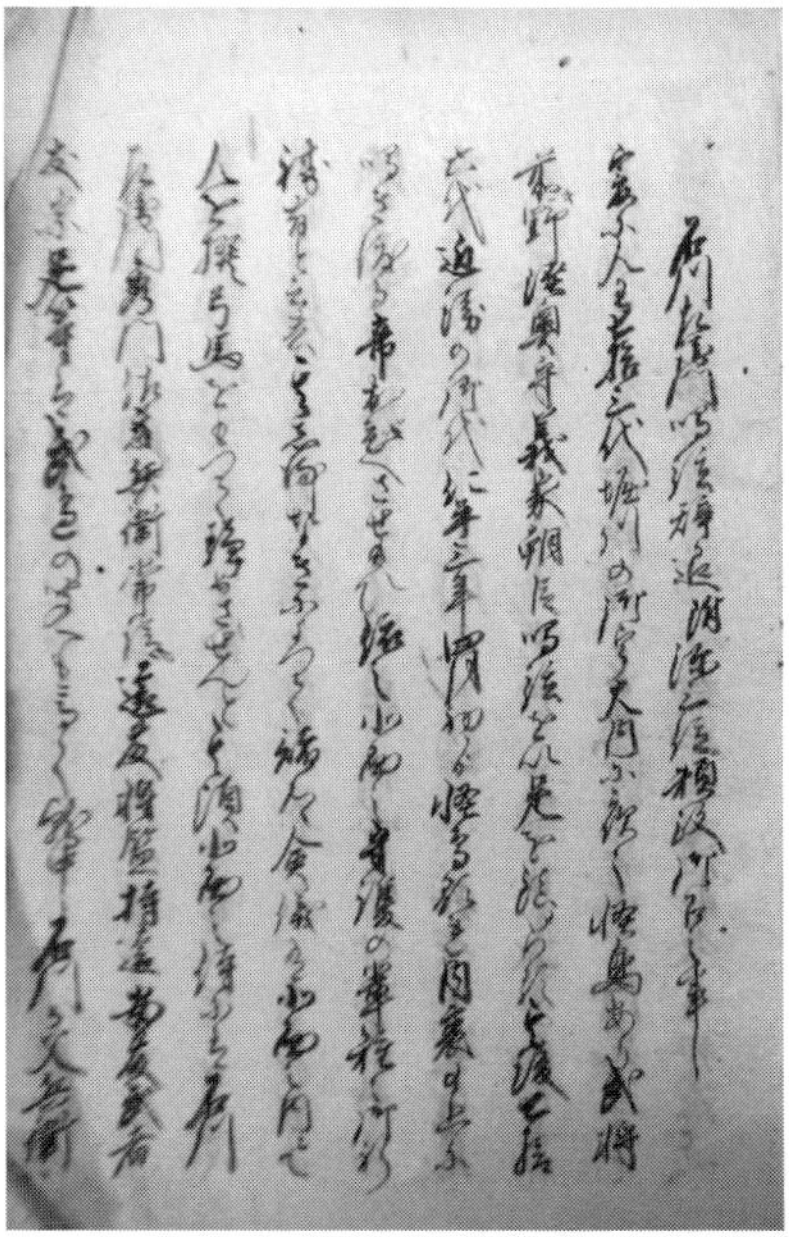

図2『賊禁秘誠談』（個人蔵）

武術に長け、忍術を体得、花山院大納言所持の名香の行方を探しだし、褒美として式部という女性を賜る。十七歳になった文吾は三太夫に弟子入りして秘伝奥義を授けられる。三太夫の本妻は式部に嫉妬するとともに文吾と姦通している。それを知った式部は動かぬ証拠を押さえようとするが、逆に本妻によって殺される。本妻は夫に悪事の露見するのをおそれ文吾と駆落するが文吾は本妻を切り殺して逐電する。

文吾は京都へ登り、石川五右衛門と改名、木村常陸介重高を弟子とする。常陸介は五右衛門を仕官させようとするが、気ままな五右衛門はこれを拒み、五右衛門の周辺には悪漢が集まる。

五右衛門は前野但馬守に偽の召喚状を出し、謀計をもって大名屋敷を襲撃して金品を強奪したり、上使を派遣し、大名家の弱みにつけこんで賄賂を取ったりと、悪事をほしいままにした。根来寺で追っ手に取り巻かれても、得意の術を使って逃れ、京都大仏前の餅やの娘を嫁にして暮らす。

五右衛門は中納言季忠公の装束を剥ぎとり、禁中（御所）へ忍び入るが、なぜか両眼がくらみ足もとがふらつき、術もおよばない。「天子よりいただいた本物の官位についていないからか」と思いながら、逃げ帰る。

謀反を決意した関白秀次は秀吉の暗殺を木村常陸介に依頼する。常陸介は、秀次をいさめるが聞き入れないので、伏見城に忍び入り、秀吉に近づくが、千鳥の香炉が音を出し暗殺できない。常陸介は術によって危機を脱し、忍び入った証拠として印字の水差しの蓋を取って帰る。

失敗した常陸介は、師匠の五右衛門に秀吉暗殺を依頼、秀次は五右衛門に蜀江の錦で作った陣羽織（秀吉が秀次に与えたもの）を与える。五右衛門は秀吉の寝所に忍び入るが、仙石権兵衛の足を踏んでしまい、権兵衛に捕らえられる。石田光成の尋問と拷問にも白状しなかった五右衛門は、京都七条河原で釜茹での刑となるが、秀吉への目通りを求め、その場で秀吉に向かい「信長の天下を盗み、凡夫の身でありながら五摂家の貴族でしかなれない位（関白）を保ち、外国に向かっては日本国王と署名して手紙を送る。これ、国王を盗み、関白を盗み、六十余州を奪い取った盗賊」と言い放つ。

【見どころ】

物語では、大団円に至るまでに五右衛門をめぐる数々のエピソードが積み重ねられていく。中盤には、大名が危機に瀕していると訴えて家臣をそちらに向かわせ、手薄になった隙に武家屋敷を襲う話（巻四）や、秀吉の隠目付（密に大名家の家中の状況を探索し報告する役人）あるいは上使と偽り大名の弱みに付け込んで大金を巻き上げる話（巻五・巻六）が配置されている。以下、詐術の妙の一端をのぞいてみよう。

当時、諸大名は秀吉が在城する伏見に交代で参勤することになっていた。五右衛門は前野但馬守が裕福であることを小耳に挟み、謀計をめぐらし、手下の者を上使に仕立て、伏見城へ急ぎ登城するよう五奉行石田三成からの命令を伝達する。前野但馬守は京都の屋敷から行列を仕立てて急行する。行列が伏見近くの藤の森に来た時、五右衛門の手下は行列の押さえ（最後尾）の家臣二名を森に連れ込んで殺害し、その着物と刀を身に付けて、京都千本通にある前野家の屋敷に走り、前野但馬守が何者かに行く手を遮られ、危険な状態にあることを注進する。門番は冷静に吟味をしようとするが、注進に訪れた者は、看板（武家に仕える中間・小者に支給する短い衣類で、その家の紋所が染め出される）を脱ぎ捨てて現場に戻ると言って屋敷を後にする。前野家ではそれを見て主君の大事と大勢の家臣が伏見へ向かい、屋敷は老人と女子供だけとなる。それを見て、五右衛門一党は前野屋敷を襲い、蔵を脅迫して開けさせ、金銀・宝物を奪い去る。後を付けてきた老人を忍びの術をもって殺害する。

一方、前野但馬守は、伏見の石田邸に行ったものの呼びだしの命令はなく、むなしく引き返す。家臣たちと途中出会い、屋敷に戻ってみると、盗賊に荒らされた惨状を目の当たりにする。前野家では、「大名が盗賊に合うと云えば、人前立ち難し」として、家臣に緘口令をしき、表沙汰にすることはなかった。

大名とその家臣たちをたぶらかす五右衛門の計略は何か典拠がありそうであるが、未詳である。権力者や富裕者の行列を襲って金品を襲う話は、例えば中国の白話小説『水滸伝』などで痺れ薬など飲ませることで財宝をそっくり奪い去るというような型があるが、薬を使わず、知略によって相手をだます手口はまさに痛快である。トリックの要点は二つで、一つは偽りの石田三成からの召喚状、もう一つは奪い去った前野家の本物の「看板」である。後者については、玄関の番頭武藤作左衛門が注進者に事情を問いただすという、役人としての冷静な対応を見せるものの、注進者は、間髪を入れず、「『我々は御主人の御先途を見届けん』と着せし看板脱ぎ捨てて門内に投げ込み、一さんにかけり行く」のである。この主人思いの態度も自然なもので、何より家紋のついた仕着せの「看板」が残されているため、沈着冷静な役人もまんまとだまされてしまうのである。

忍びの術に長けた五右衛門ならば右のような手を使わなくても、大名屋敷から金品を盗むことはできそうであるが、詐術＝智謀によって大名にいっぱい食わせる様を見せるところにこの作品の工夫を見るべきであろう。

『賊禁秘誠談』の成立時期については諸説あるが、十八世紀前期から中期といったところが有力視されている。十七世紀末から十八世紀にかけて、上方の文芸や草紙の中で詐術や謀計を趣向として取り入れることが流行する。そうした流れを受けて右のような詐術が取り入れられたと見ることもできる。

【もっと深く——王道と覇道】

『賊禁秘誠談』では「千鳥の香炉」を盗むことが話の中心に置かれ、それは「忍者」説話の様式にのっとっているとされる（吉丸雄哉「近世における『忍者』の成立と系譜」）。千鳥の香炉とは、人が近づくと音を発する不思議な重宝である。秀吉はそれによって身を守っているという設定である。その重宝を盗み出すために蜀江の錦で覆って音を出さないようにする計略が立てられる。

天下統一を成し遂げた秀吉は権力を一手に掌握しているが、夜、安眠を得るために多くの護衛と重宝が必要である。これらは大小名を従える物理的な武力の象徴として存在しているといえる。つまりは五右衛門の忍術をもって奪い取る対象がこの重宝であるということは、力によって守られたものを、形こそ異なるが、別の力で奪うということである。力をもって他を制する、いわゆる

〈覇道〉の世界である。それは物語の結末で、自分と同じ盗賊であると喝破する五右衛門のセリフと呼応しているのである。

これは、話の中では直接的に姿こそ見せないが、〈天皇〉という存在と秀吉とを比べてみれば明らかであろう。五右衛門は、好色という自己の欲求によって禁中の女性を自分のものにしたい一心で、宮中に忍びこむが、両眼がくらみ足が立たず、逃げ帰る。これは天皇から与えられた本物の位にないからであると五右衛門は解釈するが、〈天皇〉が底知れぬ絶対的な権威として、——力によって守られた秀吉に超越する存在として——描かれていることを意味するだろう。

冒頭に五右衛門の先祖が「北面の武士」であったと設定されていること、また、その先祖が辞退した後で源頼政が見事に化鳥を退治し、褒美としてあやめの前という美女をもらったように、五右衛門も宮中の女性を得たいと思うが、それが先祖のしくじりと同様に叶(かな)わないという裏腹の関係で描かれているところに、この物語の前後の照応のしかけを見て取るべきであろう。

無頼で好色な五右衛門が、釜茹での刑に処せられる前に、秀吉の〈覇王の悪〉を喝破する結末のうらには、不可侵の〈聖王〉＝〈天皇〉の物語が背景に置かれていたのである。

【テキスト・読書案内】

①丹野顯『江戸の盗賊　知られざる〝闇の記録〟に迫る』（青春出版社、二〇〇五年）

史実の面から江戸時代の盗賊や犯罪についてまとめた入門書。

②菊池庸介『近世実録の研究——成長と展開——』（汲古書院、二〇〇八年）

実録体小説を本文の成長過程を通してとらえようとした論考で、実録の例として石川五右衛門ものの展開とその影響について述べられている。国文学研究資料館蔵本『賊禁秘誠談』の翻刻を載せる。

③吉丸雄哉「近世における『忍者』の成立と系譜」（『京都語文』十九号、二〇一二年）

「超人的な能力をもつ忍者が大事なものを奪うために潜入する」という型が、江戸時代を通じてどのように展開していったのかを論述した論。『賊禁秘誠談』はその一定の完成をみた作品として評価されている。（丹羽謙治）

V 古代を幻想する

江戸時代の人々が幻視した古代とは？
国学者によって探究されたまぼろしの古代と、
虚構の中に創造された、もう一つのまぼろしの古代。

37

リメイクされ続ける浦島伝説

『松風村雨束帯鑑』『浦島年代記』（浄瑠璃）

浦島伝説は、古くは『万葉集』『日本書紀』『丹後国風土記』（逸文）などに見られ、日本文学史上、最も長期間リメイクされ続けた伝説の一つである。中でも江戸時代には、数々の浦島関連作品が創作された。

三味線・太夫の語り・人形操りが一体となって物語を演じる浄瑠璃においては、浦島伝説は思いがけない展開を見せる。例えば、古浄瑠璃『浦島太郎』では、浦島や姫がそれぞれ大明神の申し子として登場し、恋の物語を繰り広げる。近松門左衛門にも、浦島伝説をもとにした『松風村雨束帯鑑』（宝永四・一七〇七年頃）と『浦島年代記』（享保七・一七二二年）という二つの浄瑠璃がある。『松風村雨束帯鑑』では、浦島の世界に、松風村雨の物語と承和の変が結び付けられており、『浦島年代記』では　眉輪王の乱の話が結び付けられている。これらの作品における浦島太郎は、王位争いに関わり、『松風村雨束帯鑑』では神として、『浦島年代記』では武士として、朝廷、日本を救う存在へと変貌する。

『松風村雨束帯鑑』

【あらすじ】

仁明天皇の若宮が急逝し、後見の在原行平と僧正遍昭は、偶然出会った浦島の子を身代わりに立てる。しかし、この浦島の子が行平の妻で乳母の司の前の乳を吸わず、鮮魚ばかりを好むことを、王位簒奪を狙う先帝の王子恒寂僧都と葎丸に知られる。二人は若宮（浦島の子）に毒魚を食べさせて暗殺しようと企てたが、母である竜女乙姫に知られ妨害される。

新たな乳母に選ばれた松風の前に乙姫が現れ、子に会わせてほしいと頼み、いやがる松風の体を借りて乗り移る。松風（実は乙姫）が母子再会の語らいをする姿を見た司の前は、若宮（浦島の子）を松風と行平の間に生まれた子であると誤解し、嫉妬する。司の前の密告により、浦島の子は悪人方に連れ去られそうになったが、広沢の池から乙姫が現れ、竜宮城の宝剣と子を連れて帰ってしまう。

一方、浦島は故郷へと帰るが、村人に泥棒と誤解され困っていたところを、浦島の六世の孫庄司に助けられ、名乗らぬまま奉公人となる。庄司は勅定により、庄司の息子由良太がかくまう松風を討つつもりであることを浦島に打ち明ける。由良太の女房と浦島はそれぞれ松風を逃そうとするが、浦島は誤って庄司を刺してしまう。一同は勅使になりすました葎丸と争い、騒動の中、玉手箱が開いてしまったことで、浦島は一瞬にして白髪の老人になる。浦島は身の上を打ち明け、神通力で葎丸を撃退する。

行平を慕う松風と村雨の姉妹は、乙姫が持ち去った宝剣を竜宮から取り戻す。司の前は改心し、行平夫婦らは宝剣を奉じて朝参し皆々出世する。すべては竜神の加護によるものであると、広沢の池で狂言が奉納される。そこに恒寂僧都が現れ、実は自らは「他方海の悪龍」であり、日本で威を振るおうとしたものだと正体を明かすが、浦島によって討ち滅ぼされた。

『浦島年代記』

【あらすじ】

安康天皇は病のため、女御中蒂姫への譲位を決意するが、中蒂姫は辞退する。葵の臣は帝の弟泊瀬の王子への譲位を進言し、王子の行方を探すことになる。円の大臣の執権諸宗と葵の臣の執権鶴国が争うが、鶴国の弟鷲国が王子を迎える命を受ける。野心を抱く円の大臣は、娘中蒂姫が臨月を過ぎても産気付かないため、平産と変生男子の願掛けのため、家臣の平群隼人と乾平馬に対し、粂の仙人と千年を経た鶴と亀を探すよう命じる。

浦島太郎は妻と子小太郎のお宮参りの帰りに、網子らに捕らえられた亀を助ける。浦島らは亀を求める平馬ともみ合いになる。浦島の妻は水死したと見られたが、再び浮かび上がる。

葵の臣の娘綾織姫は鷲国と共に泊瀬の王子を連れ戻すことに成功する。

粂の仙人を探しに葛城山に入った諸宗と隼人は、天皇と女御を呪詛していた大草香の臣を発見し、殺害する。泊瀬の王子（雄略天皇）は中蒂姫が出産するまでの間に限り帝位につくことにし、天皇と中蒂姫を父母と立て、親子固めの杯を交わす。しかし、大草香の臣の死骸から抜け出た赤色の魂が飛び入った杯を姫が知らずに飲み干したとたん、乱心し、王子にしなだれかかるので一同は神主の屋に逃れ入る。

浦島は酒好きの妻が拝殿に残り酔いつぶれているのを見付け、懲らしめるため、妻の顔に陵王の面をかぶせる。目を覚ました妻は本性を表してしまったことを嘆く。妻は、拝殿に忍び込み泊瀬の王子を討とうとする平馬を浦島に討たせ、本物の浦島の妻は平馬によって海で殺害されており、自らは浦島に助けられた亀の化生であることを明かし、海へ戻っていく。

雄略天皇は母中蒂姫の罪をひきうけると言い、内裏に作らせた獄屋に自ら入り、女御の子が産まれたら牢を出ると言う。鶴国は女御に仕えるよう、諸宗は綾織姫をいたわるよう天皇の命を受ける。諸宗の家で中蒂姫の出自にまつわる秘密が明かされ、姫は実母に殺され腹の子が取り出されるが袋子であったため葛城山に捨てられる。

安康天皇が捨てられた子を尋ねて葛城山に入ると、真っ赤な男の子が現れ、前名は大草香、安康へ報復するため、中蒂姫の胎内に入って生まれ変わった眉輪王であると名乗る。眉輪王は、三国を魔界になさんと安康天皇を殺害したが、雄略天皇や浦島らに討ち取られる。

浦島は故郷に帰るが、身を隠していた円の大臣に襲われ、海底に沈み、竜宮へとたどり着く。そしてかつて自分が助けた亀（乙姫）に再会するが、子小太郎が気がかりなため、帰郷させてほしいと頼む。沙竭羅龍王は浦島の七世までの子孫の様子を鏡に映し出してみせる。七世の孫が長谷部の国長に厳島の神職をだまされ奪われており、淳和天皇の行幸の場で浦島の子孫が神職をつとめたら大旱魃で苦しむ日本が救われると聞いて、浦島は急いで帰郷する。

淳和天皇の行幸があり、雨乞いの場に現れた浦島は七世の祖父であることを明かすが、誰にも信じてもらえず、玉手箱を開ける。浦島は老人に変じ、偽の神職は乱心する。この時雨が降り、世がめでたく治まる。

【見どころ】

『松風村雨束帯鑑』『浦島年代記』とも入り組んだ話なので、浦島伝説を中心とした読みどころを紹介する。

二つの作品には共通して、浦島太郎の子が登場するという、これまでの浦島太郎の物語には見られなかった展開を持つ。特に『松風村雨束帯鑑』では、近松は、浦島の子に仁明天皇の王子の身代わりという、思いがけない役を担わせている。

浦島と乙姫との間に子がいたことも意外な話であるが、その子が天皇の世継ぎになることは、まったく新たな展開である。近松はこの奇抜な発想の根拠を、行平によって説明させている。行平は浦島について知っており、次のように語る。

> 其浦島は雄略天皇の御宇。今すでに三百四十余年也。人界の一年は蓬莱の一日とや。忝くも神武天皇の御母玉依姫は龍神の娘。我国の皇統御母方は龍女ぞや。幸其子を我に得させよ十善の太子にそなへんと。

行平は、神武天皇の母玉依姫が綿津見大神の娘であったことから、浦島の子が竜女の子であるならば、皇統にふさわしく身代わりとするのに問題ないと語る。浦島は、わが子が「背に七枚の鱗有て人間の乳房を呑ず。魚肉を食する異相の凡夫」であることを理由に、身代わりとすることを断る。すると、行平は「応神天皇は鱗の尾筒ながき世迄。御衣に裾を引く始めぞや。少も恥ることなかれ」と、応神天皇も異形であったため何ら問題ないとして、子を連れて行ってしまうのである。近松は浦島と乙姫の子が皇子になるという突拍子もないと思われそうなことに、理由付けをしているのである。

話を乙姫に移そう。『松風村雨束帯鑑』の乙姫は浦島と契った竜女であるが、三度異なる姿で登場する。乙姫は、初め大魚に変じて、王子を暗殺する毒魚を釣ろうとする葎丸一味の企てを妨害する。この場面では、舞台上で大魚が波を荒立て、釣り針を食いちぎり、網を沖へと引っ張り大暴れする様子が繰り広げられる。変身した乙姫の活躍は人形の動きを見せる一つの見せ場でもあった。

次に、乙姫は別れた子に会うため、庭先のつるべから小蛇の姿で現れ、松風に乗り移る。司の前がそれとは知らず嫉妬から松風を討とうとすると、乙姫は子を守るため、数千の小蛇となって司の前にまとわりついて追い払う。司の前が、「夫を取られし我こそはへびともじやとも成るべきに。逆恨こそやすからね」（夫を取られた私こそ蛇になるべきなのに逆恨みされるなんておもしろくない）と語るように、文芸や芸能の世界で蛇は女の嫉妬としばしば結び付けられるが、ここでは、竜女である乙姫の強い母性を表すものとなっている。

三度目には、乙姫は広沢の池から裳裾が二十尋（約三十六メートル）余りの毒蛇姿の美女として現れ、悪人方に奪われそうになったわが子を救い竜宮へ連れ帰る。この場面では、乙姫が劣勢となっていた遍昭を尾で巻き上げ、高いところから遍昭に太刀を振りかざさせて、敵を退散させるという演出があった。乙姫の登場はいずれも観客の目を楽しませる場面であったことが推測できる。

『松風村雨束帯鑑』において、乙姫が三度変身して現れたのは、すべてわが子の身を案じてのことだった。一般に浦島伝説では、浦島は親のことが気がかりで地上へと帰るのだが、こちらは逆の設定である。乙姫が初めて登場した際、「海の底にも恋の道。それから知つたる親子の恩愛」と語っているように、浦島伝説は近松によって親子の情愛の話へと変貌したのである。

『浦島年代記』では乙姫は竜王の娘であり、亀として登場する。享保七年（一七二二）三月に大坂の竹本座で上演された際の絵尽くしを見ると、『浦島年代記』では乙姫が登場する際、からくりが利用されていたことがうかがえる。図1の左下には、桐竹三右衛門が亀を操る様子が描かれている。この場面は図1中央上に描かれているように、乙姫が酔いつぶれて面をかぶせられる失態をおかしてしまったことを恥じ、正体を現すところである。亀の下には、「口よりたきの水おとすからくり」「おやま人形かめと成、水をはくしかけ」と、死んだ浦島の妻に化けていた乙姫が亀に変じて、水を吐き出し波と成して海中へと入っていくところを表現した。からくりを用いた異類の出現は、人間が亀になるという奇抜な展開を際立たせる効果があった。

近松は、浦島を世界とした『浦島年代記』と『松風村雨束帯鑑』の作品で皇位争いを描いた。浦島太郎はその中で、秩序の回復に貢献する人物として活躍するのである。ただ、そのために近松は浦島太郎を漁師のままにしておかなかった。『松風村雨束帯鑑』では、浦島は竜宮からの帰還後に、「生ながら神となり国土を守り悪魔をはらふ神力の神変自在を見よや」と、朝敵を滅ぼす。浦島は神になったという、中世以来の浦島伝説に見られた設定は維持しつつも、浦島に国を救う役割を担わせていた。

一方『浦島年代記』では、浦島は地侍として登場する。もとは漁夫であったが、殺生をやめよとの親の言い付け

図１『浦島年代記』（『近松全集』岩波書店、1994年より）

から侍となり、雄略天皇の即位に貢献する。さらに、竜宮から子孫や国の困難を救うため帰郷した英雄的存在として造形されている。

【もっと深く――日本を意識】

近松の二つの作品には、浦島一家が国を救う展開の中で「日本」を意識した表現が見られる。一般に浦島伝説では、水底は「竜宮」、地上は「丹後国」、あるいは単に「故郷」とされた。ところが、近松の浄瑠璃では、浦島は地上を「日本」と呼んでいる。古浄瑠璃『浦島太郎』でも、竜宮のきんなら王は、浦島の故郷を「日本」と言っていた。しかしこれは竜宮側から地上を「日本」ととらえた発言であり、浦島の発した言葉ではなかった。

『松風村雨束帯鑑』には、浦島が子を抱えながら「ここは日本か」と登場する場面がある。『浦島年代記』では、図２（享保七・一七二二年三月に竹本座で上演された際の絵尽くし）の左上の乙姫の下に「乙姫日本にての姿にて対面」と記されるが、これは竜王にすすめられて乙姫が「契りし日本の姿」で浦島に会う場面を描いたものである。その乙姫は浦島を見て、「日の本の婿君様」と歓迎する。浦島が故郷「日の本」へ帰してほしいというと、竜王は竜宮第一の宝、明王鏡に、七世にわたる「子孫栄える体。日本の有様」を映してみせる。浦島は、鏡に映された七世の孫に至る間の日本と一家の変遷を見て、大干魃による「日本帝王の愁い」に心を痛め、「日本のため子孫のため」と帰りを急ぐのである。

この節事（浄瑠璃の中で道行など音楽を主とする部分）「龍宮七世の鏡」の場は、図2中央に描かれているように、からくりと出遣い（人形遣いが頭や体を隠さずに舞台に出て人形を遣うこと）による見せ場となっている。すでに日本は、七世の間、「雄略天皇の御世よりは帝王三十二代を過。三百五十五年の月日」がたっていた。近松は、

浦島が子の小太郎久ゆき、雄略天王の御覚へめでたく。続きて清寧顕宗仁賢。四代の天王に宮仕へ。（中略）武烈継体安閑天王。宣化の帝四代を過、鏡に移るおさな子は浦島太郎が孫の子のひ孫の血筋愛らしく。（中略）乙姫教へて、いやなふ申。此土に来り給ひてより日本の年月は。百八十四年を経て、欽明敏達用明天王、崇峻推古舒明皇極天王の御代に始て。大化と申年号がおこり。七の帝の代も去りてかく言ふ内にも移る月日。今顕はるゝは君の御子孫。四代を過し鶴の孫。あれ御覧ぜと（中略）浦島がためひゝ孫の家にうつれば世も既に孝徳斉明天智天王天武持統文武元明元正聖武の世もかはり。（中略）今日の本の御主は何とか申す天王やらん聞まほしと問ひければ。されば孝謙天王淡路の廃帝、称徳光仁四代の天子崩御有。今の世は桓武天王神武より御世五十代。年号は延暦と改まり、君の子孫も玄孫の世。（中略）当今淳和天王憂ひ給ひ、厳島に行幸成。

と、浦島の子孫と在任の天皇を対応させつつ、雄略から淳和まで歴代天皇の名をすべて列挙し、浦島家の年代記としているのである。

『浦島年代記』は、近松の最晩年の作品である。この時期の近松は、神代・古代を扱った『日本振袖始』（享保二・一七一八年）や『日本武尊吾妻鑑』（享保五・一七二〇年）、そして『国性爺合戦』（正徳五・一七一五年）をはじめとする外国を舞台とした作品を書いてもいる。いずれも個人を超越した国レベルの物語として構想された作品である。『松風村雨束帯鑑』と『浦島年代記』は、浦島伝説を軸にして見ると、浦島太郎が日本を救う英雄物語として読めるのである。

【テキスト・読書案内】

図2 『浦島年代記』(『近松全集』岩波書店、1994年より)

『松風村雨束帯鑑』『浦島年代記』の活字本・影印には以下のものがある。

①近松全集刊行会編『近松全集』第五巻・第十二巻・第十七巻影印(岩波書店、一九八六〜一九九四年)。

②木谷蓬吟編『大近松全集』第六巻(大近松全集刊行会、一九二二年)は、木谷蓬吟による解説付の活字本。

近松門左衛門の時代物浄瑠璃の研究書および浦島伝説の研究書には以下のものがある。

①木谷蓬吟『近松の天皇劇』(淡清堂出版、一九四七年)
②森山重雄『近松の天皇劇』(三一書房、一九八一年)
③阪口保『浦島説話の研究』(新元社、一九五五年)
④林晃平『浦島伝説の研究』(おうふう、二〇〇一年)

(韓京子)

38

歌舞伎仕立ての古代

『本朝水滸伝』（読本）

江戸時代には『水滸伝』を翻案した作品が沢山作られた。早い時期の翻案作で、長編読本の最初の作といってもよいのが、建部綾足（一七一九～七四）の『本朝水滸伝』である。馬琴は『本朝水滸伝を読む并批評』や『近世物之本江戸作者部類』などでこの作品を高く評価し、江戸の読本の一源流とみなしている。前編二十条は安永二年（一七七三）に刊行され、その後、第二十一条から第五十条まで執筆されたが、前編刊行の翌年に作者が亡くなったため、それ以後は書かれず未完に終わった。第二十一条から第五十条までの後篇は、江戸時代を通じて刊行されず、写本で伝わった。

物語が吉野から始まっているので、別名を『吉野物語』ともいうが、恐らくこれが、綾足自身が最初に考えた書名であろう。古事記・万葉集・王朝古典などの古語をふんだんに取り入れた和文体の読本で、奈良時代を舞台に、壮大なスケールの物語が展開する。法王として権力をふるう、悪の権化である道鏡に対し、恵美押勝（藤原仲麻呂）・橘諸兄・橘奈良麻呂・和気清麻呂・大伴家持らの反道鏡側の人々の活躍を描くが、舞台は北は奥州から南は九州にまで及び、蝦夷の棟梁や楊貴妃まで登場する奇想天外な作品である。

【あらすじ】

味稲の翁は仙女と契り、「これは自分と翁の間に生まれた子である」と仙女が言う柘の枝を百段に折って、吉野川に流した。この百段の枝は、貴人、官人、民となり、いずれこの吉野に帰ってくるという仙女の予言であった。

時は流れて女帝の孝謙天皇（重祚した後は称徳天皇）の時代になっている。天皇の寵愛を受け、暴政をしく道鏡に対し、伊吹山に入った恵美押勝は、道鏡討伐の準備に八人の配下を諸国に派遣し、自らは東国に下る。皇位に就こうとした道鏡の企みが和気清麻呂によって阻止されたため、道鏡は清麻呂の命を狙うが、巨勢金丸らによって救われる。加賀の白山では、押勝の配下の和尓部真太刀や橘奈良麻呂が、反道鏡の三百人の武士を集め、泰澄法師や大伴家持らはこれを支援していた。塩焼王とその妻の不破内親王も、伊吹山から関東へ、さらに東北へと落ちのびる。

奈良の道鏡のもとには、白山をはじめ謀反の動きがあることが報じられ、道鏡は大伴家持の弟の書持を、鎮圧のために官軍として遣わすことにする。だが、光明皇后から白山の賊軍の真意を聞き、書持は戦で敗れることを決意し、白山の戦いで自刃して果てた。書持の死を知った家持は立山に籠るが、書持の亡霊が現れ、そのことばに従って、家持は押勝がいる奥州外ヶ浜へ下る。

外ヶ浜で酒屋に身をやつした押勝は、奈良麻呂・家持とともに蝦夷の棟梁カムイボンデントビカラを味方に付け、また塩焼王・不破内親王・浅香王の姫の犠牲死によって、浅香王も押勝側に加わる。

一方、藤原清川（清河）は、安禄山の乱の折に殺されそうになった楊貴妃を、ひそかに助けて日本に連れ帰り、九州の松浦に隠れ住んでいたが、道鏡の手下の阿曾丸に近づき、尾張の小治田珠名や押勝の配下の忌部海道とともに阿曾丸を討つ機会を狙う。しかし芝居の席で阿曾丸を討とうとした珠名の妻と忌部海道の妻の松浦娘子は、阿曾丸に悟られて殺されてしまう。珠名と楊貴妃は、忌部海道の舟で尾張に逃れた。

以上が第五十条までのあらすじである。その後、第五十一条から七十条までは、各条の題名だけは残っているが、実際には原稿は書かれていない。綾足の、文字通りの腹案にとどまったというべきであろう。また第七十条の題を見ても、物語はまだ完結していない。

【見どころ】

『本朝水滸伝』の主要登場人物、すなわち恵美押勝（藤原仲麻呂）・橘諸兄・橘奈良麻呂・和気清麻呂・大伴家持・塩焼王・不破内親王・泰澄法師・藤原清川・楊貴妃などは、歴史上に実在する人物である。また、作中に描かれている橘奈良麻呂の乱、恵美押勝の乱なども、実際に起こった事件である。しかし、人物相互の関係にしろ、事件の時間的順序にしろ、ここで描かれているものは、歴

図１『本朝水滸伝』第一条（個人蔵）

史上の事実とはまったく異なっている。同じ読本（よみほん）である上田秋成の『雨月物語』『春雨物語』や、曲亭馬琴の『椿説弓張月（ちんせつゆみはりづき）』『南総里見八犬伝』も歴史に虚構を加えているが、それらと比較しても、『本朝水滸伝』は歴史無視、あるいは歴史破壊と呼びたくなるような歴史の扱い方である。例えば、仲麻呂らの反道鏡勢力を側面から助けるために大伴書持が自ら死を選んだとしているが、史実としての書持の死は、道鏡が孝謙天皇に近侍した時点から十五年以上前のことである。また、書持や兄の大伴家持が藤原仲麻呂に加勢したなどということはあり得ず、史実では、大伴家持は藤原良継（よしつぐ）らと仲麻呂暗殺を企てている。さらには、仲麻呂と連合を結ぶ橘奈良麻呂も藤原豊成も道祖王（ふなどおう）も、史実では仲麻呂と対立し、仲麻呂によって死に追いやられ、あるいは朝廷から追われた者たちである。

　この歴史離れ、歴史否定は、むしろ歌舞伎や浄瑠璃に近い。歌舞伎や浄瑠璃の時代物では、作品の背景になる「世界」を過去の時代にとるが、描かれる人物や風俗は江戸時代のものということが普通である。歌舞伎・浄瑠璃の『義経千本桜（よしつねせんぼんざくら）』では、壇の浦で死んだはずの平知盛（たいらのとももり）が廻船問屋の主人に身をやつしていたり、また『菅原伝（すがわらでん）

授手習鑑』では、菅原道真の書道の弟子である武部源蔵が寺子屋をひらいていたりする。廻船問屋も寺子屋も、もちろん江戸時代の風俗である。『本朝水滸伝』はこれに近い。

例えば第十条、仲麻呂の配下の道首口足は、鼻彦と名乗って軍書講釈師に身をやつしている。

さて今夜申す条は、伊波礼彦命、これはしろしめすごとく神武天皇にておはします、浪速のわたりを経て、青雲の白肩の津に御船泊たまふ。さても此津はうちよする浪のはやきに、「浪はや」の「や」を略きて今はなにはとは申にてさむらふ。そも那賀須泥彦は五百万の軍をひき、前は堺の海辺、後は河内の大野にかけて、官軍を今か〳〵と待ときに、寄人の大将は伊波礼彦の御兄五瀬命なり。その日の御装束は、唐金の御甲に鹿の皮の御下着に、上の御冑は牛の皮をなめしになめし、鉄よりもかたくしたるに、銅をのべて三所四所ひきしめ、白珠青玉を黄土染の緒にくゝり垂れて御飾としたり。

これは、江戸時代の軍書講釈師――例えば太平記読みが、『太平記』を講じている場面のパロディーである。語られているのは『古事記』や『日本書紀』にある神武東征の場面。『平家物語』や『太平記』などの軍記には、登場人物の詳細な装束の描写があり、軍書講釈でも聞かせ所の一つであるが、『本朝水滸伝』ではそれにならって「五瀬命」の装束を細かく述べ立てている。奈良時代の軍書講釈師が、古語をちりばめた文体で『古事記』の戦さを語っているという、笑いを誘う何とも珍妙な場面である。また、第四十九条、阿曾丸が作らせた「わざおぎ」で、楊貴妃をはじめ遊女たちに「わざおぎや」をさせる所なども、近世初期の遊女歌舞伎のパロディである。

爆笑物の場面としては、第四十六条に、日本に亡命した楊貴妃が、日本語を習うところがある。阿曾丸を討とうとする藤原清河と小治田珠名は、楊貴妃を阿曾丸の側室にするために日本語を教育する。

「是より二人して御言風俗をなほし、大倭言におしへたてんず」と、かたはらさらずつき添参らせて、「那火来」とのたまふときには、「『火をもて来』とも、『火をもて参れ』とものたまへ」と、一度おしへ奉れば、たちまちしらして、かさねては唐言にのたまはず。されど御心にそまぬ事の有て、かたはらをしかり給ふなどには、「呆子」とのたまふを、「さる事は、此国にては、下々には『馬鹿』と申て、人をあざける言にてさむらへ。しかれども、倭にてはよき君たちののたまふ御詞にあらず」などをしへたまへば、はぢらひたまひて、かさねてはのたまはず。

歌舞伎で言うと「茶利場」と呼ばれる、ことさらに滑稽を強調した場面である。楊貴妃が日本語をならうだけでもおかしいが、ご機嫌斜めの楊貴妃が傍らの侍女（であろう）を叱る俗語「呆子」（間抜け、愚か者の意）に、わざわざ「馬鹿」という日本語訳を教えているところが何とも言えない。

もちろん、対照的にしんみりした場面もある。第二十七条、合戦での死を決意した大伴書持が、決意を胸に秘めたまま妻の佐保の郎女と月に照らされた庭の秋草を見る場面である。家持は郎女に、この秋の花が咲き誇った時に全部切り、皇后に献上するように言う。郎女は戦から帰った時のために少し残したらといぶかしがり、また夫を送り出す不安を訴える。涙ながらに二人は歌を詠み交わすと、もはや月も見えなくなっている。

書持打あふぎて、「夜の霧こそあたものなれ。そでいたくぬれてさぶらふに、いで参りて寝べし。さて長丸はいかにしておはする」とゝはせたまふに、児達うけ給りて、「さきつかた御目をさまさせたまひて、なきいさせたまひしが、只今は乳母がふところにつや〳〵ねむりおはします」と申せば、「よし、そのまゝにかきいだきて此方へ参れ。我見ん」とのたまふに、児達参りてゐてまいれば、ふところのうちをつれ〳〵とさしのぞきて、「いとほしの人や。としまだ二ツなるみどり子の、いくばくの月日を歴てか、ゆかしきものゝふにはなり給ふらん。秋の夜かぜはいとふべきものぞ。はやいねませよ」とて、乳母がゑりをかきあはせ給ひ、「いざ、郎女も」とうちたぐひて、おく床にいらせたまひぬ。

夜更けに書持は、乳母に抱かれて寝ている我が子の長丸を、侍女に連れてこさせる。いとけない子の寝顔を見て、自分の死後この子はどうなるのかと思いをめぐらせ、夜風に当てないように、子を懐に抱いている乳母の襟を掻きあわせる。余韻嫋々とした妻子との別れの場面である。

【もっと深く――倭建命モチーフ】

さて、それでは『本朝水滸伝』は、場面場面の趣向の面白さだけを重んじた、全体を統一するようなモチーフは皆無の物語かと言えば、そうではない。『本朝水滸伝』の修辞や趣向の典拠としてひときわ多用されているのが、倭建命（『古事記』の表記、『日本書紀』では「日本武尊」）の神話である（例えば、蝦夷の風俗の描写、吉備の武鹿の女装の趣向、白猪老父・高橋の足柄・酒折の山男などの人名、あるいは伊吹山・碓日などの地名）。この倭建命神話こそが、『本朝水滸伝』全体を統御している隠されたモチーフである。『本朝水滸伝』で反道鏡側の人々が拠点とする場所は、伊吹山にせよ、碓日・白山・蝦夷地にせよ、『古事記』や『日本書紀』において、倭建命や大和王権に敵対する勢力の支配する土地であった。『本朝水滸伝』は、記紀の倭建命という英雄による、先住民と土地神の制服の物語を、道鏡という悪の権化を、権力から追放された者たち、先住民たちが連合して包囲してゆく物語に反転させた作品である。言わば、裏返された倭建命神話が、全体をまとめあげているといってよい。これを仮に倭建命モチーフと呼んでおこう。ではなぜ綾足は、倭建命モチーフにこだわるのか。

綾足の倭建命への尊敬と愛着は並大抵のものではない。宝暦十三年（一七六三）に綾足は俳諧を捨て、古代の詩型である片歌に戻れということを主張しはじめる。この片歌の始祖、言い換えれば日本の詩歌の始祖が倭建命であった。倭建命は綾足にとって、英雄的な武人であるばかりでなく、日本最初の偉大な詩人であったのである。綾足は、自らの姓を倭建命にちなむ「建部」（倭建命の偉業を後世に伝える部民という意味）に改め、明和七年（一七七〇）には、倭建命が亡くなったと伝える伊勢の能褒野に、倭建命の片歌の碑を建てている。

綾足はどうやら倭建命と自分とを重ねていたらしい。倭建命が武人にして詩人であるなら、綾足も津軽藩家老の家、すなわち武家に生まれ（しかも、山鹿素行、大道寺友山という江戸時代を代表する兵学者の血を受け継ぐ）、後に弘前を出奔した後は、俳人・歌人となっている。また、倭建命は父の景行天皇の命を受け、諸国を転戦し、故郷に帰ることなく客死しているが、そもそも景行天皇が倭建命を大和から去らせたのは、兄の大碓命をつかみひしいで殺してしまったからであった。綾足もまた、実の兄の妻と密通するという、精神的な兄殺しの罪を犯し、故郷の弘前から出奔せざるを得ず、再び故郷の土を踏むことがなかった。倭建命は、どこから見ても綾足自身なのである。江戸時代の小説に、個人的な体験がモチーフとして投影されている小説はほとんどないと言ってよいが、『本朝水滸伝』は、実に隠微な形でそれが投影されている、まれな物語である。

【テキスト・読書案内】

原文に脚注を施したものに『本朝水滸伝　紀行　三野日記　折々草』（新日本古典文学大系79、岩波書店一九九二年）がある。倭建命モチーフについては、長島弘明「『本朝水滸伝』の構想」（『日本文学』、日本文学協会、一九八六年八月）参照。また「亡命」と「蜂起」をキーワードに本作を読み解いた論文に高田衛「亡命そして蜂起へ向かう物語――『本朝水滸伝』を読む――」（『文学』、岩波書店、一九八六年八月）がある。

（長島弘明）

39

国学者と歌人、研究と実作の間

賀茂真淵の『万葉集』研究（国学）

賀茂真淵は、古典注釈学では『万葉考』の著者、国学では本居宣長の師、和歌では万葉調歌人というように、異なる領域でそれぞれよく知られる側面をもっている。古典学者であり国学者であり歌人であるのは、当時にあってはごく標準的であるが、その業績を評価するとき相互の関連性は見えにくい。ここでは、真淵の歌論と注釈と実作の結び付きの具体例を示し、その総体を浮き彫りにしてみたい。

【概要】

賀茂真淵（一六九七〜一七六九）は近世中期の歌人・国学者。号、県居。浜松に生まれ、本陣梅谷家の婿養子となるが、京の荷田春満に師事して和歌に熱中、三十歳台で春満を追って京に、春満の死後、四十歳で江戸に出る。『万葉集』講釈で注目され、のち五十歳で田安宗武の和学御用となる。『伊勢物語』『源氏物語』など平安文学の注釈も手掛けたが、最もよく知られている業績は、最晩年にまとめられた『万葉集』注釈の『万葉考』である。和歌は江戸に出てから次第に万葉風を好むようになり、当代には珍しくなっていた長歌も多く詠んだ。門人に本居宣長、村田春海、橘千蔭などがいる。

【見どころ】

古代和歌を理想とする真淵の和歌観は、『歌意考』に端的に示される。真淵は「上つ代」の歌は、「ますらを」が詠む雄々しく雅な歌であるとしながら、その「上つ代」には次のような言葉の特性が見られるとした。

上つ代には、人の心ひたぶるになほくなむ有ける。心しひたぶるなれば、なすわざもすくなく、事し少なければ、いふ言のはもさはならざりけり。しかありて、心におもふ事あるときは、言にあげてうたふ。こをうたといふめり。かくうたふもひたぶるにひとつ心にうたひ、こと葉もなほき常のことばもてつゞくれば、続くともおもはでつゞき、とゝのふともなくて調はりけり。かくしつゝ、歌はたゞひとつ心をいひ出るものにしありければ、いにしへは、こととよむてふ人も、よまぬてふ人さへあらざりき。

（『歌意考』流布本）

真淵は、上代においては、当時の人の心のあり方を反映して、ひたすらに思いのままを述べれば、歌として続けよう、調えようとせずに歌を詠むことができたと言う。『万葉集』は真淵にとってまさにそれを体現したものであり、すなわち万葉歌を「思いのままを述べている」はずのものとして考えていた。

真淵の『万葉集』研究の大きな特徴の一つが、現行の『万葉集』を後人の手が加わったものと見なし、古い本来の『万葉集』として現在の『万葉集』で言うところの巻一・二・十一～十四の六巻を重視してくくったことにある。この認識に基づく真淵の『万葉考』は、巻序も従来とは異なっている。

真淵は、この「古万葉」六巻には『万葉集』のなかでもとりわけ「よい歌」が集まっていると考えていた。したがって「上つ代」の人々の「ひたぶる」な心、それを反映した「ひとつ心」が詠まれていることを想定した解釈が見られる。それはしばしばほかの『万葉集』注釈とは際立って異なるものとなっている。

次に示す巻二の有間皇子の歌は、謀反の罪を問われて死を予感しながらの旅における愁いを詠んだものとして現在でもよく知られているが、この歌に関する解釈には真淵の特徴がよく表れている。

家に有れば笥に盛る飯を草枕旅にし有れば椎の葉に盛る

（『万葉集』巻二・一四二・有間皇子）

普段家にいれば、笥（＝食器）に盛る飯を、旅の最中である今は椎の葉に盛ると詠み、現在と日常の違いを具体的に述べることで旅のつらさや行く末のおぼつかなさといった情を漂わせる歌である。この歌を真淵は、

さて有がまゝによみ給へれば、今唱ふるにすら思ひはかられて哀也

（『万葉考』二）

理明らかにて、いかにも旅のわびしさ実にかくおはしけん事を、今も思ひはからる

（『万葉新採百首解』）

と評し、有間皇子の歌は、事実をありのままに詠んだもののゆえに、現在でも旅のわびしさが想像できて哀れであ

るという。これに対し、契沖は次のとおり解釈した。

さらぬ旅だにあるを、ことに謀反の事によりてとらはれて、ものゝふの中に打かこまれておはします道なれば、椎の葉にもるまでの事はなくとも、よろづ引かへてあさましかるべければ、此二首の御歌に、その折の御こゝろ、たましゐとなりてやどれるにや、かなしきことかぎりなし。(中略)此御歌の残りて、他の皇子たちの身をたもちて、よを過させたまひながら、何のしるされ事もおはしまさぬよりも、末の世まで人の知まいらすることは、ひとつに和歌の徳なり。
(『万葉代匠記』初稿本)

契沖は、ただでさえ普段とは違う旅にあって、さらに謀反の罪で捕らわれの身として武士に囲まれているので、さすがに椎の葉に盛るまでの状況でないにせよ、格別のつらさがあっただろうその嘆きの心が、この歌を切実なものとしているとする。そしてそのような優れたこの歌のおかげで、有間皇子が後代まで知られているという。契沖にとって、この歌で表現されていることがらは有間皇子のつらさを効果的に示す強調表現であり、それによって背景にある皇子の置かれた状況が伝えられたという意義を指摘している。歌を有間皇子の状況そのものととり、そこに何らの描写の工夫や心情描写が見られないことをもって、歌の感動のありかとして説く真淵とは、作為の有無において異なる立場にあるといえよう。

真淵が『万葉集』研究を一緒におこなった荷田家の注釈でも、「椎の葉に盛る」ことは必ずしも現実として詠まれたのではなく、わびしさの表現方法とする(荷田信名『万葉童蒙抄』)。またこの歌は、『俊頼髄脳』では詠歌状況について、『袖中抄』では詠歌場所について論じられているが、いずれもこの歌の価値を説明するものではない。この歌が事実をありのままに詠んでいるがゆえに感動をもたらすとする真淵の解釈は異端なのである。

こうした性質を『万葉集』の前提とするあまり、真淵はそれに当てはまらない歌に関しては現存本文に誤りがあるとする。次にあげる万葉歌の注釈はその例と言える。

在管裳君乎者将待打靡吾黒髪尓霜乃置万代日
ありつつも君をば待たむうちなびく我が黒髪に霜のおくまでに
(『万葉集』巻二・八七)

あなたをずっと待っていたい、今は風にうちなびく私の黒髪が、霜が置いたかのように白髪になるまでも、として相手に対する強い思いを述べる歌である。真淵は、「霜のおくまでに」という表現を問題視する。

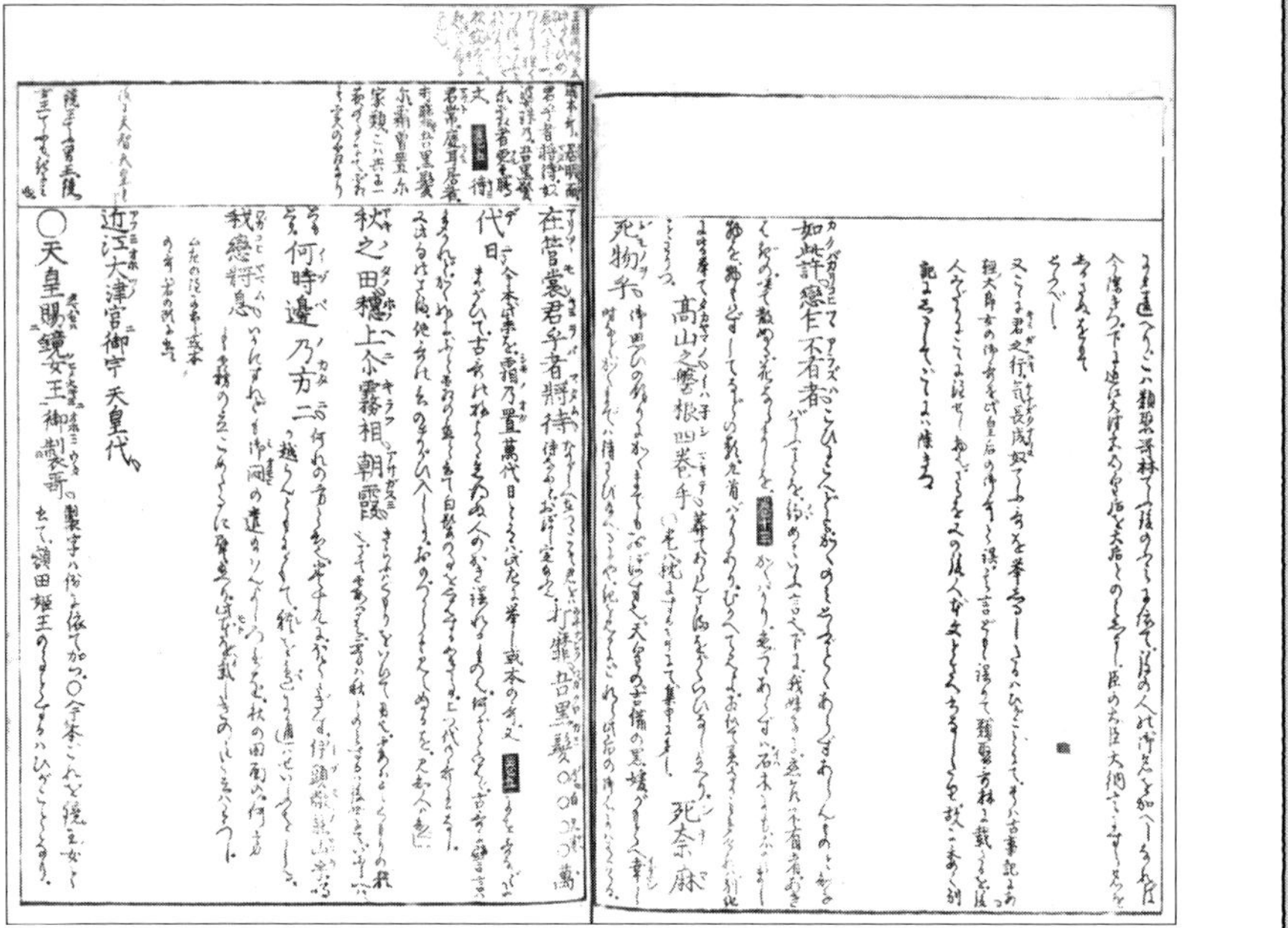

図１　『万葉考』二（国文学研究資料館蔵　）

在管裳(アリツヽモ)君乎(キミヲ)者将待(バマタム)打靡(ウチナビク)吾黒髪(ワガクロカミ)○○○○(乃白久為)萬代日(マデニ)

今本、此末を、霜乃置萬代日と有は、此左に挙(あげ)し或本の歌、又巻五（現行巻十二）に在歌などにまがひて、古歌の様よく意得(こころえ)ぬ人のかき誤れるもの也、何ぞといはゞ、古歌に譬言は多かれど、かく様にふと霜の置と云て白髪の事を思はする如き事、上つ代の歌にはなし、

（『万葉考』巻二・八七）

『万葉集』に物にたとえる歌は多いが、唐突に「霜」と言って白髪を表すことはないといい、そのように訓まざるを得ない現行の本文「霜乃置萬代日」自体が誤りであるとする。真淵にしてみれば、「上つ代」の人々が、白髪になるまで待つと詠みたい気持ちが生じたとき、なにのきっかけもなしに「霜」にたとえて表現し直すことはあり得ないのである。この歌に関しては別の訓みとして広瀬本などに見られる「霜の置き迷ひ」があるが、それも白髪を霜にたとえる趣向に変わりはなく、現存する『万葉集』諸本に本文の欠損もない。真淵の指摘は、歌の内容を問題視する真淵の独断であろう。

【もっと深く――真淵と長歌】

このように思いそのままを詠み出だすことを重視する

真淵が、ある種の理想的歌体としてその意義を再発見したのが長歌である。短歌形式にたくさんの思いを詠み出だしたいとすれば、おのずとそれを捉え直して圧縮せざるを得ない。それを防ぐ一つの方法として長歌は見いだされた。なお、長歌は『万葉集』に見られるもので、中世から近世中期までは特殊な歌体とされ一般的には詠まれていない。真淵が長歌を多く制作し、門人にも勧めたため、近世後期から明治初期にかけて長歌が多く作られ、長歌のみの家集『近葉菅根集』（清水浜臣編、文化十二・一八一五年刊）、長歌研究書『長歌撰格』（橘守部著、明治六・一八七三年刊）など長歌関連の書籍も多く出されることとなった。

またその長歌で詠み出だす内容そのものについても、「ひたぶるになほくして」とされる「上つ代」の人々の心と同化することが求められた。『万葉集』巻二・二〇七番、人麻呂歌は、妻を亡くした人悲しみを詠んだ歌であるが、妻を思い軽の市で泣く情景を「すべをなみ　妹が名よびて　袖ぞふりつる」と詠むことに対して真淵は、

　こゝのことばゝそらことの如くて、心なんまことの極み也、譬は児をかどはされたる母の、もの狂ひとなりて、人目はづる心もうせ、人の集へる所に行て、名を喚袖をふりなどするが如し、極めて切なる情をうつし出せるは此ぬし也。　（『万葉考』）

と、子どもを拐かされた母親が狂ったように人目も気にせず、人が集まるところへ行き名を呼ぶのと同じように、既に妻は死んでいるにもかかわらず、その姿を求めて名を呼び探す姿は、妻を失った切実な悲しみをうつし出しているという。強い悲しみによるにわかには信じられないほどの行為をそのまま表している点がすぐれているとする。

こうした強い気持ちの描写は、真淵の「岡部の家にてよめる」（宝暦十三・一七六三年）と題する次の長歌にも見られる。

　としどしに　しぬびまつれば　ふるさとに　いますがごとく　常はしも　おもひてしものを　なにしかも　もとなかへりて　あふ人に　こととひぬれば　ちちの実の　父はいまさず　ははそばの　母もいまさず　しかはあれど　吾が妹なねの　かしらには　しらかみおひて　かな戸より　いづるを見れば　母とじは　いましにけりと　立ちはしり　いりてし見れば　おもてには　しわかきたりて　よろぼへる　われをしも見て　妹なねは　父来ましぬと　いぶか

しみ　おもひたりけり　かたみに　ことをもとはず
しら玉の　なみだかきたり　むかひゐて　むかしへ
しぬぶ　ことぞさねおほき
（『賀茂翁家集』）

江戸から帰った真淵は、久しぶりにわが家を訪れた。妹を亡き母と見間違え、母がいるのかと「母とじはいましにけりと立はしり」と駆けていき、同様に妹は真淵を亡き父と見紛う。妹と互いの現実を認識して「かたみにことをもとはず　しら玉の　なみだかきたり」とひたすらに涙をこぼす様子を詠む。父母の死という事実をわかってはいても、ふと理屈をこえて引き起こされた錯覚と、それによって死が痛感された二人の言葉もなく涙を流すことしかできない現状をそのまま詠むことで、その悲しみが際だって表現されている。

さらにこの長歌の構成に注目すると、「ちちの実の　父はいまさず　ははそばの　母もいまさず」と繰り返しかつ対の表現を用いて、父母いずれも没している事実のみを述べて、自らの孤独の状況を浮き彫りにし、妹が戸から「いづるを見れば」母かと思い、それに喜びいさんで「いりてし見れば」妹であったと繰り返しを用いて、リズミカルに臨場感をもって兄妹の再会場面を活写し、結末に向かっての盛り上がりを作っている。『万葉集』の長歌によく見られる対句や繰り返し表現を、真淵は自身の作でも用いつつ、具体描写を重ね、赤裸々に心情を詠み出しているのである。

以上、真淵の歌論と注釈と実作の結び付きを確認してきた。当代において、一見奇異に見られもした真淵の活動は、自身の理想を実現しようとする試みとして捉えられよう。

【テキスト・読書案内】

『歌意考』は、『近世文学論集』（日本古典文学大系94、岩波書店、一九六六年）ほか、複数の注釈が備わる。本稿の内容と一部重複する、「ありのままによむこと」（『江戸の学問と文藝世界』森話社、二〇一八年）、『賀茂真淵の研究』第一章第二節「賀茂真淵の長歌復興」（青簡舎、二〇一六年）も参照されたい。

（高野奈未）

40

お染久松（そめひさまつ）の心中を詠む万葉歌

『万匂集（まにおうしゅう）』（狂歌）

江戸時代中期に国学研究が盛んになってくると、『万葉集』の研究も盛んになり、国学者の中には、万葉歌の語彙や語法を用いた和歌、すなわち万葉ぶり（万葉風・万葉調）の和歌を詠む者も出てきた。特に賀茂真淵（かものまぶち）、およびその門下の国学者は、好んで万葉ぶりの和歌を残している。国学者を中心に、和歌研究においても実作においても、一種の『万葉集』ブームが起こっていたと言ってよい。あまり詠まれることがなかった長歌（ちょうか）が国学者の間で盛んに詠まれるようになったのも、この『万葉集』ブームのあらわれの一つである。さらには、狂歌まで万葉ぶりで詠んでみようという試みがなされるようになる。その試みの一つが、その名も『万葉集』の直接的なパロディーとなっている『万匂集』である（書名の「匂」の字は、『色葉字類抄（いろは）』などで「にほふ」と読んでいる）。

【概要】

安永四年（一七七五）に大阪で刊行された『万匂集』は、本の見返し部分に「万葉体狂歌集（まんえうていきやうかしふ）」と別名が記されているが、その編者（というより、実際はほとんどの狂歌を詠んだ作者であろう）は「刈菰の知麻伎（かりこものちまき）」である。後の『芦汀紀聞（ろていきぶん）』という本に「上田余斎（よさい）著述之書目」があって、そこに「万葉体狂歌集」の名が見える。すなわち『万匂集』は、『芦汀紀聞』に従えば、上田余斎こと上田秋成の著作の一つであるという。一方、当時の出版申請書の写しが残っており、それによれば作者は「西明儀右衛門」となっている。従って、秋成の作ではないとする見方もあるが、名義借りなどで実際の作者と違った名になっていたり、複数の作者がいる時に代表者の名一人を書く場合もあろうから、この申請書の写しが、『万匂集』が秋成作でない証拠にはならない。『万匂集』と秋成の『雨月物語』や『癇癖談』との用語の類似や、『万匂集』の作風が秋成の『海道狂歌合』の作風と似通うところがあることなどから考えて、秋成の作、あるいは秋成を中心としたグループの作と考えておくことにする。

古語をちりばめた和文の序に、

ちかきほどにや、上つ世の上なる歌のしらべを、末の世の末なる言に事にたゝへよめるを、あらたなるみやびとぞきこへにける。こは、あづまのみやこゆ、いざなひおこりにけるとなむ。

と記すように、万葉ぶりの和歌は江戸が発祥の地であるという。江戸の万葉ぶりの歌が、「いにしへのなをなる道のことのはをしぬびて」（古代の直き道の言葉を偲んで）詠んだ実直な歌だったのに対し、これは「たはるゝ」（戯れ）の歌だと言う。ただし、両者は一見反対だが実と花の関係であり、『万匂集』の戯れの歌はやがて実を結ぶに至る花なのだと言っている。

『万匂集』は、序に続いて、本文冒頭にまず「万匂集巻第一」、次行に「雑哥」とあって、その次から狂歌が始まり、「竹をよめるうた」「三のすけをよめる」等の前書を付した短歌が三十五首、末尾には、「おしてるなにはのはまぎみをたゝへてよめる長哥」という前書の長歌と（「反哥」一首もあり）、「人さするがくすしとなれるをよめる長哥」（反歌なし）という前書の長歌がある。上欄には、前書や歌中の語についての戯注がある。この戯注を付すやり方は、秋成の『癇癖談』と共通している。

歌の内容は、湯屋の三助、歌祭文、梓巫女、歌舞伎、団扇売り、貸し布団、浜君（遊女）等の当時の大阪の風俗を詠んだものや、翁蕎麦、蒲鉾、鳥貝、琉球芋、豆腐等の食べ物（または食べ物屋）を詠んだものが多い。また、初代中山文七、初代中山新九郎などの、同時代の歌舞伎役者を詠んだ狂歌もある。

【見どころ】

何首かを選んで具体的に見てみよう。巻頭には「竹をよめるうた」の前書きで、

うまこまる馬子らがむちぞこのきみの直きにも似ず
ふしくれだちは

という歌がある。ひらがなで意味が取りにくい語には、傍らに漢字が振られている。また上欄の戯注には、「此君は竹の異名なり。此下六首は、世にきこへてほまれある哥なれば、後の人、法とすべし」とある。馬子が竹の鞭で馬を追う様子を詠んだものだが、竹は真っ直ぐなの

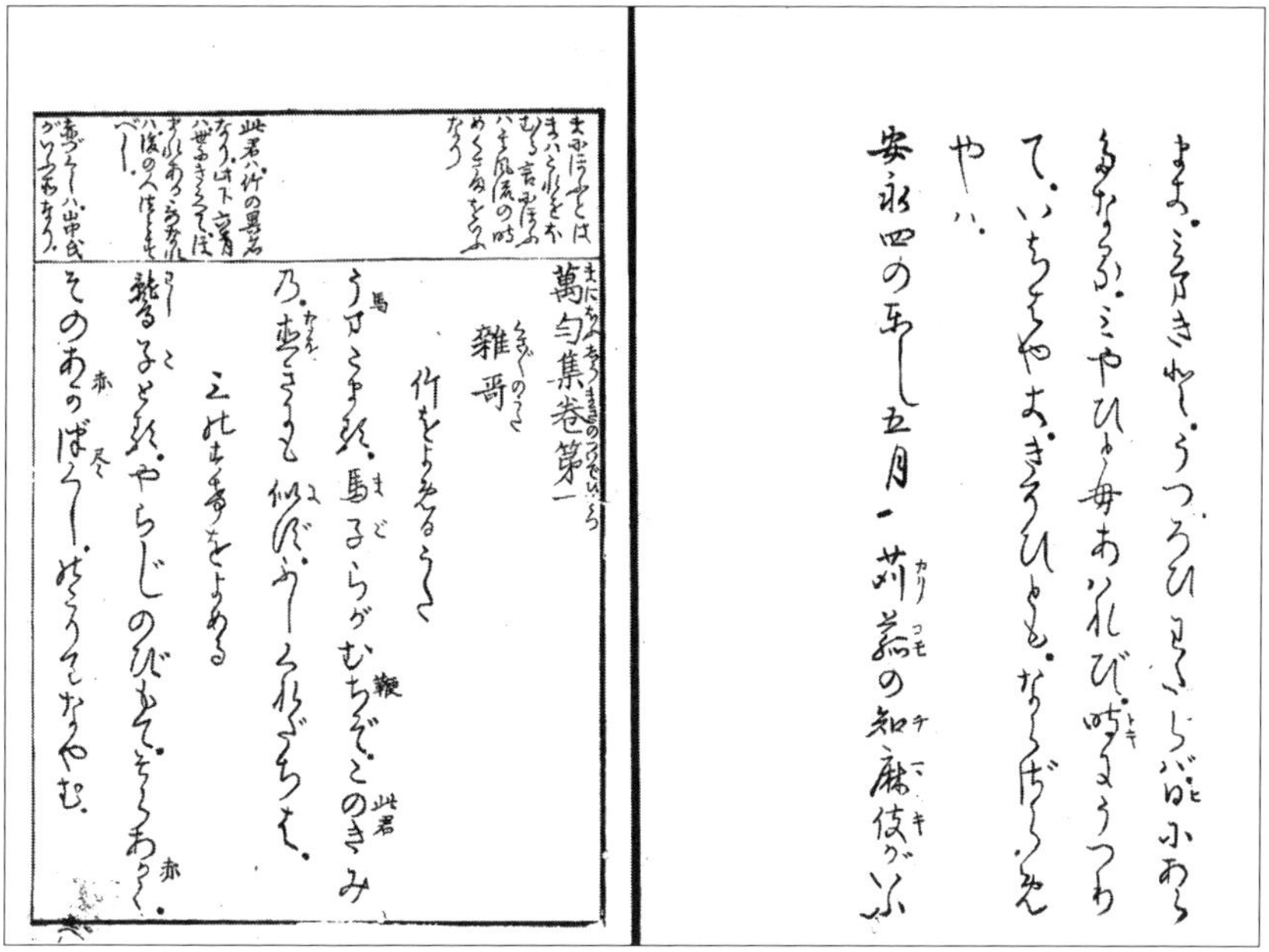

図1 『万匀集』序末尾・本文冒頭（国文学研究資料館蔵　クリエイティブ・コモンズ 表示 - 継承 4.0 国際 ライセンス（CC BY-SA））

に節くれ立っていて、それで打たれると痛くて馬が困るというのである。「此君」という竹の異名は、元々漢籍に由来するが、和歌でも王朝以後詠まれるようになった。ただし、『万葉集』には用例がなく、万葉体の狂歌にふさわしいかどうか、揚げ足を取ればとれるが、『万葉集』あたりにあってもいい古い響きのある語として用いたものであろう。

やや機知に富んだ狂歌には、「すりばちをよめるうた」として、

さかしまの（イニうつむけて）ふじ（冨士）なす（如）もうべ（諾）音（と）にたかくそらもとゞろになるかみ（雷）のぼに（盆）

戯注は、「うべは諾の字にて、なるほどゝいへるがごとし。如を、いにしへはなすとよませし事多し」「すりばちを雷盆とかけるをおもへ」となっている。「如」は、確かに『日本書紀』などに「如五月蠅」（さばへなす）とあるように、「なす」と読まれる。また「何々なす」という語は、『万葉集』にも多い。初句「さかしまの」に傍記された「イニうつむけて」は、異文に「うつむけて」がある、という意味。すなわち初句「さかしまに」の所が、「うつむけて」となっている別のテキストがあるという意味である。いかにも、学問的な校訂がなされた歌集中の和歌であるか

のように装って、笑いを誘っている。一首の意味は、大体次のようになろうか。擂り鉢が逆さまの（異文は「うつ伏せにした」）富士山に似ているのももっともなことだ。擂り鉢は「雷盆」と書くくらいだから、擂り鉢で擂ると、ごろごろと空に響く雷のような音がするが、それは空高くそびえ、名も響き渡る富士山と同じであるから。

浄瑠璃や歌舞伎で名高い、お染久松の心中を詠んだ狂歌もある。「おそめをきゝてよめる」という前書きで、

あぶらやにこがひしでちがいらつめとねもごろすて
ふくどくさへもに

上欄戯注は、「いらつめは、家女也。つは、助語。今云御寮人なり」「ねもごろは、念比なり」。大阪の瓦屋橋の油屋の娘お染と、子飼いの丁稚久松は恋仲であったが、お染に縁談が持ち上がり、心中して果てる。このお染久松の心中は、歌祭文（門付け芸人が三味線などの伴奏で歌って歩いた、情死などの事件に取材した俗謡）に作られ、また浄瑠璃や歌舞伎にもなった。歌は、油屋で子供の時から育て上げられた丁稚が、お嬢様といい仲になったということを切々と唄う歌祭文であるよ、くらいの意味。「郎女」という万葉語を使ったところがミソである。頭注に記される「いらつめ」の語源説、「つ」が助語（助詞）だなどというとってつけたような注釈も、また「小飼」が異文では「子飼」になっているという傍記も、わざとらしくて苦笑させられる。

歌舞伎役者を詠んだ狂歌。前書きは、「しくらてふやこさの身まかれるを、ちひのむそにおくる人さはなるをよめる」とあり、

ひとくらのやこさおもてへふぢごろもかりてやきつ
るもちてやきつる

戯注は、「ふぢごろもは喪服なり。今いろといふ。あさぎのはかま、しろこそでなり」という。「やこさ」とは「役者」のことである。この頃の大坂を代表する立役である初代の中山（元は姉川）新九郎が亡くなったのは、安永四年（一七七五）四月三日。この『万匂集』の序文が書かれた前の月である。前書きの「ちひのむそ」は、大阪の代表的な墓地の一つである千日墓所。前書きによれば、この大役者を大勢の人間が墓所に見送ったのである。歌の意は、一座の役者が揃って見物席（表方）へ出て、皆喪服を着ているが、あれは借り着だろうか、あるいは家から持ってきたものだろうか。

もう一人同時代の人物を詠んだ狂歌を掲げる。「いめたまの仙人がゐがける鯉のかたをみてよめる」と前書き

にあるが、この「夢玉」は、『雨月物語』の「夢応の鯉魚」の主人公興義のモデルである、鯉を描いて定評があり、「鯉翁」のあだ名で呼ばれた画家の葛蛇玉をもじったものであろう。この歌なども、『万匂集』が秋成の作であることの証拠の一つとなるかもしれない。歌は、

ふでつかにふでもてほれゝ(「ば」「ど」などの誤りか)
きほひなみぜでらにたゝくこのこひのごと

とあって、上手くない筆で鯉を彫琢するように描いてはいるが、絵には生気が無いので、まるで禅寺でたたいて鳴らす魚板のようだの意。まことに言いたい放題である。

『万匂集』は、古語を通じて自らが幻想の古代に入っていこうとしているのではなく、古代を力ずくで江戸時代に連れてきて、古代に江戸時代の衣裳を無理矢理着せているような印象がある。馴れ馴れしすぎるとでも言ってやりたくなるが、しかし国学が隆盛を迎えようとする尚古趣味の時代において、これはこれで、古代にあこがれ、古代に敬意を払う一つのやり方だったのである。

【もっと深く――『海道狂歌合』の万葉ぶり】

秋成は晩年に『海道狂歌合』を詠んでいる。何種かある稿本のうち早いものは、七十二歳の時に成っているから(刊行は秋成没後)、『万匂集』からちょうど三十年後である。「楮道心」と「篁処士」という架空の人物が、東海道の風俗を詠んだ狂歌を、十八番三十六首につがえた狂歌合わせの体裁をとっている。『万匂集』と違って、万葉ぶりで詠むことを目指した狂歌ではないが、江戸でこの少し前に一世を風靡した、鋭い機知と大胆な言葉遊びで大笑いを誘う天明狂歌などとくらべると、おっとりとした、時にはあまり和歌と変わりがないような穏やかな笑いは、『万匂集』と共通する。

その中で、版本で言えば十番左に当たる「売薬翁」という題の狂歌がある。

雲に乗是くすり也皆人よしるしたのみてめしてとをらせ

これは、東海道で薬を商う老翁の口上を歌にしたもので、「雲に乗」薬とは仙薬のこと。『万葉集』に「雲に飛ぶ薬」とあるものと同じである。また「めしてとをらせ」(召し上がってお通りなさい)は、『万葉集』一四六〇番歌の「めして肥えませ」のもじりである。歌意は、これが、雲に乗り自由自在に飛行できる仙薬じゃ、皆人よ、長い海道をとぼとぼと歩いていくのはたいへんじゃろうから、この薬の効果を頼りにして、この薬を買い求め、それを召

し上がって雲に乗って行くように軽快に東海道をお通りなされ、というほどの意味になる。薬を旅人に売りつけるときの勧誘のことばである。これなどは、明らかに『万葉集』の影響下にある狂歌で、『万匂集』に入っていてもおかしくないものである。晩年に至っても秋成の万葉ぶりは健在である。

【テキスト・読書案内】

『万匂集』については、丸山季夫編『秋成狂歌集』（古典文庫、一九七二年）に、原本の影印と翻刻、そして要を得た解説がある。この本には、『海道狂歌合』の影印と翻刻も入っている。『雨月物語』と『万匂集』の関係については、浅野三平「『雨月物語』と『万匂集』」（『上田秋成の研究』（桜楓社、一九八五年）の第三章二節）がある。

（長島弘明）

41

太陽は日本で生まれた

『呵刈葭（かがいか）』（国学）

江戸時代の国学の第一人者は本居宣長（一七三〇～一八〇一）である。その宣長と、やはり同時代の知的巨人である上田秋成（一七三四～一八〇九）――こちらは、国学者としてよりも、むしろ小説家、歌人として名高い――とが交わした古代に関する論争が、宣長によって『呵刈葭』という本にまとめられている。古代国語の音韻と、古代神話にかかわる論争であるが、この本居宣長編の『呵刈葭』（一七八七～九〇年の成立）の内容をよく吟味し、宣長の古代観を、それとはまったく違う秋成の古代観と比較することで、宣長の思い描く古代の特質がはっきりと見えてくるのである。

【概要】

天明六年（一七八六）、本居宣長と上田秋成は論争を交わした。時に宣長は五十七才、秋成は五十三才である。二つの問題をめぐるそれぞれ別個の論争が、同じ年にほぼ同時並行で行われたのである。一つは、古代に「ん」の音があったか否かを中心とする、上代国語の音韻に関する論争であり、もう一つは、記紀に記された「日神（ひのかみ）」（天照大神（あまてらすおおみかみ））神話をどう考えるかという論争である。『呵刈葭』上編（原本には上下とは無いが便宜的にこう呼ぶ）の「上田秋成論難同弁（ろんなんどうべん）」全十六条に収録されているのが音韻に関する論争であり、『呵刈葭』下編の「鉗狂人（けんきょうじん）上田秋成評同弁（どうべん）」全六条に収録されているのが「日神」に関する論争である。

『呵刈葭』は、上編、下編ともに、宣長説へ秋成が疑問を呈し、宣長がそれに答えるという形をとっているが、まず上編の内容は以下のようなものである。この論争の前年、宣長は『漢字三音考』を刊行し、その中で、上代の国語には、「ん」のような不正の音は存在していなかっ

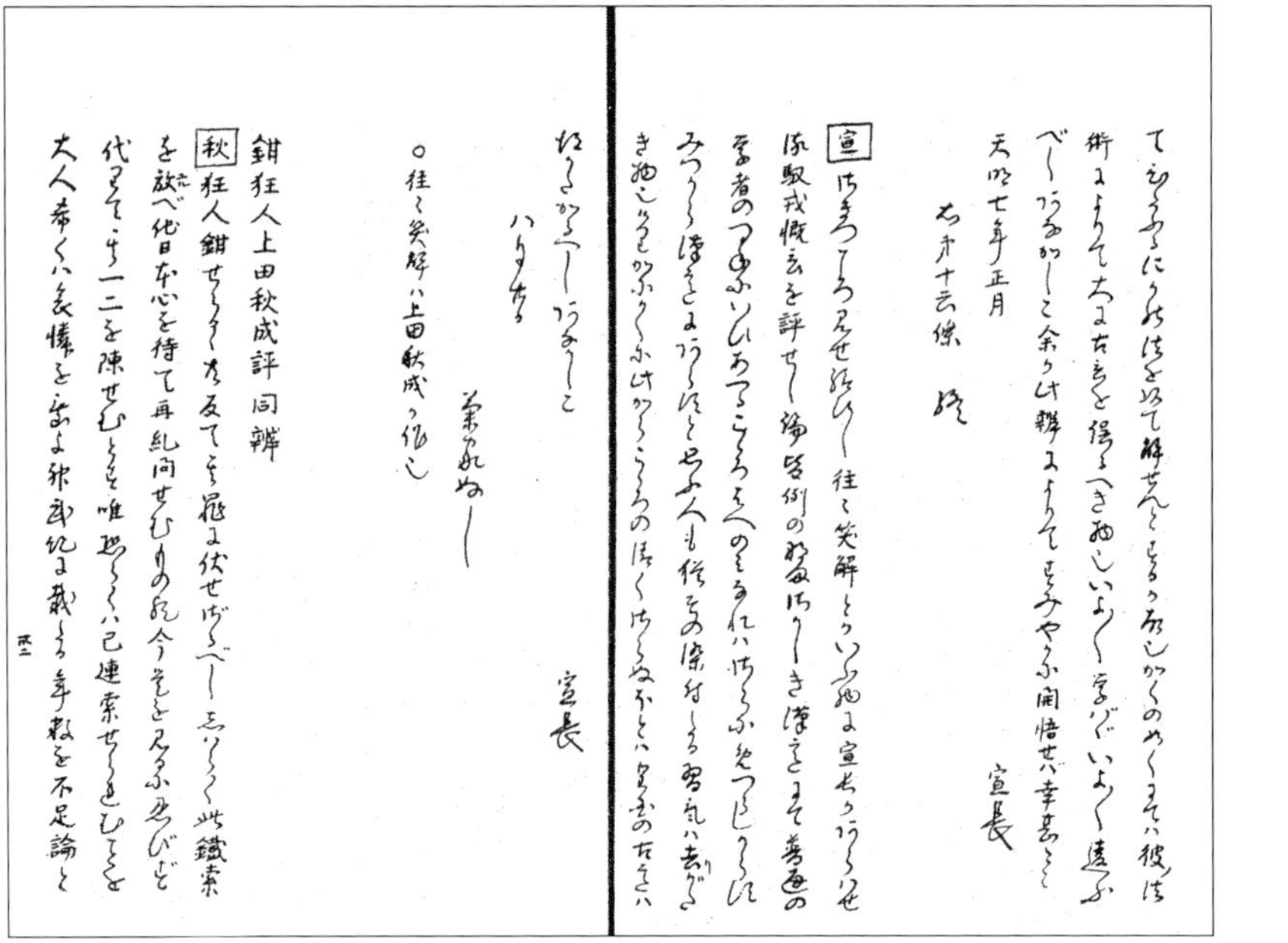

図１　『呵刈葭』上編末尾・下編冒頭（本居宣長記念館蔵）

たと主張した。秋成はそれに反対して、音に正・不正はないとし、また上代国語には「ん」音が存在したことを、知人の礪波今道（となみのいまみち）の説などを引きながら論じている。

また下編については、おおむね次の通りである。この論争の五年前、国学者・有職故実家である、藤貞幹（とうていかん）が『衝口発』（しょうこうはつ）を著し、古代の日本文化は中国や朝鮮から渡来したものであり、『日本書紀』に記されている神代の年数は信じられないことなどを主張したが、宣長は、その四年後、すなわち秋成との論争の前年に『鉗狂人』（けんきょうじん）（「鉗」は首かせをはめる意）を書いて（出版は宣長没後）貞幹を批判した。特に『衝口発』の中で、天照大神が崩御したなどと言い、天照大神を人として扱う貞幹の説には激しく反発し、天照大神は四海を照らす「日神」すなわち太陽であり、現に太陽が存在することが、貞幹の説が妄説である証拠だとしている。また宣長は同じく『鉗狂人』で、日本は太陽の生まれた国であるから万国に優れており、記紀に正しい古伝が残っている、一方外国は、天孫が降臨して皇統の続く日本とは違う乱れた国であるから、古伝が残っていないといっている。

秋成は宣長の『鉗狂人』を読み、「日神」がわが国で生まれ「四海万国を照し」たという宣長説にひっかかった。日月の創成神話は、我が国以外、例えば中国にもインドにもある。さらに他の国にもあるだろう。どの国の神話が正しいとも言えない。日本人は、日本の神話を信じているがよい。しかし神話を記した古文献は「一国一天地」、つまりその国の中だけで通用するものと考えるべきで、他国に我が国の古文献の内容を強要することはできない。それが秋成の考えであり、宣長批判である。

対して宣長は、日本の太陽と外国の太陽とは別だというのか。国によって異なる日月創成神話があることはもちろんその通りだが、真実の古伝説は一つ、後はすべて偽物と心得るがいい。その真実の古伝説とは記紀の「日神」神話であり、そこに記されているように、「日神」すなわち太陽は日本で生まれたのだ。それが『呵刈葭』下編での宣長の答えである。

【見どころ】

ここでは、下編の「鉗狂人上田秋成評同弁」に焦点を当てて見てゆこう。下編の第一条で、秋成は、宣長説のように、日本で生まれた太陽が「四海万国を照し」たと考えること、すなわち全世界を照らしたと考えることには疑問があるという。秋成は、記紀を引きながらこう言っている。『日本書紀』には日神の光は「六合之内(くにのうち)」に照り徹ったとあるが、「六合(くに)」というのは、『古事記』に「葦原中国悉闇(あしはらのなかつくにことごとくくらし)」ということからすると、日本(葦原中国)のことであって、四海万国の意味ではない。これに対し、宣長は同じく記紀を引きながら秋成の批判を、次のように一蹴している。

此大神、天地内の万邦を悉く照し給ふといへる伝説、いづれの書にあるかといへるは、いと愚也。まづ書紀に、「照徹六合(くにのうちにてりとほる)(之内)」とあるをば、姑(しばら)く御国のことに借りていへりと説曲(ときまげ)たるにゆるす共、「日神」と申す御号をばいかにせん。猶(なほ)、是をも仮りに然名(しかなづ)けたりと説曲(トキマゲ)んとする歟(か)。書紀一書に、「使照臨天地(あめつちにのぞましめたまふ)」ともあるをばいかんとかする。唐・天竺などの天地は、皇国と別なるにや。また一書に、「日月既生(ひつきすでにうまれたまふ)、次生蛭子(つぎにひるこをうみたまふ)云々」。是はいかに。「日神」「月神」とあるをば、猶日月にあらずと強(シヒ)ていひまぐ共、たゞに「日月」とあるをばいかにとかする。猶此類多し。神代紀をよく見よ。但し、唐・天竺の日月は皇国の日月とは別也とするにや。いぶかし〳〵。たゞ一点の漢意(からごころ)の雲だに晴ルれば、神典の趣はいと明らかなる物を、この一点の黒雲に障(さ)へられて、大御光を見奉ることあたはざるは、いともいとも憐むべきこと也。又、古事記に、「葦原中国悉闇」とあるによりて、かの「六合」を四海万国の義にあらずと難ずれ共、凡てかゝる事は、その主とする所をいひて、余はおのづから包括ること、常に例多し。（この天照大神が、天地の中のすべての国をお照らしになったという伝説がどの書物にあるかというのは、大変愚かな問いである。まず『日本書紀』に、「六合の内に照り徹る」と書いてあるのを、ひとまず日本のことを仮にこう言ったのだと詭弁を弄するのを許してやったとしても、「日神」という呼び名はどうするのだ。なおこれも、仮にそう呼んだだけだと事実を歪曲しようとするのか。『日本書紀』の「一書」に、「天地をお照らしになった」とあるのをどうするのだ。中国やインドの天地は、日本の天地とは別だというのか。またさらに『日本書紀』の「一書」に、「日と月がお生まれになった。次いで蛭子をお生みになった」とあるが、これはどうするのだ。「日神」「月神」と記してあるのを、これは日や月そのものではないと、無理に屁理屈をこねるとしても、「日と月」とだけあるのを、どうするのだ。なお、この類いの記述は沢山ある。『日本書紀』の神代巻をよく読んでみよ。あるいは、中国やインドの日や月は、日本の日や月とは別だというのか。不審なことである。ただ一点の中国風思考の雲が晴れれば、記紀の意味ははっきりわかるのに、この一点の黒雲にさえぎられて、尊い日の光を拝見することができないのは、何とも何とも憐れなことである。また、『古事記』に「葦原中国ことごとく闇し」とあるので、『日本書紀』の「六合」を全世界の意味ではないと難癖を付けるが、すべてこうした事には、その主なところだけを述べて、あとは自然にそれ以外の物を包括するということであり、こういう例はいつも多くある。）

秋成が宣長を批判する論拠も、宣長が秋成に反論する論拠も、どちらも『古事記』『日本書紀』であることが興味深い。それは論拠になるべき古文献が他に無いからである。従って、宣長説と秋成説のどちらが正しく、どちらが誤りであるかは、記紀の解釈についてどちらが巧みか、どちらが拙いかということに還元されてしまう。記紀の解釈の巧妙さは、右に見たように宣長の方が一枚上手である。そればかりではない、そもそも「日神」神話への疑問を、その神話が記されている記紀に拠りながら述べなくてはいけないのが、そもそも秋成の苦しい所である。しかも秋成は、それが記紀のような神典であっても、それを信じ切ることができないタイプの国学者である。この論争における秋成の敗北は、最初から決まっていると言ってよいだろう。神話の相対性などを認めない、絶対的なナショナリストであり、古文献の内容に絶対的な信を置く宣長が、相対的なナショナリストであり、古文献にも懐疑的な秋成を蹴散らしているのである。

宣長は、「漢意の雲」、すなわち悪しき儒教的な洗脳から解放されれば、「神典の趣」、すなわち記紀の深意が見えてくるというのである。秋成は宣長の死後、七十五歳の年に成った『胆大小心録』一〇一条では、太陽が「日神」ではない、単なる天体であり物質であることを論証するために、色ガラス付き天体望遠鏡による太陽の実視観測の経験まで持ち出して、この件を蒸し返しているが、仮に宣長が生きていたとしても、少しも動じなかったに違いない。

記紀の記述に揺らぐことのない信頼を置く宣長には、皇祖であり、かつ太陽でもある天照大神が、日本で誕生する場面がありありと見えていたのである。

【もっと深く――論争のその後】

この論争の後、宣長は再び秋成や、秋成の著作について言及することはなかった。一方、秋成の著作には、しばしば宣長への批判が見える。例えば論争の六年後に成った『安々言』では、宣長の外交史論『馭戎慨言』に見える豊臣秀吉の朝鮮侵攻への賞賛を批判し、世界の国々は、人体の中でそれぞれの内臓がしかるべき所に配置されているように、自然によって配置されたものであり、一旦他国を領有したとしても、それはいずれ元に戻るものであると、ここでも宣長の覇権主義と一体の絶対的ナショナリズムを否定し、相対的なナショナリズムを語っている。

また、『癇癖談』や『書初機嫌海』の小説にも、宣長の極端な復古主義への当てこすりが見られるが、先述したように晩年の『胆大小心録』一〇一では、この論争を思い出してか、こう記している。

月も日も、目、鼻、口もあつて、人躰にときなしたるは古伝也。ゾンガラスと云千里鏡で見たれば、日は炎々タリ、月は沸々タリ、そんな物ではござらしやらぬ。い中人のふところおやじの説も、又田舎者の聞ては信ずべし。京の者が聞ば、王様の不面目也。やまとだましいと云ことを、とかくにいふよ。どこの国でも、其国のたましいが国の臭気也。おのれが像の上に書しとぞ。

敷島(しきしま)のやまと心の道とへば朝日にてらすやまさくら花

とは、いかに〳〵。おのが像の上には、尊大のおや玉也。そこで、

しき島のやまと心のなんのかのうろんな事を又さくら花

この時、宣長はすでに故人となっているが、生前に「いい中人のふところおやじ」（田舎者の見識の狭いおやじ）と呼ばれても、「尊大のおや玉」と呼ばれても、宣長は少しの痛痒も感じなかったに違いない。漢意の雲を吹き払った大和魂で、古代を幻視できた幸福は、秋成にはなく、宣長のものであったからである。

（長島弘明）

【テキスト・読書案内】

原文は、『本居宣長全集』第八巻（筑摩書房、一九七二年）、『上田秋成全集』第一巻（中央公論社、一九九〇年）等に所収。現代語訳は、日本の名著21『本居宣長』（中央公論社、一九七〇年）に野口武彦によるものがある。また、『呵刈葭』に見える宣長と秋成の思想的立場の違いについては、長島弘明「『呵刈葭』における宣長と秋成」（長島弘明編『本居宣長の世界　和歌・注釈・思想』、森話社、二〇〇五年）が詳しい。

VI 異郷に憧れる

ここではないどこかへの憧れから、文学が生まれる。
京都から江戸への旅。江戸から東北への旅。
見たこともない外国。日常の向こう側にある異界。
本のなかで出会う、さまざまな異郷。

42

旅する藪医者の三都物語
『竹斎』（仮名草子）

物語を読む楽しみのひとつは、想像力を働かせて作中の世界を疑似的に体験することにある。もっともそれは、物語だけに限らない。誰かの旅の見聞記を読むことも、それに似た効用がある。その旅はその人の旅であって、読者である私の旅ではないからだ。

ここに紹介する仮名草子の『竹斎』（富山道冶作）は、架空の物語のなかに旅の見聞を含み込んだ作品である。主人公は貧しい藪医者の竹斎。京都での生活に見切りをつけ、従者のにらみの介と共に東海道を下り、名古屋を経て江戸にいたる。竹斎たちは各地で何を見、何をするのか。かれらとともに、江戸時代初期の三都物語を楽しんでみたい。

【あらすじ】

『竹斎』には、古活字本（活字を使う活版印刷で出版された本）、整版本（板木を使う整版印刷で出版された本）、写本の三種がある。ここでは元和七～九（一六二一～二三）年頃の成立・刊行と推定されている古活字本の『竹斎』に拠り、あらすじをまとめておく。

山城国に住む藪医者の竹斎は、貧しくて患者も来ないため、諸国をめぐって気に入ったところに住もうと考える。従者のにらみの介も竹斎に従い、どこまでも供をするという。竹斎とにらみの介は京都を離れる前に名所旧跡を見てまわろうと、三条大橋から祇園を通り、清水寺に参詣する。さらに鳥辺野、豊臣秀吉をまつる豊国大明神、大仏殿（方広寺）、三十三間堂、誓願寺、蛸薬師に詣で、北野の社を訪れる。そこは大勢の人々で賑わっていた。連歌を楽しむ人々、蹴鞠に興じる人々、音楽を楽しむ遊女や若い人々、能楽師や能役者。博奕をする人々がいるかと思えば、幔幕を掛けて薫物を楽しむ人々もいる。官女に言い寄るなまぐさ坊主や、美しい公達に恋焦がれる町人の男の姿も見えた。

竹斎とにらみの介は京都を発ち、名古屋に着いて宿を借り、「天下一藪医師竹斎」という看板を出す（「医師」は医者のこと）。竹斎はいろいろな患者を診るが、しばしばあやしげな治療を施し、騒動を引き起こすこともあった。

三年が経ち、竹斎とにらみの介は尾張国を発って東海道を下る。八橋の旧跡や宇津の山では、『伊勢物語』に記された在原業平の故事が思い出される。江戸に着き、日本橋から神田に出て、江戸城を眺め、紅葉山、湯島天神、下谷、浅草などをまわり、隅田川のほとりに来ると、京都からはるばる遠くまで来たことよと、ここでも業平の昔が思い出された。日が暮れて神田のほうへ戻り、周囲の海を見わたしていると、舟歌が聞こえる。竹斎は天下泰平の御代を寿ぐ狂歌を詠んだ。

【見どころ】

『竹斎』は大きく分けて、①京都の名所めぐり、②名古屋での医者としての活動、③東海道の旅と江戸の町めぐり、の三部構成になっている。

このうちの②に描かれる竹斎の医療行為は、現代の私たちから見れば荒唐無稽なインチキ医療である。例えば青梅をのどにつまらせた妊婦に対して、竹斎は磁石と吸い膏薬を用いた治療を試みる。

さる人の内儀方、懐妊とこそ聞こえける。つはりの癖として、青梅をこそ好かれける。何とかはしたりけん、青梅、のどにつまりつゝ、飲めども吐け共出ざりけり。あたりの女房、これを見て、「あら悲しや」と言ふまゝに、背中のあたり七八百一くわんばかり、どうつけ共〳〵、さらに出ざれば、かくてはかなはじとや思ひけん、竹斎呼びて見せにけり。巾着よりも磁石を取り出し、ひたまはしにまはしけれども、出ざれば、「心得たり」と云ふまゝに、吸い膏薬を取り出し、口へへたと貼りにけり。梅はさうなく出たりけり。

良き膏薬の手柄には、目と鼻、一所へ吸い寄せ、目の玉、二三寸吸い上ぐる。「こはいかに」と云ひければ、竹斎申しけるやうは、「梅の療治は心得たり、目鼻の事は知らぬ」と云ふ。あたりの女房、是を聞き、「あら、面憎の声音かな、打てや叩け」と叱りければ、竹斎、宿へ逃げにけり。其頃、何者かしたりけん、落首をぞ立てにける。

目の玉の抜け上がるほど叱られてこの梅法師すご〱と行く

のどにつまった青梅を磁石で吸引しようとする発想にまず驚かされるが、うまくいかないので代わりに吸い膏薬（膿を吸い出す膏薬）を使い、しかもそれが成功するという展開にも唖然とさせられる。さらに吸い膏薬が効きすぎて妊婦の目と鼻を一か所に吸い寄せ、目玉を吸い上げてしまうとなると、もはや奇想天外を通り越してグロテスクですらある。そんな異常事態に直面して「目鼻の事は知らぬ」（目鼻のことは知ったことではない）と言いはなつ竹斎はいかにも無責任で、女房が「面憎の声音かな」（憎らしい言い草だ）と憤るのはもっともだろう。

福田安典氏は同時代の医学書の記述をふまえて『竹斎』を読み解き、荒唐無稽に見える竹斎の医療行為はまったく根拠のないものではなく、曲直瀬流の医学のパロディーであることを指摘している（福田安典『医学のなかの「文学」』）。福田氏によれば、曲直瀬道三編著の医書『啓廸集』（天正二・一五七四年序）には整容（姿を整えること）に用いる膏薬の処方が記されており、竹斎による吸い膏薬の誤使用は、これを滑稽に誇張したものととらえることができる。

さて、この治療の失敗談は「目の玉の抜け上がるほど叱られてこの梅法師すごすごと行く」（目の玉が飛び出るほどにきつく叱られ、梅法師はすごすごと去る）という落首（狂歌）で結ばれている。「梅法師」は青梅と坊主頭の竹斎を掛けた表現である。『竹斎』では、このような狂歌が本文のところどころに挿み込まれている。とりわけ③の東海道の旅と江戸の町めぐりのくだりでは、しばしば『伊勢物語』の故事が引き合いに出され、『伊勢物語』の和歌をもじった狂歌が記されている。

例えば、竹斎が隅田川のほとりに着いて感慨にふける場面は次のように書かれている。

さて、行き〱て、隅田川にも至りぬ。こゝなん、武蔵の国の限りなりと言ひければ、さても都よりは、限りもなく遠く来たるものかな、かゝる数ならぬ身にさへ、旅は物憂きに、業平のいにしへも思ひやられてあはれ也。いとゞさへ、やせ衰へたる我が姿の、あづまの旅にやつれ果て、うけるから共成りぬれば、心に菩提は起こらね共、身は墨染に成りにけり。川のほとりにて一首つらねけり。

我が影を水に映せば隅田川姿は八瀬の黒木売りか

な
川波静かにして、水の面も曇りなきに、白きかもめのあまた群れゐたり。是なん、伊勢物語に伝へたる都鳥なるべしと思ひ、一首つらねけり。

名にし負ふいざこと問はゞ都鳥わが有様を人に語るな

竹斎は、京都からずいぶん遠くはなれたところへ来たものだと感じ入りながら、自分のような者ですら旅は物憂いものなのに、在原業平の昔はいかばかりであったかと思いをはせる。そして、川面に映る痩せて薄汚れた自らの姿を見て、狂歌を詠む。「我が影を水に映せば隅田川姿は八瀬の黒木売りかな」（自分の姿を隅田川の水面に映して見れば、八瀬から京都に黒木を売りに来る黒木売りのようだ）。「黒木」は黒くくすべた薪のこと。「八瀬」には地名の八瀬と「痩せ」が掛けられている。

『伊勢物語』では、京都から関東に下ってきた貴族の男（在原業平と見なされている）が隅田川に浮かぶ都鳥を見て「名にし負はばいざこととはむ都鳥わが思ふ人はありやなしやと」（「都」を名に持つなら、さあ問おう、都鳥よ、都にいる私の愛する人はどうしているかと）と詠む（いわゆる「東下り」の段）。竹斎が隅田川のかもめを見て「伊勢物語に伝へたる都鳥なるべし」と思うのは、この『伊勢物語』の章段を思い起こしているのである。そこで竹斎が詠んだ狂歌は「名にし負ふいざこと問はば都鳥わが有様を人に語るな」。もちろん『伊勢物語』の「名にし負はばいざこととはむ都鳥わが思ふ人はありやなしやと」をふまえているのだが、この和歌が京都に残した人への思いをうたったものであるのに対し、竹斎の狂歌は「わが有様を人に語るな」と、自身のみすぼらしさを意識するものになっている。

とはいえこれは、『伊勢物語』の平安貴族の旅と、はるかに時代の下った当世の貧しい庶民の旅の落差を強調する表現にすぎないのかもしれない。竹斎は自らの姿をみすぼらしいと思ってはいるが、それを悲しんでいるわけではなく、貧しさゆえの不安を感じているわけでもない。この場面のあと、すなわち『竹斎』のラストシーンで竹斎が詠む狂歌は次のようなものである。

呉竹の直ぐなる代々にあひぬれば藪医師まで頼もしきかな

貧しい藪医者であっても、竹のようにまっすぐな御代、天下泰平の御代においては何も心配することはない――。長い旅の物語である『竹斎』は、新興都市である

図１　『竹斎』整版本（寛文版）　江戸城を眺める竹斎とにらみの介（『仮名草子集成』四十九巻、東京堂出版、2013 年より）

江戸の繁栄をその最後に描き［図1］、カラリとした明るさを感じさせる狂歌で結ばれる。

【もっと深く――『竹斎』の系譜】

『竹斎』は、多くの後続作を生んだ。例えば『竹斎狂(きょう)哥物語(かものがたり)』（明和二〜万治三・一六五六〜六〇年頃刊か）は竹斎とにらみの介が江戸から京都に上るという筋立てで、『竹斎』の後日談ともいうべき作品である。物語の途中に狂歌が挿入される形式も『竹斎』のそれを摸倣している。

旅人としての竹斎に着目した作品としては、芭蕉の発句「狂句こがらしの身は竹斎に似たる哉(かな)」（『冬の日』貞享元・一六八四年成）がある。これは芭蕉が、江戸から名古屋へと旅してきた自らを竹斎になぞらえたものである。

『竹斎』が二人の男による東海道の旅を描いている点に目を向ければ、江戸時代後期の滑稽本『東海道中膝栗毛(とうかいどうちゅうひざくりげ)』（十返舎一九(じっぺんしゃいっく)作、享和二〜文化六・一八〇二〜〇九年刊）も、『竹斎』の系譜につらなる作品と言える。『東海道中膝栗毛』では、江戸の神田八丁堀に暮らす町人の弥次郎兵衛(やじろべえ)と北八(きたはち)（二人は主従ではなく兄弟分という設定）が伊勢参りを思い立ち、長屋を引き払って日本橋から出発し、東海道を上ってゆく。この二人の道中は「旅の恥はかき捨て」とばかりにふざけまくる場面が多く、日常から解放された旅の時空間を積極的に楽しもうとする姿勢が濃厚なのだが、旅先での失敗談が笑いを誘う構造や場面々に狂歌が挿み込まれる形式に『竹斎』との共通点を見ることができる。

　滑稽な医者の物語という側面を継承した作品には、『竹斎はなし』（寛文十二・一六七二年序）、『けんさい物語』（寛文〜延宝・一六六一〜八一年頃刊）、『木斎咄医者評判』（元禄八・一六九五年刊）、『ちくさい』（青本、刊年不明）などがある。興味深いのは、これら後続作の主人公たちが、必ずしも藪医者のままで終わらない点である。ラウラ・モレッティ氏によれば、『木斎咄医者評判』は医師の木斎がおかしな治療をしながらも出世する話であり、もとの『竹斎』にないこうした出世譚の趣向は『竹斎』の後続作にまま見られる傾向であるという（「『木斎咄医者評判』論（上）」）。

【テキスト・読書案内】

　古活字本（十一行本）『竹斎』の翻刻は『仮名草子集成』四十八巻（東京堂出版、二〇一二年）に、整版本の『竹斎』の翻刻は『仮名草子集』（日本古典文学大系90、岩波書店、一九六五年）および『仮名草子集成』四十九巻（東京堂出版、二〇一三年）に、写本（奈良絵本）の『竹斎』の翻刻は同じく『仮名草子集成』四十九巻に収録されている。整版本の『竹斎』には古活字本の『竹斎』にないエピソードが増補されている。古活字本と整版本の異同については『竹斎（対校本）』（古典文庫、一九六一年）を参照されたい。

　古活字本『竹斎』の成立・刊行年代は、松田修「『竹斎』の成立――仮名草子の時好性――」（『国語国文』二十六巻三号、一九五七年三月）で論証された。福田安典『医学書のなかの「文学」』（笠間書院、二〇一六年）には『竹斎』を多角的に考察した諸論考が収められている。ラウラ・モレッティ「『木斎咄医者評判』論（上）」（『文学研究』九十一号、二〇〇三年四月）「『木斎咄医者評判』論（下）」（『文学研究』九十二号、二〇〇四年四月）は、『竹斎』の後続作を論じた労作である。本項執筆にあたり、これらの先行研究から多くの教示を得た。

（佐藤至子）

43

芭蕉が名付けた唯一の紀行文

『奥の細道』（俳諧紀行）

芭蕉の弟子土芳が著した蕉門の俳論書『三冊子』には「新しみは俳諧の花」という言葉が記されている。芭蕉は俳諧という文芸に欠かせない要素として、常に新しみを追求した。芭蕉が生涯にわたって自ら俳風を変化させ、新風を切り開いていったのも、新しみを俳諧の生命と考えたからである。そして、芭蕉の新風開拓に非常に大きな役割を果たしたのが旅であった。

芭蕉は生涯で『野ざらし紀行』『笈の小文』『更科紀行』『鹿島紀行』『奥の細道』という五つの紀行文を残しており、『奥の細道』はそれ以前の四作の集大成ともいうべき作品である。そして『奥の細道』は、芭蕉が自ら書名を付けた唯一の紀行文でもある。

最初の紀行文『野ざらし紀行』は、巻子本形態の自筆本と、それを推敲した自筆絵巻、門人濁子による清書画巻が伝わるが、自筆本には書名が記されていない。現在一般的な呼称となっている『野ざらし紀行』の書名は、冒頭句「野ざらしを心に風のしむ身哉」から付けられた仮称である。『鹿島紀行』は、二度の推敲を経た自筆の巻子本一軸が伝来するが、巻子自体に書名はなく、弟子の杉風が記した箱書に「かしまの記」とある。また、これとは別の芭蕉自筆の巻子本の模刻が版本『鹿島詣』として刊行されており、『鹿島紀行』はこれらの通称である。『更科紀行』には、懐紙五枚に記された草稿を巻子の形態に仕立て直した自筆稿が残るが書名は記されず、『更科紀行』というのは後の版本で示された書名である。『笈の小文』に至っては自筆の全体稿すら残されておらず、現在『笈の小文』として知られているものは、弟子の乙州が芭蕉没後に編集刊行したものである。

これらの紀行文に対し、『奥の細道』には芭蕉が書家の素龍に清書させ、自筆で「奥の細道」と記した題簽が付された本が存在し、しかも芭蕉はそれを最後の旅に携行している。芭蕉にとって『奥の細道』は、深い思い入れのある特別な作品であった。

【概要】

『奥の細道』は、元禄二年（一六八九）三月二十七日に江戸を出立してから、奥羽・北陸地方の名所旧跡を巡り、八月二十一日に美濃の大垣に到着するまでの約五カ月の旅を描いた、原稿用紙に換算するとわずか三十数枚の紀行文である。はじめ路通という門人が同行する予定であったが、出発前に姿をくらませたため、曾良が同道することになった。この旅の記録として、曾良が旅程や旅の途中で詠まれた句などを書き留めた日記（『曾良旅日記』）が残されており、この奥州行脚があらかじめよく計画されたものであったこと、また『奥の細道』に描かれている旅が実際の旅とは異なり、文学的に練り上げられたものであることがわかる。『奥の細道』は旅の後、しばらく経過してから執筆されたと推定され、現在は特に元禄六年（一六九三）のいつ頃に書かれたかが議論の中心となっている。旅の体験が時間を経て熟成され結晶化したのが『奥の細道』という作品であるといえよう。

弟子の去来が残した蕉門の俳論書『去来抄』からは、芭蕉がこの旅を通じて不易流行の理念をもつに至ったことがうかがえる。不易流行とは、一切のものは変化し続け、変化し続けることによって永遠に変わらない本質に通じているのだという考えに基づく思想で、俳諧の誠を追求して常に己を越えていくことで、時流が変わっても変わらない不変の価値を保ち続けられるとする理念である。不易流行については『三冊子』をはじめ、去来や支考らの著した俳論書にも言及されるが、『奥の細道』は不易流行の理念と実践について芭蕉自身の声を聞くことのできる貴重な作品である。

『奥の細道』の主要な写本としては、中尾本、曾良本、柿衞本、西村本がある。中尾本は、一九九六年に公表された芭蕉自筆と目される本で、七十数カ所に及ぶ貼紙訂正や推敲跡をとどめている。曾良本は、中尾本を弟子が忠実に写したもので、墨と朱による訂正が施される。西村本は、補訂後の曾良本の本文を芭蕉の依頼によって書家の素龍が清書したもので、完成稿とみなされる。柿衞本も曾良本を底本に素龍が清書したものであるが、より自由な態度で書写され、仮名書きが多い。

また、『奥の細道』は芭蕉の死後に刊行され、広く知られるようになった。西村本を透き写しした元禄版本、元禄版本と同一の版木を用いて素龍跋、去来跋、蝶夢跋を加えて刊行された明和版本、明和版本をかぶせ彫りにして、元禄版本にあった無署名の跋を除いた寛政版本があるが、版を重ねても本文に変化がなく、近世の出版においては特殊な書型である枡形本の体裁がそのまま踏襲されている。『奥の細道』という作品が、後世まで尊崇され続けてきたことがよくわかる。

ここで、写本の本文の違いに目を向けてみたい。図1・図2は、それぞれ中尾本と曾良本の平泉の章段の一部である。「国破れて山河あり」に続く文は、図1-①の最終行末尾から図1-②の一行目冒頭にかけてを見てわかる通り、中尾本では「城春にして青々たり」となっている。ところが、曾良本では中尾本の「青々」の「々」の字が、「青」の字の最後の一画と合わさって「ミ」と誤読されて写されている（図2の七行目の中ほど）。西村本では、この「草青みたり」がそのまま踏襲されることとなった。この箇所をめぐっては、「青々たり」と「青みたり」のうち、どちらが本来の芭蕉の意図を反映した本文であるかについて議論が交わされている。これはほんの一例であるが、本文の異同の問題に限らず、執筆時期や推敲の過程に表れる創作意図の問題まで、中尾本の発見により『奥の細道』の研究は新たな局面を迎えている。

【見どころ】

『奥の細道』は、近世紀行文という観点からすると、決してスタンダードな作品ではない。近世の新しい紀行文が地誌的要素を強め、その土地の情報を現実に近い形で伝達しようとする中で、『奥の細道』が中世紀行文の型にのっとって書かれているということは、すでに先学によって指摘される通りである。しかし、芭蕉自身が『笈の小文』の中で述べているように、芭蕉は中世以来の紀行文に引けを取らず、かつそれまでにはない新しい紀行文を執筆しようとしていた。

『奥の細道』の新しさとして、本項目では特に『奥の細道』の冒頭部を取り上げたい。ここには、風雅の先人たちに連なろうとする芭蕉の漂白の思いが吐露されるが、そこに中世紀行文の延長上にあるような悲壮感や無常観は描かれない。芭蕉にとって、旅という変化に富んだ非日常を日常とする環境に身をおくことは、とりもなおさず常に新しい俳諧を実践しうるという不易流行の哲

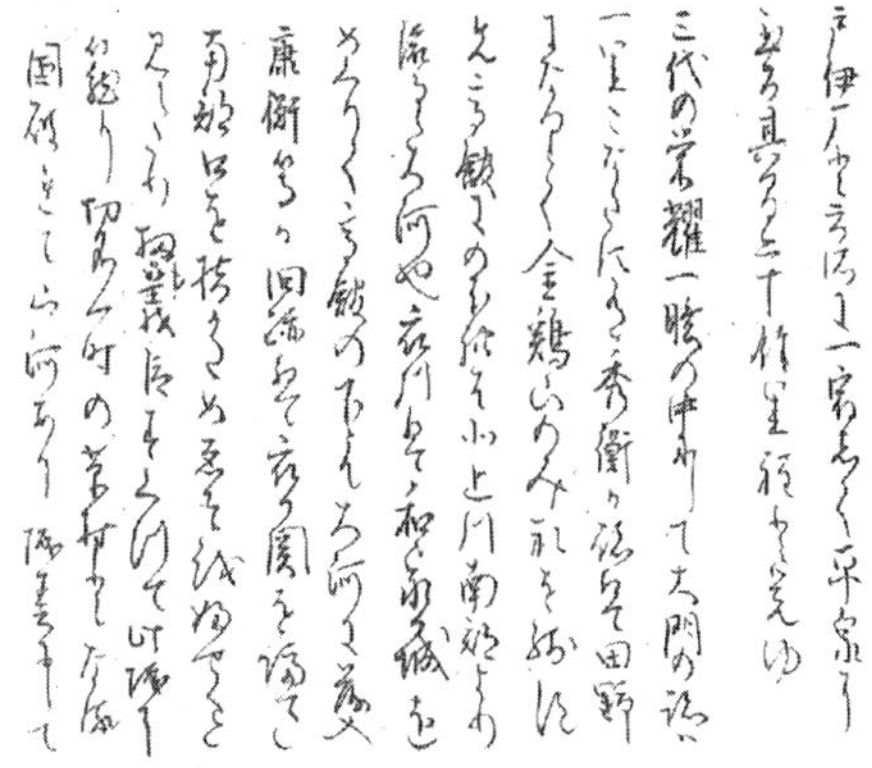

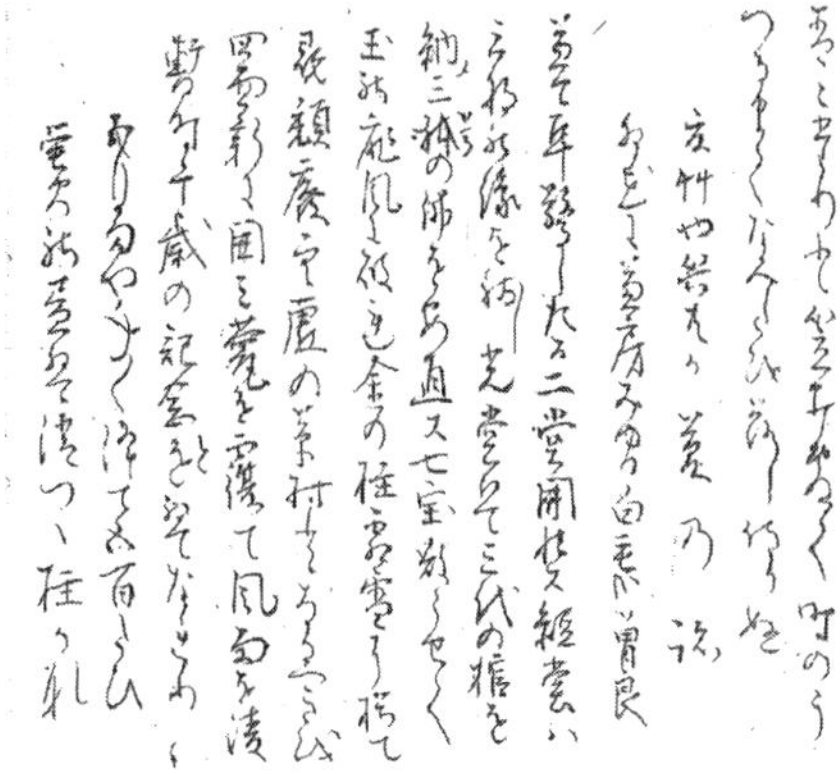

図1-② 中尾本『おくのほそ道』

図1-① 中尾本『おくのほそ道』十六丁表
（『芭蕉自筆奥の細道』岩波書店、1997年より）

学の実践につながっていた。

月日は百代の過客にして、行かふ年も又旅人也。舟の上に生涯をうかべ、馬の口とらえて老をむかふる物は、日々旅にして旅を栖とす。

月日は永遠に旅を続ける旅人であり、来ては去り去っては来る年もまた旅人である。舟の上で生涯を送る船頭や、旅人や荷物を乗せる馬をひいて年老いていく馬方は、一日一日の生活が旅であり、旅を自分の常のすみかとしている——芭蕉はこのように旅そのものを生活とする人々を肯定的にとらえ、自分もまた旅に生きた。

ところで「月日は百代の過客にして行かふ年も又旅人

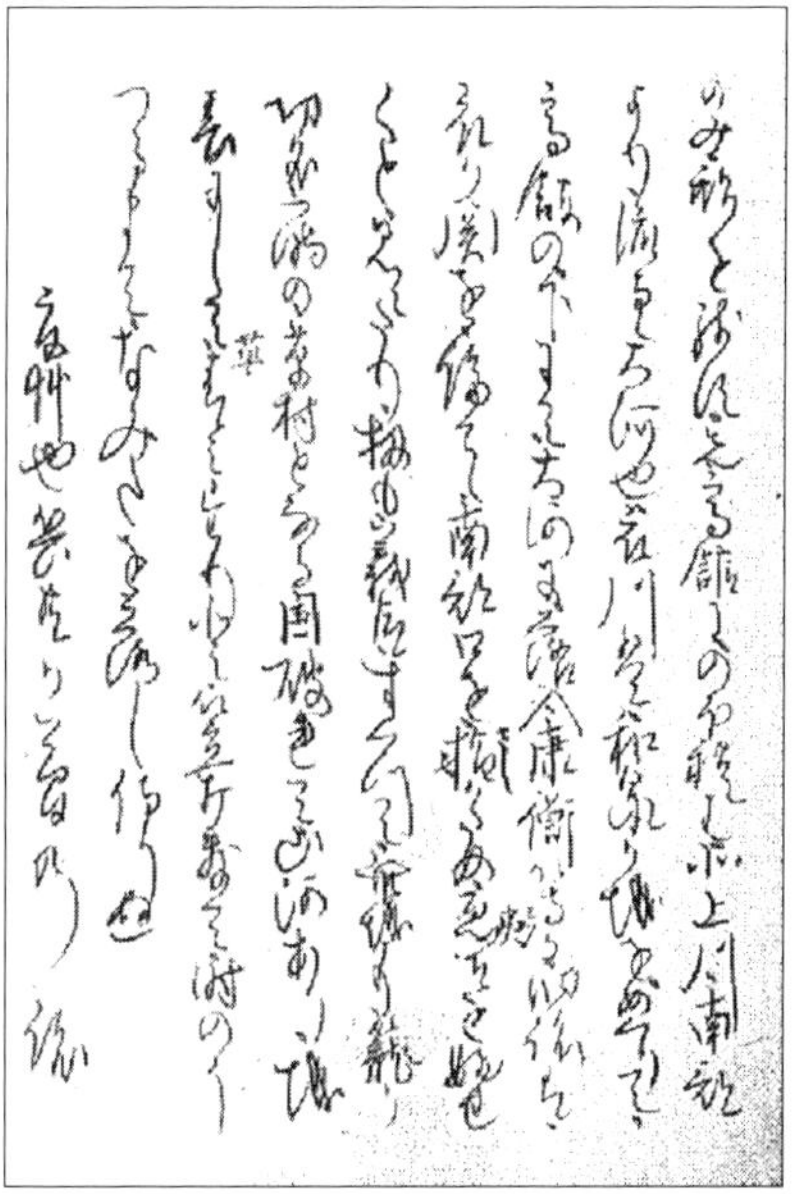

図2 曾良本『おくのほそ道』
（『芭蕉紀行文集』天理大学出版部、1972年より）

也。」という表現は、『古文真宝後集』に収められた李白の「春夜ニ桃李園ニ宴スル序」の冒頭「夫レ天地ハ万物ノ逆旅ナリ。光陰ハ百代ノ過客ナリ。」を踏まえている。『古文真宝』は中国の周代から宋代までの代表的な詩文を集めた前後二集から成るアンソロジーで、「古文真宝なる顔つき」のように、堅苦しくまじめくさったさまをいう慣用的表現に用いられるほど、近世の人々に広く親しまれていた。「光陰ハ百代ノ過客」という文句も『奥の細道』だけではなく、同時代に書かれた西鶴らの作品にもみえる。しかし、例えば西鶴の作中では「天地は万物の逆旅、光陰は百代の過客、浮生は夢幻」(『日本永代蔵』)など、いずれも先の「春夜ニ桃李園ニ宴スル序」の引用箇所の後に続く「而シテ浮生ハ夢ノ若シ。歓ヲ為スコト幾何ゾヤ」という部分に表明された「はかない夢のような短い人生、せめてわずかな時間なりとも楽しもう」といった享楽的な思想をそのまま負った文脈で用いられている。その同じ典拠を芭蕉は、移り変わることこそがこの世の常であるという哲学のもとに、旅に生きる生涯をすすんで受け入れるという、まったく別の文脈に活かしている。この章段の最後に配された「草の戸も住替る代ぞひなの家」の句にも、草庵の住み替わりという現実に世の変転の相を認め、旅立ちへの決意を新たにする芭蕉の姿がうかがえる。

『奥の細道』において、芭蕉が歌枕の伝統を踏まえつつ描いているのは、現実の中に古歌に通じる新しい詩情を発見したときの感動や、古人の風雅の跡がすでに失われてしまったことへの落胆である。高度な文学的虚構を加えてはいても、芭蕉の視線は目の前の現実に向けられ、過去と現在の連続性の確認とそこから生まれる感興は『奥の細道』の随所に繰り返し描かれる。不易流行の理念は、こうした旅の体験を通じて結実したものであった。

【もっと深く――わが道をゆく俳諧師芭蕉】

俳諧の新しみを追求するために、自ら旅に身を投じていく芭蕉の生き方は、俳諧師としては特異な部類に属する。多くの俳諧師たちが、表面的な小手先の技巧に工夫を凝らすことで俳風に新味を出そうと試みる中で、芭蕉が不易と流行を表裏一体とみる不易流行の理念の実践によって、目の前の現実のうちに新しい詩情を発見していったことは注目に値する。「高く心を悟りて俗に帰るべし」(『三冊子』)という言葉に表れている通り、芭蕉の新しみの追求は、日常の中に詩を見いだしていくという、美意識の根源を問い直すものであった。こうした試行錯誤から生み出された芭蕉の俳諧は、現代の我々の考えるよりも、ずっと斬新で革新的なものとして当時の人々の目に映ったはずである。

俳諧はそもそも「俳諧之連歌」という連歌の余興として詠み捨てにされたもので、新時代の文芸として俳諧の独自性が求められた貞門俳諧においてさえ、和歌や連歌への階梯としてその存在意義が説かれるようなものであった。それを芭蕉は、和歌・連歌・漢詩といった雅文学に並ぶものとして位置づけようとする。西村本『奥の細道』の書型が枡形本で、中央に題簽を付すという歌書に倣った体裁をとることにも、そうした芭蕉の気概が示されている。

旅に徹する芭蕉の生き方は、後に上田秋成が『去年(こぞ)の枝折(しおり)』の中で痛烈に批判しているように、ある種の時代錯誤的な面をもつかもしれない。しかし『奥の細道』という傑作は、そうした芭蕉という人物だからこそ生み出し得た希有な作品であるといえよう。

【テキスト・読書案内】

中尾本の影印・翻刻は、上野洋三・櫻井武次郎編『芭蕉自筆奥の細道』（岩波書店、一九九七年）に収められている（二〇一七年七月に文庫本化）。また、曾良本を底本とした翻刻に『松尾芭蕉集②』（新編日本文学全集71、小学館、一九九七年）、西村本を底本とした翻刻に『芭蕉文集』（日本古典文学大系46、岩波書店、一九五九年）などがある。研究書には、綿密で精緻な考証を重ねた尾形仂『おくのほそ道評釈』（角川書店、二〇〇一年）、諸説をまとめて整理した楠元六男・深沢眞二編『おくのほそ道大全』（笠間書院、二〇〇九年）などがある。

（牧藍子）

44

漂流事件から生まれた異国旅行ガイドブック

『異国旅(いこくたび)すゞり』（漂流物語）

近世を通じ、海外を体験した漂流民がもたらす情報は、刊本ではなく写本で流布することが多い。江戸幕府の対外政策により、民衆に提供される海外情報が大きく制限されたためである。だが、制限が厳しいほど、人々の海外情報への渇望はより強くなる。

その時代に刊行された、大変珍しい漂流物語がある。実際に起きた漂流事件の取り調べ調書『韃靼漂流記(だったんひょうりゅうき)』（写本）をもとに、物語化された『異国旅すゞり』（四冊）である。本作品は序跋・刊記がないため、いつ誰がどのような目的で刊行したのかわからない。ただし書名にある「旅すゞり（旅硯）」には、旅行に携帯する小型の筆記具、あるいは旅行記の意味があり、本作品が異国を舞台にした近世の旅行記の一面を持っていたことがわかる。

本作品のおもな特徴は三点ある。一つ目は、本来なら禁書として水面下で書写される情報が、漂流物語として刊行されたこと。二つ目は、もととなった『韃靼漂流記』にはない挿絵を加えること。三つ目は、漂流から日本送還までの過程は『韃靼漂流記』に基づくが、旅行記の特性を出すために、脚色された記述を多く含むこと。本項目では、これらを踏まえて本作品を紹介する。

【概要】

『異国旅すゞり』の構成は、漂流物語の一〜三巻と、朝鮮情報を記した四巻の、計四冊。朝鮮情報には、朝鮮の地図や言葉などが列挙され、旅行ガイドブックのような特質を持つ。

さて、一〜三巻のもとになる韃靼漂流事件とは、次のようなものである。寛永二十一年（一六四四）五月下旬、越前三国浦(みくにうら)の竹内藤右衛門ら五十八名が、三艘の商船に分乗し松前へ赴く途中、暴風雨に遭い、今のロシア沿海州付近に漂着した。乗組員の多くは女真族の襲撃により殺害されたが、十五名が生き残り、清国の保護を受けた。当時、清の順治帝は盛京（今の瀋陽）から北京に遷都中で、漂流民は北京に送られ特別待遇を受ける。彼らの北京滞留は約一年で、朝鮮・対馬を経て、正保三年（一六四六）六月大坂に帰着している。

一〜三巻の大筋は、この事件の流れにそって記述される。内訳は、巻一が漂流に至るまでの経緯と、韃靼・朝鮮を経て北京到着までの様子、北京滞在中に見聞した内容の記載。巻二は北京から朝鮮までの行程と、朝鮮での歓待の様子や同地の観光・歴史の記載。巻三は朝鮮の正月の様子や、釜山に至る経緯と出国・帰郷までを描く。

脚色部分は、旅行記らしい工夫が散見する。例えば、漂流民が女真族とともに、韃靼での取り調べを受ける場面では、『韃靼漂流記』にはない代官（奉行）のせりふを増補する。

「何とてかゝる珍事をば、代官ゐも注進せず、我まゝにはたらきて多くの人をゐころす」と大きにいかつて詮議有り。……（中略）……重ねて奉行いわれしは「それはさもあれ、其上にも、何とてうつたへ出ざりしぞ。却て代官のみゝに入り、下代をもつて詮議の上、其返答におよぶ事、中々以て、公儀をばかろしめたり」と立腹有り。

漂流民を「日本から来た海賊だ」と主張する女真族に対し、彼らを射殺したことを厳しく詮議する代官のせりふは、義理人情に厚い名奉行のような言い回しで、読者からは喝采を持って受け入れられたと想像する。このほか、増補箇所は、慣れない海外生活に戸惑う漂流民の失敗譚などが中心である。

【見どころ】

本作品の面白さの一つは、旅行記として脚色された独自の記述にある。一例として、漂流民が朝鮮での歓迎の宴に出席し、文化の違いからさまざまな失態を犯す場面をあげる。文中の「礼曽」は世話役兼通訳。漂流民は立派な建物に案内され、禅寺だろうと話し合う。

伽藍の様なる所に十五人はこぞり居て、あなたこなたをみる所に、両側に椅子あまた置、豹虎の革を敷、下に少しきふまへ物あり。皆々さゝやきいふ様は「是は何様、禅寺と覚へたり。……（中略）……此躰にては夕料理、精進食とみへたり」と様々評判する所に、礼曽は立出て「席になをれ」と有ければ、氈一枚に三人宛つゝく（ママ）。法師のごとくに一側にならびけり。時に礼曽きのどくなる皃をして、笏にて椅子の方をさし、「あれへ〳〵」と有ければ、「こは我々を生ながら御影にするか、情なや。是悲（ママ）に及ぬ身の上」と泪ながらにあがりつゝ、かしこまつてぞ居たりける。礼曽いよ〳〵難義がり「皆々あしをおろしつゝ、ゆる〳〵と座せよ」と有り。日本人時宜する様、「たかふおるだに、はゞかり有り。たゞ此まゝにおかれよ」とくすみきつていひければ、「いやそれにては、飲食がすゝめられず」といわるれば、「それなら御免候へ」と、おづ〳〵足をおろしける。

漂流民の「禅寺ならば、料理は定めし精進料理だろう」という発想は、この後に出される豪華な山海の珍味に対する伏線。よい意味で読者の予想を裏切り、思わずクスリと笑ってしまう。

続く礼曽とのやりとりは、まさに落語を聞くような展開である。礼曽から「どうぞお席に」と促されると、漂流民は椅子の下に敷かれた豹や虎の革の上に、ちんまりと正座してしまう。困った礼曽が椅子の上へと促すと、禅寺の発想にちなみ「我々を生きたまま御影扱いするのか」と勘違いして涙ぐみ、椅子の上に正座する始末。「それでは食事を勧められません。どうぞお楽に」「いやいや構わないでくれ」の押し問答の末、ようやくおずおずと足を下ろす。異文化に触れ、ドギマギする漂流民の様子が、弥次喜多の珍道中のように描かれる。

いざ料理が運ばれると、漂流民の行動の滑稽さがいっそう目立つ展開になる。文中で彼らは「倭人」「日本人」、北京から彼らを送還してきた清人は「送りの者」「大明人」と表記される。

初め出たる其膳には、魚類貝類切目たゞしく、みしりし物は鮮の魚也。此色々を高盛にし、様々の作り花、さもにぎやかにかざり立て、鳥類は丸ながら、獣類は牛羊等、……（中略）……盛たりける。後の膳は餅饅頭しゆ〳〵の菓子を手際よく小角の様なる大小の物に積、箸と菜匙とを付にける。二膳ともに、其色数六七十におよぶべし。礼曽は倭人にも送りの者にもすゝめらる。日本人思ふ様、「是程の饗応には喰方作法あるべけれ。送りの人のまねせん」と、下座を見合待所に、大明人は下座なれば、是も倭人を見つくろふ。何共すまぬ座敷つき、朝鮮人は笑はんと、しん〳〵汗を出しつゝ、にがり切たる所に、しきりに礼曽すゝめらる。上座役こそ迷惑なれ。思ひきつて饅頭を取り、残る倭人もおとらじと、皆饅頭をたうとべける。

魚貝・鳥獣類が飾られた高盛りの膳が出て、次に菓子が山盛りの膳が出る。礼曽から「さあどうぞ」と勧められるが、このような豪勢な食事をしたことがない漂流民は、食事の作法がわからない。どうしたものかと思案し、清人のまねをしようとするが、彼らは下座で上座の漂流民に遠慮して手を付けない。礼曽から再度勧められ、汗だくだくで、一人が「えいや」とばかりに饅頭を食べると、全員がこぞって同じことをする。慣れない宴会で、どう食べたらよいのか四苦八苦する様子が目に浮かぶようだ。

この後も、滑稽話はさらに続く。漂流民は久々の鮮魚を食べたさに、思わず高盛りの魚に箸をつけるが、何と蜜で固められていて取れない。給仕から「それは飾りです。欲しいお菓子をお取りしましょう」と失笑され、赤恥をかいてしまう。夕食なのに饅頭しか出ないと思い込んだ彼らは、やけくそで手当たり次第に饅頭を食べ、おなかが裂けるほどになる。だがこの菓子は食前の軽い甘味で、この後に山海の珍味が出て難儀するという展開である。これらの失敗譚は、すべて脚色の記述である。読者を楽しませるこうした描写があったからこそ、本作品は読者に受け容れられたのである。

本作品のもう一つの魅力は、本文の面白さだけでなく、挿絵が加えられたことにある。饗応場面の挿絵を図1にあげる。立派な建物の一段高い席に、漂流民二人が描かれる。通路に笏を持って座るのが礼曽で、手前の一段低い席にいるのが清人たちだろう。漂流民は、月代は伸びているが髷を結い、着衣も日本風だ。彼らの前には大きな膳が二つ据えられ、給仕が八人もいる。こうした饗応を受けたことがない彼らにとって、想像もつかない山海の珍味が並んだであろうことが、図1からもわかる。読者は漂流民の失敗を笑いながら、挿絵から見たこともない異国料理を想像し、異文化に思いをはせた。本作品の挿絵は、異文化を体感したことがない読者に、その情報を与えてイメージを膨らませるための、重要な要素なのである。

【もっと深く――異国を疑似体験させる仕掛け】

本作品の挿絵には、もう一つ重要な意味がある。それを確認するために、図2に韃靼上陸図をあげる。右手海上の三艘は漂流した商船で、船乗りが乗るはずだ。だが、

図１『伊国太飛寿々り（異国旅すゞり）』朝鮮での歓迎の宴（国立国会図書館蔵）

図２『伊国太飛寿々り（異国旅すゞり）』漂流民の韃靼上陸（国立国会図書館蔵）

図2に描かれるのは、川下りするような小舟で、船乗りではなく町人風の人々が乗船し、商家の隠居や振袖姿の女性までいる。左手には異国の男女が描かれ、彼らの足元には、町人が這って上陸している。この場面の本文では、女真族が弓矢で漂流民四十数名を射殺すのだが、挿絵からその様子はまったく想像できない。何の情報もなく現代人がこの挿絵を見れば、そのでたらめさにあぜんとするであろう。

しかし、ここで発想を変えて、もう一度図2を見てほしい。画面右は、当時の町人衆が小舟に乗船して川遊びを行う様子を描いたものに近い。画面左の異国の男女は、当時の世界地理書『増補華夷通商考』（西川如見、宝永五・一七〇八年）などに収録された「明朝人物像」の姿に酷似しており、異国人と言えば、当時はこのような姿を想像したと思われる［図3参照］。

つまり図2は、現代人の感覚で漂流民の韃靼上陸図として見てはいけない。当時の読者の、船に乗るイメージと、異国人のイメージを合わせたものが、図2である。すなわち、挿絵の町人たちは本物の漂流民ではなく、読者が自らの姿を投影した姿なのである。するとこの珍妙な挿絵は、読者自身が漂流民となって、異国世界を旅するための仕掛けであったことがわかる。

このような町人姿の人物は、実は本作品の至る所に散見する。例えば、北京の奉行所を訪れる場面、南京の降人行列を見物する場面、朝鮮王宮を見物する場面など［図4参照］。いずれもきれいに月代をそり上げた町人姿の漂流民が登場する。読者は、町人姿の漂流民に自分の姿を重ね、作品の中で憧れの異国見物を楽しんだのである。現代の我々が、旅行前に外国のガイドブックを読んで楽しむように、近世の人々も本作品を読み、まるで旅をしたように楽しんだのであろう。

【テキスト・読書案内】

本作品は計四冊で、このうち一～三巻（三冊）を、国立国会図書館が所蔵する（『伊国太飛寿々り』）。新村出重山文庫は、一・二巻の一部と四巻を合冊にしたものを所蔵する（『絵入　異国旅すゞり』）。完本としては、書名は異なるが、天理大学附属天理図書館の『寛永漂民記』（四巻一冊）と、時代を経て稀書複製会が刊行した『寛永漂流記』（四巻四冊）がある。また、主な関連論文として次の四点がある。

①中村幸彦・日野龍夫編『新編稀書複製会叢書』第

三十九巻（臨川書店、一九九一年）

②春名徹「歴史から文学へ――漂流物語の変質」（『調布日本文化』九号、調布学園短期大学、一九九九年）

③位田絵美「『異国旅すゞり』について――書誌分析と韃靼漂流事件の物語化の事例分析――」（『近世初期文芸』二十五号、二〇〇八年）

④位田絵美「漂流物語の挿絵に表れた異文化認識――『異国旅すゞり』を中心に――」（『近世初期文芸』二十六号、二〇〇九年）

（位田絵美）

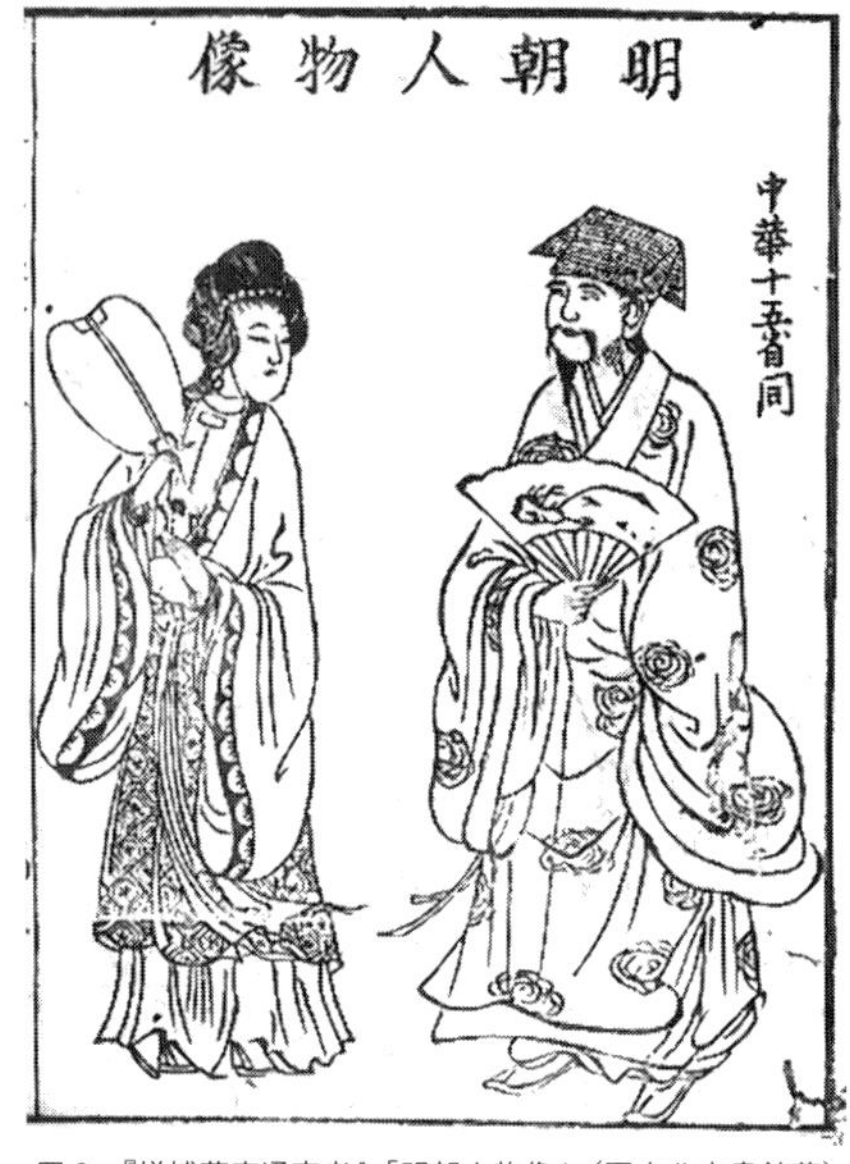

図３　『増補華夷通商考』「明朝人物像」（国立公文書館蔵）

図４　『伊国太飛寿々り（異国旅すゞり）』朝鮮王宮の見物（国立国会図書館蔵）

45

琉球に渡った不遇の英雄

『椿説弓張月』（読本）

日本の二大英雄伝説ともいえるのは、義経伝説と為朝伝説である。源義経は北方へ、源為朝は南方へ生き延びて活躍したという伝説が伝えられている。義経伝説とは、義経が奥州から蝦夷地（アイヌ民族の居住地）に逃れたとする伝説（義経北方伝説）であり、その原型は『御曹子島渡』という御伽草子と言われている。一方、為朝伝説とは、為朝が伊豆大島から生き延び、琉球王国に逃れたとする伝説（源為朝琉球渡来伝説）で、これは琉球の正史『中山世鑑』にも見えるなど、諸文献から確認することができる。この為朝伝説を素材に創作した作品が『椿説弓張月』である。

文化四年（一八〇七）から同八年（一八一一）にかけて刊行された本作品は、全五編（前編・後編・続編・拾遺編・残編）で構成されている。『保元物語』に見える源為朝の事跡を基に虚構を加えて、伊豆大島・九州・琉球における彼の活躍を描いている。作者の曲亭馬琴（一七六七～一八四八）は、膨大な読書量と豊富な知識の基で創作活動を行い、数多くの作品（読本・合巻・黄表紙など）を残した。中国の古典に詳しく、漢詩や漢文に造詣が深かったことが、ほかの作者に比べて優れた馬琴ならではの特徴であった。

本作品の正式な題名は、「鎮西八郎為朝外伝椿説弓張月」である。「椿説」は「珍説」、つまり珍しい説を意味し、「弓張月」は弓の名人の物語であることを語っている。また、角書に「鎮西八郎為朝外伝」とあるが、「外伝」とは、正史には載っていない伝記を指す言葉である。この角書から、本作品が史実には見られない歴史の裏面における為朝の活躍ぶりを描いたものであることがわかる。

歴史上で不遇な運命を迎えた人物を、虚構を用いて生き延びさせ、歴史の裏面で活躍するように描くのは、史伝物の読本と呼ばれる小説ジャンルの特徴の一つである。馬琴はこの史伝物を七作品刊行したが、本作品はその初作である。馬琴の代表作『南総里見八犬伝』（文化十一～天保十三・一八一四～四二年）も史伝物の読本の一つで、本作品は『八犬伝』と並ぶ彼の代表作品といえよう。

【あらすじ】

源為朝は智勇無双の大男で弓の名手である。崇徳上皇の御所で信西の怒りを買った為朝は九州に向かい、礫の名人紀平治や後に妻となる白縫に出会う。信西の無理難題に応え琉球で鶴を捕らえてきた為朝は、保元の乱に参戦して敗北し、伊豆大島に流され、伊豆諸島を巡歴する。為朝は大島に戻った後、官軍に追われるが、鬼夜叉の身代わりによって島を脱出し、讃岐へ向かう。そこで崇徳院の霊の示現を受け肥後に向かった為朝は、白縫や紀平治と再会する。清盛討伐のために水俣を出た為朝一行は暴風雨に遭い、白縫は風雨を鎮めるため入水し、為朝は崇徳院に従う天狗らに助けられる。その頃、琉球では中婦君・利勇・阿公が共謀して妖僧曚雲を利用して政権を握るための計略を立てる。毛国鼎の妻新垣の胎内から男児を奪った阿公と利勇は、その子を王子と偽る。為朝は利勇の部下に加わり、王位についた曚雲の討伐を試みるが敗北する。毛国鼎の子の鶴亀兄弟が母新垣の仇を討とうとした時、兄弟と阿公の奇妙な因縁が明かされる。新垣は阿公の娘であり。兄弟は阿公の孫であった。新垣の父と判明した紀平治が手負いの阿公を介錯する。その後、為朝は再び曚雲と戦い、曚雲は為朝の子舜天丸の矢に射殺される。その正体は巨大な虬であった。琉球争乱の平定の後、初代国王として舜天丸が即位する。

【見どころ】

『椿説弓張月』には、数々の見どころがある。ここでは、為朝の生存・崇徳院の加護・阿公の三点を取りあげる。

○為朝の生存

正史では伊豆大島に流され死亡したとされていた為朝が、実は九州を経て琉球に至っていたとするのが本作品の構想である。為朝の島巡りは早くから語られてきているが、物語の中で為朝は伊豆大島から一体どのように生き延びて諸島を巡ることができたのであろうか。

『弓張月』後編巻之三、第二十二回「船を棄て孝子志を述、館を焼て忠臣主に代」には、為朝が鬼夜叉の犠牲によって軍兵から逃れる場面が描かれている。

かくて鬼夜叉は、泣く〳〵屍をひとつに寄せ、念仏十扁ばかり唱つゝ、茶毘にはあらぬ用意の柴に、走まはりて火を放たり。折しも烈しき浦風に、簷より軒へ吹うつされ、大廈高楼忽地に焔となつて燃揚れば、鬼夜叉腹巻觧捨て、立ながら腹かき切り、猛火の中に飛入りて、灰燼となつて失にけり。

（『弓張月』後編巻之三、第二十二回）

『参考保元物語』には、為朝が館に火をつけて切腹したと記されているが、それを基に虚構を加えて創作された『弓張月』では、鬼夜叉が為朝の身代わりとなり、為朝は実は生き延びたとする。この虚構によって為朝は琉球へ渡り英雄譚を繰り広げることができたのである。

ところで、第二十二回の末尾に次のような作者の言辞が記されている。

しかるときは、為朝自殺の年月、及び存亡も、むかしより定かならざりしと見えたり。これによつて思ふに、為朝大島を脱れ去り、蹟を南海にとゞめ給ひし、といひ伝へたるも、故なきにあらず。この弓張月は、すべて風を捕り影を追ふの草紙物語なるに、この一條のみ、諸説を引て補ひたゞすにしもあらねど、予元来好古の癖あり。

（『弓張月』後編巻之三、第二十二回）

馬琴は歴史の裏面を描く際に、必ずその根拠を提示し、そこに施した虚構がまったくの作り話ではなく、文献上の事柄によっていることを断った。右の引用文の前では、為朝が自害した年齢が一致しないことを、『保元物語』などの文献を示して指摘している。こうした記述によって、為朝が伊豆大島から琉球に渡ったとする源為朝琉球渡来伝説の信憑性は増し、この伝説が虚構ではなく史実であるかもしれないと読者に思わせる効果も得られたのである。

○崇徳院の加護

為朝が清盛を討伐するため出航した際に、崇徳院の加護を受け、危難を乗り越える場面がある。崇徳院は保元の乱で敗北し讃岐に流された後、五部の大乗経を写経し京へ納めることを拒否されたため朝廷に恨みの念を抱くようになる。その結果、崇徳院は天狗へと姿を変貌させ、日本国の大悪魔になると宣言する。為朝も崇徳院に与したために伊豆大島に流されたのであり、讃岐で崇徳院の廟を詣でた後、暴風雨の中で院の神勅を受けた天狗らに助けられたのであった。その時の様子は、作中に次のように記されている。

図１『椿説弓張月』続編巻之一第三十一回　崇徳院の神勅を受けた天狗どもが、暴風雨の中で危難に遭っている為朝を救う（国立国会図書館蔵）

怪しきかな、電閃きわたり、玄雲靉靆と船の上に天降りて、異類異形の天狗ども、舷に立あらはれ、閼伽を吐し、舵を把りて働く程に、傾きたる船忽地におしなほして、走ること甚速し。

（『弓張月』続編巻之一、第三十一回）

崇徳院は為朝の守り神となり、為朝は天狗姿の崇徳院の御霊の助けによって数々の危難を乗り越える。二人の間には密接な関わりが自ずと生じているのである。こののち、崇徳院の御霊は為朝をめぐる筋に直接的に絡み、物語の展開に大きな影響を与える存在として登場していくことになる。

○阿公の悪報

『弓張月』の悪人のうち特に注目すべき存在として、阿公という老婆がいる。彼女を極悪人たらしめている行為はいかなるものか。次の引用箇所を見てみよう。

項に掛たる袋の紐を、さと引断離て臂短に、あやとり結ぶ玉襷、新垣が胸前攫んで、仰さまに突倒し、玉散る刃を閃かして、腈浅くかき破れば、叫苦と魂消る傷口へ、手をさし入れて引出すは、思ふに違ず男児なり。

（『弓張月』続編巻之五、第四十三回）

妊婦の胎内から子を盗み取る場面である。阿公の極悪非

図２『椿説弓張月』続編巻之五第四十三回　新垣の胎内から男子を奪う阿公（国立国会図書館蔵）

道な行動が描かれ、非常に悲惨な場面である。本文における描写のみならず、葛飾北斎の挿絵からも、当時の読者は異様で怪奇な雰囲気を存分に楽しむことができた。

馬琴は自らの作品の読者層を、「婦幼」（女性と子供）と想定し、序文などの紙面を借りて、彼らのために創作をするという旨を記しているが、実際の作品内容はこの言葉とは少々かけ離れているように思われる。というのは、女性と子供が楽しむにしては、あまりにも悲惨で残酷な様子が生々しく描写されているからである。物語の内容とは別に、序文に「婦幼」という言葉を入れてほしいなどの、書肆（書物の出版や販売をする店）の要望に従うことが、当時の作者に求められていたのかもしれない。

【もっと深く――奇妙な因縁】

為朝英雄伝説の面白さをより劇的にかき立てるのは、悪人をめぐる奇妙な因縁である。『弓張月』の琉球編には三人の悪人（曚雲・阿公・利勇）が登場するのであるが、中でも阿公にまつわる因縁と悪報の挿話は作品の娯楽性をいっそう高めている。阿公を中心にあらすじを簡略にまとめると次の通りである。

阿公は、将来、琉球国王に立てるべき赤子を盗むため、鶴亀兄弟とその母新垣に近づく。この新垣は毛国鼎の妻で、男子を孕んでいる。産気付いた様子なので、阿公は鶴亀兄弟を薬屋に行かせた隙に、新垣の腹を斬り、その中から胎児を奪い逃走する。

阿公が胎児を奪う趣向は、宝暦十二年（一七六二）九月十日、竹本座初演の近松半二の浄瑠璃『奥州安達原』から取ったものである。馬琴が『奥州安達原』の浄瑠璃本を読んでいたことは、馬琴が随筆『羇旅漫録』（享和三・一八〇三年刊行）で『奥州安達原』に言及していることからうかがうことができる。『奥州安達原』では、自らの計策が失敗したことに対して苦しむ岩手が自害するのであるが、『弓張月』では、自らの罪に対してざんげし自害を試みる阿公は、為朝の命で昔の情人である紀平治に介錯される。つまり、自害して自らの罪を償うのではなく、阿公は悪人のまま最期を迎えるのである。ここで阿公の自害を阻むのは、主人公の為朝であった。

この阿公をめぐる物語が注目されるのは、彼女が奇妙な因縁に包まれているためである。かつて紀平治は阿公に「再会の紀念」として琉球の地図を贈られ、多くの琉球知識を得て、それを為朝に教える。すなわち、阿公は、紀平治の琉球知識、さらには為朝が琉球に渡って活躍するために琉球について知るにあたって間接的に影響を及ぼしたのである。

また、阿公と紀平治の関係のほかに、新垣や鶴亀兄弟との関係にも注目すべきである。新垣が阿公の娘で、鶴亀兄弟が阿公の孫であることが、阿公のざんげの場で明かされる。阿公と新垣の関係のみならず、鶴亀兄弟とも血縁関係があると設定することで、わが子を殺し、夫と孫に敵討ちされるという劇的な展開を見せている。

『弓張月』全体を通じて、阿公のざんげと斬首の場面は、最も劇的な場面と言っても過言ではない。それは奇妙な因縁を持つ阿公の罪の清算が許されなかったことは、極悪人には必ず悪報があるという、馬琴の勧善懲悪の理念をはっきりと見せているからにほかならない。

【テキスト・読書案内】

『椿説弓張月』の注釈書に、後藤丹治校注『椿説弓張月』上・下（日本古典文学大系60・61、岩波書店、一九五八・一九六二年）、がある。主な研究書に、朝倉瑠嶺子『椿説弓張月の世界』（八木書店、二〇一〇年）がある。

（洪晟準）

46

劇場にあらわれたキリシタン

『天竺徳兵衛韓噺』（歌舞伎）

天竺帰りの船頭天竺徳兵衛を主人公とした「天徳もの」には、歌舞伎『天竺徳兵衛聞書往来』（初代並木正三作、宝暦七・一七五七年初演）、浄瑠璃『天竺徳兵衛郷鏡』（近松半二、武田三郎兵衛作、宝暦十三・一七六三年初演）、歌舞伎『天竺徳兵衛韓噺』（勝俵蔵〈四代目鶴屋南北〉か、文化元・一八〇四年初演）などの作品がある。これらは鎖国政策以前に天竺を経巡った播州高砂の漁師天竺徳兵衛の聞書に取材したものである。現在では、初代尾上松助が初演した『天竺徳兵衛韓噺』を、松助の子である三代目尾上菊五郎のために改題増補した『阿国御前化粧鏡』が、尾上家の家の狂言として五代目・六代目菊五郎を経て現在の音羽屋へ『音菊天竺徳兵衛』の外題で継承されている。また芝居の見どころが早替りや大蝦蟇など奇抜な趣向のケレン味にあることから、三代目市川猿之助が『天竺徳兵衛新噺』の外題で改訂上演し、澤瀉屋の芸ともなっている。こちらは「新噺」の題が示すように、天竺帰りの徳兵衛が珍しい異国の話を聞かせる場で時事ネタを織り込む現代性もあり、四代目猿之助も繰り返し上演する演目である。

【あらすじ】

吉岡宗観実は朝鮮の木曽官は真柴久吉を滅ぼそうとするが失敗、船頭徳兵衛実は一子大日丸に蝦蟇の妖術を伝える。徳兵衛は自らの出自を知り、父の遺志を継ぐ決意をする。徳兵衛は故郷へ帰り、大友の月若丸を連れた五百機を殺害し、また、自分の娘であるお汐をそれと知らずに殺してしまう。高砂浦の徳兵衛内では、大友の忠臣である尾形十郎が徳兵衛の名で入り婿となっている。五百機とお汐の幽霊によって、女房おつなは死ぬ。父の遺志を継いで日本国転覆を狙う謀反人となった徳兵衛は、座頭徳市の姿で木琴を弾き、池に飛び込んで水中の早替りで長裃姿の上使に化けるが、滝川左京の切腹によって蝦蟇の妖術を打ち砕かれる。

【見どころ】

江戸時代初めに実在した天竺徳兵衛は、慶長十七年（一六一二）播磨国加古郡高砂（兵庫県高砂市）に生まれ、寛永三年（一六二六）、同七年の二度にわたりシャム（タイ国、天竺とも呼ばれた）へ渡航した人物である。どちらも二年近くの渡航であった。帰国後は大坂上塩町（大阪市天王寺区上汐）に住んだ。晩年、求められて当時の渡航記録を長崎奉行に提出したが、シャムへの航路や寄港地の風俗・景物を記した文書が『天竺徳兵衛物語』などの題名で流布し、天竺徳兵衛の名を高めた。『播州名所巡覧図絵』（文化元・一八〇四年刊）に「天竺徳兵衛宅」「高砂船頭町に赤穂屋徳兵衛とて今に相続する事五代」との記述があり、天竺徳兵衛が著名人であったことが知られる。

徳兵衛が二度目の渡航から帰国した直後の寛永十年（一六三三）、幕府は民間人の海外交流を規制し始め、同十二年（一六三五）には日本人の海外渡航と帰国を禁じた。これによって、日本人が海外の文化や風俗を体験することは、漂流などの事例を除けば、不可能となった。徳兵衛の渡航体験記『天竺徳兵衛物語』は人々の異国への好奇心をかき立てる素材となり、芝居にも「天竺徳兵衛」が登場したのである。

先にあげた天徳もの三作品には共通する特徴がある。徳兵衛を異国に血脈を持ち妖術を操る謀反人として設定し、そこにキリシタンのイメージを重ねている点である。

『天竺徳兵衛聞書往来』の主人公は「船頭天竺徳兵衛実は高麗の家臣正林賢の倅七草四郎」である。これは、島原・天草一揆で幕府に鎮圧された「天草の残党」と豊臣秀吉に攻められた過去を持つ「高麗国」とを出自に併せ持つ「天竺徳兵衛」が日本への謀反を企てるという設定である。「蝦蟇の妖術」を使う徳兵衛は「耶蘇」すなわちキリシタンの「開山の忘れ形見」とされ、「耶蘇の本尊」を拝み、「でい〳〵でいかうでいすばる」（でいばる＝でいす丸＝ゼウス）というキリシタン用語を思わせる秘文を唱える。また、「耶蘇の宗門は剣で死ぬるが成仏　畳の上で死るは非業」と受難を尊ぶキリシタンの思想がかいまみえる。天竺徳兵衛という人物を介してキリシタンの要素と朝鮮とを結び付けた点で、後の作品に大きな影響を与えた。

『天竺徳兵衛郷鏡』の徳兵衛は、「天竺徳兵衛実は朝鮮の木曽官の一子」で、『天竺徳兵衛聞書往来』の設定を押し進めて朝鮮の血筋とされる。「蝦蟇仙の尊像」を崇拝し、「蝦蟇の仙術」を用いるが、その際に唱える秘文は「でい〳〵はらいそ〳〵」（はらいそ＝パライゾ＝天国）というキリシタン用語である。天竺徳兵衛の幼名を「大日丸」としたのは、ゼウスを大日如来になぞらえる思想が背景にあったと考えられる。

『天竺徳兵衛韓噺』の改題作『天竺徳兵衛万里入舩』でも、「天竺徳兵衛実は木曽官の一子」は「デイウスの画像」を拝し、「蝦蟇の仙術」で「南無サツタルマグンダイリヤ、しゆごせうでん、はらいそ〳〵」（サツタルマ＝サンタマリア、しゆごせうごん＝死後昇天）というキリシタン用語の秘文を唱える。この作品では、「がま仙術を行ふ、デイウス」とキリシタンと蝦蟇の仙術が直接結び付けられ、デイウス（ゼウス）を拝する徳兵衛が蝦蟇の仙術を用いるという理屈が組み立てられている。また、『天竺徳兵衛郷鏡』の趣向を踏襲して、徳兵衛の幼名は「大日丸」である。

【もっと深く――キリシタンの謀反人の系譜】

「天徳もの」に見える天竺徳兵衛の人物設定は、近松門左衛門の浄瑠璃『傾城島原蛙合戦』（享保四・一七一九年）の七草四郎をもとに、『天竺徳兵衛聞書往来』で造形されたものである。『傾城島原蛙合戦』は後鳥羽院の時代を舞台とし、本文中にキリスト教を明示する語句はないが、島原・天草一揆のリーダー天草四郎の名をもじった「七草四郎」が主人公であり、作品冒頭で「異人」が「邪法」によって日本国を覆そうとしているという予言が示され、「踏み絵」の場面や「転べば助かる」という百姓たちのせりふから、謀反人が「キリシタン」であると暗示されている。この七草四郎を天竺帰りの徳兵衛と結び付けた『天竺徳兵衛聞書往来』によって、天竺徳兵衛にキリシタンのイメージが付与されたのである。

キリスト教が固く禁じられた江戸時代に、キリシタンであった天草四郎をモデルとした七草四郎やキリシタンの要素を備える天竺徳兵衛を主人公とした作品が上演されていたことは意外に感じられるかもしれない。しかし、『天竺徳兵衛聞書往来』や『天竺徳兵衛郷鏡』が初演された宝暦から安永年間（一七五一～一七八一）頃には、異教を信仰し妖術を使う謀反人を主人公とした芝居が繰り

図１　天竺徳兵衛（東京都立中央図書館特別文庫室蔵）

図２「天竺徳兵衛韓噺」六代目菊五郎（国立劇場蔵）

返し作られていた。具体例をあげてみよう。

『けいせい花街蛙』（宝暦六年）では、キリシタン大名であった大内義隆の一子と設定されるたたらの助が「さんだ丸」（サンタマリア）「ぜんす丸」の絵像を拝し、「はらいそ」の秘文を唱えて耶蘇宗門の妖術を使う。

『傾城高砂浦』（明和二・一七六五年）では、八祖斎翁実は大内義弘の家来切支丹蔵（八祖＝耶蘇、切支丹＝キリシタン）が、耶蘇宗門の蝦蟇仙人の術でお家乗取りをたくらんでいる。

『けいせい廓苧環』（明和六年）の円論実は尾形の家来大道寺勘解由は、「でいうす天帝」の尊像を拝してがまの妙術を操る。

『傾城鐘鳴渡』（安永四・一七七五年）では、吉野三郎実は琉球国淋紗王の一子康竜、七草四郎実は中山王の家臣りゅうしけいかんこう、という琉球にゆかりある人物たちが、「提宇子の尊像」「天帝の像」を拝し、「死後生天ぱらいぞふ〳〵」の秘文によって「邪宗門」の術を行い、琉球国を再興し、日本を覆そうとする謀反人として登場する。

『傾城と書外題始』（安永八・一七七九年）の妖術使いは尼子四郎勝久で、「極陰の魔術」を使うが、「蒙古の賊徒等には　天主教といへる法術有」というせりふがあり、「天主教」がモンゴルと結び付けられる。秘文は「死後生天」「ぜんす丸やさんだまる」「はらいそ〳〵」というキリシタン用語由来であり、「本尊を画たる方相の板」には「唐の女中」が描かれ、マリアを仄めかしている。

このような作品を見ていくと、日本国転覆を企てる謀反人である天竺徳兵衛に付与されたキリシタンのイメージは、徳兵衛以外の多様な主人公たちにも用いられていたことがわかる。また、こうした作品に描かれるキリシタン的な要素は、古浄瑠璃『あまくさ物がたり』（寛文六・一六六六年刊）においてほぼ出尽くしていることが確認できる。

江戸時代の日本の人々にとって、キリシタンとは本心や正体の知れないおぼろげながら恐ろしい異人の記憶であった。芝居の中の「キリシタン」は限られた知識・情報を総動員して作り上げた「キリシタン」のイメージなのである。そのイメージが、秀吉が出兵した朝鮮、十三世紀に二度日本へ侵攻してきたモンゴル、島津が支配した琉球、弾圧されたキリシタン大名など、日本国の平和と安定を脅かすと空想された存在と結び付いて趣向化されたものである。「天徳もの」もそのような発想の型からうみ出された作品なのである。
実際の社会ではキリシタンが表立って語られたり記されたりすることのなかった時代に、舞台の上では「耶蘇宗門」「でうす天帝」「切支丹蔵」を標榜する主人公たちが活躍していた。天竺徳兵衛は、蝦蟇の妖術を使う「キリシタン」が跋扈（ばっこ）する当時の劇場から立ち現れた主人公なのである。
現実のキリシタンの歴史をみれば、元治二年（一八六五）、長崎に建立されたフランス人のための大浦天主堂で、見学の日本人たちに紛れてやって来た浦上の隠れキリシタンたちがプティジャン神父に信仰を告白した。禁教が解かれて、三百年にわたりひそかに先祖の信仰を守り継いできた人々の存在が明るみに出た「信徒発見」である。正体を隠す「キリシタン」は芝居の中だけの存在ではなかったのである。

【テキスト・映像資料案内】

『天竺徳兵衛韓噺』は初演台帳が発見されていないが、再演本・改題増補本を河竹繁俊『世話狂言傑作集』第二巻（春陽堂、一九二五年）、郡司正勝ほか編『鶴屋南北全集』第一巻（三一書房、一九七一年）で読むことができる。なお、『世話狂言傑作集』第二巻は国立国会図書館デジタルコレクションでインターネット公開されている。『天竺徳兵衛郷鏡』は『未翻刻戯曲集〈5〉』（国立劇場、一九七九年）に収録されている。本項目で触れたほかの歌舞伎作品は、歌舞伎台帳研究会編『歌舞伎台帳集成』（勉誠出版、一九八三～二〇〇三年）、浄瑠璃『傾城島原蛙合戦』は近松全集刊行会編『近松全集』第十一巻（岩波書店、一九八九年）、『あまくさ物がたり』は横山重校訂『古浄瑠璃正本集』第三巻（角川書店、一九六四年）に収められている。
また、国立劇場では『天竺徳兵衛韓噺』『音菊天竺徳兵衛』の舞台記録映像を保存しており、国立劇場の視聴室で鑑賞することができる（事前予約制、有料）。

（加藤敦子）

47

ローマ帝国からワシントンまで

『竹堂詩鈔』（漢詩）

江戸時代には数多くの漢詩集が作られたが、その中でも異彩をはなつのが斎藤竹堂（一八一五～五二）の『竹堂詩鈔』。とりわけ、琉球の風俗を詠んだ「琉球竹枝」八首、蝦夷の風俗を詠んだ「蝦夷竹枝」十首、長崎に渡来したオランダ人をうたう「和蘭竹枝」四首、ヨーロッパの歴史を詠んだ「外国詠史」三十首など、破天荒な漢詩が収録されているのが目を引く（「竹枝」とは、各地の風俗をうたった歌謡風の絶句である）。中でも「外国詠史」は、天地創造や諾厄の洪水から語りおこし、歴山王、伯徳琭帝、那波烈翁、華聖東などの事跡を七言絶句に詠んだ、奇想天外な作品である。

【概要】

斎藤竹堂は文化十二年（一八一五）に陸奥国遠田郡（宮城県大崎市）に生まれた。のち江戸に出、下谷相生町で塾を開く。嘉永五年（一八五二）に没しており、『竹堂詩鈔』が刊行されたのは死後の明治二十六年（一八九三）である。決して長寿に恵まれたといえない生涯であるけれども、西洋の歴史を漢文でしるした『蕃史』など、多くの著作をのこしている。

『竹堂詩鈔』は天保十二年（一八四一）頃から最晩年に詠まれた漢詩を上下二巻に収録するが、「琉球竹枝」「外国詠史」などは下巻の冒頭に置かれている。制作年次に関係なく、特色ある詩を巻頭に据えたものか。

【見どころ】

例えば「琉球竹枝」の第一首は次のような詩である［図1］。

胡馬南嘶草木腥　　胡馬南に嘶き草木腥し
関河非復旧時形　　関河復た旧時の形に非ず

竹堂詩鈔巻之下

仙臺　齋藤馨子德　著

飯川勤玄要
齋藤大三郎　校

琉球竹枝八首

枕山曰余又嘗云莫笑蠻邦尤蠢爾衣冠猶見漢宮儀立意吻合

胡馬南嘶草木腥。關河非復舊時形。蟒衣玉帶前明樣。猶向中山認典型。

刺舌醇醲列不勝。誰將爛醉到瞢騰。一盤適口君知否。製出甘糖箇箇氷。

正知時節是花朝。紅紫埋庭鳥語嬌。懶向晴郊趂春去。碧紗窓外織芭蕉。

竹堂詩鈔　巻之下　一　静雲堂梓

稻花收盡遥蕭疎。正是山村過雨餘。一路秋風香自好。家家門巷種甘藷。

又曰頗有雲郎伴東檢討之態清婉可愛

新晴天氣好風華。穿得蕉衫軟似紗。九月城南溪水畔。伴將王子看梅花。

雞籠風浪接扶桑。聞說開疆自八郎。大鏃重弓舊威武。至今猶唱舜天王。

又曰北京遠看太行之雪豈若東方近看芙蓉之雪哉此詩不唯豁開琉使之眼而洞通琉使之心也

官學曾經滯北京。燕山風月也關情。東來始見芙蓉雪。雙眼知他別樣明。

擬將漢語學吟哦。猶覺牙牙一半訛。不比東音曾慣熟。唱成三十一言歌。

図１　『竹堂詩鈔』「琉球竹枝」（『詩集　日本漢詩 17』汲古書院、1989 年より）

蟒衣玉帯前明様　　蟒衣玉帯　前明の様
猶向中山認典型　　猶ほ中山に向いて典型を認む

明朝が異民族に征服された後、蟒衣玉帯（竜の模様の服や、玉でかざられた帯）といった古い風俗が、中山（琉球）にのこっていると詠む。起句は「古詩十九首」に「胡馬北風に嘶く」とあることによった表現。北方（満洲）から来た馬が南（中華）で嘶いているという、清朝の現状を詠んだものであろう。

「蝦夷竹枝」の一首目は次のごとし。

海漁山猟是尋常　　海漁山猟是れ尋常
不信人間穲稏香　　信ぜず　人間穲稏の香
鄭重霜鬢垂一丈　　鄭重霜鬢　一丈を垂らし
也曽呼做活雲長　　也た曽て呼びて活雲長と做す

「嘗て一夷有り、鬚一丈餘。或るひと称して関将軍と曰ふ。夷甚だ悦ぶ。載せて東遊雑記に在り」（原漢文。以下も同様）と注がある。「雲長」は、三国時代の武将関羽の字。「現代の関羽」ともいうべき、美しい鬚を持つアイヌがいたのである。「一丈」とはにわかに信じられないが、東洋文庫におさめる古川古松軒『東遊雑記』巻五に「男夷は髭あるいは二、三寸、あるいは五、六寸ぼうぼうと生え（略）眼中するどく、黒目玉にて顔色赤く、画にかける樊噲・関羽の顔を見るにひとし」という、蝦夷の大男の描写がある。起句・承句は、普通の世界でイネ（穲稏）が栽培されていることを知らず、魚や獣をとって食料としている蝦夷の生活を詠む。

「和蘭竹枝」も一首目をあげておこう。

花月魂迷夢幾場　　花月魂迷ふ　夢幾場
年年来泊大東洋　　年年来泊す　大東洋
秋風一引程三万　　秋風一引　程三万
却望扶桑是故郷　　却って扶桑を望めば是れ故郷

結句は、賈島の作とされる「度桑乾」（『唐詩選』）の詩句に「却って并州を望めば是れ故郷」とあることに基づく。はるか遠い扶桑（日本）にやって来たオランダ人にとっては、かえって日本が故郷のようにおもわれてくるであろうと詠んだのである。

【もっと深く――竹堂の見た西洋史】

「外国詠史」の一首目は天地創造、二首目はノアの洪水、三首目はバビロニア、第四～七首はアレキサンダーが詠まれる。ローマ帝国を詠んだ八首目を掲出しよう。

収蔵万巻棟全充　　収蔵万巻　棟全て充つ
秘閣営成洛邑中　　秘閣営成る　洛邑の中
勝算只応胸裏決　　勝算只だ応に胸裏に決すべし
笑他咄咄更書空　　笑ふ　他の咄咄として更に空に書くを

注がある。

羅馬中興主、公斯旦低諾波児城を築き、東城と曰ふ。旧府を名づけて西都と曰ふ。主、文学を尚び書閣を東都に建つ。蔵書二十万冊。嘗て出でて戦ひ十字を空中に見る。蓋し必勝の語を示すなり。既にして果たして捷つ。

すなわち、この詩の前半はコンスタンチノープルにあったという図書館を詠んでいる。後半は『世説新語』黜免に見える次の故事（訓読は『新釈漢文大系78』によった）を踏まえているのだが、難解である。

殷中軍廃せられて、信安に在り。終日恒に空に書いて字を作る。揚州の吏民、義を尋ねて之を逐ひ、窃に視るに、唯咄咄怪事の四字を作るのみ。

竹堂の詩は、皇帝コンスタンティヌスが戦いのとき、空中に浮かぶ十字架を見、勝利をおさめたという逸話［図2］を詠んでいるのだが、それがどうして「咄咄怪事（ちぇ、おかしなことだ）」という四つの文字を、殷中軍なる男が空中に書いていた故事と関係するのか。

図２　バチカン宮殿ラファエロの間「Apparizione della Croce a Costantino（十字架の出現）」

おそらく竹堂は誤解していたのであろう。空中に浮かんだのが「十字架」であるとは知らず、空中に10の文字が浮かんだ、というふうに。キリスト教を禁じられており十字架の存在を知らなかったであろう鎖国下の知識人にとって、やむを得ない誤解であった。

「外国詠史」には難解なものが少なくないが、それは、今日の読者に漢籍の知識が乏しくなってしまったからというだけではない。竹堂が誤解したためということもあるようだ。

アリストテレスを詠んだ九首目、北アフリカのティルスの女王を詠んだ十首目は略し、ローマ教皇を詠んだ十一首目を掲出しよう。

十年遺沢不曽消　　十年の遺沢（いたく）　曽て消えず
教化持権視会朝　　教化（けうくわ）　権（けん）を持して会朝（くわいてう）を視る
夜院却憐無伴宿　　夜院（やいん）却って憐れむ　伴宿（はんしゆく）無く
孤眠和夢聴編簫　　孤眠　夢に和（わ）して編簫（へんせう）を聴く

「教皇、意太里亜に都し、以て教化を主る。各国、敬を致す。伯多琭より相継ぐこと千餘年、皆な婚娶せず。故に世及無し。但だ有徳の者を以て之を為す。苑中、一編簫有り。水中に置き、人力を仮りず機動して則ち鳴る」と注がある（「伯多琭」は、ペテロ）。

この注のもとになったのは『職方外紀』である。これは十七世紀にジュリオ・カレーニが漢文で書いた地理書であるが、「此の羅馬城、奇観甚だ多し。（略）此の苑中、一編簫有り。但だ水中に置けば、機動き則ち鳴る。其の音、甚だ妙なり」（原漢文）というくだりがある。おそらく有名なエステ家の別荘の噴水オルガンを指すのであろう。ローマから三十キロほど離れており、キリスト教の教皇とはまったく無関係な存在であるのだが。

「外国詠史」の十二首目はインカ帝国の滅亡、十三・十四首目はコロンブス、第十五〜十八首目はピョートル、第十九〜二十六首目はナポレオン、二十七・二十八首目はインド、二十九・三十首目はワシントンを詠む。米国大統領ワシントンを詠んだ、最後の詩を掲出する。

自古功名不易居　古より功名　居り易からず
英雄回首即樵漁　英雄　首を回せば即ち樵漁
憐君収拾経綸手　憐れむ　君が経綸の手を収拾し
早向田園種菜蔬　早く田園に向いて菜蔬を種うるを

「西洋は利を貴ぶの国にして斯の人有り。功成りて身退くの道を得たり」という大沼枕山の評がある。

ジョージ・ワシントンは大統領の地位を去った後、マウントバーノンで農場を営んだという。そのことを「田園に向いて菜蔬を種うる」と表現したのであるけれども、実際にワシントンが営んでいたのは、広大なプランテーションであった。この詩においても、おそらく竹堂たちが想像した老荘的な境地（枕山の評語は、『老子』の「功成りて名遂げ、身退くは、天の道なり」を踏まえる）との間には径庭がある。

さて、ここまで奇抜ではないものの、『竹堂詩鈔』にはさまざまに興味深い詩をおさめる。例えば次の「手毬詞」は、てまりうたを詠んだユーモラスな漢詩。天保十二年（一八四一）の作か。

綵毬抛地微有声　綵毬　地に抛って微かに声有り
一上一下応手軽　一上　一下　手に応じて軽し
微風細細羅衣颺　微風細細として羅衣颺り
揺動宝釵頭上瓔　揺れ動く宝釵　頭上の瓔
口唱一二三四五　口は唱ふ　一二三四五
唱到十百不知数　唱へて十百に到り数を知らず
花影満簾春日長　花影　簾に満ちて春日長く
粉汗餘香湿如雨　粉汗餘香　湿ひて雨の如し
困極一身難自持　困極まりて一身　自持し難し
恰似前宵中酒時　恰も前宵　酒に中るの時に似たり

「ひとつ、ふたつ……」と毬をついているのは、女児ではなく藝妓の類いであろう。小野湖山は「奇絶妙絶、真に是れ才人の筆」と評している。また「花影の一句は手珠に関せざるに似て非なり。然して此の如き句を挿みて始めて古人の妙を得たるなり」という大沼枕山の評もある。

天保十三年は林子平の五十回忌であった。林子平は『海国兵談』などの著者。版木を没収される憂き目に遭い、寛政五年（一七九三）六月に没した。竹堂に次の詩がある。

海水連天白渺茫　海水　天に連なり白渺茫
誰知此外更有大西洋　誰か知らん　海外に更に大西洋有るを
欲与之語鄂羅斯英吉利　之と与に鄂羅斯・英吉利を語らんと欲す
一聞驚絶皆欲狂　一たび聞けば驚絶　皆な狂せんと欲す
吾奥奇士林子平　吾が奥の奇士林子平
厥生正当世澄清　厥の生正に世の澄清に当たる

長篇の詩であるので以下は略すが、同じ奥州（仙台）ゆかりの人であり、海外に目を向けた先駆者である林子平に対する関心がうかがえる。なお「鄂羅斯」は、ロシアを指す。「およそ日本橋よりして欧羅巴に至る。その間一水路のみ」という『海国兵談』の一節も念頭にあったとおぼしい。

詠史詩・竹枝にも興味深いものが多いがここでは省き、天保十四年に詠まれた「浦賀戍台」を最後に引いておく。当時、浦賀には砲台が置かれ、天保八年には来航したモリソン号が砲撃を受けるなどしている（「仏郎機」は、フランキ砲である）。

一路高台上　一路　高台の上
登臨俯翠微　登臨し翠微を俯す
海連英吉利　海は英吉利に連なり
山置仏郎機　山は仏郎機を置く
平世不忘武　平世　武を忘れず
聖朝尤見威　聖朝尤も威を見す
近聞西虜変　近く聞く　西虜の変
未解隔年囲　未だ隔年の囲を解かず

琉球や蝦夷を含め海彼への関心を持ち続けた竹堂であったが、それらの知識はもっぱら書物によったものであろう。この浦賀に、遠く西洋から現実にペリーがやってくるのは、竹堂の死の翌年のことであった。

【テキスト・読書案内】

『竹堂詩鈔』のおもしろさを説いたのが、中村真一郎『江戸漢詩』（岩波書店、一九八五年。のち一九九八年に「同時代ライブラリー」として刊行）。「琉球竹枝」「外国詠史」などから何首もの詩を紹介し、魅力を伝える。

『竹堂詩鈔』の影印は、汲古書院から刊行された『詩集　日本漢詩17』（一九八九年）におさめられており、最も便利である。「外国詠史」については、停雲会による注解が『太平詩文』二十三号から二十八号にかけて、五回にわたって連載された。また『外国詠史』の翻字は昭和四年、大阪外国語学校内「大阪東洋学会」からガリ版刷で刊行されたものがある［図3］。

なお斎藤竹堂の漢詩や紀行文については、「『村居三十律』訳註稿」（『茨城大学人文学部紀要（人文学科論集）』三十六号〈二〇〇一年十月〉～四十二号〈二〇〇四年七月〉）、「斎藤竹堂撰『鍼肓録』訳註稿」（『茨城大学人文学部紀要（人文コミュニケーション学科論集）』二号〈二〇〇七年三月〉～九号）など、堀口育男による一連の注釈がある。

（杉下元明）

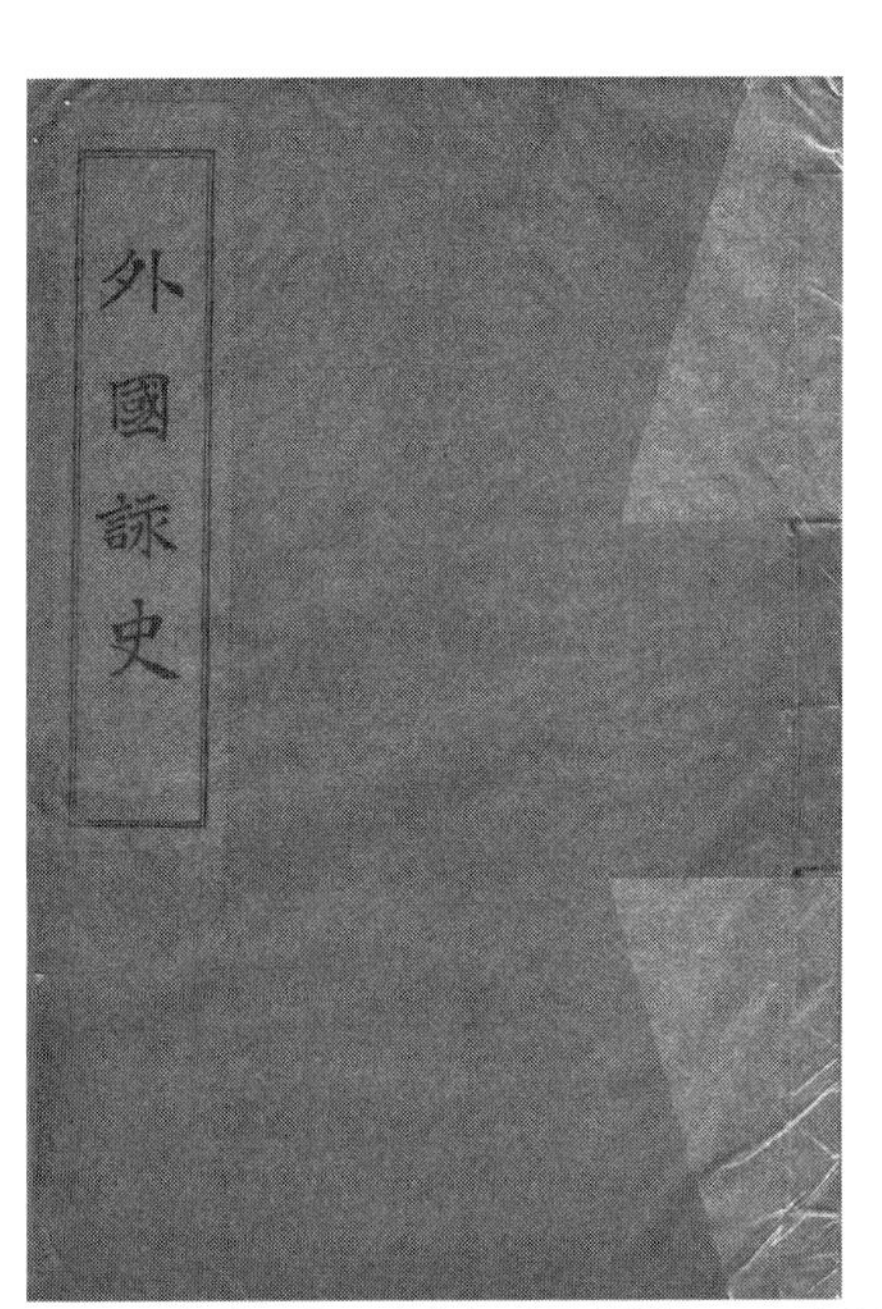

図3 『外国詠史』翻字（大阪外国語学校内　大阪東洋学会、1929年より）

48

日本初の異国遍歴小説

『風流志道軒伝』『和荘兵衛』（談義本）

ここではないどこかへ、遠く遠くへ旅してみたいと思ったことはないだろうか。古今東西、そのような願望はあったようで、実在、非実在含めて異国の土地へ遠く旅する小説が存在する。フランスのシラノ・ド・ベルジュラック『日月両世界旅行記』（一六五二年成）、ドイツのグリンメルスハウゼン『阿呆物語』（一六六八年刊）、同じくドイツにはビュールガーが編んだ『ほらふき男爵の冒険』（一七八六年刊）がある。中国にも李汝珍『鏡花縁』（一八一八年成）という異国巡りの小説がある。とくに有名なのはイギリスのスウィフト『ガリバー旅行記』（一七二六年刊）であろう。難破した船医ガリバーが小人国や巨人国、馬の国などを旅する。不思議な異国を描くことで結果的に人間一般への批判となっている。

日本では風来山人『風流志道軒伝』（宝暦十三・一七六三年刊）が異国遍歴小説の最初である。このジャンルの流行は遊谷子『和荘兵衛』（安永三・一七七四年刊）が火をつけた。沢井某『和荘兵衛後篇』（安永八・一七七九年刊）、高薫園胡蝶散人『和荘兵衛続編』（嘉永七・一八五五年刊）のほか、黄表紙（絵入り小説）形式の『和荘兵衛一代物語』（寛政九・一七九七年刊）、山東京伝『和荘兵衛後日話』（寛政九年刊）などの関連作があり、大江文坡『成仙玉一口玄談』（天明五・一七八五年刊）、曲亭馬琴『夢想兵衛胡蝶物語』（文化六～七・一八〇九～一〇年刊）にも和荘兵衛が登場する。

ここでは、日本における異国遍歴小説として大きな位置をしめる『風流志道軒伝』と『和荘兵衛』について解説しよう。

『風流志道軒伝』

【あらすじ】

当時有名であった辻講釈師深井志道軒［図1］を主人公に、空想の異国遍歴をさせた小説。江戸浅草で辻講釈をしている名物男深井志道軒は、ある屋敷の用人であった深井甚五左衛門が浅草観音に祈って得た子、浅之進であった。浅之進は利発であり、利発な子は短命と言われるので、両親はわが子の命が永らえるように出家させることにした。仏事に励む浅之進の前に燕の卵から生まれた美女が現れ、異界へと誘う。そこで風来仙人より仙術をこめた羽扇をもらう。浅之進は元服して寺を出て、駿河台あたりに庵を設け、世間の営みを眺める。浅之進は羽扇の力で日本各地、とりわけ遊里の様子を見て回る。それから外国に行き、まずたどり着いたのは背丈二丈あまりある大人国だった。そこでは見世物にされ、次の小人国［図2］では浅之進がからかった小人が死んで無情を悟る。足の長い長脚国、手の長い長臂国、胸に穴の空いている穿胸国、それから世界各国を回って、清国に着く。皇帝に富士山を張り抜きにして持ち帰ると浅之進は船団を率いて日本にこぎ出すが、日本の神の力でほかの船は沈み、浅之進は流される。女だけの島につき、男郎となるところに仙人が現れる。仙人の鏡をみると浅之進は老人となり、日本に戻り浅草で講釈する志道軒となった。

【見どころ】

浅之進が到着した小人島は、人の大きさが一尺二、三寸（四〇センチたらず）で、奥に進んでいくほど人の大きさは小さくなり、奥小人島では豆人形ほどの大きさになった。次はそこでのできごとである。

かゝる国にもそれぞれの主ありて、さしも奇麗に作りたる城なんどの辺には、大勢の小人ども登城下城の袖をつらね、さも厳重なる其内にも、やんごとなき姫君の輿に乗て出づる体、浅之進は指にてちよつと引つまんで、印籠の中へぞ入れたりけるに、付きづき俄にさわぎ立、西よ東よとはせちがふ。輿に付きたる奥家老とおぼしき男、うろたへまわる体なりければ、浅之進また引つまんで、此度は印篭の下の重へぞ入れたりける。半日ばかりも過て出し見るに、彼奥家老は姫君を奪れて、云わけなしとや思ひけん、ういらう（丸薬）に腰打ち懸、腹十文字にかき切て、うつぶしにぞ伏たりけり。かゝる小き人にてさへ、君臣の義理あればこそと、涙ながらに彼姫を取出し、

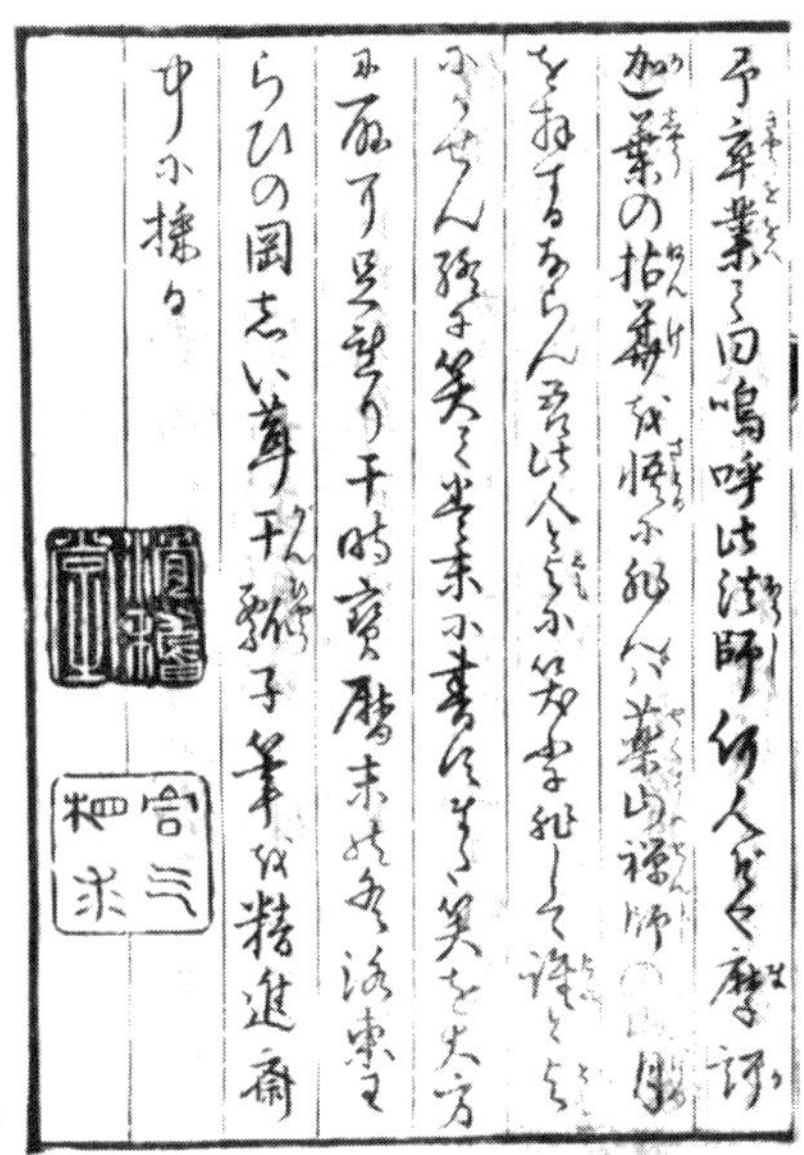

図１　『風流志道軒伝』深井志道軒（大阪大学附属図書館忍頂寺文庫蔵

図２　『風流志道軒伝』小人国（大阪大学附属図書館忍頂寺文庫蔵

もとの処へ帰しける。扨〱むざんの事かなと、それよりも又羽扇に打乗、あてどもなしに飛び行きけり。

奥小人島は豆人形（ごく小さな人形）ほどの小人が暮らしており、小さいだけでそこの暮らしは日本と変わらない。ここで浅之進は思いつきで姫と家老をさらう。家老は姫をさらわれた申し訳なさのためか、切腹する。浅之進はその君臣の義理に感服して、涙を流して姫を戻した。

『ガリバー旅行記』など海外の架空異国放浪ものに比べて、『風流志道軒伝』は風刺的要素が少ないと言われる。姫をさらわれて切腹する家老からは封建社会への批判よりも、小人にも忠義の心があることへの共感がうかがわれる。

【もっと深く――風流志道軒伝の風刺】

深井志道軒（一六八〇?～一七六五）は宝暦当時の有名人で、浅草観音堂の脇によしず張りの講席を設け、陰茎をかたどった棒をトトントンと打ち鳴らしながら、道行く人に軍談に社会批評と猥談を織り交ぜた講釈を行った。その人気は歌舞伎役者の二代目市川団十郎と天下を二分したという。

『風流志道軒伝』の作者は風来山人。本名の平賀源内ならご存じの方は多いだろう。本業は本草学（当時の博物学）で物産・殖産に励んだ。洋画法に詳しいほか、文才あって『風流志道軒伝』『根南志具佐』といった小説や『神霊矢口渡』という浄瑠璃の台本を書いた。そのほかの活躍でいえば、エレキテルの復元者といえばわかりやすいだろうか。風来山人こと平賀源内は深井志道軒の話芸に傾倒し、深井志道軒を主人公とした小説を作ったのである。実際の志道軒の来歴は作中とはまったく異なり、架空の伝記といえるが、深井志道軒は江戸時代では型破りな存在であり、源内は主人公にするにふさわしいとみたのだろう。

『風流志道軒伝』に、趣向の似通う『ガリバー旅行記』の影響があったか興味がわくが、今のところ『ガリバー旅行記』の影響は立証できない。『風流志道軒伝』で巡っている大人国・穿胸国など不思議な国々は当時の事典の『和漢三才図会』や中国の地理書『山海経』に載る。巡りはしないが言及される異国は『増補華夷通商考』『紅毛雑話』などにのる実在の国である。浅之進はさまざまな国を巡るが、結局は儒教道徳を最上とみており、その点は風刺のきいた他国の異国放浪小説に比べると物足りない。それでも、最後に風来仙人が長々と当世の批判を述べる。「近世の（儒学の）先生達、畑で水練を習ふ様な経済（世を治める）の書を作て、俗人を驚かすことかたはら痛き事なり（中略）聖人の教えを忘て、聖人の道説出すは、相撲取のふんどし忘れて、土俵入をするがごとし」などという箇所には「憤激と自棄ないまぜの文章」（門人平秩東作評）などと言われた源内らしさがよく出ている。

『和荘兵衛』

【あらすじ】

肥前長崎に四海屋和荘兵衛という唐物商がいた。四十八歳で隠居し、毎日釣りをして暮らしていたが、ある夜に沖で釣りをしていると嵐が起こって流された。漂流した和荘兵衛が着いたのは死ぬこと病むことのない不老不死国だった。和荘兵衛も初めは喜んだが二百年たつうち嫌になって身を投げた。それでも死なないのでこれ幸いと鶴にまたがり世界を巡ることにした。豊かで物に満ち足りた自在国についたが、かえって楽しみがないので去った。次は皆が風雅で飾り立てた矯飾国に着いた。いつも歯の浮くような言葉での付き合いが嫌になって和荘兵衛はそこも去った。次はいにしえを尊び何でも聖人をあがめる好古国に来たが、あまりに聖人・賢人を敬うのについていけずにそこも去った。次は男女、長幼の区別など礼儀のない自暴国に着いた。理をきけばもっともだが、実際には目前の問題には役に立たずそこも去った。最後に巨大な国土に巨人の住む大人国［図3］についた。そこを無芸・安房の国とみたが、大人国では仁義礼法のいらぬことを納得し、ついに日本に戻った。

【見どころ】

遍歴小説の『和荘兵衛』はどの国をとっても面白いが、そのなかで「矯飾国」を紹介する。和荘兵衛が到着すると、亭主とおぼしき人物が「国大く、五穀よく実のり、ゆたかなる事天下にならびなく、人皆風雅にて、諸芸にならひ、文学に達したる国なり」と紹介される。ところが、（和荘兵衛が）只まじ〳〵と打ながめて居る内、よく〳〵衣装に気を付て見れば、表は綾錦なれども、裏は洗い張した粉紅のはきかけ、其おくは茜木綿と見へたり。（中略）其後そろ〳〵と台所をのぞいて見れば、座敷とは大に違ひ、やう〳〵古畳二、三枚敷て、

図 3 『和荘兵衛』大人国（国文学研究資料館蔵 クリエイティブ・コモンズ 表示 - 継承 4.0 国際 ライセンス（CC BY-SA））

図 4 『和荘兵衛』自暴国（国文学研究資料館蔵 クリエイティブ・コモンズ 表示 - 継承 4.0 国際 ライセンス（CC BY-SA））

屋根から天の川の見える所に、たつた今綾錦着て出たお内儀、継々の古綿入にて、茶釜の前に薩摩芋焼て喰て居らるゝを見て、和荘兵衛もあきれ果て居たりけり。

と、「此国の風俗にて、何事にても男女とも、たゞへつらひかざる国」であることが判明する。

この国への教訓を述べた「養生」では、

当世訳もなひ諂ひ飾に物を費し、心気をいため、大病する人甚多し。天命なれば貧賤なりとて、いかふ恥しい事でもなし。

と、いまの世の中では他人が気に入るように外見にお金をつかい、気苦労して病気になる人がたいへん多い。貧富は天命なので一向に恥ずかしいことではないと述べている。現代にも通じる教訓が『和荘兵衛』には多く含まれる。

【もっと深く――和荘兵衛の楽しみ方】

『風流志道軒伝』の作者が有名な風来山人（平賀源内）であるのに対し、『和荘兵衛』の作者遊谷子についてはほとんどまったくわかっていない。風間誠史は色里めぐりの『三千世界色修行』（明和九・一七七二年刊）、地獄巡りの『珍術罌粟散国』（安永四・一七七五年刊）の両作の作者である大雅舎其鳳と同一人物説をたてている。

『和荘兵衛』は章ごとに「養生」と題した教訓が述べられる。例えば不死国では「無理むしょうに長寿を得んとて、却て寿をそこなふ人多し」などと不要の医療をいさめる内容である。当時の支配的道徳であった儒教に対しては『風流志道軒伝』より『和荘兵衛』のほうがさらに冷徹で、大人国の宏智先生は「（自分たちは）仁も義も礼も法も用る所なければ、教もいら」ないが「（おまえたちは）釈迦や孔子のいふ通、おとなしう守て居て、一生心よく、安楽にくらせよ」と告げるのである。

現代小説になれていると教訓がいちいち入ってくるなど邪魔な気がするだろうが、江戸時代の小説は笑いと教訓の両方が入っていることがよい小説の条件であるとみていた。もともと意図して教訓をしるした「養生」をのぞいても、現代の読者の目から各章でそれぞれ学べるところが多々ある。例えば妻が妊娠すると夫につわりが出て、出産時は夫にだけ陣痛がおきる。自暴国での出産騒動はジェンダーを考えさせて興味深い［図4］。本文に付された細かい教訓は気にせずに、変わった国々を巡る奇想を楽しんだり、現代的な目で内容を見直してみるのもこの作品の楽しみ方である。

【テキスト・読書案内】

『風流志道軒伝』は宝暦十三年の初版のほか、寛政四年版(一七九二)、天保十一年版(一八四〇)があり、大変よく読まれた。国立国会図書館デジタルコレクションや早稲田大学古典籍総合データベースで複数の版が閲覧できる。活字翻刻も多いが、注のあるものは『風来山人集』(日本古典文学大系55、岩波書店、一九六一年)。現代語訳は『江戸小説集　下』(古典日本文学全集29、筑摩書房、一九六一年)に暉峻康隆の訳がある。現代語訳はもう一つ、イノベーター源内研究会編『[自由訳]平賀源内作　風流志道軒傳』(言視舎、二〇一一年)がある。

研究では、水谷不倒『列伝体小説史』(一八九七年)以来、風刺文学ととらえる見方が主だが、本田康雄「平賀源内」(『東京大学教養学部人文科学科紀要』一九五四年)は風刺的要素よりも滑稽的要素を重視する。劉玉蘭「『風流志道軒伝』における寓話の様相」(『文学』三巻一号、一九九二年一月)は「鏡花縁」と『風流志道軒伝』を比較したもの。

深井志道軒の伝記については斎田作楽『狂講　深井志道軒』(平凡社、二〇一四年)が最も詳細で見るべきものである。

『和荘兵衛』は安永三年の初版のほか、天保十四年版、天保十五年版があり、よく読まれた。デジタルの閲覧はしやすく、国立国会図書館デジタルコレクションや早稲田大学古典籍総合データベースや国文学研究資料館の新日本古典籍総合データベースからアクセス可能である。活字翻刻は戦前の『四大奇書　上』(帝国文庫41、一八九七年)や『遍歴小説』(徳川文芸類聚3、一九一四年)などあるが、『滑稽本集1』(岡雅彦校訂、叢書江戸文庫19、国書刊行会、一九九〇年)が手に入れやすい。風間誠史『近世文学を批評する』(森話社、二〇一八年)に65ページに及ぶ力作の評論があるので『和荘兵衛』に関心のある人はぜひ読んでほしい。

(吉丸雄哉)

49

少年たちが語る異界

『仙境異聞』『勝五郎再生記聞』（国学）

【あらすじ】

七歳の時に天狗（山人）により神隠しとなり、以後数年にわたって幽界で杉山山人と名乗る神仙に仕えた、高山寅吉によって語られた話を、篤胤が記録したもの。上巻は三巻からなり、下巻は「仙童寅吉物語」二巻に「神童憑談略記」一巻と「七生舞の記」が付される（『新修平田篤胤全集』第九巻所収平田家所蔵本の翻刻による）。このうち、上の一巻は、文政三年（一八二〇）十月朔日に山崎美成の居宅にて寅吉と初対面した日より、同年十二月三日までの間の寅吉の行状および語ったところを日録の形で記す。これに対し、上の二・三巻および下巻の「仙童寅吉物語」二巻では、主に篤胤とその友人・門人の問いかけに対して寅吉が答える問答体の形式で記載されている。飽くなき好奇心のままに問いを畳みかける篤胤らに対して、寅吉は遺漏なく返答していく。例えば、山人

平田篤胤（一七七六～一八四三）の幽冥思想は文化九年（一八一二）成立の『霊能真柱』などを著すことによって確固たるものとなっていたが、「幽世」の実在を信じ、その世界をつぶさに知りたいという彼の欲求は、その後も収まることはなかった。文政三年（一八二〇）十月朔日、交際のある山崎美成（一七九六～一八五六）の居宅に、天狗にさらわれた少年寅吉が滞在していることを伝え聞いた篤胤は、寅吉と面談し、彼の見聞きした異界についてくまなく知り尽くしたいという欲望の虜となった。その面談の記録として、『仙境異聞』は著され、そしてさらなる「幽世」への欲求が『勝五郎再生記聞』を生んだのである。

『仙境異聞』

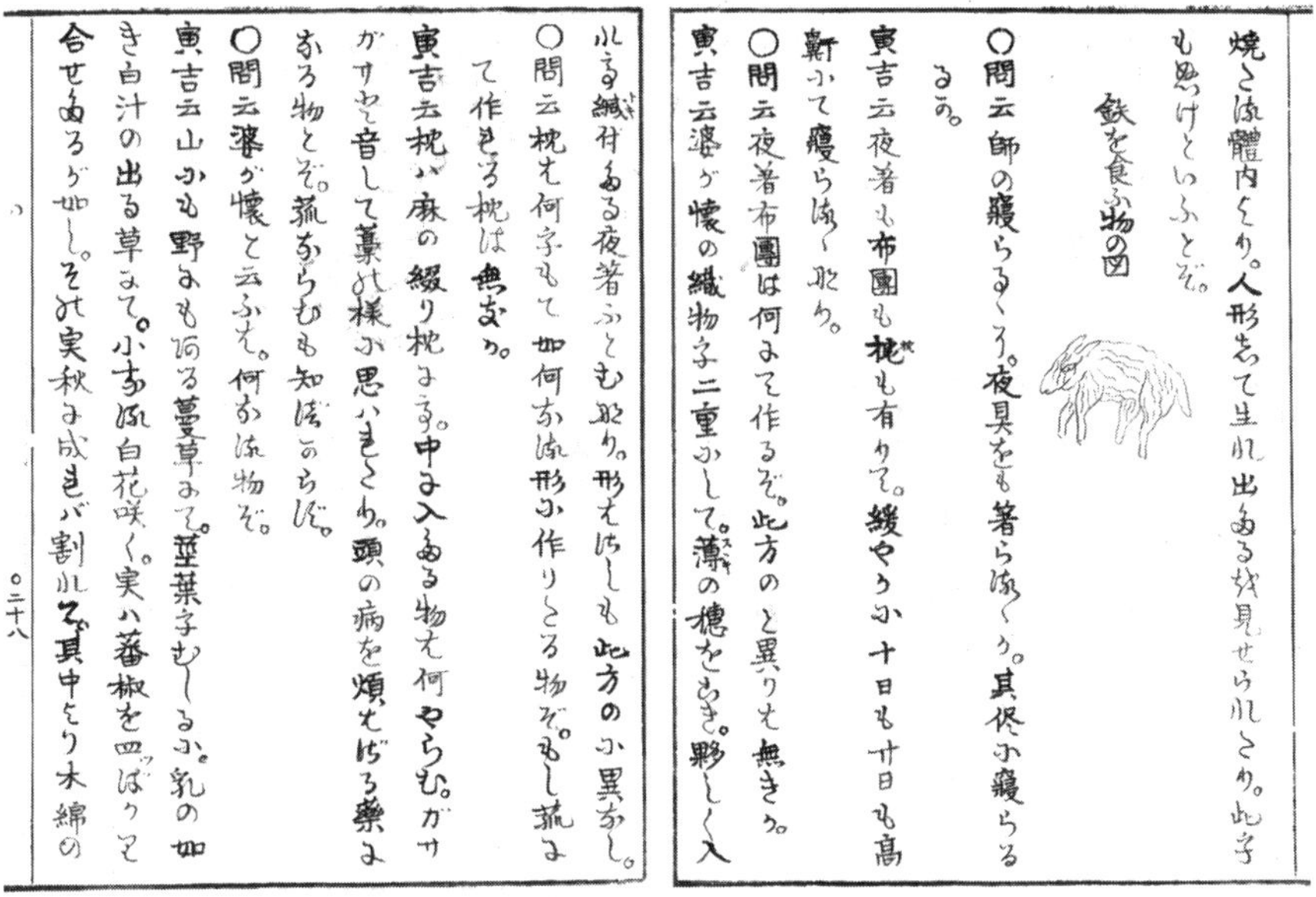

焼く体内なり。人形して生れ出たる我見せられたり。此子
もぬけといふとぞ。

鉄を食ふ物の図

○問云 師の寝らるゝ夜具をも着らるゝや。其侭に寝らる
るや。
寅吉云 夜着も布団も枕も有りて。綫やうに十日も廿日も高
鼾にて寝らるゝ事なり。
○問云 夜着布団は何にて作るぞ。此方のと異りも無きや。
寅吉云 婆が懐の織物と二重にして。薄の穂を入れき。夥しく入
れたる綿付たる夜着にとも有り。形は少しも此方のに異なし。
○問云 枕は何にても如何なる形に作りたる物ぞ。もし菰に
て作れる枕は無きや。
寅吉云 枕は麻の綴り枕にて。中に入れたる物は何やらむ。がさ
がさと音して蕎麦の様に思はれたり。頭の病を煩へる薬に
なる物とぞ。菰なるやらむも知らざりけり。
○問云 婆が懐と云ふは。何なる物ぞ。
寅吉云 山にも野にも有る蔓草にて。茎葉を切れば乳の如
き白汁の出る草にて。小さき白花咲く。実は蕃椒を四つ合
せたるが如し。それ実秋に成れば割れて其中より木綿の

二十八

図１『仙境異聞』二之巻（国立国会図書館）

（神仙）たちの祭祀や祈祷・薬術の詳細や、料理・食べ物、衣服・生活用品、娯楽・連絡方法といった身の回りのこと（上の二巻）、そうした山人の行動・生態に加えて、妖魔・邪法、人の魂の行方、師である杉山山人の教養・書物・講釈などのエピソード（上の三巻）、天狗の種別・呼び名・住居・食べ物・寿命・飛行法、ひいては弓・太刀・鉄砲などの武器や武術、修行方法、さらには天文・地理に関する事柄にいたるまで（下巻「仙童寅吉物語」）、重複しつつも、実に多岐にわたる話が詳細に語られている。

【見どころ】

まず、天狗小僧寅吉に自らの好奇心をぶつけていく文化人たちの、顔ぶれがすごい。まず寅吉を保護したのが随筆家山崎美成で、その存在を篤胤に告げたのが塙保己一（一七四六～一八二一）を補佐した和学者屋代弘賢（一七五八～一八四一）であることからすると、曲亭馬琴（一七六七～一八四八）らとともに好古・好事の会である耽奇会・兎園会に集まっていた同好の士たちの好奇心から、事は始まったのであろう。美成との虚々実々の駆け引きの後、寅吉は主に篤胤の元に逗留するようになるのだが、そこでの質問者の輪の中には、気吹舎の門人

たちのみならず、農学者・経世学者佐藤信淵（一七六九～一八五〇）や、空気銃や反射望遠鏡の制作者として知られる国友能当（一七七八～一八四〇）などがいた。

こうした知識人たちの質問に、寅吉が臆することなく答えていく中で、山人（天狗）の驚くべき生態が明らかとなっていく。寅吉の答える山人たちの情報の多くが、修験道の行者たちの生活様式に関する知識を基盤とするものであることは言うまでもない。しかしながら、寅吉の話の中には、その範疇をはるかに超越したものも多い。例えば、天狗が「現身」の人が成ったものより、「亡霊」や禽獣などが化したものの方が多く、彼らの世界には天狗のみならずさまざまな魑魅・妖魔が存在すること、彼らを統括する高位の山人は極めて長寿（杉山山人の定命は六万歳）で、諸山の神々の祭祀をつかさどるのみならず、神々の代行者として、人々の神社での祈願をかなえるため日々忙しく働いていること、他山の繁忙期には自分の本拠とする山を離れて「山周り」をすること等々である。その多忙な活動を支えているのは、彼らの卓越した飛翔能力であった。寅吉も師の供をして、「夜の国」「女嶋」などさらなる異界を巡り、鉄を食う生き物に出会ったり［図1参照］、下の二巻では、宇宙に出て地球を眺め、太陽や月や星々にまで赴いた話をしている。こうした弱冠十五歳の少年の語る山人世界の情報は、その実在を信じる記録者と、その周辺の人々の好奇心を十二分に満足させる内容の豊富さを有していたのである。

『勝五郎再生記聞』

【あらすじ】

文政五年（一八二二）十一月のある日より、武蔵国多摩郡中野村（八王子市東中野）の農民の子勝五郎は、自分は六年前に六歳にして疱瘡で亡くなった近隣の程窪村（日野市程久保）の藤蔵という子どもの生まれ変わりだという転生譚を語り始めた。実際に程窪村に住んでいないと知り得ない話や、勝五郎が母親の胎内にいた際の両親の会話を知っていたことなどで当時評判となり、その噂に興味をいだいた篤胤は、翌年四月、勝五郎と父源蔵を自宅に招いて話を聴き、その内容をまとめたのが本書である。中野村を知行する多門伝八郎が御書院番頭に提出した届書の写し、再生事件のあらましをまとめた文政六年四月二十九日付の伴信友（一七七三～一八四六）の手記（立入事負名義）、ならびに再生事件について考察した

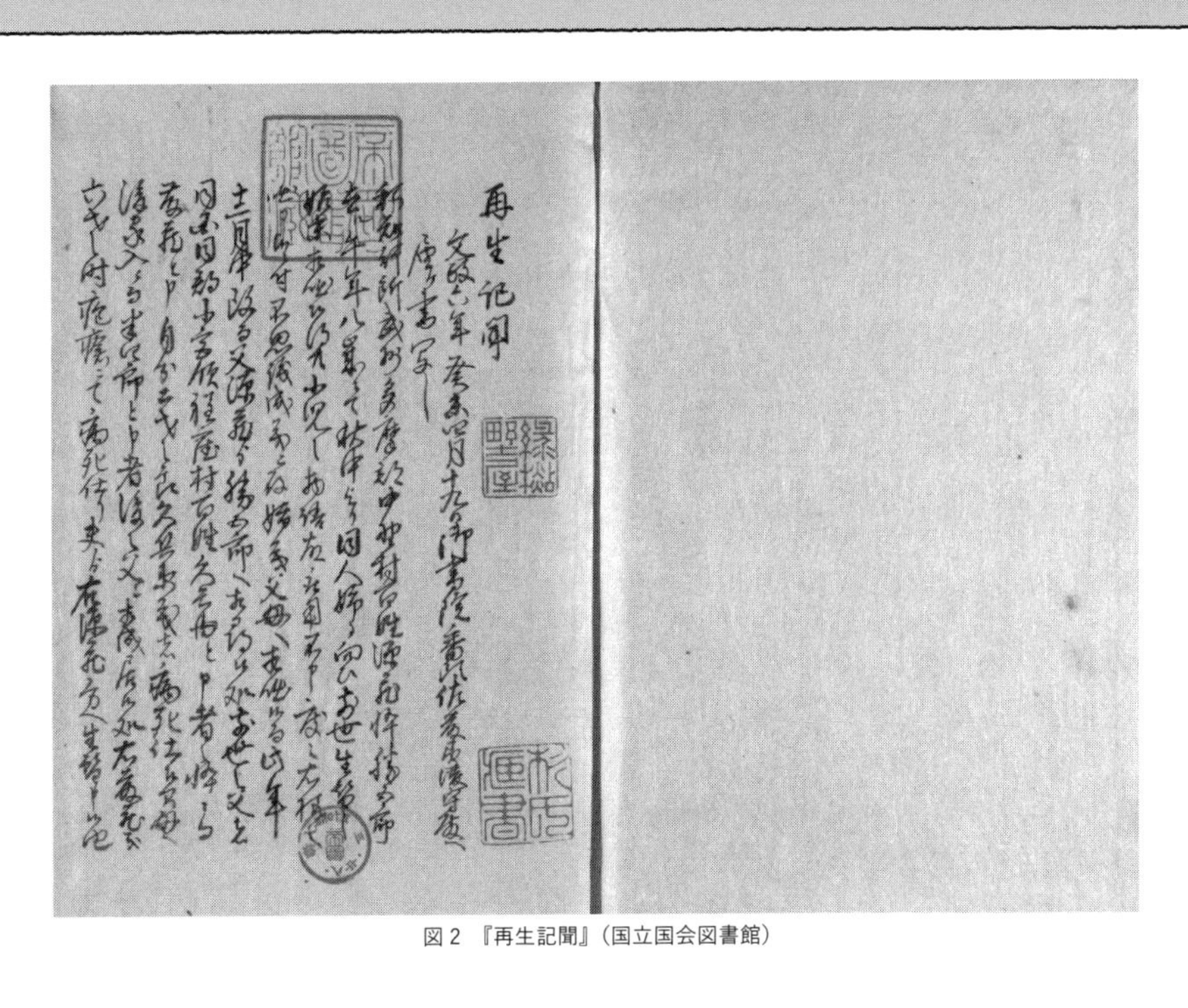
再生記聞

図2 『再生記聞』（国立国会図書館）

同年五月八日付と六月七日付の篤胤の手記より構成される。

【見どころ】

文政六年五月八日付の篤胤の手記において、父源蔵が語った勝五郎の仏事・僧侶嫌いが克明に記されているが、その嫌悪・憎悪は『仙境異聞』の寅吉以上であり、それは、篤胤の仏教に対する敵愾心（てきがいしん）が、本書において、より顕著に意識されていることの現れであると言えよう。「天堂地獄」「再生転生」「因果報応」などということを仏学者は自分たちの専売特許のように吹聴するが、そんなものは「何れの国にも元より有来し事」であり、仏説の優越を保証するものでないことを主張する（五月八日付手記末尾）篤胤にとって、勝五郎の仏事・僧侶嫌いを強調することは、極めて重要だったのであろう。加えて亡き藤蔵の魂を誘い勝五郎の母の体内へと誘導した翁について、勝五郎本人が明言していることも、篤胤にとっては好都合であった。その翁を「産土神（うぶすながみ）」であると断定した後、文政六年五月八日付の手記の後半ならびに六月七日付の手記では、産土神・鎮守の神・氏神に関する古書の事例および彼の聞き及んだ逸話がひたすら列記されている。勝五郎の再生譚を自身の幽冥思想の正当性を裏付けるものとして利用しようとする篤胤の意図は、極めて明白だったと言えるのである。

【もっと深く――対照的な両主人公】

『仙境異聞』と『勝五郎再生記聞』、その主人公というべき寅吉および勝五郎のキャラクターの落差が面白い。寅吉が篤胤らの問いかけに対して自らの見聞譚をとうとうと語るのに対して、勝五郎は自らの再生について問われることを「いたく否みて」、なだめすかしてようやく最小限の話を訥々（とつとつ）とするようなありさまであった。十五歳（寅吉）と九歳（勝五郎）という年齢差もあるのだろう。また、勝五郎には再生譚が他者に伝わったために「程窪小僧」とはやされた嫌な記憶があったことも影響しているものと思われる。しかしそれ以上に、『仙境異聞』の寅吉には、勝五郎にはないある種の「けれん味」とでも言うしかないものを感じるのである。篤胤や山崎美成らの周辺に集う当時の知識人たちに囲まれても臆することなく、それどころか、篤胤と美成どちらの邸宅に逗留するかという駆け引きの中などで、そうそうたる知識人である大人たちが自らのご機嫌を下手（しもて）から伺わなければならないように仕向けるなど、なかなかのやり手としか言いようのない人心操縦術を見せている。寅吉には、自身が語る話の価値がよくわかっていた。その話が、篤胤ら大人たちの好奇心を満足させるものであればあるほど、自分自身の存在価値が高騰していくことも、よくわかっていたのである。そうした状況から生まれたのが『仙境異聞』という書だった。

一方、勝五郎は、付き添っている父源蔵などが促さなければ、本当は何も話したくなかったのではないだろうか。『勝五郎再生記聞』の中で彼の話の記録と言えるのは、実質上、文政六年四月二十九日付の伴信友（立入事負）の手記のみである。それも、勝五郎自身の話は「いともしどけなき詞」かつ「極めて小声」であり、「首尾」が整った形で語られたものではなかったことが注記されている（五月八日付篤胤手記）ことからすると、記録者である信友の補訂によって辛うじて現在の体裁になったものである可能性が高い。

しかしながら、皮肉なことに、後世に対して与えた影響という点でいうと、この素朴な勝五郎の話の方が内容豊富な寅吉の話をはるかに上回ったのである。そのきっかけは、ラフカディオ・ハーン（小泉八雲）（一八五〇〜

一九〇四）がアメリカなどで刊行した随想集『仏の畠の落穂』（Gleanings In Buddha-Fields、一八九七年）の中で「勝五郎の転生（Rebirth of Katsugoro）」としてこの話を紹介したことによる。大門正幸氏の論文「「生まれ変わり」事例としての『勝五郎再生記聞』」（『貿易風――中部大学国際関係学部論集――』六号、二〇一一年）によると、「過去生」記憶研究の第一人者イアン・スティーヴンソン（Ian Stevenson）が研究を始めたきっかけの一つに、ハーンの「勝五郎の転生」を読んだことがあげられるそうである。もちろん、英語で世界に紹介されたという幸運もあるが、そうした現代における研究の素材としても十分通用するリアリティーが、勝五郎の語った元の話に内在しているということでもあろう。同じく平田篤胤という国学者が編纂した異界見聞記である『仙境異聞』と『勝五郎再生記聞』であるが、両書の基底に位置する寅吉の語った話と勝五郎の語った話には、実は決定的な質的差異があるように思われてならないのである。

【テキスト・読書案内】

『仙境異聞』『勝五郎再生記聞』ともに主に写本として伝わり、国立国会図書館などに所蔵されている（『仙境異聞』は、「嘉津間答問（かつまとうもん）」「仙童寅吉物語」などの別称あり）。国立国会図書館本は、国立国会図書館デジタルコレクション（http://dl.ndl.go.jp/info:ndljp/pid/）でデジタル資料を見ることができる。『新修平田篤胤全集』（名著出版、一九七六年）は、両書とも平田家所蔵写本を底本とする。

翻刻としては、両書ともに、

①『新修平田篤胤全集』第九巻（名著出版、一九七六年）

②子安宣邦校注『仙境異聞』『勝五郎再生記聞』（岩波文庫、二〇〇〇年）

をあげることができる。

基本的な研究書としては、

①渡辺金造『平田篤胤研究』（六甲書房、一九四二年）

②村岡典嗣『宣長と篤胤』（日本思想史研究三、創文社、一九五七年）

③子安宣邦『平田篤胤の世界』（ぺりかん社、二〇〇一年）

④芳賀登『平田篤胤の学問と思想』（雄山閣、二〇〇二年）

⑤吉田真樹『平田篤胤――霊魂のゆくえ』（講談社、二〇〇九年）

などがある。

（杉田昌彦）

Ⅶ 恋する・愛する

恋と愛の果てには何があるのか。
好色も度を越せば滑稽になる。
恋情も暴走すれば死を招く。
理想の女性は遊女か、妻か。
恋することの〈奇〉、愛することの〈妙〉。

50

「色好み」が「好色」になった

『好色一代男』（浮世草子）

『好色一代男』は井原西鶴作、天和二年（一六八二）刊。本書は好色に生きた男の一代記で、全八巻八冊から成り、『源氏物語』五十四帖にちなみ、主人公世之介の七歳から六十歳までを各年一章ずつ描く。西鶴十三回忌追悼の『こころ葉』（宝永三・一七〇三年刊）の珊瑚の句に「秋の夜の記念也けり俗源氏」とあるように、『源氏物語』を当世化した作として当時からよく知られた。『源氏物語』ばかりでなく、『伊勢物語』『徒然草』等々あまたの古典を利用しながら当世の風俗を享楽的に描くため古典の知識が必要で読者を選ぶ。単なるパロディーではなく西鶴の俳諧の素養が存分に活かされており従来の仮名草子とは一線を画し、以後約百年間流行する浮世草子の嚆矢とされている。

【あらすじ】

富豪の夢介と京の遊女の間に生まれた世之介は、七歳にして女中を口説く。その後も周囲の男女に思いをかけ、十一歳で伏見撞木町の遊女を身請けし親元に帰す。兵庫の風呂屋、八坂の色茶屋、椋橋山の麓の飛子の忍び宿をめぐり、十五歳で後家との間に子をなすが六角堂に捨てる。十六歳で元服、小間物屋の妻に横恋慕して忍び込み割木でぶたれる。十七歳、奈良木辻町の遊女と誓紙をとりかわす。十八歳、江戸の出店に遣わされ、その途上、駿河の江尻で姉妹の遊女を身請けするが別れ、江戸でも放蕩して十九歳で勘当される。二〇歳、山伏の弟子となって大峰参りをするが脱落、大坂で私娼の入婿となる。それも続かず門付の謡屋となってさまよい、山城の八幡町の金持の楽隠居の取り巻きとなって京へ妾を抱えに出る。二十二歳、九州小倉の人に誘われ、備後の鞆の津で遊んだのち小倉へ。下関稲荷町の廓で不首尾あって遊女に見限られる。豊後中津で旅芝居を手伝うも色勤めの邪魔をして追われる。大坂の浮世小路でかつての乳母の妹から蓮葉女の内情をきき、これにうつつをぬかす。二十四歳、大原の雑魚寝で得た女と同棲するが、困窮して一人佐渡へ。酒田で「しゃく」「かんぴょう」という私娼を知る。二十七歳、塩竈明神で主ある巫女を手籠めにしようとして夫に片小鬢を剃られ、信州追分でそれを怪しまれて投獄される。牢中で夫を嫌って逃げた女と知り合い駆け落ちをするが、捕らわれて女は殺され、世之介は悲しむ。十歳の時契りを結んだ兄分を最上川の寒河江に訪ねると以前に捨てた女たちの化け物に襲われ、江戸で唐犬権兵衛に居候する。三十二歳、富豪の夢山と上京し島原へゆくが、世之介は鹿恋女郎にすら振られる。三十四歳、紀州加太で猟師の女房どもを乗せて船出し難破。堺で父の死を知り、京の実家に迎えられて遺産二万五千貫目を相続する。

巻五以降は世之介の遊郭遊びを描き、江戸の吉原、京の島原、大坂の新町をはじめとする諸国の遊女列伝である。六十歳、この世の好色を尽くした世之介は、天和二年（一六八二）十月末、好色丸なる新船で女護の島を目指し船出して行き方しれずとなる。

【見どころ】

日本各地のさまざまな階層や職業の性愛を、時にその内情をも暴露しつつ細かくリアルに描く本作は、さながら好色大全ともよぶべき内容で、近世の風俗を広く楽しめる書であることはあらすじに記したとおりである。

しかし本書が傑作として受け入れられた理由は、談林俳諧師として活躍した西鶴の俳諧の技法や発想に支えられた、テンポよく滑稽で、しかもふんだんに古典を利用し当世化する、重層的な文章と機知に富んだ内容にある。巻一の一冒頭文、世之介の父である夢介を紹介する文章を例にとり、少し詳しく読んでみよう。

> 桜も散るに嘆き、月はかぎりありて入佐山、ここに但馬の国、かねほる里の辺に、浮世の事を外になして、色道ふたつに、寝ても覚めても夢介と替名よばれて

桜の花が散ること、月が山の端に隠れてしまうこと、そのはかなさを嘆くのが古来の和歌の世界における「本意」であった。また、「入佐山」に動詞「入る」をかけ、月とともに詠むのも、「あづさ弓春のやよひもとし月の入佐の山は花ものこらず」（『夫木抄』六）等々、伝統的な

和歌的美学に基づく慣用的表現である。しかしそれが以下の文章では急転する。「但馬国」の歌枕である「入佐山」から「かねほる里（生野銀山）」を導き出し、俗世間の人間の卑俗な営みを代表する「かね（銀・金銭）」に急降下させるのである。すなわちこの冒頭文は、「従来の和歌で賞翫されてきた花や月には限りがある。そんなはかない眺めよりも、限りのない金銭による色恋こそがこの浮き世を楽しむ術なのだ」と言うのであり、「桜」や「月」に心を寄せてそのはかなさを嘆いてきた雅の世界を、金銭さえあれば限りなく楽しめる色道の俗なる世界へと強引に切り替えて俗世の遊蕩を礼賛したのである。また、両者の間にはさまれた「浮世の事を外になして」との文言は、上部の雅の世界と結んでは「（桜や月に代表されるような）はかない無常の世のことなど気にもせず」の意となり、下部の俗文脈と結んでは「莫大な財産があるので世事や仕事など気にする必要もなく」の意となる。俗なる好色世界が伝統的な古典の世界と重なり、そして対照されて鮮烈に浮かび上がる仕掛けである。

　さて以下は遊蕩を尽くす夢介の描写である。

　身は酒にひたし、一条通、夜更けて戻り橋、ある時は若衆出立、姿をかへて墨染の長袖、又はたて髪かづら、化物が通るとは誠にこれぞかし。それも彦七が顔して、「願はくは噛みころされても」と通へば、

ここにも虚実二重の文脈がある。安倍晴明や渡辺綱の伝説等で知られた一条通りの「戻橋」から「化物（鬼）」を導く、たしかな古典を背景にした「実」の文脈（俳諧の付合語を記す『類船集』にも「変化→戻橋」の付合が載る）。もう一つは、「人はばけもの、世にないものはなし」（『西鶴諸国はなし』序文）、「黒衣を着すれば出家、烏帽子・しらはり着れば神主、長剣させば侍と成、世に人ほど化物はなし」（『好色盛衰記』一の三）などと西鶴が繰り返しいうように、「人間というものは、その時その場でいかようにも変化する存在である」との現実認識、すなわち現世の人間の節操のない行為を揶揄した、あるいは人間存在の不可思議さをいう「化物（変化するもの）」に基づく「虚」の文脈である。ここにはさらに、諺「下戸と化け物はなし」（世の中に酒嫌いはいないことを強めていう）を踏まえた「酒」→「化物」の連想（「下戸→化物」『類船集』）も指摘できる。

　そして以下では、この「化物」の語から「（大森）彦七」の鬼女退治伝説が導かれ（「変化→彦七」『類船集』）、さらに「化物→遊女」（『類船集』）の連想もがくわえられて、

「人々が噂するのにも動じず、鬼女ならぬ遊女になら噛み殺されてもよいと太夫のもとに通えば」との意が表現される。以上にみられる二重の文脈を整理するとおよそ以下のようになる。

（実）一条戻り橋→化物→彦七→鬼女→（鬼女に）かみ殺されることなど恐れない

（虚）酒・姿をかえて→化物→遊女→（遊女になら）かみ殺されてもかまわない

本章は以下、夢介と遊女の間に産まれた世之介が七歳で女を口説き、光源氏の「読書始め」（「七つになりたまへば、ふみ始めなどせさせたまひて、世に知らず聡うかしこくおはすれば、あまり恐ろしきまでご覧ず」『源氏物語』「桐壺」）ならぬ「恋始め」をするし、「姿絵のをかしきをあつめ、おほくは文車もみぐるしう」との表現には「多くて見苦しからぬは文車の文」（『徒然草』七十二段）が掛けられるなど、古典の表現や詞を下敷きにし、それを意図的にはぐらかすことによって、通俗的で滑稽な好色描写が展開する。

巻一の一末尾には、世之介が生涯に契った女は三千七百四十二人、少人は七百二十五人と記される。もちろんこの数字は、『伊勢物語』の業平が契ったとされる女人の人数（たとえば『和歌知顕集』には三千七百三十三人とある）をも上回る好色男の意を表すが、そればかりでなく、古典の「色好み」を当代にうつすのだという西鶴の宣言と捉えるべきであろう。大部細部に施された西鶴の工夫と真意の読み解きこそが、本書の見どころなのである。

【もっと深く――古典のパロディーと新たな継承】

本書前半（巻一から巻四）、世之介は日本各地でさまざまな好色遍歴をするが、そのなかで耐えがたい悲劇に遭遇する。以下は巻四の一（二十八歳）末尾と巻四の二（二十九歳）前半の内容である。

信州追分の新関で捕らえられた世之介は、亭主を嫌って家出をして投獄された隣りの牢の百姓女を口説く。二人は御法事の牢払で赦され、世之介は女を連れて逃げるが、追ってきた女の一族の男たちに打ちのめされて気を失う。

世之介が女を連れて逃げる展開は『伊勢物語』第六段「芥川」が下敷きにされており、以下の文にも顕著である。

草の上にをきたりける露を、「かれは何ぞ」となんおとこに問ひける。（『伊勢物語』第六段）

「くず屋の軒につらぬきしは、味噌玉か、何ぞ」と

人のひもじがる時　（『好色一代男』巻四の二）

『伊勢物語』では女を鬼に一口に食われてしまった男が「白玉か何ぞと人の問ひし時つゆとこたへて消えなましものを」との歌を詠んで「足ずり」をして悔やみ悲しむ。草の上においた露を「白玉」（宝石）にみまがえた『伊勢物語』のその高貴な姫君を、『一代男』では、空腹を訴えて「白玉」ならぬ「味噌玉」を欲しがる卑俗な百姓女に見変えることで笑いを誘っているのである。さらに、女を連れ去られたのちに正気を取り戻した世之介は、本文では以下のように嘆いている。

　是非今宵は枕をはじめ、天にあらばお月さま、地にあらば丸雪（あられ）を玉の床と定め、おれがきる物をうへにきせて、さうしてからと思ひしに、悲しや、互に心ばかりは通はし、肌がよいやら悪ひやら、それをもしらず惜しひ事をした

女を失った業平の悲痛な嘆きを、世之介の懲りない肉欲に切り替えてその浮気な好色を笑うのであり、古典の卑俗な滑稽化が顕著である。

　さて、こののち世之介が女の行方を探すと、土地の者が死体を掘り起こし、上方の遊郭へ送るために女の髪や爪をはがしていた。遊女は客への心中立て（しんじゅうだ）のために、自らの髪を切ったり爪をはがしたりして客に送るが、それは遊女勤めや肉体に相当の傷みを伴うものであった。しかし遊女の側もさるもので、実は死体から剥ぎ取ったそれを代用し客を欺いているというのである。遊女のしたたかな内情を暴露し当世の風俗を赤裸々に示す本書の特徴が見て取れよう。

　以上のように古典の卑俗化、当世風俗の描写が本書の特徴であるのだが、しかし本話はそれだけにはとどまらない。西鶴当時までの『伊勢物語』古注釈書では、当該段を作り物語として解するのがもっぱらであり、女が鬼に食われたというのは譬喩（ひゆ）で、実は女は死んだのではないとの前提のもとで、以下のように説明されていた。

「おにあるところともしらで……鬼はおそろしき事にたとへたり」「おにはや一くちにくひてけり……女を人にうばはれたる事を、鬼にくはれたるにたとふる也」　（『愚見抄（ぐけんしょう）』）

したがって業平の嘆きは、女の死に対してではなく、心惑うほどに恋い焦がれ、はからずも誘い出してしまったその女を「人にうばはれ」た、行き場のない悲痛な喪失感にある。「露とこたへて消えなましものを」という、いっそあのとき自分が死んでいればよかったという業平の後

悔は、女の死への自責の念ではなく、その喪失そのものに焦点を当てて解釈されていたのである。

しかしその『伊勢物語』とは異なり、女が実際に死んでいたのであればどうか。実は土地の者が掘り返していた死体は、世之介が探していた女であった［図1］。ここに世之介は、

「かかるうきめにあふ事、いかなる因果のまはりけるぞ。其時連れてのかずばさもなきを。これ皆我がなす業(わざ)」と、涙にくれて身もだえする。

と、涙にくれ身を悶えて後悔する。「これ皆我がなす業」とは、自ら浮気な恋をしかけて女を誘いだし、その結果死なせてしまったことへの自責の念にほかならない。『伊勢物語』古注釈書では言及されなかった、「女の死」の悲しみを俗文芸に表したのだと言ってよい。

しかも本話はこれだけでは終わらない。死んだはずの女が眼を見開いて世之介にほほ笑みかけ、そしてまた死人に戻るのである。これを見た世之介は、「二十九までの一期、何おもひ残さじ」と言って自害を決意する。『伊勢物語』にはない、いかにも奇妙なこの女の振る舞いは何を意味し、それを見た世之介の嘆きとはいかなるものであったのか。

『伊勢物語』の二条后(にじょうのきさき)をめぐる一連の章段は、先述のとおり、当時は業平の抑えがたい一途な恋情のみに焦点をあてて理解されており、女の心情に言及されることは希有であった。のちに入内(じゅだい)する二条后であるがゆえに、『伊勢物語』注釈書ではそれに触れることがはばかられたのであろう。したがって業平の恋がどのように女に伝わっていたのか、女の心情については不明なまま残されていた。あるいはあえて触れられてこなかった。

が、『一代男』の女にはこの恋に確たる思いがあった。女は生死の境を超えてみせることによって、『伊勢物語』

図1 『好色一代男』巻四の二
（『近世文学資料類従 西鶴編1』勉誠社、1981年より）

の世界、いわば『伊勢物語』古注釈書の解釈の軛をこえて、本来表せぬはずであったその本心を、辛うじて「笑ひ顔」で伝えたのである。夫を嫌って逃げた百姓女は、世之介とのこの真実の恋に死ぬのなら本望だというのであった。

そんな女の真情に触れた世之介は、「二十九までの一期、何おもひ残さじ」と言い、自害を決意する。「露とこたへて消えなましものを」という『伊勢物語』の男の悲愴な嘆き、いわば古典の〈まこと〉が、女の「笑ひ顔」により雅俗の境をも超えて、俗の世界に転移して表現されたのだと言ってよい。

滑稽で軽妙な文章のなかで意外な角度から人間の心を照らし出す、本書の妙を味わいたい。

【テキスト・読書案内】

『西鶴選集　好色一代男』(おうふう、一九九六年)に影印、『決定版　対訳西鶴全集』(明治書院、一九九二年)、『井原西鶴集1』(日本古典文学全集38、小学館、一九七一年)、前田金五郎『好色一代男全注釈』上・下(角川書店、一九八〇年)などに翻刻、注釈、現代語訳が備わる。

なお本稿の内容と一部重複する水谷隆之「『好色一代男』巻四の二「形見の水櫛」考――『伊勢物語』古注釈との関係――」(『江戸の学問と文藝世界』森話社、二〇一八年)も参照されたい。

(水谷隆之)

51

義理と意気地と『男色大鑑』（浮世草子）

ＢＬ（ボーイズラブ）作品は、近年にわかに脚光を浴びた観がある。八十年代には「耽美」や「ＪＵＮＥ」などの名称で広がりを見せてはいたものの、それらとは一線を画すほど近頃のＢＬブームは目覚ましい。漫画や小説、アニメはもとより、ドラマＣＤの売り上げも驚異的で、一般の書店にもＢＬ関連コーナーが設けられるなど、今や一つの市場を形成しているともいえよう。男性同士の純愛を描いて話題となったテレビ朝日系ドラマ『おっさんずラブ』が、「東京ドラマアウォード二〇一八」のグランプリに輝くほど視聴者を獲得したことも、ＢＬ作品へのハードルが低くなっていることを示している。

このような近年のＢＬ人気も相俟って、現代の読者からも一目置かれている江戸時代の小説がある。井原西鶴が著した『男色大鑑』である。

【概要】

本作は貞享四年（一六八七）正月、大坂深江屋太郎兵衛・京都山崎屋市兵衛から刊行された。大本八巻十冊、各巻五章の全四十話である。内容は、巻一から巻四までの前半部と、巻五から巻八までの後半部とに大別でき、前半は武家社会における衆道を取り扱い、後半は当代の演劇社会に材を取り、歌舞伎若衆の男色を素材としている。既に『好色一代男』（天和二・一六八二年刊）や『好色五人女』（貞享三・一六八六年刊）などで、一部男色の話を取り扱ってはいたものの、本書刊行の三年前に『諸艶大鑑』（貞享元・一六八四年刊）を世に出し、もっぱら女色の種々相を取り上げた西鶴が、その題名や形式、内容などを模しながら、『諸艶大鑑』の女色と対比させるかたちで、本格的に男色を主題として描いた作品が『男色大鑑』であった。

前半は、町人作家である西鶴にとっては不慣れな素材と考えられる武家社会の話題だが、『田夫物語』（寛永年間刊）、『心友記』（寛永二十・一六四三年刊）、『催情記』（明暦三・一六五七年刊）、『よだれかけ』（寛文五・一六六五年刊）といった先行する仮名草子、あるいは実録や巷説の類いを参照しながら各話を構成し、衆道に義理を通し意気地を立てる武家の姿が見事に描出されている。

後半では、俳諧や役者評判記の執筆を通じて交渉のあった歌舞伎界の内情が描かれる。登場する歌舞伎役者には、西鶴と同時代を生きた若衆が多く含まれており、本文中や挿絵中に西鶴と思われる人物が登場することもあって、西鶴自身の実体験に基づく身辺雑記風の話と推測されている章も存在する。その一方で、役者の逸事を随想的に語ろうとする姿勢も看取できるなど、巻による執筆態度の相違も指摘されており、そのために成立時期に幅があるという可能性も提示されている。

なお、役者評判記『蓑張草』（元禄四・一六九一年刊）には本作の役者の肖像が流用されているほか、『男色歌書羽織』（元禄十七・一七〇四年刊）では役者名を変更して本文が利用されている例が見いだせるなど、本作が後代の歌舞伎関係書に与えた影響も大きい。

【見どころ】

武士の男色を対象とした前半四巻に顕著な特色としてあげられるのが、衆道のためには死をも辞さないという義理と意気地が示されていることである。この武士の精神美を賞賛する筆致は、『武道伝来記』や『武家義理物語』にも共通するものであり、念友の敵を討ったり、念友のために身代わりとなって命を落としたり、あるいは自らの清廉潔白を証するために切腹をしたりするなど、あらゆるものを犠牲にしてまでもひたすら男色に命を賭ける武家の姿が数多く描かれているのである。

こうした衆道の義理と意気地を描いた作品のなかでも、極北とたたえられる巻二の二「傘持つてもぬるる身」を具体的に紹介しよう。長坂主膳の子小輪は、明石からの使者堀越左近に傘を貸したことを機に明石の大名に仕官し、殿の寵愛を受けることになるが、気性の強い小輪は心を許すことはなかった。ある日、小輪は自らに心を寄せていた神尾惣八郎と情を通わすが、殿の隠し目付であった金井新平の告げ口により露見してしまい、殿の怒りを買ってしまう。次に引用するのは、小輪が殿の詮議を受ける場面である。

又吟味の品かはつて、「是非に申せ」とあれば、「小輪に命をくれしもの、たとへば身をくだかるればとて、これを申すべきや。この義、兼ねて御耳に立て置きしに」と、さらになげく気色もなし。それより三日過ぎて、極月十五日の朝、兵法稽古座敷にめし出され、諸家中の見せしめに、御長刀にて、御自身、「小輪最後」と、御言葉をかけさせたまへば、につこと笑ひて、「年頃の御よしみとて、御手にかかる事、この上何か世に思ひ残さじ」と、立ちなほる所を、左の手をうち落としたまひて、「今の思ひは」と仰せける。右の手をさしのべ、「これにて念者をさすりければ、御にくしみふかかるべし」といふ。飛びかかりて切り落としたまへば、くるりと立ちまはりて、「このうしろつき、また世にも出来まじき若衆、人々見をさめに」といふ声も次第によわるを、細首おとしたまひて、そのまま御涙に袖は目前の海となつて、座中浪の声、しばし立ちやむ事なし。

殿は寵愛する小輪と情を交わした男の名を問いただすが、小輪が決して惣八郎の名を明かさないため、見せしめとして自ら長刀を手にとって、左腕、右腕、首を順番に斬り伏せる。しかし、小輪はその最期に臨んでも、凛とした態度でこの世に思い残すことがないと告げ、両腕を切り落とされてもなお、自らの美しい後ろ姿を見せるという、その場にいる人々にも、また読者にも鮮烈な印象を残す最期を遂げたのである。なお、惣八郎は翌年、告げ口をした新平の両腕を打ち落とすという意趣返しを行った後、小輪の定紋を自らの腹に切り込んで、小輪の墓前で果てたのであった。ここには、男色に生きる男の主君の権威をも恐れない悲壮な精神や、小輪の殺され方と同じ方法で敵を取るという男色における義理や意気地が表現されており、極めて印象的な一話といえるだろう。

一方で、後半四巻には殺伐とした雰囲気もなければ、悲壮感の漂う話も少なく、比較的軽妙なタッチで描かれているという印象を受ける。とはいえ、右で述べた精神美に通じる話が見いだせないわけではない。とりわけ、巻七の三「袖も通さぬ形見の衣」は若衆の意気地を描いた一話として有名な話である。戸川早之丞は役者仲間の念者に浮気をしないことを誓い、客勤めをないがしろにしたため、借金を返せなくなるほど生活が困窮し、初芝居に出るための衣装を調えられず、十八歳で自害してしまう。本文に「さても死なれぬ所を、すこしの義理につまりて武士もなるまじき最後、末々の世のかたり句ぞか

図１　『男色大鑑』（国立国会図書館蔵）

し」と記され、その最期が称えられているように、男色の義理を重んじ、意気地に生きるという精神美は、歌舞伎若衆を扱った後半にも少なからず見いだすことができ、本書全体を貫く大きなテーマとなっているのである。

【もっと深く——女嫌いのおかしみ】

ところで、前に取り上げた巻二の二「傘持つてもぬるる身」では、話の末尾に小輪の死骸が明石の妙福寺に葬られたことを記したうえで、『源氏物語』にまつわる俗伝を踏まえて「秋風に浪や越すらん夜もすがら明石の岡の月の朝顔」と詠まれた歌を掲げ、衆道のことで詠まれたならば人々もてはやしただろうに、女色に関することで詠まれたため、誰からも忘れられてしまった、と女色を貶めるような記述をしているのだが、実はこうした態度は本話に限ったことではない。次にこのような姿勢が明確に打ち出されている序文の一節を引いてみよう。

なんぞ下髪のむかし、当流の投嶋田、梅花の油くさき浮世風に、しなへる柳の腰紅の内具、あたら眼を汚しぬ。これらは美児人のなき国の事欠け、隠居の親仁の翫びのたぐひなるべし。血気栄んの時、詞をかはすべきものにもあらず。すべて若道の有難き門に入る事おそし。

平安美人のような下げ髪、当代の投げ嶋田、梅花の香りのする当代風の結髪、しなやかな柳腰、紅色の腰巻きといった美人の出で立ちを描写しながら、その美人によって「あたら眼を汚しぬ」と価値観を逆転させ、男色の道を賛美しているのである。「時のすがたとて恋は闇、若道は昼になりぬ」とは巻一の四「玉章は鱸に通はす」の末尾に見える衆道礼賛の言辞だが、これらの記述から如実にうかがえるように、男色礼賛に背反するものとしての女色を極端に貶める描写が、本作のあちらこちらに見受けられるのである。

例えば、巻一の二「この道にいろはにほへと」では、財産を腹違いの弟に譲り、賀茂山に隠棲している一道という男が、「美少人はとへかし」と若衆を心待ちにする一方で、花見客の色っぽい女が塩や箸を借りに来ても一切相手にせず、また御幸の際の女官の姿を目にすることを嫌って北窓を塞ぐという、滑稽なまでの女嫌いが描かれている。また、巻四の四「詠めつづけし老木の花の頃」では、老人になっても男色の身だしなみを忘れない玉嶋主水と念者豊田半右衛門は、上野の桜見物に訪れる人々の足音を聞き分け、女の場合には固く戸口を閉ざしたり、時雨が降り出して雨宿りした女の一人が内をのぞき込めば、すぐに竹箒で追い出して砂と塩でその場を清めたり、こちらも極端に女を毛嫌いする描写がなされている。

ほかにも、たんぽぽや土筆を摘む人の姿を若衆かと思って眺めていたが、それが娘だったことがわかると唾を吐き捨てていく男の姿が描かれる巻二の四「東の伽羅様」や、友人の妻の遺骨を高野山に納めに行く男が、同道の男から衆道好みの男のすることではないと嗜められ、女の遺骨を濁った沼に投げ捨てる巻三の三「中脇指は思ひの焼け残り」、道中で色目を使った娘を汚らわしく思い、川で娘を見た目を洗い流す巻八の五「心を染めし香の図は誰」など、枚挙にいとまがないほど、女を嫌う登場人物の行動が描かれており、緊張感のある話の中にも、滑稽な描写を挿入することによって、笑いを醸し出すことに成功しているのである。

だが、こうした描き方がされているからといって、西鶴が男色を賛美していた、あるいは本作全部を西鶴の半自伝的な小説であると考えるのは、必ずしも適切ではない。なぜならば、西鶴は作品ごとに語り手の設定を変えることにより、そこで描く作品世界を常に変え続けていると考えられるからである。つまり、本作において西鶴は、男色を好むことを標榜する、あるいは男色の道を意識的に選びとる語り手を設定しているのであり、こうした男色に邁進する設定を徹底させるために施された工夫の一つが、「女嫌い」（畑中千晶『鏡にうつった西鶴』）などと称される、滑稽な印象を与えるほど極端に女色を忌避する描写なのであった。

【テキスト・読書案内】

江戸時代の刊本には、早稲田大学図書館などに蔵される八巻十冊の初印本のほか、八巻八冊の後印本、さらに版元に「江戸日本橋青物町　万屋清兵衛」の名を加えた後印本（八巻八冊）がある。また、本作の巻二から巻五までを改編し、全二十章に仕立て直した改題本『古今武士形気』（五巻五冊、宝暦八・一七五八年刊）も刊行されている。

影印には、『古典文庫』第六十一・六十二冊（一九五二年）、および『近世文学資料類従　西鶴編七』（勉誠社、一九七五年）がある。『新編西鶴全集第二巻』（勉誠出版、二〇〇二年）は、影印の下に現段階で最も信頼できる翻刻本文が配されており、本文と翻刻を対照することができるほか、索引も充実している。注釈や現代語訳が附いたテキストには、『決定版　対訳西鶴全集六　男色大鑑』（明治書院、一九九二年）や『井原西鶴集２』（新編日本古典文学全集67、小学館、一九九六年）などがあり、便利である。

研究書としては、畑中千晶『鏡にうつった西鶴――翻訳から新たな読みへ――』（おうふう、二〇〇九年）が、海外における翻訳を踏まえながら、『男色大鑑』の多声性・多様性を浮かび上がらせて、新たな読みの可能性を探った労作で有益。また、近年はコミカライズも行われており、本作を「武士編」「歌舞伎若衆編」「無惨編」の三つに分かち、総計二十話を漫画化した（KADOKAWA、二〇一六年）ことに加え、こうしたコミカライズがもたらした問題や可能性を検討した染谷智幸・畑中千晶編『男色を描く――西鶴のＢＬコミカライズとアジアの〈性〉――』（勉誠出版、二〇一七年）もある。さらには、若手を中心とした気鋭の西鶴研究者らの現代語訳に、豪華な漫画家陣によるイラストを附した『全訳　男色大鑑〈武士編〉』（文学通信、二〇一八年。「歌舞伎若衆編」は二〇一九年刊行予定）も刊行されており、近年のＢＬ人気の流れに棹さしながら、本作の魅力を一般に発信しようとする動きも盛んになっている。

（高松亮太）

52

他人の色恋を覗き見る

『魂胆色遊懐男』（浮世草子）

名詞に「豆」という接頭語が付くと、「小さい〇〇」という意味になる。従って「豆男」は「小さい男」を表す。いわゆる豆男ものの文学に登場する主人公の男性たちは、何らかの理由で体が小さくなり、通常ではできない体験をする。このめでたい「小さい男」が他人の色恋の場に接し、他人になりかわって房事を経験するのが正徳二年（一七一二）に刊行された江島其磧（一六六六〜一七三五）作の浮世草子『魂胆色遊懐男』である。

作者の江島其磧は、元禄十四年（一七〇一）刊の『けいせい色三味線』、宝永三年（一七〇六）刊の『風流曲三味線』など、好色の世界を描いた一連の浮世草子を通して、すでに有名になっていた。『魂胆色遊懐男』は、これらより一層露骨に男女の房事に焦点を当てた作品である。その点で、春本に近いとする評価もある。ただし、全五巻二十話の内容を一つ一つのぞいて見ると、そこには房事の描写だけではなく、それらをめぐるさまざまな人間ドラマが、時に奇想天外な設定とともに描かれている。

【あらすじ】

山科に住む豆右衛門は貧しく、さらに醜い男であったため、恋に縁がなかった。しかし山奥で仙女に出会い、金の丸薬を一粒もらって飲むと、その体はたちまち芥子人形ほどに小さくなった。豆右衛門がほかの男の懐に入れば、魂がその男の体に入り、女と交わることができるという。これを機に、豆右衛門はいろいろな男の体に入り、多様な身分や境遇の女性と房事を楽しむことになる。

ここでは、巻三の一「女房に鼻の下の長枕」と、巻五の二「腰元が算用はあはぬ算盤枕」のあらすじを紹介しよう。

図１『魂胆色遊懐男』巻三の一、懐男（豆右衛門）は役者と女房の間で様子を聞く
（『八文字屋本全集』第三巻、汲古書院、1993 年より）

巻三の一の内容は次のようなものである。大坂にやって来た豆右衛門は、美しい内儀に目をつける。その内儀は三歳ぐらいの女の子を抱いた乳母（うば）と下女を連れて外出し、ある旅籠屋（はたご）に入る。旅籠屋の女主人は内儀だけを奥へ通し、女の子には小さい人形と菓子を与える。下女と乳母は女の子を連れて天王寺へ出掛ける。旅籠屋の奥には役者の伝七（でんしち）が内儀を待っており、二人はこっそりと逢瀬を遂げる。その後、一同は何もなかったかのように家に帰る。

家では亭主が内儀に食べさせようと、大きな鰻を自ら焼いていた。この夫婦は日が暮れると夜食を並んで食べ、仲良く寝酒までも飲む。だが寝床に入ると、亭主は内儀と顔も合わせずに寝るのであった。これを見た豆右衛門は亭主が不憫になり、彼の懐に入って内儀との房事を楽しもうと考える。そこで内儀と同衾すると、なんと内儀は昼間に逢瀬を遂げた伝七の一物と亭主の病気前のそれとを比べつつ、亭主を慰める。実はこの亭主は、病気のために性器を失ったため、内儀にほかの男との逢瀬を許していたのであった。

巻五の二は次のような内容である。息子に家督を譲って隠居した老人がいたが、息子の嫁の器量にほれ込み、看経（経を読むこと）に集中することもできずにいた。隠居は嫁に月代を剃らせようとして、その乳房に戯れかかる。それを見とがめた息子は、若い腰元を雇い、隠居の相手をさせようとする。腰元はたかをくくり、隙を見て間夫でもこしらえ、子供が出来たら隠居の子だと偽って慰労金を取ろうと企んだが、実は隠居は、若い腰元が一晩で逃げ出すほどの強い精力の持ち主であった。この様子を盗み見していた豆右衛門は、隠居の息子もきっと親ゆずりで精力旺盛であろうと想像し、息子夫婦の房事に参加することにした。だが息子は一向に房事に乗り気ではない。実は息子の嫁も性欲が強く、息子は今や過度の房事のために、精力増強剤である地黄丸を飲むほどに弱ってしまったのだった。

【見どころ】

『魂胆色遊懐男』は三都をめぐる豆右衛門の恋と色の探検譚であり、ほとんどの章の内容は豆右衛門が他人の房事を垣間見、好奇心からその房事に自ら参加するというものである。それに加えて、登場する人々にまつわる諸事情や悲喜こもごもの人間模様が本作の見どころとなっている。

巻三の一「女房に鼻の下の長枕」には、役者と密会する美しい内儀と、彼女に暗黙的に賛同する乳母と下女が登場する。前半部では亭主をめぐる事情が明かされていないため、この三人の女性たちは示し合わせて亭主を裏切っているかのように見える。

うば下女、天王寺より立ちかへり、「まだはやいかは」といふは、これらも合点と見へたり。かかる不義なる女とはしらず、本の男ふびんがりて内蔵の鍵迄もわたし置て、万事に心ゆるし、舅へ五節句の付届け、親のごとくつとむるも、こんな事しらぬゆへぞかし。しかし、発明なる男にてはよもや有るまじ。猶此女に取付て、おつとが様子を見るべしと、袂にかくれゆくほどに、

豆右衛門は、内儀の亭主は「発明なる男にてはよもや有るまじ」（利発な男ではないだろう）と考えた。だが実際には、この亭主は、鰻を自ら焼いて食べさせるほど内儀を大事にしていた。さらに、家での内儀の仕事ぶりは「中々高給とる口利の手代もならぬほどのさばき」であった。その姿は亭主を裏切っている妻による一種の償いにも見えたが、夫婦の日常はどう疑っても仲の悪い夫婦のそれには見えない。疑問がわいてくるなかで、豆右衛門は亭

主の体に入り、内儀との房事を試みようとした。すると、内儀が次のように亭主を慰めるのであった。

「女の身でさへかんにんのしにくひをおもふては、こなさまの事、思ひやられてお道理でござんす。なんぼう伝七が大きなものじやと、けふもけふとて自慢いたせど、こなさまの以前の物にくらべては、中々およぶ物ではなし。をしいものをうしないまして、のこりおほい事でござんす」と、背中をなでていはるる。

亭主は自分が内儀を性的に満足させられないことから、内儀と伝七との密会を容認しており、内儀は亭主の身を思いやり、伝七よりも亭主のほうがすばらしいとたたえる。身体的にはもう結ばれ得ない夫婦の悲しみが描かれる一方、男女の絆が身体的な次元を乗り越えたものであり得ることを描く、ほかの章にはないまじめさが、この章の読みどころであろう。

巻五の二「腰元が算用はあはぬ算盤枕」では、過度の性欲を持つ人々の姿が滑稽に描かれる。例えば隠居は嫁の乳房に戯れかかるのを息子に見とがめられた際に、息子に向かって次のように開き直る。

親父の禅門すこしもさはがず、「なんじや、おのれが女房の乳を一度や二度すふたとて、ぎやうさんさふにとがとがしく、眼に角をたてなま見られぬ何事じや。すでにおのれがちいさひ時分、身どもが女房共が乳をことはりなしに朝晩のみたれ共、其時おれがおのれにむかふて一言の恨みをいふたか。今日迄大やうに見のがしにしてをく、親の心子しらずと、だまりおれ」と小才覚（こざいかく）なる返答。

隠居は在俗のまま仏門に入ったにもかかわらず、嫁への性欲を抑えきれない。さらに息子にとがめられて反省するどころか、自分の行為の正当性を強引に主張しさえする。そのような隠居の姿は、世間一般の隠居老人像を滑稽な形で反転したものと解釈できるだろう。

息子夫婦の人物像も、読者の予想を大きく外れるものと言えるだろう。息子の嫁は精力旺盛で（蛸薬師（たこやくし）に祈願して生まれたという嫁の出生の事情も笑いを誘う）、父親に似て性欲が強いと予想される息子は、もはや嫁との房事に疲れ果ててしまっている。この章のおもしろさは過度の性欲を持つ人々の引き起こす出来事にあると言えるが、見方を変えれば、登場人物の造形が読者の予想を上回るものになっていることが物語をおもしろくしているとも言えよう。

『魂胆色遊懐男』の刊行から三年後、其磧は人間の持つ一面を誇張し滑稽に描く「気質物」と呼ばれる浮世草子を世に出す。巻五の二「腰元が算用はあはぬ算盤枕」には、一般的な人間像を逸脱する人々の滑稽さに焦点をあてる「気質物」の手法の片鱗がすでに見えていると言ってよいだろう。

【もっと深く——豆男ものの系譜】

猥雑な内容を持つ『魂胆色遊懐男』は、好色本の流れの上に位置付けることができる。いわゆる春本めいた挿絵と低俗な趣味の文章を得意とする西川祐信の著作が八文字屋より出版され始めるのが、ちょうど本作の出た正徳年間頃であった。その直前、作者の江島其磧は書肆八文字屋との葛藤から、自ら書肆江島屋を興した。こうした事情を思えば、当時の其磧が読者の目を引く作品を執筆する必要に迫られていたことは、容易に想像できる。西鶴の剽窃・模倣を得意とする其磧は、西鶴作とも言われる『浮世栄花一代男』（元禄六・一六九三年刊）をはじめ、作者不詳の『好色歳男』（元禄八・一六九五年刊）、さらに中国清代の『和尚奇縁』などから影響を受け、『魂胆色遊懐男』を執筆したと見られている。

例えば豆右衛門が他人の房事をこっそりのぞき見るという発想は、『浮世栄花一代男』によるものであろう。『浮世栄花一代男』の主人公は、江戸浅草金龍山近くに住む貧しい土器細工の男であり、色恋とはまったく縁なく暮していた。ある日、吉原を見て恋心が生じ、浅草寺の業平社に祈願すると、陰陽の神から姿を隠せる花笠を授けられる。男はその名を隠れ笠の忍之介と改め、諸国好色遍歴の旅に出る。もっとも、忍之介はあくまで好色を観察するに止まっており、豆右衛門のように実際に房事に参加するわけではない。

また、豆右衛門が薬を飲んで房事を楽しむという発想は、『好色歳男』から得たのではないかと指摘されている。『好色歳男』では、主人公の男は女の姿に変わるのだが、直接房事に参加するという点で豆右衛門との類似性が見られる。なお、中国清代の『和尚奇縁』には、体が小さくなり、いろいろな女性との房事を楽しむ和尚が登場する。

さて、『魂胆色遊懐男』の発想は後世の作者たちにも影響を与えた。例えば山東京伝の黄表紙『栄花二代男七色合点豆』（文化元・一八〇四年刊）は、主人公の豆介が不思議な豆を飲んで、魂を取り換えたいと思う相手と自在に魂を取り換える話である。

今は昔、八文字屋豆介といふ者ありけり。何でもものに飽きやすく、そのくせ、欲深き男なりけるが、昔、八文字屋の自笑が著したる栄花男豆右衛門が身の上の自由なるを羨み、浅草の観世音へ十七日通夜申しけるに、満ずる夜、豆を十一粒授かりける。(中略)これは我が奥山にいる芥子之介(けしのすけ)が持伝へし、変化自在なる豆と徳利の、その豆なり。人間は言ふに及ばず、何でも生あるものと魂を取替へんと思はば、そのものをきつと見詰めて、此豆を一つ飲むべし。(中略)此豆は、やはり芥子之介が豆を鳩にする理方(りかた)と同じ事で、なつたりなつたりと手打つと、直に魂が入替はる。「昔の豆右衛門と違ひ、私は女嫌いでござれば、女の事は望みではござりませぬ」

『魂胆色遊懐男』では、豆右衛門はいろいろな男性の体に入って房事を経験するという設定だったが、『栄花二代男七色合点豆』ではこれが拡張され、豆介は人間はもちろん、ウナギ、狆(ちん)、猫、蛙、猿、鸚鵡(おうむ)といった動物の体にも入り込んで、さまざまな経験をする。やがて豆介は苦労のない人生などないことを悟り、行く末まで栄えたとして、物語は結ばれる。

このように「豆男」の系譜は、好色を観察する『浮世栄花一代男』の忍之介から、実際に房事を体験する『魂胆色遊懐男』の豆右衛門を経て、房事にこだわらず多様な経験をする『栄花二代男七色合点豆』の豆介へと受け継がれていったのである。

【テキスト・読書案内】

活字翻刻は八文字屋本研究会編『八文字屋全集』第三巻(汲古書院、一九九三年)に収められている。

初期の研究に、尾崎久弥「豆男の黄表紙――京伝の『七色合点豆』に就て」(『江戸軟派研究』四十二輯、一二九六年三月)、「豆男物の三部作」(『江戸軟派研究』六十五輯、一九二八年二月)、「豆男物の三部作(続)」(『江戸軟派研究』六十六輯、一九二八年三月)、長谷川強「豆男物」(『解釈と鑑賞』二十九輯十二号、一九六四年十月)がある。最近の研究に、佐伯孝弘「豆男物の浮世草子――浅草や業平との関係など」(『怪異を魅せる』青弓社、二〇一六年)があり、本作の包括的な背景と素材について論じられている。(高永爛)

53

逃げる姫君、追う僧侶

『一心二河白道』（浄瑠璃）

竹本義太夫以前の太夫が語った浄瑠璃を古浄瑠璃と呼んでいる。寛文十三年（一六七三）刊行の伊藤出羽掾正本が残る古浄瑠璃『一心二河白道』は、後世の浄瑠璃・歌舞伎に多大な影響を与えた。現在の三人遣いの文楽とは異なる、一人遣いの人形で演じられた人形浄瑠璃の舞台を想像するのも古浄瑠璃を読む楽しみの一つである。

【あらすじ】

丹波国老ノ坂には子安地蔵という安産を守る地蔵があった。その老ノ坂の長者佐伯郡司秋高に桜姫という十五歳の姫君がいた。桜姫は清水の観音の申し子で容姿も詩歌管絃も秀でていたが、男子のない秋高は隣郡の桑田藤次を婿に定め、祝言を前に北の方や姫君を伴って清水寺参詣に出掛けた。逗留中、桜姫は住持の弟子僧清玄に見初められて歌を贈られ、それを懐に入れて持ち帰る。

丹波に戻っての祝言の夜、婿の桑田藤次が姫君の閨に向かうと、不審な火の玉に続いて「心」という文字が現れる。これは清玄の心が姫のもとへ通う印であった。「心」の字は法師の首に変じ、姫君の閨の御簾の前で藤次を見て笑うので、恐れた藤次はその夜のうちに逃げ去った。長者は、次に園部将監の子兵衛を婿に取るが、兵衛も同様に逃げ帰った。そこで、婿を募ったところ、浪人の田辺吉長が名乗りを上げた。吉長が長者秋高と共に様子をうかがうところにまた「心」の字が現れ、僧の姿となって姫君の閨へ入ろうとした。吉長がその首を打ち落とすと、首は火炎となって消え失せた。秋高が心当たりを訊ねたところ、姫は毎晩の夢に清水寺の僧が現れると答えた。そこで吉長は、清水寺の別当に対面して姫は死んだと偽り、法師の執心を解こうという策を練り、清水寺へと向かった。（第一）

吉長は老ノ坂の長者の息子と正体を偽って清水寺の住持に対面し、妹の桜姫が観音経読誦の大願を立てながらも急病で死んだので、代わりに往生の大願を果たしてくれと依頼する。それを聞きつけた清玄が吉長に桜姫の最期の有り様を訊ねて来たので、吉長は姫に執心するのは清玄だと悟り、姫は死んだので思い切るようにと嘘を語って丹波へ帰った。

清玄は姫君の墓参を諦めきれず、丹波に下る。そこで姫君は死んでおらず、婿を取って氏神に参詣していると聞き、騙されたことを知った清玄は、酒宴に興じる婿吉長を襲撃する。吉長は深手を負いつつも清玄の首を打ち落とした。姫と乳母は吉長を介抱して帰宅する。（第二）

老ノ坂に帰った吉長は、自分の死後は再婚して懐妊中の我が子を形見として育てよと桜姫に言う。桜姫が夫の平癒を願っていると僧が現れ、摂津国有馬山の温泉が傷病を治すと告げるので、舅の秋高は姫君たちとともに吉長を有馬に向かわせた。

七日の湯治で効果が見えたので、桜姫が「夫の命を救ってくれたら温泉を整える」と祈誓すると、吉長は三週間で平癒した。そこで二人が職人を呼んで有馬の温泉場を整備すると、大勢の湯治客が有馬に集まるようになった。

そこに病人が来て願主の桜姫に背中の垢を掻いて欲しいと求めるので、姫君はそれを聞き入れた上で、「丹波の国の桜姫に垢を掻かせた」とは口外するなと言うと、病人は「薬師如来の背中を掻いたなどと言うな」と言い残して紫雲に乗って去ろうとした。薬師如来を礼拝した桜姫は、如来に「殺された清水の清玄が畜生道に堕ちて苦しんでいて、桜姫も積罪を免れることが出来ない」と告げられて出家を志し、父と夫への手紙と歌を切り髪に添えて残し、夜に紛れて有馬を立ち去った。

翌朝、それを知った吉長は、懐胎している桜姫を気遣い、後を追った。姫が池田の宿に着くと、薬師如来が五色の雲に乗って現れて増水した川を渡る手助けをしたので、姫は無事に対岸にたどり着くことが出来た。（第三）

桜姫は呉羽の宮で産気付くが、拝殿で祈るとそれも収まり、そのままそこに一夜の宿を取った。一方、夫の吉長も姫君に追い付けず呉羽の宮にやって来たが、姫君と同宿していると気付かぬまま、翌朝旅立ってしまう。

姫君が迷っていると八十歳ほどの老僧が現れて、五町先の小さな里に行って出産するようにと告げ、老僧は清水から来たと正体を明かして姿を消した。姫君は一つ家の老夫婦に助けられて男子を産んだが、姫君自身は旅の疲れもあり、自らの素性を明かして息絶えた。老夫婦が姫君の国許に安否を伝えようと用意をする所に、夫の吉長が通りかかり、一夜の宿を求めるので、老夫婦は事情を話して断る。それを聞いた吉長は、自分こそが息を引き取った旅人の夫だと名乗り、姫君の亡骸に対面して嘆く。吉長は、姫君と再会できなかった不運を嘆き、若君と桜姫の亡骸を伴って丹波老ノ坂へと帰った。（第四）

吉長は丹波に帰って自害しようとするが、舅の秋高夫婦が駆け付けて思いとどまらせる。吉長は桜姫の野辺の送りをし、産の苦しみで死んだ桜姫のために流れ灌頂（かんじょう）を営んだ。

中有（ちゅうう）を迷っていた桜姫は、畜生道で清玄に出会う。半身が獣と化した清玄は、姫に恨み言を言うと蛇身となった。逃れようとする姫の前に、水火の二河白道が現れ、観音が、襲いかかる悪魚や毒蛇を恐れている姫に、弥陀（みだ）の名号を唱えて火の河と水の河の間を渡るように諭す。名号の声とともに目の前に瑠璃の砂の道が現れ、姫君はそこを渡って極楽往生を遂げた。人々は姫君の前に現れた菩薩の形を象って、丹波国老ノ坂に子安地蔵を作った。その地蔵は今の代まで伝わっている［図1］。（第五）

【見どころ】

本作は、今日なお上演される歌舞伎の人気演目『桜姫（さくらひめ）東文章（あずまぶんしょう）』に代表される桜姫清玄物の源流に当たる。だが、本作自体は、老ノ坂の子安地蔵の本地物や今日も賑わう兵庫県有馬温泉にかつて栄えた温泉寺の縁起譚として構想されており、古浄瑠璃らしい古風な作品と言える。『一心二河白道』という数韻の利いた外題は、作中のからくりを用いた印象的な場面の組み合わせに由来する。

「一心」は、もともと「心をただ一つのことに集中すること」の意でも用いられる語である。『一心二河白道』の初段では、桜姫の祝言の夜に清水寺の僧清玄の魂が執念深く通って来て、婿と姫との契りを妨げる。最初の婿、桑田の藤次が閨に向かう場面は「何とやらん物凄まじく、身の毛もよだち不思議さよと、天井をきつと見れば、何かは知らず怪しき猛火下がり、車輪のごとく回り、たちまちばつと消え、跡を見れば心といふ文字現れたり。これ、清水の清玄が一心の通う徴（しるし）なり。」、二人目の婿園部の兵衛に対して現れる場面は「怪しき物こそ見えにけれ。又、心といふ文字現れ、中にて変じて、其の形痩せたる僧の姿と現れしを、よくよく見れば、六根六識（ろっこんろくしき）備へたる姿と成る不思議なり。凄まじやと見れば、其の身は宙に

図１『一心二河白道』第五（大阪大学附属図書館赤木文庫蔵　クリエイティブ・コモンズ 表示 - 継承 4.0 国際 ライセンス（CC BY-SA））

立ち、聟の方を一目見て、姫の閨へぞ入りにける。」と描写される。絵入浄瑠璃本の挿絵には「せいげんの首」だけが描かれているが、おそらくは「心」の字と清玄の首を裏表にした仕掛けを太夫の語りに合わせて差し金で遣ったものだろう。

「二河白道」は、五段目の桜姫が往生する場面から採られている。阪口弘之氏が「操浄瑠璃としての眼目は題名の示すところであり、桜姫が水火二河の白道を渡る場面にある。」（岩波・新大系解題）と述べておられるように、作品の見せ場をそのまま外題に用いたものだ。地獄のさまざまな情景や紫雲に乗って現れる観世音菩薩、水の川と火の川に次々と現れる悪魚・毒蛇などを大掛かりなからくりで見せたものと推定される。

「二河白道」という語は、他にも『三世二河白道』、『十界二河白道』など、古浄瑠璃の作品名に用いられている。『十界二河白道』は井上播磨掾正本と推定されているが、寛文十三年（一六七三）三月下旬、『一心二河白道』とまったく同時期に同じ京都の山本九兵衛によって刊行されている点が注目される。『古浄瑠璃正本集 第九』（横山重・室木弥太郎・阪口弘之編）の解題では、両者の挿絵を「かなり似てをり、舞台趣向の同工を思はせる。（中略）出羽と播磨が同素材で競ひ合ひ、それらの正本を山本が同時刊行したと見ることが出来よう。」「かうして、一種の二河白道ブームが起つて、それが江戸へも直ちに移入され、操芝居にも歌舞伎芝居にも上演をみることになる。」と論じているが、実際、両者の挿絵は特に左半分がよく似ている。伊藤出羽掾も井上播磨掾もともに大坂を本拠地とした太夫である。土佐浄瑠璃『三世二河白道』は少し時代が下って宝永五年（一七〇八）の刊行だが、作品名は全六段の五段目に天の川を二河白道に見立てた場合があることに由来しており、「二河白道」という語が通用していたことをうかがわせる。

　元禄四年（一六九一）の刊行と推定される井原西鶴の『椀久二世の物語』巻頭近くに「一心白道」という語の用例が見られることは、古浄瑠璃『一心二河白道』の名が人口に膾炙していたことの証であろう。また、地誌の類でも、天明期の『盥之魚』という写本では老ノ坂の子安地蔵の縁起を佐伯郡司秋高と結び付けていて、伝承に浄瑠璃が取り入れられている様子が見られる。

【もっと深く――桜姫清玄物の系譜】

　土佐少掾橘正勝が江戸で語った古浄瑠璃の一派である土佐浄瑠璃には『一心二河白道』と『新撰一心二河白道』（以下『新撰』と略）の二種類の正本が残っている。これは、土佐少掾が『一心二河白道』を繰り返し興行して、語り物の内容にも工夫を加えていたことの現れであろう。両書ともに刊年不明だが、『一心二河白道』は段物集（道行など複数の浄瑠璃作品の音楽的な聴かせどころを抜き出して一冊にまとめたもの）との関係を勘案すると貞享三年（一六八六）以前の刊行と考えられる。一方『新撰』は鳥居フミ子氏が「土佐正本としては新しい板行による」と述べており、土佐浄瑠璃の中では後期の作品と推定される。

　土佐浄瑠璃『一心二河白道』のあらすじは伊藤出羽掾正本『一心二河白道』と大差ないが、『新撰』は、清玄の桜姫に対する執心がより激しく描かれており、清玄は桜姫の夫義長を恨んでの襲撃を繰り返す。また、結末で子安地蔵の縁起譚に触れない。「極楽世界と〳〵なりけると。思へば忽ち夢覚めて。呉羽の宮の拝殿に茫然として〳〵おはします。」と描かれていて、桜姫は夢から覚めて夫義長と再会を果すというハッピーエンドに改められている。

　このように仏教的な奇瑞の要素が薄まり、登場人物の感情に描写の力点が置かれる傾向は、近松門左衛門の歌舞伎『一心二河白道』になるとますます強まって行く。

近松門左衛門作『一心二河白道』は元禄十一年（一六九八）、京・都万太夫座での上演と推定されている。同八年に京から江戸に下った初世水木辰之助が同十年には京に戻っていること、また同じ元禄八年に江戸・山村座で歌舞伎『一心二河白道』が上演されていることから、浄瑠璃として上方から江戸に伝わった『一心二河白道』が、水木辰之助を介して歌舞伎として江戸から上方に再び移入された可能性が考えられる。近松作では霧波千寿の演じる桜姫は自ら若衆の三木之丞に恋を仕掛ける積極的な女性像に描かれており、桜姫が「二河白道」を渡る場面は完全に形骸化している。

『一心二河白道』という外題での歌舞伎興行は、享保十五年（一七三〇）江戸・中村座（二世市川團十郎の清玄）を最後に記録類から姿を消す。代わって現れるのは「清水清玄」を冠した諸作品である。その嚆矢は元文三年（一七三八）大坂中の芝居の『清水清玄 始 衣桜』であり、以後、大坂の歌舞伎では「清水清玄」ものが散見される。古浄瑠璃では作品を一貫する主人公は最後に「二河白道」を渡る桜姫で、僧侶の身でありながら姫への執心を抑えることの出来なかった清玄は途中で殺される脇役に過ぎなかった。だが、「清水清玄」を冠する歌舞伎においては立役の演じる清玄が主役として扱われるようになったのである。さらに宝暦期以降は「桜姫」の名を前面に出した作品が見られるようになる。当然、作品の眼目は「二河白道」のからくりから、桜姫と清玄をどのように見せるかの趣向へと移り変わって行った。

宝暦十年（一七六〇）には、大坂豊竹座で若竹笛躬ほか合作の浄瑠璃『桜姫賤姫桜』が初演され、同年中に伊勢・古市でも上演された。清玄は当時の豊竹座の人形遣いの大立者だった若竹東工郎が、また桜姫は女方の人形で人気を得ていた藤井小三郎が遣っている。初演時の番付に添えられた「此の度の新浄瑠璃の義は町中御贔屓の御連中様より清水清玄桜姫を趣向に仕り候ふやうに仰せ下され候ふ故……」という座本豊竹越前少掾の口上から、桜姫清玄物への人気が上演の背景となっていることが読み取れる。なお、本作は源平の時代に世界を設定し、桜姫を桜町中納言成範の娘だとしている点も注目される。

この頃、上方では桜姫物の浄瑠璃の上演が相次いだ。宝暦十二年（一七六二）には、京都で竹本座の太夫・人形によって近松半二ほかの合作による『花系図都鑑』が初演された。こちらは室町に世界を設定している。また、角書きに「清水清玄／清水清玄」と冠して、清水寺の僧清玄ともう一人別の清水清玄を登場させて物語を潤色している点も注目される。なお、同年の大坂では中の芝居の歌舞伎でも『清水清玄六道巡』が上演された。

明和四年（一七六七）京都で刊行された仏教長編説話『勧善桜姫伝』の背景には、このような宝暦期の大坂における桜姫清玄物ブームの影響も考えられるだろう。安永五年（一七七六）には江戸・肥前座では松貫四ほかの合作で浄瑠璃『桜姫操大全』が上演されている。「東山仏閣／北山庵室」の角書きが示すように、この作品も室町を世界に描かれている。

文化二年（一八〇五）には、『勧善桜姫伝』の影響を受けつつ潤色された山東京伝の読本『桜姫全伝曙草紙』が江戸で刊行され、桜姫物は演劇以外の世界で大きな広がりを見せることになった。本作では、桜姫は丹波国桑山郡の長者鷲尾義治と桜町中納言の落胤の野分の子とされており、宝暦期の浄瑠璃のうち桜姫を桜町中納言成範の娘と設定していた『桜姫賤姫桜』の影響が考えられる。京伝の読本は、以後、文化期の小説・演劇における桜姫物のブームの端緒となった。文化四年（一八〇七）には大坂御霊境内芝居で浄瑠璃『桜姫操大全』（正本の外題は『桜姫花洛鑑』）に脚色され、また歌舞伎でも翌文化五年（一八〇八）に京都北側布袋屋座で奈河篤助作『清水清玄庵室曙』が上演される。文化七年（一八一〇）に曲亭馬琴が合巻『姥桜女清玄』を刊行すると、翌文化八年（一八一一）には京伝自身が合巻『桜姫筆再咲』で対抗するなど、以後幕末にかけて桜姫物の合巻が多数刊行された。

今日も上演される四世鶴屋南北の『桜姫東文章』が江戸・河原崎座で五世岩井半四郎の桜姫・七世市川團十郎の清玄のコンビで初演されるのは文化十四年（一八一七）のことである。

【テキスト・読書案内】

『一心二河白道』の外題を持つ古浄瑠璃の中で最古の伊藤出羽掾正本は、信多純一・阪口弘之校注『古浄瑠璃説経集』（新日本古典文学大系90、岩波書店、一九九九年）で注釈付きで読むことが出来る。土佐浄瑠璃正本の『一心二河白道』は鳥居フミ子校訂『土佐浄瑠璃正本集』第三（角川書店、一九七七年）で読める。また、近松門左衛門作『一心二河白道』は『近松全集』第十五巻（岩波書店）で読めるが、この当時の歌舞伎狂言は台帳（台本）ではなく狂言本（あらすじ本）でしか伝わっていないため、作品の概要のみで台詞の詳細まではわからない。（山之内英明）

54

心中事件の続編

『卯月紅葉』『卯月の潤色』（浄瑠璃）

近松門左衛門は、『曽根崎心中』（元禄十六・一七〇三年）をはじめ、心中を素材とした十一の浄瑠璃を残している。これらの作品には、男女の主人公がそれぞれ異なる理由から死を選び、異なる死に方をしたことが描かれている。

近松の心中物の中で異色の作品と言えるのが、『おかめ与兵衛ひぢりめん卯月紅葉』（宝永三・一七〇六年）、『あとをひ心中卯月の潤色』（宝永四・一七〇七年）である。後者は、前者の続編にあたる。いわば続き物である。近松は、心中したものの、同時に死を遂げることができなかったおかめと与兵衛二人の死を、別々の作品に分けて描いた。そのためか、前者は、題名に「心中」の二文字を欠く。

同じ事件を素材とした作品に、歌舞伎『心中抱牡丹』（宝永三年）や歌祭文『道具屋おかめ与兵衛歌祭文』（刊年不明）が存在するが、実説は明らかになっていない。歌祭文では、「男は脇差を抜いておかめを刺殺し、その身も笛をかききりて、十八日の朝の霜消えてはかなくなりにけり」と、二人が同時に死んだとしている。近松は『卯月の潤色』において、おかめの一年忌の一カ月前に与兵衛が自害した、としている。そしてそれに合わせるかのように、『卯月紅葉』の上演から約一年の間を空け、『卯月の潤色』を舞台にかけたのである。

『卯月の潤色』の角書に「あとをひ」とある。これは「跡追い」であり、一般には追加や補遺という意味だが、物語に使う場合は続き・後日談といった意味になろうか。

近松は時代物でも「跡追」の趣向を用いた。赤穂事件を劇化した『兼行法師物見車』（宝永七・一七一〇年）と『碁盤太平記』（同年）である。『兼行法師物見車』の表紙見返しには、『碁盤太平記』について「あとをひ一段物ニ而御座候故跡より出し申候」と、近刊を予告する広告があり、『碁盤太平記』の内題の右肩には「兼好法師あとをひ」と記される。『兼行法師物見車』では、塩冶判官の切腹までが、『碁盤太平記』では、塩冶判官の旧臣による敵討ちとお家再興が描かれる。一連の事件が時間を空けて起こった場合、近松はそれらを二つの作品に分けて作り、続き物に仕立てたのである。

『卯月紅葉』

【あらすじ】

古道具屋笠屋長兵衛の娘おかめと婿養子与兵衛は、いとこ同士の仲むつまじい夫婦であった。しかし、与兵衛は、伯父で舅の長兵衛とその妾ゐまとの折り合いが悪く、家出していた。おかめは与兵衛のことが心配で難波の二十二社を廻り、その帰り、神子町で神子に夫の口寄せ（死霊・生霊を呼び寄せ語ること）を頼む。与兵衛の生霊は長兵衛との不仲、ゐまへの恨みを語る。ゐまは与兵衛を国元に帰し、弟伝三郎を家に入れようとたくらんでいた。おかめが神子の家を出たところ、偶然与兵衛が通りがかり、さらに長兵衛とゐまに出会う。長兵衛は町の会所に預けた家督相続の譲り状を与兵衛が無断で持ち出した理由を問いただす。長兵衛が譲り状の封を開け読み上げると、伝三郎ではなく与兵衛おかめ夫婦への譲り状であった。与兵衛は伝三郎に嘘を吹き込まれ、譲り状を盗み出したのであった。

店に、二人を心配した盲目の伯母が訪ねてくる。伯母は、おかめに条理を尽くしていさめ、たしなみも大事だと言い緋縮緬を与える。その時長兵衛が帰宅したので、与兵衛はとっさに蔵に隠れる。長兵衛は蔵が開いていることに気付き、鍵をかける。与兵衛はおかめと逃げるために、蔵の壁を崩し始める。そこへ伝三郎が現れ、おかめに抱きつくので、与兵衛は蔵から飛び出し伝三郎とつかみ合いになる。騒動を聞き駆け付けた長兵衛に、与兵衛は蔵を破った咎で追い出される。

夜になり、おかめは二階から抜け出し、与兵衛とともに梅田へ向かう。与兵衛はおかめを刺すが、自らは死にきれず池に落ちる。おかめも夫を引き上げようとして池に落ちる。与兵衛は生き残り、おかめだけが死を遂げた。

卯月の潤色

【あらすじ】

（上之巻は『卯月紅葉』の下之巻〈道行と最期の場〉を踏襲。）

おかめの三十五日に、伯母、長兵衛、ゐま、伝三郎は、神子町でおかめの口寄せをする。おかめの霊は、ゐま兄弟の追放と、与兵衛の出家を願う。伯母は嘆きながら不幸のもとになった長兵衛とゐまらを責め、せっかんする。長兵衛は自らの誤りを認め、おかめの霊の希望通りにすると言う。

与兵衛は出家して助給（じょきゅう）と名を改め、おかめの菩提を弔っている。おかめの一周忌を一カ月後にして、おかめの霊が助給のもとを訪れ、夫婦らしく仲むつまじく語らうが、助給が茶の湯を沸かそうと打った火打ち石の火に、おかめは姿を消してしまう。助給はおかめの跡を追うことを決意し、書き置きをしたためる。そして伯母から送られてきた白い縮緬の帯をおかめの位牌に結び付け、自害する。書き置きには親と伯母への感謝と不幸をわび、夫婦の回向を願う内容が書かれていた。

【見どころ】

『卯月紅葉』は、おかめの二十二社廻りで始まる。図1の絵入本の挿絵には、辰松八郎兵衛（たつまつはちろべえ）が出遣いで手妻（てづま）人形を操る様子が描かれている。太夫の竹本頼母（たのも）と豊竹若（とよたけわか）太夫（たゆう）、三味線の竹沢権右衛門（ごんえもん）が並び、座元竹田出雲掾（いずものじょう）が口上を述べる。その前に座っているのは、作者近松門左衛門である。近松は、二十年前には作者名を公表して非難されていたが、この頃には舞台上であいさつをするほど、作者としての立場が変化していた。辰松八郎兵衛は、右手でおかめを、左手で駕籠かきの人形を操っている。辰松八郎兵衛は、駕籠を遣うのが得意であったらしい。『卯月の潤色』でも、おかめの霊魂が駕籠に乗り、出家した与兵衛を訪ねる場面が設けられている。

実は、この場面は『曽根崎心中』を踏襲したものである。『曽根崎心中』絵入本見返しにある「観音廻り」の舞台図には、竹本筑後掾（ちくごのじょう）と頼母、三味線、そしてお初の人形を遣う辰松八郎兵衛が描かれている。太夫は一線を退く前の筑後掾がつとめている。筑後掾は、竹本座を設立した竹本義太夫の受領後の名であり、『曽根崎心中』が大好評を得て大入りが続き竹本座の経営が立て直されると、座元を引退していた。『卯月紅葉』は、この『曽根崎心中』の人気にあやかろうとしていたのである。

実際、『卯月紅葉』に記された竹田出雲掾の口上「図1上段」から、『曽根崎心中』との関係をうかがうことができる。

先年そね崎心中を仕、いづれも様の御意に入ました故、此度の心中も其通りにしゆかうを仕、御らんにかけまする。とかくそね崎を御けんぶつあそばしますと思召、御きげんよろしう御一らんを頼上まする。

『卯月紅葉』は、好評であった『曽根崎心中』の趣向を取り入れて作劇したので、『曽根崎心中』を見ると思って楽しんでほしいというのである。『曽根崎心中』初演から三年、心中物としては三作目であった『卯月紅葉』でも、『曽根崎心中』に頼り、まずは、『曽根崎心中』の観音三十三社廻りに倣った二十二社廻りが冒頭に取り入れられたのだった。

図１ 『卯月紅葉』（『近松全集』岩波書店、1994 年より）

ちなみに、近松の心中物の第二作目にあたる『心中（しんじゅう）二枚絵草紙（にまいえぞうし）』（宝永三年）にも、『曽根崎心中』の影響が見られる。絵入本『心中二枚絵草紙』題簽には、「そねざき三ねんきてんまやにまた見るゆめ」（東京大学図書館霞亭文庫蔵）とある。『心中二枚絵草紙』の主人公おしまが、『曽根崎心中』のお初と同じく天満屋に勤める遊女であったことから、お初徳兵衛の三年忌を当て込んだものである。さらに九作目の『生玉心中（いくたましんじゅう）』（正徳五・一七一五年）もお初徳兵衛の十三年忌を当て込み、『曽根崎心中』を踏まえた構想を持つ。

豊竹座でも、『曽根崎心中十三年忌』（正徳五年）や『お初天神記』（享保十三・一七二三年）のような増補作が上演されており、後続作への『曽根崎心中』の影響は長く大きかったことがうかがえる。

『心中二枚絵草紙』における『曽根崎心中』の趣向取りは独特である。近松は、『曽根崎心中』に登場していた天満屋の下女を、三年後の『心中二枚絵草紙』に再び登場させている。作品をまたいで、同じ人物を出しているのである。次は、夜が更け天満屋が店じまいする場面における下女のせりふである。

（しまは）箱はしごあがりかゝつて、コレ旦那様内(ない)儀(ぎ)様。みんなさらばや〳〵と、言ひすて、二階にあがりける。下女は見あげてハテ小気味の悪い声つきじや。長兵衛門もよふしめやや。有明の消えぬやうに、油もたんとさいてたも。きへても、こちは火は打たぬ。おれには火打が禁物じや。打つ音聞てもぞつとするとつぶやきてこそふしにけれ。

これは、『曽根崎心中』において、お初が「そんなら旦那様内儀様。もうおめにかゝりますまい。さらばてござんす。内衆(うちしゆ)もさらば〳〵と、よそながら暇乞ひして、ねやに入」とあるのを踏襲したものである。この後『曽根崎心中』では、下女は、お初が消してしまったあかりを灯すため火打ち石を打ったが、お初がその音に紛らわせて戸を開けて脱出に成功していた。『心中二枚絵草紙』では、下女のトラウマを描く形で『曽根崎心中』の場面を踏襲しているのである。

『曽根崎心中』で打たれた火打ち石の火は、「あとに火打ちの石の火の命の末こそ短けれ」と、天満屋を抜け出したお初と徳兵衛の残り少ない命を表していた。『卯月の潤色』では、この火打ち石の趣向を取り入れている。出家した与兵衛は、訪ねてきたおかめの霊に、お茶を出そうとして火打ち石を打つ。すると、おかめの霊は「愛(あい)着(じやく)恋慕(れんぼ)の迷ひの炎、縁にひかれて石の火の身をこがす。あさましや。これまでなり」と、姿を消してしまう。与兵衛はこれを見て、妻を一人死なせてしまったという自覚や、未熟な出家者であることから成仏させることすらできない自責から、跡追い心中を決意するのである。

【もっと深く――凄惨な最期】

近松の心中物における主人公の最期は、生々しく凄惨さが際立つ。現行の文楽では、省略され語られることはないが、近松が描いた最期の場面は、「心中」が殺人であるという現実を、観る者に突き付ける。次に『卯月紅葉』の心中場面を引用する。

夫の手を取、わがのどに押し当つれば、思ひきり南無阿弥陀仏と笛のくさり。かみそりの刃も折れよと一ゑぐりしはゑぐりしが。若き者ゝかなしさは止めの急所を知らずして、まだ息絶へず悶ゆるを、傷の口をかくさんと、抱への帯をくる〳〵と二三べん引回す、憂き目のほどぞ不憫なる。我もやがて追つつかんと、喉に当るかみそりの刃はのこぎりと折れくだけ、皮肉ばかり切れけるを力を入れて突きけれど

> も、通りつべうはなかりけり。南無三宝と、かみそり捨て、側に抜き置く脇差の鞘を持つて引き上ぐる。鍔は重し手は弱る。はづんで跳ぬる勢ひに、脇差抜けて、樋の口の井出の水草のみなぎつて、ざんぶとこそは沈んだれ。エ、死なしたり。こはいかにと、這ひ下るゝ堤の露。こぼれし生血に足滑り、池へどうど落ちたりけり。池は深くて、泥深し。底の脇差尋ねかね、浮きぬ沈みぬ漂ひしが。今を最期の眼にも、夫を思ふおかめが心、引き上げんとや思ひけん。這ふ〳〵岸に寄ると見へしが、くらむ眼に気も乱れ、同じく池へどうど落ち、互ひに助け引き上げんと、抱き上ぐればとうど伏し、掻き上ぐればかつぱと伏し、心ばかりを力にて。なふ。与兵衛様〳〵。おかめ〳〵と、呼びかはす。絶へ〳〵切るゝ息の下。此世からなる地獄かや。あはれ、はかなき有様也。

与兵衛は、「気の弱ひ生れつき」の上、「ひがやす」（やせてひよわな様子）で、伝三郎の策略にやすやすと陥り、舅に詮議されても言い訳もせず、家を追い出される男であった。心中する際も、おかめが、かみそりを持った与兵衛の手を取って自らの喉を刺す始末である。しかもそれはおかめを苦しめるだけで、死に至らしめてはいない。

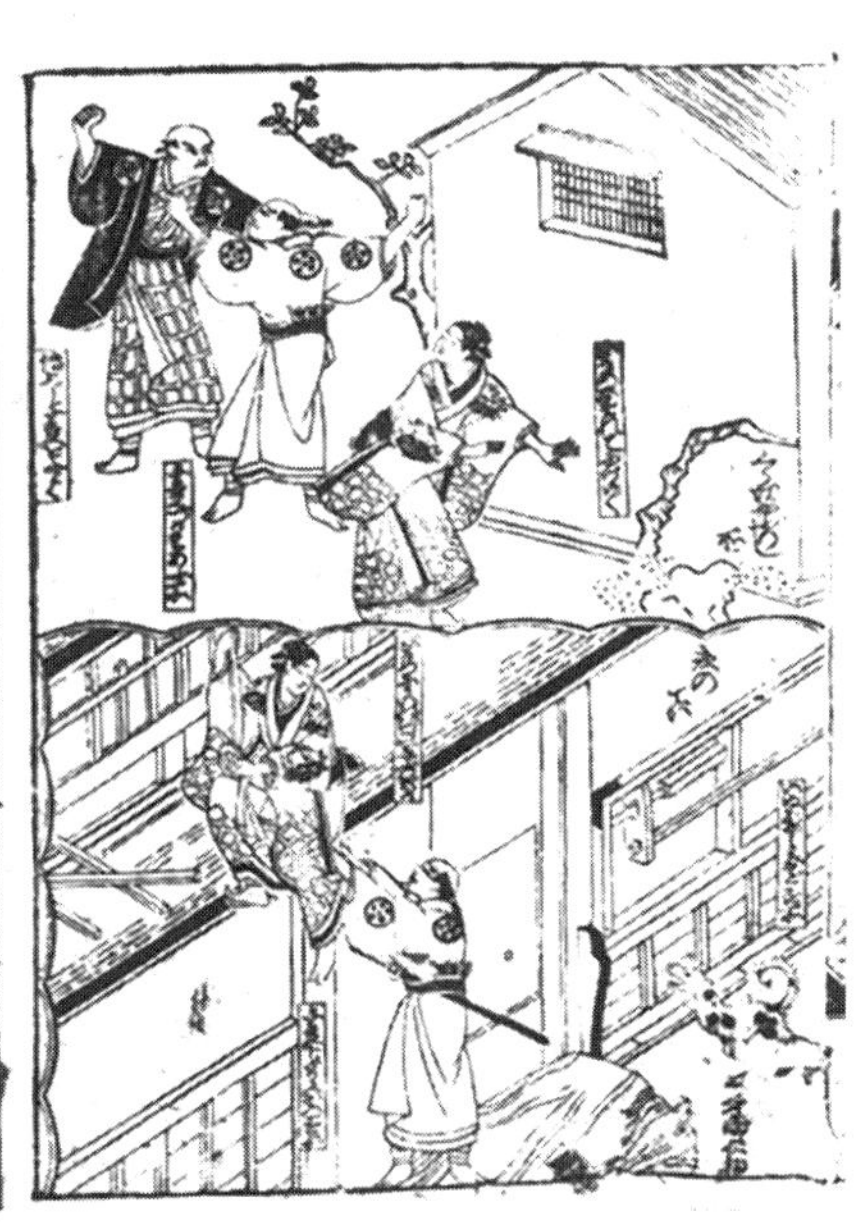

図2 『卯月紅葉』（『近松全集』岩波書店、1994年より）

一方の与兵衛は、かみそりで自害しきれず、脇差しを抜いたが池に落としてしまう。瀕死のおかめは、池にはまった与兵衛を助けようとして、池に落ちて絶命するのである［図2］。

おかめは生前、半四郎座の心中芝居を見て、男の「不心中」を気に掛けていた。『卯月の潤色』でおかめの死後、伯母らが神おろしをした際も、おかめの霊は、「面〳〵自害とも。心中のほかの心中」であると言っていた。おかめは自らの死を「心中」ととらえていないのである。実は、おかめと与兵衛の会話の多くは、口寄せで呼び出した与兵衛の生霊とおかめの会話であるか、おかめの霊魂と与兵衛との会話である。現実のおかめは与兵衛の心の内がわからないでいた。

しかし、火打ち石を打ったことでおかめの霊が消えたことをきっかけに、与兵衛は「正気つき」、おかめの思いに応えるように自ら行動を起こす。そして、菩提を弔ってほしいというおかめの言葉に反して、死を急いだ。最期も「剃刀を喉にがはと突き立てゝ、笛の鎖をはね切つたり。まだ死にかねて目くるめく。苦痛はせじとをつ取り直し、任脈筋（にんみやくすじ）を四つ五つ声をかけて刺し通し、うんとばかりにかつはと伏し、のつつ返しつのたれを打ち、苦しむ中にも妹背のしるし、おかめが位牌に抱きつき」と、死への迷いのない姿で、おかめと心中を成し遂げたのである。

【テキスト・読書案内】

『卯月紅葉』『卯月の潤色』の活字本・影印本には以下のものがある。

①近松全集刊行会編『近松全集』第四巻・第十七巻影印（岩波書店、一九八六〜一九九四年）
②『近松門左衛門集』２（新編日本古典文学全集75、小学館、一九九八年）
③祐田善雄校注『曽根崎心中・冥途の飛脚他五篇』（岩波書店、一九七七年）

近松門左衛門の世話物浄瑠璃の研究書には以下のものがある。

①井口洋『近松世話浄瑠璃論』（和泉書院、一九八六年）
②広末保『近松序説　増補版』（未来社、一九六三年）
③松崎仁『元禄演劇研究』（東京大学出版会、一九七九年）
④白倉一由「『与兵衛おかめひぢりめん　卯月の紅葉』の世界」（『山梨英和短期大学紀要』三十二号、一九九八年）

（韓京子）

55

江戸版のロミオとジュリエット

『西山物語』（読本）

明和四年（一七六七）十二月三日、京都郊外の一乗寺村で、百姓の渡辺源太（二十六歳）が妹やゑ（十七歳）を殺害するというセンセーショナルな事件が起こった。いわゆる「源太騒動」である。

源太の家は武士の流れを汲む百姓であったが、父はすでに亡くなっており、事件当時は母つや、源太、弟軍治、妹やゑの四人暮らしであった。生活は豊かではなかったようである。そのやゑが、隣りに住む同族で庄屋の家柄の渡辺団治（五十六歳）次男右内（二十歳）とひそかに言い交わすようになった。こちらは当時、母親が事件の少し前に死去していて、団治、右内、妹の三人暮らしである。二人の仲は近所の噂になり、源太と母はやゑをいさめたが、従わない。一方、団治は腹を立て、右内にやゑと別れるよう厳命し、かつ右内を縁者のもとへ預けた。その後、別れ話がまとまりかけたが、終局で再びもつれ、十二月三日、母つやは源太に対し、やゑを団治方に連れ行き、事が穏便に済むならばいいが、そうでなければやゑを斬り捨てるように言った。やゑも納得の上の事らしい。結局、団治はまったく源太の話に取り合わず、源太はそこですぐにやゑを斬り殺した。

源太家と団治家は、もともとは鬼退治で有名な渡辺綱の血を引く同じ一族でありながら、両家の暮らし向きの差はおおいがたく、当時は疎遠であった。それどころか、二人の仲が露見してからは、両家の関係は悪化して仇同士のようになっていたように見える。仇同士の家の若い男女の恋。江戸版のロミオとジュリエットの悲劇である。

京の人々を驚かせたこの事件は、翌月、すなわち明和五年（一七六八）正月に、早速「けいせい節用集」という歌舞伎になっている。それに次いで早いのが、建部綾足(一七一九～七四)のこの『西山物語』であった。刊記(奥付)は明和五年二月となっているが、実際には、事件の一年半後の明和六年(一七六九)六月頃に出版されたらしい。しかし、執筆自体は、事件二カ月後の明和五年二月には完了していたと思われる。

ちなみに、事件のその後はというと、前例のない事件で処分は中々決らず、一年も経った翌明和五年十二月に、ようやく関係者の処罰が決定している。源太に同情する世論に押されたものか、この事件を密通と規定する事で、源太側の刑が軽くなっている。密通ならば、母や兄がやゑを私的に処罰して殺しても、それは罪とは見なされない。源太は六十日以上入牢していた事を考え合わせ、改めてのお構いはなし。母つやはお構いなし。一方、団治側にはいささか厳しい処罰が下されている。団治は押込め五十日。右内は庄屋役を罷免された上、手鎖三十日。なお付け加えれば、後に源太はこの村の庄屋役となっている。

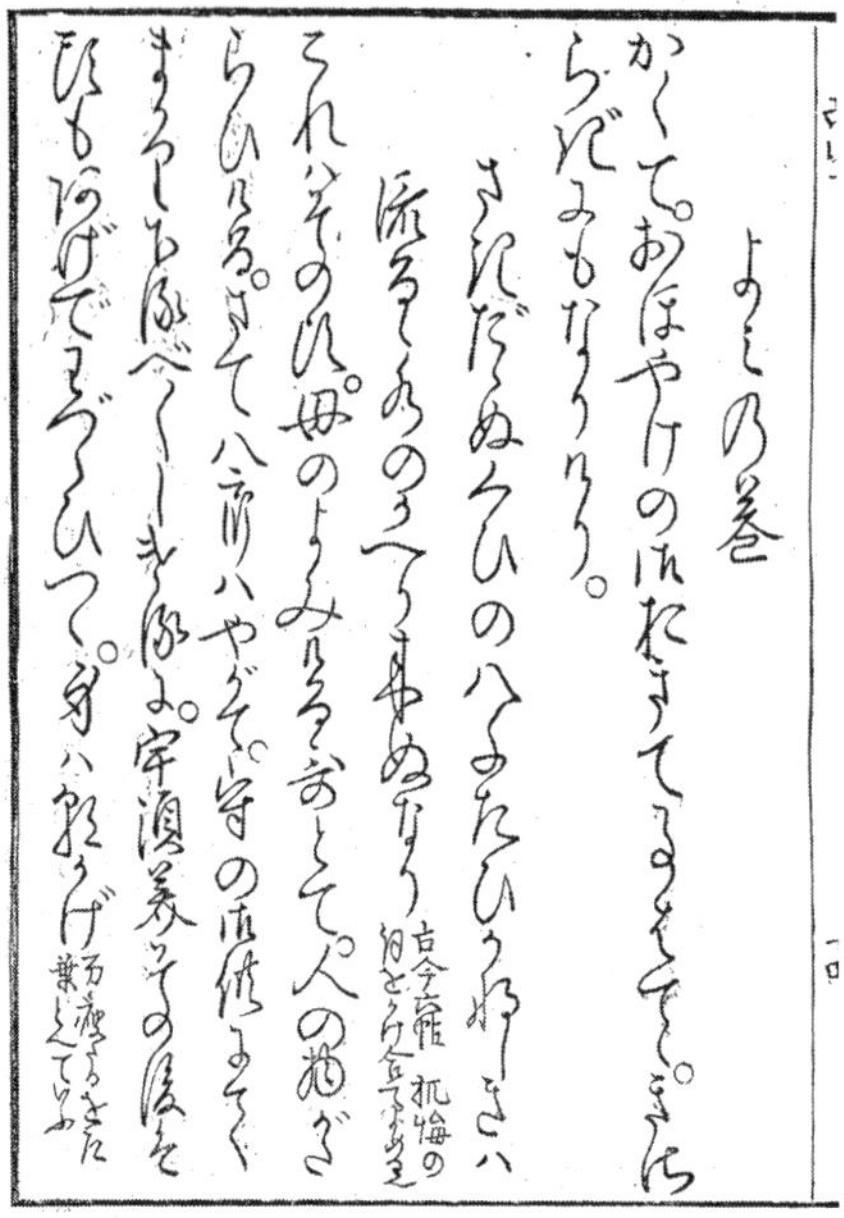

『西山物語』「よみの巻」(個人蔵)

【あらすじ】

『西山物語』は、片歌唱道と古文復興に情熱を傾けた綾足の、初めての和文読本である。源太は大森七郎、やゑはかへ、つやは母、軍治は惣次、団治は大森八郎、右内は宇須美として、物語中に登場する。源太騒動を物語の骨格としているが、また大森七郎・八郎を、『太平記』で有名な大森彦七の子孫に設定している。

京郊外の西山の郷侍大森七郎は豪胆な男であり、奇怪な事がおこるため先祖が寺へ奉納した楠正成の刀を、恐れる事なく取り戻した。その七郎の母が大病をした時に、従兄弟の大森八郎は息子の宇須美を看病の手助けによこすが、その時に、宇須美とかへは相思相愛の仲になる。さる西国の大名が、勝った方を召し抱えるとして七郎と八郎を太刀合わせさせるが、七郎は母の病の折に受けた恩を返すため八郎に勝ちを譲った。その後、七郎家には怪しい事が続き、ついには楠正成の亡霊が出てきて太刀を返せと迫るが、七郎はまったく動じない。八郎家の祝いの席に招かれたかへは、皆が酔って寝てしまった真夜中に宇須美と契りを結んだが、両家は疎遠になり、逢瀬も途絶えた。しかも、主君の大名のお供をする父とともに宇須美は東国へ行く事になり、宇須美もかへも絶望する。二人の仲を察していた母と兄の計らいで、仲人を立てて八郎に結婚を申し込むが、てのひらを返したように八郎はこれを拒絶し、宇須美を叱責し離縁状を書かせた。七郎は意を決し、嫁入り支度をさせたかへを連れて八郎の家に行く。宇須美は親戚に預けられて不在で、出てきた八郎は頑として結婚を承知しない。そこで七郎は、「このますらおの振る舞いを見よ」と叫んでかへを刺し殺し、出て行った。かへの死骸に対して八郎は、「ふさわしい間柄と思っていたが、占い師から、ひどい悪縁で、結ばれたら二人とも死に、別れても片方は死ぬと言われたために、あえて悪人となって反対したのだ」と言った。八郎は東国へ行き、その後、病がちの宇須美は深草の草庵に住み、かへの菩提をとむらっていた。ある秋の夜、経を読む宇須美の前にかへの亡霊が現れる。かへは地獄の苦しみを述べた後で、それでも時々こうやって会える喜びのために我慢できるから、決して悟りを開いてくれるなと宇須美に言う。宇須美が悟りを開いて煩悩が消えると、かへが宇須美に会いに来られなくなるからである。その後、八郎は寺を建ててかへを弔い、また八郎が結婚に反対した真意が七郎にも伝わって、両家の関係も元に戻り、七郎家も富み栄えたという。

【見どころ】

『西山物語』には、印象的な二つの幻想的な場面が描かれている。一つは、楠正成の亡霊と大森七郎が白熱した論争をかわす「あやしの巻」と、宇須美のもとにかへの亡霊が立ち現れて、切ない心を訴えかける「よみの巻」である。

「あやしの巻」は、正成遺愛の宝刀が、七郎と正成の激論の種となっている。代々伝わる宝刀等が、お家騒動の種となったりするのは歌舞伎にまま見られる趣向で、その意味ではこの「あやしの巻」も歌舞伎色が強いと言える。しかし、太刀への執心とは情けないと言って正成を真っ向から批判する七郎に対し、自分の屍に頭がないのは我慢もするが、常に身に帯びるはずの太刀がなかったと言われる恥辱には我慢できないと応酬する正成の亡霊の姿は、『雨月物語』「白峰」における崇徳院と西行の議論を思い起こさせる、理詰めの激しい論争である。理屈臭い小説である「読本」にふさわしい幻想的場面と言えようか。

一方の「よみの巻」は叙情性に富み、この作品のクライマックスと言える場面である。かへの死後、秋のある夜、経を読む宇須美の前に、白い着物の女が現れる。宇須美はかへだと気付くが、同時に宇須美は夢うつつの気分になり、かへがすでに死んでいる事を忘れてしまう。ここしばらく、一体どこへ行っていたのだと責める宇須美に対して、かへは、自分は今けがれの多い場所（地獄）にいて、便りもできなかったと答える。なぜそんな所へ行ったのかと問う宇須美に、かへは泣きながら、兄の刀によって暗い国に追いやられ、そこで炎や雪や鬼に苦しめられ、体を切り刻まれている苦しさを切々と訴える。かへはさらに続けて、この国（現世）では想像できないひどい苦しみだが、少しの隙にここに戻ってきて、恋しいあなたの顔を見、水や花を供えてもらい、恋しいゆかしいと心に思われ、また言葉をかけてもらう時は、そのうれしさに地獄の責め苦も忘れてしまうのだと言う。

> もしいつまでもかく逢ひ見むとおぼさば、必ず仏の道に入りて悟り心になかへしたまひそ。たとへ御身を墨染になしたまふとも、御心だに晴れやらずは、恋しともおぼす御心につきて、いくたびも幻の中に、ありし姿を見せ奉らむ。

いつまでも私に逢いたいと思うならば、仏道に入り悟りをひらいてはいけない。たとえ墨染めの衣を身にまとっても、悟りさえしなければ、私を恋しいと思うあなたの心に引かれて、幻の中に生前の姿を見せる事ができるのだ。かへはそう言っている。

中世の物語や説話には、相思相愛の女が病死し、菩提をとむらう男の前に女の亡霊が現れ、それが男の愛執を断ちきって悟りに導くきっかけになるという話が多くある。それらは、煩悩から人を救う仏教の尊さを讃えるものとなっている。それに対し『西山物語』のかへは、仏教の救いを正面切って否定している。男が悟りをひらき、自分もこの地獄から救われたとして、それが一体何になるのだと言うのである。仏教的救済を拒否して、宇須美も自分も愛欲の煩悩に踏みとどまる事をよしとするのである。『西山物語』は、愛欲を人間の生命の根源として肯定的に描いた西鶴の『好色一代男』と並んで、それまでの恋愛物語・恋愛小説の伝統を革新した、恋愛至上主義の小説である。『西山物語』は、恋愛を一つの思想として定位した思想小説となっていると言ってもよい。

【もっと深く――密通と綾足】

『西山物語』は、源太騒動をもとに若い男女の密通を描いているが、作者の綾足自身、若い頃に密通を犯している。綾足の七歳違いの兄の喜多村監物久通が、役儀のため弘前から江戸に出立したのが、綾足十四歳の享保十七年（一七三二）、その翌年には、綾足の母も妹を連れて江戸に行き、屋敷には、綾足と幼少の弟、それに兄嫁のそね（森岡家から嫁ぐ、兄と同い年）が残された。兄の弘前帰国は、二年後の享保十九年である（綾足は十六歳、兄とそねは二十三歳）。兄や母が不在の間に、綾足と兄嫁はただならぬ仲となり、その関係が兄の帰国後も続くうち、元文三年（一七三八）二月に駆け落ちの計画が兄に発覚する。一人で出奔せよと、知人を通して説得する兄に綾足は反抗するが、結局一人で弘前から去り、再び弘前の地を踏む事がなかった。相手のそねは、すぐに離縁されて実家に戻され、二年余り後に没している。綾足も、密通相手に先立たれた経験を持っているのであった。綾足は、後に書いた『本朝水滸伝』でも、塩焼王と不破内親王の密通を描いている。こちらは男の塩焼王が先に亡くなり、恋人の不破内親王が、すぐ後に墓を抱いて死ぬという事になっているが、密通と死のモチーフは共通する。綾足が「よみの巻」のかへを書く時に、そねの面影を重ねていたように思えてならない。

ちなみに上田秋成は、この『西山物語』の歌舞伎がかった趣向や、めでたしめでたしで終わる、いかにも甘い結末に不満を持ってか、事件の真実をねじ曲げて世人を欺く愚作だと非難して、後に同じ事件を題材に、恋愛をほとんど描かず、死へ突き進む兄妹と母の姿にもっぱら筆を費やした『ますらを物語』を書いた。しかしその秋成も、さらに『ますらを物語』の後に同題材で書いた『春雨物語』「死首の咲顔」では、『西山物語』にかなり近いラヴ・ロマンス風の話に物語を仕立てている。

【テキスト・読書案内】

『西山物語』は、高田衛の頭注・現代語訳がついた『英草紙　西山物語　雨月物語　春雨物語』（新編日本古典文学全集78、小学館、一九九五年）が読みやすい。

源太騒動については、野間光辰（こうしん）「いわゆる源太騒動をめぐって――綾足と秋成――」（『近世作家伝攷』中央公論社、一九八五年所収）、浅野三平「「死首の咲顔」をめぐって――源太騒動と綾足・秋成――」（『上田秋成の研究』桜楓社、一九八五年所収）が詳しく、綾足自身の密通については、長島弘明「綾足の出奔（上）（中）（下）」（『江戸文学』創刊号、第2号、第3号、一九八九・一一、一九九〇・二、一九九〇・六）がある。

（長島弘明）

56

ゆるす心、ゆるせない心

『雨月物語』（読本）

江戸時代を代表する怪談小説として知られる上田秋成の『雨月物語』は、安永五年（一七七六）の刊行である。序文によれば、原稿自体は八年前にできていたものという。『雨月物語』は、「執着」をテーマとした九話の中・短編から成る。崇徳院の墓を訪ねた西行が、院の亡霊と議論を交わす「白峰」、義兄弟となった儒学者丈部左門と軍学者赤穴宗右衛門が、命をかけて信義をまっとうする「菊花の約」、戦乱によって京からの帰郷をはばまれた勝四郎が、亡霊となった妻の宮木と再会する「浅茅が宿」、三井寺の僧興義が、死の淵から生還して夢で鯉となった事を語る「夢応の鯉魚」、隠居の夢然と子の作之治が、高野山で豊臣秀次一行の亡霊の酒宴を目撃する「仏法僧」、吉備津神社の娘磯良が、怨霊となり、遊女と駆け落ちした夫正太郎をとり殺す「吉備津の釜」、網元の次男の豊雄が、真女子という女に化けた蛇に付きまとわれる「蛇性の婬」、廻国行脚の快庵禅師が、食人鬼となってしまった僧を救済する「青頭巾」、金銀を尊ぶ武士岡左内が、枕元に現れた黄金の精霊と金や戦国武将について問答する「貧福論」、以上の九話である。怪談といっても、凄惨な殺人など、ことさらに恐怖をあおる場面の描写は皆無であり、また幽霊や妖怪は、人間と違った恐ろしいものとしてではなく、人間の情念や執着を極限化した存在として描かれている。その意味では、『雨月物語』は徹底して人間を描いた話ということができる。

【あらすじ】

ここでは「浅茅が宿」を取り上げ、『雨月物語』のすぐれた表現を具体的に見てゆくが、まずそのあらすじである。勝四郎は、下総の真間に祖父の代から住む豊かな百姓であったが、家業を嫌っているうちに家は没落する。

『雨月物語』「浅茅が宿」（個人蔵）

勝四郎は家を再興するため、残った田を売って当時都で人気のあった足利絹（あしかがぎぬ）にかえ、妻の宮木（みやぎ）をひとり残し、知人の絹商人に同行して商いのため京へ上った。残される宮木は心細がるが、秋には戻るという夫の言葉を信じて送り出す。程なく真間は戦場となり、宮木は夫の帰りをひたすら待ちわびる。京で一もうけした勝四郎は、故郷が戦場となったと聞いて京を立つが、木曽で山賊に襲われ、この先は通れないと聞くと、家は焼け妻は死んでいるに違いない早合点し都に引き返した。その途中熱病で倒れ、近江（おうみ）で過す事になる。七年後、京周辺にも戦乱が迫り、せめて亡き妻を弔おうと勝四郎は意を決して帰郷した。荒れ果てた真間で、何と家は変らずあり、宮木もやつれてはいるが生きていて、この間のつらさを勝四郎に訴えた。翌朝、宮木の姿は見えず、家も昨日とうって変り荒廃していた。寝室だった場所に塚があり、勝四郎は昨夜の宮木が亡霊だった事を知る。戦乱の間、真間にいた漆間（うるま）の翁（おきな）から、貞節を守った宮木の有様を聞き、勝四郎は改めて悲しみを深くした。

【見どころ】

勝四郎と宮木は相思相愛の若い夫婦である。夫が不在の間もただただ待ち続け、帰郷した夫の前に亡霊となって立ち現れた宮木は、夫をひたすら信じ、夫への一途な愛に殉じた女性に見える。一話は、幽明の境を異にしながらも、愛情と信頼の揺るぎない絆によって結ばれた、希有な美しい物語と言えそうである。しかし、宮木の心情に寄り添って見るとき、事情はそれほど単純ではない。宮木という女性には、夫を信ずる心——あるいは信じたいと思う心——と、夫に対する疑いや不安の心の二つが同居しているようである。

出発の前夜の場面には、かいがいしく夫の旅支度を整えながらも、毎朝毎夕自分のことを思い出して早く帰宅することを切に願う、宮木の心細い思いが描かれているが、勝四郎に出立後には戦乱が起こり、不安は増幅される。

勝四郎が妻(め)なるものも、いづちへも遁(のが)れんものをと思ひしかど、「此秋を待(まて)」と聞(きこ)えし夫の言(ことば)を頼みつゝも、安からぬ心に日をかぞへて暮しける。秋にもなりしかど、風の便りもあらねば、「世とゝもに憑(たの)みなき人心(ひとごころ)かな」と、恨みかなしみおもひくづをれて、

身のうさは人しも告(つげ)じあふ坂の夕づけ鳥よ秋も暮ぬと

かくよめれども、国あまた隔(へだて)ぬれば、いひおくるべき伝(つて)もなし。

村人たちが村を捨てる中、宮木は、「この秋を待て」という夫の言葉を頼みとしながら、秋の到来を指折り数えつつ、不安な日々を過ごす。しかし、約束の秋になっても勝四郎は帰ってこない。秋はほどなく過ぎ去ろうとしており、約束は破られようとしている。「世とゝもに憑みなき人心かな」とは、「世の乱れとともに、当てにならない夫の心よ」というほどの意味であるが、宮木の心には、夫への不信、恨みがきざしてきたことがわかる箇所である。ただし、宮木が勝四郎に伝えるすべもないまま詠んだ、「私のつらい気持は誰も夫に告げてくれないから、逢坂の関の夕告鳥よ、約束の秋ももう終わると告げておくれ」という歌には、まだ夫への不信の色合いは薄く、夫の帰郷を期待する気持の方が強く表れている。

七年後、勝四郎はついに真間に戻った。そこには、とうに死んだと思っていた宮木が、生きて自分を待っていたのである。宮木は、夫不在の間の憂さつらさを切々と語り、最後に勝四郎に向かって、

今は長き恨みもはれ〴〵となりぬる事の喜(うれ)しく侍(はべ)

り。逢を待間に恋死なんは人しらぬ恨みなるべし。

と言った。「あなたが帰ってきてくれて、いままでの長い間の恨みがようやく晴れた。もし、あなたを待っている間に私が焦がれ死にしていたとしたら、恋しい人が私の心を知らないままだという恨みが永遠に残ったでしょうから」という意味である。「生きているうちに勝四郎が帰ってきてくれたので、私のことを忘れてしまったのではないかという不信感がやっと拭われた、怨恨の感情から私は救われた」と、宮木は言って泣き崩れたのである。勝四郎は間に合ったのである。

しかし、である。この翌朝、勝四郎は、昨夜自分が再会した宮木が、この世の人ではもはやなかったことを、残酷にも知ることになるのである。宮木の言葉は、実は亡霊の宮木の言葉、——いいかえれば、死んだ後の宮木が発した言葉だったのである。そうなると、宮木の言葉は、言葉の表面上の意味とまったく反対の意味を持つことになる。「自分が死んだ後に戻ってきて、今さら何の足しになるというのか。この恨みは永遠に晴れることがない」。勝四郎は、間に合わなかったのである。「恨みは晴れた」と表側の言葉は言い、「恨みは決して晴れない」と、裏側の言葉は言う。

ならば、どちらが宮木の本心なのであろうか。恐らくは、どちらも宮木の本心なのであろう。夫との再会を喜び、遅すぎた夫の帰郷に誠意を認めて夫をゆるそうとしたのも宮木の本心、死後の再会は無意味とし、約束を破った夫の不実をなじろうとするのも宮木の本心である。この時点で宮木の心は、夫を信じる心と、夫を信じない心との両端に引き裂かれている。あるいは、宮木という一人の女性の中に、夫をゆるす宮木と、夫をゆるせない宮木の二人の宮木が住んでいるといってよい。

亡霊の宮木とのやり取りの翌日、勝四郎は宮木の墓を発見し、そこに宮木の臨終間際の心情を詠んだ歌を見出す。

さりともと思ふ心にはかられて世にもけふまでいける命か

平安時代の歌人藤原敦忠の歌集『敦忠集』に出ている歌であるが、「それでもいつか夫は帰ってくると期待する我が心にだまされて、よくも今日まで生きてしまったことよ」という意味。「勝四郎は、最早帰ってくるはずはない」と思う宮木に対して、「約束の日は過ぎたが、それでもいつかは帰ってくるよ」とささやく、もう一人の宮木がいたということである。二人の宮木という形で、勝四郎に対する宮木の愛憎両価的感情（アンビヴァレンス）が示されていることになる。

言葉の表面の意味と深層の意味、一人の女性の中に住む二人の女、「浅茅が宿」は、言葉についても登場人物の心情についても、表裏二重の意味を持った両義的な作品である。

【もっと深く――二重化する風景】

言葉や心情だけではない。『雨月物語』では、時に風景さえも二重化することがある。

五更の天明ゆく比、現なき心にもすゞろに寒かりければ、衾帔んとさぐる手に、何物にや、籟々と音するに目さめぬ。面にひや／＼と物のこぼるゝを、雨や漏ぬるかと見れば、屋根は風にまくられてあれば、有明月のしらみて残りたるも見ゆ。家は扉もあるやなし。簀垣朽頽たる間より、荻薄高く生出て、朝露うちこぼるゝに、袖湿てしぼるばかりなり。壁には蔦葛延かゝり、庭は葎に埋れて、秋ならねども野らなる宿なりけり。

勝四郎が、宮木とともに臥した翌朝、目覚める場面である。「有明月」「荻薄」「朝露」「蔦葛」「葎」など、歌語（和歌で用いられる詩的な言葉）が多くちりばめられていて、和歌的情趣に溢れた『雨月物語』でも、もっとも美しい夢幻的な風景描写の一つである。しかし同時に、屋根の穴から見える有明月、簀の子の床を突き破って生え出ている荻薄、袖にこぼれる朝露、壁にまで延えかかる蔦葛、背高く伸びる庭の雑草、どの歌語一つをとっても、家が今や無残な廃屋と化してしまったという残酷な現実を、勝四郎に突きつけるものとなっている。風景もまた、夢幻的な風景と興廃した風景とが、二重写しになっているのである。この二重化した風景の先には、この世とあの世の境界が曖昧になり、ついには此岸と彼岸、現世と異界が重なり合う、『雨月物語』独特の世界が広がっている。

【テキスト・読書案内】

『雨月物語』は有名作品なので、各種の古典文学全集や文庫本に収録されている。そのうちのいくつかを掲げると、原文にもっとも忠実でありながら読みやすさをも心がけた長島弘明校注『雨月物語』（岩波文庫、二〇一八年）、注・現代語訳に評釈を加えた高田衛・稲田篤信校注『雨月物語』（ちくま学芸文庫、一九九七年）、高田衛の頭注・現代語訳がついた『英草紙　西山物語　雨月物語　春雨物語』（新編日本古典文学全集78、小学館、一九九五年）、『雨月物語』の注釈の基礎を築いた中村幸彦校注『上田秋成集』（日本古典文学大系56、岩波書店、一九五九年）がある。

また、『雨月物語』全篇を丁寧に解読した本に、長島弘明『雨月物語の世界』（ちくま学芸文庫、一九九八年）がある。

（長島弘明）

57

廓遊びの虚々実々

『傾城買四十八手』（洒落本）

洒落本は、遊郭での遊びを描く文芸である。江戸の洒落本の典型といわれる『遊子方言』（田舎老人多田爺著、明和七・一七七〇年頃刊）を見てみると、主な登場人物は半可通の「通り者」と初心な「息子」の二人。作中ではこの二人が柳橋で出会い、吉原遊郭へ出掛け、翌朝を迎えるまでが描かれる。途中で通人の「平」が登場し、通人気取りの「通り者」の底の浅さが明らかになる場面もある。会話文はいきいきとした話し言葉で書かれ、地の文では人物の服装・髪型・持ち物などがこと細かに記される。人物の行動は「扇かざして来る」「くわへぎせるにていづる」のように現在形で実況中継的に書かれており、作中の出来事が目の前で展開しているかような感覚をもたらす。

半可通・初心な若者・通人といった人物のパターン、話し言葉で書かれた会話文、臨場感のある文体は、のちの洒落本にも受け継がれていった。ここでは、洒落本の代表的な作者の一人である山東京伝の作品から、『傾城買四十八手』（寛政二・一七九〇年刊）をとりあげ、表現の妙味を味わってみたい。なお、「傾城買」は遊女を買うこと、「四十八手」は、さまざまな手段や手くだを意味する。要するに、遊郭での遊びにおけるさまざまな手くだを描く、というのが『傾城買四十八手』の趣旨である。

【あらすじ】

『傾城買四十八手』は「しつぽりとした手」「やすひ手」「見ぬかれた手」「真の手」の四章からなる（ほかに「そはそはする手」が章題のみ掲げられ、「後編に著すべし」との断り書きがある）。この四章は、それぞれ異なる四組の客と遊女を描いたもので、章と章とが相互に関わりを持つわけではない。いわばオムニバス形式の作品である。

図１　『傾城買四十八手』口絵（『黄表紙　洒落本集』日本古典文学大系 59、岩波書店、1958 年より）

四章に登場する客と遊女の立場や年齢はさまざまで、二人の親密さの度合いもそれぞれ異なる。簡単にまとめると、次のようになる。

「しっぽりとした手」　客…十八歳くらいの息子。遊女…十六歳。店に出て間もない昼三の遊女（揚代が昼夜三分かかる高級な遊女）。二人が会うのはこの日が初めて。

「やすひ手」　客…二十二、三歳。山の手に住む武士で通人。遊女…小見世（格下の店）の座敷持の遊女（自分用の座敷を持つ遊女）。二人は既に馴染みの関係。

「見ぬかれた手」　客…二十二、三歳。大名の家来。遊女…二十歳くらい。部屋座敷の遊女（座敷持の遊女と部屋持の遊女の間のランクか）。この日は遊女にほかの客が来ている。

「真の手」　客…三十三、四歳の色男。遊女…二十二、三歳。大見世の昼三の遊女。二人は将来を約束するほどの間柄。客は遊興費の支払いに困っており、遊女は客の子を妊娠している可能性がある。

このように登場する客と遊女は多様であるが、各章で描写されるのは客が遊女と会う部屋のなかでの出来事に限定されているという共通点がある。舞台となる見世は一つではないが、京伝の文章は、あたかも語り手が四つの部屋を回って実況中継をするかのように、客と遊女らの言動を描き出していく。

【見どころ】

以下に引用するのは「しつぽりとした手」の前半、客である息子と遊女の会話の一部である。

[ムスコ]そんなら客に惚れたのがあるだらう。[女郎]人に惚れるのは嫌ひサ。[ムスコ]そんならわつちらには、なをだらうね。[女郎]ぬしにかへ。トかほをみてわらひ、跡は申ゝすめへ。トふとんの隅へつけしくゝり猿を、ひねくつてゐる。[ムスコ]じらしなさるね。[女郎]モシへわつちやたつた一ッ、願ひがござんすよ。[ムスコ]どふ云願ひだ。[女郎]わつちが惚れた客しゆの来なんすやうにさ。[ムスコ]おめへ今、惚れたものはねへといつたじやねへか。[女郎]たつた一人ござんすよ。[ムスコ]うら山しい事だの。どこの人だへ。[女郎]だまつてゐる。[ムスコ]コウどこの人だへ。[女郎]おまへさ。トおもひきつていふ。[ムスコ]でへぶあやなしなさるもんだの。トむねどき〳〵。[女郎]ほんでござんすよ。それだけれど、わたしらがやうなものだから、もうこれぎりでお出なんすめへね。[ムスコ]もつてへねへ。おめへのやうな美しひ女郎しゆだものを。

初めて会う息子と遊女が、互いに好感を持ちながらそれをすぐに言わず、相手の気持ちを探りながら次第に距離を縮めていく。遊女が息子に気持ちを問われ、「跡は申ンすめへ」とごまかしながら布団の隅のくくり猿（布に綿を入れて縫い、猿が体を丸めた姿に作った飾り）をいじっているところや、その後の遊女の思い切った告白に息子がドキドキしているところなどは、客と遊女の若さと初会の緊張感を見事に描き出している。

次に「見ぬかれた手」を見てみよう。以下に引用するのは、遊女が客の待つ部屋に入った後、通りかかった野だいこ（特に芸のないたいこ持ち）に声をかけて中に引き入れ、自分は別の客の待つ部屋へ行くためにさりげなく中座する場面である。遊女と野だいこの言動が見どころである。

奥廊下より、片手に草履を持ち、野だいこの何がし、もし知つた客がゐらば、押し売りせんと、座敷〳〵を丁寧に覗ひて通るを、此女郎見つけ、でへぶいゝ色だよ。[たいこ]コレハ山さん、客人かへ。ト屛風のうちを覗き、これはどふだ。源吾さまではござりませんか。[客]ヲ、どふりで、聞ひたやうな声だと思つた。マアこゝへ。

たいこ御めんなさりまし。先お久しぶりでござります。度〳〵お出なさるなら、ちよつとお知らせなすつてはくださりませんで、お恨みでござります。ホイ又あすこへ、煙管筒をおき山検校だ。トわざと古ひ洒落をいふ。**客**イヤじつにしばらく来なんだが、このごろすこし始めたのさ。此せつやかましいから。**たいこ**なるほど、いづれな。アハ〳〵〳〵。トつきもない所でそら笑ひする。**女郎**ふつと、気のついた皃にて、あの子はモウ、何を言ひ付けても、らちのあかねへ引きずりづらだヨウ。トいふをしほに立て、又名代の座敷へはづす。**たいこ**はづすなと思ひながら、イヨ〳〵かんしやく〳〵。トまぎらしてやり、ときに今晩は、お一人かへ。**客**此ごろは連は一切ないのさ。**たいこ**コレハきつい。モシ此女郎衆も、手はまんとしこんでござります。

野だいこは祝儀をくれそうな客を探しており、遊女は客を不快にさせずに中座するきっかけをうかがっていた。部屋の前を野だいこが通りかかったのは、遊女にとってはいわば渡りに船。部屋に入った野だいこは愛想笑いをしながら客の相手をし、遊女は禿に小言を言いに行くふりをして席を外す。野だいこがそれを察しながら「かんしやく〳〵」と遊女をからかう発言をするのは、遊女がほかの客のもとへ行くことを目の前の客にさとられないようにする機転であった。ちなみにこの後、野だいこは客が祝儀をくれることを期待して機嫌取りに努めるのだが、あてが外れて祝儀はもらえず、「ちよつとあすこに用事が」と部屋を出て行ってしまう。一人残された客は遊女の帰りを待ちくたびれて不機嫌になり、帰ろうとするが、そこに遊女が戻って客をなだめすかす展開になる。

ところで『傾城買四十八手』には、各章の末尾に「評ニ日」として、作中の人物や情景に対する評が記されている。例えば「しつぽりとした手」の評には、作中の遊女について「此くらゐの時分は、まだやり手やばんとう女郎をこはがりて、人に惚れても、心でばかり思つて居るものなり」とあり（「やり手」は遊女屋で遊女の監督や客への応対などを担当する女性、「ばんとう女郎」は姉女郎の世話をする遊女）、息子については「今時の小むすこは、とかくゆきすぎて、洒落たがるものなるが、此客はそれがなく、女郎に思ひつかるゝ風なり。まことに此とりくみなぞが、浦山しき遊びなり」とある。この「しつぽりとした手」の息子と遊女のありさまは、いわば理想的な遊びの情景だというのである。

「見ぬかれた手」の評には、作中の遊女について「いつたい人をころりとさせるふうにて、なか〳〵色男に惚れるたちでなし。又なに事にも捌きたがつて出すぎる故、二階ぢうでは憎まるゝたちなり。こふ云女郎は、たてごかしにして、こつちの釜にすると、又よき事あり。むかふづらへまはしては、うるさきやつなるべし」（ひとを夢中にさせるが、自分は色男に惚れるたちではない。何でも自分が中心になって仕切ろうとするので、仲間うちでは憎まれる。こういう遊女は、おだてて味方につけておくと良い。敵に回すと面倒な相手である）と書かれている。これは遊女に対する評であると同時に、こうした遊女に対して客はどのような心構えで臨むべきか、という客の側に立った遊興論にもなっている。

客の側から遊びの場を観察する――その姿勢は実は『傾城買四十八手』全体に貫かれている。前述のとおり、各章はいずれも、客が遊女と会う部屋での出来事を描いている。「しつぽりとした手」と「真の手」では冒頭から遊女が客とひとつ部屋のなかにいるが、「やすひ手」は客が三味線を弾きながら遊女を待つ情景から始まり、「見ぬかれた手」は客が煙草を吸いながら遊女を待っている情景から始まる。つまり語り手が常に目を向けているのは客であり、必ずしも遊女ではない。あくまで客を中心とした情景描写がなされていると言っていい。

【もっと深く――山東京伝の洒落本】

山東京伝は『傾城買四十八手』のほかに十六作の洒落本を残しており、その内容はバラエティーに富んでいる。例えば『息子部屋』（天明五・一七八五年刊）と『吉原やうじ』（天明八・一七八八年刊）は遊興論を展開したものであり、『客衆肝照子』（天明六・一七八六年刊）は歌舞伎役者のせりふと身振りをまねる身振り声色芸の本を模倣し、さまざまな客と遊女の生態をせりふと身振りの描写で表したものである。『古契三娼』（天明七・一七八七年刊）は吉原・深川・品川でそれぞれ遊女勤めをした三人の女性が引退後に隣人同士となったという設定で、三人の会話を通じて当時の吉原・深川・品川の様子を描き出す。『総籬』（同年刊）は、京伝自身の黄表紙『江戸生艶気樺焼』（天明五年刊）の主人公仇気屋艶二郎を取り巻きの喜之助・志庵とともに登場させたもので、この三人が連れ立って吉原の著名な遊女屋に遊ぶという筋立てである。『古契三娼』と『総籬』には、当時の実在の店や人物の名前を示しながら内情を書く「うがち」の姿勢が見られる。

中国小説『水滸伝』の登場人物が江戸の遊里に遊ぶ設定の『通気粋語伝』（寛政元・一七八九年刊）、百科事典『訓蒙図彙』の形式を摸倣し、遊里の諸事物をおもしろおかしく並べた『新造図彙』（同年刊）などは、パロディーの要素が強い洒落本と言えよう。

寛政三年（一七九一）に出版された『仕懸文庫』『娼妓絹籭』『錦之裏』は江戸以外の土地の遊郭を描く体裁で、内実は同時代の遊里（『仕懸文庫』は深川、ほかの二つは吉原）を描いたものである（『仕懸文庫』は鎌倉時代の大磯、『娼妓絹籭』は「むかし」の大坂新町、『錦之裏』は後一条天皇時代の摂州神崎を舞台としている）。『仕懸文庫』では本を包む袋に「教訓読本」と掲げたうえ、跋文に教訓的な文言を記し、『娼妓絹籭』では附言に教訓的な文言を記している。これは寛政二年（一七九〇）に好色本を禁じるお触れが出され、洒落本に対する統制が厳しくなったことを受けてのものと考えられる。

この三作は版元仲間による検閲を通過して出版されたが、内容が不適切であるとして町奉行に咎められ、著者の山東京伝、版元の蔦屋重三郎、検閲を担当した版元二名そして京伝の父が処罰される事態となった。その後、洒落本は一時的に衰退して復活するが、五十日間の手鎖の刑に服した京伝は洒落本を一切書かなくなった。権力者による弾圧は洒落本というジャンルを廃滅させるには至らなかったが、京伝という個人には大きな衝撃を与えた。洒落本と黄表紙の作者として経験を積んできた京伝は、こののち、江戸読本と合巻の作者として戯作界に足跡を残すこととなる。

【テキスト・読書案内】

『傾城買四十八手』の注釈付きの活字翻刻に『黄表紙洒落本集』（日本古典文学大系59、岩波書店、一九五八年）、『洒落本　人情本　滑稽本』（新編日本古典文学全集80、小学館、二〇〇〇年）がある。山東京伝の洒落本をすべて収めた活字翻刻に『山東京伝全集』第十八巻（ぺりかん社、二〇一二年）がある。

京伝の洒落本については水野稔『江戸小説論叢』（中央公論社、一九七四年）所収の諸論考、京伝の洒落本筆禍事件については佐藤至子『江戸の出版統制　弾圧に翻弄された戯作者たち』（吉川弘文館、二〇一七年）に詳しい。

（佐藤至子）

58

恋愛小説の無限変奏

『春色梅児誉美』五部作（人情本）

為永春水（一七九〇〜一八四三）は、江戸生まれという説が有力であるが、春水が書いた『疱瘡安体さゝ湯の寿』（東京大学総合図書館蔵、江戸後期）の自序に「此本の作者は生国越前湯尾（福井県南越前町湯尾峠）の麓にて誠に軽き者の孫嫡子なり」とあるため、越前出身である可能性も高い。若い頃の経歴は不明なままで、確認できるのは、講釈師として活動した三十一歳頃からである。春水は、越前屋長次郎を名乗りながら、書肆青林堂も経営したが、文政十二年（一八二九）の火事でその書肆は灰燼に帰してしまった。その絶体絶命の窮境から春水を救ったのが人情本『春色梅児誉美』（天保三〜四・一八三二〜三三年）である。命がけで書いた『春色梅児誉美』が幸いにも人気を博したことで、九死に一生を得たのである。『春色梅児誉美』は、「児誉美」（暦）というタイトルにちなんで四編（四季）、十二巻（十二カ月）、二十四回（二十四節気）という構成を取っていることも興味深い。この構成からもわかるように、『春色梅児誉美』は、本編で一応の完結をみている。しかし、その人気によって次々と続編が刊行され、五部作にまで膨らんだシリーズ物となった。

【あらすじ】

吉原の遊女屋・唐琴屋の若旦那だった丹次郎は、番頭鬼兵衛の姦計に落ち、中の郷に隠れ住んでいた。『春色梅児誉美』は、丹次郎の情人である米八が身を隠していた彼を探し訪ねてくる場面から始まる。米八はもとは吉原芸者、現在は深川芸者として丹次郎に尽くす。また、偶然再会した許嫁のお長も、浄瑠璃語りになって丹次郎を助けようとする。この三人の三角関係から起こるエピソードを中心に悪人の鬼兵衛が懲らしめられるまでの物

『春色梅児誉美』四編（国立国会図書館蔵）

語が語られ、最終的に丹次郎にかけられた疑いは晴れ、三人はめでたく結ばれる。髪結いのお由と通人の藤兵衛、花魁の此糸と根岸の半兵衛との恋愛物語なども添えられる。

本編の人気に便乗しようと企画された続編『春色辰巳園』（天保四～六・一八三三～三五年）は、ハリウッド映画などでよく使われるスピンオフ方式でつづられ、新しく登場した恋敵の芸者仇吉と米八との葛藤を中心に構成されている。米八・仇吉の葛藤は、本編における米八・お長の出来事と場所は異なっているものの、ほぼ同時に起きていたエピソードであり、本編との連続性を持たせている。

三作目の『春色恵の花』（天保七・一八三六年）は、丹次郎・米八、半次郎・此糸らの主役組に関する本編の前日譚としてつづられている。いわゆるプリクエルという手法である。

四作目の『春色英対暖語』（天保九・一八三八年）は、再び本編の脇役だった深川芸者の増吉とお房がスピンオフされ、主役として描かれる。増吉は、炭薪問屋を営む宗次郎を巡ってお柳と三角関係になるが、さまざまな事件を乗り越えてめでたく結ばれる。一方のお房は、甥の峯次郎を巡って同じく深川芸者である実姉の紅葉とも三角関係になる。姉妹の葛藤は、最後の続編である『春色梅美婦禰』（天保十二・一八四一年）に持ち込まれる。
『春色梅美婦禰』では、お房・紅葉の前に峯次郎の伯父の娘にあたるお京という新しい恋敵も登場し、さらなる葛藤が展開される。また、最終編らしく、本編の主役だった米八や此糸らのエピソードも添えられ、大団円を迎えるのである。

【見どころ】

『春色梅児誉美』は、恋愛小説である。恋愛小説といえば、恋愛シーンがどのように描かれているのかが、まず気になるところであろう。『春色梅児誉美』第十五齣のお由と藤兵衛が再会する場面で、二人が交わすせりふは、次のようである。

由「死んでもよいヨト膝にしがみついて、顔を赤らめうつむく。

藤「薄着では寒かろうと夜着を掛てやり、あゝ何だかおれも寒いと夜着をかぶる。

女の積極的なアピールと照れ気味の男の本音が透けて見えるせりふのリアルさや迫真感は、本作の最も面白い見どころとしてあげられよう。
五部作のそれぞれに登場するヒロインは、粋でありながら個性豊かな人物として描かれている。おのおの異なる個性の持ち主なので、愛する男に対する接し方もさまざまであり、その差を見比べながら読んでいくことも実に楽しい。また、春水は、主人公らの身に最新ファッションをまとわせ、当時の江戸で実際に販売していた化粧品なども使わせる描写を加え商品の宣伝もしていた。例えば第十四齣には次のような場面がある。

おいらんは年ごろ十八九、きりやうは故人の路考を生うつし、髪は割唐子に結て、さしものも立派に見え、衿元雪より白く、あらひ粉にて磨きあげたる顔へ、仙女香をすりこみし薄化粧は、ことさらに奥ゆかしく、

「仙女香」は、改掛名主（書籍の出版前に検閲をおこなう名主）の和田源七が製造していた白粉である。このように文中に商品名を出すことは、当時としては単なる宣伝だったと思われるが、現在は、当時の庶民文化が具体的に読み取れる見どころとなっている。作品の至る所に挿入されている広告を探りつつ読んでいくのも、またひと味違った楽しみかたであろう。

春水が現代の映画やドラマで使用されそうな編集技法を小説に取り入れているのも見どころの一つである。春水は「段取り」と呼んでいるが、これは現在でいうクロスカッティングの技法である。クロスカッティングとは、異なる場所で同時に起きているシーンを交互につなぐことで臨場感や緊張感などの効果を醸し出すもので映画やドラマで用いられる編集技法である。例えば、第六齣は、丹次郎とお長の密会が米八に見つかってしまう場面である。丹次郎とお長が鰻屋の二階にいるとき、米八が店の一階に入ってくる。ここで春水は、鰻屋の一階と二階で同時に起きている出来事を交互に描写している。

　丹「勘定して呉なよと手をたたく。外に客もなく小軒な宅ゆえ、下へ直に聞え、下女が来れば代をはらい、二階をおりるその時しも、客を送っていそがしげに、このうなぎ屋へ入来る米八、

（中略）

よね「梅の字サアあがんなナ。

うめ「さきへ行な。よね「ナニ小用か。おいらもいこふや。

この場面では、クロスカッティングで得られた緊迫感を利用しながら、連続ドラマで常用されるクリフハンガー技法（春水は「文続」と呼んだ）も用いられている。クライマックスのところで突然話を切り、続きを次編に持ち込むことで、読者に続きが気になるようにさせる方法である。

　ほかにも、春水は、最初から見せ場を設け、視聴者の興味を一気に引き出す方法（現代の映画やドラマ現場では「張り手型」という）や場面を前後させることで緊張感をあげるカットイン、フラッシュバックなどの編集技法も使っている。このように、読者の興味を物語に引き付けようとさまざまな工夫を施しているところが本作品の興味深いところである。

【もっと深く――現代大衆芸術に通じる技法】

　春水は、本編の中で続編に備え、スピンオフできそうな脇役が登場する場面を設けている。あくまでも異なる場所で同時に起きている程度の設定で、緻密に計算されていたわけではなかった。五部作に見られるさまざまな三角関係も、丹次郎・米八・お長の三角関係パターンの繰り返しや変奏にすぎなかった。しかし、現代の観点からみると、その場しのぎのように続編を作る春水の技法は、マーベルのヒーロー映画シリーズ（マーベル・コミッ

クはアメリカの漫画出版社。実写映画に「アイアンマン」「キャプテン・アメリカ」「スパイダーマン」などがあり、複数の作品が同じ世界観を共有している）がそうであるように、数多くのハリウッドの映画では当然のように使われる技法である。また、パターンの複製や変奏も、現代大衆芸術では常識となっている。小説で商業的成功を収めようとした江戸時代のプロ作家、為永春水の試みと現代の大衆芸術に見られる特徴の共通点を見いだしながら『春色梅児誉美』五部作を読んでいくことも、作品の楽しみ方の一つといえよう。

【テキスト・読書案内】

『春色梅児誉美』五部作は、早稲田大学図書館の古典籍総合データベース（http://www.wul.waseda.ac.jp/kotenseki/）や立命館大学ＡＲＣ古典籍ポータルデータベース（http://www.dh-jac.net/db1/books/search_portal.php）でデジタル資料の閲覧が可能である。

また、翻刻には以下の資料がある。

①中村幸彦校注『春色梅児誉美』（日本古典文学大系64、岩波書店、一九八三年）
②古川久校訂『梅暦』（岩波文庫、一九五一年）

①は、『春色梅児誉美』と『春色辰巳園』を収録し、詳しい注が付けられている。②は、五部作全編が翻刻されている。

『春色梅児誉美』を含む春水人情本についての近年の研究書としては、以下のものがある。

①鈴木圭一『中本研究　稽本と人情本を捉える』（笠間書院、二〇一七年）
②武藤元昭『人情本の世界　江戸の「あだ」が紡ぐ恋愛物語』（笠間書院、二〇一四年）
③崔泰和『春水人情本の研究　同時代性を中心に』（若草書房、二〇一四年）
④井上泰至『恋愛小説の誕生　ロマンス・消費・いき』（笠間書院、二〇〇九年）

（崔泰和）

59

青年文人がつづる遊びの精髄

『ひとりね』（随筆）

古典文学の中で、「随筆」と呼ばれるジャンルがある。中学校や高等学校の教科書に取り上げられ、「随筆」と聞けば誰しも『枕草子』『方丈記』『徒然草』といった書名を思い浮かべるであろう。文学史の上では、これら随想的あるいは内省的な書き留めに限らず、広く雑録や言葉や事象の考証を記したものも含めて随筆と呼んでいる。江戸時代中期の文人であり、画家としても一家をなした柳沢淇園の随筆『ひとりね』［図1］は、『徒然草』の影響を強く受けながら、近世的な恋愛論や独特の女性観を吐露しているという点で江戸時代の随筆を代表するものといえる。

【作者と成立事情】

柳沢淇園（一七〇三～一七五八）、家はもと曾禰氏、父親の保格の時に主君の姓である柳沢を賜った。名は貞貴、後に里恭（主君柳沢吉里の一字を拝領したもの）、字は公美、号は淇園の他、玉桂、かつら、郡山散人などがある。

淇園は『ひとりね』の中で、甲斐国（山梨県）との関わりに触れて次のように述べている。

余もうまれたる年に甲斐の国にゆき、十四の年より江戸の古里へ帰り、十六の春又甲斐にゆき、その暮に又江戸に帰り、十八の暮又甲州に帰りて、またことし大和へ来りぬ。

柳沢吉保は、宝永元年（一七〇四）十二月に甲府十五万石を与えられた。淇園[1]はこの年に江戸で生まれたというが、淇園の父保格は柳沢家の家老を務めていたため、生後まもなく淇園は父とともに甲府に下った。七歳の時、父は隠居、家禄は兄三千石、淇園二千石に分けられ、淇園は馬廻役として仕えることになる。青少年期より主君の側で趣味の相手をしたものと考えられている。早く谷口元淡に朱子学を学び、柳沢家に出入りしていた荻生徂徠の影響もあって唐音（中国語）を学ぶ。種々の芸能にも精通しており、細井広沢に書道を、十一代観世新九郎に鼓を、吉田秀雪（英元章）に長崎派の絵画を習い、この外、禅学・俳諧・茶道・香道・篆刻などにも及んでいる。なお、淇園は絵画（漢画）で有名であるが、その作品の多くは壮年期の筆になるものである。

　宝永六年（一七〇九）正月、柳沢吉保の権力の源であった将軍徳川綱吉が死去、同年六月、吉保は隠居し、吉里が跡を継ぐ。六代将軍家宣は新井白石を登用して改革を進めるも、家宣とその子の七代将軍家継が相次いで没し、

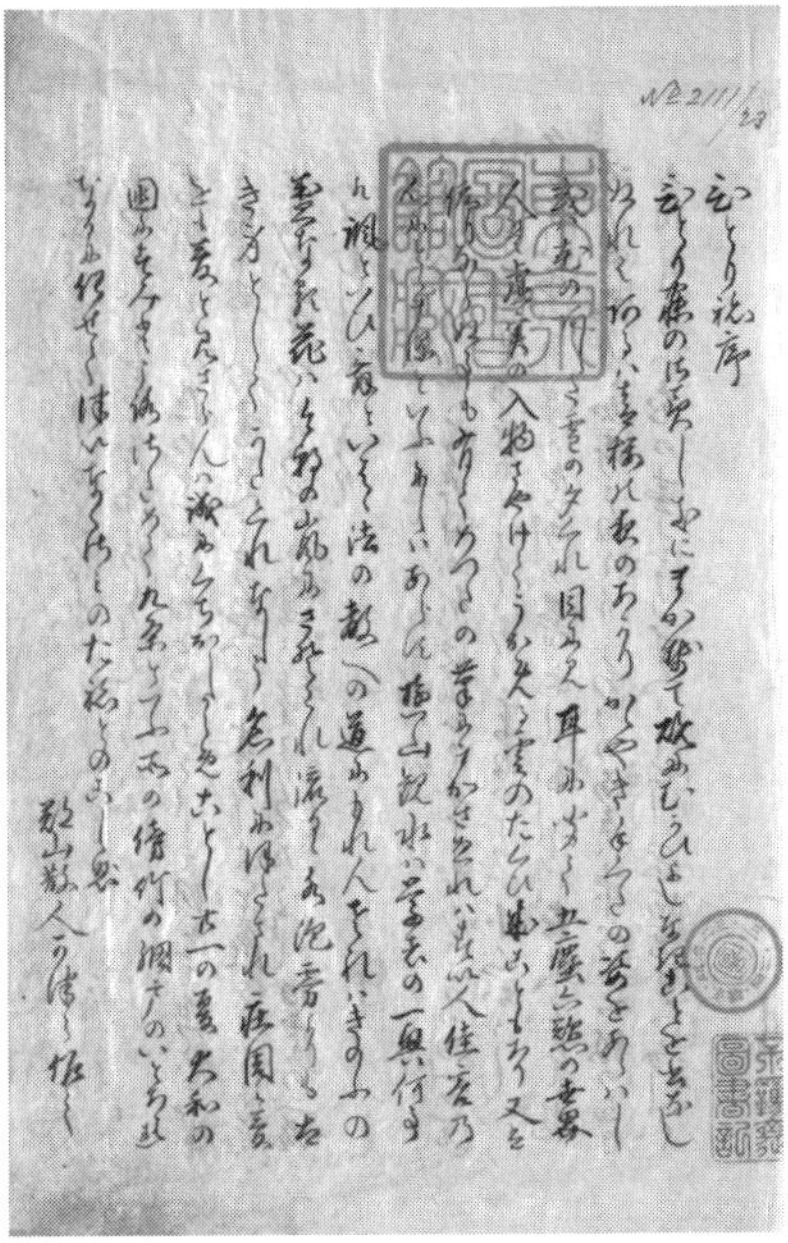

図１『ひとりね』冒頭（国立国会図書館蔵）

享保元年（一七一六）吉宗が八代将軍となると、同九年（一七二四）、柳沢吉里は石高こそ削られなかったものの江戸から遠く離れた大和郡山へ転封を命じられた。淇園も兄とともに繁華な江戸を後にしてはるばると大和に向かうことになる。淇園二十二歳▼[2]（本文は「二十一」）のことである。先に引用した文章によれば、淇園が江戸で過ごしたのは多感な青年期であり、この間に遊里（江戸の吉原）に出入りして遊蕩の境に身を置いたのであった。

　環境の突然かつ劇的な変化は淇園の心にも影を落としたことは想像に難くない。この移転をきっかけとしてこの『ひとりね』は書かれた。

されば、きのふの盛なる花は今朝の嵐にさそわれ、流るる水のあわ霧よりももろき身として、かたくれなしう名利にほだされ、荘周が夢をも見ざらんは誠にくちおしからめ。ことし二十一の夏、大和の国にすみどころさだめて、九条といふ所の傍、竹の網戸のいとあはれなるに任せて、ついなぐさみのたねとのこしぬ。

「きのふの盛なる花は今朝の嵐にさそわれ」とは、主家ならびに自身の運命の変転を慨嘆したものといえよう。名誉や利欲に束縛されて窮屈な状態でいるよりは、荘子

が見た夢のように自由な境地に悠々と遊ぶに越したことはないと、この随筆を書くに至った背景を語っている。
内容は好色生活や諸芸にまつわる随想、方言や文物の考証、趣味や嗜好への言説など多岐にわたり、作者の博識ぶりがうかがわれる。また、随所に『徒然草』を彷彿とさせる文章をちりばめ、いわば『徒然草』を近世的（当世風）に「やつし」たものと見ることもできるだろう。

【見どころ】

右のように淇園は主家の転封とともに江戸から上方（大和郡山）――繁花の大都会江戸から鄙びた大和へ――移った。淇園が青春期を過ごした江戸はまだ、元禄期の豪奢な雰囲気が色濃く残っていた。『ひとりね』には、その空気を物語るエピソードが紹介されている。
「いかさまにも江戸は繁花の土地、いふもくだなれども、地女の豪傑のともがら多し」として、淇園は「十七歳」の年、友人とある貴人のところへお供で行ったときの体験談を記している。先方で御酒をたまわったが、多くの女性が三味線を弾いて淇園に酒を勧める。淇園は緊張のあまり「穴あらば畳のうちにも入りたきほどに赤面」したところ、悪じゃれに長けたお色という女が大勢が見る中にて無理無体に淇園の口をすった（接吻した）のである。後で聞けば、当主の奥方がうぶな淇園が困惑するのをからかって笑うための策略であった。
この話に続けて淇園は次のように書いている。

　さりとて、人の見る前にて口をすふてやらんといふ心ざし、上方辺にはあまりあまりなからん。お色などほどうつくしき地女はすくなかりし。なれどもどこやら物ごしにいやなる気味ありし。

「地女」とは「遊女」に対して一般の女性を言う言葉――後で述べるように、『ひとりね』の中では偏見と思われるほどに「地女」を嫌う発言が目につく。淇園は大の地女嫌いなのである。武家の奥に仕える女性の大胆な振る舞いについて淇園は、過去の自分を「いかいたわけかな」と評し、「その折殊の外腹立てしも残念なり」「今の心ならばかたじけながるべきに」と言っているが、こうしたいたずらが武家の屋敷で行われるところに当時の時代相が垣間見える。
『ひとりね』の多くの部分を占めるのは、好色にまつわるものである。

　「人世七十、古へよりまれなり」といふこと、尤ものことなり。今さらに改めていふはおかしからねど

> も、さりとて遊ぶといふことしらぬ人、世に多し。ひとの十歳までは心もなし。はや十二、十三才になりては、書をも是非をもわきまふるうへからは、人はいかやうにして終はるといふことに気のつくべきことなるに、かしらは薬罐、髪は三輪索麵、鵺のやうなる年になるまで、世に面白いといふことしらず、親さへ結びてあてがへば、いきもはりもなき、顔は春日野の鹿を見るやうなる女房より外、かはゆひものなしと合点して棺に入ることこそいと口惜しけれ。

淇園のこの随筆に多大な影響を与えているのが『徒然草』である。兼好法師は、無常迅速のこの世においては、いつ死ぬとも知れぬ身であるから、名利を捨てて心を平安に保つことが肝要であると主張した。近世人である淇園は、ひとがいずれは死ななければならぬ宿命を負っている以上、「面白いこと」（遊女買い）を味わないのは残念であるという。淇園は短い人生で何をなすべきかという兼好と同じ命題の上に立ちながら、中世的な隠遁から近世的な享楽へと価値的転換を宣言する。

淇園は右のように好色による享楽生活を積極的に肯定するものの、好色のありよう、理想的な在り方をさまざまに規定している。

> 女郎買ひて慰むは、水遊びの上もり、世界のたのしみの極意にして、人間の是より真のたのしみなし。身を売るといふ事、さりとてさりとて悲しき中に上盛の悲しさ、何ゆへぞや。父母の為なり。世には鳩のはかりという仏のためしもあるに、現在、あられもない、ととさま、かかさまに見せぬはづかしひ所を、関東育ちの荒武者大臣、身骨は熊のごとく、口は薤畑のごとく、声はつき鐘同前、物ごとふつつかに、酒みだりにのみなし、（中略）緋ちりめんの戸帳、無性に狼藉仕り、その上指人形の所作を所望し、口すひかかる時には、心はきへぎへと仕り給ふべきを、少しもいとはず、舌一ぱい出してむまそうふにすはせて、随分といきつゐたふりして、その男の帰る時、なつかしそうにもあり、残り多そふにも見せかけ、文遣はし便り求めて、「いかなる縁にや、かたさまの御事、思ひあかし」のうらはらなるうそとは思えども、よく味はへば礼にあらずして何ぞや。
>
> 智恵のある人、発明なる人ほど、この道たはけなる

ものなり。（中略）学才ある人ほど色の道ふかし。

淇園は地女を毛嫌いする一方で、遊女を絶賛、遊女買いを遊びの最上に位置付ける。さりとて、それは買う側の身勝手なものであってはならない。遊女は複数の客を取らざるを得ない境遇に置かれているから、客に対して「うそ」をついたり冷たい態度をとったりする。それを批判しては元も子もないとする。かわゆいと思う女郎に愛情の見返りを求めず、「まこと」を尽くして通うのが遊びの精髄とするのである。ひたすら、その遊女のことを思い詰め、外の女の手を握ることもしない男や、ことわざにいう「尾生の信」（中国春秋時代魯国の尾生は女と橋の下で会う約束をしたが、女は来ず、川の水が増しても動かず、ついに橋杭に抱きついたまま死んだ）のような振る舞いこそ称賛すべき態度である。江島其磧の浮世草子に描かれたような、金にまかせて遊女をさいなみ苦しめる客の態度とは対極にあると言えよう。忍耐、我慢して「かはいらしき」遊女に思われるのが理想的な遊女買いのありようであった。また、若き淇園の好みは第一に遊女の「かわいらしさ」「あどけなさ」といった心情的な要素を、次いで顔かたちという視覚的な要素を重んじていた。逆に、女郎の過度に賢過ぎるもの（「ちゑすぎたる」）は嫌っている。淇園にとって精神的・倫理的な側面が重要視されているといってよい。すでに指摘されているように、柳沢淇園の「まこと」の説は、その淵源は朱子学的な概念を下敷きにしたものであった（中村幸彦「柳里恭の誠の説」）。

『ひとりね』を執筆した後、二十五歳の時、淇園は兄の跡継ぎとなったが、翌享保十三年（一七二八）、度重なる「不行跡」を理由として跡継ぎの身分を停止され、また名乗りの「里」の字も取り上げられるに至る。大和に住んでからも『ひとりね』にしばしば登場する奈良の木辻遊郭に出入りしていたことが理由かと推測される。兄の死もあり、二十八歳で復権するが、彼の後半生は藩の重役として種々の政務をこなしていったようである。

『ひとりね』には卯古という、後家（未亡人）好きの俳人（淇園より二十歳ほど上）とのやりとりが書き留められている。

とかく世にはその道にすきずきありて、古物すくあり、あたらしい物をすくあり、あたらしくもなく、古ふもないをすく人あり。余などが心から見れば、床などに心をつくること、いやしきことなりとおもひ、とかく女も若衆も顔かたちこそ忘られぬと思ひぬれば、卯古がいふには「それはお前の今から九年も十年も過ぎて御覧なき故のことなり。三十になりてからは食物に世話あり。地女が好きになる」といふ。とかくその時にならずは知れまじきと思ふ。辛酸をなめた後、淇園の女性観がどのように変わったのか、それとも変わらなかったのか、興味のあるところであるが、定かに知られない。

【テキスト・読書案内】

①中村幸彦他校注『近世随想集』（日本古典文学大系96、岩波書店、一九六五年）

底本を天理大学附属天理図書館所蔵の「ひとりね」（藤井紫影旧蔵本）として諸本を校合した本文に注釈を施したもので、最も信頼できる本文である。

②中村幸彦「柳里恭の誠の説——付　淇園略伝」（『中村幸彦著述集』第一巻、中央公論社、一九八二年）

「ひとりね」に見られる柳沢淇園の「まこと」の説を儒教倫理から分析した論。

③植谷元「柳沢淇園の生涯」（植谷元『日本書誌学大系102　江戸の文人画人』、青裳堂書店、二〇一三年）

大和郡山との縁があった著者が、淇園に関する資料を博捜してまとめた詳細な伝記。雑誌『国語国文』（二四巻四号）に発表された旧稿を増補改訂したもの。従来、墓誌に誤りが多いことから、「ひとりね」の記載によって伝記的年次が推定されてきたが、近年の「柳沢権太夫家譜」（柳沢文庫）の再発見により、「ひとりね」の年次は実際よりも一年若い年齢が記載されていることが明らかになったという。

【注】

▼1　本稿では、右の植谷論文により、柳沢淇園の生年を、従来の宝永元（一七〇四）ではなく、元禄十六（一七〇三）年とした。

▼2　同右

（丹羽謙治）

60

亡妻を恋うる記

『追思録』（漢詩文）

夫婦の情愛を示す作品は、江戸時代の文学に数多くみられる。しかし、その描写の克明さと慨嘆の強烈さで、強烈なインパクトを持つ文章がある。広瀬旭荘（一八〇七～一八六三）が、二十九歳で亡くなった妻松子との思い出について記した『追思録』がそれである。

広瀬旭荘は、豊後の日田（現大分県日田市）にある私塾咸宜園の学祖であり、教育者として名高い広瀬淡窓の弟であり、江戸や大坂などで、漢詩人として活躍した。その詩は、特に漢詩の本場である中国において評価が高いことで知られる。後代、清末の学者兪樾によって、日本人の漢詩のアンソロジーである『東瀛詩選』が編まれたが、その際、旭荘は、兪樾から「東瀛詩人の冠（日本最高の漢詩人）」と評され、ほかの詩人に比して多くの詩篇が採録されている。

文学者の中村真一郎は、この『追思録』について、「ここに吐露せられた夫の妻に対する愛の激しさ、また妻の夫に対する気持ちの細やかさは、あたかも近代の甘美な恋愛小説を読む観があり、私たちが漠然と「儒者先生」という言葉から想像するものとはまったく異った、熱烈、純粋、真率なものである」（『江戸漢詩』岩波書店、一九九八年、初出一九八五年）と評した。その内容がいかなるものであったかを見てゆこう。

【概要】

『追思録』［図1］は、天保三年（一八三二）十一月から、弘化元年（一八四四）十二月までの十二年間の妻松子と旭荘との間の言動が、特に天保十五年（一八四四）五月に江戸に到着し、病を患い、同年（弘化元年に改元）十二月十日に没するまでを中心として、約五十条の漢字片仮名交じりの文章（本項目では平仮名に直した）によって記されている。

冒頭、松子と結婚する経緯が書かれている。松子と結婚する以前、二十四歳の時、旭荘は、最初の妻足立氏（アサ）と結婚したが、一年足らずで離婚となった。その後、合原家より松子を娶った。

結婚当初、旭荘は、兄淡窓の跡を継いで、咸宜園の塾主を努めていたが、後にその実質的な経営を淡窓に委ね、自身は多くを旅で過ごした。旭荘が「十二年一月の間に、五年餘の別居せり」と記すように、その半分近い時間を離れ離れで過ごしたが、二人の間には、二男一女が生まれた。このうち、次男悌次郎、長女誦は生後一年足らずで夭逝するが、長男孝之助（後の林外）は、淡窓の養子となって咸宜園を継ぐことになる。

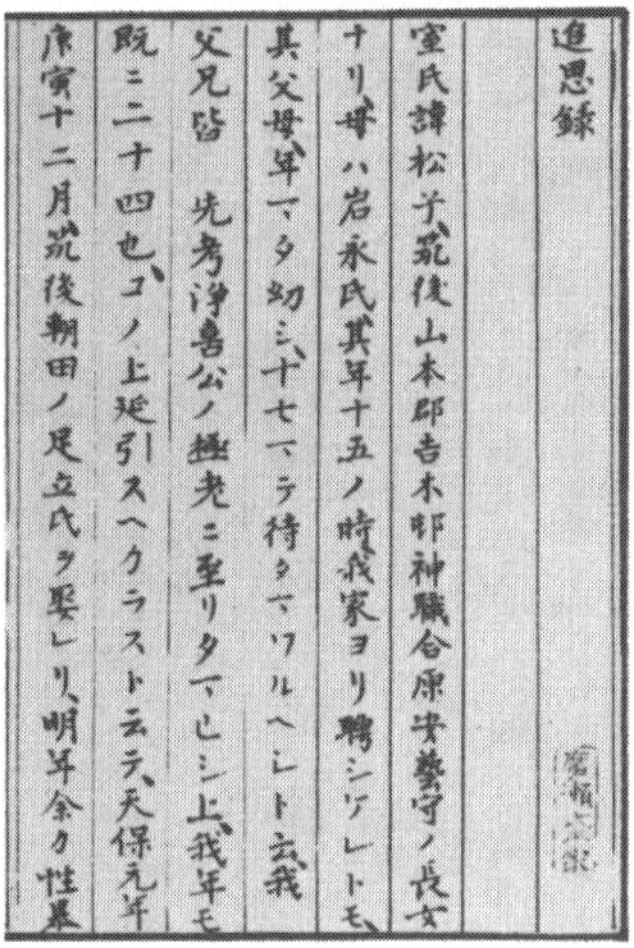

追思録
室氏諱松子、筑後山本郡吉木邨神職合原安藝守ノ長女
ナリ、母ハ岩永氏、其年十五ノ時我家ヨリ聘シケレトモ、
其父母年下タ幼シ、十七マテ待タマヘワルヘシレト云、我
父兄皆　先考淨喜公ノ極老ニ至リタマヒシ上、我年モ
既ニ二十四也、コノ上延引スヘカラスト云テ、天保元年
庚寅十二月筑後朝田ノ足立氏ヲ娶レリ、明年余ク性暴

図1 『追思録』巻頭（中村幸彦他編『広瀬旭荘全集随筆篇』思文閣、1982年より）

天保十四年（一八四三）五月、旭荘は江戸へ上り、翌年三月、松子が単身それに続いた。松子は到着当初から体調は芳しくなく、全身にむくみを生じていたという。六月頃から喉が乾くようになり、蘭方医の伊藤玄朴や坪井信道、さらには、漢方医の多紀元堅が診療したが、十一月以降は床に伏せったままとなり、十二月十日に没した。

『追思録』の記述の中心は、天保十五年に松子が江戸へやってきてからの病勢の進行と周囲の介抱の様子である。これに、夫婦生活のさまざまなエピソードや、旭荘の松子をめぐるさまざまな批評や回想が交えられる。叙述の順序は必ずしも整っておらず、旭荘自身が思い出すままに筆をとったのであろう。その多くは、松子の死の直後に記されたと考えられるが、末尾には、弘化三年（一八四六）八月、江戸を離れて以降の旭荘の感懐について述べられており、時を隔てて書き継がれたものであることがわかる。

【見どころ】

『追思録』の特徴の一つは、旭荘が記憶をたどりながら、松子について生き生きと描き出している点である。旭荘は松子の人柄について、「寛緩遅重、はなはだ間静」、すなわち、おおらかでゆったりとしていたと述べている。旭荘は、「暴急軽躁」と自らが評するように、激しい性格であり、しばしば人と衝突したが、松子は、人を悪く言うなどのことはなかった。大坂の儒者篠崎小竹は、松子について「賢徳」の性質を持つと言って称賛した。また江戸住まいの際は、隣家の妻が、「あれほどの人は復たあるまじき」と述べたという。

さらに旭荘は、松子の日々の振る舞いや、松子と自身との日常を思い起こしている。結婚したての頃、旭荘が書斎で仕事をしていると、松子は、半日に三、四度も、部屋の襖を開けて、旭荘を見ていることがあった。旭荘が、「何の用ぞと問へば、(松子は)用はなしと云て去」って言ったという。こうしたほほ笑ましいエピソードがいくつも書き連ねられている。

松子が病を得て以降の、二人が互いの思いやる様が描かれている。例えば、松子の食事は旭荘が準備したが、松子は自分一人が食事をとることを厭い、なかなか口をつけない。旭荘が、飯が冷めるのでまず松子から食べるようにと勧め、ようやく箸をとったという。そして、常に旭荘の作ったものをおいしいと誉めるのであった。

松子の最期についても詳細に記されている。隣家の医師塩田順庵から贈られて以来、松子はあわ餅を好んで食べるようになった。しかし、死の二日前になると、そのあわ餅も喉を通らなくなり、旭荘は米を炒り、その濾し汁を飲ませた。次の晩、旭荘を呼び、「私も最早煮焚することが出来ませぬ。此後はあなた様なさつて下されまし」と譫言のように言い、これが旭荘への別れの言葉となった。翌日、松子は旭荘にみとられながら、南無阿弥陀仏と唱えて息を引き取った。

江戸時代の随筆や雑記には、人物について記したものも多いが、多くは事件や出来事を中心に記述されている。旭荘は、松子の表情とでも言うべき、それとない振る舞いや何気ない言葉にまで筆を及ぼしている。このテキストの特異な点と言えよう。

こうした旭荘の悲嘆や二人の交情の描写において、重要な役割を担っているのが、『追思録』の文体である。実際に原文を見てみよう。

十一月の初め頃、医より勧めて毎日腰湯(下半身を温める浴法)をさせたり。余、其傍に在て衣を褰げたるを見るに、百骸悉く現れて、肉は少しもなし。余、とても全快は出来ずと、心を痛ましめ、胸を撲て慟哭しければ、文敬（旭荘の弟子相良文敬のこと）走り来て、余を扶て臥さしめたり。是より没するまで四十餘日、余、日として瀉泣（激しく泣くこと）せざるはなし。室氏は毎度笑ふて、女房の病気に泣く男子がある者かと云ふ。

冬になると松子の病は次第に重くなっていった。十一月の初め、旭荘は、松子を腰湯に入れた際に、その肉体がやせ衰えているのを見て、これはもう助からないという思いが胸に迫り、あやうく卒倒しそうになる。それ以降、松子が逝く日まで、泣かない日はなかったが、その様子を見て、松子は毎回笑って、旭荘を励ましたという。

旭荘の文章は漢文調であり、助詞・助動詞などを複雑に用いる擬古的な和文とは異なり、「たり（〜した）」や「なし（〜ではない）」などの単純な文末表現で畳みかけるかたちを取っている。また、旭荘の悲しみについても、感情を直接描写するのではなく、「慟哭」や「瀉泣」などの具体的な動作によって示している。こうした修飾の少なさと描写の客観性により、『追思録』は、二人の状況を明瞭にイメージできるものとなっている。

なお、この文体は、『追思録』だけではなく、旭荘の和文に共通して見られるものであり、その源流をたどれば、近世期の漢文調の文章に行き着くのであろう。例えば、旭荘は、貝原益軒の『養生訓』を取り上げながら「和文もまた自ら一体を成し、（新井）白石以前の一大家なり」（『九桂草堂随筆』巻一、『続日本随筆大成』第二巻、吉川弘文館、一九七九年）と評している。

【もっと深く――旭荘の自省】

『追思録』には、旭荘の松子への思いとともに、時に松子にひどい接し方をしたこと、そして、それに対する旭荘のざんげも記されている。この点も考えなければならない。

旭荘が、難しい性格であったのことはすでに述べた。最初の妻アサとの離婚も、それが原因の一つであると言われており、旭荘はそのため、父から叱責されたという。

松子との結婚にあたって旭荘は、この父の訓戒を記録し、また、自身も二度と妻につらく当たらない旨を記した誓紙を作り、松子に渡している。その上で、もし自身が不当な応対をした場合、いつでもそれを自分や父兄に見せるようにと伝えてあった。しかし、旭荘の性質は変わることなく、その後も同じような過ちを繰り返しては後悔し、松子はそれを許すのであった。

こうした旭荘と松子との関係をどう見るかについては、判断が難しい。例えば、『追思録』には、その原因は定かではないが、旭荘が激高し、そのため松子は裏庭の桃の木の下で泣いたという逸話が記されている。旭荘はすぐに後悔し、はだしで飛び出して行って、他人の目も構わず、松子の手を引いて部屋に戻り、反省とわびの言を述べた。その際、旭荘が、なぜ渡した誓紙を出さなかったのかと松子に問うと、松子は、自分の過ちが原因なので出すはずがない、と答えたという。こうしたやりとりは、二人の間の愛情を示すものと理解すべきだろうか、それとも、健全ではない夫婦関係を表すものと考えるべきだろうか。今後、この時代の常識なども考慮しつつ、さまざまに議論されてゆくべき問題であろう。

ただ、ここで指摘したいのは、旭荘は自らの苛烈な行いを、具体的に記述している点である。肉親が亡くなった際、松子の世話が十分ではなかったためであると詰ったこと、松子の不手際により祖先の位牌が鼠害に遭った際、松子の病を祖先の罰であると放言したことなどが記されている。このように、旭荘が自身の恥部について言及していることが、このテキストをリアリティーに富んだものにしている。

『追思録』の末尾には、二篇の七絶が記されている。これらは、いずれも、松子の墓を後に残して江戸を出発する際に作られたものであり、後に旭荘の詩集『梅墩詩鈔四編』巻一に、「発江戸別先室墓（江戸を発し、先室の墓に別る）」及び「抵川崎駅、又賦一絶（川崎駅に抵りて、又一絶を賦す）」として収録されている。前者を引用し、旭荘の漢詩人としての技量をうかがおう。

大城正北梵王家、衰草寒烟墓道斜。
自是清明寒食節、何人復為薦香花。

大城の正北　梵王家、衰草　寒烟　墓道　斜めなり。
是より清明寒食の節、何人か復た為に香花を薦めん。

（江戸の大きな町の真北に仏寺があり、草は萎れ、冷たいもやがかかるなか、妻の墓への径が斜めに伸びている。私は今江戸を去ろうとしているが、これから、人々が墓参りを行う寒食節、清明節の頃には、妻の墓には、一体、誰が焼香することになるのだろうか。）

この詩には、松子の墓を江戸に残していかなければならない、旭荘の無念と悲嘆が描かれている。例えば、松子の墓は、もとあった伝通院から多磨霊園に移され、今日も見ることができるが（池澤一郎「苔を二広の墓碑と合原松子の墓とに掃ふ」『江戸風雅』三号、二〇一〇年十一月）、その側面には、命日や年忌に供養を施すべきこと、永代供養料として金十両を収めたことが彫られており、旭荘の懸念のほどがうかがえる。

　このように旭荘の真情を詠いつつ、この詩は、同時に、中国古典詩の伝統にのっとってもいる。すなわち、弔われるべき墓が弔われずにいる、というのは、漢詩における一つのパターンであり、旭荘は、そのイメージを踏襲しているのである。

　具体的な例をあげるならば、清初の詩人王漁洋に、「江郷春事最堪憐、寒食清明欲禁煙。残月暁風仙掌路、何人為弔柳屯田（江郷の春事　最も憐れむに堪へたり、寒食清明煙を禁ぜんと欲す。残月　暁風　仙掌の路、何人か為に弔せん柳屯田）」という詩がある（「真州絶句五首、其二」）。北宋の填詞作家柳永の墓に詣でた際の感懐について詠った詩があるが、旭荘の詩はこれと、表現の点で多くの類似が見られる（傍線部）。

『追思録』所収の二首の詩は、いずれも先に述べた『東瀛詩選』に収録されている（巻二十四）。旭荘本来の表現力を駆使した迫力ある長篇詩とは異なり、妻への思いを実直に述べたという趣の詩であるが、海を越えて、兪樾にもその思いは理解されたのであった。

【テキスト・読書案内】

『追思録』は写本で伝わる。咸宜園の蔵書を受け継ぐ広瀬先賢文庫に二本を蔵するが、うち一本（家宝10・1—7）の影印が、『広瀬旭荘全集　随筆編』（思文閣出版、一九八六年、以下『随筆篇』と言う）に掲載されている。翻刻が、『旭荘小品』（東洋図書刊行会、一九二八年）及び関儀一郎編『日本儒林叢書』第一冊（同、一九二九年）に掲載され、内容は同じである。『随筆編』収録の影印とは、語句などに小異がある。本項目では、『随筆編』により、適宜、句読点及び濁点などを加えた。

なお、『追思録』については、大谷篤蔵「広瀬旭荘の『追思録』」（『芭蕉晩年の孤愁』角川学芸出版、二〇〇九年、初出一九六六年）が、旭荘の詩については、工藤豊彦『日本の思想家三十五　広瀬淡窓・広瀬旭荘』（明徳出版社、一九七八年）、岡村繁校注『江戸詩人選集』第九巻（岩波書店、一九九一年）、「詩人　広瀬旭荘伝一〜十一」（『江戸文学』六〜十七号、一九九一〜九七年）をはじめとする徳田武の一連の論考が詳しい。

（合山林太郎）

Ⅷ ことばを磨く

ひとは自分が知っていることばでしか語れない。
新しいことばは、今あることばを
吟味するところから生まれる。
ことばに向き合い、
表現の新たな可能性を切り拓いた作品の〈妙〉。

61

不夜城の女の俳諧

太祇歳旦帖（俳諧）

十八世紀の後半、炭太祇という一人の文人がいた［図1］。江戸に生まれたが、後に京へ移り住み、島原の遊里の一角に不夜庵を開いた。彼と、その親友で後に不夜庵を継いだ岡五雲を中心に、遊里の女性たちやさまざまな文人が交流し、不夜庵の歳旦（歳旦〔帳〕は、一門や関係者による発句や連句を集め、正月に摺物にして配ったもので、不夜庵のものも年代の違うものが数点現存する）からはその模様を見て取ることができる。

【概要】

炭太祇は宝永六年（一七〇九）江戸の生まれ、水国、紀逸といった江戸の宗匠のもとで俳諧を学んだ。水語、後に太祇と号を改め、江戸において活動したが、寛延三年（一七五〇）から宝暦元年（一七五一）夏までに江戸を離れ、やがて陸奥を行脚して宝暦年間に京へ入った。その後、再び三カ月に及ぶ筑紫への旅に出るが、最終的に京に戻ってそこに居を定めることになる。これが宝暦二年（一七五二）五月である。その当初、太祇は発心して道源の名で紫野大徳寺の真珠庵に入っていた。しかし後に呑獅に迎えられ、島原桔梗屋の近くに庵を結ぶことになる。呑獅は島原上之町の格子女郎屋、桔梗屋の主人である。太祇は遊女や子供たちなどに手習いを教授する傍らで俳諧活動をなし、呑獅の従っていた風状の春帖や七夕帖などの諸集に名前を見せるようになった。

太祇は風状の後を継ぐように、島原の俳人たちの間で指導的な立場に立つようになっていった。その俳人たちとは呑獅・徳門を初めとする傾城屋・置屋などの主人やその関係者であった。太祇は宝暦七年（一七五七）に『夏秋集』を編んだが、ここには島原妓楼関係者・遊女たちが数多く出句している。そして、初めて不夜庵歳旦が刷られたのは明和五年（一七六八）だった。明和八年（一七七一）に太祇が没すると、五雲が不夜庵を継ぎ、安永八年（一七七九）までは歳旦が発行され現存する。なお不夜庵二世は初世と変わらない活躍を見せたが、寛政七年（一七九五）に江戸に戻り、その後の不夜庵を継ぐものはなく、島原の俳諧活動は衰退の途をたどった。

太祇・五雲は島原にさまざまな影響をもたらした。彼らを訪ねて江戸から文人や、歌舞伎役者ら劇界関係者などさまざまな人が京をおとずれた。また江戸の玉菊灯籠を島原へ移入して名物となる灯籠の行事を発案したのも太祇である。そして、不夜庵の歳旦では遊里の女性たちの句作に新たな趣向を取り込むことになっていった。

図１『不夜菴太祇發句集』太祇肖像（早稲田大学図書館蔵）

【見どころ】

明和七年（一七七〇）の歳旦から女性たちの句を見てゆきたい。

春興

水いはひ我ころも手の御製哉　あづまや
けさははやなつきにけらし梅に鳥　瓜生の
宝引(ほうびき)や山鳥の尾のしだり尾を　ひな路
東にうちいでゝみれば柳哉　染ぎぬ
起きよとの声きく時ぞ春の鳥　藤の戸
色に香に夜ぞ闌(ふけ)にける梅の月　白妙
桃山よふりさけ見れば初霞　長門
出て見よと人はいふ也野の若菜　いそふじ
紅粉猪口(べにちょこ)にうつりにけりな玉椿　つかさ
青柳やゆくもかへるもいとによる　千町
遅う来る人にはつげよ春の宵　しづ機
雨もやとしばしゞめん朝霞　初紫
つくばねのみねよりおつる遊び哉　はた巻
七草やみだれそめにしとりの声　長歌

西日さす春の野にいでゝまつ身哉　うき舟
同
雪路より今かへりこん啼雲雀　初瀬
梅や猶からくれなゐの色直し　いはて
海棠や夢の通路蝶に蝶　うら菊
道草にまちいづる哉春の色　久しの
子日して逢んとぞおもふ千とせまで　しのゝめ
東風ふくやむべ山風のあまりより　とも浦
日の春はくるよしもがな夜ならで　尾上
同
ふれや雪今一たびの春遊び　いく浦
春満ちぬわきて流るゝ清水さへ　しの原
君まつや人目も草もはるげしき　おだ巻
同
空炷やをきまどはせる宿の梅　大岸
鳳巾風のかけたる柳哉　大隈
はご板や光のどけきお二かた　立花
さく梅のながくもがなとずはへ哉　三千とせ
同
あけぼのや雲のいづこになく雲雀　歌橋
同
かず〳〵やつらぬきとめぬ玉椿　花岸
松過ののちのこゝろに待身哉　めいざん
同
紅梅の色に出にけり春も漸　ときは木
梅がゝやたへてしなくば夜の庭　うてな
手まり哥人をも身をもかぞへけり　やつしろ

お気付きの通り、これら三十四句それぞれが百人一首の和歌の言葉を用いており、逆に百人一首と関連付けられない句はない。多くは本歌の意味と関連する句とはせず、語彙だけを取って題「春興」を詠んでいる。例えばあづまやの一句目は百人一首第一番、天智天皇歌の下の句「わが衣手は露にぬれつつ」から取られているし、第二句、瓜生のは第二番、持統天皇の「なつきにけらし」を用いている。ここでは一つ一つを解説しないが、どの句がどの百人一首を本歌としているかを見付けるのは難しくない。

この句群全体をみると、句の並びはほぼ百人一首の並びに対応する。最初から数えて十八句までは百人一首の十八番までに対応し、後半も多少の順序の異動や抜けはあるものの、ほぼ百人一首の並びに合っている。太祇や呑獅などの誰かが、彼女らに百人一首の歌を最初から順番に割り当てていったのだろう。女性たちの句からは、遊び心だけではなく、しっかりとした一体感も感じられる。新春の明るく華やいだ雰囲気の中、あでやかな女性たちが課題を受け取り、ああでもないこうでもないと句作に頭を悩ませているところを想像すると何ともユーモラスな風景が目に浮かぶようである。実際、何人かの女性たちは本歌の言葉の扱いに困って、ぎこちなさが感じられる句を詠んでいる。

この不夜庵歳旦の遊女の句群における百人一首の趣向は、太祇自身が企画したものであると考えられる。先に触れた『夏秋集』に、太祇ら俳諧連中と江戸吉原の傾城たちによる連句が見える。そこでは新古今和歌集の歌群に題材を取る趣向が凝らされている。

今年花洛の太祇五雲が京のぼりのかへさに誘れ、百里の糧をつゝみて、浪の関もる清見が月を見、不尽の高根の雪を越、東武に来り、又帰らむとす。是に雪月花の三友、花はあづまのはなの柳町にまさる所なしと、松屋が廓を鳴らして、鬼簾鬼こもる所也とつぶやけば、あるじ盃もて出てみ、さかなには何よけむやは五とせの流行見知らせ給ふ君もあらじといふ。ここに東武の百菴葵足五雲詩三のすきものつどひて、女のこれはしもとなんつゝましきはかたくもあるなんと、ものさだめの博士めきて十八段の品さだめもやくなきものあつかひとうち笑ふに、松屋のあるじ花礫、松を時雨のといへば、枯し葛葉に、と囁けるを、何屋のなにがしくれかし、句のあとつがんとせなうちたゝき、あためきかはすに、詩哥わかもの新古今集の恋の部読て知らず顔つくるに、其恋の歌こそ面白けれと、かみしもをわかちて心詞をとり、よりどころによせて既六々の吟となりにたるを、各興じてかはる〳〵筆とりて京の裏にもよか也、けふ雪月花花実相対いつはりの中のまことゝなりぬ。

慈鎮　わが恋は松を時雨の染かねて
　　枯れし葛葉に風の囁　太祇
後京極　やどれ月帋衣の袖の化枕　総角
　　門まで来ても見えぬ人影　しげ浦
入道前太政大臣　扇折り折に心の隙もなし　須磨ぎぬ
　　名をもるものや揚弓の札　立花

こうした連句が三十六句十八組続き歌仙が巻かれるのである。太祇の句は新古今和歌集一〇三〇番の慈円（『夏秋集』では慈鎮となっている）による「わが恋は松を時雨の染めかねて真葛が原に風さわぐなり」を本歌としており、本歌の上の句に太祇が下の句を付けたものである。
これに続く傾城たちの連句は、前句も本歌そのままではなく、本歌の言葉を用いて創作される。総角としげ浦は藤原良経(ふじわらのよしつね)（後京極摂政）の一二七三番「わが涙もとめて袖に宿れ月さりとて人の影は見えねど」を取り、須磨ぎぬと立花は藤原忠通(ただみち)の一〇三七番「忍ぶるに心のひまはなけれどもなほ漏るものは涙なりけり」をもとにしている。

詞書にもある通り、源氏物語の帚木(ははきぎ)巻の雨夜の品定めよろしく、仲間内で女性の性質などとめどない議論に興じる中で、即興的に和歌をもとに連句をする構想が浮かんだ。それが思いのほか面白いものとなり、こうして句集に載せるまでになったのである。この記憶があったからであろう、太祇は後に自らの編む歳旦で同様の趣向を用い、百人一首の和歌を本歌とする句作が行われたのである。

【もっと深く――俳諧で遊ぶ女性たち】

これに習った趣向は続き、安永五年（一七七六）歳旦では源氏物語を題材として太夫たちが出句し、句をそれぞれの帖の名前に関連させている。女性たちの句は帖の順番には並べられず、帖の名前をそのまま詠み込むものや、少し変化（「野分」→「風」など）を加えたものなどがある。さらに安永七年（一七七八）の歳旦を見てみたい。

春興　題各琴三弦遊

引もてる手ごと〳〵の小まつ哉　千町
琴哥や福寿といふも草の名に　花紫
生置(いけおく)るむめに椿の根〆(ねじめ)哉　廿巻
梅が枝に通ふしらべや簾(みす)もれて　浮舟
枝たるや膝に三すじの糸柳　文車
玉琴に岩越みづのぬるみかな　寄生
きぬ〳〵に明の梅が香袖かほる　夕栄
吹とめよむめの花の香しばらくも　続野
春の世に待またるゝや長相思(ちょうそうし)　染衣
たわれつゝ梅に椿の八千代獅子　代々衣
二重みへまわる霞や名古屋帯　浪の戸
糸屑にこもる出口の柳かな　初糸
若やぎし声の揃ふや手毬哥　二の町
八重咲るうめや裏組表組　雛路
春駒やふりよき帯のむすび下　此君
六段も風のみだれや玉柳　添哥
春もやがて桜尽しを待て見ん　長門

おり立て雪のあしたの若な哉　若紫
かへし見ん春の夜毎の文反古(ふみほうぐ)　五月野

○

あらたのし今日初風呂のはでゆかた　友浦
麦漸々(ぜんぜん)青みし上のきゞす哉　大嵜
芹さがす鶴の歩みやみづ鏡　柵
友どちに初夢噺しするがなる　花岡
のんどりと梅に覆ふへり春の月　千代鶴
わか草に雨の情の野もせかな　花浦
写し見ん春の日ざしののべかゞみ　初瀬
淀川のよどまぬ水のぬるみかな　田蓑埜
立舞ふや霞の衣まつの袖　夏菊

○

調(ととの)ひし音色やかよふ春の鳥　小手巻
爪音のゐんに引るゝ糸柳　夕霧
立ならぶみどりや春の里の松　小式部
こと〱く咲しや海の仁王門　錦木
枝川に芹根そゝぐや鶴のはし　奥州
ゆずり葉の日数経るとも青葉哉　生浦

○

枝〱にこもりて朧松の月　立花

見渡せば霞にまだき菜種里(なたねざと)　三芳野
うぐひすの声かけ合ふや簾のうち　常盤木
松風や霞はれゆく海の面　柏木

○

北枝のつぼみたのもし窓の梅　相模
嬉しさや春たつ今日の寝ざめ鳥　八重桐

春興　題梅柳若菜

爪紅(つまべに)粉の移りもよしやわかな摘　浪花綾羽
鶯の羽風やむめの匂ふまで　雛路
青柳や雨のほぐれのあらい髪　二十巻
鶏のわかなに遊ぶ朝ぼらけ　駒野々
寄添はゞ梅が香やどれ袖の上　玉の井
日移りの光なびくや玉柳　初菊

おの〱音曲の題にならひて

初音こそたのしき春のしらべかな　由哥
鶯や梅に馴たる爪はづれ　不夜庵

勘の鋭い方はおわかりだろう、これらの句は琴（箏）、三味線に関わる詞を詠み込んでいるのである。これにはさまざまなパターンがあり、「八千代獅子」や「出口の柳」「六段」、「みだれ」などのように曲名をそのまま詠み込むもの。そのほかには、音曲の歌詞から連想されたものがある。例えば第二句の「福寿といふも草の名」は「ふき」の歌詞「富貴といふも草の名」という部分から、「ふき」を「福寿草」に置き換えた連想である。そして「手事（曲のうち歌のつかない器楽のみによる間奏部分）」のように、音曲演奏の用語が用いられているものもある。さらに、「三すじ（三味線）」やそのまま「琴」を詠み込んだり、「爪音」、「爪（箏の演奏に用いる義爪）」を句作に用いたり、多様な形で音曲と結び付けている。

なお、この箏や三味線を用いた音曲は「地歌」と呼ばれ、近世に上方ではやった音楽であり、その歌詞は多く当地の文人によって作られた。音楽の主な奏者は当道に所属する検校、勾当といった盲人たちであったが、遊里においても女性や幇間たちが演奏した。例えば、先に例として触れた「福寿草」という曲は平野屋くら・井筒屋さとという傾城たちによって作曲されたものとされる。地歌の作曲、演奏に深く関わっていた盲人音楽家たちも遊里と関わり、遊郭の中の事情を書いた『虚実柳巷方言』（寛政六年）などに名前を見ることができるものも多い。

このように、安永七年歳旦では遊里の女性たちが日ごろから親しんでいる文化である地歌音曲にちなんだ趣向が取り入れられた。傾城たちにその知識が備わっていたこともあってか、過去の百人一首や源氏物語の趣向より柔軟な形で題材が用いられ、地歌の題名だけではなく歌詞や関連する言葉など多様性が見られると言えるのではないか。統一した趣向には沿いながらも、女性たちの発想に任せる部分が大きくなったのである。

ちなみに、不夜庵歳旦に現れる女性たちは実在した傾城たちである。当時の島原遊郭の案内記とも言える、呑獅・斜天の手になる『一目千軒』［図2］（宝暦七・一七五七年）は寛政十三年までに六度の改版が行われ、遊里の内情の解説のほかに、名寄せが掲載された。その名寄せには、出版時点でどの妓楼にどの遊女が所属しているかが網羅されている。例えば安永七年歳旦の女性たちの句群の最初、千町や廿巻は天明四年（一七八四）版の『一目千軒』によれば桔梗屋の抱える太夫たちである。このほか、大一文字屋、小一文字屋、三文字屋、大坂屋といった島原のさまざまな傾城屋から女性たちが集まっている。こうしたところからも、太祇・五雲が島原の中心にあり、幅広く影響を及ぼしたことが見て取れよう。

炭太祇・岡五雲の京都島原における足跡はしっかりと残されている。不夜庵を中心に一つの時代が築かれ、そこに遊里にあった女性たちも大いに参加した。不夜庵の

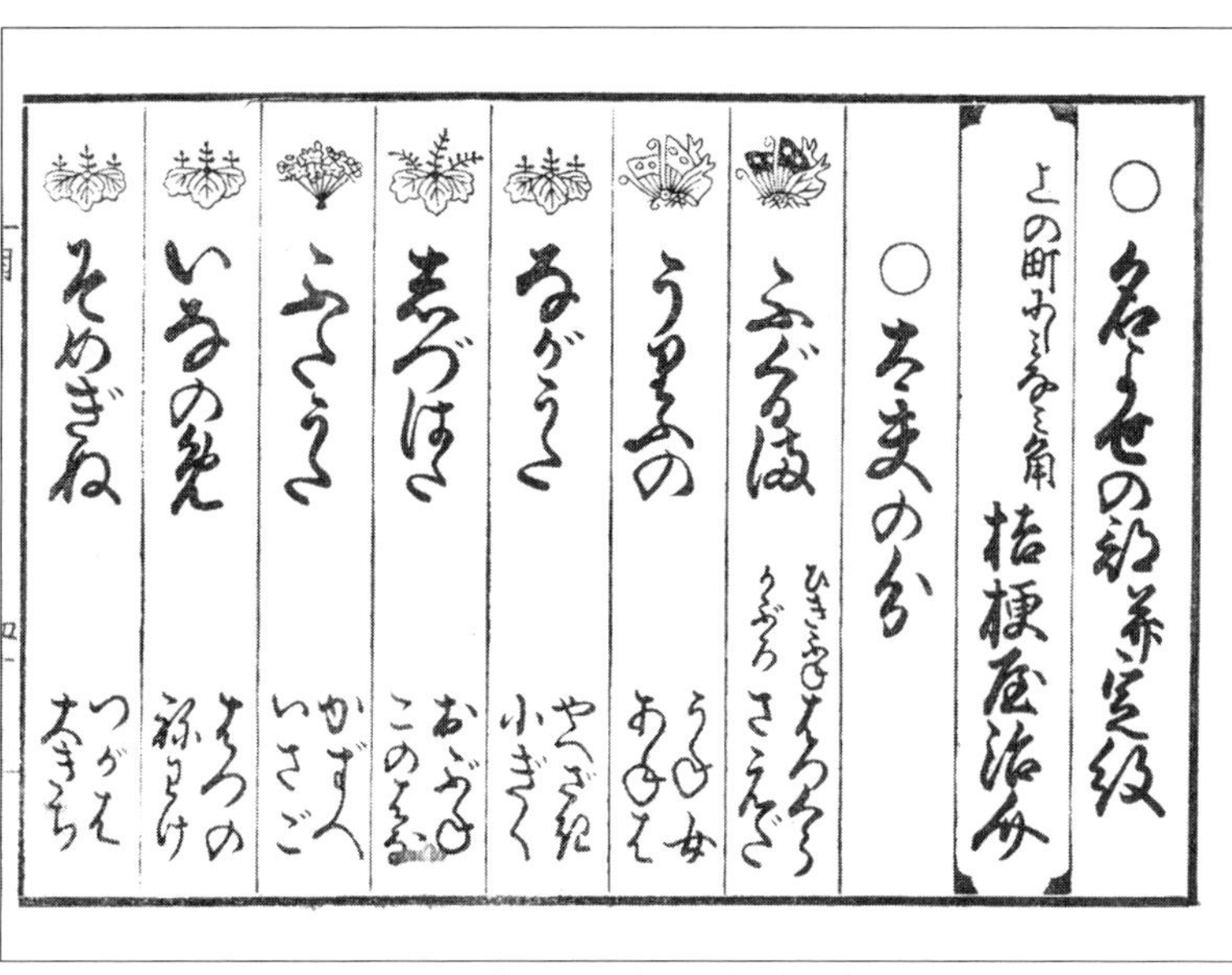

図2 『一目千軒』（国立国会図書館蔵）

句集、とりわけ歳旦はそれを明確に伝えるものである。

【テキスト・読書案内】

炭太祇及びその周辺の俳書については次の活字資料及び研究書がある。

①村松友次・池田俊朗・谷地快一編『俳諧三部集・夏秋集』（古典文庫、一九八六年）

②日本俳書大系刊行会編『日本俳書大系』第十一巻（日本俳書大系刊行会、一九二七年）

③天明俳書集刊行会編『天明俳書集』（臨川書店、一九九一年）

④大谷篤蔵編『島原角屋俳諧資料』（角屋、一九八六年）

⑤潁原退蔵『潁原退蔵著述集』（中央公論社、一九七九年）

⑥谷地快一『與謝蕪村の俳景——炭太祇を中心に——』（新典社、二〇〇五年）

⑦中野三敏『江戸文化評判記』（中央公論社、一九九二年）

（宮木慧太）

62

江戸時代の新体詩

「北寿老仙をいたむ」「春風馬堤曲」（俳詩）

江戸時代、庶民から大名まで広く浸透した俳諧という文芸は、五七五の句と七七の句を繰り返す連句形式を基本とする。連句の一番初めの五七五の句を発句といい、これが独立して現在の俳句となった。俳諧から派生した川柳も五七五の形を取る。つまり、俳人にとっては、五七五／七七が体に染みついていたはずなのだ。

ところが、江戸時代中期の俳人蕪村（一七一六～一七八三）は、この形式を無視して詩を作ってしまった。これを俳詩と呼んでいる。俳詩は、蕪村以前にも試みられたことはあったが、詩としての完成度の高さや、形式の自在さにおいて、蕪村のそれは異次元レベル。残念ながらたった三種類の作品しか作られなかったが、ここではその中から「北寿老仙をいたむ」と「春風馬堤曲」の二つを取り上げたい。

「北寿老仙をいたむ」

【概要】

「北寿老仙をいたむ」は早見晋我という人物の死を悼んだ作品である。若くして俳諧の師、巴人と死別した蕪村は、しばらく下総結城に住んでいた兄弟子雁宕のもとに身を寄せた。晋我はその縁者であったらしい。蕪村とは四十五歳も年が離れていたが、特別親しかったのだろうか。「北寿」とは隠居した晋我の号で、「老仙」は蕪村が付けた敬称である。

晋我が亡くなったのは延享二年（一七四五）、蕪村三十歳のことだった。しかし、この俳詩が初めて紹介されたのは、蕪村没後のこと。晋我の五十回忌追善集『いそのはな』（二世晋我編、寛政五・一七九三年）に収められている。

【見どころ】

北寿老仙をいたむ
君あしたに去ぬゆふべのこゝろ千々に
何ぞはるかなる
君をおもふ（う）て岡のべに行つ遊ぶ
をかのべ何ぞかくかなしき
蒲公の黄に薺のしろう咲たる
見る人ぞなき
雉子のあるかひたなきに鳴を聞ば
友ありき河をへだてゝ住にき
へげのけぶりのはと打ちれば西吹風の
はげしくて小竹原真すげはら
のがるべきかたぞなき
友ありき河をへだてゝ住にきけふは
ほろゝともなかぬ
君あしたに去ぬゆふべのこゝろ千々に
何ぞはるかなる
我庵のあみだ仏ともし火もものせず
花もまい（ゐ）らせずすご〳〵と彳める今宵は
ことにたう（ふ）とき
釈蕪村百拝書

突然の友人の死に心が千々に乱れた私は、岡のほとりで、彼をしのぶ。たんぽぽやなずなの花咲く岡には春の喜ばしさが満ちあふれているが、かつて一緒にその景色を楽しんだ友はいない。そこへ雉子の鳴き声が響いてくる。八行目から十三行目までは、雉子の独白である。「私には友がいた。河を隔てて住んでいた。怪しい煙がぱっと立った、その時、風で草がなびいて、隠れることもできず……今日はほろろとも鳴かない」。「へげのけぶり……」以下は鉄砲に打たれた雉子の友の死を暗示している。私は心を乱しながら、庵に戻り、阿弥陀仏の前で悄然とたたずむ。尊い仏様は死んだ友も、私も救ってくださることだろうと思いながら。

この詩の特徴として三つの点をあげたい。

一つ目は、雉子の効果的な使い方である。友を失った雉子は、友の死を「へげのけぶりのはと打ち」ったかのような突然で、「のがるべきかたぞなき」残酷な出来事であったと「ひたなき」に泣く。ここにはもちろん友を失った蕪村の悲嘆が代弁されている。「ほろゝ」は雉子の羽音だが、和歌では鳴き声のように扱われ、涙と結び付けて詠まれてきた。蕪村はそれを踏まえつつも、単に悲しい鳴き声だというのではなく、自身の悲しみを投影した物語を雉子に語らせたのである。

二つ目は、「君あしたに去ぬゆふべのこゝろ千々に／何ぞはるかなる」や「友ありき河をへだてゝ住にき」という繰り返しである。連句においては、表現の重なりが忌避される。同じような言葉や表現はできるだけ使わないのが原則なのだ。しかし、この詩では「君あしたに……」の浪漫的なリフレインによって、悲しみが何度も湧き起こるさまを表現している。また、雉子の独白の繰り返しは友を失った喪失感を強調する。

三つ目は漢詩の和様化だ。「あした・ゆふべ」というセットは、漢詩によく見られる組み合わせである。しかし、「こゝろ千々に」と言いさして「乱れたる」を省略し、「何ぞはるかなる」と転じる屈折した文脈が、そうしたマンネリズムを感じさせない。また、岡に登って人の死を悼むという発想も漢詩のパターンを踏襲しているが、高台から見下ろして感傷に浸るという漢詩の定型とは異なり、故人と散策した岡をさまよい歩く姿を描き、その地をたんぽぽやなずな、雉子といった季節感あふれる日本の動植物で彩った。難しい漢語は使わずに、詩全体が柔らかな和語で作られていることも、漢詩の影響を感じさせにくくしているだろう。

【もっと深く——近代作家と蕪村】

近代の詩人萩原朔太郎（一八八六〜一九四二）は「北寿老仙をいたむ」の冒頭四行を自著の巻頭に掲げ、「この詩の作者の名をかくして、明治年代の若い新体詩人の作だと言っても、人は決して怪しまないだろう（中略）或る鮮新な、浪漫的な、多少西欧の詩とも共通するところの、特殊な水々しい精神を感じさせる」（『郷愁の詩人 与謝蕪村』）と高く評価した。

蕪村の作品に共感した近代の作家は朔太郎だけではない。例えば、与謝野晶子には次の歌がある。

集とりては朱筆すぢひくいもうとが興ゆるしませ天明の兄（『毒草』）

『蕪村句集』の気に入った句に朱筆で印を付けながら読んだというのだろう。自らの浪漫性志向と重なるものを感じたか、晶子は親しみを込めて蕪村を「天明の兄」と呼んでいる。石川啄木や北原白秋も蕪村の発句をヒントに歌や詩を作っており、明治の後半、蕪村の作品が近代の歌人・詩人に大きな影響を与えたことがわかる。蕪村には、芭蕉にはないロマンチックな魅力があった。

芭蕉が近世から近代に至るまで大きな知名度と影響力

黄昏や梅ゝを待窗の人　大魯
白梅や吹れ馴るゝ朝嵐　几董

謝蕪邨

余一日問耆老於故園。渡澱水
過馬堤。偶逢女帰省郷者。先
後行数里。相顧語。容姿嬋娟。
癡情可憐。因製歌曲十八首。
代女述意。題曰春風馬堤曲

春風馬堤曲　十八首

○やぶ入や浪花を出て長柄川
○春風や堤長うして家遠し
○堤ヨリ下摘芳草　荊与蕀塞路
荊蕀何妬情　裂裙且傷股
○渓流石点々　踏石撮香芹
多謝水上石　教儂不沾裙
○一軒の茶見世の柳老にけり
○茶店の老婆子儂を見て慇懃に

「春風馬堤曲」柿衛文庫本（『天明俳書集１　蕪村七部集』臨川書店、1991年より）

を持ち続けていたのに対し、蕪村は没後人々から次第に忘れ去られていった感がある。そうした蕪村という俳人に晶子らが注目したのは、正岡子規が熱烈に蕪村を取り上げ、評価したことがきっかけになっている。子規は、明治三十年から新聞日本に『俳人蕪村』を連載し、翌年からは内藤鳴雪（めいせつ）や高浜虚子らと『蕪村句集』の講読を試みた。ただ、子規の蕪村評価は多分に芭蕉批判の一手段という要素が強く、芭蕉の主観性に対して蕪村の客観性が強調されすぎたきらいがある。朔太郎の『郷愁の詩人与謝蕪村』は、そうした子規の蕪村評価に異を唱えるものだった。子規のおかげで蕪村研究は盛んになったけれど、子規は蕪村の評価を誤った、と朔太郎は主張する。そして蕪村を真の抒情詩人と評し、そのポエジイの実体を「時間の遠い彼岸に実在している、彼の魂の故郷に対する「郷愁」であり、昔々しきりに思う、子守唄の哀切な思慕」と評した。その代表例が「北寿老仙をいたむ」なのだ。朔太郎の蕪村解釈も今日から見れば誤りはあるが、蕪村を子規の呪縛から解き放とうとし、そして何よりも芭蕉とは異なる詩情を見いだした功績は大きい。

『郷愁の詩人　与謝蕪村』には、芥川龍之介が朔太郎に対し、蕪村には芭蕉のような「人生観や、主観の強いポエジイがないから」「芭蕉をあげて蕪村を貶した」ということも記されている。これこそ子規の罪だと朔太郎は言うのだが、実は龍之介もまた蕪村の作品をもとに句を作っている。そのほんの一部をあげてみよう。

沢蟹の吐く泡消えて明け易き
（みじか夜や芦間流るゝ蟹の泡）
花薊おのれも我鬼に似たるよな
（花茨故郷の路に似たるかな）
木枯や東京の日のありどころ
（几巾きのふの空の有り所）

（ ）内が蕪村の句。類似は歴然としている。朔太郎は蕪村に関するエッセイを昭和八年から雑誌『生理』に発表し、のちに単行本『郷愁の詩人　与謝蕪村』（昭和十一年初版）にまとめた。龍之介が没したのは昭和二年のこと、二人は俳句に関して激論を交わした仲だというが、もしも龍之介がこの本を読むことができていたら、朔太郎にどんな言い訳をしたのだろうか。

「春風馬堤曲」

【概要】

「春風馬堤曲」は、『夜半楽』（安永六・一七七七年）という蕪村の春興帖▼1に収められている。当時蕪村は画家として名を成し、俳人としても宗匠となって師の夜半亭号を継承するなど充実していた。書名の『夜半楽』は、この夜半亭号を用い、「太平楽」という雅楽の曲名に擬したもので、「夜半亭の楽曲」という意味である。その名の通り、収録される蕪村の作品は、歌曲というテーマで統一されており、「春風馬堤曲」も「曲」の一つとして作られた。

全十八首からなり、発句・漢詩・漢詩訓読体を連ねた独自の形式によって、浪花に奉公した娘が実家に帰る道中を描いている。前書には、偶然出会った娘の気持ちになって詠んだ、と記されるが、門人宛の蕪村の手紙では、馬堤とは故郷の毛馬堤で、自身の懐旧の情を託したと打ち明けている。

【見どころ】

＊○印と改行は原文通り。ただし、わかりやすいように番号を振り、漢詩には（ ）内に訓読を付けた。

1○やぶ入や浪花を出て長柄川
2○春風や堤長うして家遠し

3○堤ヨリ下テ摘芳草　荊与蕀塞路
（堤より下りて芳草を摘めば　荊と蕀と路を塞ぐ）
荊蕀何妬情　裂裾且傷股
（荊蕀何ぞ妬情なる　裾を裂き且つ股を傷つく）
4○渓流石点々　踏石撮香芹
（渓流石点々　石を踏んで香芹を撮る）
多謝水上石　教儂不沾裾
（多謝す水上の石　儂をして裾を沾らさざらしむ）
5○一軒の茶店の柳老にけり
6○茶店の老婆子儂を見て慇懃に
無恙を賀し且儂が春衣を美ム
7○店中有二客　能解江南語
（店中二客あり　よく江南の語を解す）
酒銭擲三緡　迎我譲榻去
（酒銭三緡を擲ち　我を迎へ榻を譲りて去る）
8○古駅三両家猫児妻を呼妻来らず
9○呼雛籬外鶏　籬外草満地
（雛を呼ぶ籬外の鶏　籬外草地に満つ）
雛飛欲越籬　籬高堕三四
（雛飛びて籬を越えんと欲す　籬高くして堕つること三四）

10○春艸路三叉中に捷径あり我を迎ふ
11○たんぽゝ花咲り三々五々五々は黄に
三々は白し記得す去年此路よりす
12○憐みとる蒲公茎短して乳を浥
13○むかし〳〵しきりにおもふ慈母の恩
慈母の懐袍別に春あり
14○春あり成長して浪花にあり
梅は白し浪花橋辺財主の家
春情まなび得たり浪花風流
15○郷を辞し弟に負く身三春
本をわすれ末を取接木の梅
16○故郷春深し行々て又行々
楊柳長堤道漸くくだれり
17○矯首はじめて見る故園の家黄昏
戸に倚る白髪の人弟を抱き我を
待春又春
18○君不見古人太祇が句
藪入の寝るやひとりの親の側

浪花を出て長良川沿いに春の堤を行く藪入りの娘（1・2）。「藪入り」は正月の十六日前後、親元に帰るために与えられた奉公人の休日をいう。娘は川辺で摘み草をしつつ、細い流れの石を渡る（3・4）。途中には茶店があり（5）、店の老婆に晴着を誉められた（6）。店には先客が二人いた。彼らの使う「江南語」は大坂の遊里の言葉だが、娘には見当が付く（7）。このあたり、都会に出てあか抜けて戻ってきた娘の誇らしさがうかがえる。再び歩き始めた娘の目には、恋猫や（8）、鶏の親子（9）といったひなびた田舎の風景が広がり、ふと気付けばわが家への近道が春の草に埋もれている（10）。たんぽぽの花が咲くその路は、かつて自分が通った路（11）。娘はたんぽぽを摘み、あふれる白い乳のような汁をみて（12）、幼い頃の母の愛情を思い出す（13）。自分は浪花のお金持ちの家に奉公へ出て都会の流行を身に付けた（14）。三年間一度も故郷に帰らなかった（15）。娘は自らを責めながら家路を急ぎ（16）、黄昏（たそがれ）の中、家の戸口に弟を抱いて自分を待つ白髪の人影を見る（17）。十八首目には蕪村の友人、太祇の発句を置く。藪入（やぶい）りで久しぶりに実家に戻り、たった一人の親の側で安らかに眠る、という句を。

この詩の特徴は何よりもさまざまな形式を用いている点にある。日本の発句、中国の漢詩、そして両者の混合体とも言うべき訓読体が並んでいる。では形式によって役割が異なるのだろうか。1・2・5の発句形式は、場面転換の役割を果たしているだろう。しかし、同様に場面を転換をする8・10・12は、漢詩文調の発句なのか、訓読体なのか判別できない。3・4・7・9はすべて漢詩形式だが、4・7には「儂」「我」という娘の一人称が使われているものの、3・9は誰の視点か特定できない。また、6・11・14・15・16・17の訓読体は娘の心情を表していると思われるが、同じように娘の心情を述べる13は、果たして訓読体と言ってよいのかどうか難しい。曖昧な形式に加え、このように視点が混然としているのは、地の文と登場人物のせりふがはっきりと分かれずに描かれる、謡曲や浄瑠璃と言った日本の演劇に似ている。「春風馬堤曲」を歌舞伎の一幕とみる説もある。

また、同じ言葉を繰り返すことも特徴的だ。1と2は「長」、2と3は「堤」、5と6は「茶」「老」、6と7は「店」、8と9は「呼」、9と10は「草」（艸）、10と11は「路」、11と12は「たんぽゝ」（蒲公）、14と15は「梅」、15と16は「郷」、16と17は「故」が共通し、まるでしりとりのようだ。2・6・10・13・14・15・16・17には「春」が執拗に繰り返される。同じ言葉の繰り返しは、3の「荊蕀」、4の「石」、9の「籬」「雛」、13の「慈母」、と一首の中にもみられる。共通の文字がないところにも、数字がちりばめられている。とりわけタイトルにも使われる「春」は、季節としての春であると同時に、「春情」（恋情、色気）でもあり、母親の深い愛情の象徴でもあって、そうした重層的な言葉の使い方もこの作品の面白さの一つである。

「春風馬堤曲」の趣向については、歌舞伎のほか、漢詩壇における郊行詩（郊外散策の詩）の流行や、浪花に奉公に出た娘を描いた狂詩「婢女行」▼2の存在が影響を与えたとも指摘されている。目立たない形で漢詩の世界が取り込まれていた「北寿老仙をいたむ」とは異なり、「春風馬堤曲」は、見た目も、その趣向も、和と漢の世界の融合をはっきりと示した作品だといえるだろう。

【もっと深く――『夜半楽』の面白さ】

『夜半楽』には、「春風馬堤曲」に続いて、蕪村のもう一つの俳詩「澱河歌」と、「老鶯児」と題された発句が置かれている。

「澱河歌」は伏見の遊女が浪花の客を送る心情を詠んだもので、漢詩二首、漢詩訓読体の詩一首から成る。遊女の切ない心情を一人称で詠っている点は「春風馬堤曲」とは異なるが、複数の形式を組み合わせ、繰り返し同じ文字を使うテクニックは共通する。

「老鶯児」は「春もやゝあなうぐひすよむかし声」という発句。「春もようやくたけなわ、あれ嫌だ、鶯は古めかしい声で啼いている」という意味だろう。けれども、これは単に鶯を詠んだものではない。尾形仂氏によれば、「老鶯児」とは「うぐいす婆さん」の意味。そして、「春風馬堤曲」「澱河歌」「老鶯児」は、浪花に奉公に出た田舎娘・浪花の客を待つ遊女・老け込んだ声で歌う老歌妓という女の一生の転落を示す連作で、「郷愁」という主題で統一されていると指摘する。詩の頭に○印が付けられるという形式も一致し、三作品がひとまとまりのものとして作られていることは明らかだろう。

実は「老鶯児」にはもう一つ大きな仕掛けがある。『夜半楽』の一番後に置かれたこの句は、巻頭の発句にも呼応しているのだ。『夜半楽』の冒頭には、今俳壇で大流行している蕉風にあえて逆らうという蕪村の決意が述べられている。そして詠まれた句は「歳旦をしたり皃なる俳諧師」（たいしたこともない歳旦句〈お正月を祝う句〉を作って得意になっている俳諧師）という自嘲的なものだった。本の最後に「老鶯児」を置くことで、やっぱり古くさい作品だったわい、と自嘲のだめ押しをしたことになる。この時、一句の鶯は蕪村を暗示する。つまり、「老鶯児」は、俳詩の連作の一つとしては昔を思う老女の比喩となり、『夜半楽』という本全体としては流行に後れた蕪村を示すという複雑な働きをしているのだ。もちろん、このユーモアあふれる自嘲は自負の裏返しだ。

『夜半楽』を始め蕪村の作品は遊び心に満ちている。どこに何が仕掛けられているか、彼の狙いは何か。さまざまに推理しながら読むことが、その醍醐味と言えるだろう。

【テキスト・読書案内】

「北寿老仙をいたむ」「春風馬堤曲」については、揖斐高『蕪村集 一茶集』(貴重本刊行会、二〇〇〇年)の解説・訳が便利。「春風馬堤曲」を含む『夜半楽』については、『天明俳諧集』(新日本古典文学大系73、岩波書店、一九九八年)がある。

蕪村の研究書はたくさんあるが、俳詩の入門書としては、尾形仂『蕪村の世界』(岩波書店、一九九三年)がわかりやすい。また、藤田真一『蕪村』(岩波新書、二〇〇〇年)、木越治「蕪村の近代――近世文学の発見(一)――」(『近世文学史研究』一号、二〇一七年一月)は、近代作家と蕪村についても詳しい。

【注】

▼1 新年、俳諧の宗匠が自身や門人の歳旦吟(正月を祝う句)、歳暮吟(年末の句)、春興吟(春季の句)を集めて出版したものを歳旦帖というが、特に歳旦、春興を中心としたものを、春興帖と呼ぶ。

▼2 銅脈先生(畠中観斎)作。『太平楽府』(明和六・一七六九年)所収。

(深沢了子)

63

皮肉とユーモア──秀句の宝庫

『誹風柳多留』（川柳）

例えば、「切りたくもあり切りたくもなし」という前句を題に、「盗人を捕へて見ればわが子なり」という付句をつけて、両句の間にはたらくウイットやユーモアを競い合うというもので、先にあげた句も、「はなれこそすればはなれこそすれ」（子が出来て）、「すわりこそすれすわりこそすれ」（寝て居ても）、「運のよいこと運のよいこと」（役人の）という前句に付けられたものである。

こうした前句付は、初めは俳諧の「付合」の練習として行われていた面もあるが、次第に点の多さを競い合う娯楽的な文芸遊戯へと発展していった。

その興行形態は、以下のようなものだった。

まず点を付ける宗匠（点者）が前句を出題して付句を募集する。応募者は会所と呼ばれる取り次ぎ組織に、点料を添えて句を送る。点者は句に点を付け、高点を得た者には木綿などの景品が与えられた。また、入選句は印

子が出来て川の字なりに寝る夫婦（初）

寝て居ても団扇のうごく親心（初）

役人の子はにぎにぎをよく覚え（初）▼1

ユーモアの中に時には人情の機微をよくとらえ、時には世間を皮肉に眺める川柳句。現代に知られる有名なその作品の多くは、『誹風柳多留』という作品集に収められたものである。

「川柳」とは、そもそも柄井川柳（一七一八〜九〇）という、前句付の点者の名前である。それがなぜ一つの文芸の名前となったのだろう。

江戸時代を代表する文芸「俳諧」は、五・七・五の長句と七・七の短句を交互に詠み続けてゆく連句形式を基本としていた。柄井川柳が行っていた「前句付」は、この俳諧の一分野で、題の前句に付句を案じる長短の二句からなる遊戯的な文芸だった。

刷した「刷り物」として配られた。このような興行形態を江戸で「万句合」と言い、宝暦の頃（一七五一～六四）は自身で句作をせず、選評のみを行う前句付の専門点者が続出した。柄井川柳もその一人であり、その選の巧みさから人気を集め、一度の興行で応募句が一万句を超えることもしばしばだった。川柳が点を付けた「川柳点前句付」は略して「川柳点」と呼ばれていたが、明治に入り、この文芸形式の呼称として統一的に「川柳」が用いられるようになったのである。人気選者の名前がその文芸を表す名称となるきっかけは、次に述べる『誹風柳多留』の刊行とその流行であった。

川柳肖像（『誹風柳多留』二十四篇所載）
（国立国会図書館蔵）

【概要】

明和二年（一七六五）七月、川柳の評になる万句合の刷り物の中から、前句を省いても句意のわかる付句を選び出した『誹風柳多留』が江戸文壇に現れた。世にいう『柳多留』初篇である。編者の呉陵軒可有は俳号を木綿といい、川柳の万句合の常連であった。『柳多留』の特徴は、前句を一切省略し、はっきり一句の独立を目指していたことにある。万句合の高点句を『柳多留』に収録する際、一部の句に修正を加え、付句的な句姿を独立性のある体に整えたのである。ことに初篇には、その事例が数多くみられ、このことが『柳多留』を付句集から独詠句集へと一歩踏み込ませることになった。

『柳多留』はもともと単行句集として出版されたものだったが、好評により、続編が刊行された。初代川柳の評は初篇から二十四篇までであるが、川柳没後も点者を変え、天保十一年（一八四〇）まで、百六十七篇が刊行され続けた。

『柳多留』は、万句合より抜粋された付句の集であったので、発句として必用な季語や切字などの約束事がなく、題材の制約も受けず、自由に詠むことができた。人事・風俗・歴史を対象とした句が多く、自然や生き物を扱う場合でも人間くさい視点に立ち、着眼・趣向・表現に工夫を凝らし、機知・滑稽を醸し出したものとなっている。また、冒頭にあげた「役人の」句のように、社会現象を風刺する句もある。それらの句は、商人・職人・遊女・武士など、さまざまな身分・職業を題材にして詠まれた多くの類型句から生まれたもので、批判精神の側面をもつと同時に趣向の面白みも凝らされている。

以上のように『柳多留』初篇の刊行が「川柳」誕生に果たした役割、意義には大きなものがあったのである。

【見どころ】

『柳多留』に収録される名句・佳句は枚挙にいとまない。すでに多くの解説書、鑑賞書が刊行されており、誰でも手軽に川柳のもつ多様な面に触れることができるようになった。ここでは、ほんの一部ではあるが、その特徴を取り上げて味わうことにする。

○歴史を詠む

やわやわと重みのかゝる芥川（あくたがわ）（初）

川柳には日本の歴史に関わる句を詠んだものがたくさんある。史実というよりも物語や演劇などでよく知られたものが題材で、この句は中でも最も有名な句だろう。『伊勢物語』第六段の芥川伝説（在原業平（ありわらのなりひら）が藤原高子（ふじわらのたかいこ）を盗んで逃げた話）に取材し、高子をおぶって逃げた業平の立場になって作ったものだが、高貴な姫の体そのものを具体的に、けれど品よく表現した手際は見事。

浮草へむだに深草通ひ詰め（二十七）

は、わざとなぞなぞのように仕立て、読者の文学的知識に挑戦しているような句である。この句のテーマは小野（おの）小町（こまち）。小町に恋をした深草（ふかくさ）の少将は、百夜通ったら会うと言われ、九十九夜通ったところで力尽きて亡くなった（謡曲「通小町（かよいこまち）」）。この伝説に小町の和歌「わびぬれば身をうき草の根をたえて誘ふ水あれば去なむとぞ思ふ」（『古今和歌集』／わびしく暮らしているわが身ははかなくつらいもの、誘ってくれる方がいれば、浮草が流れるように都を去って行こうと思います）を踏まえ、「浮草」で小町、「深草」で少将を表した。

一方で、もっとわかりやすい笑いを目指した句もある。

清盛（きよもり）の医者ははだかで脈をとり（初）

平清盛は高熱で亡くなった。その体の熱は、水につけるとたちまち沸騰したという。典拠の『平家物語』に医者は登場しないが、病人だから医者を呼んだだろう、医者は暑さに裸になっただろう、と客観的、写実的に想像したもの。人の気付かないこうした事柄を指摘して笑いを取るこのテクニックを「うがち」という。

○一章に問答

もともと前句付では、前句の「問」に対し、付句の「答」の面白さを重要視していた。しかし、川柳は前句を省いても十七音で独立鑑賞して楽しめる作品となっており、中には、いわば「一章（一句）に問答」（『誹風柳多留』二十九篇序文）という形式をとるものがある。一句の中に「問」と「答」がある作品である。例をあげよう。

使者はまづ馬から下りて鼻をかみ（初）

「使者は」という問いに、「鼻をかむもの」と答えた句である。

主命を受けた使者が馬から下りるという中七までの格式ばった印象から、それに続くいかめしい動作を予想させておいて、一転、いかにも卑しく品のないしぐさ「鼻をかむ」という表現が続く。読者はその意外性に思わず微笑させせられるだろう。

かんざしも逆手に持てばおそろしい（二）

「かんざしは」という問いに、「おそろし」と答えた句。

普通、女性の「かんざし」といえば、美しいとかかわいいというイメージが一般的であり、「おそろしい」という概念とは結び付かない。しかしある状況（逆手に持てば）を想定することで「かんざし」を「おそろしい」と言い切り、常識的には矛盾するような概念を突き合わせて意表を突いた句である。

「使者はまづ」の句も「かんざしも」の句も、最初の段階では、前句があり、それに答えて作られた句である。

「使者は」の句の前句は「そろりそろりとそろりそろりと」

で、作者は「そろりそろり」（静かにゆっくりした動作を指す）という問いに「鼻をかむ」動作を思い寄せた。早馬の使者がゆっくりと鼻をかむ思わせぶりな動作の面白さが目の付け所であったろう。また、「かんざしも」の句の前句は「恨みこそすれ恨みこそすれ」で、作者は「恨む」という問いに対し、かんざしを逆手に持った状況を答えとして想定したのである。しかし呉陵軒は、付句一句の中に問答を見いだした。それによって前句の縛りを脱し、付句だけでも鑑賞できる世界が開かれたのである。

伝統的な詠み方から離れた視点

　糸つけてあるかと思う蝶二つ（八十七）

二匹の蝶がつかず離れず飛んでいる。春のうららかな日差しを受けて、気持ちよさそうに戯れている蝶が連想される。

　江戸時代の俳諧には、蝶といえば「眠る」「寝る」「夢」などの言葉と結び付けた句が多い。それは、中国の思想書『荘子(そうじ)』に載る次のような故事に基づいている。荘子が夢の中で蝶になり、楽しく飛び回っていた。夢が覚めて後、自分が夢で蝶となったのか、それとも蝶が今夢の中で自分になっているのか疑った。

　『荘子』は江戸初期の俳諧に大きな影響を与えた。特に芭蕉(ばしょう)は、作為を捨てて天理自然の理に従うべきという『荘子』の思想を取り込み、新しい俳諧を確立した。「松の事は松に習へ、竹の事は竹に習え」（『三冊子(さんぞうし)』）などの芭蕉の俳諧観は、『荘子』に影響され、切り開いた世界でもあった。芭蕉の蝶の句では、例えば「おきよおきよわが友にせむぬるこてふ」（「あつめ句」）などは、寝る胡蝶に「我が友にしよう」と呼びかけ、『荘子』への共感を示している。また、「椹(くわのみ)や花なき蝶の世捨酒(よすてざけ)」（『虚栗(みなしぐり)』）は、『荘子』の胡蝶を意識しつつ、「世捨酒」という隠逸趣味の漂う言葉を使い、「花なき蝶」を自身に例えている。芭蕉にとって「蝶」は重たい言葉であったと言えよう。和歌や俳諧といった文芸においては、このように固定的なイメージが利用されることが多い。

　しかし、川柳ではこの「糸つけて」蝶の句のように、和歌・俳諧で培われたイメージから離れて、いわば子供のような視線で淡々と詠んだ句がみられる。

　ほかに童べ唄のような余韻を残した句には、

　蜻蛉(とんぼう)は石の地蔵に髪を結い（九十二）

　きりぎりす何をやっても舌を打ち（百十二）

などがある。「蜻蛉は」句は地蔵の頭に止まった蜻蛉を髪飾りと見たもの、「きりぎりす」句は、その鳴き声を舌打ちと聞いたもので、伝統的な詠み方から離れた、自由な視点から詠まれている。

　以上、川柳のごく一部の例をあげるにとどまったが、『柳多留』一つをとっても、まだまだ魅力は語り尽くせない。権力や人間の世の営みに対する批判精神や、時代そのものをうがつ当代性、常に新しい世界を切り開こうとする気概など、ここで取り上げなかった事例は多い。そしてそれらはいつもユーモア精神に支えられている。「笑い」は文芸において重要な要素である。江戸時代の種々相を「笑い」にくるんだ極上の作品をぜひ一読していただきたい。

【テキスト・読書案内】

『誹風柳多留』の活字翻刻本・影印本には以下のものがある。

①山沢英雄編『柳多留』（岩波文庫、一九五六年）
②『新潮日本古典集成　誹風柳多留』（一九八四年）
③岡田甫校注『誹風柳多留全集』（十二巻別巻二、三省堂、一九七六～八四年）
④岡田甫編『橋本柳多留全集』（近世庶民文化研究所、一九六七年）＊影印本

注釈としては、以下のものがある。

①『誹風柳多留二十四篇全釈』（江戸川柳研究会、藝華書院、二〇一四年）
②宮田正信校注『誹風柳多留』（新潮日本古典文学集成、新潮社、一九八四年）
③『柳樽評釈』（沼波瓊音、一九一七年）
④『誹風柳樽通釈・初～三編』（武笠山椒、一九二四～二七年）
⑤『誹風柳多留講義・初篇』（西原柳雨、一九三〇年）。
⑥『柳多留輪講・初篇』（木村沙華礎稿、一九七二年）。
⑦「柳多留輪講」二篇・三篇（『川柳しなの』一九七四～七六年）

川柳・雑俳の主な参考文献としては、以下のものがある。

①潁原退蔵「潁原退蔵著作集第14、15巻」（『雑排・川柳（一）』中央公論社、一九七九年）
②麻生磯次『川柳雑俳の研究』（東京堂、一九四八年）
③宮田正信『雑排史の研究』（赤尾照文堂、一九七二年）
④鈴木勝忠『川柳と雑排』（千人社、一九七九年）
⑤岡田甫校注『川柳集成』（全八冊、岩波書店、一九八五年）
⑥中西賢治『日本史伝川柳狂句』（全二十七冊、古典文庫、一九八一年）

【注】

▼1　以下、引用句の典拠については、初篇は（初）、二篇は（二）のように（　）内に『柳多留』の篇数を示す。

（全怡炡）

64

漢詩の江戸語訳

『訳註聯珠詩格』（漢詩）

コノサカヅキヲ受ケテクレ　ドウゾナミナミツガシテオクレ
ハナニアラシノタトヘモアルゾ　「サヨナラ」ダケガ人生ダ

近代の文学者井伏鱒二が、中国・唐の詩人于武陵の「勧酒」を日本語に訳したものとして、よく知られている詩である。原詩は、「勧君金屈巵、満酌不須辞。花発多風雨、人生足別離（君に勧む　金屈巵、満酌　辞するを須ゐず。花発けば　風雨多し、人生　別離足し）」というもの。詩の前半は、別れの宴で、友人に酒盃を勧める様を描き、後半は、花が咲いても雨風によって散らされるように、人生も別離のみが多いと詠っている。

井伏は、この詩を含め、『唐詩選』所収の五言絶句十七首の翻訳を、自身の詩集『厄除け詩集』（昭和二・一九二七年）に収録した。これらの翻訳詩はながく井伏の独創と考えられてきたが、今日ではモデルとなる先行作品があったことが知られている。それは、江戸中期の俳人中島（潜魚庵）魚坊の手になる『唐詩五絶臼挽歌』（以下、『臼挽歌』と言う。『唐詩選和訓』という題の同内容の本もある）というものであり、十七首の詩中、表現をほぼ完全に踏襲したものが十篇あり、残りの詩篇も語句などが類似している。例えば、冒頭に掲げた「勧酒」は、後者に属するが、魚坊の詩集では、「さらばあけましよ此盃で、てふとお御請よ御辞儀は無用。花が咲ても雨風にちる、人の別れも此こゝろ」となっている。具体的な表現は異なるが、七・五の音調は、魚坊の作に想を得ていると言える（寺横武夫「井伏鱒二と「臼挽歌」」『国文学　解釈と鑑賞』五十九巻六号、一九九四年六月、土屋泰男「井伏鱒二『厄除け詩集』の「訳詩」について」『漢文教室』百七十七号、一九九四年二月）。

『臼挽歌』に限らず、江戸時代は、さまざまな漢詩和訳が試みられた時期であった。その中で、その独特の情緒で人々の関心を集めているのが、江戸後期の漢詩人柏木如亭（一七一六～一八一九）によって享和元年（一八〇一）に刊行された『訳註聯珠詩格』（以下、適宜『訳註』と略す）である。如亭は江戸の小普請組棟梁の家に生まれたが、職業漢詩人として各地を転々とする生涯を送った。市河寛斎率いる江湖詩社の主要なメンバーの一人であり、江戸時代後期の新たな詩の在り方、すなわち、清新性霊の詩風（新奇な表現を尊び、また個人の心情や感覚が話に詠われることを重視する詩風）を切り開いた人物の一人として知られる。

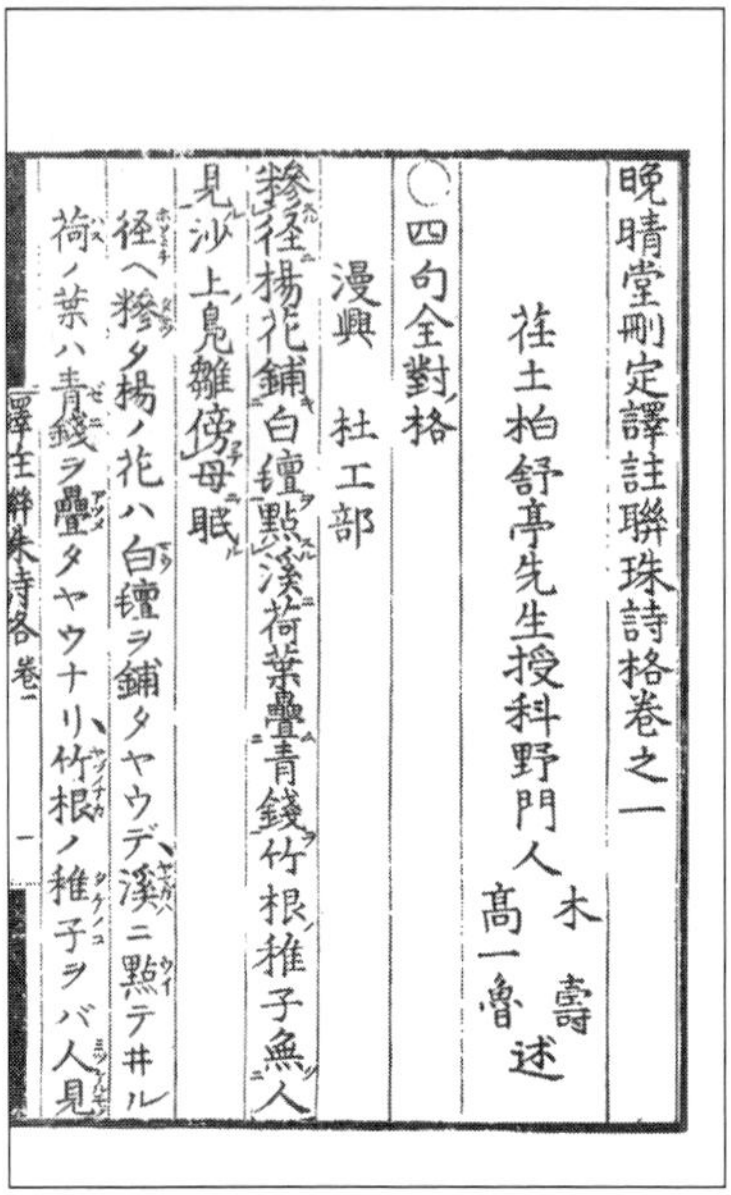

晩晴堂刪定譯註聯珠詩格巻之一
荏土柏舒亭先生授　科野門人　木壽　高一魯　述
○四句全對格
漫興　杜工部
糝徑楊花鋪白氈點溪荷葉疊青錢竹根稚子無人見沙上鳧雛傍母眠

図1　『訳註聯珠詩格』巻頭（『柏木如亭集』太平書屋、1979年より）

【概要】

『訳註聯珠詩格』［図1］は、『唐宋千家聯珠詩格』（以下、『聯珠詩格』と言う）という元時代の中国で編まれたアンソロジーが基礎となっている。

まず、『聯珠詩格』について説明する。この詩集は、唐・宋時代の七言絶句約千二百首を、三百四十の詩の部類によって分類したものである。部類という語がわかりにくいが、例えば、「四句全対格」（詩を構成する四句がすべて対句を構成していること）など、詩作の上で目安となる、詩の格式のことを言う。

『聯珠詩格』は、当初、元の于済（字・徳人、号・黙斎）によってその原形となる三巻本が編まれ、それに蔡正孫（字・粋然、号・蒙斎）が評などを付し、二十巻本に増補した。近年では、この書籍の選詩や評について、宋・元の詞華集や詩話などの内容がどのように取り込まれているかを調査し、その成立の背景を分析する研究が盛んである（卞東波『唐宋千家聯珠詩格校証』鳳凰出版社、二〇〇七年）。

『聯珠詩格』は、後に中国では失われてしまうが、初心者向けの書という性格が幸いしてか、朝鮮や日本などの東アジア諸国において多く読まれた。朝鮮では、徐居正がさらに増註した版が印刷され、日本でも五山版の刊行が確認できる。江戸後期になり、平明な詩風が流行すると、本書は脚光を浴び、文化元年（一八〇四）に江戸の詩人大窪詩仏が元時代の版本を、天保二年（一八三一）に、京の文人貫名海屋が、徐居正の増註を含んだバージョンを、校訂・出版するなどしている。

如亭の『訳註聯珠詩格』は、この『聯珠詩格』の巻一から巻四の詩約二百首のうち、百二十八首を抜き出して、訓点と口語（俗語）による訳を施したものである。巻頭題（内題）には、「晩晴堂删定」の語が入っており、寛政七年（一七九五）に、如亭が信州の中野に開いた晩晴吟社の同人たちの支援を得て編纂されたものと考えられる。市河寛斎の序を読むと、如亭が講義した内容を、晩晴吟社の同人たちが筆記したかのようでもあるが、各篇の訳の完成度の高さなどから考えると、如亭自身が草稿を書き記した可能性も否定できない。

【見どころ】

如亭の『訳註』が独特の面白さを持っている一つの理由は、その翻訳に江戸の言葉が多用されているからである。『訳註』には、当時の口語を踏まえた表現がいくつも見える。有名な蘇軾の「飲湖上初晴後雨（湖上に飲す、初めは晴れ後に雨る）」（『聯珠詩格』では「西湖」という題で収録されている）に対する訳は、その代表的な例である。まず蘇軾の詩を掲げる。

水光瀲灎晴偏好、山色朦朧雨亦奇。
若把西湖比西子、淡粧濃抹両相宜。
（水光瀲灎　晴れて偏へに好し、山色朦朧　雨も亦た奇なり。若し西湖を把つて　西子に比せば、淡粧　濃抹　両つながら相宜し。）

この詩に対する如亭の訳は次の通りである。

水の光　瀲艶と晴は偏好、山の色朦朧と雨も亦奇。
この西湖をば西子といつた美人に比て若把ば、ふりの淡粧てんきの濃抹両　相　宜

原詩の漢字をそのまま用いながら、口語調の訳に仕立て直している。漢語にはルビが振られ、その中に「どんみり（どんよりとの意）」「しなもの（あでやかな女性の意）」など、江戸時代の口語的な表現が巧みに用いられている。

特に結句の「濃抹」を「べたおしろい」としている点などは、濃密な美しさをよく表現しており、面白い。現代の注解は、この語を「厚化粧」（近藤光男『漢詩大系・蘇東坡』集英社、一九六四年）や「念入りな化粧」（小川環樹・

山本和義『蘇東坡詩選』岩波文庫、一九七五年）などとしているが、如亭の言葉遣いは、それらとはひと味違った情緒を醸し出していると言えよう。

『訳註』のもう一つの特徴として、如亭の訳注が、近代以降の口語自由詩と極めてよく似た形態を持っていることがあげられる。すなわち、『訳註』の文章は、『臼挽歌』などに見られたような、七・五調などの定型詩の形をとっておらず、自由な行文である。

しかし、同時に、それが単なる現代語訳でもないことは、今日の解説書と比較することによって理解できる。先の蘇軾の転結句を例にあげるならば、「さざ波が湖のおも一同にキラキラとかがやく、あのすばらしさは、今朝のように晴れ渡っていてこそだ」（漢詩大系）、「水をたたえてひろがる湖のさざ波の太陽がきらきら光る、（西湖は）晴れてこそ美しい」（岩波文庫）などが代表的なものであるが、これらはいずれも、正確に漏れなく詩句の内容や背景を説明することを主眼に置いている。これに対して、如亭の訳は、時に意訳や省略を含みつつ、言葉を増やすことなく、詩句の情緒の中核部分を伝えようとしている。

【もっと深く——如亭の翻訳の独自性について】

如亭の独自の翻訳は、どのような背景から生じたものであろうか。江戸時代における漢詩和訳や訳解を見た場合、大きく二つの流れに分類することができる。この点から、『訳註』の位置づけを考えてみたい。

一つの系統は、俗謡調の和詩への翻訳であり、多くは七・五調などの定型詩の形を取っている（藤井乙男「漢学先生の通人」『江戸文学研究』内外出版、一九二一年）。先に見た『臼挽歌』中の翻訳などはこれにあたる。しかし、『訳註』の訳文は韻律を守っておらず、これらの和訳とは趣が異なる。

もう一つの類型は、それが江戸時代に、「国字解もの」または「諺解もの」などと呼ばれる、漢詩を口語により自由に説明する書籍群である。一例をあげるならば、荻生徂徠の一派が喧伝したことにより、江戸時代以降、広く読まれるようになった『唐詩選』には、よく知られた『唐詩選国字解』（天明二・一七八二年刊、服部南郭の撰と伝えられる）をはじめ、こうした解説書が数多く刊行されていた。

これらの書物における説明の中には、実質的な翻訳とみなし得る箇所がある（日野龍夫「江戸時代の漢詩和訳書」『日野龍夫著作集　第一巻・江戸の儒学』ぺりかん社、二〇〇五年）。例えば、冒頭に見た「勧酒」後半について、『唐詩選国字解』では「なぜなれば、花盛りぢやほどに見やうと思ふ間に、風雨でもすれば、を（落）ちてしまふ。人生もその如く、大方わかることが多いものぢや。しかれば、逢たときに、酒でも飲み、楽しむがよい」（東洋文庫版による。原文はカタカナ）と記述している。語の解釈と大意訳とが混在しているのであるが、如亭の訳は、この「国字解もの」の解説の潮流を受け、その措辞を繊細な言語感覚によって洗練させたものであったと言えよう。

　なお、近代には、多数の漢詩和訳が試みられているが、その多くは、文語定型詩のかたちをとっていた。森鷗外らによる『於母影』（明治二十二・一八八九年）、佐藤春夫『車塵集』（昭和四・一九二九年）、土岐善麿『鶯の卵』（昭和元・一九二五年）などは、みなそうである。ただ、近世の同種のものと比較すると、古典の言葉を駆使するなど、より高雅な調子となっている。口語自由詩の形式で成功を収めたのは、日夏耿之介『海表集』（昭和十二・一九三七年五月）中の、王維や李賀の詩十数首の和訳などが、最初のものであろう。

　ほかの韻文と同様、漢詩和訳も、文語から口語へ、定型詩から自由詩へと変化してゆくのであるが、こうした近世・近代における変遷の中で見ても、口語で記され、かつ七・五調などの定型性にとらわれない如亭の翻訳は、ユニークかつ意義深いものと考えられる。

　如亭の翻訳はおおむね正確を期しているが、中には彼独自の理解をしている箇所がある。晩唐の詩人杜牧の「贈別（別れに贈る）」は、興味深い例と言える。

　多情恰似総無情、唯覚樽前笑不成。
　蠟燭有心還惜別、替人垂涙到天明。
（多情は恰も似たり　総て無情なるに、唯だ覚ゆ　樽前笑ひの成らざるに。蠟燭　心有りて還つて別れを惜しみ、人に替つて涙を垂れて天明に到る。）

この詩を、如亭は次のように訳している。

多情ほど総無情に恰似が、樽前でも笑不成から唯覚る。蝋燭も有心で還別を惜んで、天明に到まで替人に涙を垂てゐたと、らふそくのながれをみたてたのなり。

起承句に注目したい。今日の解説を見ると、多くの場合、別れの悲しみのために感極まり、自然な応接ができないことを詠ったものと解釈している。例えば、松浦友久・植木久行『杜牧詩選』（岩波文庫、二〇〇四年）は、この箇所を、「あまりにも感じやすい心は、かえって冷たい心の表情に似てしまうのであろうか。別離の宴席でにこやかに笑おうとしても、顔がこはばるのを感じるばかり」と訳している。

これに対して、如亭は、「多情」に「なさけしり」、「無情」に「やぼ」という和語を当て、起承句を、「が」という逆接で結んで訳している。すなわち、一見、男女の間柄について理解に乏しいように見える人ほど、実は男女の情に厚いのであるが、そのことは酒を酌み交わす中でも、女性に対して実直でいることからわかると解釈しているのである。

こうした訳出における違いには、詩句の異動が影響している面がある。通行の杜牧の詩集は、右に掲げた『聯珠詩格』とは、本文がいくつかの点で異なり、例えば、起句の「恰似」を「却似（却って似たり）」に作っている。先の岩波文庫の訳はこの本文に基づいたものである。

しかし、最も大きく作用しているのは、如亭その人の感性であろう。すなわち、この如亭の独特な把握には、彼の遊郭などにおける体験が投影されていると推測される。如亭は若い頃吉原に逗留し、その後も京や新潟など、各地の遊郭で放蕩したと言われている。実際に彼は、山東京伝の洒落本『傾城買四十八手』（寛政二・一七九〇年刊）に書入れを残し、自身も遊里の情景を描いた漢詩「吉原詞」を制作している（揖斐高『江戸詩歌論』汲古書院、一九九八年）。杜牧の詩の解釈には、真の〝ナサケシリ〟はいかなるものかという如亭の持論が表れているかのようである。

【テキスト・読書案内】

揖斐高校注による『訳注聯珠詩格』（岩波文庫、二〇〇八年）が刊行されており、詳細な解説・注釈が備わる。本項の記述も、多くをこの揖斐氏の研究によっている。

奥付が「柏門作著　享和紀元十二月　江戸書肆　西村源六蔵版」と記されるのが初版本である。この後、文政三年（一八二〇）の刊記が入ったもの、奥付に、大坂・河内屋茂兵衛ほか十書肆の名を記し刊年表記のないものなど、数種の後刻本が刊行されている。

揖斐高編『柏木如亭集』（太平書屋、一九七九年）に、初版本の複製が収録されるほか、本書の書誌事項についての解説がなされている。

（合山林太郎）

65

強烈な自負心、躍動することば

『風来六部集』（狂文）

平賀源内（一七二八～七九）といえば、その多方面での活躍がよく知られ、同時代から今に至るまでの高い人気が思いおこされる。蘭学を学んでエレキテルや火浣布、金唐革を作り、薬物類の展示会を師匠らを支えて手がけてその成果を『物類品隲』（宝暦十三・一七六三年刊）にまとめ、西洋風の油絵を描き、鈴木春信による錦絵の創始への関与が取りざたされる多才ぶりを発揮した。青年期に俳諧を嗜んだ源内は、あり余る才能を文芸にもふり向けて、のちに戯作の祖として仰がれることになる。

風来山人の筆名で書かれた源内の戯作としては、当時、話題となっていた歌舞伎役者の溺死事件を題材として、地獄の閻魔大王が人気の女形に懸想したという虚構の筋立てに世相を投影した『根南志具佐』（宝暦十三年刊）と『根無草後編』（明和六・一七六九年刊）、浅草寺境内で評判をよんでいた談義僧志道軒を主人公として世界の国めぐりをさせた『風流志道軒伝』（宝暦十三年刊）が、とりわけ知られている。さらに福内鬼外を名のって人形浄瑠璃の執筆も手がけ、『神霊矢口渡』（明和七・一七七〇年初演）をはじめとして、九作品を残している。

それら以外にも、源内は数多くの小冊子を世に出していた。それが片々とあっては読みがたい、と序文にうたって源内の筆名を冠してまとめて刊行したのが、ここで紹介する『風来六部集』（安永九・一七八〇年序、刊）であった。

【概要】

『風来六部集』は源内が出版した小品六点、つまり「放屁論」（安永三年）、「放屁論後編」（同六年）、「萎陰隠逸伝」（明和五年）、「飛だ噂の評」（安永七年）「天狗髑髏鑑定縁起」（同五年）、「里のをだ巻評」（同三年）を集成したものである。これらを元の本の版面の筆跡もそのまま生かして、今でいう文庫本大の小本一冊に仕立てている。収録された六作のうち、四作は初版本の存在が知られているが、それらと比較していずれも初版の版木をそのまま用いて摺ったものではなく、その紙面を新しい版木に彫り直して印刷したもの（専門用語で覆せ彫り、覆刻という）と考えられている。

序文で出版の経緯を説明したのは、源内の門人であった天竺老人森羅万象こと森島中良（一七五四〜一八一〇）。幕府に蘭方医学をもって仕えた桂川家四代甫周の弟甫粲で、実質的にその編と考えられている。その序によれば、この企画を思いついた版元は「太平館」というが、今に至るまでその奥付をもつ本は発見されていない。実際の版元は、表紙見返し・奥付に名のみえる大観堂伏見屋善六と考えられている。

ある人の著作をまとめて「六部集」とする発想は、かの芭蕉七部集を思わせる。中良の序では、神道の本質を男女の和合に求める独自の通俗神道説で広く読まれた増穂残口（一六五五〜一七四二）の八部書に触れ、（本書の刊行で）それを「八分」するわけではないが、と戯れてみせるが、「六部集」としたのはやはり芭蕉七部集と響きあう。俳壇で尊崇を集める芭蕉に、後人に慕われた源内を重ね合わせるところがあったのかもしれない。

この六小品を文学史上にどう位置づけるかについては一筋縄ではいかない。『根南志具佐』や『風流志道軒伝』は、一般に世相・風俗の「うがち」（ありがちな欠点や問題をついてみせること）による滑稽を主眼にすえた談義本に分類され、半紙本（A5よりひとまわり大きなサイズ）で五冊という形態からも、その分類は肯定される。しかし、本作は小本一冊で、本の大きさやかたちと内容や分類が連動する江戸文芸としては、この違いは無視できない。

本書に収められたような源内の小文が談義本とは異質であることの背景に、当時の本草学者たちによる動植物や鉱物などについて論述した書物の存在を見て、それを戯作化したものだとする論もある（石上敏論文）。またこの頃、遊里やちまたの風俗を素材とする洒落本、江戸でちょうど流行し始めた笑話を集めた噺本、狂詩など、俗文芸に属する種々雑多な読み物が小本で出されていた。舞台を遊里に限らず滑稽の表現を主眼とする小本・中本類が総じて当時考えられていた洒落本であろうとの論もあり（中野三敏『和本のすすめ』岩波新書）、それは版元伏見屋善六が後年この書を広告して「当世流行する哂（洒）楽本の根元」と呼んだこととも通じあう。

また各篇の題に「論」「伝」「評」と付けたところは、『文選』以来の中国古来の文体にのっとる俳文の形式に似るが、発句は伴わない。これ以降、江戸狂歌の隆盛とともに発達する狂文にも似て、本書所収の六点およびその序跋に源内作四首、ほかの作者の作二首の狂歌を収める。実際、源内を敬愛し、遺された小文を集めて『飛花落葉』（天明三・一七八三年刊）を編んだ大田南畝が、後年、これを「狂文」と呼び（『一話一言』巻五）、まさにその『飛花落葉』にも「狂文戯作」（天放山人跋）という例もある。この時代にはまだ狂文というジャンルは成立していないが、早くに影響が指摘されているように（浜田義一郎「「狂文」覚え書」）、江戸狂歌における狂文の発達の先蹤の一つとして位置づけてよかろう。

図1 『風来六部集』「放屁論」（国文学研究資料館鵜飼文庫蔵 クリエイティブ・コモンズ 表示 - 継承 4.0 国際 ライセンス（CC BY-SA））

【見どころ】

六編に共通するのは、源内本人らしき人物が登場し、弁の立つところをみせつけるところである。

「放屁論」は両国広小路の盛り場で放屁の曲芸で人気を呼んだ実在の男を題材にする［図1］。屁を慎み恥ずべきものという意見に対して、「予」がこれは古今東西未曾有の見世物であり、屁のように天下に無用のものを「自身の工夫」で芸に仕立てたことを絶賛する。学者や詩人、歌人、医者ら、古人のまねをするのみの「自暴自棄、未熟、不出精の人々」に、屁でさえもこの通り新たな工夫ができると、「屁の音を貸りて」「睡を寤」すために言うのだと手の内を明かす。放屁芸はその主張のダシに使われたのであった。

「放屁論後編」では神田辺の貧家銭内として登場し、オランダでさえ知る人ぞ知る、人の体から火を出して病を治すエレキテルを、「国恩を報ず」るために日本で初めて作り出したことを誇る。その理屈を尋ねに来た人物を設定、放屁芸を喩えに、人の体より出るのは火も屁も同じとしてその道理を説く。世のためにエレキテルほか日本にない産物を作り出してきたのに「世上で山師と譏」られるばかり、「酒買て尻切るゝ、古今無双の大だはけ」と自嘲する。ここでも主役は源内自身であった。

「萎陰隠逸伝」は男性器の呼称や形態の多様さを述べ、歴史上の人物の逸話を性器にかこつけたのちに、源内自身を仮託したその一つが登場する。「事なき時は首をたれて麩筋の如く、事あるに臨では強きこと金鉄のごとく熱きこと火焔のごとし」と有能さを誇る。人生は「食うて糞して寝て起きて」と喝破したと伝わる一休に倣って、「喰ふて糞して快美て、死るまで活る命」で会陰の裏店に能を隠して住むと、その存在を隠者に喩える。

「飛だ噂の評」は、時の五代目市川団十郎と、亡き二代目市川八百蔵妻るやとの関係を噂する世間に対して、「予」はこれを擁護する。騒ぎになるのも人気ゆえ、夫ある女との密通でもなし、いわば「明家で棒を振った計」で問題ないと弁ずるのである。これも理屈づけの妙を誇った文章といえる。

「天狗髑髏鑑定縁起」は、門人に天狗の髑髏と称するものの真偽の判定を求められた「予」が、仮に天狗がいても毒にも薬にもならないのだから、世人が「天狗といふて嬉しがるならば」天狗としておくのが卓見という論陣を張る［図2］。その合間に、ここでも世間の医者たちの無知不見識をあげつらって、それを正そうと努める自らが、かえって「山（師）」と評されることへの不満も交える。

最後の「里のをだ巻評」は、吉原が岡場所（非公認の遊里）に優越しているか否かを議論する門人二人に対する「麻布先生」の裁決で、これも源内本人の影を宿す［図3］。古今貴賤の遊女についての知識を披瀝し、「尊きと美しきが面白にも限らず、賤しきと醜が面白からざるにもあらず」と、ある種の真実をついてみせ、二人の論の非を指摘する。そんなこの文章の眼目も、論者本人の見識にある。

以上のように、六編いずれもに源内自身あるいはそれが投影された人物が登場し、持論を展開する。本書の各編を通じて、作者の自意識ないし自負心が強烈に印象づけられる。とはいえ、独自の一貫した思想を説きあかすわけではなく、あくまでいかに自らが有能かをあの手この手で表現したものである。「放屁論後編」にいわく「見識は吉原の天水桶よりも高く、智恵は品川の雪隠よりも

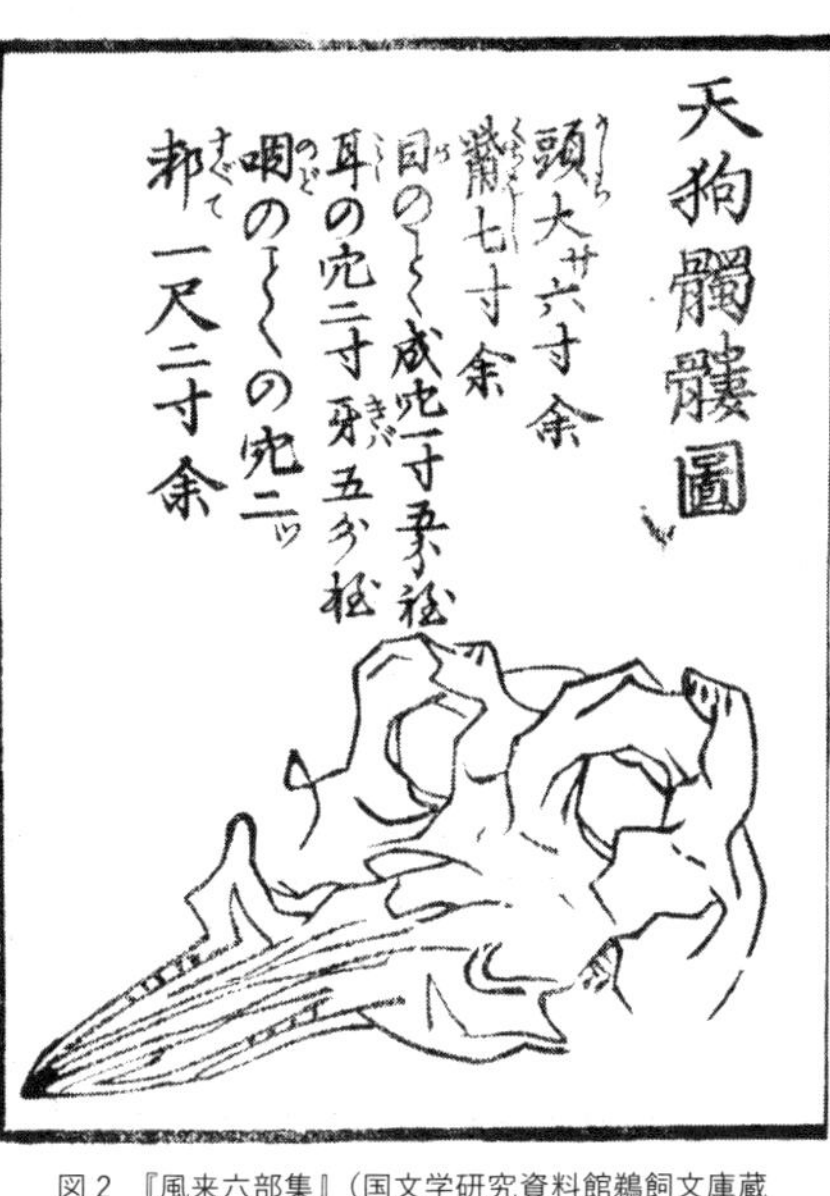

図2 『風来六部集』（国文学研究資料館鵜飼文庫蔵
クリエイティブ・コモンズ 表示 - 継承 4.0 国際 ライセンス（CC BY-SA））

図3 『風来六部集』（国文学研究資料館鵜飼文庫蔵
クリエイティブ・コモンズ 表示 - 継承 4.0 国際 ライセンス（CC BY-SA））

深しと、こけおどしの駄味噌」。駄味噌、つまりくだらない自慢とはいいながらも見識と知恵を誇る。

その「追加」の文章はなによりも、作者の自負を物語る。

造化の理をしらんが為、産物に心を尽せば、人、我を本草者と号、草沢医人の下細工人の様に心得、已に賢るのむだ書に浄瑠璃や小説が当れば、近松門左衛門・自笑・其磧が類と心得、火浣布・ゑれきてるの奇物を工めば、竹田近江や藤助と十把一トからげの思ひをなして、変化竜の如き事をしらず。我は只及ずながら日本の益をなさん事を思ふのみ。

学問、文芸、見世物の名人をひきあいに出し、そのどれにも類しない、万能の王者、竜のような存在として、国益（これは源内が常に語る核心的な関心であった）を追求するのみであるという。末尾では卑下するていを見せつつも、どんな枠にも収まらないおのれの才の主張が基調にある。

しかし、これにもまた滑稽のための修辞という面がある。「里のをだまき評」自序に「針を棒にいひなし、火を以て水とするは、我が持ちまへの滑稽にして、文の余情の謔言なり」、大風呂敷や虚勢も笑いのための計算ずくであった。いずれに真をみるべきかが問われるが、やはりいわゆる卑下慢の体で、自らを語り手に据え、その「滑稽」の技、誇張や詭弁の巧みさを得意げに披瀝する文章が並ぶところに、本作の特徴がみられるといえよう。

【もっと深く――源内の文体】

そんな源内の文章が後人に愛されたゆえんは、本人の理屈に対する自負をよそに、内容よりも文体にあったようで、生前から「名をかすり文意を贋」る者が続々と現れたことは「天狗髑髏鑑定縁起」序が非難している。

その文体とはどのようなものか。本書巻頭の「放屁論」冒頭はその典型といえる。

> 人参呑で縊る癡漢あれば、河豚汁喰ふて長寿する男もあり。一度で父なし子孕む下女あれば、毎晩夜鷹買ふて鼻の無事なる奴あり。大そふなれど、嗚呼、天歟命歟。

高価な薬用人参を服用して養生を計ったすえに自死する者もいれば、河豚汁を食べていても無事な者もいる、かりそめの情事で身ごもる不運な下女もいれば、梅毒もちの多い夜鷹（最下層の遊女）を毎夜買っても病気をもらわずに済む者もいる、と人には運不運があることを、奇抜ながら的確な比喩で説く（ちなみに下女は好色、夜鷹の顧客は奴、つまり武家の下僕とするのが、当時の文芸の約束事だった）。

同じ「放屁論」の次の箇所も、悪態といい、尾籠さといい、勢いのよさといい、典型的な源内の文体といえる。

> 近年の下手糞ども、学者は唐の反古に縛られ（中略）医者は古法家・後世家と、陰弁慶の議論はすれども、治する病も療し得ず、流行風の皆殺し。俳諧の宗匠顔は、芭蕉・其角が涎を舐、茶人の人柄風流めくも、利休・宗旦が糞を嘗る。其余、諸芸皆衰へ、己が工夫才覚なければ、古人のしふるしたる事さへも、古人の足本へもとゞかざるは、心を用ざるが故なり。しかるに此屁放漢、今迄用ぬ臀を以て、古人も撒ぬ曲屁をひり出し、一天下に名を顕す。

いわく、漢学者は古い漢籍を奉じるのみ、医者も流派で争いあうくせに、はやり風邪も治せず。俳諧、茶道をはじめ、諸芸みな昔の偉人のまねをするばかりだから、衰える。まねすらろくにできないのは、自ら頭を使って工夫するということがないからだ、と散々にのしる。それに対して、放屁芸の男の創意工夫を絶賛する、という論法であった。この勢いある文体の骨格に、対句を基調とする漢文の文体の影響があることが共通理解となっている。
　この源内風文体、いわゆる「平賀ぶり」が、同時代の人々から式亭三馬ら後世の戯作者たちにまで影響を与え続けたこともよく知られている。本項目ではこの「放屁論」の余波より、一例のみ紹介しよう。「屁には固余光もなく、惚人もなく贔屓もなし」「屁ひり男は、自身の工夫計にて、師匠なければ口伝もなし」という一節、これによく似た表現が大田南畝（一七四九〜一八二三）に見られる。狂歌というものを論じた弁「師もなく伝もなく、流儀もなくへちまもなし」である。寛政七年（一七九五）の「狂歌三体伝授跋」の一節（文政二・一八一九年刊『四方の留粕』所収）だが、語彙・口調ともにその影響は明らかではないか。青年期に源内の影響を大きく受けたものの、その後の研鑽のなかでその色はだいぶ薄れたかにみえる南畝だが、こんな例をみると、源内風はむしろ血肉となっていたというべきかもしれない。

【テキスト・読書案内】

　本文は中村幸彦校注『風来山人集』（日本古典文学大系55、岩波書店、一九六一年）によって、注釈つきで読むことができる。原本画像は、『風来六部集』としても、また後年、源内のさらにほかの著作や一部追随者の著作も取り合わせて覆刻再刊された『風来六々部集』のかたちでも、国文学研究資料館や早稲田大学、立命館大学の古典籍データベースなどで閲覧できる。
　成立については、所収各作の初版など諸本の複雑な関係を分析した石上敏「『風来六部集』の成立——森島中良・伏見屋善六の位置づけなど——」（『都大論究』三十八号、二〇〇一年）に詳しい。そのほか、本書に触れる文献は多いが、狂文発達への影響は、浜田義一郎「狂文覚え書」（『江戸文芸攷』岩波書店、一九八八年、初出一九六八年）が論じ、本草学の著述の内容や様式の反映をみる論に福田安典「風来山人『天狗髑髏鑑定縁起』考」（『待兼山論叢　文学編』二十一号、一九八七年）、石上敏「〈講話本〉考」（『日本文学』四十六巻二号、一九九七年）がある。また本作をはじめ源内の後世への影響は石上敏『平賀源内の文芸史的位置』（北溟社、二〇〇〇年）に詳述される。
　なお、本稿では洒落本・滑稽本の定義にかかわって中野三敏『和本のすすめ』（岩波書店、二〇一一年）を参照した。

（小林ふみ子）

IX 物語を織る

古びた物語は、いくたびも染め直される。
イメージという色糸によって、
新たな世界が織り上げられてゆく〈奇〉と〈妙〉。
江戸文学の真骨頂。

66

もうひとつの平家物語

『義経千本桜』「渡海屋・大物浦」（浄瑠璃）

ここでは二段目の「渡海屋」「大物浦」を取り上げる。

『義経千本桜』は、二代目竹田出雲・三好松洛・並木千柳（宗輔）の合作による、延享四年（一七四七）初演の人形浄瑠璃である。初演で「古今の大当り」（『浄瑠璃譜』）をとり、半年後には歌舞伎化もなされている。『菅原伝授手習鑑』『仮名手本忠臣蔵』と並んで人形浄瑠璃を代表する名作とされ、現代においても文楽・歌舞伎の人気作品であると同時に、重い演目として興行の節目にしばしば上演されている。

人形浄瑠璃（文楽）・歌舞伎は江戸時代に成立し発展した演劇であり、江戸時代を通じて膨大な数の作品を生み出してきた。演劇というジャンルの特性上、当時の舞台をそのまま再現することは困難であり、また上演が途絶えてテキストや演出が失われた作品も多い中で、『義経千本桜』は初演から現代に至るまで観客に支持されて上演され続けてきた作品の一つである。

【あらすじ】

全五段の【あらすじ】は次の通り。

源義経は後白河法皇に八島での平家追討を報告し、初音の鼓を賜る。鼓には兄の頼朝を討てとの意味が込められていた。維盛の御台若葉の内侍と若君六代は主馬小金吾に付き添われ、維盛のいる高野へ向かう。頼朝の上使川越太郎は義経に難題を与え、卿の君は自害、義経は都を立ち退く。（初段）

義経は跡を慕ってきた静御前に初音の鼓を預け、佐藤忠信に静を託す。大物浦から九州へ渡ろうとするが、渡海屋銀平と名乗って安徳帝と典侍の局を伴う平知盛はこの機に大物沖で義経を討とうとする。知盛の計略を見破った義経は安徳帝と典侍の局の入水を止める。知盛は

安徳帝を義経に託し、碇を担いで海に飛び込む。（二段目）
　若葉内侍・若君六代を連れた小金吾は、いがみの権太に金をだまし取られた上、追手に討たれる。内侍と若君は鮓屋弥左衛門にかくまわれ、維盛に再会する。三人は維盛の詮議に来る梶原景時を避けて落ちるが、いがみの権太が維盛の首と内侍・六代を梶原に差し出す。息子の行動に怒った弥左衛門は権太を刺すが、権太は首は弥左衛門の持ち帰った小金吾の首、内侍・若君は自分の妻子であると言い、改心したことを打ち明ける。梶原の褒美の陣羽織から袈裟衣と数珠が見つかり、維盛は出家する。（三段目）
　静御前と佐藤忠信は義経のいる吉野山を目指す（道行）。吉野山の河連法眼の館にかくまわれている義経の元に、佐藤忠信が参上する。義経が静の不在を不審に思っていると、そこへ静と忠信の到来が告げられる。静が初音の鼓を用いて忠信を詮議すると、忠信は自分が狐であると告白する。両親の狐が鼓の皮に使われたため、親を慕って初音の鼓を持つ静に連れ添っていたのであった。義経は子狐の孝心を誉め、鼓を狐に与える。狐は山法師たちを通力で退散させる。義経は横川覚範を平教経と見破り、後日を約す。（四段目）
　吉野山中で、忠信は狐忠信の力を借りて兄継信の敵である教経を討つ。（五段目）

【見どころ】


　平知盛を主人公とする『義経千本桜』（以下、『千本桜』）「渡海屋」「大物浦」の見どころは、平家一門が滅びた（本作では屋島合戦での出来事とする）とされた後に、知盛と安徳帝が生きていたという歴史的事実に反する設定を、『平家物語』や謡曲「船弁慶」など先行文芸の本文を細かく取り込みつつ巧みに整合させ、物語を構築しているところにある。

　具体的に本文を対照させながら見てみよう。引用文の一致箇所には傍線、『千本桜』の作者が意図的に改変した語句には波線を付してある。

　渡海屋銀平が平知盛と自らの正体を明かす、いわゆる「幽霊」の段では、

> 抑是は桓武天皇九代の後胤。平の知盛幽霊なり
> （『千本桜』）

> そもそもこれは、桓武天皇九代の後胤、平の知盛幽霊なり（「船弁慶」）

と「船弁慶」の後シテ平知盛の名乗りのせりふをそのま

ま用いている。知盛が出船する義経たち一行を勇んで追おうとする場面、弁慶と対決する場面の『千本桜』と「船弁慶」の本文は次のようになっている。

夕浪に。長刀取り直し。巴波の紋。あたりをはらひ。砂を蹴立。早風につれて。眼をくらまし飛がごとくにかけり行（『千本桜』）

思ひぞ出る浦浪に。知盛が沈し其有様に。又義経も微塵になさん」と長刀。取直し（『千本桜』）

あら珍しやいかに義経、思ひも寄らぬ浦波の、声をしるべに、出で舟の、声をしるべに、出で舟の、知盛が沈みし、その有様に、また義経をも、海に沈めんと、夕波に浮かめる、薙刀取り直し、巴波の紋、あたりを払ひ、潮を蹴立て、悪風を吹きかけ、眼もくらみ、心も乱れて、前後を忘ずる、ばかりなり。（「船弁慶」）

「船弁慶」で知盛は海上の幽霊であるため、「海に沈めん」「浮かめる」「潮を蹴立て」と謡われる箇所が『千本桜』ではカットされたり、「微塵になさん」「砂を蹴立て」と浜辺に立つ知盛の設定に沿うように細かく改変されている。また、「船弁慶」が「思ひも寄らぬ」と海上での思いがけない遭遇とした表現を『千本桜』は知盛たち平家一門が海に沈んだ有様を「思ひぞ出る」として義経への恨みを強調している。知盛の幽霊が義経たちの舟に悪風を吹きかけると一行は目がくらんでしまうという内容の詞章も、白装束で幽霊と見せて人々の目を欺き疾風にのって勇んで義経の後を追うという描写に書き換えられている。

弁慶がいきり立つ知盛を鎮めようとする場では、

弁慶押しへだて。打物わざにて叶ふまじと。珠数さら〳〵とおしもんで（『千本桜』）

弁慶押し隔て、打ち物業にて、かなふまじと、数珠さらさらと、押し揉みて（「船弁慶」）

と「船弁慶」で弁慶が知盛の幽霊を祈り伏せようとする本文をそのまま利用している。

幕切も「船弁慶」の詞章をそのまま用いて本文を結んでいる。

其亡骸は大物の。千尋の底に朽果て。名は引汐にゆられ流。〳〵跡白波とぞ成にける（『千本桜』）

なほ怨霊は、慕ひ来るを、追つ払ひ祈り退け、また引く潮に、揺られ流れ、また引く潮に、揺られ流れて、跡白波とぞ、なりにける。（「船弁慶」）

また、典侍の局が安徳帝を入水させる場面では、『平家

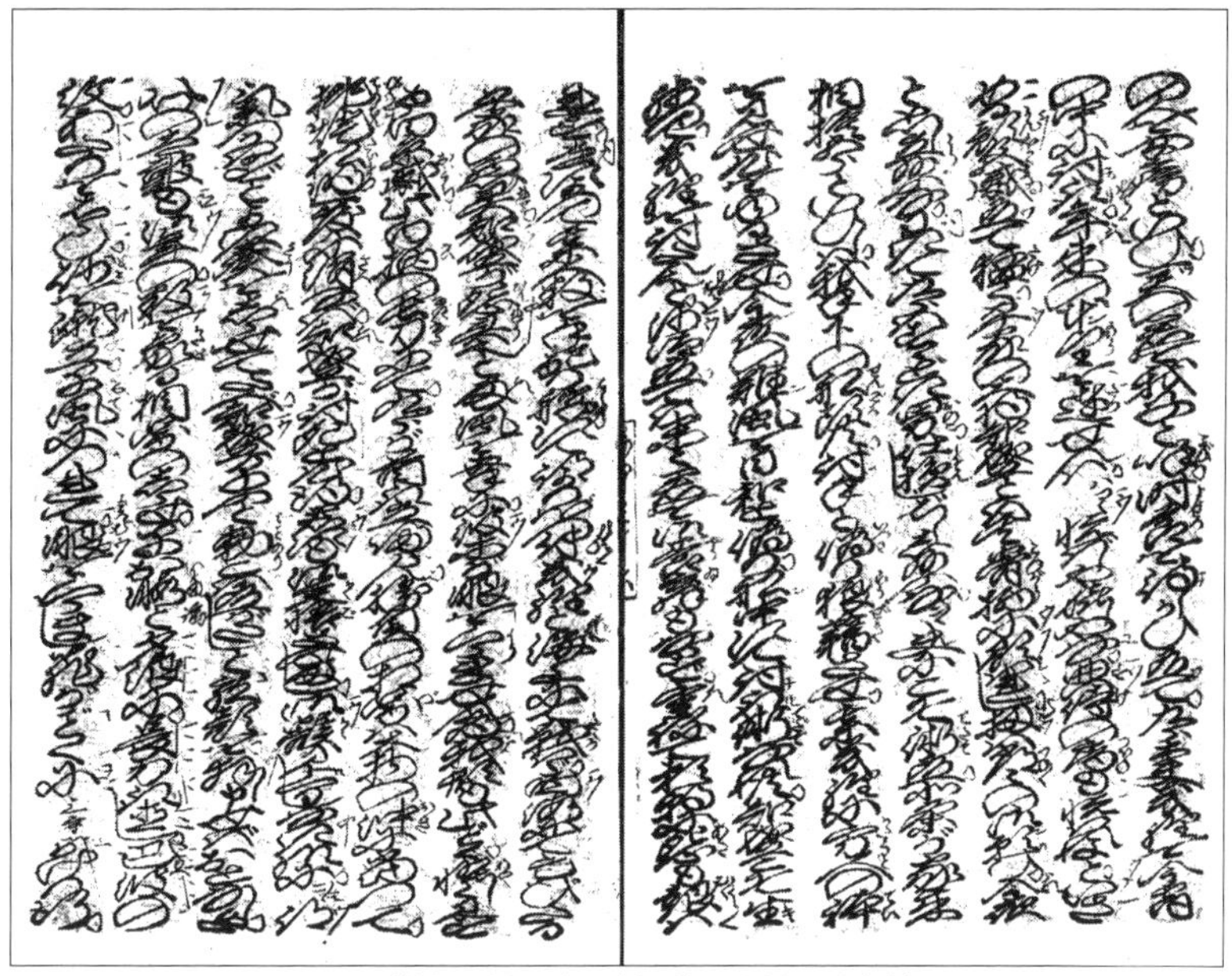

図 1 『義経千本桜』浄瑠璃本（新潟大学佐野文庫蔵）

図 2 『義経千本桜』「大物浦」（Library of Congress, Prints & Photographs Division, LC-DIG-jpd-01664）

物語』で、清盛の妻であり安徳帝の祖母にあたる二位の尼が安徳帝を抱いて壇ノ浦の海底に沈む場面をなぞるように本文がつづられている。

「コレのふ乳母。覚悟〳〵といふて。いづくへ連て行くのじやや」。「ヲ、そふ思召は理り。コレよふお聞遊ばせや。此日の本にはな。源氏の武士はびこりて恐ろしい国。此の波の下にこそ。極楽浄土といふて結構な都がござります　（『千本桜』）

未来の誓いましまして。あまてらす御御神へお暇乞い」と。東に向はせまいらすれば。美しき御手を合せ。伏拝給ふ御有様。（中略）仏の御国はこなたぞ」と。ゆび指方に。向はせ給ひ。「今ぞしる。みもすそ川の流には。波の底にも。都有とは」と詠じ給へば

（『千本桜』）

抑尼前、我をば何地へ具して行んとはするぞと仰せければ（中略）此国は粟散辺土と申て、物憂き境にて侍ふ。あの波の下にこそ、極楽浄土とて目出度都の侍ふ。其へ具し参らせ侍ふぞと、様々に慰め参せしかば、山鳩色の御衣に鬢結はせ給て、御涙に溺れ、些う美しき御手を合せ、先東に向はせ給て、伊勢大神宮・正八幡宮に、御暇申させ御座し、其後西に向はせ給て、御念仏有しかば、二位殿、軈て抱き参らせて、波の底にも都の侍ふぞと慰め参らせて、千尋の底にぞ沈給ふ。（『平家物語』巻十一「先帝の御入水」）

『平家物語』で二位の尼が帝を慰めるために言った「波の底にも都の侍ふぞ」という言葉は、『千本桜』で安徳帝の辞世の和歌に仕立てられているが、これは謡曲「大原御幸」によるとされる。

ここにあげた以外にも、安徳帝が八歳という年齢より「遥にねびさせ給て」いること、山鳩色の御衣、渡辺福島から屋島への出船のこと、鷲尾三郎のことなど、『平家物語』のテキストと細かく整合させて物語が組み立てられている。

【もっと深く――文芸の集大成としての「渡海屋」「大物浦」】

先行文芸のテキストを背景に、先行文芸とは異なる物語を先行文芸との整合性を失わずに成り立たせるのは人形浄瑠璃作品の一つの手法であるが、「渡海屋」「大物浦」はその醍醐味を味わえる最たるものと言えよう。

二段目「渡海屋」「大物浦」は、『平家物語』を踏まえ、謡曲「船弁慶」から趣向を得て作られた物語である。『平家物語』では、大物浦から西国へ向けて出船した義経た

ちの船が急な西風で住吉に吹き寄せられてしまったことを「西海に沈みし平家の怨霊ゆえとぞ申しける」と評している。謡曲「船弁慶」は、その怨霊を平知盛というシテとして創作した。さらにそれを逆手に取って、入水したはずの平知盛がひそかに生き延びていて、安徳天皇をかくまって養育しつつ、源氏方への復讐の機会を狙っていたという設定を構え、幽霊に扮して義経一行の船を襲うという計略を企てる知盛を創造したのが「渡海屋」「大物浦」であった。

このような文学的背景を持つため、「渡海屋」「大物浦」には本文、構成、舞台演出において重層化された面白さを見いだすことができる。

まず、反転の趣向。壇ノ浦で滅亡したという歴史的事実を覆し、知盛・安徳天皇が実は生きていたとした奇抜な設定。さらに、生きている知盛が幽霊に扮して義経を襲うという「船弁慶」の設定を借りてそれを反転させたのは発想の妙である。

また、『平家物語』で語られる歴史的事実の数々をはめ込み、本文を利用して物語を織りなした面白さ。知盛や義経の詞の端々に、渡辺福島から屋島への出船、鷲尾三郎のことなどが寄せ木細工のように組み込まれている。加えて、先に見たような『平家物語』本文の引用によって、『平家物語』に記された平家滅亡の過程が江戸時代の舞台上で繰り返されるような構造となっている。特に、典侍局が安徳天皇を入水に導く場面は、『平家物語』巻十一「先帝御入水」、灌頂巻(かんじょうのまき)の建礼門院(けんれいもんいん)の本文を引用し、壇ノ浦での安徳天皇入水を再現するようなテキストとなっており、読む者見る者に幼き天皇の最期を目の当たりにするかの如き印象を与えることに成功している。

「渡海屋」「大物浦」は、知盛が平家滅亡という歴史を覆すことを試みたもののかなわなかった、歴史に隠された物語と読むことができるが、その構想を支えているのが、『平家物語』「船弁慶」の精緻な本文利用なのである。

舞台演出について言えば、渡海屋銀平が平知盛であると実名を明らかにする「抑是は(そもそも)……平の知盛幽霊なり」、義経一行を追って勇んで船に向かう場面の「夕浪に。長刀取り直し……」は謡(うたい)ガカリで語られる。「夕浪に……」では、能で霊や鬼・神などが登場する際に用いられる太鼓が入る。歌舞伎では、役者によってはこの場面で、能の特殊な足づかい——亡霊の知盛が波の上を流されるように移動する流れ足や波を蹴立てるような足づかい——を所作に取り入れることもある。いずれも、謡曲「船弁慶」を意識した演出の面白さである。

　知盛が長刀を持ち、また、碇と共に入水するのは謡曲「碇潜（いかりかづき）」から想を得ているとされる。「船弁慶」の知盛は壇ノ浦で滅びた平家一門の象徴であるという指摘もある。「渡海屋」「大物浦」の知盛は先行文芸の集大成となっている。

　現行の舞台演出において、歌舞伎の知盛は碇を持ち上げて海へ投げ入れ、最後は自ら背中から海へ身を投じるが、文楽の知盛は碇と体を結び付けた綱に引かれながらじわじわとスローモーションで頭から海に沈んでいく姿を見せる型がある。人間の役者では困難な、人形ならではの演出であると同時に、知盛が海にじりじりと沈んでいく時間は、平家側の視点から海上での合戦、安徳帝の入水を追体験してきた観客に、栄耀栄華から滅亡に至る平家の歴史が走馬灯のように頭の中をめぐるときとなる。『義経千本桜』「大物浦」はその幕切で平知盛の最期に平家滅亡を象徴させたと言うことができよう。

【テキスト・映像資料案内】

　『義経千本桜』の人形浄瑠璃の本文は、角田一郎・内山美樹子校注『竹田出雲・並木宗輔浄瑠璃集』（新日本古典文学大系93、岩波書店、一九九一年）、歌舞伎台本は原道生編著『義経千本桜』（白水社、歌舞伎オン・ステージ、一九九一年）で読むことができる。

　映像資料としては、『義経千本桜』DVDBOX（人形浄瑠璃文楽名演集、NHK・国立劇場、二〇一〇年）、『義経千本桜　渡海屋・大物浦』DVD（歌舞伎名作撰、NHK・松竹、二〇〇四年）がある。文楽の安徳帝入水の場面には三味線の演奏だけで舞台進行するテキストのみからではうかがえない演出もあり、作品本文と合わせて鑑賞するとよい。

（加藤敦子）

67

芭蕉も登場する仇討ち物語

『志賀の敵討』（浄瑠璃）

歌舞伎や浄瑠璃では、時間が自由に交差する。鎌倉時代の人物である曽我兄弟が、江戸時代の吉原に登場しても何の問題もない。同時代の武家の事件を扱うことを禁じられていた劇界が生み出した知恵によって、元禄時代の赤穂事件は、太平記の時代の『仮名手本忠臣蔵』として語られた。曽我兄弟の仇討ち・『忠臣蔵』の赤穂浪士の仇討ちと並んで「三大敵討」と言われるものが、伊賀越の仇討ち（鍵屋の辻の仇討ちとも）である。

「伊賀越の仇討ち」とは、寛永十一年（一六三四）に元岡山池田家藩士渡辺数馬が、義兄荒木又右衛門の加勢を得て弟の敵である河合又五郎を伊賀上野鍵屋の辻で討ち果たした事件である。歌舞伎『伊賀越乗掛合羽』（安永六・一七七七年初演）や浄瑠璃『伊賀越道中双六』（天明三・一七八三年初演）は、現在でも上演されている。

それらに先だつ安永五年（一七七六）、「伊賀」を「志賀」と変えて江戸で上演された浄瑠璃が『河合正宗刀由来 芭蕉翁俳諧濫觴 志賀の敵討』である。作者は紀上太郎（一七四七〜九九）当時二十九歳。本名は三井高業、幕府の為替御用達を務め、大坂と江戸を行き来する豪商三井南店四代目の主人である。一方で仙果亭嘉栗の名で狂歌を作り、紀上太郎として浄瑠璃も書いた。本作は彼の初作にして単独作。

内容は、伊賀越の仇討ちに、伊賀出身の松尾芭蕉（一六四四〜九四）を絡めたもので、もちろん事件より十年もたってから生まれた芭蕉がこの仇討ちに関わるはずはなく、作者の創作によるところが大きい。「伊賀」という共通項だけで、角書にある「芭蕉翁俳諧濫觴」つまり芭蕉がなぜ俳諧師となったのかという話と、仇討ち事件をつなげてしまうところが、奇想天外であろう。切れ味試しの二つ胴、『仮名手本忠臣蔵』の影響を受けた又右衛門の遊興場面や、晋介の色奴ぶり、わが子殺しな

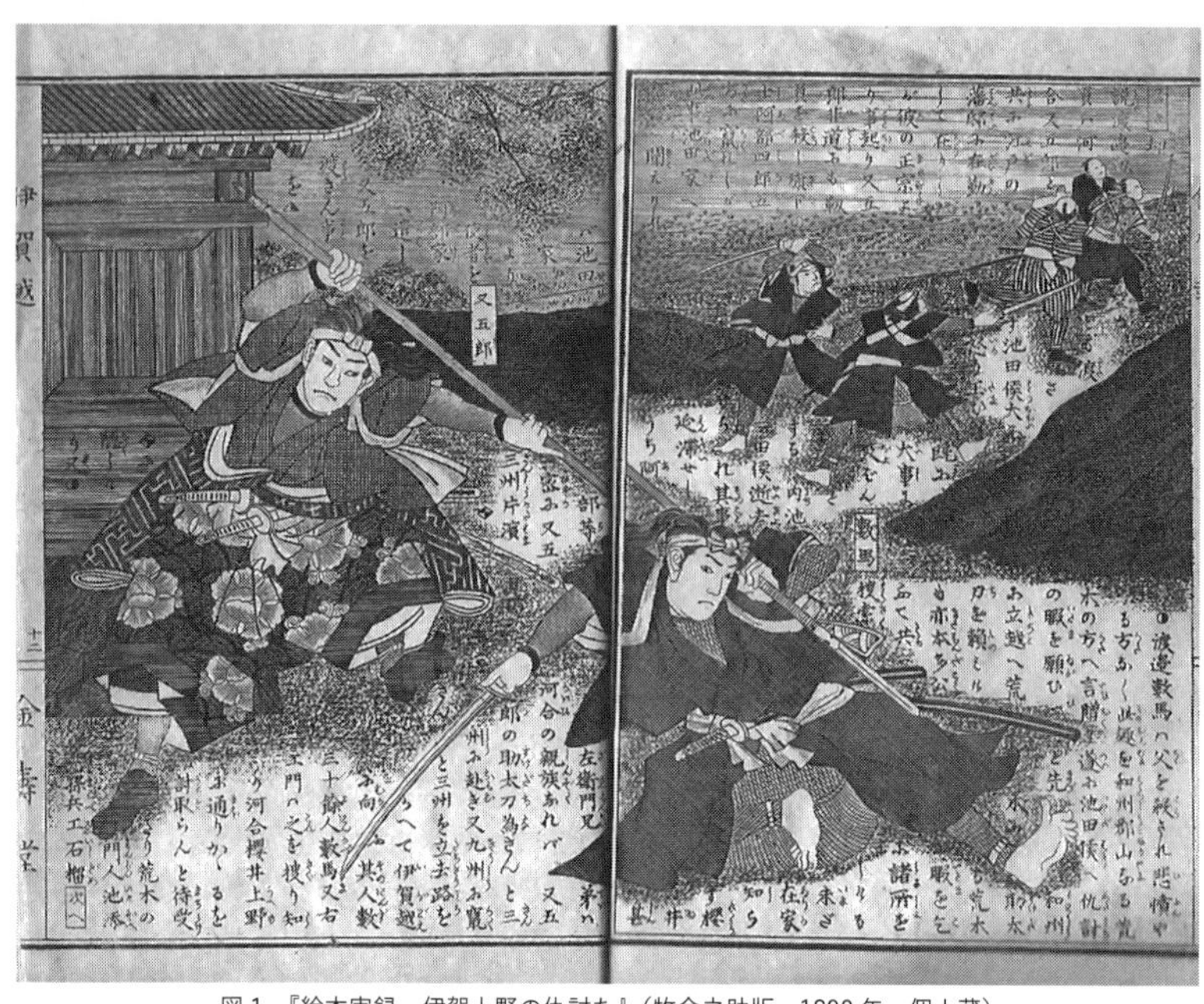

図１『絵本実録　伊賀上野の仇討ち』（牧金之助版、1890 年、個人蔵）

ど芝居の名場面を盛り込んでいるため、物語の筋がわかりにくい点がやや難となっているが、その難解さを読み解いてみるのも面白い。

【あらすじ】

備前国生田家の姫君が志賀上野家に嫁ぐことになり、引き出物とする名刀の詮議が行われることになった。家老を務める渡辺数太夫家と瓦井又鱗家には、それぞれ小豆長光、河合正宗という名刀があった。渡辺東之介と腰元桂の密会中に、瓦井政五郎が長光の刀をすり替える。刀の紛失を知った数太夫は、又鱗をだまして正宗の刀を手に入れるが、政五郎に切られてしまう。東之介が姫君婚義の使者として志賀へ旅立った後、又鱗にだまされた弟小源太は自害し、渡辺家は断絶を言い渡される。

江戸家老松尾半左衛門の弟藤七郎は、武芸未熟と言われて矢数を行うことを申し出る。腰元桜に横恋慕する設楽によって矢数に失敗した上、桜との不義を言い立てられた藤七郎は狂乱して出奔する。半左衛門は数太夫殺しの証拠を得ようと、策略を以て政五郎を捕らえるが、又鱗たちに裏をかかれて罪人として処刑されてしまう。松尾家の若党宝井晋介は、桜を助けて難を逃れる。

東之介の伯父にあたる蘭又右衛門は、主家を離れて目医者となって新町の桂女太夫に通い詰めている。桂女は又右衛門のかつての師匠の娘であり、東之介の恋人である腰元桂であったが、東之介を追う道中でだまされて遊女に売られてしまったのである。桂女を身請けする金のために又右衛門は女房お塩を身売りし、一子又市を殺すことになる。政五郎の伯父桜江は又右衛門と真剣の勝負をして切られる。

悪事が露見した瓦井親子が志賀の浜にさしかかったところで、東之介と又右衛門に討たれる。そこへ、兄のさらし首を見て正気に戻った藤七郎が駆け付けるが、先に敵を討たれてしまったことで絶望し切腹しようとする。しかし、又右衛門にいさめられて兄の菩提のため出家し、芭蕉と名乗って俳諧行脚することにする。晋介も其角と名を変えて従うことになった。

【見どころ】

本筋の伊賀越の仇討ちとは別筋の松尾藤七郎が芭蕉になるという話は、芝居の筋としての緊密さを損なうことになっている。作者の最初の作品であるがゆえの未熟さも影響しているだろうが、この取り合わせにこそ作者の思いが込められているように思われる。

この作品が上演された安永五年は、芭蕉の再評価が進んだ蕉風復興運動のまっただ中であった。与謝蕪村が京都金福寺内の芭蕉庵の再興を企画し、芭蕉の作品集も刊行された。

芭蕉賛美が進み、孤高の俳人のイメージがかたまっていく中で、真逆なイメージの和事の典型的二枚目といった役どころで藤七郎は描かれている。腰元桜と人目を忍ぶ仲であるばかりか、東之介と桂の仲を取り持って、刀すり替えの原因を作る。そして、伝八の挑発にのって矢数に挑戦することになり、まんまと敵のわなにはまっていく。

藤七郎の矢数の場面は、次のように語られている。

打群れて、嫁よ娘よ、祖父祖母も孫の手を引、梓弓、矢たけ心をはり結し今日ぞ矢数と人群衆、押合へし合大宗寺行も帰るも取り取りに、聞つ聞れつ通り矢の、数も限らぬ賑わしさ。「何ともう何ぼ程通りましたな。」「ソレハアア能男でござります。」歳は幾つぐらゐで有ふなあ」「今三千の幟が出ました。」「わしは宵から見て居ました。是から内へ帰つて。息子を見せにおこしましよ。」「我らは親父とかはり合。

ドレ能イ男見てこふ」

大勢集まった矢数の見物人の関心は、通し矢の数はもちろんだが、射手の良い男ぶりに集まっている。見聞役をしている設楽伝八(でんはち)は、藤七郎を失敗させて桜を手に入れようと、矢に細工した上に通り矢の数もごまかしている。矢数の様子を尋ねる桜へ、朋輩の桂の答えは、

「さればいなア。聞しやんせ。爰をせんどと藤七殿。息をもつがず肌ぬぎに。雪の肌へを顕はしてきりきりきりと、引絞り、切って放した身あんばいたまった物ではござんせぬ。」「ヱ、しんきな桂殿。そんな咄を聞きにはこぬ。矢は。何万本通つたゑ」

「藤七郎さんは脱いだらすごいのね♡」というもの。女性たちにキャーキャーと騒がれるアイドル顔負けのイケメンぶり。伝八たちにねたまれて『忠臣蔵』の塩冶判官(えんやはんがん)同様のイジメに遭うのももっとも思わせられる。芭蕉は談林の矢数俳諧など否定していたであろうに、実際に「矢数」させて失敗させるというアイロニカルな展開にも作者のいたずら心が感じられる。

矢数の失敗の上に、桜からの起請文(きしょうもん)を落とし、不義の証拠として突き付けられる。奥方の機転でなじみの遊女からの文として救われるが、兄半左衛門には「連歌にのみ心を寄せ、色に迷ひし」として勘当されてしまう。無念さに狂乱した藤七郎は、「色と酒とを打捨て。外に楽しむ事があらふか楽しまう」などと歌いながらさまよい出る。

連歌に執心という藤七郎だが句を披露する場面はなく、芭蕉の句は地の文に三句ほど織り込まれて使われている。唯一詠んだ「船となり帆と成(なる)風の芭蕉かな」は、誤伝で実は芭蕉の句ではない。風国編『泊船集』(元禄十一・一六九八年刊)などによっているのだろう。

一方、藤七郎の若党晋介は、伝八に迫られる桜を助ける見せ場がある上に、奥方から桜を頼まれて句を返す。「奥方取上、ム、、明星(みょうじょう)やさくら定めぬ山かづら。ホ、出来ました。夜明けぬうちに」と、しっかりと句の紹介までされている。「明星や」は其角の句として名高いものであり、ずいぶんいい役をもらっている。

俳諧中興の祖・俳聖となっていく芭蕉を、わざわざ敵討ちに取り合わせてこのような書き方をするところに、作者紀上太郎の作意を感じずにはいられない。

なお、芥川龍之介は、『続芭蕉雑記』(昭和二・一九二七年発表)で芭蕉について「彼は不義をして伊賀を出奔し、江戸へ来て遊里などへ出入しながら、いつか近代的(当

代の）大詩人になつた。」と書いている。こうした伝説が江戸時代にも一部にあったことは事実らしい。芥川は「西鶴の『置土産』にある蕩児の一生と大差ない」とまで言っており、芭蕉という人物をどうとらえるのか、時代を超えて面白く響き合っているといえよう。

【もっと深く――芝居の見せ場てんこもりの刀剣乱舞】

伊賀越の仇討ちは実際にあった事件であり、河合又五郎は同じ池田家の小姓であった渡辺源太夫を殺害して逃亡、旗本にかくまわれる。このことから、旗本と大名池田家との争いへと発展したという。数馬は源太夫の兄であるので弟の仇討ちはできないはずであるが、上意討ちとして敵を追う。

それが実録や講談になると、名刀をめぐるいさかいが原因となる。伊賀越の実録の第一次『殺報転輪記』では「名作の刀」を持っていた弟小才次が殺されるのだが、第二次『殺報転輪記』では又五郎が持っていた「河合正宗」をめぐって父（靭負）が殺される話になる。

『志賀の敵討』でも、「河合正宗」が角書「河合正宗刀由来」に登場する。第二次の系統にある作品といえるが、名刀をめぐって父親が殺害され、さらに弟（小源太）も自害へ追い込まれるという設定とし、実説や第一次をも意識した作品だと思われる。実説の池田家を「生田」、渡辺数馬を「渡辺東之介」、河合又五郎を「瓦井政五郎」、荒木又右衛門を「蘭又右衛門」、槍の名手桜井半兵衛を「桜江林左衛門」とした。

渡辺家の備前長船「小豆長光」（俵からこぼれた小豆が当たると切れたという切れ味の刀で、上杉謙信所持と言われる伝説がある）の刀を盗んだ政五郎と、瓦井から正宗をだまし取った数太夫はこの刀で丁々発止と切り結ぶ。又右衛門は「来国俊」を所持しており、その刀で政五郎の伯父桜江の二間壱尺の槍との真剣勝負に勝つ。敵討ちの場面では、又右衛門の三十六人斬りなどという講談ネタの派手さはないが、刀はちゃんと活躍しているといえる。

この基本の筋に、敵役瓦井親子の策略、殺される側の数太夫や半左衛門の計略、東之介母子をかくまった元奉公人五百蔵が主人の母親をだまし取られた申し訳に自害すること、五百蔵妹およつと桂女太夫の東之介をめぐる恋のさや当て、又右衛門の見せかけの放蕩、義理の金のために身売りする妻、わが子殺しの愁嘆など、どこかの芝居で見たような場面を盛り込んでいる。さらにそこへ芭蕉に関わる物語を取り合わせた。あれこれ素材を入れ

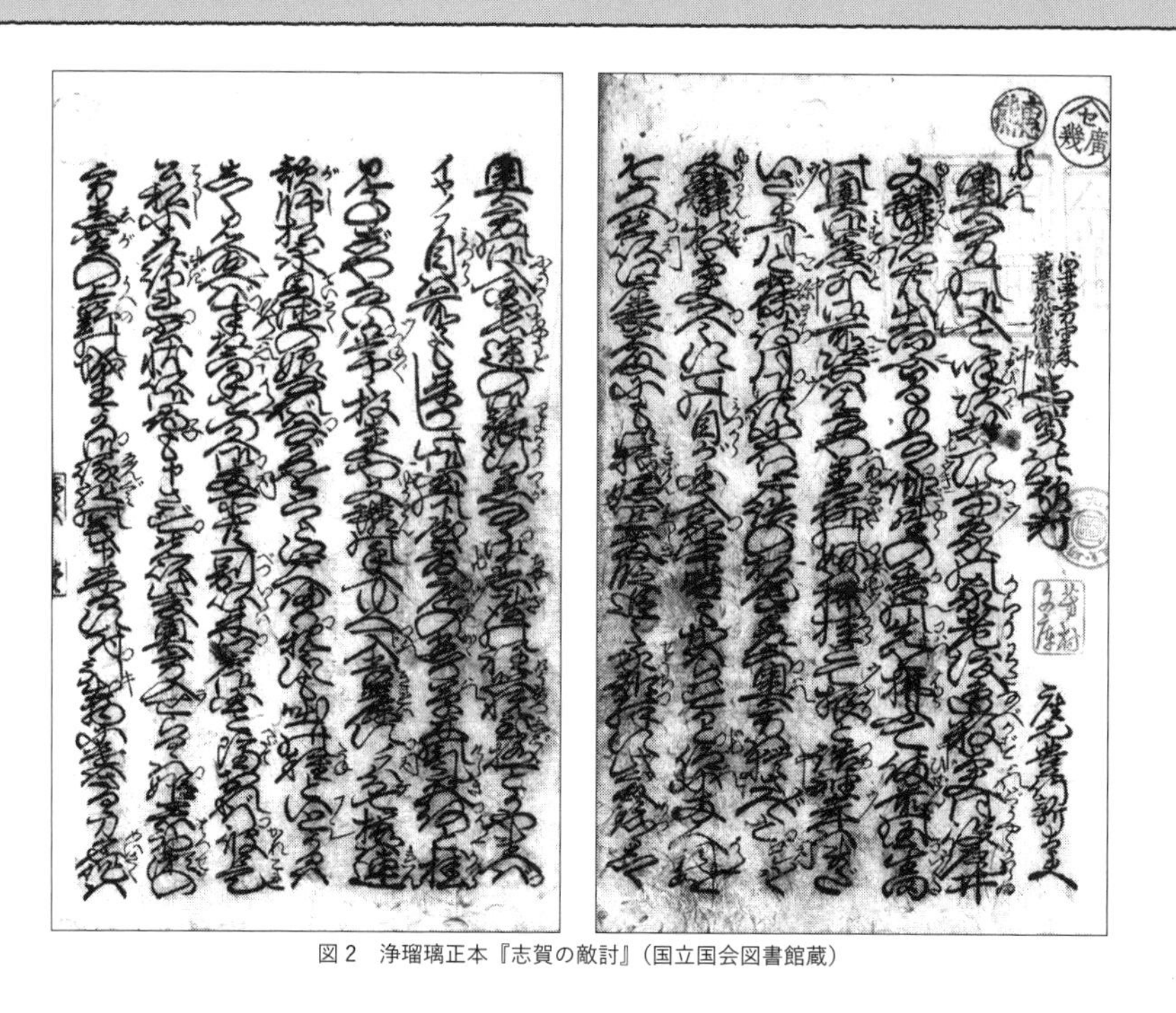

図２　浄瑠璃正本『志賀の敵討』（国立国会図書館蔵）

すぎたために、味のまとまりがなくなった料理のようになってしまったところが残念ともいえるが、ここはあの芝居と似ているなどと、作者の仕掛けを探しながら読むと、また面白い。

【テキスト・読書案内】

上演時の版本は、国立国会図書館や早稲田大学演劇博物館ほかにいくつか現存している。

活字本は、国立国会図書館デジタルコレクションで限定付公開されている『江戸作者浄瑠璃集』（水谷不倒校訂、続帝国文庫9、博文館、一八九八年）や、『江戸作者浄瑠璃集』（田川邦子校訂、叢書江戸文庫15、国書刊行会、一九八九年）がある。二冊ともに、校訂者の解説が賦されている。ほかに、『浄瑠璃作品要説〈7〉江戸作者編』（国立劇場調査養成部芸能調査室編・平成五年）に田川邦子による作品解説があり、園田民雄「江戸の浄瑠璃作者」の中に紀上太郎についての解説が収められている。

（早川由美）

68

三つの世界を綯い交ぜる

『隅田川花御所染』（歌舞伎）

歌舞伎の作品は、「世界」と「趣向」で構成される。「世界」は、作品の背景になる歴史的な事件、そしてその事件に関わる人物などのように固定されたストーリーを指す。一方「趣向」は、作者によって作品ごとに創案される流動するアイデアである。例えば『東海道四谷怪談』は、『仮名手本忠臣蔵』の世界に悪女お岩の話、主殺し直助の話などの趣向が組み合わされた作品である。またそもそも『仮名手本忠臣蔵』が『太平記』を世界にしているので、『仮名手本忠臣蔵』はもちろん『東海道四谷怪談』にも塩冶判官や高師直、兼好法師のような室町時代の人物名が見える。

江戸中期以降、歌舞伎のスケールが大きくなるにつれ、複雑な筋を一つの世界に納めきれなくなる。そこで作者は、まるで複数の糸をより合わせて縄をなうように、複数の世界を一つの作品に取り入れて歌舞伎を作った。その技法を綯い交ぜという。

綯い交ぜの技法を得意にしていたのが、四代目鶴屋南北（一七五五～一八二九）という作者であった。化政期（一八〇四～一八三〇年）を中心に活躍した南北は、『隅田川花御所染』（文化十一年三月、市村座）、『桜姫東文章』（文化十四年三月、河原崎座）、『東海道四谷怪談』（文政八年七月、中村座）などの代表作を残した。

中でも『隅田川花御所染』は、南北の綯い交ぜの技法が完成された作品である。本作は、隅田川・清玄桜姫・加賀見山という三つの世界により構成されている。

隅田川の世界は、一子の梅若丸を人買いにさらわれた母親が狂乱して子を探してさまよい歩いた末に、隅田川の梅若丸の墓にたどり着いたという話であり、清玄桜姫の世界は清水寺の清玄法師が桜姫の容色に堕落して幽霊になってまで彼女につきまとう話である。そして加賀見

「清玄比丘　岩井半四郎」「惣太　松本幸四郎」（早稲田大学演劇博物館蔵　請求番号：002-1431・1432）

山の世界は、加賀藩で起きた実際のお家騒動を局岩藤と中老尾上・お初という女中の対立に脚色した話である。

【あらすじ】

吉田松若丸は、大友頼国を殺して彼になりすまし、粂平内と結んで天下を狙う。入間家の息女の花子の前と桜姫の姉妹は、局岩藤、中老尾上らに付き添われて清水寺に詣でる。花子の前は、許嫁の頼国が行方不明になったため出家し尼になる。一方入間家を乗っ取ろうとする岩藤は、色にふける呪術を仕掛けた金剛草履を利用し、尼となった花子を堕落させるようとする。また桜姫に寵愛される尾上に恥をかかるために剣術試合を仕掛けるが、尾上の召使いお初に負けてしまう。岩藤はその腹いせに尾上を金剛草履で打擲する。恥をかかされた尾上は、お初に手紙を親元へ届けさせ、自分の部屋で自殺する。

出家し清玄尼となった花子は、頼国に姿を変えた松若丸を見て思いを募らせ、松若丸と情を交わす夢を見る。夢から覚めた清玄尼は、清水の舞台から飛び降りるが、松若丸に介抱され、ますます恋の悩みが深まり、鴛鴦の血酒を飲み破戒する。松若丸はその場を去り、清玄尼もその後を追う。

病に苦しむ吉田家の子息梅若丸は、下僕の軍助が薬をとりに行っている間に、元吉田家の家臣の惣太に殺される。惣太と戻ってきた軍助、そして手紙を届けに行くお初が暗闇で鉢合わせになる。その手紙が遺書であることを知ったお初は、尾上の自害の原因を作った岩藤に復讐を果たす。（一番目）

軍助と妻の綱女は、里の人とともに梅若丸の供養をしている。そこへ吉原から遊女の采女が逃げてくる。采女は、桜姫を探すために吉原に出入りしていた軍助を見て恋に落ちたのであった。そこへ桜姫がやって来る。軍助は、采女を桜姫の身代わりにするために二人の小袖を交換させ、桜姫を葛籠に隠す。その際に桜姫の小袖が川へ落ち、桜姫が隠れた葛籠は惣太によって持ち去られる。一方落ちぶれた清玄尼は渡し舟に乗り、松若の乗った舟と行き違う。

清玄尼は浅茅原の庵室で、松若を忘れかねて悩んでいた。綱女は葛籠の中の桜姫を救って清玄尼に会わせるが、局岩藤の亡霊が乗り移っていた清玄尼は桜姫に松若丸を思い切れと迫る。綱女と桜姫は清玄尼の元を逃げ去る。惣太は清玄尼を殺すが、後に軍助によって成敗される。

松若丸は川に流れる桜姫の小袖を見て彼女が死んだと思い、狂乱して舟守になった綱女の舟に乗る。そこへ清玄尼の亡霊が松若丸と同じ姿になって現れる。（二番目）

【見どころ】


文化十一年（一八一四）三月には南北が作者を務めた市村座と隣の中村座が、同時に加賀見山の世界を舞台に上げていた。奥女中が活躍する加賀見山の世界は、この時期に休暇の出る（「宿下がり」と言う）武家奉公の女性に人気があったのである。両座の競演の軍配は、市村座に上がった。中村座が前年当たった三代目坂東三津五郎の変化舞踊という趣向を焼き直したのに対し、市村座は女形の五代目岩井半四郎の丸坊主という破格の趣向で評判を取った。

本作の代表的な場面である三立目の「野路の玉川庵室の場」を紹介する。


隅田平（沢村四郎五郎）様子を聞けば、この一巻で吉田の残党集まる品。おれも入用だ。うぬに渡してつまるものか。

惣太（松本幸四郎）そふいや、うぬを。

ト一巻を取ろふとする。双盤になり、両人一巻

をかせに立ち回りよろしく、
　　　　拍子満久
時の鐘にてつなぎ、引かへしはやまく。
本舞台、三間の間、うしろ黒幕。（中略）月出
てあり。蛍すさまじく飛びかふ。すべて近江の
国、野路の玉川の体。大ドロ〳〵にて幕明く。（中
略）
松若丸（市川団十郎）　あすも来ん、野路の玉川萩こ
えて、色なる浪に月宿りけると、その近江路の玉
川は、鄙びたる所と聞きたるが、この白萩の花盛
りといひ、風雅の東屋、月の宿りに蛍の風情。ハ
テ、憎からぬ眺めぢやなア。
ト蛍を追うてゐる。また独吟になり、簾上がる
と、内に花子、さげ毛そぎ尼、紫衣の形を墨絵
したる心の衣裳にて、経机を前に置き、経巻を
持ち、読誦してゐる。
花子（岩井半四郎）　妙法蓮華経、観世音菩薩。
ト雨車になり、月、雲に隠れる。松若丸、蛍を
払ひながら、
松若丸　これはしたり。雨がぼろついて来た。
ト云ひ〳〵本舞台へ来て、
この野路の玉川に、珍らしい風雅の庵、主は尼御
前。ア、聞こえた。月の明り、蛍の光りで経文を。
花子　邪魔なされて下さりまするな。普門品第
二十五。○
ト構はずにゐる。
松若丸　染衣の身にはきつい慳貪。ことに雨がぼろ
ついて参つたれば、暫らく雨宿りを。
花子　アレ、またやつぱり妨げを。
ト一心に読誦してゐる。松若丸、花子をよく〳〵
見て、
松若丸　これサ、御経読誦の邪魔は致さぬ。して、
こな様は。
花子　今日剃髪いたしました、清水の清玄尼と申
します者でござります。○念誦観音力。
トあちら向いて経読んでゐる。松若丸おどろき、
松若丸　その清玄尼どのなれば、俗の名は花子の前。
○それがしはこなたと許嫁の、吉田の松若丸ぢや
わいの。
花子　ヱ、。
トびつくりしておもいれ。やはり見向きもせず、
何をマア。松若さまはお行くへしれず。お果てな

されてそれゆへに、みづからがこの剃髪。(中略)
松若丸　その松若ぢやによつて、杯ごとをしようではないか。
ト茶椀を取り上げて酒をつぐ。
花子　とはいへ一旦、仏に仕へし身にて、
松若丸　今更我を
ト酒を飲みにかゝる。その手を押へ、持ちそへて、それなりに右の酒を一口飲む。松若丸こなしあつて、茶椀を取つてグツと飲む。花子、顔見て恥かしきこなしにて、衣の袖を顔へあてる。(中略)また舞台へ下りて、花子の衣をとり、帯の先をとらへ、二重舞台へ引き上げる。花子思入れあつて、両人なまめかしきこなし。(中略)大ドロ〱にて道具まはる。(中略)こゝに花子の清玄尼、花の帽子、紫衣の形にて、高欄によりかゝり、眠りゐる。大ドロ〱にて道具とまる。

それぞれ謀反をたくらむ隅田平と惣太が、計画に必要な一巻を奪い合う場面を見せながら前場は幕になる。「双盤」は、鉦と大太鼓を打ち合わせる下座音楽、すなわち効果音であり、人物の出入りや寺院の場面の場合によく使われる。「拍子満久」、つまり「拍子幕」というのは、拍子木という細い木の板をたたく音で幕を閉じる演出である。縁起のいい表記を好んでいた歌舞伎関係者は、観客に「満」ちる、興行が「久」しく続くことを願って、幕を同音の「満久」と書いたのである。「時の鐘」は、そもそも時刻を知らせるために鳴らす鐘のことであるが、歌舞伎においてはすごみを出す演出のとき、そして舞台転換のときに使われる。また「つなぎ」は、下座音楽を鳴らしながら場面転換をつなぐ演出法である。

舞台は、緊張がみなぎる立ち回りの場面から優雅あふれる濡れ場に変わる。「うしろ黒幕」は、これからの舞台が夢の場面であることを観客に視覚で知らせる。そして舞台に出てきた松若丸（七代目市川団十郎）は、「あすも来ん野路の玉川」という野路の玉川にまつわる源俊頼の和歌を口ずさみ、舞台の雰囲気が変わったことを観客に聴覚で伝える。

花子の前（清玄尼）の庵室に立ち寄った松若丸は、雨宿りにこと寄せて花子の前に近づく。引用に散見する「○」は、役者の感情の演技を指示する記号で、「思入れ」とも表記する。例えば「普門品第二十五。○」の「○」は松若丸の誘惑を堅く断る花子の前の感情を、「俗の名は花子の前。○」の「○」は、花子の前が自分の許嫁であることに気付いた松若丸の驚きを意味する。

花子の前は、松若丸の執拗な口説きに見向きもせず、読誦に夢中である。その時「雨車」になる。「雨車」は、紙を張った中空の箱車の中に小豆などを入れて回し、雨の音を出す道具である。よく商店街の抽選会で見かける機械に似ている。古典文学における雨宿りは、『万葉集』の「鳴る神の少し響(とよ)みて差し曇り雨も降らぬか君を留めむ」を例にあげるまでもなく、恋と深い関係があった。歌舞伎においても雨宿りは、しばしば濡れ場を引き出す装置として使われる。

花子の前は、前の場面に登場していた頼国が実は許嫁の松若丸であることを知り、彼と盃を交わし夫婦の縁を結ぶ夢をみる。花子の前と松若丸の濡れ場は、花子の前が読経していた法堂に一変する。回り舞台を利用した演出法である。

【もっと深く——綯い交ぜを可能にする魔法、「実ハ」と「後ニ」】

「野路の玉川庵室の場」は、「花子の前　後ニ清玄尼」と「大友頼国　実ハ松若丸」の濡れ場である。「後ニ」は、花子の前が出家した後に清玄尼と名乗っていることを、「実ハ」は、松若丸が頼国と名乗ってはいるが、その正体が実は松若丸であるということを意味する。これは隅田川の世界の花御前(花子の前)と清玄桜姫世界の清玄という人物が一つになり、曽我の世界の頼国と隅田川の世界の松若丸が一つになった結果である。

一見複雑に見える歌舞伎の登場人物は、名前を中心に考えると意外に簡単である。歌舞伎の登場人物は、一人一人その特性が決まっている。隅田川の世界の花御前は、最愛の子を人買い去らされ狂乱しさまよう特性を持っている。一方清玄は、僧侶でありながら色に目がくらんで堕落し、亡霊になってまで色に執着する人物である。この二人が合わされた「花子の前　後ニ清玄尼」という人物は、最愛の許嫁を妹に奪われ狂乱してさまよう人物であるとともに、許嫁につきまとう尼でもある。

歌舞伎で配役一覧表のことを「役人替名(やくにんかえな)」と言う。当時の人は、歌舞伎役者が役を務めることについて仮に「名前を替えて」舞台の上に立つと考えたのである。現代の役者が配役の心理まで徹底的に分析し、その人物になりきって役を務めることとは基本的な姿勢が違うのである。江戸の観客は、愛嬌と色気のあふれ、嫉妬事が得意な五代目岩井半四郎が好きだった。「花子の前　後ニ清玄尼」を演じていた半四郎は、自分の芸を十分生かし、半四郎でありながら花子の前でもあり、清玄尼でもある人物を演じていたのである。この認識は、観客も同様であった。このような共同認識こそが歌舞伎における綯い交ぜを可能にしたのである。

【テキスト・読書案内】

歌舞伎台本は、そのほとんどが出版されていない。『隅田川花御所染』の台本は、国立国会図書館、東京大学国語研究室、京都大学附属図書館、抱谷文庫、早稲田大学坪内逍遥記念演劇博物館などに伝わる。活字は、以下の叢書に収録されている。

①『脚本傑作集』下巻（続帝国文庫、博文館、一九〇二年）
②『演劇脚本集』（文芸叢書9、博文館、一九一四年）
③『大南北全集』第六巻（春陽堂、一九二五年）
④『脚本集』（近代日本文学大系10、国民図書、一九二七年）
⑤『鶴屋南北全集』第五巻（三一書房、一九七一年）
⑥『名作歌舞伎全集』第二十二巻（創元社、一九七二年）

『隅田川花御所染』の主な研究論文、芸談及び上演年表、番付などは『国立劇場上演資料集〈568〉』（国立劇場、二〇一三年）にまとめられている。また世界の利用については片龍雨『四世鶴屋南北研究』（若草書房、二〇一五年）に詳しい。

（片龍雨）

69

八百屋お七からお嬢吉三へ

『三人吉三廓初買』（歌舞伎）

幕末の代表的な作者河竹黙阿弥（一八一六～九三）が自身で会心の作とした歌舞伎狂言である。初演は安政七年（万延元・一八六〇）正月、江戸・市村座。

題名の通り、三人の「吉三」という同じ名前を持った盗賊が登場し、それぞれの家族や関係者を巻きこんで事件が起こる。ごく簡単に言えば、十年前の窃盗事件に端を発した、因果のめぐる物語である。あっと驚くような場面が展開される。

歌舞伎や浄瑠璃などの演劇作品に限らず、江戸時代の文芸は、先行するさまざまな作品や趣向を取り入れつつ新たなものを生み出す方法が一般的だった。それは独創を重んじる近代的な考え方とは異質のものである。

さまざまな趣向を取り合わせて一作の歌舞伎狂言とすることに長けた黙阿弥の作品の中でも、本作には特に多くの要素がちりばめられ、それらがうまく組み込まれ、一つの作品を成している。それら前提となる先行作や趣向、初演当時の状況を知れば知るほど、黙阿弥の発想と構成の巧みさに感嘆することになるだろう。つまり、作劇の背景を知らずとも面白く、また深く知るほど、作品の妙味を味わうことができる歌舞伎狂言なのである。

【あらすじ】

初演は八幕十六場。三人吉三の筋と、文里と一重という男女の情愛を描く筋とが、からみあって展開される。文里と一重の筋は、梅暮里谷峨作の洒落本（遊郭を題材とした小説）『傾城買二筋道』（寛政十・一七九八年）を脚色したもの。初演の頃は幕府をはばかり鎌倉の地名を用いたが、江戸が舞台である。複雑なため、以下、三人吉三の筋を中心にまとめる。

十年前、頼朝の家臣安森源次兵衛は何者かに預かりの

図１『三人吉三廓初買』初演時の三人の出会いの場面（三代目豊国画、安政六年十二月改印、国立劇場蔵）

短刀「庚申丸」を盗まれたが、やがて庚申丸は道具屋の木屋文蔵の手に入り、頼朝に取り入ろうとする海老名軍蔵は百両で庚申丸を買った。軍蔵から代金百両を預かった文蔵の手代十三郎は帰り道に夜鷹のおとせに心惹かれ契りを結び、そこで百両を落としてしまう。庚申丸紛失ゆえ安森源次兵衛は切腹し御家は断絶していた。安森家若党弥作は軍蔵と庚申丸を争い、二人共死ぬ。

庚申丸は軍蔵に百両を貸していた鷺の首太郎右衛門の手に入る。十三郎は絶望して死のうとするところを、おとせの父土左衛門伝吉に救われる。おとせは百両を返そうと道を急ぐところを、盗賊お嬢吉三に百両を奪われ川に落とされる。太郎右衛門は庚申丸をお嬢吉三に奪われる。お坊吉三がお嬢吉三と百両を争うが和尚吉三がとめに入り、和尚吉三の度胸に惹かれたお嬢とお坊は、三人で義兄弟の契りを結ぶ［図1］。百両は和尚が受け取る。

土左衛門伝吉の夜鷹宿へ、八百屋久兵衛に救われたおとせが帰ってくる。偶然にも十三郎は久兵衛の養子で、皆再会を喜ぶ。久兵衛の話から、十三郎は実はおとせと双子で、双子を忌む風習から十九年前に伝吉が捨てた子であったことを伝吉は知る。久兵衛の実子は無事の成長を願ってお七と名付け女として育てられた男子で、五歳の時に誘拐され行方知れず。実はこれがお嬢吉三であった。双子としらずお互いを思う十三郎とおとせに、伝吉はかつて犯した罪に恐れおののく。十年前に軍蔵の頼みで伝吉は安森家から庚申丸を盗んだが、孕み犬にほえられて犬を斬り、庚申丸を川に落としてしまった。その後伝吉夫婦に生まれた子は体に犬のような斑のあざがあり、伝吉の女房は赤子と共に入水した。伝吉は心を改め、土左衛門（水死体）を見付けては引き上げて埋葬してきたが、今又十三郎とおとせが近親相姦（畜生道）に落ちたことを知り、犬を殺した因果を思い知る。しかし伝吉は二人が近づくことを止めない。伝吉長男の和尚吉三が百両を貢ぎに来るが、伝吉はどうせ悪事の金と受け取らず、誤って釜屋武兵衛という小悪党の手に入る。和尚吉三も、弟妹が畜生道に陥ったことを知る。

お坊吉三は釜屋武兵衛が百両持っていることを知り、恩義ある木屋文蔵（文里）のために奪う。伝吉が見ており、百両を貸してくれとお坊吉三に頼むが拒否されるので襲いかかり、お坊は和尚吉三の父と知らず伝吉を殺してしまう。十三郎おとせが伝吉の死を知る。

和尚吉三の寺、吉祥院にお坊・お嬢が隠れる。捕り手が現れ、お坊・お嬢の首を要求するので、和尚は百両で請け負う。お坊は和尚に自分を捕らえるよう言うが和尚はそのつもりはないと拒否、話の中で、お坊が安森源次兵衛の長男であることを知る。十三郎とおとせが訪れ伝吉の非業の死を語り、現場に落ちていた刀の目貫を見せ敵討ちと百両入手を和尚に願う。和尚は目貫からお坊の仕業と知るが、十三郎とおとせに、義兄弟の契りのことを話し、いったんお坊とお嬢に義理立てしてから敵討ちをするので、まずは十三郎おとせに身代わりになることを要求し、二人は納得する。一方吉祥院に隠れていたお嬢とお坊はそれぞれの罪を知り二人で死のうとするが、和尚が身代わりの十三郎とおとせの首を持ち来たり、畜生道に落ちた二人を偽って殺したと話し、お嬢とお坊に罪はないと諭す。お嬢の持つ短刀が庚申丸とわかり、またお坊から百両を得て、和尚はお坊に庚申丸を、お嬢に百両を預け、二人を逃がす。

釜屋武兵衛の訴人で偽首が判明し、三人吉三に捕り手が迫る中、お嬢は火の見櫓に上り太鼓を打って木戸を開けさせる。お坊、和尚、八百屋久兵衛が落ち合い、久兵衛に百両と庚申丸を託した三人は三つどもえに差し違える。

【見どころ】

本作が上演される場合、最も有名なのは、お嬢吉三がおとせから百両奪った後、気分よく「厄払い」と呼ばれる七五調の音楽的なせりふをうたいあげる場面である。

月も朧に白魚の、篝もかすむ春の空。冷たい風もほろ酔ひに、心持ちよくうか〳〵と、浮かれ烏のただ一羽。塒へ帰る川端で、棹の滴か濡れ手で泡。思ひ掛けなく手に入る百両。……ほんに今夜は節分か。西の海より川の中、落ちた夜鷹は厄落とし。豆沢山に一文の、銭と違つた金包み。こいつァ春から、縁起がいいわへ。

隅田川のほとり、朧月が浮かぶ中で白魚漁の篝火がゆらゆらとかすんで見える。ほろ酔い気分の身には冷たい風も気持ちが好い。浮かれての帰りがけ、棹の滴で濡れた手で粟をつかむように楽に、思いがけず百両が手に入った。節分に歩き回る「厄払い」という門付けの声が聞こえる。その唱え言葉ではないが、川の中へ夜鷹が落ち、厄落としになった。厄払いの得る些少な銭とはちがってたんまりある金包み、初春から縁起がいいものだ。正月気分に浮かれたぼんやりした夜の風景に、美しい女装の盗賊が浮かび上がる。

本作は全体を通して陰惨な因果物語だが、前提として「八百屋お七」の物語を下敷きにしている（歌舞伎・浄瑠璃ではこのような前提となる歴史や物語、事件を「世界」と呼ぶ）。八百屋お七の事件とは、天和二年に火事で焼け出された本郷の八百屋の娘お七が寺の小姓と恋に落ち、再会のために翌年放火をして、火刑に処せられたというものである（『天和笑委集』『近世江戸著聞集』）。井原西鶴『好色五人女』（貞享三・一六八六年刊）にみえるほか、歌舞伎・浄瑠璃の中で多く脚色されてきた。吉三郎は、お七の恋人の小姓の名として定着したものである。

脚本として読む場合も、舞台を観る場合も、前述の場面はとても印象深い。現行演出では黒い裾模様の着付け、赤いじゅばん、島田髷といった扮装のお嬢さまが、夜鷹のおとせとの会話の中で自ら「八百屋お七」と名乗る。おや、あの八百屋お七なのかと思っていると、突然お七は豹変し、おとせから百両を奪い、「盗賊さ」と明かす。そして機嫌よく前述のせりふを唄い上げ、そののちお坊吉三と出会って、「お嬢吉三」と名乗る。お七ではなく、恋人の吉三郎の名を持つ人物なのである。

読者や観客は二重に驚く。女ではなく男、お七ではなく吉三郎。お七と吉三郎とを一体化し、しかも盗賊という闇の世界にうごめくお嬢吉三は、中性的な暗い魅力を放っている。ここに、従来のお七物におけるお七・吉三郎という恋人同士をお嬢吉三という一人の人物に閉じ込め、観客を驚かせる黙阿弥の奇想が見られる。

「江戸歌舞伎には、無数と云つてもいいほどお七劇が生れた」と言われている（渥美清太郎『系統別歌舞伎戯曲解題』上、日本芸術文化振興会、二〇〇八年）。本作ではその先行する趣向をさまざまに掬い取っている。例えば本作の三人吉三関係の登場人物名はほとんどがこの先行する八百屋お七物に出るもので、例をあげれば土左衛門伝吉、八百屋久兵衛、安森源次兵衛、釜屋武兵衛、弁長（和尚吉三の別名）、などである。黙阿弥には『網模様燈籠菊桐』（「小猿七之助」、安政四年七月初演）があるが、これも八百屋お七の世界であり、本作は「小猿七之助」の後日譚とされた。

お嬢吉三が和尚吉三の吉祥院の欄間に隠れ、欄間に描かれた天女の絵を外してまるで自分が天女であるかのように横たわった姿で登場する場面がある［図2］。なぜこのような形を見せるのだろうか。これは、お七が欄間の天女の彫り物に似た美人とする「天人お七」の趣向（福森久助作『其往昔恋江戸染』〈文化六・一八〇九年三月、森田座初演〉にみられる）を取り入れたためである。最後のお嬢吉三が櫓に上る場面も八百屋お七の趣向の取り入れである。このように、所々に先行する趣向を取り入れた箇所があり、それがわかれば、観客はその奇想の妙に感心を覚えるしかけになっている。茶番という機知に富んだ遊びに長けていた黙阿弥ならではの細かな発想としかけが随所に見られると言えよう。

そのほか、江戸の初春狂言には曽我物（曽我兄弟の仇討ちを題材とした作品）を出すことが慣例になっているため、【あらすじ】では省いたが、本作には曽我物に関わる一幕がある。初演の安政七年が庚申に当たり、庚申の夜に生まれた子は盗賊になるという俗信があるため主人公三人が盗賊として描かれること、路傍の庚申塚には「三猿」が描かれることも吉三郎が三人いることに関わる。さらに、延広真治氏が指摘するが、同名三人が登場する歌舞伎や芝居咄はすでに存在し、たとえば黙阿弥の知人三遊亭円朝（一八三九〜一九〇〇）も演じた『雨夜の引窓』では三人の「与兵衛」が登場する。

黙阿弥の用いた趣向は枚挙にいとまがない。その趣向を知らずとも面白く読み、観られるが、知っていれば、趣向の用い方に「ここで使ったか」と合点がゆき、それ

図２　吉祥院の欄間から登場する三代目岩井粂三郎のお嬢吉三（三代目豊国画、安政六年十二月改印、早稲田大学演劇博物館蔵　請求番号：101-2745）

がまた楽しみの一つとなるだろう。後掲のテキストにおける今尾哲也氏・延広真治氏の解説に、さまざまな趣向が詳しく解説されているのが参考になる。ぜひ参照していただきたい。

【もっと深く――読む楽しみ、観る楽しみ】

初演の和尚吉三は幕末の江戸歌舞伎で活躍した四代目市川小団次（一八一二～六六）。お坊吉三はのちに九代目市川団十郎を襲名する河原崎権十郎（一八三八～一九〇三）。お嬢吉三は幕末明治初期を代表する女方で後に八代目岩井半四郎となる、三代目岩井粂三郎（一八二九～八二）。座頭小団次が扮する和尚吉三が三人の中で最も重い役と言える。権十郎は小さい頃から稽古漬けで厳格に育てられ、また気位が高かったという、まさに「お坊」吉三であった。（伊原敏郎『明治演劇史』早稲田大学出版部、一九三三年）。

粂三郎は舞台姿が大変美しい女方だった。しかしおとなしい面があり、黙阿弥は、小団次に頼まれて、粂三郎を「活動」させる役をつけたという（『明治演劇史』）。それが安政六年（一八五九）二月に初演された『小袖曽我薊色縫』（「十六夜清心」）で、十六夜という遊女の役だった。美しい遊女でありながら、のちに恋人の清心と共に悪党になり、坊主頭でゆすりに行くという役柄である。本作のお嬢吉三につながる役と言えよう。

初演では、和尚吉三はお坊とお嬢よりも年上の重厚な役、お坊吉三は育ちの良い悪党、お嬢吉三は美しい真女方（女性役を専門とする女方）の演じたものだった。大正・昭和に活躍した立役の十五代目市村羽左衛門（一八七四～一九四五）がお嬢吉三を得意とし、羽左衛門以来、男っぽさを見せる演出が加わったという（今岡謙太郎執筆「お嬢吉三」『歌舞伎登場人物事典』白水社、二〇〇六年）。現行上演では、お嬢吉三を立役を兼ねる役者が演ずる場合は、本性を見せる際に男らしい声で演じるなど、初演の時とは異なると思われる趣が加わっている。

本項目では紹介しきれないが、因果にからめとられた土左衛門伝吉や、力強く生きる和尚吉三の人物像も大変魅力的である。

何よりも、歌舞伎の脚本は舞台のために書かれたものである。読み物としてじっくり読むことも面白いが、さらに舞台において、さまざまな演じられ方を観ることで、楽しみは二重にも三重にもなる。逆に、舞台だけではなく脚本を読むことで、読者にとって自分なりの三人の吉三の人物像が形成され、また舞台に戻ることで、その人物像との異同に興味を持てるだろう。読むもの、観るものを交互に行き来することを堪能できる作品と言える。

【テキスト・読書案内】

信頼できるテキストに詳細な注および解説が付された次の二冊が、読むための決定版である。今尾哲也校注『新潮日本古典集成　三人吉三廓初買』（新潮社、一九八四年、本項目での本文引用は同書による）。延広真治編著『歌舞伎オン・ステージ十四　三人吉三廓初買』（白水社、二〇〇八年）。前述のように黙阿弥の趣向についての解説が参考になるほか、本文には詳細な注がつき、本作のみならずほかの歌舞伎の台帳（脚本）を読む際の基本的な事柄についての知識も得られる。ほかにも、作劇法や人物像、上演史、演出などについて、本作には多くの先行研究がある。物語を楽しみ、かつ、なぜ黙阿弥がこのような作品を書いたのか、考えていくよすがになろう。

（佐藤かつら）

70

三題咄から生まれた歌舞伎

『三題咄高座新作』（歌舞伎）

聴衆から募った三つの題に沿って即席の落語をこしらえる三題噺は、文化年間の初代三笑亭可楽に始まるとされる。幕末の文久年間（一八六一～六四）頃、可楽、さらには天明期に落語中興の祖・烏亭焉馬が催した「咄の会」に倣った、「三題噺の会」が盛んに催された。そこには、いわゆる職業落語家に加え、戯作者、浮世絵師、裕福な趣味人といった人々が集まった。幕末・明治の歌舞伎を代表する狂言作者河竹黙阿弥（当時は二代目河竹新七）もその一人である。『三題噺作者評判記』に収められた、黙阿弥の三題噺に対する評には、「近頃は愁嘆場を専らにされ、いつとても見物を喜ばせ、乳もらひはわけての大評判」とある。この評は、歌舞伎においても黙阿弥が当時、四代目市川小団次と提携し、愁嘆場を眼目とする作品で人気を集めていたことを連想させる。そして、大評判を取ったこの「乳もらひ」の噺もまた黙阿弥自身の手で歌舞伎へと移され、やはり好評を博したのだった。それが、『三題咄高座新作』（以下、『三題咄』）である。

【あらすじ】

和国橋で髪結床を営む藤次は、長屋の家賃を払えず夜逃げを企てる。女房おむつは父親の唐人市兵衛によって連れ去られる。一方、藤次が恩を受けた平野屋幸次郎は、吉原大国屋の遊女千山と夫婦約束をしており、大名家から預かった胡蝶の香合を質入れした百両で千山を身請けしようとするが、巾着切りの竹門の虎に金を奪われる。藤次は虎が落とした守り袋を手に入れる。（序幕・向両国百本杭の場）

藤次は金を奪われた次第を幸次郎から聞き、守袋の中の臍の緒書きからその犯人が生き別れの弟であると知る。金の調達を約束した藤次は、二人の息子たちが舅に

二代目歌川国貞画「第二ばんめ乳もらいの場三題咄高座新作」（国立国会図書館蔵）

せっかんされるのを目撃し、彼らを取り返す。（二幕目・大国屋借宅の場、深川佐賀町の場）

幼子を抱え、息子国松とともに雪中をさまよううちに豪商神崎屋喜兵衛（神喜）の別宅の前を通りかかった藤次は、おむつがおきんと名を変えて神喜の妾となっていることを知る。二階から顔を出したおむつは、藤次やわが子との再会を喜ぶとともに今の境遇を嘆く。おむつは子供たちを門内に誘い、藤次には神喜から金を借りることができたら白い手拭いを、かなわねば紅染めの手拭いを川に流して知らせると約束する。（三幕目・神喜別荘門外の場）

おむつは神喜に金の無心をするが、国松らが見付けられてしまう。不義を疑われたおむつは自害しようとするが、国松が身代わりになろうとする。神喜は親子の情愛に感心するが、自分にとっては主筋にあたる、幸次郎の許嫁お民の実家への義理ゆえに、幸次郎のために金を出すことはできないと告げる。幸次郎は田舎客に身請けされた千山を連れて逃げ、心中しようとするのを藤次に止められる。紅色の手拭いが流れるのを見た藤次は、酒をあおって神喜の屋敷に乗り込む。藤次が手切れ金として百両を要求するのを止めに入るおむつは瀕死の傷を負っていた。おむつが流した紅色の手拭いは、自らの血で染めたもので、神喜への義理で自害を図ったのだった。神喜は回向料として藤次に金を与え、おむつが実は生き別れの妹であると明かす。千山の身請けもお民のために神喜が仕組んだものだった。（四幕目・神喜寮紅流の場）

幸次郎は香合を取り戻すが、市兵衛に奪われる。改心した虎は市兵衛と争い、ついに香合は幸次郎の手に戻る。（大切・稲荷祭虎狩の場）

【見どころ】

『三題咄』は文久三年（一八六三）二月、江戸・市村座で初演された。小団次の藤次、二代目尾上菊次郎のおむつ、市村家橘（のちの五代目尾上菊五郎）の千山・竹門の虎、六代目市川団蔵の神崎屋喜兵衛らの配役であった。田村成義編『続続歌舞伎年代記　乾』（市村座、一九二二年）は本作について、当時流行の三題噺のうち、黙阿弥が和藤内・乳貰い・掛け取り（髪結いとも）の題で口演して評判だったものを脚色したと記している。元の噺の詳しい内容は知ることができないが、歌舞伎『三題咄高座新作』は比較的忠実に三題噺を劇化したものと思われる。

さて、右の【あらすじ】を見て、浄瑠璃や歌舞伎に親しい方は、これが近松門左衛門の『国性爺合戦』（以下、『国性爺』）のパロディーであることにすぐに気付くだろう。『国性爺』は正徳五年（一七一五）大坂・竹本座で人形浄瑠璃として初演、翌年には歌舞伎化され、今日まで親しまれており、本作初演当時も市村座の隣の中村座で上演されていた。内容は、中国人の父と日本人の母の間に生まれた和藤内が中国に渡って明朝再興のために韃靼と闘うというものである。『三題咄』では、和国橋の藤次という金のない髪結いを和藤内に、その妻おむつ（おきん）を和藤内の腹違いの姉錦祥女（および和藤内の妻小むつ）に、神崎屋喜兵衛（神喜）を錦祥女の夫五常軍甘輝に見立てて、『国性爺』を世話物化しているのである。

具体的に『国性爺』がどのようにパロディー化されているのかを見ていこう。

序幕で藤次に意見をするおむつに対して、酩酊した藤次は「おれが対面の夢を見たは、これだこれだ（卜鳴焼の行燈を荷の中より出し、）去年手前が小遣銭取りに鳴焼を売ったこの行燈、鳴焼から出た鳴立沢……」とわめく。文久三年二月の市村座の興行では、本作の前に、曽我兄弟とその敵工藤祐経の奥方が鳴立沢で対面する『蝶千鳥須磨組討』が上演されていた。同時上演の作品を、酔って寝ていた藤次が夢に見たもの、とする趣向で、以下、藤次は鏡台を取り出して「二人のきょうだい（鏡台・兄弟）」などと、夜逃げで持ち出した家財道具を曽我兄弟の物語に擬えていく。ここで「鴫焼」（茄子の味噌田楽のこと）が出てくるのは地名「鴫立沢」からの連想であるが、同時に和藤内が鴫と蛤が争うのを見て軍法の奥義を悟る、という『国性爺』の一場面を意識したものでもある。

千山をめぐって幸次郎と争う田舎客（実は神喜の手代小助）が「唐人の真似」と言ってでたらめな言葉で都々逸や大津絵を歌うのは、『国性爺』に登場する甘輝の館の兵士たちが「びんくわんださつ」「ぶおんぶおん」などといった意味不明の「唐人詞」で喋ることのパロディーである。

そして、『三題噺』の物語の中心となる三幕目・四幕目は『国性爺』の三段目をほぼそのままなぞっている。『国性爺』三段目の内容は以下の通りである。

［獅子ヶ城楼門の場］

和藤内と父の老一官、母の渚は、五常軍甘輝を味方に引き入れるため、一官が中国に残してきた娘で甘輝の妻となっている錦祥女を訪ねる。錦祥女は楼門の上に現れ、父の形見の絵姿と鏡に映した一官の姿を引き比べ、再会を喜ぶ。韃靼王からの命令により一行は門内に入ることができないが、渚だけは縄で縛られることを条件に門内に入ることを許される。錦祥女は夫が味方するときは白粉を、そうでなければ紅を川に流すと告げる。

［甘輝館の場］

帰館した甘輝は和藤内らへの加勢を快諾するが、突然錦祥女を殺そうとする。甘輝は、女の縁にほだされたという汚名を避けるためには妻を殺さねばならないと説明する。渚は必死に甘輝を止める。紅が流れるのを見て城内に暴れ込んだ和藤内を、瀕死の錦祥女が止める。錦祥女は夫に和藤内の味方をさせるために自害し、その血を川に流したのだった。甘輝は和藤内に味方することを誓う。渚も自害し、韃靼王を討てと和藤内と甘輝を励ます。

『三題噺』が巧妙に『国性爺』を世話物の世界に移していることは一目瞭然であろう。細部を見てみると、例えば錦祥女が父の姿を鏡に映して手元の絵姿と比べるくだりは、

国松　お母あ、おいらの顔も見てくんねえ。
むつ　おお見るとも見るとも、赤児より可愛い坊の顔、何で見ないでゐるものか。

藤次　これ、額（ひたひ）にぱらりとあるばかり、頬なぞにや少しもねえ。
むつ　暗うてはつきり顔が見えぬが、どうか仕様はないことか、
〽うちうなづいて鏡台の操曇らぬ女子（をなご）の魂、鏡取りだしうつし取る親子の顔を打ち眺め、
百本杭で別れてから、僅（わづか）一月（つき）経つや経たずに、苦労なことでもござんすか、顔の色も常ならず、大層やつれなさんしたなあ。

と、おむつが錦祥女さながらに国松と藤次の姿を鏡に映し、一月ぶりに見るわが子の疱瘡が軽く済んでいることと、藤次のやつれた姿をそこに見る、というようになっている。

　このように、日本と中国の双方を舞台とする壮大な物語を、極めて卑近な江戸の市井の人々の世界に移し替えた点に『三題噺』の面白さがある。

【もっと深く――見立ての饗宴】

　郡司正勝は、歌舞伎を「饗宴の芸術」と表現し、登場人物によって悪態の数々が繰り広げられる『助六由縁江戸桜（すけろくゆかりのえどざくら）』を指して「悪態の饗宴」と呼んだ（「悪態の芸術」『かぶき――様式と伝承』寧楽書店、一九五四年）。それに倣えば、しがない髪結いを英雄・和藤内に見立てるのに始まり、徹底して、『国性爺』を換骨奪胎した本作はさしずめ「見立ての饗宴」とでも言えよう。

　歌舞伎作者は伝統的に既存の「世界」に基づいて作品を執筆してきた。「曽我物語」「太平記」といった「世界」の登場人物や物語の大枠は、作品が変われど大きく変化することはない。作者は観客にとっても既知の「世界」の随所に斬新な趣向を盛り込むことで目新しい作品を作り出すのである。とはいえ、限られた「世界」を使い回す限り、自（おの）ずと限界が生じることは言うまでもない。默阿弥よりも五、六十年ほど前の四代目鶴屋南北（つるやなんぼく）は、極めて多くの「世界」を一つの作品の中に組み込む「綯（な）い交（ま）ぜ」の手法によって新鮮味を生み出した。

　これに対して、默阿弥に至ってはもはや「世界」は形骸化して実質を失っている。代表作『三人吉三廓初買（さんにんきちさくるわのはつがい）』（安政七・一八六〇年）には、伝統的な「八百屋お七」の世界の登場人物や設定が登場するものの、お七と吉三郎の恋や葛藤という「世界」の核心部分は失われている。また、江戸歌舞伎には正月の興行で「曽我物語」の世界を取り上げるという長年の慣習があったが、默阿弥

は『三人吉三廓初買』でも、『小袖曽我薊色縫』（安政六・一八五九年）や『曽我綉侠御所染』（元治元・一八六四年）においても、伝統的な曽我狂言の最大の山場である「対面」の場やそのパロディーとでも言うべき場面を設けたり、曽我の世界にちなんだ役名を持つ人物を登場させたりしてはいるものの、それらは作品の本筋にほとんど関わることがない（今尾哲也校注『新潮日本古典集成　三人吉三廓初買』解説参照）。もはや、「世界」は見立ての材料にしかならなかったのである。

　黙阿弥のこうした手法は伝統的な「世界」に対してのみ用いられたわけではなく、例えば後年の『偽甲当世簪』（明治十五・一八八二年）では、東京のある商家の内紛を当時朝鮮で起きていた政変「壬午事変」に見立てている（拙稿「時代と世話の「朝鮮事変」――河竹黙阿弥は壬午事変をどう描いたか」『近世日本の歴史叙述と対外意識』勉誠出版、二〇一六年）。既存の「世界」、隣の劇場で上演される作品、現実の（それも海外の）大事件など、あらゆるものをパロディー化していく発想こそが黙阿弥の真骨頂であった。

【テキスト案内】

早稲田大学坪内博士記念演劇博物館に初演時の上演台本の写本が残されている。全幕の翻刻は、『黙阿弥著作集』第四巻（春陽堂、一九一九年）および『黙阿弥全集』第五巻（春陽堂、一九二四年）に収められている。（日置貴之）

71

つきまとう幽霊、執着する人間

『怪談牡丹燈籠』（人情噺）

「カラン、コロン……」と真夜中に駒下駄の音を響かせて現れる美しい幽霊と、牡丹の花の飾られた燈籠。艶麗で、かつ恐ろしいこの描写は、『怪談牡丹燈籠』の一場面のものである。内容を知らなくともこの駒下駄の音や牡丹燈籠については、耳にしたことのある向きも多いだろう。

本作の作者は幕末から明治に活躍した初代三遊亭円朝（一八三九～一九〇〇）。笑いを主眼とする短編の落語だけではなく、円朝は数多くの長編を創作した。本作は円朝が二十三歳の時、すなわち、文久元年（一八六一）に作られた作品である。怪談噺として、確かに幽霊は出て来るが、それだけでは済まない。読めば読むほど、この作品における「恐怖」とそれに関わる〈奇〉と〈妙〉は、不思議に現実味を帯びて読者の前に姿を現してくる。その魅力を追ってみたい。

【あらすじ】

本作は、忠僕黒川孝助の仇討ち話と、幽霊譚とが交互に展開される。どちらも、牛込軽子坂に住む旗本飯島平左衛門家に関わるが、この二つの話は、あまりからむことがない。

まず、黒川孝助の仇討ち譚についてみていく。飯島平左衛門に奉公する草履取り黒川孝助は忠義者であり、父の敵を討ちたいので剣術を教えてほしいと平左衛門に頼み込む。よく話を聞くと、孝助の父は、平左衛門が十八年前に無礼を働いた廉で切り捨てた浪人であった。平左衛門はいつか討たれてやる気持ちで、孝助に剣術を教え、目をかける。平左衛門の妾お国は隣家の次男宮野辺源次郎と密通する。平左衛門を殺す相談をしているところを孝助に聞かれ、お国は孝助を陥れようとするが、平左衛門が何かと孝助をかばう。ある夜孝助がお国と源次郎の密会を知り、主人に知らせず二人を討とうとすると、討たれたのは何と平左衛門であった。平左衛門は孝助の仇討ちを遂げさせ、さらに、自分はこれからお国と源次郎に殺されるつもりだが、その二人を孝助が討って自分の恨みを晴らしてくれと頼む。最後まで拒否する孝助をようやく納得させた平左衛門は源次郎の足に傷を負わせて、源次郎に斬り殺される。源次郎とお国は有り金を持って逃げる。孝助は主人の命により、相川新五兵衛という武士の家に婿養子に入る予定になっていた。飯島家を立ち去った孝助は平左衛門の指示に従って相川家に行き、その場で新五兵衛の娘と祝言を挙げ、翌日、敵討ちに出立する。さまざまな苦労の後、ようやくお国と源次郎を追い詰めた孝助は、めでたく本懐を遂げる。

　幽霊譚のほうは、飯島平左衛門の美しい一人娘お露と、根津の清水坂に住む美男の浪人萩原新三郎とが出会うくだりから始まる。平左衛門の妾お国との仲がうまくいかず、柳島の寮にお露が女中のお米と二人で暮らしているが、そこに幇間医者の山本志丈が新三郎を連れて訪ねる。十七歳のお露と二十一歳の新三郎はお互いに一目ぼれする。しかしその後二人は会う機会がなく、ある日新三郎は、お露と密会して平左衛門に踏み込まれる夢を見る。夢でありながら、新三郎の手にはお露の香箱の蓋が残される。

　ある日新三郎は志丈から、お露が新三郎に焦がれ死にをしたと聞かされ、念仏三昧の日々を送る。盆の十三日、新三郎の家の外を、駒下駄の音を響かせて通る者がいた。それはお露と女中のお米だった。お互いに、志丈から相手が死んだと聞かされていたと打ち明け、それから新三郎とお露は逢瀬を重ねる。萩原家の孫店に夫婦で住み、新三郎の身の回りの世話をしている伴蔵は、その様子をのぞき見、驚く。伴蔵の目には、お露とお米は骨と皮ばかりの幽霊にみえていた。伴蔵が人相見の白翁堂勇斎に新三郎の様子をみてもらうと、新三郎は確かに死霊に取りつかれ、死ぬ寸前であった。話を信じない新三郎が、お露がいま住んでいるという谷中の三崎へ行ってみると、新幡随院という寺にお露とお米のまだ新しい墓があり、牡丹燈籠がかかっていた。新三郎は二人が幽霊であったことを知り、勇斎の紹介で新幡随院の良石和尚にすがる。和尚は新三郎が死霊に取りつかれていることを見抜き、死霊よけのために金無垢の海音如来像を貸し、また雨宝陀羅尼経を読誦しお札を貼って、幽霊が入って来られないようにすることを指示する。新三郎が言われた通りにすると、果たして幽霊は家に入ることができなくなった。二人の幽霊は、伴蔵にお札をはがすように頼む。伴蔵は女房おみねの助言で、百両をくれたらお札をはがし、海音如来像を盗むと幽霊に請け合う。やがて幽霊は飯島平左衛門の屋敷から持ち出した百両を伴蔵にもたらす。伴蔵とおみねは新三郎に行水を使わせてその間に海音如来像をすり替えて盗み、地面に埋める。夜になり、幽霊がやってくるので、伴蔵はお札をはがす。

翌朝、伴蔵夫婦と白翁堂勇斎とが様子を見に行くと、傍らに髑髏があって、新三郎は苦悶の表情で息を引き取っていた。伴蔵とおみねは伴蔵の郷里である武州栗橋（埼玉県久喜市栗橋）に移り住む。二人は荒物を扱う関口屋を開いて繁盛させ、貧乏暮らしから一転して裕福な生活を手に入れる。しかし伴蔵は、近所の料理屋笹屋につとめるようになった飯島の妾お国になじみ、おみねはそのことを馬方の久蔵から聞き出し、嫉妬に燃える。おみねは伴蔵を問い詰め、幽霊から百両をもらった話を口に出す。伴蔵はおみねをなだめ、仲直りをしたと見せかけて幸手の土手でおみねを斬り殺す。やがて関口屋の下女が病に倒れ、伴蔵に切られたことや幽霊から百両をもらったことなどをうわごとに繰り返すようになる。そこへたまたま訪れた山本志丈に、伴蔵は旧悪を打ち明ける。お国に養われている宮野辺源次郎が伴蔵をゆすりに来るが、伴蔵は悪人として一枚上手のところを見せ逆にやり込める。伴蔵と志丈は共に江戸へ行き、海音如来の尊像を掘り出すが伴蔵は志丈をも斬り殺す。そこへ捕り手が現れ伴蔵は捕縛される。

【見どころ】

本作は、明治十七年（一八八四）七月から十月にかけ、日本初の落語口演の速記本として刊行された。実用的な速記の普及を目指す若林玵蔵と酒井昇造が速記を行い、円朝のことばを「言語の写真法」（若林による序詞）をもって記し、東京稗史出版社から出版したものである。この後、円朝の人情噺は速記により続々活字となるが、速記の試みによって、（もちろん完全ではないにせよ）円朝の話しぶりが活字で後世に伝わり、いま、我々の目の前に読み物として存在しているわけである。速記の初版本は全十三編、簡易な製本ではあるが、一回限りで消える運命にある芸能が、速記という形で残ったこと自体、〈奇〉であり〈妙〉であると言えよう。二葉亭四迷や山田美妙などの小説家が言文一致体を作り上げるのに本作の影響があったことは有名な話である。

本文からは円朝の描き出す世界が鮮明に浮かび上がってくる。次にみるのは、伴蔵が幽霊に百両を掛け合うために、一人酒を飲んで覚悟を極めて待っている場面である。

彼是(かれこれ)して居るうち夜も段々と更けわたり　最(も)う八ツになると思ふから　伴蔵は茶碗酒でぐい〳〵ひつかけ　酔た紛れで掛合(かけあふ)積りで居ると　其内(そのうち)八ツの鐘がボーンと不忍(しのばず)の池に響て聞へるに　女房は熱いのに戸棚へ這入(はい)り襤褸(ぼろ)を被(かむ)つて小さく成て居る　伴蔵は蚊帳の中にしやに構へて待て居るうち　清水の許(もと)からカランコロン〳〵と駒下駄の音高く　常にかわらず牡丹花(ぼたんのはな)の燈籠を提げて　朦朧(もうろう)として生垣の外まで来たなと思ふと　伴蔵は慄(ぞツ)と肩から水をかけられる程怖気(こわげ)立ち　三合呑だ酒もむだになつてしまひ

（第四編第十回）

八ツ（午前二時頃）、鐘の音が響き渡り、周囲の寝静まった深夜に、恐怖におびえる女房と、無理に気を大きくして待つ伴蔵の姿。まず耳から幽霊の訪れが知らされる。次に美しく牡丹の花で飾られた燈籠の明かりが見え、そのぼんやりとした姿が生け垣のそばにやってきた、と思うと、伴蔵はぞっと震え上がる。読者もその場面を、まず聴覚から想像させられ、ぼんやりとした牡丹燈籠と二人の美しい幽霊の姿を目に浮かべ、伴蔵とおなじく慄然とさせられる。

お露とお米の幽霊は、別の場面でも描写されるが、お露は文金高島田という身分ある娘の髪型に結い上げ、秋草色染の振袖に緋縮緬(ひぢりめん)の長じゅばん、繻子(しゅす)の帯を締め、上方風の塗柄のうちわを持ち、とあくまで美しい（第三編第六回）［図1］。この美しい幽霊のもたらす不思議さ、恐怖の描写は、まず本作の一番の読みどころだろう。

しかし本作の魅力はここに止まらない。伴蔵とおみねが幽霊から百両をもらおうと相談するくだりでは、貧乏ながらも二人で暮らしてきたやりとりの呼吸が緻密に描き出される。お札をはがして新三郎が死んだら暮らしに困るから、百両をもらおうとおみねが思いつく。

金をよこさなければ御札を剝がさないやネ　それで金もよこさないでお札を剝がさなけりやア取殺すといふ様な訳の分らない幽霊はないヨ（中略）若し御金を持て来れば剝して遣(や)つてもいゝじやアないか

幽霊という存在に対して、大胆不敵にも百両をよこせと

図1 『怪談牡丹燈籠』別製本口絵（『円朝全集』巻の二、春陽堂、1927年より）

掛け合うのであるが、まんまと成功する。このあたりの描写も大変に面白い。幽霊譚に関しては、後のほうにやや腑に落ちない種明かしがあるのだが、それはここではおいておく。

幽霊譚と交互に展開する、黒川孝助の仇討ち話のほうも、孝助と飯島平左衛門の主従の愛情、お国と源次郎の悪巧みに孝助があくまでも立ち向かおうとする忠義の心など、味わい深い場面が多い。どこを取っても面白いと断言できる。

また、付け加えたいのは、全体としては笑いを主眼とする噺ではないにしろ、所々に落語家らしい、笑いを誘う描写が入る点である。例えば、源次郎とお国が平左衛門を殺す相談をしている際、剣術が極下手だから平左衛門にかなわないという源次郎にお国は「そりやア貴君はお剣術はお下手さネ」と言い源次郎が「其様にオヘータと力を入て云ふには及ばない」と答えるあたりにはおかしみが漂う。孝助の筋に、相川新五兵衛というあわて者の老人が出て来るが、新五兵衛のそそっかしい様子の描写は高座でも受けたに違いない。そうした点も読みながら楽しむことができる（後掲のように宮信明氏の論文がある）。

【もっと深く――怖いのは幽霊か】

本作には原拠として、明の瞿佑作『剪燈新話』があることが知られるが、直接の典拠は、同作を翻案した浅井了意『伽婢子』（寛文六・一六六六年刊）中の「牡丹燈記」（巻三）および「船田左近夢のちぎりの事」（巻四）であるとされる。ほかに、円朝が牛込軽子坂に住む旗本の隠居から聞いた、旗本が下男に討たれた話などを取り入れたという（後掲の延広真治氏の論文、石井明氏の著書に詳しい）。

もともとあった、美しい女の死霊が男のもとに通って取り殺すという奇談をもとに創作されたわけだが、そこに円朝は、黒川孝助の仇討ち譚、伴蔵とおみねが欲望にふりまわされてゆく話など、さまざまな話を盛り込み、それを細緻な描き方で聴く者・読む者の前に表出させた。いわば〈奇〉を基盤とし、所々に〈妙〉を感じるように、ことばがつながれていくのである。

お露の幽霊は、新三郎に対する執念により現れる。新三郎はお露に想いをかけるが、死霊となったお露には喜んで命を差し出すわけではなく、自らの生命に執着する。黒川孝助は父親の敵討ちに執着し、主人が非業の死を遂げてからは（父の敵討ちの成就でもあった）、主人平左衛門の仇討ちに執着する。お国源次郎は、お互いの快楽に執着し、平左衛門を殺して逃亡し、逃げ延びようとする。おみね伴蔵は、貧乏暮らしから抜け出すことに執着し、のちには伴蔵は自らの欲望に従い、さらに殺人を重ねる。

執念深いのは、幽霊のみではない。良くも悪くも執着心の強い人々が登場するのである。孝助は、平左衛門への恩義を忘れず、「死ねば幽霊になつて殿様の御身体に附纏ひ　凶事のないやうに守りまする」（第六編第十三回）とまで言うのである。

いわばここには生きていようと死んでいようと、恐ろしいまでに執念を抱き続ける人間というものがどこまでも描き出されている。そして、その対極に、悟りの境地にあり、すべてを見通す新幡随院の良石和尚のような存在もある。これらの人間像が味わい深い。

本作は多くの落語家が手がけており、それぞれの工夫を高座で聴くことも大きな楽しみになる。円朝の話しぶりは「柔かな、しんみりとした、いはゆる「締めてかゝる」」もので、すでに速記本を読んでいて高をくくって出掛けた少年の頃の岡本綺堂は、円朝を聴いて、満場の寄席の中で一人怪談を聴いている気分に襲われ恐怖を覚えたという（「寄席と芝居と」『随筆　思ひ出草』相模書房、一九三七年)。

本作は明治時代からすでに歌舞伎において劇化されているが、近年では、一九七四年に初演された文学座の「怪談牡丹燈籠」(大西信行脚本)が、歌舞伎においても新劇においても上演されることが多い。大西本は黒川孝助の筋を省き、伴蔵とおみねに焦点をあてた脚色であり、それらを観ることも、読んだり聴いたりするのとはまた別の感興を抱くことができるだろう。

【テキスト・読書案内】

円朝作品の全集は春陽堂版、角川書店版があるが、岩波書店から刊行された最新の『円朝全集』(全十三巻、別巻二巻、二〇一二〜二〇一六年)が、初版本を精密に校訂し、最も信頼できる本文である。注および解説も備わる。『怪談牡丹燈籠』は清水康行校注で、第一巻(二〇一二年刊行)に収められる(本項目での本文引用は同書により、振り仮名は適宜省略した)。なお、本作は、初版本では「ぼたんどうろ」とのふりがながある。

研究論文も枚挙にいとまがないが、以下、本項目において主に参照した、さらなる読解に導く参考文献を掲げる。本作の成立については、延広真治「怪談　牡丹燈籠」(辻惟雄監修『幽霊名画集——全生庵蔵・三遊亭円朝コレクション』ちくま学芸文庫、二〇〇八年)、石井明『円朝　牡丹燈籠——怪談噺の深淵をさぐる』(東京堂出版、二〇〇九年)。「お札はがし」の趣向については、延広真治「II動乱の時代の文化表現」(『日本の時代史二十　開国と幕末の動乱』吉川弘文館、二〇〇四年)。本作と「笑い」については宮信明「怪談噺と「笑い」——三遊亭円朝『怪談牡丹燈籠』論——」(『立教大学日本文学』百五号、二〇一一年七月)。本作の文体については佐藤至子「『怪談牡丹燈籠』の文体」(『国語と国文学』二〇一三年十一月号)。

(佐藤かつら)

72

江戸っ子が書く光源氏の物語

『偐紫田舎源氏』（合巻）

合巻『偐紫田舎源氏』（柳亭種彦作・歌川国貞画、文政十二年～天保十三・一八二九～四二年刊、全三十八編）は、『源氏物語』を歌舞伎でいう「東山」の世界（室町時代の足利将軍家の話）に移し替える形で翻案した作品である。

まず、初編の序文が凝っていておもしろい。要約して紹介しよう。

江戸の真ん中、日本橋に近い式部小路に阿藤という娘がいた。紫の紐で髪を結んでいたのであだ名は「紫式部」、そこから自分も『源氏物語』のような物語を作ってみようと考えたが、本は草双紙しか読んだことがないし、歌といえば三味線、都都逸、よしこの節しか知らない。人に勧められて『源氏物語』の梗概書や俗訳書などを本屋に注文したが、本屋も題名の似た新内・浄瑠璃・義太夫・古浄瑠璃などと混同してしまう。ともかく参考文献はそろったので、鉄砲洲の石屋の二階に仮住まいして、折しも八月十五日、月が海面に映るのを眺めて明石町に筆をとった。にせものの紫式部が書いた『源氏』は取るにたらぬもの、それは書名の「田舎」という字からもわかると、笑わない人はいなかった。

日本橋に住む阿藤という娘が『偐紫田舎源氏』を書いたというのは、もちろんフィクションである。実はこれ自体が『源氏物語』の執筆をめぐる伝説のパロディーになっているのだ。北村季吟『源氏物語湖月抄』（『源氏物語』の江戸時代最大の注釈書）によれば、紫式部は石山寺で八月十五夜の月が湖水に映るのを見、須磨・明石の二つの巻を執筆したという。柳亭種彦はこれを当代（江戸時代の江戸の話に転換した。紫式部を江戸っ子の阿藤に変え、「明石の巻」を執筆したという部分をもじって「明石町」（鉄砲洲の町の一つ）に筆を執ったとした。「石屋」が「石

図１　『偐紫田舎源氏』初編（国立国会図書館蔵）

山寺」のもじりであることは言うまでもない。

阿藤［図1］は古典の教養はいまひとつだが、同時代の草双紙や音曲に親しんでいる娘という設定である。そういう娘が物語を書こうとしたら、『源氏物語』を歌舞伎でなじみ深い「東山」の世界に結び付ける発想が出てくるのはごく自然なことである。この序文は読者をこれから始まる『偐紫田舎源氏』の内部へと誘う、巧みな導入になっているのである。

【あらすじ】

初編〜五編（桐壺の巻〜夕顔の巻）の筋立てをかいつまんで紹介する。

足利義正は正妻富徽の前との間に嫡子義尚を、愛妾花桐との間に次郎の君を得た。花桐の死後、次郎の君は十三歳で元服し、光氏と改名する。花桐に似た猪名野谷は義正の館に迎えられ、藤の方と称する。藤の方の腰元杉生と富徽の前の腰元白糸は、雷よけの守である葵の枝を義正にいちはやく献上しようと争う。富徽の前は山名宗全がかねてより猪名野谷（藤の方）に恋慕していたことを利用し、宗全を藤の方の部屋に忍ばせて騒動を起こそうとする。これを知った光氏は自ら藤の方の部屋に赴いて不義密通と見せかけ、宗全を怒らせて藤の方への恋情を冷まさせる。義正は、光氏がわざと好色なふりをして不興を買い、義尚への家督相続を促そうとしていると察する。

光氏は執権赤松氏の娘二葉と結婚する。義正の館の宝蔵へ女賊が忍び入り、宝剣小烏丸を盗み出す。光氏は仁木喜代之助の家を訪れ、喜代之助の妻空衣の寝室に忍ぶが、空衣は薄衣を残して去る。光氏は浮世狂いにかこつけて宝剣小烏丸を探索する。光氏は従者惟吉の母を見舞いに五条を訪れ、隣家に住む娘黄昏と知り合う。六条三筋町の遊女阿古木は光氏に岡惚れする。

光氏と黄昏は荒廃した寺に赴く。謎の女が現れ、光氏への恨み言を述べて消える。深夜、鬼女の面をつけた女が現れて双葉の上の怨霊であると名乗り、光氏を脅かすが、その正体は黄昏の母凌晨であった。光氏は宝剣小烏丸を盗んだ女賊が凌晨であることを見破る。凌晨は自分が足利義正に滅ぼされた板畠教具の娘であることを明かし、ある人の依頼によって宝剣小烏丸を盗み、光氏の殺害をも企てたと自供し、その依頼主が山名であることを暗示して死ぬ。黄昏も自害する。

【見どころ】

『修紫田舎源氏』の主人公は足利義正と花桐の間に生まれた足利光氏である。足利義正は実在の将軍足利義政をモデルとしているが、花桐と光氏は架空の人物である。この光氏が『源氏物語』の「光源氏」に相当する。ほかの人物の名前も、花桐—桐壺の更衣、富徽の前—弘徽殿の女御、藤の方—藤壺の女御、双葉の上—葵の上、空衣—空蝉、黄昏—夕顔というように、もとの『源氏物語』の人物名を比較的簡単に思い出せるものになっている。中には六条三筋町の遊女阿古木のように、もとの人物（六条御息所）と身分・立場ががらりと異なる人物もいて、自在な翻案に意表をつかれる［図2］。

物語は「東山」の世界に『源氏物語』の人物と名場面を織り交ぜながら進んでいく。山名宗全の藤の方への恋慕、光氏と藤の方の不義密通の偽装、宝剣の盗難事件などは、『源氏物語』にはない要素である。山名宗全は実在の武将で、史実では足利義政の嫡子義尚（母は日野富子）を支持し、応仁の乱で西軍を率いた。歌舞伎の「東山」の世界には決まって登場する人物である。光氏と藤の方の偽りの不義密通は『源氏物語』の光源氏と藤壺の女御の関係を踏まえつつ反転させたものだが、これは好色本

図 2 『偐紫田舎源氏』五編（国立国会図書館蔵）

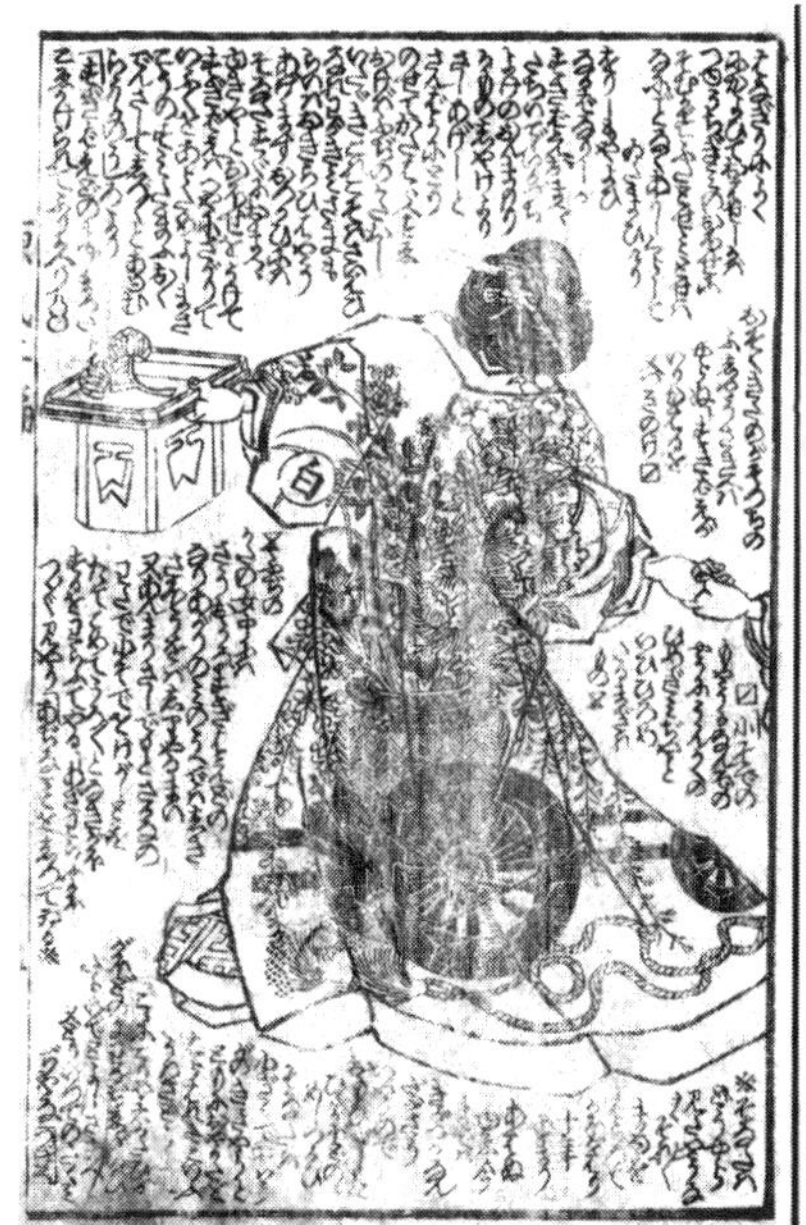
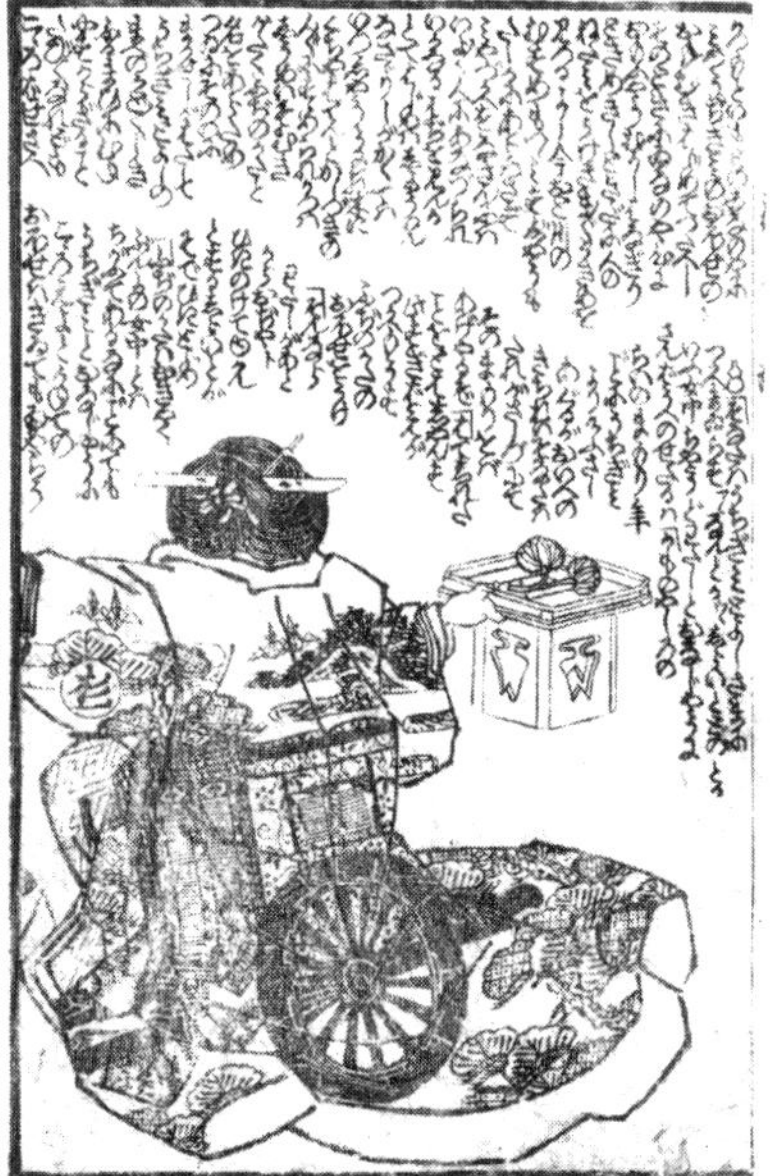

図 3 『偐紫田舎源氏』二編（国立国会図書館蔵）

を禁じる当時の出版条例に配慮したものと考えられる。
『源氏物語』の名場面を見事にもじっている場面もある。一例として、腰元の杉生と白糸が葵の枝を義正に献上しようと争う場面を見てみよう。挿絵には打掛を着た二人の後ろ姿が大きく描かれている。杉生（右）の打掛には御所車が、白糸（左）の打掛には花車が描かれていることに注意したい［図3］。この場面で二人は次のように言い争っている。

「杉生が打掛の、縫ひの模様は御所車、押して通ると轅（ながえ）も榻（しぢ）も、打ち折り引き裂きかなぐり捨て、憂き目を見やらぬその先に、謝りましたと引いて行きや」「ホヽヽヽ、さう言やる白糸が、模様もちやうど花車、落下微塵にされぬ先、片寄つて居やるがよい」「こりやをかしい、理を非に曲げる口車」「イヤそなたのが横車。コレ此打掛は君より拝領、よしばむ網（あ）代（じろ）の綾の裏、過ちあつたら容赦はせぬ」

「御所車」「轅」「榻」「花車」「口車」「横車」など、二人のせりふにも「車」に関わることばがちりばめられている。これらからわかるように、この場面は『源氏物語』葵の巻の「車争い」の場面をもとにしている。『源氏物語』では葵祭を見物しに来た葵の上の車と六条御息所の車が混雑した路上で場所を争い、供人たちの諍（いさか）いに発展する。『偐紫田舎源氏』ではこの争いを藤の方の腰元と富徽の前の腰元の争いに変え、二人が持つ葵の枝に「葵祭」を効かせている。絵を読み解くことで、見立ての妙が見えてくる。

文章には書かれていないことが挿絵を通じて示される場合もある。一例として、荒れ寺に赴いた光氏と黄昏の前にこつぜんと謎の女が現れる場面を見てみよう。挿絵［図4］では光氏と黄昏の間に謎の女が描かれ、光氏の頭上の燈籠があやしく揺れている。本文には次のようにある。

不思議や、影のごとくに一人の女、こつぜんとして姿を現し、光氏をきつと見やり、「君が仮寝の五条の夢、その折も言ひつるごとく、我を捨ておき素性も知れぬ、女を誘ひ給ふこそ、恨めしけれ」と言ふ声は、耳に残りて消え失せぬ。

この場面は『源氏物語』の夕顔の巻、光源氏が夕顔を連れて荒廃した屋敷に入り、夕顔が物の怪（け）に襲われる場面を翻案したものである。『源氏物語』にも、また『偐紫田舎源氏』にも、物の怪の正体についてはっきりと書かれてはいない。だが『偐紫田舎源氏』の挿絵［図4］に

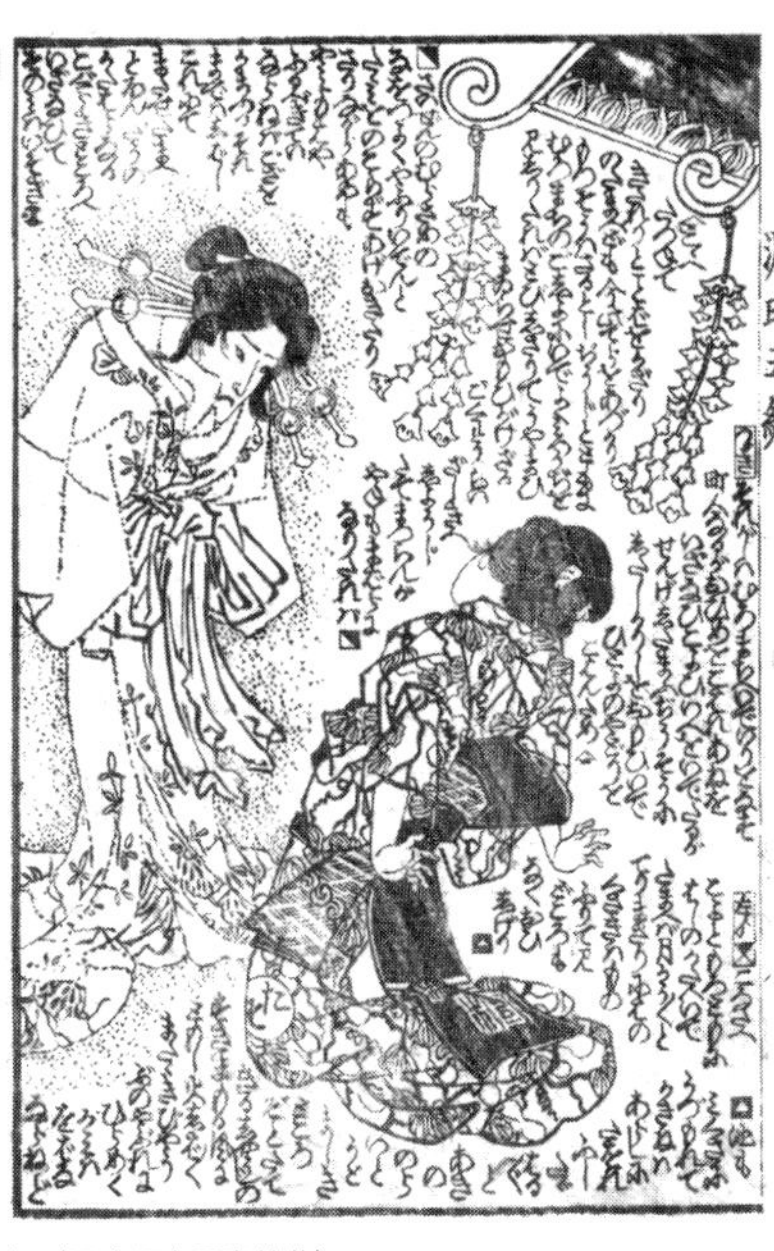

図４『偐紫田舎源氏』五編（国立国会図書館蔵）

描かれた女は、髪型や服装から遊女であるとみて間違いない。光氏に思いを寄せる遊女と言えば六条三筋町の遊女阿古木である。つまり作者は、物の怪の正体が阿古木の生霊であることを文章では書かずに、挿絵のみで表しているのである。

ちなみに、結い上げた髪に何本ものかんざしを差す阿古木のスタイルは江戸時代の遊女のものであり、室町時代のそれではない。このことは、『偐紫田舎源氏』の作中世界が「東山」の世界、つまり歌舞伎の舞台上で表現される室町時代であって、現実の室町時代を写したものではないことを端的に表している。歌舞伎では、源平時代や室町時代の物語であっても登場人物の髪型や服装が江戸時代風のものになっていることはよくある。『偐紫田舎源氏』の挿絵における表現もそれと同じように考えることができる。

【もっと深く――天保の改革以後】

『偐紫田舎源氏』は、天保の改革の際に絶版となったことでも有名である。老中水野忠邦の主導した天保の改革では、人々に悪影響を及ぼし奢侈につながるとみなされた娯楽産業が弾圧された。歌舞伎や錦絵だけでなく、男女の恋愛を描いた人情本や、多色摺りの華やかな表紙を持つ合巻も規制の対象となった。合巻の中で特に目をつけられたのが『偐紫田舎源氏』だった。天保十三年（一八四二）六月、『偐紫田舎源氏』の版元である鶴屋喜右衛門は町奉行所へ呼び出され、作者の柳亭種彦に支払った作料（原稿料）について尋ねられた後、『偐紫田舎源氏』の版木（印刷のために文章や絵を彫刻した板）を残らず提出するよう命じられたという（曲亭馬琴『著作堂雑記抄』による）。この一件からまもなく、柳亭種彦はこの世を去った。

こうして『偐紫田舎源氏』は絶版となり、未完に終わった。しかし既に読者の手にわたった本は回収されることなく、世にとどまった。愛書家の手元で長く大切にされた『偐紫田舎源氏』も少なくなかったと思われる。

明治十一年（一八七八）生まれの画家鏑木清方は、大伯母が草双紙の絵解きをしてくれた記憶を随筆「草双紙」（一九三六年）につづっており、その中に次のような一節がある。

『源氏物語』が蒔絵の美しい装飾の箱に収められたように、『田舎源氏』が物好きした帙の中に包まれて、こ板下しの表紙のしっとりした落ちつきを見せて、このぬし誰と御家流の手蹟、新月の眉のあと鮮かなよき人の手摺れのなごりと懐かしむ。

凝った帙（本を包む覆い）に包まれ、持ち主の名前が書かれた『偐紫田舎源氏』。美しい本は、それを所有すること自体に喜びがある。『偐紫田舎源氏』はそういう喜びを持ち主に与えてくれる本でもあったのである。

【テキスト・読書案内】

『偐紫田舎源氏』は『偐紫田舎源氏』上・下巻（鈴木重三校注、新日本古典文学大系88・89、岩波書店、一九九五年）に注釈付きの翻刻が収録されている。原本の画像は国立国会図書館のデジタルコレクションなどで見ることができる。鏑木清方の随筆「草双紙」は『随筆集　明治の東京』（鏑木清方著、岩波文庫、一九八九年）に収録されている。『偐紫田舎源氏』を含む江戸時代の「源氏物語」文化については、鈴木健一編『源氏物語の変奏曲――江戸の調べ』（三弥井書店、二〇〇三年）および小嶋奈温子・小峯和明・渡辺憲司編『源氏物語と江戸文化――可視化される雅俗』（森話社、二〇〇八年）所収の諸論考を参照されたい。

（佐藤至子）

73

水滸伝に学び水滸伝を超える

『南総里見八犬伝』（読本）

二十八年をかけてようやく完結を見せた曲亭馬琴のベストセラーで、古典文学の中で最長編を誇る読本『南総里見八犬伝』（文化十一～天保十三・一八一四～四二年刊、以下『八犬伝』）。父・義実の「言の咎」のせいで犬の八房と共に暮らさなければならない伏姫の物語があまりにも有名である。また、芳流閣での信乃と現八の戦いをはじめ、道節が繰り広げる火隠の術、大角の父になりすまして胎児の生き胆を求める化け猫、怪力で暴れる牛を取り押さえる小文吾など、ユニークな人物や妖怪も数多く登場する。

勧善懲悪が貫かれた読本だけに、内面描写を追求する近代文学の小説観にはそぐわず、明治期には批判の対象となることもあった。しかし現在では、さまざまな角度からの読み直しが進み、巧みな物語構成、格調高い文章、壮大な世界観など、作品の魅力が改めて評価されるようになっている。

【あらすじ】

結城合戦の落武者・里見義実は安房国に渡り、神余光弘の遺臣・金碗八郎の力を得て、逆臣・山下定包を滅ぼして滝田の城主になった。もとより神余の側室で後に山下の本妻にもなった玉梓の処分にあたって、義実はいったん助命を許したものの、八郎の諫言で処刑することにした。玉梓はこれを恨み、里見家の子孫を畜生道に落とすと呪って首を刎ねられた。八郎も二君に仕えるのをよしとせず、一子大輔を残して自害した。

その後、里見領が不作に見舞われ、義実は館山の城主・安西景連に援助を求めるべく金碗大輔を遣わしたが、これに乗じて安西は逆に滝田城を攻め込んだ。なすすべもない義実は飼い犬の八房に、安西を殺したら娘の伏姫を娶(めと)らせてもよいと戯れに言ったが、八房は果たしてその首をくわえて来た。これで戦況が逆転し、里見家は安房一円を領有することになった。これも因果と悟った伏姫は、父の約束通りに八房の妻になったが、身を許すことなく、富山(とやま)の奥で読経三昧の生活を過ごしていた。ある日、山の童から「物類相感(ぶつるいそうかん)」によって八房の子を懐妊したと告げられ、伏姫は自害を決意するが、おりしも鉄砲を持って富山に入った大輔によって八房が撃たれ、姫も流れ弾に当たった。意識を取り戻した姫は身の潔白を証明すべく、守り刀で腹を切ると傷口から白気が立ち、襟に掛けた数珠と共に空に昇り、そのうち仁義八行の文字が浮かぶ八つの玉が輝いて各地へと飛び散った。大輔も姫を追って自害しようとするが、義実に止められ、出家して「丶大(ちゅだい)」（「犬」の字の分解）法師と名乗り、八つの玉を捜す旅に出る。

図1『南総里見八犬伝』肇輯、伏姫と八房
（国立国会図書館蔵）

やがて関東一円に名字に犬の字が付く八人の勇士が誕生する。幼い頃に女の子として育てられ、後に父の遺言で宝刀・村雨丸(むらさめまる)を足利成氏(あしかがなりうじ)に献上すべく、許婚(いいなずけ)の浜路(はまじ)を置いて故郷を離れる、孝の玉を持つ犬塚信乃。父母と早くに死に別れ、大塚家の下男として幼い頃から苦労の生活を強いられる、義の玉を持つ犬川荘助(そうすけ)。浜路の異母兄で父の主家練馬氏を滅ぼした関東管領・扇谷定正(おうぎがやつさだまさ)を討つべく、火定(かじょう)に入るまねを繰り返して軍資金を集める、忠の玉を持つ犬山道節。獄舎番を辞めようとして成氏の不興を買ったために投獄された捕物の名人で、信乃を捕らえることを条件に釈放される、信の玉を持つ犬飼現八。現八の乳兄弟で、芳流閣から利根川の小船に落ちてそのまま行徳(ぎょうとく)へと流されてきた信乃をかくまい、妹の夫・山林房八(ふさはち)に引き渡しを迫られる、悌の玉を持つ犬田小文吾。房八の子で、四歳の時に神隠しに遭ってから富山で伏姫の神霊に育てられ、五年後に成長した青年の姿で再登場する、仁の玉を持つ犬江親兵衛。女田楽師(でんがくし)に扮装して父の仇・馬加大記を討ち取り、またもう一人の仇・籠山縁連を狙うために放下師に身をやつす、智の玉を持つ犬坂毛野。父・赤岩一角になりすました化け猫から、目のけがの治癒には血を分けた胎児の生き胆が妙薬だという理由で、妻の雛衣の犠牲を強要される、礼の玉を持つ犬村大角。特に親兵衛は玉梓の怨念が移った狸の化けた、八百比丘尼妙椿の協力を得て里見家に仇なす山賊・蟇田素藤を成敗したり、八犬士の金碗氏への改姓にあたって勅許を得るために京都へ赴いた際、絵の中から飛び出した妖虎を退治したりするなど、大いに活躍する。

　このように八犬士は互いに関わり合いながら里見家に集うことになるが、かねてから犬士たちに宿怨のある扇谷定正は山内顕定や足利成氏と力を合わせ、大挙して安房へ攻めて来る。里見側は毛野を軍師として応戦し、間者を送って敵の軍勢をわなに掛けたり、猪の牙に松明を付けて敵陣に突入させたりするなど、さまざまな戦略を展開する。その中、親兵衛は伏姫から授かった不死の薬を用い、敵味方の区別なく戦争の犠牲者（命数の尽きた者や積悪の多い者を除く）をよみがえらせる。戦いはついに里見側の勝利に終わり、室町幕府の仲裁で管領側に非があったとされるが、里見家の申し入れで和睦が行われる。

その後、八犬士は里見義成の八人の娘とそれぞれ結婚して子をもうけるが、、大法師の勧めで暇をもらい、富山に隠棲する。ある日、里見家にやがて内乱が起こるとして、子息たちに他郷へ行くように指示すると、その後は再び姿を見せることはなかった。

【見どころ】

作中には八犬士のほかにも多くの人物が登場する。ここでは「準犬士」とも言える河鯉（政木）孝嗣に注目しよう。

　孝嗣の父は扇谷定正の家臣・河鯉守如であり、主君を惑わせる籠山縁連の成敗を、定正の側室・蟹目前を通して毛野に依頼する。もとより縁連を仇と狙う毛野にとっては好都合であり、ほかの犬士たちの協力もあって彼を討ち取ることに成功する。これに激怒した定正は毛野らを討つために自ら出陣するが、道節に兜を射落とされ、辛うじて逃れる。予期せぬ事態の展開で主君を危険にさらしたことに責任を感じ、守如と蟹目前はもろとも自害してしまう。それと同時に、孝嗣は定正の救助に馳せ参じ、主君を諫めかねた父の胸中を犬士らに伝え、自分も討ち死にする覚悟でいた。それに感じ入った道節は、射

図２ 『南総里見八犬伝』第九輯、政木狐は池に飛び込み龍と化す（国立国会図書館蔵）

落とした定正の兜を持ち帰らせるという形でなんとか孝嗣との戦いを回避できた。

その後、孝嗣はいったん定正を諫めて改心させるが、やがて佞臣（ねいしん）の讒言（ざんげん）で陥れられ、ついに処刑されることになった。おりしも（孝嗣と面識のない）親兵衛は茶店の老婆からその一部始終を聞いて刑場に駆けつけると、ここに蟹目前の母・箙大刀自（えびらのおおとじ）が登場し、湯島天神のお告げを託けて処刑の中止を命じる。この大刀自の正体は、かつて孝嗣の両親に命を助けられた野狐であり、その恩返しに孝嗣の乳母・政木になりすましたり、また今日のように茶店の老婆や箙大刀自に変身したりして彼を危機から救ったのである。政木狐はこれで千人の命を助けたことになり、その功徳で「狐竜（こりゅう）」になって親兵衛と孝嗣の目の前で天に昇った。別れに際し、政木狐は諸書を引用して狐竜に関する論弁を展開し、近いうちに蟇田素藤が妙椿狸の力を得て反乱を起こすことや、三年後に自分が石となって天から降ることなどを予告する。

一見すると里見家とあまり関係のない孝嗣と政木狐の話が、かなりの紙幅を費やして記されているのはなぜであろうか。それは本作発端部の、里見義実と老党・杉倉（すぎくら）氏元（うじもと）が三浦の浜辺で白竜が天に昇るのを目撃したというくだりに照応させるためである。政木狐のおかげで命を助かった孝嗣は政木大全と改名し、親兵衛に従って里見家に仕えることにした。親兵衛は次のように言う。

喃河鯉生、剛才化竜の升天を覩て、思合する事こそ候へ。昔年嘉吉の闘戦破れて、結城の城郭没落の折、我老侯義実朝臣、当時は尚弱冠にて、里見又太郎と喚れ給ひしが、遺訓に従ひ、九死を免れ、氏元・貞行主従三騎、安房を投て走り給ふ程に、落城より第三日の黄昏時候、相模国御浦郡、箭採の浦に船を討めて、津を急ぎ給ひし折、白竜海底より顕れ出て、南を去て騰り去れり。恁る祥瑞あればにや、義実安房に赴き給ひて、いまだ幾日もあらざりしに、神余が与に、義兵を聚合て、逆臣山下定包を誅戮し、その後朝夷郡平館なる、麻呂小五郎兵衛信時が、約に背きしを討夷げ、最後に、安房郡、館山の城主なる、安西景連と戦克て、景連頭顱を授けしより、義実安房を平均して、四郡の主になり給ひき。這一条の旧話は、洒家富山に在りし時、伏姫神の示現によりて、粗知ることを得たるなり。有恁に今我們は、孝嗣、和殿に旧縁ある、狐竜の升天を目撃したり。且その竜を弁論しけるも、新旧君臣、一致のごとし。……（中略）……事の暗合是のみならず、昔年我老侯の、討滅し給ひける、安西三郎大夫景連は、安房の館山の城主なりき。今は愚臣犬江親兵衛が、討果さまく欲しぬる、叛賊蟇田素藤は、上総国夷灊なる、館山の城に在り。

（『八犬伝』第百十七回）

政木狐が天に昇るのを見た親兵衛はすぐさま義実の件を思い出し、龍の目撃をはじめ、それに関する論弁、及びその後の状況（義実の景連征伐／親兵衛の素藤退治）などの点において暗合を見いだしている。馬琴は『八犬伝』第九輯中帙附言で自ら「稗史七法則」と称して「主客」や「照応」を含む小説の技法を掲げており、これもその一例に数えられる。また、ややもすれば小説の文面に和漢諸書の記述を書き並べて所論を開陳する、いわば衒学的な傾向も馬琴の特徴である。

ただし、この狐竜の話にはもう一つの側面がある。そもそも狐竜が石となって天から降るという設定は、明らかに『水滸伝』第七十一回、石碑が天から降る場面を意識している。『水滸伝』では梁山泊の面々が盗賊をやめて宋王朝に忠誠を尽くす契機となる出来事であり、物語後半の異民族（遼）征伐や内乱（方臘の乱）平定の話につながっていく。これを踏まえれば、『八犬伝』で狐竜の化石が天から降るという予言がなされるのは、言うまでもなく後に勃発する対管領戦の前触れということになろう。

【もっと深く――翻案から評論への展開】

『八犬伝』は読本という、中国の小説を換骨奪胎することで知られるジャンルに属する。馬琴自身も『水滸伝』をはじめとする白話小説に示唆を得ていると明言しているが、これらの先行作を書き換えることにとどまらず、さらにそれを取り巻く評論などの関連資料にも目を通し、中国の小説家や評論家と一線を画す自らの見解を形作ろうとしていたのである。『八犬伝』を含む自作の評論『犬夷評判記』（文政元・一八一八年刊）の刊行や、『八犬伝』第九輯中帙附言において説かれる「稗史七法則」という小説の執筆理論、及び『水滸伝』を七十回あたりで完結させるべきだと主張する中国の評論家・金聖歎への批判（考証随筆『玄同放言』第二集〈文政三・一八二〇年刊〉「詰金聖歎」の項目）などがその好例であった。

特に稗史七法則のうち、「作者の文外に深意あり」「百年の後知音を俟」つと銘打つ、「隠微」という項目がある。これをめぐって、『八犬伝』全体の構想に八字文殊曼荼羅という密教的思想が反映されているとする説（高田衛『完本　八犬伝の世界』、ちくま学芸文庫、二〇〇五年）、徳川幕府をも含む武士政権への強い批判が『八犬伝』にこめられているとする説（徳田武「『八犬伝』と家斉時代―「隠微」再論―」、同氏『日本近世小説と中国小説』所収、青裳堂書店、一九八七年）など、さまざまな解釈がなされている。

なお、『八犬伝』後半の対管領戦の部分を蛇足とする見方について、馬琴は『水滸伝』を引き合いに出してそれを否定し、盗賊から忠臣への転向が『水滸伝』の構成上なくてはならないものであるのと同じように、八犬士が里見家のために手柄を立てるという設定も必要不可欠という（「八犬伝第九輯巻之二十九簡端附言或説贅弁」）。この意味で前述の狐竜の話はどうしても描かなければならなかったのであろう。ただし、『水滸伝』では宋江らがかつての悪行の応報でついに破滅の道をたどるが、『八犬伝』では仁義八行の権化である八犬士には明るい未来が約束されている。「本伝の、水滸に模擬せし所これある」が、「作者の用心始より、水滸に因ざる」（「八犬伝第九輯巻之三十六簡端附言」）と馬琴が自負するゆえんである。

【テキスト・読書案内】

二〇一一年）、板坂則子『曲亭馬琴の世界――戯作とその周縁――』（笠間書院、二〇一五年）などに論考が収められている。

（黄智暉）

『八犬伝』の版本は国立国会図書館をはじめ各大学・研究機関に所蔵されている。国文学研究資料館や早稲田大学図書館のようにウェブサイトで画像を閲覧できる機関もある。活字翻刻で閲覧しやすいものは、岩波文庫（岩波書店）と新潮日本古典集成別巻（新潮社）であり、いずれも全ての口絵・挿絵が掲載されている。また、勉誠出版より徳田武著『南総里見八犬伝　全注釈』が刊行中であり、全文に注釈が施されるのはこれが初めてである。なお、二〇一八年現在、高木元氏によって第三十回までのテキストデータがネット公開されている（https://fumikura.net/text/hakkenden.html）。

研究書は、前掲の高田衛・徳田武両氏の著書のほか、馬琴研究の一環として濱田啓介『近世小説・営為と様式に関する私見』（京都大学学術出版会、一九九三年）、高木元『江戸読本の研究――十九世紀小説様式攷――』（ぺりかん社、一九九五年）、服部仁『曲亭馬琴の文学域』（若草書房、一九九七年）、小谷野敦『新編　八犬伝綺想』（ちくま学芸文庫、二〇〇〇年）、播本眞一『八犬伝・馬琴研究』（新典社、二〇一〇年）、大高洋司『京伝と馬琴――〈稗史もの〉読本様式の形成――』（翰林書房、二〇一〇年）、神田正行『馬琴と書物――伝奇世界の底流――』（八木書店、

江戸文学を楽しむための 用語集

あ

【後刷本】(あとずりぼん)
既に使用した版木を用いて、後に印刷した本。

【浮世草子】(うきよぞうし)
同時代の世相・風俗を主な題材とする娯楽小説。西鶴『好色一代男』(天和二・一六八二年刊)を嚆矢とし、十八世紀後半まで続いた。好色を扱ったもの(好色物)、町人や武家を主人公とするもの(武家物・町人物)、諸国の珍談・奇談を集めたもの(雑話物)、人間の性癖・気質を滑稽に描いたもの(気質物)、古典をやつしたり演劇に材を得たもの(時代物)などがある。

【歌祭文】(うたざいもん)
門付けの芸人による芸能の一種。同時代の出来事などに取材した歌謡を三味線の伴奏でうたう。神仏への祈願のことばに節をつけてよむ祭文が信仰から切り離されて芸能化したもの。

【絵入狂言本】(えいりきょうげんぼん)
歌舞伎の舞台で上演された演目の筋書きを記した挿絵入りの読み物。台本そのものではない。十七世紀後半から十八世紀前半にかけて江戸・京都・大坂で出版された。

【絵尽くし】(えづくし)
歌舞伎や浄瑠璃の上演にあわせて出版された小冊子で、演目の主要な場面を絵で表したもの。京都・大坂では絵尽くしと呼び、江戸では絵本番付と呼ぶのが一般的だった。

【往来物】(おうらいもの)
平安時代後期から明治初期にかけて用いられた初等の教科書の総称。往復一対の手紙文(往来)を集めた形式であったことから往来物と呼ばれた。語彙や文例を学ぶためのものが多い。江戸時代には版本で普及し、太字の行草で記されるなど独自の体裁をとる。

【大本】(おおほん)
美濃紙を二つ折りにした大きさの本。

現代のB5判に近い大きさ。

【奥書】（おくがき）
その書籍の著者や書写者が、書籍の成立事情や書写事情、伝来などを記した文章。書籍の最後あるいは本文の最後にある。

【御伽草子】（おとぎぞうし）
室町時代から江戸初期にかけてつくられた物語。平安時代の物語の影響を受けたもの、軍記物語の影響を受けたもの、神仏や僧侶を扱ったもの、庶民を主人公とするもの、外国を舞台とするもの、動物などを擬人化したものなどがある。「御伽草子」というジャンル名は、これらのうち二十三編が江戸時代中期に「御伽文庫」「御伽草紙」として刊行されたことに由来する。

か

【仮名草子】（かなぞうし）
主に仮名を用いて書かれた近世初期の物語や随筆の総称。御伽草子の流れをくむ物語のほか、啓蒙性・教訓性に重点をおく物語や随筆、名所案内の要素をもつ物語、事件や災害について記したもの、古典のパロディー、滑稽な咄を集めたものなど、個々の作品の内容・性格は多様である。

【かぶせ彫り】（かぶせぼり）
印刷された本を解体し、その紙面を一枚ずつ版下（版木制作用の原稿）として新しい版木をつくり、印刷すること。また、紙面を薄い紙に透写した版下で製作する場合もある。覆刻ともいう。

【刊記】（かんき）
書籍の刊行年月や刊行者（書肆など）を示すもの。通常は書籍の末尾部分にあるが、表紙の見返しなどに記される場合もある。

【巻子本】（かんすぼん）
複数の紙を糊付けして横に長くつなぎ合わせた本。最初の紙に表紙を、最後の紙の末尾に軸をつける。保管する際は軸を芯として紙を巻き取り、表紙の端につけた紐でくくり留める。

【黄表紙】（きびょうし）
草双紙（江戸で出版された中本型の読み物で、ほぼすべての紙面に絵がある）の一種。恋川春町『金々先生栄花夢』（安永四・一七七五年刊）を嚆矢とする。おおむね短編で、既知の文芸や歴史的な出来事、現実の世相などに取材し、流行語・洒落・見立てなどを盛り込み、諧謔性に富む点に特色がある。寛政の改革後は教訓性・啓蒙性を重視する作品や敵討ち物などストーリー性に富んだ作品が増え、長編化し、合巻へと変容した。

【狂言本】（きょうげんぼん）

→**【絵入狂言本】**（えいりきょうげんぼん）

【外題】（げだい）

①歌舞伎や浄瑠璃の題名。江戸では名題という。②書籍の表紙に記された題名。

【後印本】（こういんぼん）

→**【後刷本】**（あとずりぼん）

【合巻】（ごうかん）

草双紙（江戸で出版された中本型の読み物で、ほぼすべての紙面に絵がある）の一種。十八世紀末期に敵討ち物などストーリーの面白さを重視する黄表紙が流行し、十九世紀初頭に合巻へと変容した。歴史小説の枠組みをもち、歌舞伎・浄瑠璃、中国小説、日本の古典など多様な先行作に取材する。黄表紙にくらべ長大で、数編から数十編続く長編もある。

【古浄瑠璃】（こじょうるり）

浄瑠璃のうち、竹本義太夫による義太夫節確立以前、または、近松門左衛門が竹本義太夫のために初めて書き下ろした作品『出世景清』（貞享二・一六八五年初演と推定される）以前のものを古浄瑠璃と呼ぶ。金平節・外記節・土佐節などが含まれる。

【古文辞学】（こぶんじがく）

荻生徂徠が、中国の古文辞派の主張に影響を受けて唱えた学問。文は秦・漢の時代、詩は盛唐時代を模範とし、現代の詩文もそれら古えの文辞を用いて作るべきであるとする。とくに中国古典について、古代の言語のあり方に即して考えることを重視した。

【小本】（こほん）

半紙本の半分の大きさの本。現代のA６判に近い大きさ。

【歳旦】（さいたん）

歳旦はもともと元日・年始の意で、それを祝って作った詩・和歌・発句も歳旦という。俳諧の宗匠が、年初に一門の作品を集めて書籍の形で出版したものが歳旦帖であるが、一枚の紙に歳旦句を印刷した歳旦一枚摺りなどもあった。

【識語】（しきご）

書籍の所蔵者や読者などが、その書籍

に書きつけた文章。書籍の著者や書写者がその書籍の成立や書写の事情を記した文章は奥書と呼び、識語と区別する。

【地下歌人】（じげかじん）
公家以外の階層に属する歌人。地下はもともと清涼殿殿上の間に昇る資格を持たない者の意。宮廷や公家の歌人たちとその門人を堂上派といい、賀茂真淵門の県居派、本居宣長門の鈴屋派など公家以外の地下歌人たちを地下派という。

【シテ】（して）
能・狂言における主役のこと。前・後の二場からなる能では、前に登場するシテを前シテ、後に登場するシテを後シテと呼ぶ。演目により、前シテ・後シテが同一人物である場合、前シテが化身で後シテがその本体である場合、前シテ・後シテが全く別の人物である場合とがある。

【自筆本】（じひつぼん）
著者あるいは編者が自ら書写した本。

【写本】（しゃほん）
文字や絵・図などが手書きで記された本。

【洒落本】（しゃれぼん）
遊里・遊郭に取材した戯作。十八世紀に隆盛した。遊郭での遊びの情景を会話体小説の形式で表したもの、同時代の遊里案内を主旨とするもの、遊興論・通談義の性格をもつものなど内容は多様である。

【朱子学】（しゅしがく）
中国・南宋の朱子が大成した儒学。万物は理と気からなり、人間の心性は善である「本然の性」と欲で混濁した「気質の性」があるとする。修養法として、私欲を去り、心性を理に合致させ、事物の理を十分にきわめることを説いた。『大学』『中庸』『論語』『孟子』の四書を重視した。日本では近世において本格的に社会に浸透し、寛政期には幕府の正学として公認された。

【序】（じょ）
書籍の成立事情などを記した文章。一般に、本文の前に置かれる。著者・編者が自ら記した序を自序、著者・編者以外の筆者による序を他序という。

【初印本】（しょいんぼん）
→**【初刷本】**（しょずりぼん）

【蕉風】（しょうふう）
芭蕉とその門下の俳人たちによって培われた俳風。「風雅の誠」に沈潜し、さび（閑寂・枯淡の味わい）・しをり（作者の内面に根ざした哀感が自ずとあらわれること）・ほそみ（繊細な感受性をもって対象の本質に迫ること）などを重視しながら、日常的世界に詩を求める「かるみ」を最終的な理念とした。

【初刷本】（しょずりぼん）
新しくつくった版木で最初に印刷した本。

【世界】（せかい）
歌舞伎・浄瑠璃・戯作などの創作において、作品の背景として利用される既知の物語や伝説、歴史的な事件のこと。基本的な筋立てや登場人物もある程度固定されている。世界に新奇な趣向を加えたり、複数の世界を混ぜたりして新しい作品を作る。

【節用集】（せつようしゅう）
国語辞書・用字集。室町中期に成立した『節用集』をもとに、江戸時代にはそれを増補・改編した様々な種類のものがつくられた。「節用集」の語はそれらの総称のように用いられた。

【世話物】（せわもの）
歌舞伎・浄瑠璃において、江戸時代の町人社会を舞台とする演目のこと。世話物に対し、江戸時代以前の武家や朝廷を舞台とする演目を時代物という。

た

【題簽】（だいせん）
書籍の表紙に貼り付けてある、書籍の題名や巻数などを墨書ないし印刷した紙片。

【談義本】（だんぎぼん）
同時代の世相や流行を題材とする、教訓性・風刺性の強い読み物。宝暦期から安永・天明期にかけて流行した。静観房好阿『当世下手談義』（宝暦二・一七五二年刊）や風来山人（平賀源内）『風流志道軒伝』（宝暦十三・一七六三年刊）などがある。

【談林】（だんりん）
大坂の西山宗因を始祖とする俳諧の流派。延宝期（一六七三〜一六八一）を中心とする約十年間、盛んにおこなわれた。それまで主流であった優美で穏健な貞門俳諧に反発し、奇抜な発想や斬新な表現を重視した。

【茶番】（ちゃばん）
十九世紀に江戸の戯作者や通人たちの間で流行した遊戯的な芸能。身近な品物を景物として出し、趣向をこらした口上を述べる「口上茶番」と、歌舞伎のように衣装・道具・鳴り物などを用いて寸劇を演じる「狂言茶番」とがある。素人の遊びとして行われ、商業的に興行されるものではなかった。

【中本】（ちゅうほん）
大本の半分の大きさの本。現代のＢ６判に近い大きさ。

【丁】（ちょう）
袋綴じの冊子体の書籍を構成する紙の数え方の単位。二つ折りにした紙一枚の表面・裏面をあわせて一丁と数える。一丁は現代の二ページに相当。丁の片面（一ページ分）を示す際は「一丁表」（略して「一オ」）「一丁裏」（略して「一ウ」）のように表・裏を明示する。

【付合】（つけあい）
連歌・俳諧・雑俳などで、前の句（前句）に次の句（付句）を付けること。また、前句と付句を関連づける特別な詞をいう。

【角書】（つのがき）
書籍の題名や歌舞伎・浄瑠璃の題名の上に、二行あるいは数行に割って書かれた語句。

【綯い交ぜ】（ないまぜ）
歌舞伎の作劇法で、複数の「世界」を混ぜて一つの作品を作ること。

【人情本】（にんじょうぼん）
町人社会を舞台とする恋愛小説。天保期（一八三〇～一八四四）を中心に隆盛した。洒落本に描かれる男女の恋愛が遊里における客と遊女の恋愛であるのに対し、人情本は舞台を遊里に限定せず、登場人物も一般の男女である点に特色がある。

【跋】（ばつ）
書籍の成立事情などを記した文章。一般に、本文の後に置かれる。著者・編者が自ら記した跋を自跋（じばつ）、著者・編者以外の筆者による跋を他跋（たばつ）という。

【半紙本】（はんしぼん）
半紙を二つ折りにした大きさの本。現代のＡ５判に近い大きさ。

【版本】（はんぽん）
文字や絵・図などが印刷された本。江戸時代は活字を用いた印刷と版木を用いた印刷（整版印刷）とがあり、後者が主流である。

【本草書】（ほんぞうしょ）
本草学の書物。本草学は中国の薬物学

で、薬用の植物・動物・鉱物などを研究する学問。日本では江戸時代に盛んにおこなわれ、博物学的な研究へと発展。十七世紀初頭に日本に伝来した明の本草書『本草綱目』（李自珍編、一五九六年刊）は大きな影響を与えた。

ま

【桝形本】（ますがたぼん）
縦の長さと横の長さがほぼ等しい比率の本。正方形に近い形の本。

【見返し】（みかえし）
書籍のおもて側に付された表紙の裏側。

や

【役者評判記】（やくしゃひょうばんき）
歌舞伎役者の芸に対する批評を記した書籍。原則として十一月の顔見世狂言における芸を批評したものが翌年正月に出版された。役柄ごとに役者を序列化して並べ、位付けを示し、芸評を賛否両論とりまぜた合評で述べる形式が一般的。各劇場での芝居の場面を描いた挿絵も入る。

【読本】（よみほん）
歴史伝奇小説。都賀庭鐘『英草紙』（寛延二・一七四九年刊）を嚆矢とし、一般に山東京伝『忠臣水滸伝』（前編寛政十一・一七九九年刊、後編享和元・一八〇一年刊）より前のものを前期読本、以後のものを後期読本と呼ぶ。中国小説の影響を強く受けつつ、日本の古典・仏教説話・浄瑠璃などにも取材する。作者の学識や思想が反映された知的かつ高踏的な内容と流麗な文体に特色がある。

ら

【両吟】（りょうぎん）
連歌・連句（俳諧）を二人で付け合うこと。両吟の連句を収録した『両吟集』『江戸両吟集』などという書名の本もある。ちなみに、独吟は一人で連歌・連句を詠むこと。三吟は三人で付け合って詠むこと。

【連句】（れんく）
俳諧で、五・七・五の長句と七・七の短句を交互に付けていく形式のもの。第一句（長句）を発句、第二句（短句）を脇句という。三十六句で完結する連句を歌仙、百句で完結する連句を百韻という。

奇と妙の江戸文学年表

西暦	和暦	作品番号・作品名	作者・絵師など
1621〜	元和七年（〜元和九年）頃成・刊	42『竹斎』	富山道冶（どうや）作
1633	寛永十年刊	『犬子集』	松江重頼編
1642	寛永十九年ごろ成	『可笑記』	如儡子作
1643〜	寛永末・正保頃刊	9『醒睡笑』	安楽庵策伝作
1644	寛永末年頃刊	1『仁勢物語』	作者未詳
1644	寛永二十一年以降刊	44『異国旅すゞり』	不明
1652	慶安五年（＝承応元年）六月	【若衆歌舞伎の禁止】	
1657	明暦三年一月	【明暦の大火】	
1659	万治二年刊	22『身のかがみ』	江島為信作
1666	寛文六年刊	23『伽婢子』	浅井了意作
1673	寛文十三年刊	53『一心二河白道』	伊藤出羽掾正本
1682	天和二年刊	50『好色一代男』	井原西鶴作
1685	貞享二年刊	24『西鶴諸国はなし』	井原西鶴作
1685	貞享二年初演	『出世景清』	近松門左衛門作
1687	貞享四年刊	51『男色大鑑』	井原西鶴作
1692	元禄五年刊	『世間胸算用』	井原西鶴作
1693	元禄六年頃成	43『奥の細道』	芭蕉作
1703	元禄十六年初演	『曽根崎心中』	近松門左衛門作
1705	宝永二年序・刊	13『粘飯篦前集』	不角編
1705〜	宝永二〜三年初演	37『松風村雨束帯鑑』	近松門左衛門作
1706	宝永三年初演	54『卯月紅葉』	近松門左衛門作

西暦	和暦	作品番号・作品名	作者・絵師など
1707	宝永四年初演	54『卯月の潤色』	近松門左衛門作
1709	宝永六年頃成	1『吉原徒然草』	来示（らいじ）作
1712	正徳二年刊	52『魂胆色遊懐男』	江島其磧作・西川祐信画
1715	正徳五年刊	10『世間子息気質』	江島其磧作
1716	享保元年	【享保の改革はじまる】	
1717	享保二年刊	10『世間娘気質』	江島其磧作
1720	享保五年刊	10『浮世親仁形気』	江島其磧作
1722	享保七年刊	37『浦島年代記』	近松門左衛門作
1722	享保七年十一月	【享保の出版取締令（江戸）※京都では翌年】	
1724～	享保九年成～	59『ひとりね』	柳沢淇園作
	江戸中期成	36『賊禁秘誠談』	
1742	寛保二年初演	30『毛抜』	
1746	延享三年初演	『菅原伝授手習鑑』	竹田出雲・竹田小出雲・三好松洛・並木千柳（宗輔）合作
1747	延享四年初演	66『義経千本桜』	二代目竹田出雲・三好松洛・並木千柳（宗輔）合作
1748	寛延元年初演	34『仮名手本忠臣蔵』	二代目竹田出雲・三好松洛・並木千柳（宗輔）合作
1749	寛延二年刊	32『英草紙』	都賀庭鐘作
1751～	宝暦年間刊	14 風状歳旦帖	風状編
1752	宝暦二年成	39『万葉新採百首解』	賀茂真淵作
1752	宝暦二年刊	『当世下手談義』	静観房好阿作
1763	宝暦十三年刊	48『風流志道軒伝』	風来山人作
1764	明和元年成	39『歌意考』	賀茂真淵作
1765～	明和二年（～天保十一年）刊	63『誹風柳多留』初篇（～百六十七篇）	呉陵軒可有編
1768～	明和五年刊～	39『万葉考』巻一ほか	賀茂真淵作
1768～	明和五年（～安永八年）刊	61 太祇歳旦帖	炭太祇作

西暦	和暦	頁	作品	作者
1769	明和六年刊	55	『西山物語』	建部綾足作
1772~	安永年間刊	6	『たから合の記』	鹿都部真顔ほか
1774	安永三年刊	12	『安永三年蕪村春興帖』	蕪村編
1774	安永三年刊	48	『和荘兵衛』	遊谷子（ゆうこくし）作
1775	安永四年刊	40	『万匂集』	刈菰（かりこも）の知麻伎（ちまき）編
1775	安永四年刊		『金々先生栄華夢』	恋川春町作
1776	安永五年刊	26	『化物大江山』	恋川春町作・画
1776	安永五年刊	56	『雨月物語』	上田秋成作
1776	安永五年初演	67	『志賀の敵討』	紀上太郎作
1777	安永六年刊	4	『桃太郎後日噺』	朋誠堂喜三二作・恋川春町画
1777	安永六年刊	4	『親敵討腹鞁』	朋誠堂喜三二作・恋川春町画
1777	安永六年刊	62	「春風馬堤曲」（『夜半楽』に収録）	蕪村作
1780	安永九年序・刊	65	『風来六部集』	平賀源内作
1780	安永九年刊		『都名所図会』	秋里籬島編
1783	天明三年刊	2	『通詩選笑知』	大田南畝編
1783	天明三年刊	6	『狂文宝合記』	鹿都部真顔ほか
1784	天明四年刊	2	『通詩選』	大田南畝編
1784	天明四年序	25	『大石兵六夢物語』	毛利正直作
1785	天明五年刊	5	『大悲千禄本』	芝全交作・北尾政演（まさのぶ）画
1786	天明六年刊	16	『小紋新法』	山東京伝作
1787	天明七年刊	2	『通詩選諺解』	大田南畝編
1787~	天明七年（~寛政二年）成	41	『呵刈葭』	本居宣長編
1787~	天明七年（~寛政五年）		【寛政の改革】	
1788	天明八年一月		【京都大火】	
1789	寛政元年頃成	3	『俳諧水滸伝』	遅月庵空阿（ちげつあんくうあ）作
1790	寛政二年（~寛政五年）刊	11	『近世畸人伝』初編（~続編）	伴蒿蹊作

西暦	和暦	作品番号・作品名	作者・絵師など
1790	寛政二年刊	16『小紋雅話』	山東京伝作
1790	寛政二年刊	26『心学早染草』	山東京伝作・北尾政美（まさよし）画
1790	寛政二年刊	57『傾城買四十八手』	山東京伝作・画
1793	寛政五年刊	62「北寿老仙をいたむ」（『いそのはな』に収録）	蕪村作
1796	寛政八年初演	21『隅田春妓女容性』	並木五瓶作
1798	寛政十年成	『古事記伝』	本居宣長著
1799・1801	寛政十一年刊（前編）・享和元年刊（後編）	『忠臣水滸伝』	山東京伝作
1800	寛政十二年成・刊	14『花見次郎』	升六（しょうろく）編
1801	享和元年序	39『賀茂翁家集』	賀茂真淵作
1801	享和元年刊	64『訳註聯珠詩格』	柏木如亭編
1802～	享和二年（～文化十四年）刊	『東海道中膝栗毛』初編（～発端）	十返舎一九作
1803	享和三年刊	27『怪談摸摸夢字彙』	山東京伝・北尾重政画
1804	文化元年初演	46『天竺徳兵衛韓噺』	勝俵蔵（四代目鶴屋南北）作
1805	文化二年刊	8『しみのすみか物語』	石川雅望作
1805	文化二年刊	28『絵本玉藻譚』	岡田玉山作・画
1806	文化三年刊	7『小野簒譃字尽』	式亭三馬作
1807～	文化四年（～文化八年）刊	45『椿説弓張月』前編（～残編）	曲亭馬琴作・葛飾北斎画
1808	文化五年奥書	33『春雨物語』	上田秋成作
1809	文化六年刊	17『本朝酔菩提全伝』	山東京伝作・歌川豊国画
1809～	文化六年（～文化十年）刊	『浮世風呂』初編（～四編）	式亭三馬作
1810	文化七年刊	17『早替胸機関』	式亭三馬作・歌川豊国画
1811	文化八年刊	15『六帖詠草』	小澤蘆庵作
1814	文化十一年初演	68『隅田川花御所染』	四代目鶴屋南北作
1814～	文化十一年（～天保十三年）刊	18・73『南総里見八犬伝』肇輯（～九輯）	曲亭馬琴作・柳川重信ほか画
1815～	文化十二年（～天保二年）刊	19『正本製』初編（～十二編）	柳亭種彦作・歌川国貞画

1820	文政三年成	49	『仙境異聞』	平田篤胤作
1821	文政四年初演	35	『菊宴月白浪』	四代目鶴屋南北作
1823	文政六年成	49	『勝五郎再生記聞』	平田篤胤作
1825	文政八年初演	35	『東海道四谷怪談』	四代目鶴屋南北作
1829〜	文政十二年（〜天保十三年）刊	72	『偐紫田舎源氏』初編（〜三十八編）	柳亭種彦作・歌川国貞画
1832〜	天保三年（〜天保四年）刊	58	『春色梅児誉美』初編（〜二編）	為永春水作
1832	天保三年（〜天保七年）刊		『江戸繁昌記』（〜五編）	寺門静軒作
1832〜	天保三年（〜弘化元年）成	60	『追思録』	広瀬旭荘作
1833〜	天保四年（〜天保六年）刊	58	『春色辰巳園』初編（〜四編）	為永春水作
1834〜	天保五年（〜安政三年）刊	18	『邯鄲諸国物語』初編（〜二十編）	柳亭種彦ほか作・歌川国貞ほか画
1836	天保七年刊	58	『春色恵の花』初編（〜二編）	為永春水作
1837	天保八年（〜天保十二年）刊		『北越雪譜』初編（〜二編）	鈴木牧之編
1838	天保九年刊	58	『春色英対暖語』初編（〜五編）	為永春水作
1839〜	天保十年（〜慶応四＝明治元年）刊	18・29	『児雷也豪傑譚』初編（〜四十三編）	柳下亭種員ほか作・歌川国貞ほか画
1841〜	天保十二年（〜天保十三年）刊	58	『春色梅美婦禰』初編（〜五編）	為永春水作
1841〜	天保十二年（〜天保十四年）		【天保の改革】	
1853	嘉永六年六月		【ペリー浦賀に来航】	
1855	安政二年六月		【安政大地震】	
1860	安政七年（＝万延元年）初演	69	『三人吉三廓初買』	河竹黙阿弥作
1861	文久元年作	71	『怪談牡丹燈籠』	初代三遊亭円朝作
1863	文久三年初演	70	『三題噺高座新作』	河竹黙阿弥作（当時は二代目河竹新七）
1868	明治元年		【戊辰戦争　明治維新】	
1885	明治十八年刊	31	『百猫伝』	桃川如燕（じょえん）口演
1891	明治二十四年初演	20	『風船乗評判高閣』	河竹黙阿弥作
1893	明治二十六年刊	47	『竹堂詩鈔』	斎藤竹堂作

あとがき

高校の国語教科書の中で片隅に置かれているような感のある古典文学作品の中で、江戸文学はひときわ肩身の狭い思いをしてきました。授業で取り上げられるのは『奥の細道』の数章のみ。教科書には、西鶴や近松や秋成の作品の一節が入っていることもありますが、ほとんど無視されます。江戸のことばや江戸人の感性は現代の我々と近く、例えば『浮世風呂』などは古典入門教材としては最適なのですが、慣行のためか、収録教材選定会議で私の主張は通ったことがありません。

いわゆる古典離れを少しでも緩和するためにも、江戸文学にできることがもっとあるのではないかという思いが、この本の出発点にはあります。従ってこの本は、江戸文学の研究者や国文科の学生よりも、むしろ、高校生や国文学を専攻しない大学生、社会人・一般読書人の方々、外国から来た留学生の皆さんに読んでいただきたいと思っています。

この本は、私の東京大学の定年退職に合わせ、東大の教え子の有志が企画し、私が教えた実践女子大学・名古屋大学・東京大学の皆さん、あるいは学術振興会の研究員として私が受け入れた皆さんが、原稿を書いてくれました。幹事の丹羽謙治・杉本和寛・深沢了子・佐藤至子の皆さん、文学通信の岡田圭介さんには大変お世話になりました。一番原稿が遅れてご迷惑をおかけしたのは私ですが、とりわけ佐藤至子さんと文学通信の獅子奮迅の働きで刊行にこぎつけることができました。この本に関わったすべての皆さんに対し、心からの御礼を申し上げます。ありがとう。

二〇一九年五月

長島弘明

執筆者一覧（①＝現職 ②＝専門分野 ③＝主要著書・論文）

▼編者

長島弘明→奥付参照

▼執筆者（五十音順）

一戸 渉（いちのへ わたる）
①慶應義塾大学附属研究所斯道文庫准教授
②日本近世文学（学芸史）
③『上田秋成の時代―上方和学研究―』（ぺりかん社、二〇一二年）、「和歌の万葉書」（『斯道文庫論集』50、二〇一六年二月）

位田絵美（いんでん えみ）
①近畿大学准教授
②日本近世文学（仮名草子研究・異文化認識研究）
③「服部版『天草物語』系統の挿絵の変遷」（『近世初期文芸』34、二〇一七年十二月）、「簡約版『大坂物語』の本文と挿絵」（『近世初期文芸』32、二〇一五年十二月）

大屋多詠子（おおや たえこ）
①青山学院大学教授
②日本近世文学（読本）
③『馬琴と演劇』（花鳥社、二〇一九年）、『〈読本（よみほん）〉事典―江戸の伝奇小説―』（共著、笠間書院、二〇〇八年）

柏崎順子（かしわざき じゅんこ）
①一橋大学大学院教授
②日本近世文学（初期出版史）
③『松会版書目』（『日本書誌学大系』96、青裳堂書店、二〇〇九年）、「江戸版以前の出版界」（『言語文化』53、二〇一六年）、「江戸版からみる十七世紀日本」（鈴木俊幸編『書籍の宇宙―広がりと大系』〈シリーズ本の文化史2〉、平凡社、二〇一五年五月）

加藤敦子（かとう あつこ）
①都留文科大学教授
②日本近世演劇（歌舞伎・浄瑠璃）
③「『釈迦如来誕生会』における檠特」（『東アジアの仏伝文学』勉誠出版、二〇一七年）、「五代目市川団十郎「小倉百句」注釈」（『国文学論考』50～53、二〇一四～一七年）

神谷勝広（かみや かつひろ）
①同志社大学教授
②日本近世文学（浮世草子・戯作）
③「多田南嶺浮世草子におけるモデル」（『近世文芸』109、二〇一九年一月）、「市場通笑伝記小考」（『国語と国文学』二〇一七年十二月号）、「山東京伝と川喜田夏蔭」（『国語と国文学』二〇一四年五月号）

金 慧珍（きむ へじん）
①東京大学大学院学生
②日本近世文学（浅井了意の怪異小説など）
③「『伽婢子』の異界譚―「伊勢兵庫仙境に到る」の翻案方法をめぐって」（『東京大学国文学論集』12、二〇一七年三月）

金 美眞（きむ みじん）
①韓国外国語大学非常勤講師
②日本近世文学（柳亭種彦の合巻など）
③「柳亭種彦の合巻の世界―過去を蘇らせる力「考証」―」（若草書房、二〇一七年）、「『修紫田舎源氏』と『柳亭雑集』」（『近世文芸』102、二〇一五年七月）、「種彦合巻『鯨帯博多合三国』の創作技法―「鯨帯」を手がかりに―」（『国語と国文学』92―7、二〇一五年七月）

黄 智暉（こう ちき）
①東呉大学専任副教授（台湾）
②日本近世文学（読本）
③『馬琴小説と史論』（森話社、二〇〇八年）、「都賀庭鐘と曲亭馬琴の描く不遇の英雄―輪廻転生と海外進出をめぐって―」（『台湾日本語文学報』34、二〇一三年十二月）、「都賀庭鐘と曲亭馬琴の歴史解釈―『莠句冊』と『松染情史秋七草』の比較を中心に―」（『国語と国文学』90―3、二〇一三年三月）

合山林太郎（ごうやま りんたろう）
①慶應義塾大学准教授
②日本近世・近代文学（漢文学）

③『幕末・明治期における日本漢詩文の研究』（和泉書院、二〇一四年）、「漱石の漢詩はいかに評価・理解されてきたか？—近世・近代日本漢詩との関係性に着目して」（山口直孝編『漢文脈の漱石』翰林書房、二〇一八年三月）

高永爛（こう よんらん）
①全北大学助教授（韓国）
②日本近世文学（浮世草子）
③「西鶴の好色物とエロス—匹婦のエロス描写小考」（共著『純潔と淫乱—エロティシズムの作動方式』大衆叙事ジャンル研究会、知識と教養、二〇一八年十月）、「浮世草子と医薬文化小考」（『日本文化学報』78、二〇一八年八月）

小林ふみ子（こばやし ふみこ）
①法政大学教授
②日本近世文学（江戸狂歌・戯作など）
③『へんちくりん 江戸挿絵本』（集英社インターナショナル、二〇一九年）、『大田南畝 江戸に狂歌の花咲かす』（岩波書店、二〇一四年）、「書籍を模擬する遊び—「見立絵本」にかんする疑問から」（『京都語文』26、二〇一八年十一月）

佐藤かつら（さとう かつら）
①青山学院大学教授
②日本近世演劇（歌舞伎）・日本芸能史（近世近代移行期）
③『歌舞伎の幕末・明治—小芝居の時代』（ぺりかん社、二〇一〇年）、『円朝全集』別巻二（共著、岩波書店、二〇一六年）

佐藤知乃（さとう ちの）
①亜細亜大学准教授
②日本近世演劇（歌舞伎）
③『近世中期歌舞伎の諸相』（和泉書院 二〇一三年）、「曽我物の翻案—『頼朝伊豆日記（幼曽我）』から『傾情伊豆日記』へ—」（『歌舞伎研究と批評』56、二〇一六年三月）

佐藤至子（さとう ゆきこ）
①東京大学大学院准教授
②日本近世文学（戯作）
③『江戸の出版統制—弾圧に翻弄された戯作者たち—』（吉川弘文館、二〇一七年）、『円朝全集』第十三巻（岩波書店、二〇一五年）、『山東京伝—滑稽洒落第一の作者—』（ミネルヴァ書房、二〇〇九年）、『江戸の絵入小説—合巻の世界—』（ぺりかん社、二〇〇一年）

杉下元明（すぎした もとあき）
①海陽中等教育学校教諭
②日本近世文学（漢文学）
③『江戸漢詩 影響と変容の系譜』（ぺりかん社、二〇〇四年）、『新日本古典文学大系 明治編 漢詩文集』（共著、岩波書店、二〇〇四年）、『新日本古典文学大系 明治編 海外見聞集』（共著、岩波書店、二〇〇九年）

杉田昌彦（すぎた まさひこ）
①明治大学教授
②日本近世文学（和学・国学）
③『宣長の源氏学』（新典社、二〇一一年）、『江戸の学問と文藝世界』（共編、森話社、二〇一八年）

杉本和寛（すぎもと かずひろ）
①東京藝術大学教授
②日本近世文学（浮世草子）
③「禁断義から禁短気へ—『風流三国志』と『傾城禁短気』構想の背景としての宝永の宗論騒動—」（『東京藝術大学音楽学部紀要』43、二〇一八年三月）、『西鶴と浮世草子研究 Vol.3［特集］金銭』（共編、笠間書院、二〇一〇年五月）

全怡炡（じょん いじょんぐ）
①清泉女子大学非常勤講師
②日本近世文学（俳諧）
③『瞬間に永遠を込める—俳句の話—』（創作と批評社、二〇〇四年、韓国）、『一人でできる韓国語発音トレーニング』（アスク出版、二〇一三年）

高野奈未（たかの なみ）
①日本大学准教授
②日本近世文学（特に古典注釈学、和歌）
③『賀茂真淵の研究』（青簡舎、二〇一六年）、「物語の「興」—賀茂真淵『伊勢物語古意』と先行注釈—」（『国語と国文学』95—3、二〇一八年三月）

高松亮太（たかまつ　りょうた）
①県立広島大学准教授
②日本近世文学（上田秋成・和学など）
③『秋成論攷―学問・文芸・交流―』（笠間書院、二〇一七年）、『怪異を読む・書く』（共著、国書刊行会、二〇一八年）、『動物怪談集』（共著、江戸怪談文芸名作選第四巻、国書刊行会、二〇一八年）

崔　泰和（ちぇ　てーふぁ）
①慶熙大学校学術研究教授（韓国）
②日本近世文化・文学（人情本）
③『春水人情本の研究―同時代性を中心に』（近世文学研究叢書20、若草書房、二〇一四年）、「鼻山人の人情本―「欲」という人情」（『国語と国文学』90―3、二〇一三年）、「春水人情本における広告の役割―『娜真都翳喜』を中心に―」（『国語と国文学』88―8、二〇一一年）、

千野浩一（ちの　こういち）
①筑波大学附属駒場中・高等学校教諭
②日本近世文学（俳諧）
③「近世文学作品の導入教材としての可能性」（『国語と国文学』92―11、二〇一五年十一月）、「取り合わせ―「趣向」「句作り」の論をめぐって」（『江戸文学』34、二〇〇六年六月）

冨田康之（とみた　やすゆき）
①北海道大学教授
②日本近世演劇（浄瑠璃）
③『海音と近松―その表現と趣向―』（北海道大学出版会、二〇〇四年）、『鑓の権三重帷子』考―「恪気」と「よい男」のモチーフを辿って―」（『北海道大学国語国文研究』151、二〇一八年六月）、「『女殺油地獄』考―与兵衛はなぜ蚊に喰われたか―」（『日本文学』64―10、二〇一五年十月）

丹羽謙治（にわ　けんじ）
①鹿児島大学教授
②日本近世文学（戯作、出版史）
③「上月行敬筆『琉球人行粧之図』『琉球人往来筋賑之図』について」（『雅俗』16、二〇一七年七月）、「『成形図説』版本考」（『鹿児島大学法文学部紀要　人文学科論集』65、二〇〇七年二月）

早川由美（はやかわ　ゆみ）
①奈良女子大学博士研究員
②日本近世文学（浮世草子・実録・俳諧）・日本近世演劇（浄瑠璃・歌舞伎）
③『西鶴考究』（おうふう、二〇〇八年）、『江戸怪談を読む　猫の怪』（共著、二〇一七年、白澤社）、「紀上太郎『志賀の敵討』の芭蕉―安永五年前後の俳壇・劇壇―」（『名古屋芸能文化』28、二〇一八年十二月）

韓　京子（はん　きょんじゃ）
①青山学院大学准教授
②日本近世演劇（浄瑠璃）
③『近松時代浄瑠璃の世界』（ぺりかん社、二〇一九年）、「佐川藤太の浄瑠璃―改作・増補という方法」（『国語と国文学』91―15、二〇一四年五月）、「近松の浄瑠璃におけるあかりの演出とその効果」（『日語日文学研究』99、二〇一一年十一月）

日置貴之（ひおき　たかゆき）
①白百合女子大学准教授
②日本近世演劇（歌舞伎）
③『変貌する時代のなかの歌舞伎　幕末・明治期歌舞伎史』（笠間書院、二〇一六年）、「河竹黙阿弥作「水天宮利生深川」における新聞の機能」（『演劇学論集　日本演劇学会紀要』62、二〇一六年五月）

片　龍雨（ぴょん　よんう）
①全州大学校助教授（韓国）
②日本近世演劇（歌舞伎）
③『四世鶴屋南北研究』（若草書房、二〇一五年）、「歌舞伎における疾病―その機能と社会的な意味を中心に―」（『日本言語文化』41、二〇一七年十二月）、「四世鶴屋南北作随筆成立考―『吹寄草紙』と『筆のしがらみ』―」（『日本学報』106、二〇一六年二月）

深沢了子（ふかさわ　のりこ）
①聖心女子大学教授
②日本近世文学（俳諧）
③『近世中期の上方俳壇』（和泉書院、二〇〇一年）、

「蕪村の俳諧―「自己ノ胸中いかんと顧るの外他の方なし」―」(『国語と国文学』二〇一七年十一月号)

洪晟準(ほん　そんじゅん)
①檀国大学校日本研究所ＨＫ研究教授(韓国)
②日本近世文学(読本)
③「馬琴読本における「懲悪」の理念―『弓張月』の阿公と『八犬伝』の船虫を手がかりに―」(『東京大学国文学論集』12、二〇一七年三月)、「馬琴の勧懲観―『石言遺響』を中心に―」(『国語と国文学』93―7、二〇一六年七月)、「『月氷奇縁』自評について」(『読本研究新集』6、二〇一四年六月)

牧藍子(まき　あいこ)
①成蹊大学准教授
②日本近世文学(俳諧)
③『元禄江戸俳壇の研究』(ぺりかん社、二〇一五年)、「不角の異訓―化鳥風に関する一考察」(『国語と国文学』93―3、二〇一六年三月)

水谷隆之(みずたに　たかゆき)
①立教大学教授
②日本近世文学(浮世草子・俳諧)
③『西鶴と団水の研究』(和泉書院、二〇一三年)、『江戸吉原叢刊』第三巻・第四巻(八木書店、二〇一〇年・二〇一一年)、「『好色一代男』巻四の二「形見の水櫛」考―『伊勢物語』古注釈との関係」(『江戸の学問と文藝世界』森話社、二〇一八年)

光延真哉(みつのぶ　しんや)
①東京女子大学准教授
②日本近世演劇(歌舞伎)
③『江戸歌舞伎作者の研究　金井三笑から鶴屋南北へ』(笠間書院、二〇一二年)、「丹前の継承―続・舞台に立つ太夫元―」(『国語と国文学』95―8、二〇一八年八月)、『未刊江戸歌舞伎年代記集成』(共編著、新典社、二〇一七年)

宮木慧太(みやき　けいた)
①世界銀行グループ職員
②日本近世文学(遊里文芸)
③「江戸歌舞伎と不夜庵―市川栢筵・金井三笑を中心に」(『東京大学国文学論集』4、二〇〇九年)

矢内賢二(やない　けんじ)
①国際基督教大学上級准教授
②日本近世演劇(歌舞伎)
③『ちゃぶ台返しの歌舞伎入門』(新潮社、二〇一七年)、『明治、このフシギな時代 2』(編著、新典社、二〇一七年)

山之内英明(やまのうち　えいめい)
①十文字中学高等学校教諭
②日本近世演劇(浄瑠璃)
③『赤松円心緑陣幕』『待賢門夜軍』『楠正成軍法実録』(いずれも鳥越文蔵・内山美樹子監修『義太夫節浄瑠璃未翻刻作品集成』玉川大学出版部、二〇一一〜二〇一八年)の翻刻を担当

梁誠允(やん　そんゆん)
①東京大学大学院学生
②日本近世文学(西鶴小説)
③「『西鶴名残の友』「人にすぐれての早道」と狐飛脚伝承」(『国語と国文学』二〇一八年六月)、「『万の文反古』「代筆は浮世の闇」と「楽出家」」(『東京大学国文学論集』二〇一七年三月)

吉丸雄哉(よしまる　かつや)
①三重大学教授
②日本近世文学(戯作)
③『式亭三馬とその周辺』(新典社、二〇一一年)、平成27年度〜平成29年度科学研究費補助金「近世文芸と医学に関する総合的研究」研究成果報告書(二〇一八年三月)、『忍者の誕生』(共編、勉誠出版、二〇一七年三月)

ジャンル別項目一覧

掲載図版索引

な

は

さ

た

主要人名索引

ら

わ

ま

や

な

た

さ

か

主要事項索引

編　者　長島弘明（ながしま・ひろあき）

一九五四年、埼玉県生まれ。一九七六年、東京大学文学部国語国文学科卒。一九八〇年、東京大学大学院博士課程中退。実践女子大学専任講師、名古屋大学助教授、東京大学大学院教授を経て、現在、二松学舎大学特別招聘教授。専攻は日本近世文学。

主な著書に、『建部綾足全集』（共編著、国書刊行会、一九八六〜一九九〇年）、『上田秋成全集』（共編著、中央公論社、一九九〇年〜）、『上田秋成』（新潮古典文学アルバム二〇、編著、新潮社、一九九一年）、『雨月物語の世界』（ちくま学芸文庫、筑摩書房、一九九八年。初版『雨月物語　幻想の宇宙』（上・下）ＮＨＫ出版、一九九四・一九九五年）、『古典入門　古文解釈の方法と実際』（共編著、筑摩書房、一九九八年）、『秋成研究』（東京大学出版会、二〇〇〇年）、『本居宣長の世界　和歌・注釈・思想』（編著、森話社、二〇〇五年）、『国語国文学研究の成立』（編著、放送大学教育振興会、二〇一一年）、『名歌名句大事典　歳時・人・自然』（共編著、明治書院、二〇一二年）、『上田秋成の文学』（放送大学教育振興会、二〇一六年）、『雨月物語』（岩波文庫、校注、岩波書店、二〇一八年）など。

執筆者（五十音順）

一戸　渉　位田絵美　大屋多詠子　柏崎順子　加藤敦子
神谷勝広　金　慧珍　金　美眞　黄　智暉　合山林太郎
高　永爛　小林ふみ子　佐藤かつら　佐藤知乃　佐藤至子
杉下元明　杉田昌彦　杉本和寛　全　怡炡　高野奈未
高松亮太　崔　泰和　千野浩一　冨田康之　丹羽謙治
早川由美　韓　京子　日置貴之　片　龍雨　深沢了子
洪　晟準　牧　藍子　水谷隆之　光延真哉　宮木慧太
矢内賢二　山之内英明　梁　誠允　吉丸雄哉

〈奇〉と〈妙〉の江戸文学事典

二〇一九（令和元）年五月十一日　第1版第1刷発行

ISBN978-4-909658-13-5　C0095

発行所　株式会社 **文学通信**
〒115-0045　東京都北区赤羽 1-19-7-508
電話 03-5939-9027　Fax 03-5939-9094
メール info@bungaku-report.com　ウェブ http://bungaku-report.com

発行人　岡田圭介

印刷・製本　モリモト印刷

※乱丁・落丁本はお取り替えいたしますので、ご一報ください。
書影は自由にお使いください。

ご意見・ご感想はこちらからも送れます。上記のQRコードを読み取ってください。